国家哲学社会科学成果文库

NATIONAL ACHIEVEMENTS LIBRARY
OF PHILOSOPHY AND SOCIAL SCIENCES

文学史的命名与文学史观的反思

张福贵　王俊秋
杨丹丹　张丛皞　著

张福贵 1955年生。文学博士。吉林大学文学院教授，博士生导师。著有《惯性的终结：鲁迅文化选择的历史价值》《20世纪中国文学的文化审判》《中日近现代文学关系比较研究》《"活着的"鲁迅：鲁迅文化选择的当代意义》等，有译著2部，主编学术著作和教材7部，在《中国社会科学》《文学评论》《文艺研究》《中国比较文学》《中国现代文学研究丛刊》《鲁迅研究月刊》等刊物上发表论文一百五十余篇。

王俊秋 1956年生。文学博士。吉林大学文学院教授，博士生导师。在《文学评论》《文艺争鸣》《当代作家评论》《学习与探索》《中国青年研究》等刊物上发表论文四十余篇，独立或合作出版学术著作3部。70年代起，在国内报刊上发表诗歌、散文等作品数十篇。

杨丹丹 1980年生。文学博士。吉林省社会科学院文学研究所副研究员。在《社会科学战线》《文艺争鸣》《文艺理论与批评》等发表论文四十余篇，合作出版学术专著2部。

张丛皞 1982年生。文学博士。吉林大学文学院副教授。在《中国现代文学研究丛刊》《文艺争鸣》《学习与探索》《贵州社会科学》等杂志发表论文二十余篇。

《国家哲学社会科学成果文库》
出版说明

为充分发挥哲学社会科学研究优秀成果和优秀人才的示范带动作用,促进我国哲学社会科学繁荣发展,全国哲学社会科学规划领导小组决定自2010年始,设立《国家哲学社会科学成果文库》,每年评审一次。入选成果经过了同行专家严格评审,代表当前相关领域学术研究的前沿水平,体现我国哲学社会科学界的学术创造力,按照"统一标识、统一封面、统一版式、统一标准"的总体要求组织出版。

全国哲学社会科学规划办公室
2011年3月

目　录

第一章　文学史的命名与文学史观的重新确认 ………………（1）
　第一节　"现代文学"的危机与症候 ……………………………（1）
　　一、"现代文学"研究的三大症候 ………………………………（1）
　　二、历史的通俗化与历史的庸俗化 ……………………………（9）
　　三、现代文学史写作制约 ………………………………………（13）
　第二节　"现代文学史"的典范书写与反思 ……………………（16）
　　一、中国现代文学史研究的范式问题 …………………………（16）
　　二、革命史与文学史的契合：唐弢的文学史观 ………………（22）
　　三、20世纪30年代"无产阶级文学"观的本质
　　　　特征与思想源流 ……………………………………………（30）
　　四、新文学与知识者及知识者话语 ……………………………（37）
　　五、阶级斗争的祛魅与复位 ……………………………………（45）
　第三节　"民国文学"的概念与意义 ……………………………（59）
　　一、从"时间"返回到"意义" …………………………………（59）
　　二、民元作为民国文学史起点的意义与价值 …………………（64）
　　三、"民国文学"和"共和国文学"的分期与差异 ……………（73）
　　四、"民国文学"研究的方法与路径 …………………………（105）
　　五、"民国文学"研究的追问与反思 …………………………（121）

第二章　文学史的命名与文学史观的文化趋向 ………………（127）
　第一节　关于"中国特色"的现代化理解 ……………………（127）
　　一、关于"中国特色"的文化哲学前提：承认人类
　　　　文化的同一性 ……………………………………………（127）
　　二、关于"中国特色"的逻辑辨析：不能误读为"特殊国情" ……（132）

第二节　如何使传统中国人变成现代中国人 …………………（138）
  一、两种倾向：单纯政治意识与单纯传统道德 ………………（138）
  二、两个命题：人类意识的同一性与人类文化的时代性 ……（140）
  三、人类生存的悲剧历程——悲剧艺术形态的历史批评 ……（143）
  四、萧红文学的人类性价值 ……………………………………（149）

第三节　文化安全的悖论与软实力的正途 …………………（153）
  一、文化的安全与"不安全"：当下思想文化状态的表里 ……（154）
  二、文化的自信与创新：文化安全的核心力量 ………………（156）
  三、文化安全的主动策略：文化软实力的本质理解 …………（161）

第三章　文学史的命名和文学史观的思想构建 ………………（167）
第一节　20世纪中国文学中的异端思想 ……………………（167）
  一、自我意识的弱化与人类意识的匮乏 ………………………（167）
  二、乡村文化尺度的确立与农民意识的强化 …………………（172）
  三、农民"国民性"的文学想象与塑造 …………………………（178）
  四、文学"暴力"的意识形态性 …………………………………（188）

第二节　"革命文学"的思想整理与精神挖掘 ………………（197）
  一、中国30年代"革命小说"价值的再认识 …………………（197）
  二、中国现代文学的偏瘫——困乏的工人小说 ………………（202）
  三、"启蒙文学"："自由主义"与"革命主义"的对峙 …………（208）

第三节　中国知识分子的思想认同 …………………………（216）
  一、革命的"三角恋" ……………………………………………（217）
  二、革命的"父权" ………………………………………………（224）

第四章　文学史的命名与文学史观的文学回叙 ………………（228）
第一节　20世纪90年代中国文学重评 ……………………（228）
  一、终极关怀与终极审判：物化时代的灵魂拯救与现实批判 …（228）
  二、世俗人生：经济神话中的欲望表演 ………………………（231）
  三、现实主义冲击波：现实感与虚幻性 ………………………（234）
  四、"性文学热"的反思与回顾 …………………………………（236）
  五、文学的处境与作家的选择 …………………………………（245）

第二节　20世纪中国女性文学主题批评 ……………………（252）

一、"五四"时期：女性意识在道德层次的最初觉悟 ………… (252)
　　二、30—40年代：女性意识在政治层次的消除 …………… (255)
　　三、"文革"后时期：女性意识的复归、强化与超越 ………… (256)
　第三节　当代都市小说的都市情结与反都市情结 …………… (264)
　　一、都市渴望：源于一种都市情结 …………………………… (264)
　　二、精神的拯救与灵魂的拷问：必要的反都市情结观照 …… (267)
　　三、双生性：都市情结与反都市情结如影随形 ……………… (269)

第五章　文学史的命名与文学观的诗学世界 …………………… (272)

　第一节　民族解放战争的大众诗歌 …………………………… (272)
　　一、民族激情的迸发 ………………………………………… (272)
　　二、民族危亡的呐喊 ………………………………………… (274)
　　三、民族形式的探索 ………………………………………… (275)
　　四、民族意识的强化 ………………………………………… (277)
　第二节　新中国诗歌的政治与抒情 …………………………… (281)
　　一、诗美原则的误区：为政治服务 ………………………… (282)
　　二、诗人不同形态的时代性表现 …………………………… (285)
　　三、反差悬殊的艺术真实 …………………………………… (287)
　　四、历史价值与个体情感双重真实之诗 …………………… (289)
　　五、无产阶级阴影下个体自我的在劫难逃 ………………… (295)
　　六、病态的英雄崇拜 ………………………………………… (297)
　第三节　九叶诗人的诗学价值与意义 ………………………… (300)
　　一、诗歌功能：时代与自我的平衡感受 …………………… (300)
　　二、艺术原则：情感的理性化过程 ………………………… (302)
　　三、审美风格：朦胧与静穆之美 …………………………… (303)
　第四节　从中西诗歌比较看穆木天早期诗歌世界 …………… (306)
　　一、诗之本体：彼岸世界与现实世界 ……………………… (307)
　　二、诗之对象：主体自然与客体自然 ……………………… (309)
　　三、诗之手段：通感与比兴 ………………………………… (312)
　　四、诗之情调：世纪末情绪与忧国思乡之心 ……………… (315)
　第五节　公木诗歌世界的心路历程与人文精神 ……………… (317)

一、起点:时代的激情与战士的情怀 …………………… (318)
二、转折:历史的理性与诗人的反思 …………………… (319)
三、超越:人类的智慧与哲人的境界 …………………… (322)

第六章 文学史的命名与文学史观的文本阐释 ……………… (325)
第一节 革命"圣经"中的叙事成规:重读《保卫延安》 …… (325)
一、"延安"的内部图景 …………………………………… (326)
二、"革命教义"的召唤 …………………………………… (330)
三、历史的文化资本 ……………………………………… (333)
第二节 从模式化到经典化——《青春之歌》的文学史意义 …… (337)
一、《青春之歌》的经典化构成与"模式化"的重新理解 …… (337)
二、《青春之歌》对"模式"的运用与文学史意义 ………… (340)
第三节 港台女作家疏远的语言世界 ……………………… (345)
一、叙述语言的质感 ……………………………………… (346)
二、叙述语言的诗意 ……………………………………… (348)
三、叙述语言的拓展 ……………………………………… (351)
第四节 苏童小说的"空间诗学" ………………………… (352)
一、老街的记忆与虚构 …………………………………… (354)
二、细节的"怪异"与"反常" …………………………… (355)
三、历史的抗争与顺从 …………………………………… (357)

索 引 ……………………………………………………………… (363)
后 记 ……………………………………………………………… (365)

Contents

I. The defining and confirming of literature history ……………… (1)

Section 1　The crisis and problems of "modern literature" …………… (1)

1. Three symptoms of the research on "modern literature" …………… (1)
2. The popularization and vulgarization of history ………………………… (9)
3. The restriction in the writing of modern literature history ………… (13)

Section 2　The paradigm of modern literature history writing and its reflection ………………………………………………………………… (16)

1. The paradigm of modern literature history writing ………………… (16)
2. The agreement between the history of revolution and literature: Tang Tao's reflection on history of literature ……………………… (22)
3. The nature and origin of "proletariat literature history" in 1930s …… (30)
4. New literature and intellectuals and their rhetoric ………………… (37)
5. Exorcism and restoration of class struggle ………………………… (45)

Section 3　Definition of "Minguo Literature" and its meaning ………… (59)

1. Return from "time" to "meaning" ……………………………………… (59)
2. The meaning and significance of Minyuan Revolution as the origin of Minguo Literature history ………………………………………… (64)
3. The division and difference between "Minguo Literature" and "Republic Literature" ………………………………………………… (73)
4. The methods and ways to the study of "Minguo Literature" …… (105)
5. The questions and reflections on "Minguo Literature" research … (121)

II. The defining of literature history and its tendency ……………… (127)

Section 1　The understanding of Chinese Features ………………… (127)

1. The philosophical precondition in Chinese Features:

agreement to the identity of human culture ······ (127)

2. The logic discrimination of Chinese Features: difference from "specializaion of China" ······ (132)

Section 2　How to change traditional Chinese into modern Chinese ······ (138)

1. Two tendencies: simple political awareness and simple traditional morality ······ (138)

2. Two propositions: the identity of human awareness and the time of human culture ······ (140)

3. The tragic journey of humanity——historical criticism of tragedy as an artistic style ······ (143)

4. The value of humanity in Xiao Hong's literary works ······ (149)

Section 3　The paradox of cultural security and the right way to soft strength ······ (153)

1. The security and "insecurity" of culture: inside and outside of cultural ideology ······ (154)

2. The confidence and creativity of culture: the hardcore of cultural security ······ (156)

3. The initiative strategies of cultural security: the understanding of soft strength ······ (161)

III. The defining of literature history and the construction of literature history concept ······ (167)

Section 1　The extreme ideas in Chinese literature of 20th century ······ (167)

1. The weakening of self-consciousness and the absence of human consciousness ······ (167)

2. The establishment of rural culture standard and the strengthening of farmer consciousness ······ (172)

3. The imagination and shaping of farmer "nationality" ······ (178)

4. The ideology of literary "violence" ······ (188)

Section 2 The thought and spirit of "revolutionary literature" ……(197)

　　1. The re-understanding of values in "revolutionary
novels" of 1930s ……(197)

　　2. The imbalance of modern Chinese literature: the absence
　　　of novels about working class ……(202)

　　3. "Enlightening Literature": the sitzkrieg between "liberalism" and
　　　"revolutionism" ……(208)

Section 3 The ideological identity of Chinese intellectuals ……(216)

　　1. The "love triangle" of revolution ……(217)

　　2. The "uncle authority" of revolution ……(224)

IV. The defining of literature history and the flashback of literature history concept ……(228)

Section 1 The re-evaluation of Chinese literature in 1990s ……(228)

　　1. The ultimate solicitude and the ultimate trial: the salvation of
　　　materialization times and the realistic criticism ……(228)

　　2. Vulgar life: the performance of desires in economic legends ……(231)

　　3. The realistic impact: realism and illusionism ……(234)

　　4. The reflection and retrospection on "The craze in sex literature" ……(236)

　　5. The situation of literature and the writers' choice ……(245)

Section 2 The criticism of women literature in the 20th century ……(252)

　　1. During the period of May 4th Movement: the initial awareness of
　　　women in the level of morality ……(252)

　　2. From 1930s to 1940s: the elimination of women awareness in
　　　the level of politics ……(255)

　　3. After "Cultural Revolution": the restoration, intensification and
　　　overtaking of women awareness ……(256)

Section 3 The urban complex and anti-urban complex of contemporary urban novels ……(264)

　　1. Urban aspiration: rooted in urban complex ……(264)

　　2. Spiritual salvation and torment: a necessary examination of

anti-urban complex ……………………………………… (267)

 3. Duality: coexistence of urban complex and anti-complex ……… (269)

V. The defining of literature history and the poetics of literature … (272)

Section 1 Popular poetry of the National Liberation War ………… (272)

 1. The spurt of national passion ……………………………… (272)

 2. The whoop of national peril ……………………………… (274)

 3. The exploration of nationality ……………………………… (275)

 4. The intensification of national awareness ……………………… (277)

Section 2 The politics and lyricism of poetry in PRC ……………… (281)

 1. The misapplication of aesthetic principles of poetry:
  serving politics ……………………………………………… (282)

 2. The exhibition of time from different poets ………………… (285)

 3. The big difference in artistic reality ………………………… (287)

 4. Poetry possessing both historical value and individual affection
  ……………………………………………………………… (289)

 5. The disaster of individualism under the proletariat shadow ……… (295)

 6. The morbid cult of heroes ………………………………… (297)

Section 3 The poetic value and significance of Nine Leaves School
………………………………………………………………… (300)

 1. The function of poetry: the feeling of balance between
  times and selves ……………………………………………… (300)

 2. Artistic principles: the rationalization of feelings ……………… (302)

 3. Aesthetic standards: the beauty of obscuration and silence …… (303)

**Section 4 The survey of early Mu Mutian's poems from the perspective
of contrast between western poetry and eastern poetry** ……………… (306)

 1. The noumenon of poetry: overseas world and reality ………… (307)

 2. The object of poetry: object nature and subject nature ………… (309)

 3. The means of poetry: synaesthesia and metaphor ……………… (312)

 4. The sentimentalism of poetry: poets' sentiment at the end of
  the century and their nostalgia ……………………………… (315)

Section 5　The spirits and humanism embodied in Gong Mu's poems
　……………………………………………………………………… (317)
　　1. Starting point: passion of times and sentiment of soldiers ……… (318)
　　2. Turning point: historical rationalism and the poet's reflection … (319)
　　3. Overtaking: human wisdom and philosophical reach …………… (322)

VI. The defining of literature history and the interpretation of
the literature history concept in text mode ……………………… (325)

Section 1　The narrative principles in the "Bible" of revolution:
the re-reading of *Yanan Defending* ………………………………… (325)
　　1. The interior prospect of "Yanan" ……………………………… (326)
　　2. The appeal of the "religion of revolution" …………………… (330)
　　3. The cultural capital of history ………………………………… (333)

Section 2　From standardization to classic: the significance of
Ode to the Youth in literature history …………………………… (337)
　　1. The classic construction of *Ode to the Youth* and
　　　 the re-understanding of "standardization" …………………… (337)
　　2. The application of standard style in *Ode to the Youth* and
　　　 its significance in literature history …………………………… (340)

Section 3　The language world alienated by women writers
in Hongkong and Taiwan ……………………………………………… (345)
　　1. The character of narrative language …………………………… (346)
　　2. The poetic character of narrative language …………………… (348)
　　3. The broadening character of narrative language ……………… (351)

Section 4　The "dimensional poetry" in Su Tong's novels ………… (352)
　　1. The memory and imagination of old streets …………………… (354)
　　2. The "oddity" and "abnormality" of details …………………… (355)
　　3. The historical revolt and obedience …………………………… (357)

Index …………………………………………………………………… (363)
Epilogue ……………………………………………………………… (365)

第 一 章

文学史的命名与文学史观的重新确认

第一节 "现代文学"的危机与症候

一、"现代文学"研究的三大症候

当学术研究中的非学术因素成为一种主导时,不仅会带来研究者的精神变异,更会带来学术的社会性危机。急功近利的需求会导致学科之间的不平等和过度量化的评价机制;主体性缺失则会导致学术思想的传统性"失语"和学术道德的当下性"失贞"。

学术研究不仅是学者的一种现实生存状态,更是知识分子的一种精神诉求。当下中国学术在量化指标上所占世界份额越来越大,也越来越引起人们的关注和期待,但其深层的状态和长期效果却是令人焦虑的。无论是高校还是科研机构都存在着各种危机,如学风浮躁、学术腐败以及中国学术话语权的缺失等。但就其根本来说,当下中国学术尤其是人文学术的危机主要表现为以下三种症候。

现代社会伦理的基本要义是公平与正义。在此背景下,教育公平也日渐成为热门话题。党的"十七大"报告指出,"教育是民族振兴的基石,教育公平是社会公平的重要基础"。教育不公平确实是当下社会面临的突出问题之一,主要表现是城乡、区域、学校和学生之间的政策和条件差异。2009 年 11 月,《中国青年报》社会调查中心通过"题客调查网",对全国 31 个省市自治区共计 14081 人进行了一项调查,其中 63.6% 的人认为"教育公平被架空"。① 教育不公平主要是社会公平方面存在的问题在教育领域中的反映,与教育体制改革滞后有关。而体现在教育和科技系统中的学术不公平既是教育不公平的深层表现,更是学界道德失范和权力失控的表现。学术不公正的结果最终导致并扩大了学术权利和学术地位的差异。

当下全社会都比较关注抄袭剽窃等学术腐败问题,这的确影响了中国的学术形象和学术发展前景。但究其实质多只限于学者的个人道德层面,而表现在制度和传统上的学术不公正、不公平才是学术腐败的最大症结。

学术公平首先是研究者之间学术权利和学术价值评价的平等,应该确立一种真正的学理意识和学术价值公平评价的共识。在一个学术群体中,不同的人有不同的分工和职责是十分自然和必要的,关键是如何尽可能地维护、坚持学术研究和学术评价权利上的平等原则。如今,"官升学问长""近水楼台先得月"似乎已经成为一种普遍的现象,并且也越来越得到社会的认同。这种不平等很多时候不乏学术共同体内部上下之间的利益共谋——"学术剥削"和"学术贿赂"。领导者在学术与利益互动的竞争之中,不能表示出应有的学术自信和道德品格,自己利用权力和权威占有下属或学生的成果,构成一种公然的"学术剥削";而下属和学生为了实现自己的利益需求和生存安全,主动请领导分享甚至完全出让自己的学术成果,对其进行"学术贿赂"。于是学界内出现了许多令人匪夷所思的现象:某些人做了领导,工作忙了,事情多了,学术成果反倒多了。这里除了个人的超天才爆发或者格外勤奋之外,可能还包含着权力与利益的互换:作为领导,项目有人做,论文有人写,课程有人讲,名利归自己。而作为领导者的学生和下属,则通过对自己学术成果的出让换取了职务职称的快速晋升,以及日后学术发展的有利条件。

学术的不公正集中体现在资源配置、报奖评优等一系列程序中,其中的政治权力与学术权利的互换和混淆也越来越引人注意。以第五届教育部"高等学校教学名师奖"的评选结果为例,据《长江日报》报道,有人对教育部评出的 100 位获奖者的身份进行了统计:担任党委书记、校长的有 20 多人,其他人也多具有院长、系主任、教研室主任、实验室主任、研究所所长等行政职务,不带

---

① 《调查显示超六成人认为教育公平被架空》,《中国青年报》2009 年 11 月 12 日。

任何"官职"的一线教师仅有 10 人左右。① 应该说,每个人的学术权利都是平等的,不是说具有行政职务的教师不应该参加名师的评选,如果既担任领导职务又能出色地承担教学任务,当选名师无可厚非。只是教育部文件中明确要求了本次名师的评选原则:必须"完整地为本科生授课三年以上"。而在当今高校事务繁多的情况下,有多少校长、书记能真正做到这一点呢?领导利用自己的地位优势和人脉资源参加评选,这对于广大的普通教师来说本身就是不公平的。如果这种状况不改变,高校名师的评选就会变成"高校名官"的评选。其实,看看近年来国家重大科研项目的带头人,又有几个不是身居要职的呢?过去人们把科研叫做"攻关",而现在已经有演变为"公关"的危险。

纵观当下高校和科研机构的学术发展状况,有一个比较常见的事实是:谁是领导,谁所属的专业或单位往往发展就快。这里除了该群体的自身努力外,也包含政策的倾斜和关系的经营,本质上还是权力的置换和越界。很多时候,在资源分配、名誉利益乃至排序举例等环节上,不用相关领导表态和指示,下属职能部门往往就心领神会主动为领导设计安排好了。在法律面前人人平等,在学理面前也同样应该是人人平等。前面说过,与普通研究者一样,高校或研究机构的领导同样享有学术权利和个人权利。但是在当下中国的"特殊国情"里,需要尽可能地淡化行政支配功能和领导权力功能在学术价值评价中的作用,最大限度地防止权力的"越界",这也是人类科学研究中应该共同遵守的学理逻辑。现在很多高校领导在任时,利用手中的行政权力,划分自己的学术势力范围,垄断和分割学术资源,为自己将来退任退休留后路、花心思"建庙",甚至不考虑自己的专业背景和实际的承担能力。早在去年,吉林大学就出台并实施新的学术委员会、学位委员会和教学委员会组织章程,规定校级领导和职能部门领导全部从这三类学术评议组织中退出,并且规定今后校处级领导不能参加有限额的各种荣誉称号的评审,院长也不能担任这三类学术评议组织的主席和主任。体制的受益者能够改革体制,让行政权力从学术领域中退出,这是中国高等教育和学术发展的一大创举,是一种新的本真的学术观念和人格精神在制度上的体现,更重要的是,它有可能带来国家教育制度和学术机制的改变。但目前人们对这一举措的价值和意义还缺乏足够的重

---

① 《教育部评出第五届高校教学名师 9 成有行政职务》,《长江日报》2009 年 9 月 11 日。

视,而且这一举措的实现还需要整个社会来配合,从而通过观念的变革和制度上的保障最终完成学术权利的真正回归。

　　学术的不平等还表现在研究者和研究对象之间的关系定位上。在中国当代学术研究史中,研究者和研究对象之间存在着一种历史地位乃至身份的不对等。应该说,从社会关系的角度上看,这是一种自然形成的历史事实。但是,这种个体之间的不对等不应影响学术价值的判断,至少在逻辑上应该确立一种平等的学术伦理原则。然而,受中国古代"述而不作"的注疏传统和当代体制文化中教条主义思想的影响,在当下中国人文社会科学研究中,许多研究对象和论题本身就具有先验性,已经成为不可证伪的前提,而研究者所做的工作只是对其加以阐释和论证而已。于是,在相当多的研究论著中,研究者自我弱化,缺少自己的思想,不是权威人物如何说,就是外国学者怎么看。近些年来,国内高校人文学科的研究生开题报告伊始就是"我将运用某某理论,使用某某方法,研究某某都在思考的问题",其中所说的理论和方法大多都是当下时兴的外国理论和方法。在这样一种认识和叙述中,实质上研究者已经把自己的学术判断置于研究对象之下,将自己置于一种不平等的学术伦理之中,因此淡化甚至丧失了正常的学术判断能力,致使中国许多重大理论问题和历史问题研究不能有大的突破。

　　学术的不平等既表现在研究对象之间的差异上,又表现在学科之间的差异上。在近代以来形成的国家功利主义思想的长期影响下,重理轻文一直是一种全社会的价值观和国家的发展战略。应该说,重理轻文的学科价值观在救亡图存的时代环境下,为国家的强盛和民族的复兴起到了极其巨大的作用,但是也带来了越来越明显的消极性后果。

　　重理轻文的学科价值观对国家发展理念、知识价值观、人才标准、干部构成等方面产生了整体性的影响。这种价值观首先源自于急于求变的人们对于科学与文明概念的片面性理解。自然科学与社会科学是人类文明不可分割的整体,即使是自然科学本身也包含着科学精神与科学技术两个组成部分,科学精神是人类对于世界认识过程中的精神境界和价值原则。因此,哲学社会科学作为一种思想、道德以及情感力量,与科学精神应该是同质的。与自然科学的作用一样,哲学社会科学归根结底是人的力量的表现。哲学社会科学不仅研究具体社会关系中人的问题,而且还必须面对自然科学发展中出现的一系列非技术问题。科学技术发展中产生的问题大多不是科技自身所能够解释和解决的,没有哲学社会科学参与和指导的科技发展是可怕的,随着社会发展观的进步,哲学社会科学与自然科学的结合趋势也越来越明显。哲学社会科学不仅向人们传授知识,而且启迪思想,培养情感。制度的变革、思想的变革、人的变革,都离不开哲学社会科学本身的发展。国家发展战略和行业发展规划的确立,绝不能离开正确的哲学社会科学理论的引导。中国的历史和社会现实的课题多是由哲学社会科学提出并解决的。令人深思的是,"科学技术是第一生产力"这一突出理工科在社会发展中作用的口号恰恰属于社会科学的研究范畴,也主要是由哲学社会科学的学者论证和宣传的。1978年3月新时期伊始,郭沫若在全国科学大会的著名讲话《科学的春天》极大地鼓舞了中国广大科技工作者和全社会对于科学技术的空前热情,而出自高校哲学教师之手的《实践是检验真理的唯一标准》的文章及其大讨论,则成为中国改革开放伟大时代的思想开端。

改革开放之后,重理轻文这一学科价值观虽说仍然占据着主导地位,如大到以技术和效益为目的的发展理念,小到文科不设院士、高校文科没有一级教授、文科科研没有国家级奖励等等,但已经逐渐发生了明显变化。特别是2004年中共中央《关于繁荣哲学社会科学的意见》的颁布,更是对学科价值观的一种调整和归位,体现出全面而又有所区别的社会发展观。这一文件精神表明了国家社会发展理念和科学价值观的重大调整,也是对中国现代化进程和走向的认识深化。从社会观念和国家战略来看,当下已经不能笼统地说重理轻文了,因为国家对于直接参与经济建设的政、经、法、商等社会科学的重视已经达到了空前的程度,以经济学家为代表的社会科学专家越来越多地参与到国家发展的重大决策过程中。问题的症结在于对应用性学科和学术的过度重视。应当承认,这种转变是国家发展理念的一大进步,但是仍然表现出急功近利思想的深层影响。在强调"服务现实,服务社会,服务地方"的发展战略引导下,急功近利仍然是一种普遍的学术导向和社会潮流。相比之下,决策层对于侧重人的精神层面问题研究的文史哲等人文学科,表现出一种错位的理解:高度强调意识形态的重要性而在政策、投入和价值评价上忽视人文学科的生存发展。例如,有的省连续几年在哲学社会科学规划中不设文史等人文学科的项目,地方领导人在哲学社会科学成果评奖的指导性讲话中,强调要奖励以研究本省问题为主的学术成果,不能奖励非本省问题的研究成果,强调学术研究不能"学雷锋"。地方官员做这种表态无可厚非,但是这绝不能成为任何一种学术研究的价值理念。没有着眼于未来和人类的基础学科发展的现实策略是没有前途的,都去服务现实,谁去服务未来?都去服务社会,谁去引领社会?都去服务经济,谁去探索精神?都去服务地方,谁去服务全国和世界?没有人文精神的科学活动最终产生的只是工具性价值成果,而不会成为人类的思想资源,甚至还会带来极其严重的后果。没有基础学科的发展,应用学科和应用技术就会成为一个永远长不大的孩子。

在急功近利思潮和重理轻文学科价值观的影响下,当下中国学术界正处于一个极度量化的时代。这些年来,中国学术界特别是中国高校一直处于"评审"与"被评审"之中,量化促进了学术界和高校的学科发展,但也带来了诸多的问题。长期以来,中国学术特别是人文社会科学评价体系问题一直是大家议论的焦点。目前这些指标不仅是学术地位的标志,也是教育经济的增长点。但是我们也必须看到,随着国家学科理念的成熟,这一评估体系终究要被淡化和改变。在评价体制上,由于学科的性质不同,自然科学有完整和比较成熟的量化程序及科研评价体系,而人文社会科学缺乏符合自身规律的评价和奖励机制,只是简单套用自然科学的评价体系,甚至不得不按项目经费的额度来确定科研成果的价值和研究人员的津贴等级。包括人文学科在内,学术价值的量化评价在某种意义上已经走到了极致。

在中国当下社会,人文社会科学研究和自然科学一样,都已经成为一种组织性的公共活动。无论是对于研究者自身还是管理者来说,中国人文社会科学的价值评价问题一直是一个非常复杂的问题,时至今日我们还没有找到一个十分切合学科本质特性且达成广泛共识的指标体系。人文社会科学与自然科学最大的不同,就是价值评价上的不确定性,缺少独一无二、非此即彼的公共价值尺度。这给人文社会科学的价值评价带来很大难度,也成为"文人相轻,自古而然"的历史传统构成的重要原因之一。如何走出这一瓶颈,是管理层和学术界都在思考的问题。但是无论如何,在追求迫切的短期效益的同时,更要重视着眼于人类性和全球性的重大理论创新与科学发现。对于文科来说,要在相对量化的基础上努力建立个性化的学术评价体系,以适应未来文化发展和社会需要。要把自己的研究置于未来学术史的评价中,着眼于十年五十年之后的较量,而在当下量化时代要承担起历史的责任,甚至可能不得不做出某种牺牲。人文社会科学的研究在坚持民族国家的基本立场的同时,其学科评价也不能排斥世界性、人类性的意识和标准。自然科学的世界性标准早已获得广泛认同,而人文社会科学的世界性标准一直是令人怀疑的,其实也很难有世界性标准。但是,这并不等于说社会科学的评价标准中没有一种世界性、人类性的意识。至少,人文学科的研究成果不能与人类意识和世界潮流相悖,还要为人类精神文明建设提供积极性内容。这就要求我们尽快完成学术价值观念的转变:由注重外在的社会评价转向内在的学理评价,由注重静态的结构评价转向动态的功能评价,由注重短期的量化指标转向长久的价值指标。

自由平等的原则是产生创造性思想的前提,科学研究特别是人文社会科学研究最主要的工作是产生创造性的学术成果,提升社会的思想质量和扩大人类的思想容量,而不是积累重复的思想。学术的本质精神是自由与创造,鼓励思想个性,保护学术创新,是培养人文社会科学工作者和产生高质量研究成果的重要思想环境。没有自由的环境就没有自由的思想,没有自由的思想就没有真正的创新,没有真正的创新就没有一流的学术,没有一流的学术就没有一流的人才,没有一流的人才就没有一流的国家。在急功近利的社会氛围中,只能产生短期效应而很难获得历史性成就。而在市场拜物教流行、人类崇高伦理被颠覆的环境里,人们就会从根本上丧失形而上的求索精神。据统计,中国的论文产出约占全球研究出版物论文发表总量的8%,预计到2013年,中国将超过美国成为世界第一大论文产出国。然而,中国科技论文的单篇引用率仅排名全球第42位,78%的论文为零引用。① 其根本原因就是研究成果缺少原创性,多为模仿和重复。而就人文社会科学而言,则表现为学术主体性的缺失。

当下中国学术主体性缺失首先表现为学术思想的传统性"失语"。受"述而不作"的注疏传统和当代教条主义的影响,相当多的社科论著成了对先验理论的单一阐释,甚至成了领导人或权威人物讲话、意见的"体会"和"说明书"。在论著中不是革命导师如何说,就是外国学者怎么讲,或者是权威人物怎么看,而唯独缺少自己怎样说。"非先王之法服,不敢服。非先王之法言,

---

① 《学报总编称中国论文抄袭率达31%》,《文汇报》2010年9月16日。

不敢道。非先王之德行,不敢行。是故非法不言,非道不行,口无择言,身无择行。"①大段的引文,大量的注释,很少有自己的见解,却自认为治学严谨。人文社会科学的学术价值标准的核心,是通过主体批判意识而形成的独到的思想。如果不是典籍史料等问题研究的话,一部论著的学术价值不在于引文和注释的多少,而在于其创造性的思想或观点的有无与多少。如果你费尽力气旁征博引最终只是证明了别人观点的正确,其学术意义可能就十分有限了。发展人文社会科学的最终目的是在知识传播的同时培养人的思想能力,除了专门性的史料整理之外,材料只是我们学术研究的起点而非终点。这种状况的出现与人们有意无意受清代朴学的治学方法的影响是分不开的。朴学的治学方法可以对西方学术注重理论思辨的传统进行补正和丰富,因而当下人们往往把这一现象的出现视为学术本体的回归。然而,岂不知清代朴学的盛行最初主要是因为文字狱的盛行。至少,有无资料索引和考据过程不能成为学术价值判定的唯一标准。

毋庸讳言,当代中国人文学术研究一直较难得到世界主流评价的认同,除了意识形态的偏见和差异之外,缺少原创性的思想不能不说是一个重要的原因。任何一种学术成果的出现都是思想积累和承继的结果,我们不能要求每一项研究成果的所有思想都是原创性的,但是至少核心观点中应该包含研究者自己独到的思考和发现,这是普遍的学术尺度,也是学术品格的主体性原则。

人文学术研究的前提是研究者对自己学术品格的坚守,即学术道德的"守贞"。然而,与学术思想上的"失语"相伴,当代中国学术道德上的"失贞"已成为越来越引人关注的现象。学术腐败和学术不端不只表现在被社会热议的抄袭和剽窃等表层问题上,更表现在学术理性和操守的丧失等深层问题上。学者学术思想和学术道德的失贞比抄袭剽窃对于社会的伤害要大得多!医学专家受雇于医药企业做假临床报告,假广告蒙骗那些穷苦特别是年老的患者而获得不义之财,不仅丧失了专家学者的职业道德,而且也丧失了一般做人的道德底线。

应该说,当下人文社会学科学术研究的思想和道德的"失贞",除了其学

---

① 《孝经·卿大夫章第四》,汪受宽:《孝经译注》,上海古籍出版社2004年版。

者自身学术品格主体性的缺失之外,也与此领域的价值评价的特殊性有关。与自然科学不同,人文社会科学学术评价尺度缺少公共性,往往见仁见智,不一而足。一种肯定性评价之后马上可以有一种甚至多种否定性评价出现。人文社会科学研究价值的这种不确定性,为学者学术思想和学术道德的失贞留下了可能的空间。一些研究者出于对权威的敬畏或抵挡不住利益的诱惑,缺少学术操守,循时而换,不断改变自己的观点,像某些股评师一样,充当权威话语和利益集团的"诠释者"和"解说员",甚至成为各种"托儿",使社会公众对人文社会科学和研究者本身失去信任。其实,学术和学者公信力的弱化过程就是一个社会对知识的信任和思想力量消失的过程。

二、历史的通俗化与历史的庸俗化

历史是一个非常沉重的概念,如果人类的眼睛可以穿越时空,那么,当你转身回望过去,将会看到一幅怎样波澜壮阔的图景呢?而这正是历史可以赋予我们的力量,历史是一个博物馆里陈列着的蒙着薄薄尘垢的线装书,是照亮未来的一面镜子。

今天,当我们放眼世界,站在当代的制高点上俯瞰整个人类发展的历史时,似乎才刚刚找到合适的历史定位。当我们放弃了"解放全人类"的历史重负后,并没有感受到一丝的轻松,却更多了一份发展的焦虑。现在我们已经很难用"上下五千年""悠久辉煌""炎黄子孙""龙的传人""四大发明"等单向度的符号来激发起民族的自豪感了,更多的是希望通过对历史的深入了解和反思去感受其中的悲怆、屈辱与苍凉,接受一次集体的洗礼,从而找到一个民族由盛而衰的原因,获得向前发展的动力。然而,随着后现代消费文化对意识形态领域的冲击,刚刚呈现出的历史的严肃性和真实感也受到了挑战,历史的解读出现了通俗化甚至庸俗化的倾向。仅以当下文化市场上流行的清史文本和清宫戏为例,目前除官方的教科书和史书以外,大众所乐于接受的历史,多是被通俗化甚至庸俗化了的历史。书刊市场上流行的是《正说清朝十二帝》《细说清朝十二帝》《清朝悬案之迷案》《清朝那些事儿》等一些比较通俗化、大众化的清史文本,而五花八门的清宫戏更是占据了荧屏的半壁江山。"戏说"遮蔽了"正说","野史"胜过了"正史"。其受众之广、影响之大,足以错置或者改变普通民众的历史观,成为亟需我们认真面对的文化现象。

在中国漫长的历史长河中,清代是一个具有特殊意义的历史阶段,之所以说它特殊,首先因为它是继元朝之后,又一个被迫接受少数民族统治的历史朝代,一个历史悠久、庞大的强势文化族群被一个新兴的、边陲的弱势文化族群打败,并被统治了近300年。而在这段时间里,从康乾盛世的繁荣到宣统末世的衰亡,清朝的国势也经历了中华历史上少有的盛极而衰的大起大落。也正是在这种大起大落中,日益显露出了封建统治的痼疾和末路。当我们闭关自守,陶醉于中央大国的农耕文明的辉煌时,西方完成了从中世纪社会向近代工业社会的转换。对于清朝统治者来说,当他们从闭关自守拒绝西方文明到被迫打开国门,接受西方文明,其在西方工业化国家的全球性殖民扩张中走向政治上的解体几乎就成了命定的。从内部机制来看,随着西方发达的科学技术的引入,国内资本主义生产关系得到了相应的发展,改变旧的封建生产关系与社会政治变革的迫切要求相呼应,也必然导致了一个旧时代的终结和新时代的到来。因此我们说,清朝是一个承前启后的时代,是东西方文明大融合的时代,是传统与现代的交汇点。作为中国历史上最后一个专制王朝,这段历史尤其值得我们认真总结和反思,有些东西甚至需要我们重新认识和还原。

清宫戏是指以清代宫廷生活为背景、以帝王与周围人的活动为主要故事内容的影视作品。而一般的以清代生活为题材的剧作不能笼统地称为清宫戏,如20世纪中后期的《武训传》《宋景诗》《甲午风云》《大清炮队》等。近年,清宫戏的泛滥已经成为文化市场的一件烦心事儿,由于大众对于清代满族文化和宫廷生活的猎奇心理、清代与现代中国的近缘关系、清代在历史上的特殊地位等诸方面的原因,使得编导们的商业目的和大众的审美欲求、心理期待一拍即合,产生了强共振效应,造就了清宫戏市场的一路走红。

其实,清宫戏的创作不是从近年才开始的。早在20世纪30年代前后就已经出现了一种苗头。1928年王元龙执导的《清宫秘史》和1929—1931年由邵醉翁等编导的《乾隆游江南》(共9集)是比较典型的"清宫戏"。到了五六十年代,《清宫秘史》的再创作可以视为清宫戏的延续。到了80年代,以《火烧圆明园》《末代皇帝》等为代表,兴起了一股前所未有的清宫戏创作热潮。而90年代的《戏说乾隆》《宰相刘罗锅》则把这种热潮推向了极致,创下了收视率的最高纪录,同时也引领了"戏说"之风,比如此后的《还珠格格》《康熙微服私访记》《铁齿铜牙纪晓岚》《李卫当官》等。具有"正说"意味的《雍正王朝》《康熙王朝》《一代廉吏于成龙》《天下粮仓》《梦断紫禁城》等也相继火爆荧屏,屡攀收视高峰。而且《还珠格格》《铁齿铜牙纪晓岚》等戏一而再,再而三地拍续集。从帝王戏、大臣戏到皇妃格格戏,轮番登场,占据了影视剧的半壁江山。那些清代帝王们做梦也想不到百年之后他们会再一次卷土重来,对中华子孙进行一次大规模的文化征服。在这种文化征服的背后,历史解读也正在发生着潜移默化的改变,这就是历史的庸俗化。真正的历史开始悄悄隐退,代之而起的是那些被市场经济和消费大众扭曲了的、庸俗化了的历史,而这种历史庸俗化背后包含着引人关注的社会意识。

第一,是对皇权意识的欣赏。

在众多的清宫戏中,编导者对帝王极尽美化,似乎清朝十二帝都是英明神武、忧国忧民的有道之君,个个勤政爱民、风流潇洒,即使有时杀害无辜,那也只是因为政治需要,不得已而为之,似乎历史的发展完全仰仗他们的智慧和努力。这些描写多是不符合历史事实的。其实,即使是康熙、乾隆这两位盛世之君,他们在历史上的功过是非也是不能一概而论的。康熙确实是历史上一位杰出的君王,他八岁登基、除鳌拜、定三藩、破台湾、平准噶尔、败沙俄,不仅重新统一了河山,而且使中国的版图得到了空前的拓展。但在这种武力征服中也滥杀了许多无辜,而且对内大兴文字狱。作为少数民族的清王朝统治者,文化的弱势地位使得其心理极其敏感脆弱,屡屡用文字狱来扼制人们的思想,制造政治恐怖。当时社会正如著名诗人龚自珍《咏史》一诗中所说的那样,"避席畏闻文字狱,著书都为稻粱谋"。文字狱是导致清代社会"万马齐喑"的政治局面的重要原因,而且使中国的思想和学术大大倒退。康熙统治期间,较大的文字狱就发生了11起,并开启了清王朝文字狱的先河,暴露出他作为君王的专横和政治上的残酷;他主张廉治,重视文化建设,但晚期比较平庸,吏治不严,浪费严重,造成国库亏空。

雍正被誉为历史上最勤勉的皇帝,在位13年励精图治,每天处理国事从早至晚没有停息,甚至连吃饭时也不忘政事。《雍正王朝》对他正面的歌颂比较多,但对他性格的另一面——心胸狭窄、为政苛刻、性格残忍却没有揭示。由于他登基时的情况比较复杂,皇族大臣们多有不服,所以他派了许多亲信监视他们的行动,大臣们稍有异动便会招致不幸。他采取的一些措施都是非常严酷的,滥杀了许多无辜,当时"士子以诗文为戒"①,著名的"清风不识字,何得乱翻书"的文字狱案例就发生在他当政期间。

  乾隆是清代最有福分的皇帝,他毫不费力地登上了皇帝宝座,雍正的勤政、苛政都为他做了最好的铺垫。他执政期间国力强盛,达到了清代社会的巅峰。可是皇帝做得轻松也就滋生了他的另一面:贪图享乐,好大喜功,比如他六下江南都非常奢侈。最令人恐怖的是他大兴文字狱,超过了清王朝的任何一代皇帝。整个清王朝文字狱170多起,而他当政期间发生的文字狱大约有110多起②,杀戮无数,令人发指。乾隆后期吏治败坏,贪污之风大盛,国库空虚,已显露衰微之象。然而《戏说乾隆》《还珠格格》《宰相刘罗锅》等影视剧却片面书写皇家的伟业,剧中的乾隆风流幽默,知情重义,显然是不符合历史的真正面目的。何况这种封建专制制度本身就是扼杀美好人性的,制度越完备往往也就越远离人类发展的目标。在剧中,乾隆等人具有明显的平民性,而帝王性格与平民性格的混淆不仅失去了历史的真实,也背离了人性判断的标准。在皇权神圣的背后我们看到的是传统的奴性,在清宫戏中出现频率较高的词汇就是:"吾皇万岁万万岁""遵旨""喳""奴才该死""臣知罪""臣罪该万死"等。关键不是这些已经死去了的词语的使用,而是剧中把皇帝与身边人的君臣关系、主仆关系、长幼关系等描写得十分亲切、平等而风趣,本来"伴君如伴虎"的中国封建纲常伦理等级秩序在这里却呈现出一派其乐融融的气氛。

  第二,对黑幕与权谋政治的热衷。

  清宫戏表现出对官场黑幕、权谋文化的极度热衷,无论是剧中人还是旁观者,无论是正剧还是戏说,大都把这种官场的权谋文化作为看点,津津乐道于皇帝的驭人之术,臣子间的尔虞我诈、互相斗法,仿佛没有这些就不足以体现中华民族的智慧。和珅们把官场的潜规则玩得炉火纯青,为后人驾驭官场上了最为生动的一课。在这种新版的历史中,不再书写英雄、书写人民,不再由岳飞、杨家将那样的民族英雄主宰历史,而人民的苦难和利益也沦为权力之争的道具和背景。"权谋"与"历练"是清宫戏反复渲染的话题,细细品味,观众

---

① 《清高宗实录》卷51,雍正十三年(1735年)十月下。
② 白新良:《清史考辨》,人民出版社2006年版,第340页。

接受清宫戏的原因之一就包含有"官场教科书"的阅读动机。当然我们不能否定揭露官场黑幕的现实批判意义,但是这种批判意味已经被剧中精到的政治法则大大地淡化了,留下的更多是中国官场厚黑学。

第三,游戏历史的态度。

在"戏说"的清宫戏中,严肃的历史变成了皇族大臣及其臣子们风花雪月、浪漫爱情的游乐场。皇帝的滥情,皇子贝勒、格格们的多情,皇宫后妃们的争宠吃醋,成为许多清宫戏的一个基本元素。在这些清宫戏中,常常会出现以副线带主线、以男女之情带动历史发展的现象。另外,这种游戏历史的态度还表现在对历史事件、历史人物的任意演绎上。对历史事件的捕风捉影和无限制的夸大虚构,在一些正剧中也普遍存在。而人物塑造上的脸谱化(如和珅等)、滑稽化(如刘墉、纪晓岚、李卫等)都不利于人们对历史事实的理解。

"戏说"成为观众眼中仿真的历史。在清宫戏中,"戏说"类大约在一半以上,而且因其情节的虚构、反讽、娱乐等喜剧效果,很容易赢得非常多的受众。虽为"戏说",但其中的人物都是真实的历史人物,事件也都是该历史情境中可能发生或者说在历史上找得到痕迹的事件,往往让人搞不清哪些是真实的,哪些是虚构的。如乾隆六下江南、历史上的香妃、漕运、盐务等事件历史上都曾经存在过,在这些真实的背景上发挥涂抹,往往更容易导致真假历史界限的混淆。

总之,文化市场上流行的清宫戏,并不是从还原和反思历史的角度来表现清代的历史事件和经验。它们过分强调作品的娱乐功能,而忽略了其应有的教化功能和对现实的观照,甚至为了达到某种商业目的去迎合一些人低俗的口味。而以市场和消费群体的嗜好及关注热点为历史书写的出发点和审美取向,最终必然导致历史的庸俗化甚至虚假化。

三、现代文学史写作制约

当下中国正处在一个回顾与怀旧的时期。回顾就是一种反思,反思使我们成熟。反思 60 年来中国现当代文学研究的历史,我们有一种感受,就是与古代文学等专业相比,现当代文学的学科性还不是很成熟,其中最不成熟的就是现当代文学史观的变革与文学史的写作。虽说我们在学术界首先提出"重写文学史"的口号,但与经济、法律、教育乃至政治学理论体系的变革和实践相比,中国主流文学理论和文学史观的变革明显滞后。特别值得关注的是,党的"十七大"报告中提出了"人民民主是社会主义的生命"的命题,同时将"尊重和保护人权"写进了新的党章。这一切都表明了中国社会环境和思想环境的巨大变革。然而,这一切又似乎对主流文学理论和现当代文学史的写作没有发生太大的影响。在这样一个反思的时候,我们有必要对现当代文学史写作的症结做一下诊断。概括地说,半个多世纪以来文学史的写作存在着以下四种制约:

(1) **体制的制约**

一切历史都是当代史,文学史观实质上是以历史评价的形式表现出来的政治立场,所受的约束不是来自历史,而是来自现实的约束。纵观中国文学发展史,没有什么比一个时代的政治立场和文化政策对文学的影响更大了。现有的绝大多数现代文学史教材中关于"现代文学史属性"的定义大同小异,就说明了这一点。文学史写作当然不能不考虑也不能离开"体制性"的制约,但讲究个性、创造性与多元化却是我们应该考虑的。

(2) **观念的制约**

中国有发达的文学史,却缺少发达的文学史学,历史观的单一已成为一种普遍的共识。

首先,我们长期以来受一种普遍的线性历史观的制约,对文学史总是采取"今胜于昔"的评价方式:"五四"文学是对晚清文学的否定;30年代文学是对"五四"文学的否定;解放区文学是对30年代文学的否定;"文革"文学是对前17年文学的否定;新时期文学是对于"文革"文学的否定等。而对作家个体的评价,也总是以其后期否定前期。这可能是一种历史的真实,但更可能是受一种先验的历史逻辑——否定之否定规律的制约。半面文学史乃至颠倒的文学史被这种辩证唯物主义的逻辑合理化、仿真化了。

其次,对作家的评价,我们始终拘泥于"文如其人"的传统伦理价值观,以政治、道德的标准确认作家作品的价值。例如,路易士、袁水拍、张永枚、浩然等在文学史上地位的消长就体现了因人论文的传统文学价值观。

与体制的制约相比,观念的制约更为深层,真正的唯物主义辩证法本身为文学史观念的变革提供了有效的思维方式。历史文本的写作其实都是话语权的问题,多是掌握话语权者构建的话语体系。

以什么理念建构文学史？首先是观念的变革。国家发展战略由"以阶级斗争为纲""以经济建设为中心"到"以人为本"，标志着我党政治上的不断成熟和执政能力的不断提高。在这种新的思想环境下，"以人为本"的价值观能否成为文学史写作的新标准，取决于我们能否把文学史从政治史和革命史的副本转化为真正的"人的文学"。如对战争文学创作和研究的评价，应该在阶级的和民族的视角之上，再加上"个人"和"人类"的视角。以这样一种全面的视角去看待战争和战争文学，会缩小我们与世界文学的差距。文学史写作应该"以人为本"，使之真正成为艺术史、个人史和人性史。这并不是否认文学与政治的关系，而是从人性、人类和学术的角度去理解文学与政治的关系。

(3) 知识的制约

长期以来，文学史学界对专门从事资料整理的学者有一种偏见，一旦说到某位学者的研究对象时，评价一句"他是搞资料的"，透射出些许的轻视。1985年，马良春呼吁建立文学史史料学，为文学史研究和写作带来了重大的转折。与成熟学科如古代文学相比，现当代文学作为新兴学科，其价值观具有不确定性，再加上研究者对对象的近距离阅读和体验，容易造成对史料的疏忽。这种现象在1990年代末出现了变化，学界突然对于文学史资料表现出普遍的关注，其中最具代表性的就是报刊研究。应该说，文学史资料不仅是史料学的重构，更是重写文学史的前提和基础，因此这种变化是值得肯定的，弥补了1980年代观念热和方法热带来的宏观研究、抽象思辨的不足。但这种方法论的变化导致了价值观的变化，甚至成为学风规训的一种标准。

报刊研究同样具有这样的二重性问题。首先，现当代文学研究的风险性导致研究者远离政治现实而转向史料研究。这与清代朴学的兴盛和当下历史剧的兴盛相似。其次，报刊研究热反映出对现当代文学研究学术生长性的困惑：资源和思想的阶段性匮乏，导致研究者对研究对象的刻意搜求，企图寻找所有的空白点。

单纯从文学史写作与史料学的关系来看，史料学的建构是写史的过程，写史是主体的选择过程，是作家、作品被经典化的过程。史料是材料，是文学史的构件，不是一般的资料。所以文学史料就可以分为两类：进入文学史的史料和没有进入文学史的资料。如果把资料一概作为史料就会遮蔽和误读历史，要想成为史料进入文学史，起码要做到能提升文学史质量。文学史不等同于思想史,但文学史料要成为思想的材料,而不是从史料到史料。人文社会科学的价值在于提升思想的质量,如果缺少历史的整体观,搜肠刮肚、拾遗补缺、为填补空白而寻找空白,就可能把琐碎的资料当作文学史的史料。

现代文学研究到了今天,已很难再发现重大的、足以改变历史全貌的疏漏。这样有些学者就难免会把原本无人关注的小报、小刊作为研究对象加以关注。一旦有所发现,便无限夸大其作用和影响,似乎到了要改写文学史的地步。在这样的风潮下,文学史惯有的知识都成了常识而被忽略,如文学研究会、创造社已经较少有人谈及。而这些被夸大的资料在研究者的阐释下强行进入文学史,反过来构成了对文学史本质的伤害。

如果报刊研究只是作为一种个人学术志向,那当然无可厚非,但若成为一种潮流和时尚,势必带来反面的效果。所以在调整学术价值观时,对这种偏向要给予充分的注意。历史本身是一个通过时间来进行选择的过程,有的遗忘不是历史的疏忽和遗漏,遗忘总有遗忘的理由。你选中的这个细节是大树的一个小的枝干还是一片落叶,直接关乎这棵树的整体形象。所以,我以为报刊研究热应该降温。

(4)方法的制约

在前几种制约难以改变的情况下,文学史写作方法应该是最容易突破的。但由于中国文学史学先天的不发达,这方面的探讨反而更少。多年来文学史的体例不外乎以史带论或者是以论带史,大多以时间为线索,采用"时代背景——作家思想——作品价值"的基本模式,缺少个性化的形式创造,使得诸多文学史文本给人以千篇一律的感觉。

也许文学史写作彻底突破这几种制约还需要学界和社会做出更多努力,但通过对"以人为本"科学发展观的深度理解,我们离这一目标会越来越近。

第二节 "现代文学史"的典范书写与反思

一、中国现代文学史研究的范式问题

到了今天,中国现代文学研究似乎已经到了山穷水尽的地步。前不久,现代文学界提出了关于中国现代文学研究的学术生长点的问题,表现出人们在

深化现代文学研究上的努力。然而,从另一个角度来说,所谓学术生长点问题本身也是在刻意地寻找话题,显示出人们在学术上的焦虑与困惑。而在讨论过程中话题内容的重复性,则又说明大家感受的共同性。到此为止,中国现代文学研究似乎确实到了一个彻底反思和转型的时候了。

平心而论,所谓的学术生长点在纯粹的学理逻辑上是不成立的。因为只有在受到某种学术限制时,才会提出这样一个并非纯粹的学术问题。这个问题给人一种做作的感觉。本来学术研究就是一个自在行为,来自于研究者一种内在的冲动。发现问题就研究,没有发现问题就不研究,只有把学术作为一种生计时,才会议论着如何去找活儿做。但是,在当下中国的学术环境和思想体制里,这又确实是研究者所普遍遇到的一个实际问题。

预测未来从来都是一件非常不容易的事,如果要探讨现代文学研究的发展与走向,也是一件费力不讨好的事。比较而言,从文学史构成的两大结构事实与观念的角度来看,现代文学研究的学术发展仍然要沿着发现事实和评价事实这一思路来进行,以获得史源的补充和思想的深化。新的学术生长点往往首先来自于对既定的研究模式的反思。

第一,文学史文本的真实性问题。

这实质上是历史的真实性问题。任何时代的历史文本,特别是后来人在既定的历史观下所做的文学史文本都有被证伪的可能。因此,重新对既定文学史的一般事实进行考证,让逻辑服从事实——完成现代文学史的考古学过程,是现代文学研究历来的学术生长点。对于非历史当事人的当下研究者来说,其目前依据的历史事实是研究者在共同的思想环境下思考后的事实。因此,现代文学史文本首先应该有一个真实性判断问题。研究者首先要有史源意识,从思想的事实返回到原初的事实之中进行判断。在这一方面,日本学者的"初典论"值得我们借鉴。"初典论"以实证为主要方法,强调从原初事实和文本出发,追求第一事实的可靠性,研究过程就是整理和辨析事实的过程。虽然这种方法存在着忽视研究的思想性的致命弱点,但是其注重研究对象和研究过程的原初性的特点,是极为可贵的。文学史首先是事实的历史,然后才是思想的事实。而事实的历史也必须是整体的事实,离开整体就谈不到对历史的真实理解。说到底,文学史文本的客观真实性问题是一个文学史哲学问题,其核心问题就是重新确立和选择事实与思想,清除伪事实和伪文本。当然,这也是目前中国现代文学研究中最紧迫、最艰难的课题。

毋庸置疑,无论是历史事实的当事人还是后来的评价者,对于事实都有或多或少的选择性,受各种因素的制约,客观真实性往往会大大降低。所以说,历史文本都是对历史事实的夸大或缩小。这也是一种真实性,但严格说来是一种主观真实性,是被多数文本认定的一种真实。当主流文学史观公开宣布文学史的政治属性的时候,就已经表明了文学史文本的这种本质倾向性,同时也必然带来文学史文本的客观真实性问题。中国现代文学史从来就不是一种单纯的学术史,而是一种革命史、政治史和思想史。这不仅是因为中国现代作家的思想、人生道路以及作品的内容与中国现代社会的进程紧密相关,而且也是文学史写作者的文学价值观强烈地参与其中的缘故。因此,在这样一种内外思想环境中,对中国现代文学史进行单一的学术评价是很难实现的。

虽然脱离主流文学史观而进行历史事实的完全修正不可能真正实现,但进行局部的确认是必要的。这里不再是观念的问题,而只是功夫问题。例如,"革命的罗曼蒂克"一语一般认为出自于瞿秋白为阳翰笙重印长篇小说《地泉》三部曲所写的序言《革命的罗曼蒂克》。但是"革命的罗曼蒂克"一词及其含义,实质上是源自日本学者升曙梦关于苏俄文学的评价。

而当年左翼文艺阵营与"自由人"和"第三种人"的论争的最后结果,也并非如一般文学史教科书所言以前者的胜利而告终。从当时报刊的报道和文章看,左翼文艺阵营的理论主张在当时文艺界并没有得到太多支持。特别是在"九·一八"事变之后,左翼文艺阵营仍然坚持"无产阶级无祖国"之类的激进口号,结果在多个文艺座谈会上都处于被动状态。例如,1932年2月上海文化界人士为抗议日军进攻上海自发地组织集会。在会上,左翼文艺的代表与多数与会者的意见相左,主张斗争矛头对内。经过争论,左翼文艺代表的意见最后被大家否定,他们不得不在《中国著作家为日军进攻上海屠杀民众宣言》上签名。然而,在一种单面的历史观的制约下,绝大多数文学史文本并没有展示这一段历史事实的全部。这一现象的背后,实质上并非仅仅是受制于既定的历史观,也是因为缺少对历史事实的考辨过程。

第二,文学史观的个性化与连续性问题。

发生的历史是一种事实,评价的历史是一种文本。因为历史事实在不断发现,历史文本也在不断改变评价,历史文本实质上是不断变化着的事实评价的价值体系。因此,每一种历史无时不在改写和重写的过程中。所以说历史总是后人写的。文学史写作在后教科书时代的特征就是文学史评价尺度由一元化走向多元化,而最终是对文学史本身的丰富。

学术研究思想环境在未改变之前,所变化的可能只是事实。但是对于事实的发现已经趋于完整,而可能发生最大变化的就是评价。因此,研究的生长点或突破点,仍然是对学术研究思想环境的期待。长期以来,受制于内外的思想环境,我们的大多数文学史文本都是半面文学史——即只是事实的一面,观点的一面。事实的发现并不是多大的难事,近年来人们关于文学史重大事件的再回顾,已经使文学史事实本身越来越丰富、完整。当事实被多次发现之后,所剩下的就只是观念。

历史是一种事件关系,更是一种知识和思想体系。历史是一种事实与观念的综合,也是过去与现在的综合。我们不仅应将过去视为当代现实的过去来理解,即"一切历史都是当代史","一切历史都是思想史",而且应该把过去作为当代现实的对立物来揭示,即设身处地地评价,对历史事实做出自己的评价。在基本历史事实的基础上形成的文学史观必然有其评价的连续性。要揭示过去与今天的同一性、连续性,又要提示过去的独特性与唯一性。历史文本是一部关于历史事件在某种价值体系支配下的"使用说明书",马克思认为历史不过是追求着自己目的的人的活动而已。20世纪30年代,英国学者贝特森把文学史家和文学批评家做了一种形象的区分:"A来自于B"是文学史家的工作;"A优于B"是文学批评家的工作。从中可以看出,他认为文学史家的工作主要是叙述事实,而批评家的工作主要是评价事实。但是,二者之间不应该也不可能真正地区分开来。"以史带论"或"史论结合"的传统方法都表明了这一点。我以为,文学史家应该集叙述与评价于一身,就"史"与"论"来说,文学史家是必须承担连带责任的。

文学史家的责任是历史地、也是自主地确定事实与价值的关系。无论是历史事件还是评价尺度,都处于不断被当代化的理解过程中。像历史学家一样,文学史家在文学史写作中,实质上是把历史事实与事实、历史与今天做了有意义的连接。正是这种连接使历史文本从一般的统计数据变为各自有目的的社会总结。历史的教育意义也在这里,从现代文学研究的现状来看,这是具有特殊意义的学术生长点。

文学史不同于一般的历史,它既是当时社会生活、时代精神的反映,也是作家个人精神世界的具体显示。它对于过去的理解,伴随着突出的个人特征和情感特征。而文学史写作就是在对以往的历史过程进行系统化整理的基础上,对社会时代与作家、作品的价值关系以及历史的意义所做出的一种理性反思和情感体验。从形而上的层面来说,相对于人类活动而言,文学史存在的价值与意义在于它是人性本质的具体显示,是人的精神历程的生动记录,是人对一种带有自我个性特征的生命的记忆和情感的认同。在展示人类精神的深远与个人情感的细微方面,它的功能无与伦比。这为文学史写作的个性化提供了先天的条件。

前面说过,中国现代文学史绝不是单纯的文学史,还是革命史、政治史和思想史。因此,文学史观念的变化会给现代文学研究带来无限的空间。当我们超越党史体系的单纯政治观而采用整体文化观来评价毛泽东《在延安文艺座谈会上的讲话》前后解放区文艺界的斗争时,就会发现这种斗争本质上反映的是乡村中国与都市中国、传统文明与现代文明的冲突,并不是简单敌对的阶级斗争和思想斗争,具体来说,它反映的是接受过现代思想的中国都市知识分子与经济政治上已获得初步翻身解放、但传统思想观念仍然浓厚的中国乡村农民及其代表——工农干部之间在思想、情致乃至生活方式上的矛盾。如果我们理解了这一点,就可能会对过去一般文学史文本中对知识分子的单一批评重新思考,从而对延安整风运动做出更接近真实的历史评价。同样,当我们使用整体的文化标准而不是使用单一的政治标准,重新评价徐志摩在《西窗》和《秋虫》等诗中对于无产阶级运动的攻击时,会发现他并不是出自于资产阶级的立场,而是出自于人类整体的立场。联系到他在其他诗篇中对国民党当局的批判时,就会更进一步增强我们对上面结论的支持。

在一般文学史文本中,对于战争文学的评价也一直采用民族的和阶级的尺度,民族的爱国主义和阶级的革命英雄主义的理论话语贯穿始终。但对于战争文学的评价,或许我们应该在民族、政治的尺度之外再加上道德和人类的尺度,在这一尺度下,我们会对战争文学及其价值有新的发现。

第三,研究者的历史心理学问题。

所谓的"历史心理学"问题是指历史研究者对于研究对象和研究成果的心理预期,是一种与学理逻辑并不一致的自我价值评估。在此过程中,研究者的心理预期往往高于他者或历史的后来判断。

由于时间上的连续性,就研究对象的时间跨度和研究成果的积累而言,关于现代文学30年的研究,在细致程度和广泛程度上都超过了历史上任何一个等量时代。这是历史事实和历史研究发生的共时性与连续性所导致的结果,也是历史本身给予研究者的一种恩惠。因为相当多的文学史写作者往往就是历史本身的参与者,作为当事人,他们更熟知事件的过程,这就为历史事实的真实性提供了更可靠的保障。但是这种历史的恩惠使当下文学史的写作者容易强化历史事实的主观真实性,还难免有对当下文本价值高估的心态。

历史事实是一个不断积累的过程,而历史文本却是一个不断被缩减、淘汰的过程。单纯从学术逻辑上说,文学史文本是一个由简至繁,再由繁至简的过程。其间有着对于历史的认识上的原因,也有着时间上的长短、远近作用。只要人类文明不消亡,文学史文本的写作就会继续下去。而文学史是一个不断积累的过程,文学史文本总是从古至今的一个最后总结。对于一般作家和作品来说,随着时间的推移,都将要从文学史文本中淡化或淡出,时间是历史的最终裁判者。所以,无论是历史的当事人(作家和作品),还是历史的评价文本,都必须承受这种时间上的淘洗,都可能成为历史的一个匆匆过客,浩瀚的中国文学史已经不知淹没了多少作家作品。当下文坛和学术界热闹非凡的人与事,能在未来的文学史文本上留下几行字也就非常不易了。作为作家,必须有一种最终将被后世文学史文本淡化甚至淘汰的心理准备;作为研究者,也必须意识到自己的研究成果可能面临被否定、被忽视的结果。自己的研究无论是对浩瀚的历史事实,还是对未来的无限时间来说,都是微不足道的。这是一种面向自身的历史心理学。同时我们还应该有这样一种认识:最终的被否定或淘汰也都是有价值的,因为在此过程中,你的研究甚至你自己都成了人类历史进展的学术阶梯和思想环节。在这里需要特别指出的是,就政治史和思想史的逻辑关系来看,中国现代文学的研究者都是当下社会变革和思想变革的参与者,不断变化的学术环境要求人们不断地进行自我否定。研究者不一定把真话都说出来,但必须保证不说假话。而所谓学术的永久生长点也正发生于此。

二、革命史与文学史的契合:唐弢的文学史观

唐弢先生是公认的中国现代文学史家。除他主编的那部三卷本《中国现代文学史》外,我们仍能从他的其他一些论著中具体把握其文学史观的基本系统。

(1) 史实陈述的整体性与选择性

在唐弢的大量著述中,"胶结"一词的使用频率是相当高的,它意味着整体与联系。这种整体性或联系性是其文学史观的构成基础,也是其陈述文学史实的一个基本视点。作为文学史的研究对象,史实从时间意义上是指曾发生过的文学现象。而所谓陈述"无非是告诉人家文学的历史发展,把材料整理一下,把文学的发展过程和事实讲出来"。这一陈述原则便是"实事求是,以事实为主"。[①] 而要做到这一点,史家首先应具有一种"先求无我"即"述而不作"的心态。唐弢认为具备了这样一种整体性、客观性的视角才能全面地把握史实,为第二步的"说明和分析"提供依据。

概括地说,唐弢文学史观中史实陈述的整体性特征主要表现为三个互相联系的层面。第一,注重文学现象与社会现实的外部联系。像几乎所有同代学者一样,唐先生首先强调的是社会时代的决定作用,认为"从根本上说,决定中国现代文学发展的主要条件是中国社会生活和人民革命"[②]。这一基本史观贯穿于他学术研究的整个过程。文学尤其是中国现代文学并不是一个独立和封闭的系统,它与其历史环境发生着多种多样的联系和交流。考察文学现象与社会的外部联系,将其纳入一般的历史规律之中,从而更准确地确定文学的位置与价值,这似乎已是无须再加论证的公理。

第二,注意各种不同文学现象之间的联系。唐弢认为"现代文学史上的许多现象,都不是孤立的,它总有个来龙去脉,有个前因后果"[③]。因此,他多次说"我赞成文学史家视野放得开阔一些,凡是现代文学(新文学)范围以内的,只要艺术水准够得上,可以左、中、右作家都写"[④]。中国现代文学史本是

---

① 唐弢:《中国现代文学史的编写问题》,《西方影响与民族风格》,人民文学出版社 1989 年版,第 417 页。
② 唐弢:《雪峰——鲁迅的现实主义创作思想的阐述者和发展者》,《西方影响与民族风格》,第 172 页。
③ 唐弢:《艺术风格与文学流派》,《西方影响与民族风格》,第 153 页。
④ 唐弢:《关于重写文学史》,《求是》1990 年第 2 期。

十分丰富多彩的,其发展过程犹如一部连续剧,此事件的果可能便是彼事件的因,环环相扣,密不可分。一个具体的文学现象如果孤立于其他现象之外,便不可能被正确理解和评价。而且如果无视历史中某些事实的存在,也会使整个历史发展过程缺少实际的逻辑过程,从而使我们无法正确把握整个历史。唐弢反复强调:"绝不能像过去一样,将一部文学史写成左翼文学史。其实没有右,没有中,怎么能显得出左呢?"他认为文学史应是"全面的"文学史。[1] 左翼文学是发展的主流,但这主流正是在不断与对立面及自身斗争的过程中,不断吸引中间文学而发展壮大的。各种文学现象之间相勉而又相成,文学史的丰富性即体现在这种不同文学现象之间的依存关系上。承认文学发展史的丰富性和联系性,不仅表现为一种历史的整体观,而且也显示出一种史家的宽容精神。把握文学发展的全貌不仅是对史实的尊重,也可帮助我们更细致、精确地认识文学所反映的社会和时代。文学是人的心灵的显示,每一个心灵都与另一个有所不同。不同文学现象是对不同社会心理的记录,文学史家必须对此给予全面关注。唐弢在谈到中国新诗的发展道路时,以一种充满激情的诗意写道:"我们有过郭沫若和冰心,有过闻一多和冯至,有过徐志摩和朱湘,以后又有戴望舒、卞之琳、艾青、田间、李季……还有许多我熟悉他们诗篇而没有记住他们姓名的诗人。笙歌院落,灯火楼台,正是这么一支弦管杂奏的队伍才使诗坛不致冷落:我们不能没有汪静之,不能没有李金发,甚至也不能没有路易士,因为生活在这里作了安排,这是历史的序曲。在队伍中我们可以彼此竞赛,彼此批评,却不能彼此排斥。"[2]过于褊狭的视角无疑是在掩埋自己民族文化的历史。

第三,注重具体文学现象自身的整体性。在这里,他主张"全面地介绍作家的影响"[3],"艺术家是一个完整的称号,必须全面地理解它的含义",针对以往文学史中多注重以政治价值评价作家作品而忽视其艺术价值的事实,唐弢突出强调了"人史"的艺术标准[4]。文学史实陈述的政治视角是符合社会发

---

[1] 唐弢:《关于重写文学史》,《求是》1990年第2期。
[2] 唐弢:《我观新诗——〈正统的与异端的〉代序》,见蓝棣之《正统的与异端的》,浙江文艺出版社1988年版,第9页。
[3] 唐弢:《中国现代文学史的编写问题》,《西方影响与民族风格》,第422页。
[4] 唐弢:《艺术家和"道德家"》,《西方影响与民族风格》,第504页。

展的一般规律的。文学作为一种社会意识,其产生和发展无论经历了多少环节与层次,都可以从当时的社会现实尤其是政治生活中得到一定的解释。特别是中国传统的文学观和文学史观,它们更趋向于史实陈述的政治视角,因为中国文学与政治的同源乃至同体是任何民族的文学都难以比拟的。现代文学30年中的政治风云使每个作家都不能不受到政治生活的制约和驱使,这是一个时代的特征。因此,从政治视角来解释文学现象是许多文学史家最为熟悉和惯用的方式。但是,唯物史观只是文学史观的基本框架,并不能代替具体的史实陈述和判断。一般历史的陈述原则作为文学史实陈述的单一视角,无疑会忽视许多重要的史实,最终使得文学史丧失其本身的特质。唐弢对此感受颇深,他多次强调:"文学史首先是一部文学史"[1],"文学史就得是文学史","而不是思想斗争史,更不是政治运动史"[2]。"对于一个作家来说,首先应当是一个作家"[3],"一个文艺作品,首先是艺术"。同时,唐弢并不否认作家作品的政治倾向和价值,他认为"政治是重要的,不过政治和艺术在一篇成功的作品中是浑然的一体,不是什么外加的东西"[4]。他主张从历史的和审美的、政治性与艺术性统一的视角去完整全面地解释文学现象,尤其是不能忽视文学的审美本性。文学是社会生活的反映,但我们应从文学的发展来折射社会的发展,而不是从社会进程来模塑文学。在"政治唯一"那种过分强调文学的社会价值的视角下,本体性的审美评价往往会成为崇扬思想内容之后的"美中不足"或"瑕不掩瑜"式的简单注脚,从而在文学史的入口处错认来者。史实陈述的整体性原则并非惊人之论,但就长期以来文学史研究现状来说,是十分可贵。它不仅表现为史家对过去历史的尊重,也表现出对科学的文学观念的追求。因此,唐弢的思想对现实的文学史研究是具有深刻的启示意义的。

史实陈述的整体性并非等同于全部性,任何时代都不可能有一部完整陈述过去的文学史。对此,唐弢也有着辩证的认识。

茅盾生前曾主张现代文学史按照中国古代历史学家那样把历史分为纲目,以大事为纲,纲的下面是目,将所有现代文学史上出现过的作家作品全部

---

[1] 唐弢:《中国现代文学史的编写问题》,《西方影响与民族风格》,第418页。
[2] 唐弢:《关于重写文学史》,《求是》1990年2期。
[3] 唐弢:《艺术风格与文学流派》,《西方影响与民族风格》,第158页。
[4] 唐弢:《中国现代文学研究近况》,《西方影响与民族风格》,第42页。

"入史"。对此,唐弢认为:"凡事总有个界限,即使是多卷本文学史也未必能全部容纳。生活里总有写不进历史去的人。"①任何陈述和评价的文学史都是以文献形式存在的,所以与自然形态的文学史相比,文献文学史都是对过去文学现象的一种紧缩而不完备的表述。在此意义上,史实陈述的选择性成为文学史的自在的特点。随着时间的流逝,文学史在单位时间内的保存只能是越来越少而不是变得更多。在后代人的眼里,许多名噪一时的作家作品势必无可避免地黯然褪色,成为一个简单的名词淹没于浩瀚的历史之中。因此,文学史的容量决定了史家不可能原封不动、无一遗漏地去陈述所有史实,文学史写作必然要经过对史实的不断选择。文学史的建构既是对历史的保存也是对历史的淘汰,其结果是要成为"一部全面的但又十分精练的文学发展史"②。"全面"与"精练"恰好表明了"整体性"与"选择性"的关系。史家首先要对史实有整体性的把握,最后经过选择而入史。选择性来自于整体性而最终又表现为整体性,反映出"现代文学发展规律总的面貌"。整体性不仅是一个时间和空间上的物理概念,更是历史哲学上的一个"完整的规律性的概念"③。可见,对史实的陈述实质上已进入史家的主体评价范围了。

(2) 史实判断的学术理性与道德品格

无论史实的整体性陈述还是选择性陈述,在很大程度上都是对史料的重复和再现。单纯的史实陈述是文学史的外在研究,史料不过是特定历史的"残骸",而史家对史实的价值判断才是文学史的内在研究。前者的目的在于辨伪存真,后者的目的在于理解和评价,史家的责任便是确立史实与价值之间的真实关系。文学史研究必须基于史实而又超越史实,从事件中体验意义,从判断中表现思想。如果说"先求无我"是史实陈述的特征的话,那么史实判断的特征便是"再到有我"。从"无我"到"有我"的过程完整地体现了唐弢治史的基本方法。如何把握、选择史实,又如何判断、评价史实,确实可以检验一个史家的综合能力。

唐弢认为,"一个文学史家重在有史识,有自己的见解",有"敏锐公正的

---

① 唐弢:《由现代文学博士研究生试题想起的事》,《西方影响与民族风格》,第404页。
② 唐弢:《关于重写文学史》,《求是》1990年第2期。
③ 唐弢:《中国现代文学史的编写问题》,《西方影响与民族风格》,第427页。

眼光"。① 就史识形成的主观条件来说,主要在于史家的知识结构、思维方式和道德品格。科林伍德认为"一切历史都是在历史学家自己的心灵中重演过去的思想"②。我国古代学者叶燮认为批评家要具备"才、识、胆、力"。唐弢作为现代文学的历史参与者与见证人,积累了丰富的史料知识,尤其是对期刊的掌握,更是令人惊叹。在此基础上,他有足够的能力对史实进行整体性陈述,通过"广泛地比较,然后决定取舍",形成较为准确的选择和判断。从思维方式上来看,唐弢强调"论从史出",反对"以论带史"③的方法论。这种思维方式愈到其后期愈见坚实。史家史识的形成往往需要史家品格的支持,作为真正的史家,必须有不媚俗的精神,这是一种学术理性,也是一种道德人格。史家最大的悲剧莫过于对某种权威的盲从,这种人急于向社会表明自己,以求得保护或荣耀。按照社会的需要以一种现成的东西去否定另一种现成的东西虽说是最为省力和稳妥的,但却是以丧失学术理性和史家品格为代价的。史识首先来自于对群体认同的超越,也来自于对自我成见的超越。毋庸讳言,唐弢也曾被唯心史观打动过,但最终还是摆脱了它的诱惑,他的史家品格和学术理性是逐渐建立的,而且主要是通过晚年的自我超越和历史反思来完成的。这充分表现在他在五六十年代、70 年代和 80 年代不同时代里对冯雪峰学术观点评价的变化过程之中。

1957 年,随着冯雪峰在政治上被否定,其关于鲁迅的基本观点也受到了不公正的批判,而唐弢也卷入了这场"斗争"。他在长文《论阿Q的典型性格》中,认为冯雪峰关于阿Q是"思想性的典型"的观点表现出了"反现实主义""反阶级论"乃至"反马克思主义思想的实质"。1978 年唐弢将此文收入《海山论集》时,虽说基本观点没有大的变化,但在行文用词上却淡化了批判的锋芒,认为"雪峰同志的'理论'违反了现实主义的原则,也违反了马克思主义的阶级论"。④ 到了 1986 年,唐弢在《雪峰——鲁迅的现实主义创作思想的阐述者和发展者》的长文中,称雪峰的理论具有"无可置辩的现实的意义",并且

---

① 唐弢:《中国现代文学史的编写问题》,《西方影响与民族风格》,第 423 页。
② 〔英〕R.G.柯林武德:《历史的观念》,何兆武、张文杰译,中国社会科学出版社 1986 年版,第 244 页。
③ 唐弢:《中国现代文学史的编写问题》,《西方影响与民族风格》,第 417 页。
④ 唐弢:《论阿Q的典型性格》,《文学研究》1958 年第 2 期。

"为马克思主义文艺理论宝库提供了一个令人瞩目的具有中国特色的理论体系"。① 这种最后的结论从判断上显然是真实而深刻的,从感情上也是真诚而深沉的,既是学术理性的历史反思又是史家道德的自我反省,最终达到了"实事求是,科学公正"②的史识高度。史家要达到这一境界,不仅要超越具体的史实对象把握更深层的历史联系,更重要的是要超越自我的思维定势和历史成见,以使自己的判断更加切近对象本质,增强学术理性,在反思与理解中重建自己。唐弢先生无疑具有这样的学术理性与史家品格,这一点从他对"左联"、对胡适、对林语堂、对蒋光慈等史实的评价变化中也可以看出。

平心而论,唐弢先生的史识并不主要表现在史实评价的创造性上,他首先是一位总结性的学者。"史识并非仅是指史实判断中的与众不同的独到见解,有时通过自身的体验而认同他人的见解也是一种史识。"③唐弢愈到晚年愈显示出这样一种追求:依据马克思主义的唯物史观,用自己拥有的全部知识和艺术体验去再现历史的真实,实现切合对象实际而又具有独到见解的史识判断,体现出稳健而不保守的大家气质。例如他对传统文化与外来文化关系的思考、对鲁迅小说在中国现代小说民族化过程中的价值的见解、关于中国现当代文学史一体化的观点、关于《原野》主题的独特解释等,都显示出了个性化的创造性评价。

(3) 历史结论的永久性与当代性

唐弢从史实陈述的选择性特征和史识判断的自身体验中,感受到文学史实的评价既有稳固性又有变异性,既有个性色彩又有普遍意义。因此,他主张史家的评价要有历史感,要把文学史实的"本质的永久性的价值与它在当时历史条件下所发生的作用兼顾起来","要采取历史唯物主义的态度,是好是坏,该突出的就突出",而其根本要求是"要经得起实践的考验"。④ 正是出于这种思考,唐弢在1985年提出"当代文学不宜写史"的主张,并引起了一场不大不小的争论。

唐弢认为"《当代文学史》实在是对概念的一种嘲弄"。因为"历史需要稳

---

① 唐弢:《论阿Q的典型性格》,《文学研究》1958年第2期。
② 唐弢:《雪峰——鲁迅的现实主义创作思想的阐述者和发展者》,《西方影响与民族风格》,第176页。
③ 唐弢:《艺术风格与文学流派》,《西方影响与民族风格》,第155页。
④ 唐弢:《中国现代文学史的编写问题》,《西方影响与民族风格》,第424页。

定","只有经过时间的沉淀,经过生活的筛洗,也经过它本身内在的斗争和演变,才能将杂质汰除出去,事物本来面目逐渐明晰,理清线索,找出规律,写文学史的条件也便成熟了"。鉴于此,他主张先用"当代文学述评"来代替"当代文学史",以促进当代文学的发展,从而为写史"取得更准确和更有效的解决"。针对唐弢的观点,许多人表示了不同的意见。但实质上唐弢的观点在这里有两点意义:第一,承认人的认识(文学史家的历史结论)要有一个逐渐深入和形成的过程,史实评价具有延时、滞后性;第二,"文学史"中的史实评价具有"定论"的性质,最终应追求共识与一致。

一般说来,对历史的认识需要有一个冷却、沉淀的过程,当代人对当代事的评价由于身在其中,受某些情感性、权威性的因素影响往往不能做出公正客观的理解。同时"因为有许多假象和真象混合在一起,渣滓还没有沉下去。事情过后,生活的渣滓沉下去了,问题才看得清楚,见得分明。时间、认识、事件本身的稳定性帮助作者进行了概括"。① 唐弢进一步论述了"述评"与"史"的区别:"史是收缩性的,它的任务是将文学(创作和评论)总结出规律加以说明,即使不是也容易让人觉得这已经是定论;述评则是开拓性的,它只是提出问题,介绍经过,客观地叙述各方面的意见——当然也包括执笔者自己的意见和倾向。"就此看来,述评属于文学现象的即时反应和静态研究,而文学史则是对现象本身及其即时反应的再评价,是对即时反应的验证。述评是固定时态的孤立判断,而文学史则是在当时与后来两个不同时态的连接中对现象及评价的整个发展过程的判断,时间因素在这里具有绝对重要的作用。唐弢认为:"历史是事物的发展过程,现状只有经过时间的推移才能转化为稳定的历史。"人对事物本质的认识要有一个过程,而事物本质尤其是某一文学现象在文学发展过程中的全部作用、影响及价值的显示也需要一定的时间,正像童话中的大灰狼在吃小孩之前总爱装扮成慈祥的外婆一样,总要有一个被孩子识破的过程。

唐弢强调"历史的稳定性"——"定论",追求历史结论的共识与一致,从哲学意义上显示出历史唯物主义认识论的识见。人能否达到对对象本质的最终认识,也就是说一致性的"定论"是否存在,实在是一个严肃的哲学论题。

---

① 唐弢:《当代文学不宜写史》,《唐弢文集》卷9,社会科学文献出版社1995年版,第494—495页。

一种事物总有一种相对稳定的本质属性,这是一种事物区别于其他事物的根本标志。对象的本质存在一定程度上规定了主体的认识程度,避免了认识结果出现过大差异。人通过自己的能力最终是能达到对对象本质的认识的,而所谓的"定论"也正是对这一本质的共同认识。例如,任何史家都不大可能从《肥皂》中得出鲁迅肯定四铭人格的结论来,也不大可能认为《雷雨》是一出喜剧。从这一角度上讲,史家的史识首先是一种发现,一种对于对象本质的发现。

从唐弢对历史结论的思考中,我们看到他对评价的永久性的执著追求。"当代文学不宜写史"之说既体现了史家对"史"的严谨态度,也是他多年来基于自身体验的道德反省和历史反思的必然结果。从 50 年代初开始,唐弢便抱定这样一种信念,为了"追上时代",他积极配合时事政治,努力对一些重大政治事件做出自己的即时反应。他批判《武训传》①,声讨胡风②,批判许杰的《鲁迅小说讲话》③,尤其是批判冯雪峰的学术思想。然而这样追求的结果有许多是"不能经受实践检验的",时代提供了突破的机遇,也规定了限制。"时运交移","十代九变",唐弢困惑于一般的史实判断原则与具体的现实环境的矛盾,在他看来,似乎只有后人或局外人才能对历史做出更切近真实的评价。这样一来,"当代文学不宜写史"的学术见解中便有了一些往事不堪回首的道德性慨叹,从而使他的结论中隐约带有一种消极的意味:过分强调史识形成的客观性、时间性,而相对忽视了史家的主体能力。就这一点而言,似乎是相对他 60 年代观点的倒退。1960 年 10 月,唐弢在《解放军战士》编辑部做的《关于杂文写作的几个问题》的报告中,一方面承认创作与批评中即时反应的不准确性,另一方面又通过对"距离论"的批判来肯定作者的主观认识能力。他还特别以毛泽东和鲁迅的一些论断为据,以加强和证明自己观点的正确性。也许那来自一种时代气势,唐弢那时对史家的主体能力充满了自信。在历史发展的过程中,真正的史家、大家确实应该有这种认识能力。如果他能充分掌握材料,站在历史的高度,以不媚不俗的史家品格,凭借自身对所要评价的时代的切身感受,是可以做出优于后人的判断的,而对事物本质属性的认识往往

---

① 《文艺新地》1951 年第 6 期。
② 《文艺月报》1955 年第 3 期。
③ 《文艺月报》1957 年第 8 期。

便表现在最初的结论中。因此,史论与述评之间并不是割裂的,有许多述评在后来的历史中沉淀为固定的史论。历史的结论是主客体之间相互作用的结果,史家不能等待时间或某种权威给历史做了结论之后再去被动地陈述,而应积极地去实现对对象本质的把握。更进一步说,历史结论的所谓"定论"性质也是相对的、发展的。历史结论作为一种思想行为,其当代性是极为鲜明的,许多人为历史研究赋予的目的——"为现实服务"本身便时刻决定着这一点。斗转星移,沧海桑田,随着观念的更新和材料的发掘,"定论"不断被改变也是难免的,历史结论的永久性就蕴含于当代性之中,因为人的认识是不断深化和改变的。唐弢自己也曾发表过几次这样的意见:"我们可以有多种多样的文学史,我个人如果写,就写一家言,写我自己喜欢的,代表我自己的艺术欣赏标准。"① 因此,对于当代文学能否写史的问题,我们还是应该从主客观两方面辩证地分析。

三、20 世纪 30 年代"无产阶级文学"观的本质特征与思想源流

中国无产阶级文学固然因其自身实践而具有独特性,但因其发展时序上的后起,师承苏联、日本所表现出来的共通性还是主要的。其中对阶级性、功利性的本质认识与论争形式的确立过程中所表现出来的相似性尤为明显。

20 世纪 30 年代前后是世界无产阶级文学运动的兴盛时期,文学史上因此曾有"红色的 30 年代"之说。在这种世界文学的大格局中,中国无产阶级文学受苏联、日本无产阶级文学的影响,成为国际无产阶级文学运动的组成部分。对中国 30 年代文学来说,苏联文学的影响大致有两个路向:一个是瞿秋白及太阳社的蒋光慈、沈起予、钱杏邨等人直接传来;另一个通过后期创造社成员李初梨、冯乃超、彭康以及鲁迅、冯雪峰、林伯修、陈勺水、胡秋原等人经日本文学界辗转介绍而来的。从而形成了苏联→中国、苏联→日本→中国式的传播路向。就流量和结果来说,后一种传播路向最为重要,也是下文将要追溯和探讨的主要内容。

(1) 文学观念的功利化

文学观念的变革是无产阶级文学运动的首要问题。20 年代初,以阶级斗

---

① 唐弢:《中国现代文学史的编写问题》,《西方影响与民族风格》,第 416 页。

争的"武器""工具"论为基本特征的无产阶级功利主义文学观在苏联文学界确立,并且迅速成为其他各国无产阶级文学运动的基本理论,极大地促进了各自文学观念的变革。

无产阶级功利主义文学观主要有如下几个内涵:在文学功能上要成为阶级斗争的武器;在作家思想和文学内容上要具有无产阶级意识;在文学批评标准上要坚持政治价值的首要性乃至唯一性。就苏联文学界而言,这种文学观突出表现在"无产阶级文化派"和稍后的"拉普"派的理论主张之中。

十月革命之后,"无产阶级文化派"以"文化上的急进的社会主义者"自命,突出强调文学的政治功利价值,其主要理论家波格丹诺夫是始作俑者。"无产阶级文化协会"成立后不久,他便在《宣言》中称"无产阶级文化"为"世界社会主义胜利的""伟大武器",从而为"无产阶级文化派"的文学观念定下了基调。此后,虽说"无产阶级文化派"在文学团体的路线上于政治上被批判,但这种阶级斗争的功利文学观却被肯定,并被稍后的"拉普"所继承,作为理论基石加以系统化和权威化。其著名理论家阿卫尔巴赫在《什么是"岗位派运动"?》一文中认为,无产阶级文学就是要"强调艺术作为阶级斗争和文化革命的工具的社会作用"。当时"拉普"正与托洛茨基等人进行文艺论争,但托洛茨基等人关于文学的阶级功利观的认识与前者其实是相同的,这种阶级功利性文学观的根本理论来源无疑是马克思主义、列宁主义的基本原理,但具体来看,波格丹诺夫的组织科学理论却是直接的构成基础。

波格丹诺夫在《组织形态学》一书中,从生活与思想相一致、客观与主观相一致的理论出发,提出"人类组织形态经验"的结构说,作为他所创造的"人类活动的组织形态原则"学科的研究理论。他把艺术也看成是一种"组织形态的体系",确定其为"真实形象的组织形态",在自身与生活现实之间具有组织能力,能赋予事物与思想、肉体与心理之间以主观性的组织形态联系。波氏的组织形态论文艺观实质上是对马克思主义关于经济基础与上层建筑理论的进一步解释,是意识形态对社会存在的主观能动性作用在文艺功能上的形象化和具体化。早在1918年9月20日无产阶级文化教育组织第一次全俄会议上,便依据波氏的这一理论和建议做出了题为《无产阶级与艺术》的决议,波氏的理论对苏联文坛产生了巨大的影响,不仅直接影响到"无产阶级文化派"和"拉普"派,而且也影响了布哈林、卢那察尔斯基等人。受波氏理论和布哈林"艺术是感情的普遍化方法"的观点影响,"拉普"三大领袖之一列列维奇写了《作为生活组织的艺术》一文,文中他强调文学在阶级斗争中的社会功能,批判瓦浪斯基的文学观是超阶级的。他的这一观点构成了"拉普"纲领的基础。卢那察尔斯基在一些问题上与"拉普"派是对立的,但是也同样接受了组织形态论的美学思想。他认为观念形态是社会存在的反映,但其反映却具有主观能动性。因此,文学作为一种观念形态,具有"优秀的职掌","在或一程度上,艺术是社会思想的组织化","艺术作为思想的组织者而显现的时候,则也可以说,一定是将思想和感情组织在一处的。有时候,艺术也能全然是感情组织者"。① 苏联文学界的这种组织形态论美学思想突出强调了文学的社会功能,并且使其具体化为社会生活和斗争中的组织机构和设施。虽然这对现实社会有着积极作用,但也忽视了文学活动的特殊性。

(2) 功利文学观与日本文学

苏联文学界普遍存在的阶级性功利文学观通过升曙梦、片上伸、冈泽秀虎、上田进以及藏原惟人等,很快就被介绍到日本来,从而直接促进了日本无产阶级文学理论的形成和文学运动的产生。

俄国革命和文学运动在日本引起了很大反响。最早介绍苏联文学的文章是八杉贞利1918年6月发表在《太阳》月刊"增刊号"上的《俄罗斯革命与文学》,八杉贞利是日本知名刊物《俄罗斯文学》的主要撰稿人,他从俄国政治变革的视角介绍了文学的变化,认为苏联文学是一种全新文学的开始。这样,从1918年到1926年日本无产阶级内部发生第一场较大规模论争之前,日本文坛已翻译介绍了普列汉诺夫、托洛茨基、卢那察尔斯基、波格丹诺夫、阿卫尔巴、瓦尔金、列列维奇、瓦浪斯基和布哈林等人的文学理论和观点。其中,具有批判色彩的阶级性功利文学观引起了人们最普遍的关注。

第一个使用"无产阶级文学运动"一词并较早提出阶级性文学观主张的是平林初之辅。1921年12月,他在《新潮》杂志上发表《唯物史观与文学》,以马克思主义的观点为基础,以苏联文学理论为例证,解释了文学的本质指出了文学在社会和阶级上的功利性。次年6月,他在《无产阶级的艺术》中又进一步推出,无产阶级的艺术在现今社会中是作为被压迫阶级、反抗阶级的战斗武

---

① 〔俄〕普列汉诺夫:《艺术论》,鲁迅译,大江书铺1929年版,第305页。

器而出现的。① 从较高的理论层次、比较完整的视野译介苏联文学理论,并在指导日本无产阶级文学运动中发挥了最大作用的是藏原惟人。从1920年在大学俄语科学习时起,他便热衷俄罗斯文学,并成立了俄罗斯文学研究会。1924年,为了进一步学习和研究苏联文学,他作为《都新闻》的特派员赴苏。此间受到"拉普"理论影响,1926年归国后立即投身于再次兴起的无产阶级文学运动,发表大量介绍苏联文学理论的文章。1927年2月发表《政党与文学》《文学上的无政府主义与马克思主义》等文章,批评新居格的文艺观,强调文学作为"阶级斗争的武器"的作用,反对无政府主义和艺术至上主义。此外,青野季吉、中野重治、林房雄、胜本清一郎等重要文艺评论家也都发表了类似的看法。

值得注意的是,在日本无产阶级文学运动中形成的这种阶级性的功利文学观,其重要理论基础也是波格丹诺夫的组织形态美学。1927年2月5日,鹿地亘在《克服所谓的社会主义文艺吧》一文中认为:"艺术的作用,由于它能引起感动的特殊性,而决定它是以政治上的暴露手段来组织群众的。它是进军的号角,对于那些进行实际革命的人,艺术是鼓动者。"很明显,鹿地亘是从"组织生活"的功能角度来界定文艺的本质特征的。相对鹿地亘的观点,藏原惟人1928年4月发表在"纳普"机关刊物《战旗》创刊号上的《作为组织生活的艺术与无产阶级》的文章,一方面同意波格丹诺夫、布哈林和列列维奇《作为生活组织的艺术》一文中的观点,认为艺术有组织生活的作用,称"艺术是使感情和思想'社会化'的手段,同时它又由此而组织生活";另一方面,他也同意瓦浪斯基的观点,认为艺术有认识生活的作用,从而拓展了无产阶级艺术功能的认识。在此之前,他还翻译发表了卢那察尔斯基《关于马克思主义文艺批评任务的纲领》一文,介绍了卢氏的组织功能论美学思想即马克思主义文艺批评与文学"并立而负有这样的使命:它应该成为向着新的人类及新的日常生活化生成过程之强有力的精神的参与者"②。像"无产阶级文化派"和"拉普派"一样,藏原惟人也没有把无产阶级文学的组织功能仅限于一种理论认识,而是努力加以具体化——机构设施化。1930年6月,藏原惟人秘密去

---

① 《东京朝日新闻》1922年6月8—10日,转引自刘柏青:《日本无产阶级文学运动简史》,时代文艺出版社1985年版,第26页。

② 〔俄〕卢那察尔斯基:《关于马克思主义文艺批评任务的纲领》,《战旗》1928年9月号。

苏联参加了国际工会第五次会议。1931年2月回国之后,依据国际工会大会的决议《关于无产阶级文化教育的各种组织的任务与作用》,化名古川庄太郎在6月号的《纳普》杂志上发表了《无产阶级艺术运动的组织问题》一文,要求以工厂、农村为基础,确立"共产主义艺术"的组织功能。在无产阶级还没有获得政治、文化权力的日本,照搬苏联的组织方案和政治目的,虽说明显不切实际,然而经过"纳普"内部的激烈论争之后,这一主张还是被日本无产阶级文学阵营所接受并加以实施,从而赋予了无产阶级的功利性文学观在日本外在的、具体的显示。

(3) 中国文学界对功利文学观的接受

还是中国"革命文学"运动初起之时,有人便说:"中国的普罗艺术运动,与日本有不可分离的关系。"①夏衍后来也回忆说中国无产阶级文学"受日本影响较多"。通过大量的译介,日本文坛成为中国30年代无产阶级文学接受马克思主义文艺理论的中转站和了解苏联文学的窗口。而阶级性的功利文学观作为重要的内容更具有明显的"三点成一线"的承继特征。最早从日本文坛吸收和引入这种文学本质观的是创造社成员。

1924年关东震灾之后,日本无产阶级文学运动再次兴起,当时李初梨、冯乃超等后期创造社成员正在日本东京帝国大学学习。东京帝大是被时日本社会科学的活动中心,林房雄、中野重治、鹿地亘等正是当时东大的学生和该校"新人会"、马克思主义文艺研究会核心成员。东大学生的读书活动开展得非常热烈,藏原惟人等人也曾来学校和学生座谈。李初梨等人参加了文学部的读书会,并与日本同学一同组织了"无产文艺研究会",一起讨论有关无产阶级文学和苏联文学的问题。1925年以福本和夫的理论为先导的日本无产阶级政治、文化阵营开始批判日共前领导人山川均的折衷主义路线,提出流行一时的"万向转换"口号。在日本无产阶级政治和文学运动这种氛围的影响下,1926年7月间,东京创造社派郑伯奇回到上海,传达他们希望创造社也"转换方向,改变立场"的意见,并萌发了倡导无产阶级文学运动的计划。同年底,成仿吾和李初梨、冯乃超等人归国,很快发动了"革命文学"和批判鲁迅、茅盾等人的运动。可以说,中国的无产阶级文学运动是在日本的直接影响下发生

---

① 沈绮雨:《日本的无产阶级艺术怎样经过它的运动过程》,《日出》旬刊1928年第3、4期。

的,而在 30 年代中国文坛占主导地位的阶级性功利文学观则是由后期创造社成员最先界定的。

最早也最完整地为中国的无产阶级文学观定义的是李初梨。1928 年 2 月 15 日,他在《文化批判》上发表《怎样地建设革命文学》一文,提出了有关文学本质的判断:"文学是宣传","有它的社会根据——阶级的背景","有它的组织机能——一个阶级的武器"。在此基础上,他对无产阶级文学做了明确的定义:"无产阶级文学是为完成他主体阶级和历史的使命,不是以观照的——表现的态度,而以无产阶级的阶级意识,产生出来的一种斗争文学。"李初梨的定义在"革命文学"倡导运动中无疑是具有指导性的,而且成为后来"左联"文学观的建构基础。冯乃超后来进一步明确宣称:"我们的艺术是阶级解放的一种武器,又是新人生观新宇宙观的具体的立法者及司法官。革命的整个成功,要求组织新社会的感情的我们的艺术的完成。"①同样,创造社的另一位成员彭康也一再强调"革命文艺特别是高唱文艺的阶级性,把守阶级的立场"②。另外,谷荫、成仿吾、阿英等人也都持有同样的观点。值得注意的是,当时受到这些"革命文学"倡导者们批判的鲁迅、郁达夫等人,在文学观上也基本是一致的。

同时必须看到,李初梨等人的无产阶级功利文学观的重要理论基础之一也是波格丹诺夫等人的组织形态论美学。这一美学思想是通过藏原惟人的理论而流入中国的,最早转述这一理论的还是李初梨。他在《怎样地建设革命文学》一文中认为,"文学为意识形态的一种,所以文学的社会任务,在它的组织能力"。也正是由此才推导出文学为"一个阶级的武器"的结论。其后,冯乃超 1928 年 8 月 10 日在《创造月刊》第 2 卷第 1 期上发表《冷静的头脑》一文,用苏联、日本的文学理论来驳斥梁实秋的《文学与革命》。他在文中吸收了东大"新人会"和马克思主义文艺研究会成员谷一(原名太田庆郎)在《我国无产阶级文学运动的发展》一文中的观点,即"'感情的社会化'是文艺的特殊功能,无产阶级文艺运动自然应该成为一种教化运动"③。谷一的"感情的社会化"一说来自布哈林,冯乃超在文中大段转述了布哈林的观点:"科学把人

---

① 冯乃超:《怎样地克服艺术的危机》,《创造月刊》1928 年第 2 卷第 2 期。
② 彭康:《冷静的头脑》,《创造月刊》1928 年第 2 卷第 4 期。
③ 〔日〕谷一:《我国无产阶级文学运动的发展》,《文艺战线》1926 年 10 月 10 日。

的思想系统化、秩序化、纯粹化,从矛盾解放,从知识的断片,从碎布缝成一件科学的观念及理论的衣裳。然而,社会的人间不单思索而且感情";"艺术或以言语,或以音响,或以运动(比如跳舞)或以其他手段(这往往是'非常地'物质的,如建筑上的),总之,以技巧的形态,表现这些感情,因而使感情系统化。这又可换言如下:艺术是'感情的社会化'"。最后,冯乃超总结性地写道:"艺术——文艺学亦然——是生活的组织,感情及思想'感染'。所以,一切的艺术本质必然是教化(这不均艺术家自身有意或无意)。"稍后,彭康发表《革命文艺与大众文艺》一文,以批判郁达夫的"大众文艺"论为契机,系统地阐述了组织形态论美学观。他的阐述大致分以下三个层次:首先,他运用卢那察尔斯基的观点从经济基础与意识形态之间关系入手,分析了属于意识形态的文艺在社会生活中的一般组织作用。他认为文艺作为意识形态的一种,可以将思想、情感和趣味的"散漫的刹那的断片的一些同样的东西"加以"体系化、理论化,则同样的生活样式更加可以在一定的意识形态之下统一、巩固起来,使同样地生活的人们因对于生产的同样关系更能成为一个意识的阶级,这样的统一的及组织的效能是意识形态所能有的"。其次,他进一步论证了文艺区别于别种意识形态的特殊性:"文艺与别的意识形态一样,虽然也是现实社会的反映,但以与内容相适合的音调、色彩、形态、言语表现出来格外使得文艺是感情的、强有力的。""文艺是思想的组织化,同时又是感情的组织化。文艺不仅是现实社会的热烈的直接的认识机关,还是文艺家对于现实社会的一定的见解及最期望的态度之宣传机关。"在这里,彭康的论点从藏原惟人那里走向了布哈林。他认为文艺与其他意识形态的差别即在于其不仅使社会思想组织化,而且使人群情感组织化,从而揭示了文艺这一工具的感染性功能。最后,他由所组织的思想与情感的社会差异性而确定了文艺本质的阶级属性。他在文章中写道:"在文艺中所组织的思想及感情都是为实现社会的实际形态所支配。文艺所表现的内容生活样式、生活感情,固然是现实社会的反映",而"现实社会是一个阶级的社会,所谓为社会所规定,即是受制约于一个阶级。一个人的生活虽然复杂,可以与别个阶级发生关系,但它的根本基调是属于他的阶级的"。随即他从作品的内容分析转向对作家思想的评价,认为"文艺家实感着这样的生活情调,更容易带有阶级的意味"。经过这一番推论后,他得出结论:"革命文艺特别是要高唱文艺的阶级性,把守阶级的立场。"在这里,我们看到彭康借用苏联和日本的"组织形态"美学理论,比较完整、严密地论证了文学的功能和本质。

在彭康之后,1929年1月10日,李初梨在《创造月刊》第2卷第6期"新年特大号"上发表了题为《文艺运动的新阶段》的长文,以藏原惟人和列列维奇观点为价值尺度批判茅盾的"小资产阶级革命文学"。像彭康一样,李初梨也用"艺术是一种感情的组织化,或情绪传染的方法"的理论来理解和强调作家在表现感情和认识社会过程中的阶级特性。此外,苏汶、林伯修等人也对组织形态美学观做过译介。

这种功利性的文学本质观和"组织形态"论美学观成为国际无产阶级文学理论的共同基础,其他一些具体观点多派生于此。

四、新文学与知识者及知识者话语

20世纪90年代,"人文精神大讨论"成为学术界的热点,针对此问题,东北师范大学的孙中田先生与张福贵等学者进行了一次深入对话,对中国现代知识分子的话语方式、存在境遇、表述策略、思想根源和精神源流等问题进行了深入探讨。

(1)从自卑到忏悔:知识者的精神考古

孙中田:知识作为人类文明的结晶,一直受到人们的重视,并持续地转化为社会财富。然而,知识者在中国现代文学中的叙述话语却千姿百态。如果从相互关联的情结中加以研究,不难看出它们的审美价值取向会因人因时不断地变异:因人,与作家的审美感悟、主观视界有关;因时,是与时代和社会思潮的交相作用。即所谓"文变染乎世情,兴废系乎时序",不无关联。因此,知识者在中国现代文学的历史进程中,会呈现出多元的价值取向。在这种多元的审美状态中,有些层面,例如它的负价值、它的逆反层面,已经得到相当深刻的表现,但是有些层面则显得淡薄或者已经偏离历史的正格,从而可能造成历史的扭曲与错位。例如说,知识者一般具有时代的敏感性,因此,常常处于一种超前的意识领域中。他们时时被忧患意识所困扰,所谓社会的大脑与唇舌,大抵如此。但就现代文学来说,这种敏感性却常常被扭曲,他们孤独,怪异,乃至呈现出种种病态。

逄增玉:的确,在中国现代的历史进程中,知识分子话语呈现出了多种价值取向。比如说,从创办《新青年》到发起文学革命的五四新文化运动,那代知识者就强烈地表现出了"为大中华""铁肩担道义"的救世的精英意识,从深层动机到现实运作都有一种舍我其谁、当仁不让的气概。鲁迅的"为前驱"、陈独秀的"辟人荒"、毛润之的"唤醒民众"等都是如此。但是,你也不能不承认,伴随着这种强烈的救世意识,或者由于传统,或者由于国家命运的危难,或者由于个人的坎坷,在知识者的灵魂深处,也常常潜伏着自卑或者如孙老师所言被扭曲的一面。这种自卑意识我认为除了传统而外,更多的是由于在西方的压力和冲击之下,因国势的倾颓而引起的文化优越感的丧失所导致的。他们首先是怀疑传统文化,进而部分否定,然后是全盘否定。在这一过程中,自卑感便逐渐形成了,这是一种向外的自卑,以胡适为代表,所谓"我们事事不如人","一切不如人",正是这种心理的真实写照。第二种是由于对文化的怀疑和否定,必然产生对这种文化的负载者即文化人、知识者的怀疑和否定,进而产生自卑,这是一种向内的自卑,如鲁迅就认为,既然整个传统文化都是有罪的,那么被这种文化所化之人,即文化的负载者也是有罪的,也在无意中吃人或被吃。第三种是横向的自卑,即知识者面对农工时的自卑。这在现代文学许多作品中都有所表现。如果说,从"五四"时期到40年代,知识者的这种救世与自卑是紧紧地绞合在一起的话,那么也应该承认,由于时代使然,救世意识是呈递减趋势的,而自卑意识却呈现出一种递增的倾向。尤其在40年代的文学中,解放区的文学从理论与创作两方面都已证明:由于知识者与人民的角色位置的彻底互换,知识者所存有的已不是简单的自卑了,而是从对历史、对人民的自惭形秽发展到了真诚的忏悔,此种倾向在1949年以后的当代文学中愈加发展,在"文革"中则登峰造极。

张向东:说到忏悔,我倒认为,它确实可以概括中国现代作家知识者的心灵轨迹。我认为这种忏悔具有三个不同的发展阶段,因而也有三种不同的忏悔对象。第一是对人自身的忏悔。在"五四"时期,随着资产阶级民主主义思想的传入,在自由、平等、博爱的表面之下,资产阶级晚期表达对人的至真、至善、至美深刻怀疑的现代思想也纷至沓来,同时对人类自身价值进行否定的作品也出现了。从某种意义上讲,鲁迅的《狂人日记》与其说是对传统仁义道德的"吃人"本质的深刻批判,不如说是对人类自身兽性本能的深入揭露。而鲁迅相比于同时代人的伟大之处就在于,对传统理性的批判并没有脱离对人的自身的批判,狂人对"吃人"的忏悔,正反映了一种人对自身恶行的忏悔。这些在"五四"时的一些作品中都有集中体现,如郁达夫的《沉沦》等一系列作品,对被压抑的本能进行暴露的同时,更表现出一种极度挣扎中的忏悔。第二是对工农的忏悔。知识者对人自身忏悔的这种原罪意识,更包括他们对于自身所属的知识者群体的自卑,而事实上,他们越自卑,越会使自身陷入迷惘。由于30年代世界左倾风潮兴起,一些具有马克思主义思想的文人知识者对普罗文学大力鼓吹,使不管与之思想相近还是相悖的作家,对下层劳动人民的描述都远远超出了"相隔一层纸"的同情范畴。后来随着民族危亡的到来,救亡压倒了启蒙,一些知识者更加看到了工农的伟大与自身的渺小,他们更渴望与工农融为一体,而对工农大众有时不得不忏悔自己的"小布尔乔亚"情调。第三是向政治的忏悔。由于共产党解放区领导的人民力量不断壮大,从毛泽东《在延安文艺座谈会上的讲话》一直到建国后,政治话语借着工农话语成为主流话语之后,许多现代作家知识者也自觉不自觉地借向工农忏悔进而向政治这个主流话语忏悔,这集中表现在他们对共产党政权的热情的赞美中。但此时在解放区文学当中,有的知识分子不仅仅是忏悔的主体,还成为被诅咒被批判的对象,新中国成立后,知识分子进一步成了被改造的对象,除了更加贴近权力的政治话语而获得新生之外,他们剩下的只是自愧自贱、自我丑化。

张福贵:知识分子的自我丑化,从另外一个角度来说,便是对工农民众的认同。这主要表现在三个方面:首先是道德人格的认同。从"五四"时期起,知识分子面对工农大众总有一种自愧弗如的道德卑下感。鲁迅的《一件小事》与郁达夫的《春风沉醉的晚上》中的知识者主人公都在与劳动者进行着自觉的人格对比,通过道德的自我反省而表现出对劳动者的道德认同。这种道德人格的反差在冰心的小说《分》中甚至是先天的、遗传的。那两个生于同时同地的婴儿因父亲身份的不同从一开始便有了刚健与柔弱、勇敢与怯懦的差别。而沈从文把城里读书人的品格放于妓女之下,也可看出这种道德的认同。其次是阶级意识的认同,由于30年代前后,中国的劳动民众成为了社会变革的主体,从而使知识分子在具体现实中加速了对其阶级意识的认同。应该说,相对于铤而走险、获取生存的物质条件的工农阶级来说,多数知识分子的归属和认同是痛苦的,对原有阶级的背叛不仅仅是政治的背叛,也是亲情的背叛。然而也正是通过这一炼狱的煎熬才更加证明其认同、归属的执著、坚定。与求温饱、求生路的贫苦人不同,知识分子的转换是有着更为明确的思想目的性和更坚实的理性支撑的,如蒋光慈《田野的风》中的李杰和殷夫的"向一个阶级告别"。第三是情感方式的认同,知识分子与工农大众在具体生活中最为明显的精神差异是情感方式的差异,而这种差异则是一种群体性的普遍存在,这里更多表现为乡村文明与都市文明的冲突。在文学世界中,作为现代都市文明的体现者,知识分子在乡村文化环境中处于不断被嘲讽和揶揄的尴尬境地,并且不得不改变原有的情感方式而向粗俗、简单的工农民众的情感方式转化,以真正实现"脱胎换骨"的改造。这种认同最为集中地体现于个人的性爱生活之中。革命小说中"革命加恋爱"的模式包含有知识分子对政治与性爱的特别浪漫的理解。其后对这一模式的否定从一定意义上是对知识分子特有情感方式的剥夺,很明显,被否定的主要不是"革命",而是革命中所表现出来的"恋爱"——一种最具个性化特征的情感方式。丁玲的小说《水》的出现实质上还有另外一种意义:作为个人的知识分子价值的消融和向作为群体的工农大众的转化。在转化和认同之中,知识分子特有的细腻、敏感和丰富、浪漫被克服,粗俗化、简单化成为一种符合时代的标准情感方式。情感,这一人类最复杂最微妙的心理状态被固定化、集团化了。

(2)"类"视界与城乡冲突:知识者的尊严意识

孙中田:新文学中的知识者及知识者形象,他们以过多的自负、自卑或原罪形态体现在作品中,特别是呈现出一种与劳动人民的距离感。在许多作品中,显然把劳动者的美德和长处,与知识分子的弱点及短处,做了艺术上的夸张对比,从而形成了一种负面的艺术张力。我们从鲁迅的"我"(《一件小事》)、萧军的"萧明"(《八月的乡村》),丁玲的"文采"(《太阳照在桑干河上》)等作品中的人物身上,不仅可以看出知识者的种种弱点,同时更能看出他们与工农劳动者不同程度的差距。那么,这种弱点与差距意味着什么呢?

朱自强:我认为这种弱点或者自我反省乃至自我贬抑完全是一种宿命,原因主要有两点:第一,人生是一种选择,选择的同时,也就意味着失去,而人又是寻找自己所缺少的那部分东西的一种存在,因此文学知识分子在他者身上,具体说是非知识者身上看到自身缺少的可贵品质就成了一种必然。第二,人生(也许人类历史亦如此)是一个逐渐丧失"文学性"(感性思维)的过程,那么关心人类灵魂问题的文学知识分子为了保持人类的健全本性,当然要呼唤自身渐渐失去的东西。另外知识者与工农的差距,似乎可以说意味着一种城市与乡村的冲突。这一组冲突也是知识者自我反省的一组矛盾,它是文学知识分子一种内在的精神冲突,城市和乡村与其说是客观存在的,莫如说是具有象征意味的理念符号。在中国现当代文学作品中,有许多作家描写或表现过城市与乡村的矛盾,如鲁迅便是深染怀乡病的一位作家,他敏锐地抓住实在的怀乡文学现象,进而准确地概括出"乡土文学"的涵义就是城市寓居者对于遥远故乡的情感记忆,不仅如此,他还以《社戏》这样的小说表现了城市对人的真纯本性的侵蚀和剥夺。沈从文是抒写城市文明与乡村自然矛盾冲突的最为典型的小说家。自称"乡下人"的沈从文,作为"人性的治疗者",手里捧着的当然是沾满泥土的"中草药"而不是"青霉素"或者"阿斯匹林"。现代文学史上以"乡下人"自居且自尊自爱的作家,恐怕还不只沈从文一人。冲淡的周作人,甚至激越的郭沫若,其内心中的"隐逸"趣味和冲动,又何尝不是另一种恋乡情结,即使是毛泽东《讲话》所引起的知识分子工农化的文学运动,似乎也并不单纯只有政治色彩,恐怕也针对了知识分子的这一弱点。

张向东:用儒家文化的传统理性确实可以审视中国现代文学中的知识者现象,但我们也应该注意到传统儒家的反省意识与现代文学中的反省意识是有区别的。首先,传统的反省意识带有浓厚的理性色彩,它是以充分的自信作为认识前提的。其次,它只是为了达到某种目的的手段,或者也可以说是修养道德的必经之路,只要主观上对先前的错误有所订正并加以完善就可以了,所谓"闻过则喜",就很能展现传统知识分子的这种心态。而现代作家知识分子所具有的反省应该说是一种忏悔,说是忏悔不单单是为了与传统相区别,虽然这种忏悔与传统确有渊源,但也不可否认它是现代知识者缺乏主体性的一种心灵表现,也可以说是内心深处的一种补偿行为,真正的忏悔绝对发自灵魂。或者说,它就是目的本身,与之并俱的是深层次的感情的痛苦和灵魂的折磨,中国现代作家知识分子与传统作家知识分子相比较,缺少的是道德的自我反省,更多的是一种强烈的自我忏悔,对自身的忏悔、对工农的忏悔和对政治的忏悔。

尹康庄:要对中国新文学中的知识者及其话语做出评价,我认为还有一个方法论的问题。首先要区别出不同的类型,不可泛泛一概而论。这种区分可以采取先横后纵进而纵横交错的方式。比如我们可以先区分出"追求中的革命知识分子形象""小市民知识分子形象""留洋知识分子形象""沉沦、颓废知识分子形象"等等类型。但随之要进行纵向认识。比如夏瑜、杜大心、李杰,他们属于"追求中的革命知识分子形象",但代表着或映射着不同的时代。他们身上打有不同时代的烙印,创作主体倾注于他们身上的否定情愫也是如此——体现了不同时代的政治、审美追求,进而还要观瞻到这些人物形象间的思想、审美联系,是谓纵横交错。其次要对人物进行多方面的分析、考察。比如孔乙己的形象,常见的论断是他失落于中间层次的知识话语而又不甘俯首于底层的民间话语。但是孔乙己作为封建科举制度的牺牲品,作为"万般皆下品,唯有读书高"思想的受害者,岂是主流政治话语就能概括的?必须要兼顾政治制度、统治思想等各方面才能说得清楚。再次,尺度也不能执一不变。比如《一件小事》当中的"我"、《薄奠》当中的"我"同四铭、高尔础、《八骏图》当中的人物,总体上说都属于道德、人格方面的否定形象,但具体说来又区别明显,侧重点与着眼点也有所区别,我们只能以不同的尺度去看待、去分析,尤其对两个"我"的道德评价,要令人信服,难度更大。这种情况很多,《沉沦》中的"我"、《迷羊》中的"我"、莎菲、章秋柳,都可划归到沉沦、自戕类的知识分子中,但无疑又有所不同。最后,我们还要看到转化。一是由于接受主体与创作主体的背离,比如陆萍的形象从总体上说不属于否定形象,但到了接受主体那里就改变了。这里面还有个民间话语受主流政治话语制约乃至支配的问题,"人学"被全然政治化、模式化的问题。二是创作主体由自由向自为的逆向转化。我们说鲁迅等人塑造否定性知识分子形象是自由境界的创造,而到现代文学中后期就难免有受动的成分了,洪灵菲、华汉等是不自觉地受动于某种创作模式的,再往后,一些作家在塑造知识分子形象时,就在相当程度上属于自为情况了,由此所创造的否定性知识分子形象也就缺乏真实性,但作为既有的文学现象,我们必须研究。

(3) 鲁迅与孔乙己:知识者的双重话语

孙中田:知识者对自我群体是体察入微的。这方面的作品,常常会从心灵的拷问者的角度,展现出知识者的灵魂。他们内心矛盾、卑琐彷徨、迂腐与伪善,这在钱锺书的《围城》中得到透彻的揭露,这部被称为新《儒林外史》的小说,塑造了留学生"假洋鬼子"的负面形象。由此看来,方鸿渐、韩学愈这些拥有洋学衔,与实地旧文化之间矛盾重重的群体,只能给其所处时代带来"中间物"的反讽意味。沈从文的《八骏图》亦是如此,作者关注的大抵是上层社会的知识者。这些声名赫赫的教授,自然都是文明和学术圈子中的人物,却无一不带着病态。照达士先生的话说:"这里的人从医学观点看来,皆好象有一点病!"但这位自以为"生活有了免疫性"的人,其实也是如此。做作与真情、文明与伪善使这些上等人都陷于二律背反的状态之中,也可以说是知识分子的两重话语。大家不妨就具体的作家作品如鲁迅及其笔下的知识者谈谈这个问题。

裴仁秀:鲁迅的作品中比较深刻而全面地反映了中国当时的文化特征与现代知识分子的悲剧性矛盾,从大文化的角度观察这些矛盾,会发现它实际上属于甚至远远超过了"思想革命"的范畴。而这种矛盾的整体性又决定了它的悲剧性,因为鲁迅明确地意识到觉醒后的知识分子虽然是中国现代化进程的最初体现者,但无法成为这一过程胜利的体现者。鲁迅通过自己的作品和对自己的深刻体察,揭示了当时知识分子的共通心态,即他们把人民群众的普遍命运视为与自身命运休戚相关、不可分离的人生课题,从而用自我反省、自我否定的态度寻找自己与人民的苦难联系,并从中确立自己的道德意识。鲁迅的早期作品就鲜明地体现了这一特征。《伤逝》中的涓生和子君,他们都是一代梦醒者,但是他们找不到一条生路,爱情也碰碎在严酷的土地上。涓生的形象概括了旧中国一代知识分子的典型情绪和悲剧命运。"五四"时期,不少作家提倡个性解放,这当然是进步的,但鲁迅更深刻,他清醒地看到了中国社会旧势力的顽固根柢,要前进一步都很困难,没有社会的解放,个性也难以解放。另外,知识分子的梦醒是有其深刻的社会文化背景的:一方面,当时的知识分子在中西文化大交汇过程中获得了现代意义上的价值标准;另一方面,他们又处于与这种现代意识相对立的传统文化结构中,而作为从传统文化结构中走出又生存于其中的现代意识的体现者,他们自觉或不自觉地对传统文化存在着某种"留恋"——这种"留恋"使得他们必须同时与社会和自我进行悲剧性的对抗,这体现了当时知识分子灵魂的某种痛苦的"分裂"。而鲁迅就是当时那些知识分子中的一个典型,其精神世界与个人作品也体现了这些知识分子的共同心态。

张目:对于知识分子话语,我们可从两方面来理解。按社会学的解释,从他们在社会结构中的地位、特性、历史作用上考察,可分为三种类型:一种是体制内知识分子,就是社会体制自身所包含的"有机成员"对体制起"整合作用"的知识分子;一种是体制外的知识分子,他们是"社会历史遗产的象征"和"民族文化精神的代表";一种是反体制的知识分子,他们对现存体制采取批判态度并力图改变。知识分子话语从文本的意义上来理解,可以分为文学文本中的知识分子话语和社会历史文本中的知识分子话语。谈到具体的作品就是作家鲁迅与小说人物孔乙己,他们不是一个等式,但在思想情感态度上却无疑有着一种意向。就是说,在孔乙己这个人物身上,寄予着鲁迅的某种认识,这是知识分子双重话语的一种类型。《孔乙己》这篇小说是鲁迅在1918年冬写的,当时他是38岁。他写的是鲁镇咸亨酒店的小伙计所见到的孔乙己,时间大约在1892年前后。由此可以推断,孔乙己属于废除科举制前的旧知识分子。科举制对中国知识分子是至关重要的,它将知识分子同现行体制牢牢地捆绑在一起,使知识分子不再只是一般意义上的文人学者,而是通过科举加官晋爵,这样一来,读书成了他们踏入仕途的手段,读书考试做官成为唯一的出路和前途。因此,在科举时代,知识分子主体几乎只有一种类型,那就是体制内知识分子。落第的考生和遭贬的官员心中装的,不过是未被认同的委屈。孔乙己处于那个时代,却未能"进学",科举制只好把他拒之门外。可在他心中,自己仍在体制内,从他身上,我们可以看到那种因豢养而造就的优越感和好吃懒做的习性,这些习性使被现行体制摒弃的孔乙己越加斯文扫地、穷困潦倒。这是他的命运,也是科举制的恶果。鲁迅作为五四新文化运动主将,操持社会批判的利器,向旧体制发动了猛烈的进攻。从这个意义上说,他是反体制知识分子。但是在旧体制终结而新体制诞生之时,他并没有由批判现存体制变为维护现存体制,也就是说,他没有从反体制知识分子转为体制内知识分子。这是因为,他和他的同道们所批判的旧体制并未僵死,而刚刚建立的新体制又不是他们所期待的,他们所希望的新体制并没有出现。这一打击是沉重的,鲁迅转而开始了对革命未获成功的历史反思,他将解剖刀对准了这次革命的生力军,即包括自己在内的中国知识分子。1918年冬天,鲁迅在回忆20多年前在咸亨酒店见到的孔乙己时,实际上已在挖掘中国知识分子的精神病疾,分析其历史命运,从而找出近代革命屡屡失败的深刻原因。那个12岁的小店伙计的眼光,也是一种历史的放大镜,而孔乙己则是鲁迅在这一放大镜中看到的那个时代中国知识分子的某种精神侧面。知识分子在社会结构中的地位和历史作用的演变,无疑是考察近代中国知识分子弱点的一个有说服力的视角。很明显,科举制把中国知识分子的前途命运限定在仕途中,并使他们养成了对于官场的迷恋和依赖。而科举制的废除,使他们在体制上无依无靠,并出现了分化,有的游离到体制外,有的成了反体制力量,但在心理上却都留下了失落的创伤。在鲁镇,孔乙己是没有着落的,是多余的,或者说,只是人们的笑料而已。虽说"是这样的使人快活,可是没有他,别人也便这么过"。这就是鲁迅所描述的中国知识分子在社会结构中的地位和历史作用的变迁,这是一个悲剧的结局。虽然说体制已经从旧的转变为新的,但中国知识分子并没有完全适应过来,他们并没有从根本上实现"创造性转换",因而很难承担起引导民族精神的责任。中国知识分子在历史上所形成的一种阶层心理,与他们在社会结构中的地位和历史作用有关。他们的根本价值取向是"学而优则仕",是"为圣人立言",因而在近代革命中仍然寄希望于明君,不过迎来的却是袁世凯、张勋,结果只有失望。这或许就是鲁迅对中国知识分子进行无情批判,并充满了绝望和对绝望殊死反抗的原因吧!

孙中田:通过诸位的分析,我们感觉知识者话语在中国新文学的叙述话语中牵动着各种文化的、审美的因素,知识者话语是一个绵长的话题,今天我们只是扯开了一点头绪,今后还会将这个话题不断地延伸下去。

五、阶级斗争的祛魅与复位

发生在上世纪60年代的"文革"对于年轻人而言,的确显得有些过于宏大、遥远和疏离,甚至在某种程度上已经成为被书写的"历史文本"和编撰的"历史故事",抑或是一种"历史符号"。1974年,广州街头曾张贴过一张署名为李一哲的《论社会主义的民主与法制》的大字报,序言中有这么一句话:"在无产阶级文化大革命烈士的鲜血浇灌过的土地上,现在是生长鲜花的时候了。"如果排除具体历史语境中李一哲在"文革"认知上的思想局限性,而只考虑在李一哲这代人身上所体现出的青春生命的纯洁和真挚、对个体生命自由的渴望和诉求、对乌托邦梦想的执著和坚定、对现行政治制度的反叛和对抗,我们完全有理由向他们表示敬意,"它可能成为衡量我们思想和行为方式的一个永久的参考点"。① 值得庆幸的是,在"文革"过后,国家主流意识形态并没有对"文革"这一历史事件保持沉默,而是捕捉到了这一历史的"参考点",并将它作为重建国家主体的"支点",虽然这一"支点"是建立在对"文革"这一"参考点"的批判和否定的基础上,也未必是"永久性"的,表现出来的态度也显得有些暧昧和模糊,但国家意识形态毕竟为知识分子反思"文革"提供了话语空间和"政治机会结构"②,而且这一"政治机会结构"还以国家立法的形式得以确立,并召唤与其结成同盟的知识分子精英沿着这一改革的路向行动,最终成为知识分子能否取得意识形态认同及其存在价值的试金石。

(1) 政治机会结构与文革的精神遗产

新时期初期,国家意识形态所进行的政体改革和知识分子的行为,在某种程度上契合了塔罗所提出的"政治机会结构"的概念:一方面,"文革"有着极其复杂的历史成因,这一政治运动所展现出来的持久性、破坏性和规模性,不仅在中国思想史和文化史上留下了沉重的思想负荷,同时也在世界人类文明进程中留下了多重"精神遗产"。因此,国家主流意识形态在新时期初期的主要任务就是清理"文革"所遗留下来的多重"文化遗产":一、打破"四人帮"在"文革"期间建立的专制的政治体制,建立民主国家政体;二、对"文革"运动所展现出来的激进的"左倾"文化思潮进行颠覆和解构,重新回归现代性的文化轨道;三、为在"文革"中受到政治挤压的知识分子恢复身份和存在的合法性,并给予其一定的话语权;四、重新建构国家现代化的社会实践方案和"未来"

---

① 〔美〕莫里斯·迪克斯坦:《伊甸园之门——六十年代的美国文化》,方晓光译,上海外语教育出版社 1985 年版,第 271 页。

② "政治机会结构"是美国学者西德尼·塔罗在其著作《斗争、政治与改革:集体行动、社会运动和反抗周期》(译林出版社 2005 年版)中提出来的概念,他认为在一个国家内部所发生的大规模的集体抗议运动过后,国家政体紧跟着将发生一系列的改革行为:国家执政者的重新选举和重组,开放的文化语境,存在影响力的知识分子与政治精英同盟的建立,新的国家发展路径框架的确立和延伸,这些因素将运作成为新一轮政治改革的内在动力,并使之成为一种全民族参与的集体行为。

的国家图景,并且将这些改革方案以国家立法的形式以确认①。另一方面,知识分子也沿着主流意识形态所设定的"政治机会结构"和话语空间对"文革"历史事件进行质疑和解剖,以此来进行自己的文学实践。虽然"文革"事件的内容包罗万象,政治集团的博弈、民众的利益诉求、激进主义的变异、个人权利意志的膨胀、人性欲望的张扬等等因素,使"文革"不仅仅是一场政治运动,同时也成为一场思想和文化运动,但知识分子的文学批判的核心话语主要集中在以下方面:一、将"文革"作为一场由"四人帮反革命集团"发动的"内乱",从中国现代性的革命链条中"断裂"和"抹除",从而为新时期国家政治主体的重建奠定理论基础;二、对以"文革"为表征的激进的极"左"文化思潮进行批判和否定,以此作为新时期知识分子的话语起源;三、重新接续"五四"启蒙主义文化思潮,人道主义话语成为知识分子的使命箴言和精神感召。以上三方面内容并不是相互独立,而是相互指涉和相互纠缠的,尤其是对极"左"文化思潮的批判,成为贯穿性的主题和内容。对极"左"思潮的反思和解构主要集中在对阶级斗争、"文革"的暴力、群众的怨恨情绪、个人权利意志、启蒙的缺失等方面的批驳上。

阶级概念——准确地说是无产阶级的阶级斗争命题——是马克思主义理论的基点之一。马克思的阶级斗争理论将人类历史的发展看作一部无产阶级进行阶级斗争的历史:"到目前为止的一切社会的历史都是阶级斗争的历史","这种阶级对立和阶级斗争构成了直到今日的全部成文的历史内容"。②马克思本人早在1843年发表的《〈黑格尔法哲学批判〉导言》中就已经论述了关于阶级和阶级斗争的一般理论,并在《资本论》《路易·波拿巴的雾月十八日》《共产党宣言》等著作中不断完善阶级斗争的理论体系。马克思关于阶级

---

① 1981年6月,中共十一届六中全会一致通过了《中国共产党中央委员会关于建国以来党的若干历史问题的决议》,《决议》对"文革"的历史"真相"做了定论:"'文化大革命'是一场由领导者错误发动,被反革命集团利用,给党、国家和各族人民带来严重灾难的内乱";1978年2月14日,《人民日报》发表署名为"中国人民解放军总政治部文化评论组"的《"文艺黑线专政论"的出笼和破灭》的文章,对"文艺黑线专政论"进行了"定性"式的政治批判;1979年3月18日,邓小平在《在全国科学大会开幕式上的讲话》中为知识分子正名,知识分子转变为新时期的"脑力劳动者""工人阶级的一部分";1978年,邓小平在十一届三中全会上重新确立"四个现代化"的社会实践方案,并对如何实现"四个现代化"提出了具体的措施。

② 〔德〕马克思、恩格斯:《〈家庭、私有制和国家的起源〉序言》,《马克思恩格斯选集》卷4,人民出版社1995年版,第2页。

和阶级斗争理论的核心话语主要有以下几个要点：首先，无论在一个社会内部阶级的存在样态和图景有着多么复杂的面相，经济基础和政治地位都决定了阶级的划分和人的阶级身份属性；其次，阶级是一个关系概念，阶级主体性的建立首先必须确立一个相对的"他者"，只有当这个"他者"发展成为一种对抗性的存在，或者说是在"自我"与"他者"之间产生根本性的压迫与被压迫的关系时，阶级的主体性才能建立；再次，随着阶级的形成，阶级之间的斗争和对抗将成为不可避免的趋势，一个阶级打倒另一个阶级，再产生新的对抗阶级，再推翻前一个阶级。在此，阶级由一个静态的、客观的概念转变为一个动态的、主观的、充满革命目的论色彩的政治概念。

作为马克思主义思想在东方的代言人和中国现代革命的开创者，毛泽东对这一阶级和阶级斗争的理论进行了继承和转化，并不断地使之走向极端化，正如其所言："人类自有史以来就有阶级斗争，阶级斗争是社会发展的原动力"，"对于马克思、列宁主义我只取了它四个字：'阶级斗争'"。① 显然，在马克思主义复杂的思想体系内，毛泽东过分专注于阶级和阶级斗争的理论。但中国共产党在建党初期，成员绝大部分是知识分子，阶级"他者"的缺失使毛泽东无法从政党内部的成员构成上推演出阶级和阶级斗争的概念，但他将个人主体的"阶级意识"注入政党的内部，并将阶级斗争与特定的社会条件和一定的社会结构相勾连，以此来推导出阶级和阶级斗争。1926年，毛泽东在《中国社会各阶级的分析》中指出：

> 谁是我们的敌人？谁是我们的朋友？这个问题是革命的首要问题……我们要分辨真正的敌友，不可不将中国社会各阶级的经济地位及其对革命的态度，作一个大概的分析。②

毛泽东根据个人对财富的占有程度将中国社会结构分为地主阶级、买办阶级、中产阶级、小资产阶级、半无产阶级、无产阶级和游民无产者，又根据他们对革命的态度划分为反革命、半反革命、对革命守中立、参加革命、革命主力军：

---

① 毛泽东：《关于农村调查》，《毛泽东农村调查文集》，人民出版社1982年版，第21—22页。
② 毛泽东：《中国社会各阶级的分析》，《毛泽东选集》卷1，人民出版社1991年版，第3页。

一切勾结帝国主义的军阀、官僚、买办阶级、大地主阶级以及附属于他们的一部分反动知识界,是我们的敌人。工业无产阶级是我们革命的领导力量。一切半无产阶级、小资产阶级,是我们最接近的朋友。那动摇不定的中产阶级,其右翼可能是我们的敌人,其左翼可能是我们的朋友——但我们要时常提防他们,不要让他们扰乱了我们的阵线。①

通过对中国社会结构的强行划定,毛泽东将阶级和阶级斗争彻底引入了中国的革命实践,并在《怎样分析农村阶级》《中国革命和中国共产党》《论十大关系》等文章中不断为其合法性提供理论支持,又不断在"土地革命""三反五反""工商业改造""反右运动""四清运动""文革""批林批孔运动""反击右倾翻案风""天安门反革命事件"等实践中僭越阶级斗争的边界。毛泽东之所以发动"文革",主要原因就是这种极"左"的阶级斗争观念的不断激化,他个人认为:在社会主义建设阶段仍然存在着阶级斗争,资本主义和社会主义两条道路的斗争从未停止;要在各个领域对资产阶级实行无产阶级专政,最主要的方式是发动无产阶级文化大革命,以此对资产阶级进行思想改造;资产阶级的代表人物是资产阶级的知识分子和党内走资本主义路线的当权派,必须对他们实行阶级斗争。所以,"千万不要忘记阶级斗争"②成为"文革"时期社会的主导性思想口号。但实质上,毛泽东这种阶级斗争的政治观念和"生存斗争"的哲学思想在"文革"中的"表达性现实"已经脱离了社会主义建设时期的历史语境,"'文革'是人类历史上表达性现实与客观性现实之间相互脱节的一个极端例子"③。这种差异性和毛泽东的主观意愿严重影响了党的行动和选择,同时又形成了一种以极"左"激进主义思潮为表征的霸权性话语结构,而这种话语结构又规训着个人的思想和行为,正如梁晓声在《一个红卫兵的自白》中所描写的那样:

我们革命的学生,坚决战斗在阶级斗争的第一线。我们向毛主席庄严宣誓,我们要做阶级斗争前沿阵地上的敢死队!不怕同反党反社会主

---

① 毛泽东:《中国社会各阶级的分析》,《毛泽东选集》卷1,人民出版社1991年版,第9页。
② 毛泽东在1962年9月的八届十中全会上提出"千万不要忘记阶级斗争"的口号。
③ 黄宗智:《中国革命中的农村阶级斗争——从土改到文革时期的表达性现实与客观性现实》,载《中国乡村研究》第二辑,商务印书馆2003年版,第69页。

义的黑帮战斗一百个、一千个、一万个回合！有我们在,就有社会主义的红色江山在！胜利必定属于我们,因为我们掌握着毛泽东思想这个阶级斗争的锐利武器！我们要象在农村消灭害虫一样,将危害我们党和社会主义的黑帮捏死！①

阶级斗争已经成为少年红卫兵精神世界中的固定思维方式和霸权话语,并最终诱导了"文革"的发生,同时也为"文革"的破产留下了历史的突破口。

(2) 去"阶级斗争"与"阶级斗争"的复位模式

在新时期"后文革"的历史语境中,"告别文革"成为时代的主流话语和意识形态的政治诉求,而这种新的历史文化语境的生成和确立,自然是以对"文革"中极端化的阶级和阶级斗争的彻底否定作为自己的起点和爆破点的。1978年召开的十一届三中全会成为国家意识形态否定阶级斗争的标志性事件,"全会结束了1976年10月以来党的工作在徘徊中前进的局面,开始全面地认真地纠正'文化大革命'中及其以前的'左'倾错误。……果断地停止使用'以阶级斗争为纲'这个不适用于社会主义社会的口号,做出了把工作重点转移到社会主义现代化建设上来的战略决策"②。

国家意识形态在否定阶级斗争的同时,也为"新时期"作家的文学书写提供了参考坐标,无论是"五四"一代作家,还是"归来作家",抑或是"知青作家",在"讲述文革"的文本中,都将否定阶级斗争作为一种先验的思想灌注在小说中,"去阶级斗争"成为这些小说中贯穿始终的话语和恒定的主题。刘心武的《班主任》、卢新华的《伤痕》、莫应丰的《将军吟》、陈世旭的《小镇上的将军》、丛维熙的《大墙下的红玉兰》、张弦的《记忆》、张贤亮的《绿化树》、冯骥才的《啊!》《铺花的歧路》、梁晓声的《一个红卫兵的自白》、胡月伟的《疯狂的上海》等小说都对阶级斗争进行了批判和否定。

但笔者在阅读这些小说的过程中,却惊奇地发现,随着故事情节的铺展,这些旨在"去阶级斗争"的小说,却逐渐显现出"重归阶级斗争"的话语结构,这不能不说是一种历史的"吊诡":一、这些小说都极度重视阶级的结构性关

---

① 梁晓声:《一个红卫兵的自白》(修订版),文化艺术出版社2006年版,第27页。
② 《中国共产党中央文员会关于建国以来党的若干历史问题的决议》(注释版),人民出版社1983年版,第41页。

系,从一种动态的、发展的视角来看待阶级的变化,并根据国家意识形态的指导来"分辨真正的敌友",从而推导出新的阶级斗争;二、将阶级斗争看作重建革命主体的策略和路径,通过对敌对阶级的政治对抗和"敌—我"关系的转化,来重新认同自己的革命身份;三、将阶级斗争放在现代性的框架内加以考察,将其建立在有关知识分子的自由、知识阶级的解放和知识分子未来发展的清晰的价值判断上。上述这种"话语结构"我们可以在马克思和毛泽东关于阶级斗争的理论中找到依据和支持,同样也可以在这些小说中找到文学例证。

新时期初期知识分子"重归阶级斗争"话语结构的首要途径,就是在国家意识形态所提供的"政治结构机会"的框架内,打破"文革"时期的阶级划分,重新"分辨真正的敌友"。在"文革"中,阶级、阶级身份、阶级敌人、阶级斗争和阶级对象,这些充满了政治色彩的革命话语完全统治了人们的日常生活,人与人、人与社会、人与国家之间,甚至纷繁复杂的日常生活的细微之处都被简单地归纳到"敌—我"阶级斗争的单一范畴之内,每个人所具有的不同文化身份都被强行整合为"革命阶级"和"反革命阶级"两种政治属性。在这种充满了主观臆断的非理性革命实践中,根据个人所持有的对革命的态度,衍生出"反革命阶级"的五种类型:地(地主)、富(富农)、反(反革命)、坏(坏分子)、右(右派);与此相对,也推导出"革命阶级"的五种类型:革命领袖、革命干部、共产党人、革命群众、落后群众。[①] 这样一种等级严明的社会阶级结构的划分和身份政治属性的确立,使社会中的所有成员都要在此身份结构体系内进行自我身份认同,"革命阶级"还是"反革命阶级"的身份过滤成为每个人进行革命实践之前的必要程序,同时,为"文革"中泛滥的暴力行为提供了合法的论证和箴言,尤其被认为是反对毛泽东革命路线且走资本主义道路的"党内当权派"和知识分子,在"文革"中遭到了无情的打击和迫害,这种主观主义政治和革命暴力手段的结合,给一代知识分子造成了永远无法弥补的生命悲剧。

在新时期初期,"文革"期间的这种关于社会结构的阶级划分和身份认同,得到了国家层面上的"拨乱反正"和逆转,在国家意识形态的精心设计下,知识分子与"四人帮"的阶级身份实现了对调,知识分子与革命之间的对立关系被完全抹除,知识分子的阶级身份也得到了重新确认,由"资产阶级""小资

---

① 参见《人民日报》1968年6月3日。

产阶级""反革命"转化为"工人阶级的一部分"和"脑力劳动者",而"四人帮"则被简单地贴上"阶级敌人"的标签,反动行为被定额分配,"张春桥是国民党特务分子,江青是叛徒,姚文元是阶级异己分子,王洪文是新生资产阶级分子"①,从而使他们成为全民族仇视的对象。这种简单而精准的"四人帮与国家民族"的阶级对立关系的颠覆式重建和明确的"反四人帮"阶级斗争指向的重新生成,使这种新的阶级划分和阶级斗争对象的选择成为新时期文学套用的公式和普泛性成规。新时期作家通过自己的文学书写,对"文革"的历史真相进行了"重新讲述",从而集体参与到新时期对"文革"的解构浪潮中,并展现了文学作为意识形态"先锋话语"的尖锐穿透力和影响力。他们认为"文革"时期关于社会内部阶级结构的划分,以及知识分子作为"反革命阶级"与"革命阶级"关系的尖锐对立和紧张完全是虚构的,中国的革命不应该是以将知识分子作为敌对阶级为基础的运动,这种阶级关系的确立实际上来自于"四人帮反革命集团"的阴谋。所以,新时期文学的首要任务就是对知识分子的阶级身份进行重新认同,"用马列主义、毛泽东思想,把被'四人帮'搞颠倒了的路线是非纠正过来,彻底肃清其流毒和影响"②,这种阶级身份的重新认同显著地体现在小说叙述中的"复位模式"和"他者"形象的建构中。

在新时期以"讲述文革"为主要内容的小说中,这种"复位模式"常常由"原初——劫难——复位三个维度构成"。"原初"是指小说主人公的"前生"和"史前史",在这些小说中主人公往往是知识分子,准确地说是革命知识分子,在原初的社会阶级结构和身份体系中,他们与中国的革命进程都保持着密切的联系,都肩负着革命的使命,或者是对民众进行思想启蒙的任务,他们身上往往充溢着革命的"神性"和人道主义的光辉;"劫难"是指由于外在的客观原因使自己脱离了"原初"的历史情境,具体地说是由于"文革"历史运动的发生,他们的生活常态被彻底打破,失去了原有的"革命身份",而走向了革命的反面,成为被革命的对象,并经历了"文革"所制造的劫难,但他们通常强调自己在这场运动中的"受动"状态,也就是说他们是"文革"运动的"被动主语",所有的"劫难"都与自己的主观意愿无关,而是出自"他者"的非革命行为,他

---

① 《中国共产党第十届中央委员会第三次全体会议公报》,《人民日报》1977 年 7 月 21 日。
② 叶剑英:《把"四人帮"颠倒了的路线是非纠正过来》,《叶剑英选集》,人民出版社 1996 年版,第 178 页。

们拒绝从自我精神角度进行反思和忏悔;"复位"是指主人公在经历了"文革"的种种磨难后,始终没有放弃自己"原初"的精神信仰和革命本性,在"文革"结束后新的历史语境中返本还原,重新归附到"原初"的阶级结构和身份体系中,并得到了意识形态的认同。例如,古华的《芙蓉镇》中,知识分子秦书田在"文革"期间被作为"五类分子"下放到芙蓉镇进行劳动改造,经受了非人的残酷迫害,在"文革"结束后当上了县文化馆的副馆长;韦君宜的《洗礼》中,知识分子王辉凡在"文革"前是省计委主任,因反对"文革"而经历了流放、关押、刑讯、审查等种种磨难,在"文革"后被安置在省委副书记的位置上;戴厚英的《人啊,人!》中,知识分子何荆夫因宣扬资产阶级的人道主义而被打成"右派",放逐到农村,知识分子孙悦在"文革"前是 C 城大学中文系总支书记,因保护何荆夫,在"文革"期间被当作"铁杆老保"遭到了批斗,在"文革"结束后何荆夫和孙悦都重新回到了大学;王蒙的《蝴蝶》中,张思远在"文革"前是一位"年轻的老革命家",历任军管会副主任、市委书记、市长,在"文革"中被发配到边远山区,从事艰苦的体力劳动,在"文革"后升任省委副书记、副部长,政治地位明显得到提升;金河的《重逢》中,朱春信在"文革"中因"有些投机,有些怯懦,缺乏一个革命老干部应有的高贵品质和坚定的原则立场"而被剥夺了权利,在"文革"后升任地委副书记;张贤亮的《绿化树》中,章永璘承受了作为一名中国当代知识分子在历次政治运动中所能涵盖的一切苦难——物质的匮乏、精神的禁锢、生理的压抑、道德的污蔑,在"文革"后也走上了"人民大会堂的红地毯",与国家领导人一起商议国家大事,身份地位得到了显著的转变;张弦的《记忆》中,秦慕平在"文革"中因用印有毛主席头像的报纸包裹运动鞋而遭到了揪斗,在"文革"后又重新掌控宣传部长的权力;莫应丰的《将军吟》中,彭其在"文革"中被"四人帮"剥夺了权利,在"文革"后又重新出任军区司令员;卢新华的《伤痕》中,中学教师"妈妈"在"文革"中被确认为"特务""反革命分子",在"文革"后这些罪名得到了洗刷;鲁彦周的《天云山传奇》中,天云山考察队政委罗群在"文革"中受莫须有的诬陷被打成右派分子,饱受磨难,"文革"后获得平反;罗起平的《看守日记》中的毛乾坤、刘富道的《眼睛》中的"眼睛"、陆文夫的《献身》中的卢一民、李国文的《冬天里的春天》中的芦花、张抗抗的《淡淡的晨雾》中的荆原等等,一系列知识分子都在"文革"结束后实现了身份结构的"翻身解放"。

这种知识分子身份结构戏剧性的"翻身解放",实质上是建立在新时期国家意识形态对历史发展"常规"秩序的某种理论逻辑基础上的。"历史总是按照客观规律发展的,绝大多数人的愿望不能违背。正像阴云和太阳相比,不管乌云密布,还是暴雨成灾,总是一时的现象;最后总是太阳把一切阴云驱散。"①知识分子在"文革"期间的命运际遇,成为国家意识形态对"文革"政治运动违反历史常规秩序进行阐释时最重要的历史证词,知识分子的身份结构在线性时间的维度上以"文革"为时间界限,按照新与旧、黑暗与光明、反革命与革命被重新划分,并被赋予了鲜明的政治感和目的论色彩。由于意识形态所提供的"文革"历史是一种混乱无常、道德失范的图景,所以,知识分子的"解放"是建立在国家、民族、阶级解放的基础之上的,是国家和党对知识分子进行了救赎,党成为知识分子命运转折的主宰者,这才是意识形态所规范的这些小说所具有的真正的话语功能,正如斯图亚特·霍尔曾指出的那样:"文化身份既是'存在'又是'变化'的问题。……它们绝不是永恒地固定在某一本质化的过去,而是屈从于历史、文化和权力的不断'嬉戏'。过去的叙事以不同方式规定了我们的位置,我们也以不同方式在过去的叙事中给自身规定了位置,身份就是我们给这些不同方式起的名字。"②

(3)"他者"形象与镜像

"他者"形象的建构是知识分子重建阶级身份的另一条路径。从小说的表象上看,"他者"是指创作主体在小说中正面塑造的,在"文革"中历经磨难仍保持着革命信仰的"圣洁性"和个体道德的"高位性"的知识分子"镜像"的反射物,是与这些知识分子形象对立的"异己形象"和"反面形象"。一般而言,这些"他者"形象在作品中占据绝对的中心位置,他们绝大部分都是知识分子在"文革"中所遭受的苦难的直接发起者,同时也是"文革"政治运动的具体实践者和罪魁祸首,但在创作主体的精神世界里,他们往往只是充当"知识分子英雄人物"的陪衬,从反面证明知识分子的崇高和伟大,这是知识分子重建阶级身份行为的一种话语策略和话语反抗方式。这些反面形象包括:《天

---

① 李之琏:《不该发生的事——丁玲问题经过》,见牛汉、邓九平主编:《原上草》,经济日报出版社1998年版,第405页。

② 〔美〕斯图亚特·霍尔:《文化身份与族裔散居》,见罗钢、刘象愚主编:《文化研究读本》,中国社会科学出版社2000年版,第211页。

云山传奇》中对罗群进行政治诬陷,并导致罗群家庭破灭的"反右"运动的领导者吴遥;《犯人李铜钟的故事》中对李铜钟实施暴力打击,并最终导致其死亡的杨文秀;《芙蓉镇》中的利用权力对秦书田和胡玉音进行迫害的李国香;《疯狂的上海中》直接操控"文革"政治运动,对年轻的革命学生进行疯狂屠杀的张春桥、姚文元、江青;《啊!》中整天沉迷于阶级斗争,在知识分子精神世界里制造恐惧的贾大真;《将军吟》中的政治投机分子、出卖彭其的邬中、江醉章、刘絮云;《大墙下的红玉兰》中对共产党员进行血腥杀戮的前还乡团长马玉麟,公报私仇、一心想致葛岭于死地的劳改农场政委章龙喜,时刻等待造反夺权的省公安局秦副局长;《飞天》中利用自己的革命地位和政治权利侵占少女贞操的谢政委;《铺花的歧路》中打死白慧母亲又极力掩盖罪恶的造反派头目郝建国;《洗礼》中诬蔑和陷害王辉凡的办公室秘书贾漪、陈射洪;《重逢》中在朱春信陷入危难时选择逃跑的林凤翔;《桂花庵来信》中的常寄尘;《小镇上的将军》中的镇长、镇长夫人;《血色黄昏》中的李主任;《代价》中的丘建中;《爬满青藤的古屋》中的王木通;《永远是春天》中的顾向文;《罗浮山血泪祭》中的刘永泰;《张铁匠的罗曼史》中的夏社长,《神圣的使命》中的徐润成,《许茂和他的女儿们》中的郑百如……都是具有"原典"意义的反面形象。这些反面形象虽然在小说中的行为表现有着复杂的样态,但关于他们的形象修辞却有着共同的叙事特征和意义旨趣:都有着非"鬼"即"妖"的丑陋外表;对政治权力具有极度膨胀的欲望;他们的行为一般都与阴谋、暴力、死亡等词汇相勾连;内在的革命道德境界始终处于一种缺失的状态。

"群众性的政治运动是造神运动,同时也是造鬼运动"[①],在这些小说所讲述的"文革"历史空间内,既有"神圣"的知识分子形象,也有充满鬼魅气息的反面人物形象,在小说中作家对反面人物的外在形象都进行了"妖魔化"和"丑化"的加工处理。胡月伟的《疯狂的节日》对张春桥是这样描写的:

> 在压迫人心的寂静中,在肃然起敬的氛围里,占人类五分之一的共和国副统帅略低下头,右手白皙的食指添了一下丹冠色下唇,掀过一页毛笔撰写的讲稿。又抬起尖削有力的下巴,清癯的脸庞上,凸起的颧骨使微陷的双颊皮肉绷得紧紧的。老花镜片在橙色聚光灯下发出森人的反光,叫

[①] 林贤治:《娜拉:出走或归来》,百花文艺出版社1999年版,第198页。

人看不清他的眼珠。①

古华的《芙蓉镇》对李国香的描写更是达到了丑化和嘲讽的极致：

> 她天天早晨起来的第一件事：照镜子。当窗理云鬓，对镜好心酸。原先黑白分明的大眼睛，已经布满了红丝丝，色泽浊黄。原先好看的双眼皮，已经隐现一晕黑圈，四周爬满了鱼尾纹。原先白里透红的脸蛋上有两个逗人的浅酒窝，现在皮肉松弛，枯涩发黄……天啊，难道一个得不到正常的感情雨露滋润的女人，青春就是这样的短促，季节一过，凋谢萎缩了人一变丑，心就变冷。积习成癖，她在心里暗暗嫉妒着那些有家有室的女人。②

作家对这些反面人物形象进行"妖魔化"和"丑化"的处理，一方面是因为作家窥探到了中国民众所具有的普遍性的道德心理和二元对立思维模式，从而以此来为"新时期"民众批判"文革"的高亢政治热情和狂躁情绪寻找一个载体和宣泄物。但另一方面，这种处理并非只是为了宣泄对他们的厌烦，以满足读者阅读时的生理快感，更为重要的是在小说中进行一种"除魔去妖"的仪式。这种"除魔去妖"的仪式为我们重新考量"新时期"以"讲述文革"为主要内容的小说提供了一个新的视域。我们梳理这些小说时发现，文本中那些被"妖魔化"和"丑化"的反面人物形象不仅都被指认为有罪的，是"文革"的罪源，是危及中华民族共同体的祸首，而且在小说叙述中被宣判为"已死"的人。作家通过文学的话语操作把他们囚禁起来，粗暴地割裂他们与社会结构的所有联系，使其成为新一轮"阶级斗争"的对象，并最终将其排除到"革命阶级"之外，从而使之陷入强烈的恐怖和焦虑之中。新时期"文革小说"的这种"造鬼"和"驱邪"运动，不仅是由于国家意识形态的霸权指导和设置，以及民众自我反思和辩驳意识的缺失，更是知识分子文化心理机制的一种表征：这种"造鬼"运动和"驱邪"仪式为知识分子重新确立自己的革命阶级身份提供了一种逻辑模型，从理论上而言，这些"鬼"越在数量上不断地增加和借助"驱邪"仪式被不断地放大，就越能反证知识分子行为的正当性和合法性，这也就为知识分

---

① 胡月伟、杨鑫基：《疯狂的节日》，四川文艺出版社1986年版，第1页。
② 古华：《芙蓉镇》，人民文学出版社1981年版，第11页。

子重新进入国家意识形态的视野打开了方便之门。按照这一逻辑线索,知识分子就逐渐摆脱了自己原有的身份属性,并一步步地朝着预设的目标推进,最终进入革命阶级的阵营之中,彻底实现了身份的逆转。

在对这些"反面人物"的外表形象进行"妖魔化"的处理之后,创作主体又将自己的叙述重心指向了这些"反面人物"的道德世界。虽然这些反面人物无一例外都是"文革"激进运动的直接执行者和政治残害的实践者,游街、揪斗、拷打、抄家等行为是他们在"文革"中的主要政治活动,但是创作主体在小说中往往只是对这些行为细节进行简单的堆砌,并没有对"文革"本身这样一个非理性的政治学命题和社会学方案进行辩驳和推敲,不去揭示这些行为背后隐藏的国家意识形态的目的和历史动机,而是将这些政治行为与个体的道德动机相互指涉。换言之,在"新时期"国家意识形态的话语结构内,"阶级斗争"已经由马克思阶级理论中物质层面上的意义,转化为一场道德戏剧性的行动,代表"善"的知识分子革命力量与代表"恶"的"四人帮反革命集团"之间的对抗成为"重归阶级斗争"的主要形式。但这种对抗的实施不同于"文革"时期的思想规训和暴力专政,而是一种"道德的夺权",它通过"道德中介"来完成对"四人帮"敌对阶级的批判和否定,国家意识形态对"四人帮"在道德境界上的界定和贬损,成为知识分子"讲述文革"的成规。所以,我们发现这些小说中的反面人物无一例外地都有道德上的缺陷:古华的《芙蓉镇》中的李国香是一个对漂亮女人充满了嫉妒心理和性欲无限膨胀的变态者;刘克的《飞天》中的谢政委是一个以革命的名义霸占少女贞操的伪君子;胡月伟的《疯狂的上海》中的张春桥、姚文元、王洪文是一群钩心斗角、背信弃义的独裁者;莫应丰的《将军吟》中的邬中、江醉章是见风使舵的政治投机分子,范子愚是时刻想通过造反实现翻身的流氓;丛维熙的《大墙下的红玉兰》中的马玉麟是内心恶毒的刽子手;冯骥才的《铺花的歧路》中的郝建国是一个玩弄女人和权术的阴谋家;《啊!》中的贾大真是一个迷恋于制造事端的狂热的法西斯分子;《高女人和他的矮丈夫》中的裁缝老婆是一个喜欢窥探他人隐私的长舌妇;韦君宜的《洗礼》中的贾漪是一个利用色相捞取政治资本的无耻女人;周鲁彦的《天云山传奇》中的吴遥是一个制造谣言的小人;王亚平的《神圣的使命》中的"造反派"杨大榕夫妇以女儿的贞操来换取政治利益;周克芹的《许茂和他的女儿们》中的郑百如强奸民女许秀云,迫害共产党员金东水,生活腐化糜烂等等。这些反面人物身上积聚了几乎所有人性的丑恶和低下,他们残暴、乱性、狠毒、投机取巧、违背道义、不劳而获,总之,是与中国传统文化所界定的道德伦理相违背的。徐子东将这种反复多样的反面人物归纳为四种类型:"A.坏女人(心理变态者) B.懒汉无赖 C.风派(投机、变节者)以及 D.和国民党有关的'老反革命'。"[①]将这些反面人物形象放在道德伦理的范畴内进行塑造,表明"新时期"知识分子对"文革"政治运动的挑战采取了道德伦理的叙事策略和路径,通过对道德伦理话语的操作和运用来实现知识分子自身的话语功能:一、为国家"脱罪"。将"文革"这一政治命题置换为道德命题,这样就将对"文革"反思的视域推向了道德范畴,通过对这些反面人物的道德批判,来表明"文革"并不是中国革命本身所孕育的,中国的国家制度和政治体制本身并不能推导出"文革"运动,"文革"之所以能够发生和演进,主要在于这些道德恶化的反面人物的权力运作和阴谋野心,他们才是"文革"灾难的真正"罪源"。这样一方面迎合了国家意识形态对"文革"的历史定位:"'文化大革命'是一场由领导者错误发动,被反革命集团利用,给党、国家和各族人民带来严重灾难的内乱",另一方面将"文革"复杂的历史成因转化为单向度的对反面人物的道德评价,也使知识分子的批判性话语表述和文学实践能够获得时代的合法性和意识形态的认同,从而避免了与意识形态的话语冲突。[②] 二、为知识分子"辩护"。知识分子必须要为自己的行为重新正名,既然这些道德腐化、行为卑劣的反面人物被指认出来,并承担了"文革"制造者和实施者的罪名,那么,按照这一逻辑线索推导,知识分子自然就得到了解脱——知识分子只是"文革"的被动的受害者,而非直接的参与者,这就避免了对自身主体进行反思和忏悔的尴尬局面,从而成功地从"文革"的历史漩涡中突围上岸。正如福柯所言:"一切社会都需要有离轨者,因为排除离轨者与把他们排除的行动使被排除者以外的人感到他们是留在社会内的,并且达到社会的团结……他们的被驱逐象征性地使社会变得更为纯洁。"[③]三、重建阶级身份。

[①] 徐子东:《为了忘却的集体记忆:解读50篇文革小说》,生活·读书·新知三联书店2000年版,第176页。

[②] 《苦恋》《人,啊!人》《晚霞消失的时候》《波动》《飞天》《在社会档案里》《离离原上草》等小说所引起的争议和质疑,从反向上证明了这种叙事策略的"合理性"和"合法性"。

[③] 〔法〕伊·库兹韦尔:《结构主义时代》,尹大贻译,上海译文出版社1988年版,第196页。

对这些反面人物的道德批判,为知识分子阶级身份的重建奠定了基础,既然这些反面人物的非道德行为已经被贴上了"反革命""阴谋家""野心家""篡权者"的"身份标识",那么,在"文革"中始终与他们对立的知识分子自然就具有了"革命身份""革命信仰"和"革命行动"。正是这种重建阶级身份的鲜明而强大的精神诉求和心理动能,使无数知识分子投入到这一场道德话语的集体想象中,这些道德的言辞成了知识分子重建身份体系的"有机论"和浪漫想象,"人们在小说中找到的任何一种表示都不能孤立地看,他们的每一个都处在与别的表示、别的境况、别的动作、别的思想、别的事件的复杂与矛盾的对照中"[①]。

第三节 "民国文学"的概念与意义

一、从"时间"返回到"意义"

对30年的中国现代文学进行命名实质上是一种文学史的命名。命名虽然也包含某种性质判断,但不是具体研究,只是对研究对象内涵和外延的共同确认,是为了理清一种研究的基本概念。因此,这也是中国现代文学研究的一个前提。在这样一种前提的确认下,中国现代文学史的命名就应该从意义的概念重新回到时间的概念上来。

(1) 意义概念的含义:"现代"的文学

一般说来,"现代文学"这一学科命名具有两种含义:时间的概念和意义的概念。时间概念是指1917—1949年这一期间发生的文学现象。这一概念并不十分严密,因为现代文学不仅是一种历史的时空存在,也是一种性质、一种意义。这就随之而提出了一种意义概念:与传统文学相对而言,具有"现代意义"的新文学。现代意义包含内容与形式两个层次:第一,内容上表现为思想启蒙与政治救亡相互交替的文学主题,其中特别值得强调的是思想启蒙主题;第二,形式上表现为对传统文学既定形态的突破,从文艺复兴时期的近代现实主义文学到20世纪初的现代主义文学,都涌入中国。中国作家对此进行

[①] 〔捷〕米兰·昆德拉:《被背叛的遗嘱》,孟湄译,上海人民出版社1995年版,第186页。

了超越时空的选择,从而使中国文学的文学类型、叙述方式、文体形式等都发生了本质的变化。中国文学从文学观念到艺术形式,从作家流派到出版物,都进行了全面变革。一句话,现代文学要有现代性。

现代文学的现代性是近年来现代文学界讨论的热门话题之一。通常所说的"现代文学",往往不注意文学本身的现代性,而只是关注创作的时间,由此而分为"近代文学""现代文学"和"当代文学"。就文学作品来说,时间的差异虽然也带来性质的差异,但是,时间并没有绝对性,彼时和此时的界限并没有带来太大的本质差异。只有在既定的时间背景下,对作品本身进行性质判断,才能有比较准确的把握。

毫无疑问,文学现代性首先是思想的现代性。中国现代文学的变革实质上是人的精神世界变革,文学的思想内容主要也是表达了这一变革。这一认识表现出半个世纪以来人们注重思想革命的一贯评价尺度。近年来,人们关于中国现代文学现代性的讨论,实质上也是对中国现代文学的现代性本质的深刻认识。但是,文学的形式也有传统与现代之分,因此对于文学形式的判断也必须纳入到现代文学的性质判断中去。现代文学的性质界定应该包括内容的判断和形式的判断。

形式的现代性是一个过去曾经被强烈关注、现在却被相对忽略的问题。特别是近年来文学和文化上复古主义的兴盛,使这种关注甚至走向了反面。在传统的思想被赋予现代化的理解的同时,传统的形式也被赋予了新的价值。现代诗的产生,在内容和形式上都使文学发生了现代化的转化。自由的形式并不仅仅是单纯的诗歌形式变革,而且也是意义的变革。例如,"五四"时期的白话诗运动,说到底是一个思想运动,思想的自由往往需要自由的形式来配合。过去,中国古体诗的严格格律本身就是对自由思想的限制,白话诗的努力就是要在思想和艺术上都获得自由。郭沫若的《女神》如果改用古体诗的形式,就不能充分表达出诗人那种激情澎湃、冲决一切的情感,就不能充分表达出破坏与创造的时代精神。诗中那排山倒海式的铺排句式,特别适合诗人那自由奔放、随意性极大的精神气质。而到了晚年,郭沫若一改初衷,作诗多采用古体诗的形式,无论怎样与时代乃至时事紧密相连,无论怎样"革命",都没有青年郭沫若的那种新锐气质,给人以古旧之感。而郁达夫的旧体诗在现代文学作家中是负有盛名的,但是这些诗所表达的多是个人的情怀,再加上旧的形式,传统色彩远远浓于现代色彩。

当然,形式的现代性与内容的现代性不可同日而语,形式具有超越性,可以承载不同的思想内容。而且形式具有脱离思想内容的继承性,所以,文学形式的现代性不同于内容的现代性。后者的继承性较前者的继承性更为明显,它甚至可以是横移的,可以没有纵的关联;而形式的过渡性要比思想的过渡性长。从这一角度来说,又必须看到古体诗的旧形式与现代的新思想之间的某种和谐。由此可见,中国现代文学在艺术形式上对西方文学的引入,使中国文学与世界文学发生了联系,促进了传统文学的演变。

现代文学作为一种意义概念已经得到人们的普遍认同。无论是对现代文学的整体界定还是具体的思潮、作品的评价,实质上都是以意义概念为着眼点的。

(2) 时间概念本质:"民国时期"的文学

我们过去一直坚持认为,中国现代文学史不是单纯的艺术史和学术史,它首先是一种具有现代意义的文学。一切不具有现代意义的文学如鸳鸯蝴蝶派等,均不属于现代文学。其实,这是使用了一种单一的价值尺度,或者说是用一种主流价值尺度来定位文学史。主流价值尺度虽然也是一种尺度,但实质上也是对时代文学的丰富性、对多数读者群的否定和轻视。一种具有现代意义的文学首先应该是多元的和有宽容意识的文学。这是一种文学观念,也是一种文学史观念。文学史的判断和命名不可要求唯一性,对象可以有多种理解,个别性的理解是规范性理解确立的基础和前提。学术规范的确立不应以思想个性的丧失为代价。意义的概念应该仅仅是对现代文学的具体思潮倾向、作家意识和作品主题的价值判断,而不能成为对现代文学存在空间的外延界定。

时间概念具有多元性,其内涵远远比意义概念的涵盖要宽广,而且经过历史的证明,以时间为界限可以确定断代的文学史外延。只有时间的概念能包含一切,正像时间可以证明一切一样。一切生命和存在最终都要以时间来界定。站在历史长河的一个个终点,反观百年文学史,一切新论点、新概念的发生和争论,包括20世纪中国文学等,都只是历史的一瞬。

文学史的命名,不同于文学评论,也不同于文学史本身,应该获得最大限度的认同。从这一点上来说,作为一种存在事实的陈述,文学史应该尽量淡化命名的倾向性而突出中间性。时间概念就具有中间性,不包含思想倾向,没有主观性,不限定任何的意义评价,只为研究者提供了一个研究的时空边界。当我们说"新文学"时,实质上是与旧文学相对而言的,其本身就具有既定的文化价值取向;我们对"五四"以来文学性质作出"反帝反封建的新民主主义文学"的界定时,就更有了明确而单一的政治倾向性;而关于"20 世纪中国文学"的命名和讨论,也是立足于文学的整体性,着眼于文学观念和文学主题的一贯性而有意发生的。所以说,现在已有的关于百年文学的所有命名和界定,都已有了倾向性。文学史命名的中间性并不妨碍文学史研究和评价的倾向性,在时间的框架下,一切主体意识都可以发生。

时间概念具有历史的惯性,是最无争议的命名。纵观中国文学发展史,对于文学史的分期都是以朝代和时代为分界点的。"先秦文学""两汉文学""魏晋南北朝文学""唐代文学""宋代文学""元代文学""明清文学"等等,都已经被广泛认同。在这种概念的惯性作用下,现代文学也不应例外。"现代文学"作为一种时间概念也是缺少恒定性的,"现代文学"区区 30 年,其实仅仅当事人的命名和感觉,仅仅是对当代人有意义。如果把"现代"作为一个永远没有穷尽的命名,试想过几百年、几千年之后,"现代"一定会有不断更新的时间界定。因为它是一个可以被无限延伸的概念,在这种认识的基础上,现代文学最后必将被定名为民国文学。

确定了以"民国文学"为现代文学的时间概念之后,就可以明确无误地把一直并称并且近年来被学者们努力将其一体化的当代文学从现代文学中剥离出去,而称之为"中华人民共和国文学"。这样,一方面可以免去关于二者关系的许多争论,另一方面可以更加准确地把握二者之间的异同。其实,即使是从意义概念的角度来看,二者之间也具有本质的差异性。文学的性质和观念以及思想体制、作品的主题倾向、作家的组织机制、文艺运动的形式、出版机构和出版物的存在形态、作家作品的评价模式等等,在主流文学形态上都存在着根本的不同。

在中国现当代文学发展过程中,每一类型的文学在这段或那段时间内的存在都被纳入了一个总的历史进程,每种文学在一定的条件下都对文学进步做出了自己的贡献。但每一时代都有体现其时代精神的作品,即"标准作品"。标准作品的发展形态便是文学史区分的主要依据。文学史的规律(因果关系）就集中表现在这种显示社会时代本质的典型或标准作品中。鲁迅风的杂文在两种不同政治时代的不同功能和命运,就是一个历史的证明。面对纷纭变化的文学史,不能仅仅从某种文学思潮或意识形态出发认定现当代文学之间的整体联系。当然,一种思想的提出,都必然有一个线性的思想积累过程。但是,思想到达一个点后就必然会发生转折。20世纪中期,中国两种国家政体或政治时代的更迭,无论对中国社会还是对中国文学,都是这样一个质变的点。

以政治时代作为标准来对现当代文学进行区分,不仅具有时间的明晰性,而且也适应中国现代历史的发展轨迹,符合中国文学发展的本质规律。文学史的时间界定,是为了更好地把握文学史发展过程中的连续性和整体性。一种文学时代实质上是相互联系的社会现象的一个独立的综合体,文学史划分的基本思想应该是寻找文学与时代关系的因果律。

毋庸置疑,以两个政权——中华民国和中华人民共和国的时空存在作为两种文学史的命名,本身就不可回避地包含有政治性因素。过去,我们对于"民国文学"称谓的回避,除了学术理念的原因,也包含有政治上的忌讳。中国文学史的分期与西方文学有所不同,它具有自己的价值标准。对于中国现当代文学的分期,过去一般都是以政治时代的交替来划分的,到了20世纪80年代,随着"重写文学史"的意识不断深入人心,人们提出了以文学发展的自身规律为标准来划分文学史发展阶段的观点,而且这一观点在理论上被广泛接受。毫无疑问,这种划分方法对过去单一的政治史标准是一种纠正或者补充。但是文学史的命名和分期除了依据一种普遍的理论原则之外,还应根据具体的文学发展过程和特征来做具体的分析。以政治时代为标准,对中国现当代文学发展历史分别进行命名,虽说可能淡化了文学史自身的特征和规律,但却把握住了中国文学的本质特征。中国文学先天地与政治密不可分,浑然一体,所以以政治时代为分期标准是一种预定的事实存在。

文学史的命名本来不是一个很复杂的问题,而且学术有时并不需要高深的理论和复杂的论证。少一些学理之外的忌讳和限制,回归简单和直接,可能会更接近事实本身。以"民国文学"来命名现代文学,也许就是这样一种简单。

二、民元作为民国文学史起点的意义与价值

民国文学史研究旨在探寻"民国机制"在中国文学的文化意识和文学文本生成演变中的制导作用,并在民国文学史的观念方法下对中国现代文学的发生和发展重新回顾、总结,以完成中国现代文学史框架和内容的重构。它是涉及中国现代文学学科研究性质与研究范围的调整和转变的重要学术课题。"民国机制"在民国文学史建构中的基础性和根本性作用决定了"民国"不仅是时间概念,更是意义概念。作为时间概念的民国文学史的开端不证自明,作为意义概念则需确认。"民元"在中国文学史演进链条上断代的合理性和合法性是"民国机制"完整有效和研究顺利进行的学术前提。

民国初年,百废待兴,制度建设和政治实践成为当务之急,系统规模的文化建设和文化革新还没有提上日程。民元没有晚清西风东渐、追求新知的觉醒意义,也没有五四新文化运动再造文明的潮流功效和文学实绩。短期内适时性的文化文学主张少,影响有限,是民元在清末民初的整体意义中常被提及却被认为缺少独立价值的直接原因。

在历史的演进中,将一个年份与之前的年份在文化意义上恰当地区分开来是相当困难的。但民元或许是一个例外,因为它是亚洲历史上第一个民主共和国的成立之年。政治制度更替的节点固然不能成为文化属性不同的依据(辛亥革命不彻底性的症结常被认为在此),但是新的政治制度的建立使原来抽象的制度理想和政治理念实现了组织化和形式化,变成了社会结构和组织机制中的具体原则和实在内容,以共和思想为核心的体制文化在集体意识和公共观念层面上对社会思想价值意识的选择重构和推广普及有着决定性的作用。

想要了解民元的文化观念和价值意识,教科书未尝不是一个好的选择。受传统文以载道观念和现代启蒙主义价值诉求的影响,近代以来的官定教科书一直承担着主流意识灌输和大众意识培育的教化功能。它是特定历史阶段主流意识形态精神文化主张和道德人格理想的集中体现,在塑造社会观念意识走向上发挥着至为重要的作用。教科书内容的删减变化也因此成为了主流价值观念和思想意识调整转向的风向标。

民国成立后,以四书五经、纲常大义为核心内容的晚清教科书被一律废

止,适应新的政体需要和国民教育需要的《共和国教科书》(以下简称《教科书》)应运而生。其在出版后的15年中被广泛应用,再版多次,影响甚广。端木蕻良、徐懋庸、张中行等作家都曾明确回忆过这套教科书给他们带来的全新启蒙教育。考虑到民元时间短暂且缺少系统宏大的文化建设措施、思想诉求和价值主张往往散落在不同思想家的著述和社会文献中的历史实际,《教科书》为我们了解民元思想文化建设和道德人格培养的实践探索提供了简洁便利的通道和清晰有效的镜像。

作为共和政体的文化产物,《教科书》力图通过"普及参政之能力""启发国民之爱国心",宣传自由、平等、博爱意识,以使青年一代"养成共和国民之人格"。《教科书》注入大量的非文学文字的制度观念与政治意识,透露出当时人们以共和思想启蒙来巩固共和政体的清醒认识和迫切心理。作为建立在晚清思想之上的文化教材,西风东渐的知识内容和思想成果被大量吸纳进来。"保险""专利""天演论"等思想知识,洋务派的求富自强观和科学精神,晚清对重农抑商、四民之序、夏夷之辨等传统观念的反思和清理;乃至在辛亥革命前与革命派在政治体制选择问题上发生过激烈论辩的梁启超的《新民说》中公德、冒险、合群、尚武等观念也被稳妥地吸入。这些民国前历史的思想成果被纳入教材之中,显示了民元文化建设的宽容姿态和理性精神。思想家的个别思想成为教材内容,是其超越精英知识分子意识的有限层面,开始成为一般性的知识,发挥广泛而长久影响力的转折点。

作为近代民主政治文化的重要组成部分,共和思想有着完整的观念结构形态和自足的价值信仰体系。自由、平等、博爱,天赋人权,主权在民,分权、制衡等核心价值范畴和基本政治理念不但成为《教科书》过滤知识思想的标准,同时也如人类历史上共和制度建立中所经历的那样,成为价值重估的有效武器。中国传统儒家礼教道德与封建专制互为表里,而民主自由则与共和制度相辅相成。民主共和的法律政治与中国传统伦理政治的彻底决裂,意味着传统伦理价值观念开始失效。民国元年,作为《教科书》审定者之一,蔡元培明确提出反对忠君尊孔。以三纲五常为核心观念的中国传统封建专制文化观念在教科书中开始瓦解。

在"宗教自由"和"表彰中国固有之国粹"的宗旨下,《教科书》对作为中国封建专制思想来源的孔子保持了相当的尊重,仍称之为"万世师表"。"在拜过孔子的画像以后,老师就开始教我学习商务印书馆出版的'共和国教科书'"①,也确实是那一代青年学习《教科书》时的普遍经历。但孔子的学说已不是在传统的权力秩序关系中被阐释,而是作为勤劳、节俭、韧性、勇敢、智慧、善良、敬重等人类普遍永恒的人文价值被提及,辅以例证的多是卢梭、罗兰夫人、华盛顿等与西方共和制度建立直接相关的重要历史人物。这些个人修养被视为共和国民在国际竞争中应普遍具有的素质与能力,它们与宗法社会权力等级范畴中的忠孝节义观有着本质区别。这已符合后来胡适的认识,即"孔子掌握了人类的某些普遍价值,如忠、孝、仁、爱","这些价值是世界所有文化都具有的、人类普遍的理想"。②

批判旧伦常在甲午战争后的晚清思想界已广泛出现,但作为主流价值观出现在文件媒体和各类教科书中,渐渐成为被民众效仿并普遍使用的主流话语,毕竟只有在民主共和制度下才能成为可能。

民元确立的共和文化的建设方向,不仅成为民元与之前漫长的中国历史在文化属性上的根本区别所在,也成为民国社会进步的契机与动力。

民初混乱不堪、面临倒退的政治文化局面,严重背离和威胁了民元确立的共和制度和共和理想,《教科书》也一度陷入危机。1916 年,袁世凯复辟帝制,"商务印书馆为避讳袁世凯,'共和国教科书'停止出版"③;1917 年,张勋复辟,北京一些学校的《教科书》被"悉焚毁无遗"④。民初倒退的政治文化局面与共和思想的水火不容可见一斑。所幸的是,复辟的图谋者虽有强大的政治军事背景,但无一不在短时间内迅速破产失败,民元所确立的共和价值在遏制历史惯性上起到了决定性作用。"民主共和观念深入人心"的认识恰源于此。

民元确立的共和价值观对民国文化的促动性还表现在其对新文化运动的催导作用上。对共和制度与新文化运动之间的联系,学界已有诸多认识。"没有辛亥革命,何来五四文学"⑤,新文化运动是"一场大变革之后的文化补

---

① 徐懋庸:《徐懋庸回忆录》,人民出版社 1982 年版,第 29 页。
② 林毓生:《中国意识的危机》,贵州人民出版社 1986 年版,第 155 页。
③ 王江鹏、侯云龙编著:《二十八宿 中华书局》,吉林人民出版社 1996 年版,第 50 页。
④ 戴逸主编:《中国近代史通鉴 1840—1949》,红旗出版社 1997 年版,第 1078 页。
⑤ 王学谦:《没有辛亥革命,何来"五四"文学》,《学习与探索》2011 年第 5 期。

课"①,"陈独秀及《新青年》同人具有'共和制情结'"②等观点摆脱了新文化运动是以超越辛亥的历史姿态出现的传统认识……但他们更多是将政治制度与文化伦理视为自主而分立的场域,在政治革命与文化运动的二元思维下,从制度法律为思想解放提供契机保证以及新文化发起者的政治热情的角度立论,并没有发掘和承认文化机制本身的延续性。其实,新文化运动正是在民初浓重的共和气氛中发生的。作为新文化运动策源地和大本营的北京大学,其"兼容并包"的办学思想本身就是求同存异、沟通共识的共和精神的题中应有之义。"《新青年》是中国文学史和思想史上划分一个时代的刊物"③,而"《新青年》的基本政治主张在于奠定真正的共和根基"④。共和危机是新文化运动兴起的历史前提,共和思想也是新文化运动初期文化批判和思想解放的价值共同体得以迅速形成的核心力量。在新文化先驱那里,共和制度和民权平等互为因果:"既然想改用立宪共和制度,就应该尊重民权,法治,平等的精神。"⑤在民主自由和人权平等的价值标杆下,文化先驱们以毫不妥协的历史姿态与一切旧思想分道扬镳:"共和政治,不是推翻皇帝便算了事,国体改革,一切学术思想亦必同时改革。"⑥鉴于儒学在传统权力文化秩序中的支配地位,非儒反孔理所当然地成为新文化思想批判的主要内容。民元的文化观念已经把作为专制主义思想基础的儒教和孔子的学说加以明确区分:"孔子之学术,与后世所谓儒教、孔教当分别论之"⑦,并且在宗教自由的宗旨下反对独尊孔子。这种立场在新文化运动中仍被沿用:"今蔑视他宗,独尊一孔,岂非侵害宗教信仰之自由乎?"⑧"掊击孔子,非掊击孔子之本身,乃掊击孔子为历代君主所雕塑之偶像的权威也。"⑨正因新文化运动以共和思想作为话语基础,"共和"和"新文化"也获得了同等的意义内涵和价值地位。周作人就说:

---

① 李新宇:《五四:"借思想文化解决问题"的是与非》,《南开学报》2004 年第 5 期。
② 陈方竞:《多重对话:中国新文学的的发生》,人民文学出版社 2003 年版,第 1 页。
③ 胡适:《〈新青年〉重印题辞》,《胡适文集》卷 3,人民文学出版社 1998 年版,第 556 页。
④ 汪晖:《文化与政治的变奏——战争、革命与 1910 年代的"思想战"》,《中国社会科学》2009 年第 4 期。
⑤ 陈独秀:《今日中国之政治问题》,《新青年》第 5 卷第 1 号。
⑥ 高一涵:《非君师主义》,《新青年》第 5 卷第 6 号。
⑦ 蔡元培:《对于新教育之意见》,《教育杂志》1912 年第 3 卷第 11 期。
⑧ 陈独秀:《宪法与孔教》,《新青年》第 3 卷第 3 号。
⑨ 李大钊:《自然的伦理观与孔子》,《甲寅》1917 年 2 月 4 日。

"老实说,现在社会上恐怕还是需要旧有的皇帝,辫子与缠足,并不需要共和与新文化。"①可以说,新文化潮流的出现与民主共和这个潮头的带动是密不可分的。

民国十四年,范烟桥将"民元"视为中国文学发展的一个重要关节点:"中华民国建立,于中国历史上为新局面,一切文化,一切思想,俱有甚大之变动。最要之一点,即响时小说,受种种束缚,不能发表其意志与言论。光复后,即无专制之桎梏,文学已任民众尽量发展,无丝毫之干涉与压迫。"②民国的成立使自由多元的文化局面成为可能。这种局面是除旧布新的文学革命发生的必要条件。在新文化运动中,共和精神和共和理想也成为文学革命的目标之一:"我们要诚心巩固共和国体,非将这班反对共和的伦理文学等等旧思想完全洗刷得干干净净不可。""真正的中华民国必须建设在新思想的上面。新思想必须放在新文学的里面。""所以未来的中华民国的长成,很靠着文学革命的培养。"③这种文学—思想—民国的价值更生逻辑,体现了新文化运动先驱们已将新文学与新思想视为政体合理存在并拥有健全功能的价值源泉和思想基础。

民元对于鲁迅来说是崭新的起点,"那时确是光明得多","觉得中国将来很有希望"。④ 在之后很长一段时间内,民国亦是鲁迅的希望所在。民国初年,共和体制虽已建立,但其真正健康的运行则需要公民公共生活和参与政务的能力素质作为支撑。经历了文艺复兴和启蒙运动的法国共和制度到真正确立历时百年之久,共和思想要在有着几千年根深蒂固的传统封建文化心理的国人心中生根发芽更是绝非易事。《阿Q正传》常被当作"辛亥不彻底性"的旁注。其实,当时很多思想家对辛亥不可能毕其功于一役这一现实有着充分认识和心理准备。梁启超就断言,"共和的国民心理必非久惯专制之民能以一二十年之岁月而养成"⑤。鲁迅也认识到,"唯专制永长,昭苏非易"⑥。

---

① 周作人:《国语》,《晨报》1921年9月23日。
② 范烟桥:《最近十五年之小说》,见芮和师、范伯群、郑学弢编:《中国文学史资料全编 现代卷 鸳鸯蝴蝶派文学资料》(上),知识产权出版社2010年版,第232页。
③ 傅斯年:《白话文学与心理的改革》,《新潮》1915年第1卷第5号。
④ 鲁迅:《两地书》,《鲁迅全集》卷11,人民文学出版社2005年版,第31页。
⑤ 梁启超:《饮冰室合集》,中华书局1989年版,第1652页。
⑥ 鲁迅:《〈越铎〉出世辞》,绍兴《越铎日报》创刊号,1912年1月3日。

《药》《风波》正体现了他对共和革命的艰难性和革命成功后共和思想启蒙的艰巨性的体认。夏瑜的"大清的天下是我们大家的"被骂做"这是人话么?",正是天下为公、五族共和的共和思想真实的历史境遇。鲁迅这种强烈的体会并不能等同于对辛亥革命不彻底甚至是失败的历史判断,而是与其"共和之治,人仔于肩,同为主人,有殊台隶"①的维护发展共和的承担意识和责任心紧密相关的。鲁迅的"立人"理想是致力于个体生命普适性的精神拯救,"掊物质而张灵明,任个人而排众数"是其具体的价值目标。应该说,"物质"和"众数"并不符合阿Q精神结构的规定性,"灵明"与"个人"也与鲁迅对阿Q的期待有相当的距离。与其说阿Q的批判资源来自于更为抽象高蹈的"立人"思想和人道意识,不如说其来自共和思想,何况鲁迅本身就是在辛亥的历史语境中阐释阿Q的。如果我们以《教科书》的观念意识为价值依据和思想资源的话,不难看出,阿Q的卑贱、胆怯、油滑、狂妄、愚昧的心理特征和对革命与新国家的隔阂误解,恰是由于缺乏"共和国民之人格"和"参政之能力"。

与辛亥文学热衷于革命政治主题相比,"五四"文学的主题更多集中在文化批判和个性人道范畴中。自由平等的观念意识在法律政治公正层面和精神价值正义层面的分野历来被认为是"民初"与"五四"思想的不同所在。前者常被归为近代的"国民意识",后者则被认为是现代的"人的意识"。其实,在民主共和国家发展的历程中,由政治法律观念上国民的自由平等,深入到抽象的人的个性自由平等,是文化价值观念深化发展的自然逻辑和基本序列。民主是尊重人性的政治理想,自由是权利平衡的产物。国民法律上民主自由平等的权利关系必然包含在人与人精神平等自由的人道关系之中。作为社会普遍化的思想价值观念,前者是后者的基础和先导。鲁迅在辛亥前曾描述过文化的这种更生的逻辑:"盖自法朗西大革命以来,平等自由,为凡事首,继而普通教育及国民教育,无不基是以遍施。久浴文化,则渐悟人类之尊严;既知自我,则顿识个性之价值。"②正是以共和思想为核心的广泛国民教育才最终培育出了普遍的自我意识和人道观念,没有政治法律上的国民的平等自由观念,普遍的人的自我观念和人道意识就是无根之木、无源之水,即使有也只存在于

---

① 鲁迅:《〈越铎〉出世辞》,绍兴《越铎日报》创刊号,1912年1月3日。
② 鲁迅:《文化偏至论》,《鲁迅全集》卷1,人民文学出版社2005年版,第51页。

朦胧的生命意识和有限的精英意识层面。

在思维特征上,生命意识和个体意识在秩序规范对精神自由活力的限制与扼杀上有着强烈的警惕。"人的意识"中解放主体的强烈企图和不驯力量会与理性规范中的"国民意识"构成不合作的紧张关系,这种关系是包含在"现代意识发生的题中应有之义就是对近代思想的反思和批判"的逻辑关系之中的。但在民初的文化语境中,"人的意识"取代"国民意识"成为文学话语的主流,不仅是超越替代关系,更是同一种精神统摄起来的发展深化的逻辑和过程,对于中国这种近代意识与现代意识缺乏必要的时间与批判的距离,且交织于一处的后发国家现代化运动而言,后者更切合历史实际。"个性主义"和"人道主义"在"五四"的语境中主要用来满足认识和批判中国传统封建主义理性的需要,其目的是为了保存发展社会的新理性而不是相反。陈独秀就将"内图个性之发展,外图贡献于其群"[①]当作青年思想除旧布新的主要内容。胡适亦将个人与社会视为互动互惠的双向关系而非对立结构:"社会最爱专制,往往用强力摧折个人的个性(individuality),压制个人自由独立的精神。等到个人的个性都消灭了,等到自由独立的精神都完了,社会自身也没有生气了,也不会进步了。"[②]郁达夫的《沉沦》是人的欲望本能与伦理理性冲突的典型文本,但生命的困境最终不是落入理性的桎梏而是落在了祖国的贫弱上。

虽然"五四"的个性主义和人道精神是民初共和精神深化和发展的结果,但"人的立场"的价值诉求宽于"国民立场"的边界,不相重合的部分构成了一种无法避免的分歧,这种分歧投射到新文化运动先驱的意识中,在周氏兄弟身上体现得较为明显,并集中在两个层面上。

其一是"合群之德义"与"个人主义"的分歧。《教科书》已经具有自觉的个性意识,强调教学要"尊重儿童的个性"(《新修身教授法·入学》),同时也强调理性的独立精神:"独立非鄙夷他人耳不相联络之谓,乃各具谋生之术耳不相依附之谓,故滥竽者固非独立,傲视一切而抱个人主义者,亦失独立之本旨也。"(《独立自尊》)但群重己轻、舍私为公始终是《教科书》的重要价值立场之一,比如南北朝民歌《木兰辞》就被当成军国民教育的范文使用。与此相

[①] 陈独秀:《新青年》,《新青年》第2卷第1号。
[②] 胡适:《易卜生主义》,《新青年》第4卷第6号。

对,"五四"时期,鲁迅明确提出要反对"合群的、爱国的自大"。周作人也指出,"儿童期的二十几年的生活,一面固然是成人生活的预备,但一面也自有独立的意义与价值","爱国"与"合群"会"浪费了儿童的时间,缺损了儿童的生活"。传统的儿童文学作品,"只有《孔雀东南飞》等几篇可以算得佳作,《木兰行》便不大适用"。①

其二是"表彰中华固有之国粹"与"全盘反传统"的分歧。和平共处、相互包容是共和思想的宗旨之一,在此宗旨下,"表彰中华固有之国粹"成为《教科书》选编课文的一个标尺,这个标尺并非受虚无的民族虚荣心理支配,而是在弘扬中华文明和中国文化中的优秀部分时亦以一种冷静的、现实的、合理的态度反思其局限,这在《教科书》对四大发明的介绍中表现得非常明显。这与鲁迅"要我们保存国粹,也须国粹能保存我们"以及《电的利弊》中对中国古代四大发明的评价形成了鲜明的对比。

以"五四"的个人解放观为尺度,个体价值在民元国家主义的语境中无疑是被忽视的。但这并非是传统文化秩序中群己不平等关系的延续,而是在自强救亡的生存发展危机意识下,以维系、发展和健全国家为优先目标,在群己权利划分中过于强调个体责任的一种历史性认识。对此我们无疑要多一份对历史的宽容和理解。更何况人的个性自由的实现也并非是唯一尺度,追求自然个性和不受束缚的自由是人的天性与权利,可是将人从一切社会关系中解放出来获得绝对自由的目标却又难以真正实现。严复早说过,如果以人的绝对自由为标准去衡量政治制度的优劣的话,人类创造的任何政治制度都是坏制度。更何况在20世纪民族战争和救亡图存的历史语境中,个人自由也只能存在于重视群体并兼顾个人的道德秩序之中。面对民初异常强大的封建文化及其衍生的社会政治局面,非激进不能激发变革传统的力量,强烈的反传统成为反思传统的有力武器。但是,将底蕴深厚、历史悠久的民族文化连根拔掉,而嫁接另一种异质的文化系统,不但在认识上是偏颇的,在实践上也是无法实现的。任何一种思想的反叛,无论其能量与效果如何,必须在文化传统的背景下展开,这早已为历史和生活的实践所证明。即使是在有着个体本位文化传统的西方,个人主义最终也并未彻底地取代传统宗教伦理,而是与后者融合,

---

① 周作人:《儿童的文学》,《新青年》第8卷第4号。

化为富于张力的现代意识。在"五四"时期,全盘反传统和个性主义是净化提升传统和解放人的必要手段,它具有文化转型的方法论价值,而并非文化实践的目的,即"'彻底的反传统'的方法论通过具体的实践过程,最终可能获得'批判地继承的'的目的论价值"①。有鉴于此,极端个人主义和全面反传统的观念探险已经成为"五四"新文化激进主义和情绪化的表征,成为今天人们反思的对象。民元与"五四"在思想内容上的差异,固然显示了民元价值理想的历史性局限,但同时也折射出民元文化建设的某种务实与稳健。

今天看来,由于初级教学用书的特定属性,《教科书》涉及的知识观念的深广度受到很大制约,不可能完整地呈现出这个时间点整体的文化价值观念和全面的思想逻辑,但它毕竟折射出"民元"文化建设的一个角度和侧面。从中我们可以看到,建立在晚清思想资源之上的民元价值观念抛弃了封建专制文化,弘扬了民主共和文化,而这种文化在共和国制度的背景下,日益成为被普通人广泛接受和认识的观念意识,成为舆论的主流和彼此认同的话语基础,在民初化作遏制专制主义惯性的精神力量,也为五四新文化运动提供了思想引擎和价值依据。从民元到"五四",文化价值观固然存在差异、变化,但是从文化价值判断和整体精神走向上来讲,并未发生根本改变。

随着时间的流逝,民元文化建设的观念方法在价值意识的喧嚣更替中,在民族解放和阶级解放的烽烟炮火中,在崇新排旧、不断革命的进化逻辑中,早已成为历史的遗迹而淡出人们的视域。但今天看来,它虽经过了世纪风雨的洗礼,却历久弥新,在历史的浩渺云烟之下,仍有诸多价值依稀可辨。《教科书》在观念和编排上涉及百年来中国文化建设和制度建设的基本问题,那就是在西方文化的冲击和民族间的激烈竞争冲突中,中国人应该以一种什么样的观念和方法,适应现代社会与现代生活,从而实现民族的民主富强和个体的自由独立。这无疑是我们今天仍要正视和解决的重大课题。《教科书》以比较的方法和开放的心态对待中西文化制度的立场,成为当前全球化背景下中国社会发展的有益参照;道德心灵教育、民主自由意识成为中国当代市场经济背景下道德滑坡、公平失衡,以及多年体制化教育产生的种种弊病的有益补充;集团意识和国家观念在民族竞争仍旧激烈的背景下仍能为社会提供强有

---

① 张福贵:《"活着"的鲁迅:鲁迅文化选择的当代意义》,社会科学文献出版社 2010 年版,第 198 页。

力的精神能量。我们能够在历史资源中为今天的文化建设找到一份有益参考固然是一件幸事,但一个世纪以前的文化理想和建设范本至今仍有着巨大的榜样作用,百年来中国文化发展建设经历了漫长的曲折与重复,这本身就是耐人寻味的。

三、"民国文学"和"共和国文学"的分期与差异

从单纯的时间性概念来看,百年中国文学又叫中国现当代文学,是指1911年至今的文学,近年来人们一般又把它称为中国20世纪文学。而张福贵在新世纪之初将其称为"民国文学"和"共和国文学"。

百年中国文学在它的诞生之初被叫做中国"新文学",稍后被叫做"现代文学"。无论在当时还是在之后,这一称谓不仅是一个单纯的时间性概念,更是中国文学史乃至思想史上一种革命意义的显示。其发展过程既是中国文学本身现代化的过程,又是中国社会现代化过程的艺术显示。因此,中国"现代文学"长期以来被界定为一种具有"现代意义"的文学。这种"意义概念"的文学史观是对世纪之初中国文学本质的一种概括,但是也正是这种概括,导致了近百年来中国文学史观的褊狭和单一。风也好雨也好,百年中国文学就这样走过来了,历史总是后人写的,人们对于这个世纪的中国文化与文学的理解,有了越来越多的不同感受和评价,这本身就是一种历史主义的姿态,真实的历史可能就存在于这多种多样的叙事之中。

从文学发展的多样性、主题的走向以及与中国社会的关系来看,百年中国文学可以分为"民国文学"与"共和国文学"两大不同时代,在此之中,又可以大致分为五个时期:1911—1927年传统文化的整体批判时期;1927—1937年政治分野与文化批判时期;1937—1949年政治分野与文化反思时期;1949—1978年政治与文学一体化时期;1978—2000年政治变革与文化转型时期。

(1)文化整体批判时期的文学(1911—1927年)

无论是在名称的最早使用上还是中国社会发展的实际上,都应该承认"新中国"的起点是从1911年的辛亥革命开始的。辛亥革命并不是单纯的中国政治变革,而是中国社会的整体转型。在以政治伦理为本位的中国社会中,政治一变全部都变,只是变革的时间早晚、变革的程度深浅而已。在中国传统社会,传统政治是传统文化和思想的最有力的保护层。一个人如果反对和违

背传统道德,不仅在世俗社会无从立足,而且要受到法律的制裁。而辛亥革命打破了这一保护层,终止了中国政治和文化一体化的历史惯性,也正是在这一基础上,新文化运动和新文学思潮才得以发生,虽说从1911年到1916年这段时间里,中国文学的变革诉求并不如政治变革诉求那样强烈,成就并不明显。因为正如鲁迅所言,在革命激荡的时刻是没有诗的。

民国文学源头的政治背景是辛亥革命,而作为一种新的文学时代的全面呈现,是在新文化运动之后,特别是"五四"时期的文学。"五四"文学是中国文学发展史上一次前所未有的本质性变异,它划定了从传统文学到现代文学的不同历史时代。如果从意义概念的角度来看,它确实属于"现代性"的文学。然而,其发生与发展有着复杂的传统文化和外来文化背景。

首先,"五四"文学的诞生有着深刻的外来文化背景。从作品的翻译介绍开始,到文学观念的倡导、文学创作的出现和文学思潮的形成,都与外来文化的影响有着直接的关系。

对外国文学和文化的译介中,民国之前的严复和林纾的贡献功不可没。胡适称"严复是介绍西洋近世思想的第一人,林纾是介绍西洋近世文学的第一人",认为过去中国学者"总是想西洋的枪炮固然厉害,但文艺哲理自然远不如我们这五千年的古国了"。① 而严复和林纾的功劳就在于改变了人们这一认知。严复翻译了赫胥黎的《天演论》等西方近代社会科学的名著,对近代中国的知识界产生了巨大影响。林纾在"五四"之前,共译介西方文学名著170多种,1200余万字。在此之后,王国维、蔡元培、鲁迅等人介绍和引入了西方文学和美学理论。而对中国新文学产生本质性影响的还是西方人道主义、个性主义的思想主题和写实主义、浪漫主义、现代主义文艺思潮,这使中国新文学具备了真正的反封建的"现代意义",成为中国文化大系统现代化的先期完成形态。与思想主题、文学思潮的进入相一致,在外来文学的示范下,各种与传统文学相异的文学样式应运而生,极大地丰富了中国文学的历史。诗歌从古典走向现代白话诗;小说由章回体的故事小说走向多样的性格小说和心理小说;戏剧从传统戏曲经"文明新戏"走向现代话剧;散文由文言文走向白话杂文和美文。各种文学流派和社团丛生并迅速更迭。

---

① 胡适:《五十年来中国之文学》,见欧阳哲生编:《胡适文集》卷3,北京大学出版社1998年版,第211页。

其次,传统文学和文化对新文学的诞生有着复杂的影响。从"五四"文学的发生前提来看,传统文学和文化在表层上是一种相反的刺激,新文学以现代意识为尺度,以传统为批判对象,形成了新的文学观念和思想主题。而其积极的影响则是潜层的,并且后来逐渐显现和加强。作为传统文学的组成部分,对新文学的形成产生积极影响的是中国近代文学。黄遵宪倡导的"诗界革命"和梁启超所主张的"小说界革命"以及"新文体"运动等,从文学观念、文体语言等诸方面对新文学的初生构成了重要影响。

1917年1月,胡适在《新青年》杂志上发表了《文学改良刍议》一文,首次提出文学变革的主张。2月,陈独秀在同一杂志上发表了更激烈的呼应文章《文学革命论》。这两篇文章标志着民国文学史中文学革命运动的开始和新文学的发生。文学革命的主要内容就是废除文言文、建立白话文,反对"非人"的文学而建立"人的文学"。应该看到,新文学创立伊始,就具有强烈的排他性:无论从思想上还是艺术上都以否定和取代旧文学为目的。实事求是地讲,不是新旧文学之间展开了激烈的论争,而是新文学向旧文学提出了不留余地的挑战。新文化运动初期,新文学阵营通过与以林纾等人为代表的国粹派,以梅光迪、吴宓等人为代表的"学衡派",以章士钊为代表的"甲寅派"的多次论争,最终确立了主流地位。

1921年1月,民国文学史上第一个有影响的文学社团文学研究会成立,主要成员有周作人、沈雁冰、叶圣陶等人。7月,另一个有影响的文学社团创造社成立,发起人为郭沫若、郁达夫、成仿吾等人。稍后,新月社、语丝社、莽原社等相继成立。

"五四"文学以西方现代人道主义和个性主义思想为构成基础,对旧文学和旧文化进行了整体批判,表现出了初生的活力以及不可避免的幼稚。受传统社会专制政治的压制和封建礼教的影响,人道主义和个性主义一直是中国思想文化所欠缺的,以儒家文化为主体的中国思想史基本上是宗法观念对个人意识制约的历史,而关于人的本体价值的认识过程不过是那部浩瀚伦理巨著的简短序言。民国文学史上第一代新文学作家通过自己的创作表现出对人道主义和个性主义主题的追求,呼唤"人的解放"。最早发出这一声音的是以胡适、沈尹默、周作人等人的创作为代表的初期白话诗——胡适的诗集《尝试集》(1920年)被称为中国现代文学史上第一部白话新诗集。而稍后鲁迅的创作则是这一主题的最强音,他的小说《狂人日记》(1918年)作为中国现代文学史上的第一篇现代白话小说,把中国历史概括为"吃人"的历史,这是前所未有的发现。

以叶圣陶、冰心、王统照、许地山等文学研究会作家为主体而形成的写实主义"问题小说"作家群,与鲁迅的思考一致,从更广阔的视角提出了"人的主题";与此同时,受近代日本文学和欧美文学的影响,以郭沫若、郁达夫、张资平等创造社作家为主体而形成的浪漫主义"身边小说"作家群,从个人的生活感受出发,强化了个性解放的思想主题。20年代初,王鲁彦、许钦文、许杰、台静农等一些流寓都市的作家,以现代意识为尺度,描写故乡农村自然的美丽和社会的黑暗,被后人称为"乡土文学",其思想内容成为"五四"文学主题的继续。过去的文学史教科书中多对这一时期文学的抽象人学思想做过于苛刻的评价,认为它对于社会问题是"只谈病症,不开药方",没有找到中国社会变革的正确道路。后来的寻找是否正确另当别论,但仅从作家与生活、社会的关系来看,一般艺术家并不承担政治家的责任,他们可以从自己的理解和感受出发去表现生活,能够呈现社会的诸种问题已经是难能可贵了,如何改变社会是另外一种话题。何况当时作家对于社会现实的批判本身,就是在人道主义和个性主义思想下进行的,无论是在个人生活还是在社会变革中,都不可缺少抽象的人学理想。这就是人类社会发展过程中最具有普适性的"良方",正是由于政治文化后来对于这种具有普世价值的人学理想的否定,才导致了整个社会人性的泯灭和丧失,出现了后来人们才意识到的"人道主义灾难"。

1915年《青年杂志》(后改名《新青年》)创刊后,陈独秀、李大钊、钱玄同、鲁迅、周作人等人先后以"杂感"的形式在杂志上发表文化批判和社会批评文章。这不仅成为五四新文化运动的主流思想,而且也为中国新文学创造了一种新的文体——杂文。其后的朱自清、冰心、丰子恺、周作人等人,以优美的抒情见长,提供了另一种现代文体——美文。这两种散文文体就其作品的内容来说,可能是"五四"新文学中对比比较鲜明的两极。杂文是新文学中时代意识和批判意识最为强烈的文体,而美文则可能是新文学中批判意识最为淡漠的文体。这可能是由于两种文体的审美原则所致,在体现"五四"文学的成就和特色上,二者的价值都是不可忽视的,互相也是不可替代的。

1926年,徐志摩主编北京《晨报》副刊《诗镌》,以此为阵地,形成了以闻一多、徐志摩、朱湘、饶孟侃等为主体的新月诗派。这个诗人群体在思想上表现为一种抽象的西方现代人文精神和中国传统士大夫精神的融合,而在艺术上亦表现出东西方诗美原则的融合。他们继承了"五四"文学的人文精神,并以新的格律诗的主张和实践弥补了中国新诗过于散漫的不足。这是一个具有传统士大夫气质和浪漫的现代主义艺术气息的文人团体,由于与激进的左翼文学不一致,导致了文学史对其评价的偏颇。

无论是从思想上还是从艺术上看,民国文学中的"五四"新文学是一种与传统文学迥异的现代文学,是中国文学史上名副其实的革命。它存在的前提便是对传统文化和传统文学的反叛,在反传统的过程中获得生命并确立本质。当然,不可否认的是,由于对于其他思想素质和艺术形态的文学的排斥,也使中国文学在思想和形式上远离了传统。

(2)文学的政治分野与文化批判(1927—1937年)

1927年4月,由于政党利益诉求之间的不可调和的矛盾冲突,在多方势力的支持下,蒋介石政治集团进行了残酷的"清党"行动,国共第一次合作破裂。这一政治事件迅速激化了中国社会的阶级矛盾,改变了中国社会的政治结构。政治立场迅速转化为艺术立场,现代作家也随之发生明显的分化;政治逻辑迅速演化为艺术逻辑,文学主题和创作倾向也发生了剧烈的转化。这一时期的文学被称为"30年代文学"。

1928年初,成仿吾、李初梨、冯乃超等后期创造社成员以及钱杏邨等太阳社(1928年成立)成员,在苏俄文学和日本左翼文学的影响下,主张建设"革命文学",提出由"文学革命"向"革命文学"转化。"革命文学"的主张是以否定"五四"文学为前提的,因此,倡导者们从一开始就把批判的矛头指向了鲁迅、茅盾、叶圣陶、郁达夫等第一代著名作家。于是,双方展开了激烈论争。在中共领导阶层的直接介入下,双方暂时停止论争,于1930年3月2日成立了中国左翼作家联盟。

马克思主义文艺理论的传播和"革命小说"的创作是左翼文学运动中影响最大的两个活动。"左联"以《拓荒者》《萌芽》等刊物为主要阵地,宣传和介绍苏俄、日本等国的无产阶级文学理论和马克思主义经典作家的论著。其中,鲁迅、瞿秋白、冯雪峰等人的译介工作最为引人注目。与此同时,"左联"还与新月派、"民族主义文艺运动"以及"自由人""第三种人"等进行了不无偏颇的论争。而这些论争并不是像传统教科书所书写的那样以"左联"一方的胜利而告终,并且由于政治上的否定,反而促使了像"自由人"胡秋原和"第三种人"苏汶等对于苏俄和日本无产阶级文艺的译介。

从整体说来,"左联"在文艺理论上的影响要远远大于文学创作本身。在有限的创作中,革命小说的影响和争议最大。蒋光慈是革命小说的始作俑者,1925年便创作了日记体小说《少年飘泊者》,其后又有《短裤党》《田野上的风》等问世。其社会影响很大,以至于出现了冒名作品。革命小说在题材和主题的选择上无疑是具有开创性的,这成为中国社会革命的证据。而且,其受人指责的"革命加恋爱"的模式,也表现出了"五四"文学个性解放的主题向30年代阶级解放主题过渡的形态以及知识分子人生历程的真实状态。但总体说来,革命小说在艺术上是不成功的:公式化的构思,主观化空洞的叙述,使作品缺少艺术感染力。真正获得艺术上成功的还是后来张天翼、艾芜和沙汀以及茅盾的小说创作。

"左联"的诗歌创作也有一定的影响。殷夫和"中国诗歌会"(1931年成立)蒲风等人的红色鼓动诗作为时代政治的反映,成为历史的记录。而洪深的话剧也具有同样的意义。

"左联"的理论主张和艺术实践在民国文学史上的价值是复杂的。总体上说,其政治意义远远大于文学的意义。而其组织活动也存在着政治的盲动性和思想的宗派性,特别是其文艺价值观和审美追求,都极大地影响了后来文学的发展。

与"左联"比较靠近,亦可以被称为左翼小说的东北作家群的创作,在这一时期也是值得重视的。东北作家群是指"九·一八"事变后流亡内地的东北文学青年群体。其中,萧红、萧军、骆宾基、端木蕻良等人以深沉的笔调描写东北民众的不幸生活和抗日情绪,作品具有浓郁的地方色彩和怀旧思乡情愫。

与左翼文学相对的有"民族主义文艺运动"的一批所谓右翼作家,如黄震遐等人。他们的创作具有鲜明的民族主义色彩,适应了当时的时代需要,同时具有一定的官方色彩,因此具有很大的影响。

最能代表"30年代文学"成就的是自由主义作家群。所谓自由主义作家群是指"左联"作家和国民党当局御用的"三民主义文艺""民族主义文学"之外的作家的创作。在这一作家群中,除了巴金、老舍、曹禺等著名作家之外,还有京派小说、海派小说、现代派诗歌、"论语"派小品文等文学流派。

巴金是"五四"人文精神的真正传人,他继承了鲁迅等人的文化批判思想,《家》等小说所表达的仍是一个"人的解放"的时代主题;老舍的小说《骆驼祥子》等作为现代市民小说的代表,表现出一种平民意识和复杂的文化观念;曹禺的成名作《雷雨》是中国现代话剧艺术成熟的标志。

现代派诗歌是继20年代初以李金发、穆木天、王独清为代表的象征诗之后,中国新文学中现代主义艺术的一个典范。现代派诗人除戴望舒以外,还有"汉园三诗人"(何其芳、卞之琳、李广田)、废名等人。他们改变了早期象征诗单纯模仿法国象征主义诗歌的倾向,吸收了中国传统诗词的艺术手段,使外来诗歌艺术中国化。

京派作家是20年代后期民国新文学中心南移之后,活跃在北京一带的作家如沈从文、废名(冯文炳)、萧乾、芦焚等,以《水星》《现代评论》《大公报·文艺副刊》等为阵地而形成的一个北方作家群。京派的存在,具有以下两种意义:第一,以对乡村中国的深情叙述表现出对于中国传统文化价值的反思。这是京派作家与新文学第一代作家的最大不同。这种反思既是对"五四"文学的承继,又是对"五四"文学的批判。沈从文等人一般都有一个自己情之所系的乡村世界,这是他们所认同的人生世界,也是他们所创造的艺术世界。在他们的作品中,文化的价值判断再也不像"五四"文学那样明确、单一,而是有着某种程度的传统和乡村回归意识。通过乡村文明与都市文明、传统文明与现代文明的对比,中国新文学的主题变得越来越丰富和复杂。京派作家的创作把鲁迅等民国第一代作家所开拓的改造国民性的思想主题加以简化,更加注重民族道德人格的反思和重塑。而其中乡村社会的人性美和自然美大多成了他们最终的理想境界。第二,确立了一种抒情性的写实主义风格。京派文学是作家的一种人生体验,也是一种主观想象;是一种浪漫,又是一种实在。纯情的乡间少女和睿智的山野老人,常常成为京派作家笔下的形象系列。自然化的性情和民间性的意识使作品长于抒情也长于叙事,创造了一种与当时革命小说和海派小说迥异的审美风格。

海派小说是指30年代前后以上海为中心,以《无轨列车》《现代》等刊物为阵地,具有浓郁的都市风格和现代主义色彩的一个文学流派。由于这一流派的形成与日本新感觉派小说的影响有直接的关系,因此,当时也被左翼人士称为新感觉派文学。主要代表作家有施蛰存、刘呐鸥、穆时英等。新感觉派作家多以上海大都市的现代生活环境为场景,着重描写都市社会的人们对现代生活的复杂感受,表现现代物质文明与人性的冲突。施蛰存的《梅雨之夕》、刘呐鸥的《都市风景线》、穆时英的《上海的狐步舞》等作品所表达的都是这种现代场景和现代感受。通过他们的小说,人们真正认识了都市社会和现代文明。从小说艺术的角度来看,新感觉派可能给民国文学带来的意义要比思想的意义大。作为现代主义艺术流派,新感觉派在描写生活时不注重写实而强调人物对环境的主观感受,在叙述中常常打破生活的逻辑,注重表现幻觉和下意识。作品的场面转换迅速,节奏明快,具有现代心理小说的一般特征。必须指出的是,无论是思想意识还是审美风格,新感觉派与同时期的京派小说都形成了鲜明的对比,甚至也由此产生了对立。尽管京派小说以其乡村场景、平民意识以及抒情性的写实主义风格,为中国读者带来先天的亲和感,至今深得人们的厚爱,但是,新感觉派小说为中国文学提供的新异素质、为中国读者提供的现代都市观念,或许更有意义。

无论自由主义文学家自身还是人们对其的评价,都是一个很复杂的问题。他们大多在政治上向往西方民主,反对政治专制统治,又与当时中国最前沿的政治力量和思想保持着一定距离,表明了思想与艺术的某种自由和中间状态。总之,是对民国文学史的一种丰富和发展。

(3)政治的分合与文化的复兴(1937—1949年)

1937年7月的卢沟桥事变改变了民国社会的政治结构,也改变了中国文化和文学发展的历史进程。

在民族危亡之际,国共两党实现了第二次合作,而文学界也出现了"五四"之后未曾有过的大团结、大统一,这是整个20世纪中国社会和中国文学少有的同仇敌忾、崇高正义的时代。标志着这一新局面形成的,便是1938年3月27日成立的"中华文艺界抗敌协会"。"文协"集合了中国文艺界左、中、右各方面的文艺家,不但超越了社团、流派的界限,而且超越了新旧文学、文化的界限,更重要的是,它超越了30年代以来最为尖锐鲜明的阶级、党派阵营的界限。中国的政治和文化至少在形态上都纳入到了民国政府的统一领导之下。而必须承认的是,民国文学从一种时间意义上的存在开始转向空间意义上的存在。

"文协"创办会刊《抗战文艺》,提出了"文章下乡,文章入伍"的口号,救亡成为这一时期文学的最大主题。

民族意识的强化,带来了政治的统一和文学的统一,最终也带来了文化意识的复兴,向传统回归成为当时的一种时代潮流。抗日战争整合了全民族的政治、文学和社会心理,"统一"成为抗战前期救亡文学的基本面貌。这里有统一的主题:歌颂抗日志士的英勇,控诉敌人的残暴,揭露汉奸的卑鄙;有统一的的形式:短小、通俗;有统一的风格:昂扬、热烈。这种"统一"来自于当时社会普遍的民族凝聚力和民族国家的向心力,也来自于人们对抗战认识的普遍简单化和反应的急促化,这亦是作家面对巨大事变所必然表现出的姿态。

抗战前期救亡文学运动中的重大收获之一,就是小型化、纪实性作品的大量涌现。短剧、诗歌、报告文学、短篇小说等成为当时主要的文艺样式。为了适应这一时代的需要,作家们不仅暂时放弃了自己的思想个性,而且也真诚地放弃了自己的艺术个性。因为那是一个需要统一也出现了统一的时代。但也许正是如此,公式化、模仿化也便成为一种普遍性的倾向。

在民族危亡的时候,为了强化民族意识,历史的肯定性回顾就成为社会的一种思想潮流,也成为时代所确定的一般作家心理和社会心理的需要。因为民族意识和传统文化的高扬是人们获得精神支持的最重要手段。所以,抗战文学的文化价值取向与"五四"文学有很大的不同:由反叛传统到向传统认同,由现代性诉求转向古典性诉求。这种文化意识到了抗日战争进入相持阶段的40年代前后表现得更加强烈。这便是以反映春秋战国、晚明和太平天国历史为中心的历史剧创作高潮的出现。如郭沫若的《屈原》《虎符》、阳翰笙的《李秀成之死》、阿英的《明末遗恨》(又名《碧血花》)、欧阳予倩的《忠王李秀成》等。

抗日战争是全民战争,为了取得这一战争的胜利必须动员最广大的民众。因此,启发农民的政治觉悟便成为政治家和文艺家的当务之急。为了适应农民的文化程度和审美需要,以回归传统文学和民间文学为目的的文艺大众化运动,成为三四十年代民国文学发展过程中的主要潮流。歌谣体诗歌、章回体小说、街头剧、秧歌剧等形式格外活跃。特别是以赵树理的小说创作为中心的解放区文学在此方面表现得最为突出。

可以看出,从内容到形式,在抗战时期整个民国文学界出现了一个传统文化和文学的复兴运动。

三四十年代的民国政治区域呈现出一种十分复杂的状态。国统区、沦陷区和解放区三分天下,而文学状况也有所不同。进入40年代后,这种差异在国统区和解放区之间更加明显。歌颂性的主题和暴露性的主题并存表明了民国文学此时在政治主题上的分离。这种分离应该说是表面的,因为歌颂光明和暴露黑暗在本质上是一致的。

国统区文学代表着这一时期民国文学的最高成就,至少在艺术价值上是如此。

40年代国统区的文学发展特征明显,突出表现为以下几点。

第一,暴露性的作品成为创作的主潮之一。

随着战争的延续和对国统区政治统治认识的加深,抗战初期歌颂性的主题很快转入暴露性的主题。在国统区早期的暴露性作品中,影响最大的应该说是张天翼的《华威先生》。作品刻画了一个沽名钓誉、借抗战而排斥异己的小政客形象。华威先生是一个被纳入政治机器而又被世俗化了的官僚,具有很高的概括性。沙汀作为左翼阵营中一个优秀的文学新人,创作了著名的"三记"——《淘金记》《困兽记》《还乡记》,还有著名的暴露性小说《在其香居茶馆里》,批判了当局兵役制度的黑暗和乡俗的丑陋。暴露和批判成为国统区作家的创作时尚,连言情小说作家张恨水也创作了批判政治腐败的《八十一梦》和《五子登科》。

讽刺诗创作也是国统区暴露性文学中格外发达的种类。30年代的乡土诗人臧克家此时一改往日诗风,出版了讽刺诗集《宝贝儿》等。而最著名的讽刺诗人还是马凡陀(袁水拍)的《马凡陀山歌》。诗歌采用民谣的形式,以普通市民的日常生活为内容,对国统区末期社会的一切反常现象进行了辛辣而形象的讽刺,成为民众心理的生动反映。

讽刺性的创作在戏剧方面亦有所表现。陈白尘的讽刺喜剧代表着这一创作潮流中的最高成就,他的《乱世男女》《升官图》《禁止小便》等属于政治讽刺剧。其中,《升官图》最为著名,堪称现代讽刺喜剧的经典之作。作品以两个强盗的一场升官梦为内容,讽刺了官场的丑恶和荒诞。作品在构思上明显受到果戈理的《钦差大臣》的影响,风格辛辣,剧情凝练,笑过之后令人深思。

这种暴露和批判文学思潮的出现,一方面表明了中国作家对于传统知识分子品格的坚守,另一方面也说明社会思想的分裂日趋明显,民国末日状态全面显现。当然,深层里也反映出新的政治力量的社会感召力以及国民党当局对于思想多元状态的容忍或者无奈。

第二,回顾性作品和描写知识分子生活的作品大量涌现。

关注现实应该说一直是国统区文学创作的主潮,但是,进入40年代后,回顾性和知识分子题材的作品急剧增多。这和作家的创作心态以及生活环境的变化有关。抗战后期,许多作家从亢奋的激情中平静下来,从动荡的生活中安定下来,进入较为纯净、深刻的创作状态。必须看到,集体性怀旧是一种时代情绪,而这一情绪的整体性出现表明了人们对于现实的不满,也表明社会的末日、至少政治的末日为期不远了。

在怀旧和回顾性的文学作品中,尤以回顾性长篇小说创作成就最为突出,巴金的长篇小说《春》《秋》《憩园》是回顾性作品中的经典之作,而他的《寒夜》则是独具特色的暴露性作品。林语堂此时创作的长篇小说《京华烟云》,以大家族的历史为内容,充满了文化风俗史的色彩,后来得到较高的评价。也许是久在异乡而更加怀念故乡和童年生活的缘故,回顾性作品在东北作家群此时的创作中表现得最为突出,代表作品有萧红的《呼兰河传》、萧军的《第三代》、端木蕻良的《科尔沁旗草原》(第二部)、骆宾基的《姜步畏家史》等。《呼兰河传》是其中的艺术精品,作者以女作家特有的细腻和婉约为人们描述了东北山村的淳朴和愚昧,浓烈的抒情和自由的结构为民国小说增添了一种散文体式。回顾性的创作,无疑是一种更深入的思考。回顾中不仅有怀念,更有批判,表现出对于"五四"文学主题的继承。

知识分子题材创作之所以引人注目,除了是前期激情洋溢的抗战文学的对比之外,更重要的,或许是因为知识分子的现实生存状态以及作家的创作习惯。沙汀的《困兽记》、师陀的《结婚》、萧乾的《梦之谷》等小说从不同的角度描写了知识分子的现实生活和精神状态。而钱锺书的长篇小说《围城》则是这一时期的代表性作品,它恰好集中了讽刺文学和知识分子题材作品的全部特征,从而为40年代的中国文学做了一个完满的结尾。

除了小说之外,表现知识分子生活的题材在戏剧创作中也为数不少。夏衍在抗战之初创作的话剧《法西斯细菌》就是其中的代表作。剧作把知识分子的人生追求和时代政治通过真实可信的生活细节深刻地表现出来,在当时具有重要的启示意义。

在三四十年代国统区文学中,七月派是值得重视的一个作家群。全面抗战开始时,胡风主持《七月》《希望》杂志,团结一批青年作者,形成了这一非常有影响的文学派别。七月派的创作包括七月派诗歌和七月派小说。前者主要出自艾青、田间、牛汉、绿原、阿垅等30余位青年诗人;后者主要出自路翎、丘东平、彭柏山、贾植芳等青年作家。路翎的代表作《财主底的儿女们》是20世纪中国文学中表现中国知识分子命运和价值最为深刻的作品。七月派作家群受胡风的理论影响较大,因此在50年代初的政治运动中均受到迫害,作为一个文学流派已完全消失。

40年代,在国统区文坛出现了徐訏、无名氏两位具有特殊意义的作家。其特殊意义就在于他们的创作把奇特神秘的故事情节和对生命价值的严肃探讨结合起来,使作品既有大众化的通俗性,又有贵族化的先锋性。因此,他们的作品非常流行,拥有大量的读者。徐訏的代表作《鬼恋》《风萧萧》和无名氏的代表作《北极风情画》《露西亚之恋》,都把当代政治内容和浪漫爱情故事相融合,在当时风行一时。

40年代后期,在国统区还活跃着一个以校园诗人为主的青年诗人群体,被后人命名为"九叶诗人"。这是继现代派诗人之后现代主义诗歌艺术在中国的余响。九叶诗人包括穆旦、辛笛、袁可嘉、杭约赫、陈敬容、唐湜、唐祈、郑敏、杜运燮。他们在中国新诗史上的最大贡献在于对诗的一种综合:自我意识与群体意识的综合、东西方诗美原则的综合。可以说,九叶诗人的追求在40年代具有总结性的意义。

沦陷区是一个极其特殊的地域,文化与文学都表现为复杂的矛盾性。但是,无论是东北沦陷区还是华北、上海及其他沦陷区,都有真正的现代文学存在。上海沦陷区的张爱玲创作的小说《倾城之恋》《金锁记》等作品,把传统的故事和现代的手法结合起来,成为雅俗共赏的流行小说。东北沦陷区的梅娘在《蚌》《鱼》《蟹》等小说中,揭示大家庭中女性的不同命运,具有一定的现代意识和较高的可读性。但由于中国社会的政治伦理本位价值观的影响,无论是批评界还是广大读者,都极其自然地拒绝和遗忘了这些作家作品。直到80年代以后,在海外学者的影响下,才迅速被大陆学界和读者认同。

解放区文学从内容上看,似乎是一种全新的文学。但是从本质上说来,解放区文学却是属于民间文化系统的,政治性追求和民间性追求是解放区文学的最大特征。对于解放区文学发展起决定作用的是毛泽东《在延安文艺座谈会上的讲话》的发表。这使百年中国文学的政治化诉求达到了空前高度,其影响力不只在于对"政治标准第一"的尊奉,更在于对所谓非"政治标准第一"的全面否定。在这一意义上,解放区文学已经确定了后来共和国文学发展的基本方向。

比较而言,小说创作在解放区文学中的艺术价值算是最高的,也体现了解放区文学的基本特征。在赵树理的影响之下,形成了以山西作家群为主的山药蛋派,包括马烽、西戎等。这个作家群的创作和影响一直持续到60年代。除此之外,创作了《荷花淀》《芦花荡》等名篇的孙犁,以一种诗体小说影响了河北的一些文学青年,如刘绍棠、韩映山等,在50年代形成了荷花淀派。由于政治上的迫害,这个作家群在1957年后解体。

50年代前后,一批以土改斗争为内容的小说问世,成为中国最具时代特色的文学作品,比较有代表性的如丁玲的长篇小说《太阳照在桑干河上》、周立波的长篇小说《暴风骤雨》等。虽然这些作品一定程度上写出了轰轰烈烈的土改运动中的复杂性,但是与血雨腥风、翻天覆地的实际行为相比,仍然是和风细雨的冰山一角,没能充分展示出时代进程中的深刻与激烈,特别是其中人性的善恶真伪。

解放区的诗歌创作表现出更加明显的回归传统的特征。民歌体长篇叙事诗兴盛一时,公木的《十里盐湾》、李季的《王贵与李香香》、阮章竞的《漳河水》和张志民的《王九诉苦》等影响较大。解放区与国统区文学的最大区别,是文学人物身份和文学形式的变化。就前者来说,是由知识分子转向劳动民众特别是农民;就后者来说,是对外来文学的接受范围明显缩小,向民族化、民间化转化。这一倾向与中国政治和文化的确定有直接的关系,而且愈来愈明显。

在解放区的戏剧创作中,贺敬之、丁毅的新歌剧《白毛女》把革命的主题与西方化、民族化、民间化融为一体,成为一定意义的革命文艺成功的标本。在进行革命动员和思想改造的过程中,发挥了难以想象的巨大作用和艺术影响。

（4）政治与文学的一体化时期（1949—1978年）

中华人民共和国的建立不仅是国家制度的改变，也是文化与文学的改变。从此，百年中国文学进入到了"共和国文学"的时代。1949年7月2日，全国第一次文艺工作者代表大会在北京召开。这次大会使作家从组织上到思想上实现了前所未有的统一，毛泽东的《讲话》作为当代文学的基本纲领被进一步确认和强化，民国文学发生了本质变化。政治家们对文艺工作、作家思想的高度重视和直接领导、管理，使文艺事业迅速而极端地政治化了。此后的绝大多数文艺运动和论证都是由政治家发动、介入，并用政治运动的方式和行政手段来进行和解决的，包括1951年的"关于电影《武训传》的讨论"、1952年"对于《红楼梦》研究中资产阶级唯心主义倾向"的批判、1953年批判胡风"反革命集团"、1957年文艺界"反右派"的斗争、1965年批判新编历史剧《海瑞罢官》，直至1966年发生的"文化大革命"。

也许是因为在时间上与刚刚过去的历史太接近的缘故，反映革命历史和阶级斗争题材的作品成为20世纪五六十年代小说、特别是长篇小说创作的热点。杜鹏程的《保卫延安》、梁斌的《红旗谱》、杨沫的《青春之歌》、吴强的《红日》、罗广斌和杨益言的《红岩》、高云览的《小城春秋》等都产生了广泛的社会影响。短篇小说创作上则有王愿坚的《党费》、峻青的《黎明的河边》等。这类小说有着鲜明的共同特征：在思想上具有革命的英雄主义色彩和阶级斗争的普遍逻辑；在艺术上体现为所谓"革命的浪漫主义与革命的现实主义相结合"——"两结合"的创作方法，具有浓厚的浪漫气息。其中所表现的英雄人物的人格境界和思想信仰都具有很强的感染力，并且有着超越性的人类价值。茹志鹃的短篇小说《百合花》在艺术表现上独具特色，在此类小说创作中堪称佳作。

1956年，共和国政治出现了"百花齐放，百家争鸣"的短暂局面，这对文学的发展产生了极大的影响。一批对现实生活有比较独到而深刻认识、艺术上比较成熟的所谓"干预生活"的作品问世，受到了人们的欢迎，却在其后的"反右斗争"中被定为"毒草"，这些作者们很快被打成"右派"。

诗歌创作在50年代初经历了一阵"新华之歌"的大合唱，到了50年代中期以后，出现了以贺敬之、郭小川的创作为代表的"政治抒情诗"。政治抒情诗多以当时社会的重大事件为内容，多采用政治性的术语，感情豪迈、热烈，与当时的时代精神共鸣,富有鼓动性。贺敬之的《放声歌唱》、郭小川的"致青年公民"组诗,在当时社会反响强烈,并且对共和国后来的诗歌创作产生了非常大的影响。应该说,那份情感和思想在当时还是有广泛的社会基础的,人们对于新政权的政治期待和一时的社会变化,都为"颂歌"和"战歌"的产生提供了可能。与此同时,闻捷发表了抒情组诗《天山牧歌》,一举成名。他歌唱爱情与劳动,并以西北边疆少数民族的风俗画和草原的风光画,为中国当代诗坛吹进了一股清新之风。而名噪一时的1958年"大跃进新民歌"运动,则是浮夸、冒进的时代政治的形象写照,但被作为"两结合"的典范而受到高度追捧。

50年代开始后,是一个需要颂歌也就产生了颂歌的时代,这在散文创作中表现得也比较突出。杨朔、秦牧、刘白羽、魏巍的散文影响最大。杨朔以诗的意境和诗的语言,夸饰性地歌唱中国现实社会。他的《雪浪花》《茶花赋》《荔枝蜜》等以艺术上的精致和思想上的时尚,成为当代散文史上的名篇。秦牧的散文以思想性、知识性和趣味性见长,艺术风格上明显受到了周作人小品文的影响,在当代文学界别树一帜。但是这些作品存在着十分明显的模式化特征,影响了几代人的文风。刘白羽是一个用政治说教代替思想启示、把自然风光转为社会伦理的文化干部,其散文的走红与真正的艺术实在关系不大。魏巍作为一个军队作家,在战地通讯中能捕捉细节,善于把"阶级情感"人性化,将其渲染得比较细腻和生动,"最可爱的人"成了当时一个激动人心的称呼,因此得到了官方和民众的肯定。

共和国五六十年代的戏剧创作是一个热闹而缺少精品的领域。与其他文学部类一样,歌颂性的作品成为主流。影响较大的有老舍的《龙须沟》《茶馆》等。即使是在80年代之后,老舍的剧作仍然受到主流批评界的高度肯定,但是与其戏剧艺术感染力相比,明显是不相称的。过于明显的主题预定,缺少曲折集中的戏剧冲突,人物性格弱化,都使其剧作与传统戏剧精神相悖,成为一种时代政治的语言解读。

1966—1976年是"文化大革命"的10年,这段时间是百年中国文学被极端政治化的时代,也是"五四"文学传统被彻底割断的时期。"文革"前17年的共和国文学也被否定,解放区文学中形成的"工农兵方向"被强调到了极端。适应这一潮流,出现了群众性创作的高潮,也出现了不无可取之处的文人创作,如浩然的《金光大道》、姚雪垠的《李自成》(第一部)、李心田的《闪闪的红星》等。而"文革文学"中最具代表性的作品是"革命样板戏"。"三突出"原则(在所有人物中突出正面人物,在正面人物中突出英雄人物,在英雄人物中突出主要英雄人物)成为文学创作的一般法则。

"文革"期间,最有价值的是所谓"地下文学",如张扬的手抄本长篇小说《第二次握手》、地下"知青文学"、1976年春天出现的"天安门诗歌"等。"天安门诗歌运动"是一个预言:中国政治和文学的春天就要来了。

(5) 政治变革与文化转型期的文学(1978—2000年)

"文革"结束后共和国文学的发展历程再一次证明了政治决定文学的定律。"文革"结束之初的文学是改换和恢复的文学。"改换文学"是"文革"文学的翻版和继续,只不过是将文学主题的政治倾向和人物身份进行了一下改换而已;恢复的文学是恢复对"文革"前17年文学的评价。此时的文学还没有真正变革。

1978年中共中央十一届三中全会的召开和关于"实践是检验真理的唯一标准"的讨论,终于把共和国文学带到了一个历史的新时期。因此,这一时期的文学被称为"新时期文学"。

新时期文学的第一步,是"伤痕文学"的出现。伤痕文学以小说创作为主,着重表现的是"文革"10年给人们肉体和精神带来的创伤,具有浓重的感伤情绪。主要作品有:刘心武的《班主任》、卢新华的《伤痕》和郑义的《枫》等。痛定思痛,稍后出现的文学把思考的线索进一步延伸到"文革"以前,痛感于极"左"政治给国家和人们带来的灾难和伤害,因而对过去的政治进行反思。这些文学作品被称为"反思文学"。主要作品有:高晓声的《李顺大造屋》、茹志鹃的《剪辑错了的故事》等。

从伤痕文学和反思文学的主题来看,对于政治的控诉和反思从一开始就不是直接审判过去的政治,而是通过人性的善恶对比来重提"人的问题"。因此,新时期文学在一定程度上重复了"五四"文学的主题。"文革"10年,人性退化而神性和兽性膨胀。在觉醒的时代,人们有理由要求"人的解放",要求恢复人性。

在伤痕文学和反思文学中,值得注意的是"知青文学"和"大墙文学"。

知青文学是中国文学历史中一种特殊的现象。"知识青年上山下乡"作为一种极端化的政治运动,给青年人身心带来的伤害是极为深重的。因此,知青文学最初成为最本质的伤痕文学,如前面所提到的小说《伤痕》。此外,梁晓声的《这是一片神奇的土地》《今夜有暴风雪》、叶辛的《蹉跎岁月》、张贤亮的《灵与肉》等也是对这一时代的伤痕记忆。知青文学是具有很大的感染力的,因为这一文学创作是普遍的体验性创作,写作者都是故事的亲历者。同时,"上山下乡"作为一种政治运动虽然已被否定,但是作为人的生命中最宝贵的一段人生和情感历程,仍然留有难忘的青春记忆。因此,稍后的知青文学在控诉中又多了一种留恋和怀念,成为对难忘的爱情、乡情和自然的苦涩而甜蜜的回忆。如史铁生的《我遥远的清平湾》、孔捷生的《南方的岸》等。

"大墙文学"是指以劳改农场和监狱生活为内容的创作,这一文学现象是人类文学史所共有的,产生过很多优秀的作品。因为这些作品多是作者的亲身体验,而犯人身份和大墙内人生的神秘、恐怖都为此类文学增加了一种先天的传奇性。如丛维熙的《大墙下的红玉兰》、张贤亮的《土牢情话》《绿化树》《男人的一半是女人》、张一弓的《犯人吕铜钟的故事》等。

由于作家政治性思维的惯性,也由于社会的发展,在80年代前后,出现了一股"改革文学"的热潮。改革文学是作家按照对当代中国改革的政策,努力对经济体制改革进行表现和理解而创作的主流文学。先导之作是蒋子龙的小说《乔厂长上任记》、张契的《改革者》、李国文的《花园街五号》、张洁的《沉重的翅膀》等。改革文学具有严重的公式化和概念化的倾向,缺少现实深度,因此与现实中的改革一样很快陷入困境。

"文革"10年的悲剧是政治的悲剧,更是人性的悲剧、文化的悲剧。因此,反思政治和人性成为80年代初中国文坛的一种热潮。这一思潮是在1979年开始的关于人道主义和人的异化问题的讨论中形成的。戴厚英的《人啊,人!》、张笑天的《萋萋原上草》、雨媒的《啊,人……》、张洁的《爱,是不能忘记的》、孙步康的《感情危机》、电影《苦恋》(白桦)等小说冲破了原有的政治概念和伦理概念,提出了一些令人深思的问题。其实,这些作品表达的都是世界文学史上最常识性的思想,只不过由于时间的差异,成为中华人民共和国文坛上振聋发聩而又离经叛道的思想宣言。然而,对当下政治的反思总是有限度的,1983年春,一场"清除资产阶级精神污染"的运动在思想文化界展开,"文革"之后共和国文学对于人性问题的更深一步的探讨被终止。

由于现实政治的制约以及对历史和现实问题的深层思考,人们对政治和历史的反思从80年代中期转向了一种文化批判和文化反思。这就是新时期文学中影响极大的"寻根文学"热潮的出现。这一文学思潮的出现,表明共和国文学开始努力走出政治化时代。

寻根文学又称文化寻根小说,它是有着明确理论主张和目的的一种文学思潮。寻根文学与学术界文化问题的大讨论殊途同归,他们重新审视中国传统文化和民族根性,力图用自己的理解来重铸民族精神。严格意义上说,寻根文学的作品主题的价值取向一般比较复杂,既有"断根"性的文化批判,又有真正意义的文化寻根。主要作家作品有:郑义的《老井》、王安忆的《小鲍庄》、阿城的《棋王》、韩少功的《爸爸爸》、朱晓平的《桑树坪纪事》等。很多作品的背景往往都选择缺少明确时间性的乡村社会,从中显示出历史的恒久与混沌。寻根文学是新时期文学中成就最高、影响最大的文学思潮。

80年代后期,小说创作出现了一种新的倾向,即淡化作品的社会意义而追求表现方式的个性化。其中,现代派小说、先锋小说和新写实小说都有这一倾向。

现代派小说以刘索拉的《你别无选择》、徐星的《无主题变奏》为代表,以形式的变幻、意识的荒诞而引人注意。但是,创作上对形式的刻意追求和移植,使它们并未能深入人心。先锋小说是继现代派小说之后出现的又一种现代主义小说思潮,主要作家作品有苏童的《妻妾成群》、北村的《施礼的河》、余华的《在细雨中呼喊》《十八岁出门远行》等。由于注重故事的传奇性,先锋小说的影响范围较此前的现代派小说有所扩大。新写实小说应该说是继寻根文学之后成就较大的文学潮流,既具有现代派小说和先锋小说的现代意味,又有传统小说的叙事元素,并形成了新的艺术特征。新写实小说注重表现平民生活,主张写作的"无倾向"即所谓"零度写作"。与先锋小说不同,新写实小说追求作品的可读性。代表作品有池莉的《烦恼人生》、方方的《风景》、刘恒的《伏羲伏羲》等。但是,随着文学的通俗化,新写实小说发生转向,进一步向写实传统进行回归。

80年代中期开始,受大众文化勃兴的影响,共和国文学创作出现了通俗化的普遍倾向,1985年甚至被称为"通俗文学年"。其标志除了上面提到的先锋的转向之外,还有台港武侠、言情小说的流行和"王朔现象"的出现。

以金庸、梁羽生、古龙三大家为首的台港武侠小说在80年代前期进入大陆，很快走红，掀起了一场前所未有的武侠小说热。其中，金庸作品的印数，在短时间内超过了本世纪任何一位中国作家。他的读者中包括许多高级知识分子，而对于金庸的研究亦随之成为一门显学。1994年，北京大学破例聘任金庸为客座教授，而关于金庸小说的研究亦进入了大学的课堂。以琼瑶、三毛、席慕蓉等女作家为主的台港抒情文学也在大陆掀起阵阵热潮。台港文学热就其外在原因来说，来自社会和文化的商品化需求；而就其内在原因来说，是台港文学的人情味和理想境界适应了大陆读者的精神需要。

几乎与台港文学热同时，大陆文坛出现了著名的"痞子作家"王朔。王朔是新时期共和国文坛影响最大、争议也最大的一位作家。王朔的《一半是海水，一半是火焰》《顽主》等小说为文坛带来的最大特色是平民意识和被称为"京味儿"的地方色彩。王朔通过新的市民人物形象的塑造，表达出与以往不同的平民意识，他嘲笑权威和神圣，贬损知识分子，具有不无偏激的平民"思想起义"的特征。他用文学手段参与了新时期思想解放运动，其重要价值是不可否认的。

新时期文学的俗化倾向是共和国文学的文化结构趋于完整的一种标志，也是对大众文化权利的尊重。但是，通俗文学同样也不能取代精英文化和文学。

新时期诗歌的发展最初是从朦胧诗运动开始的。朦胧诗是一个青年诗人群体，主要代表诗人有北岛、顾城、舒婷、徐敬亚等人。朦胧诗是一种艺术运动，也是一种思想运动。作为艺术运动，朦胧诗受中外现代主义诗歌的影响，丰富了中国诗歌美学的内容；作为一种思想运动，朦胧诗表达了明确的自我意识，成为思想解放的先声。围绕着朦胧诗的价值和意义，文学界曾发生过激烈的争论。

除朦胧诗之外，还出现了以杨牧、周涛等人为中心的"新边塞诗"，以艾青、流沙河、牛汉等老一代诗人为主的"归来的诗人"的创作，以及第二代朦胧诗人——"新生代"诗人。"新生代"诗人是80年代后期争议最多的诗歌现象。这个群体以校园诗人为主，口号是"打倒北岛"，声称不追求诗歌的社会意义，在艺术上模仿西方意象派诗歌，主题比朦胧诗更加隐晦。也就是从这时起，新时期中国诗歌远离了社会，也远离了读者，最终失去了影响力。在这个意义上，与其把诗歌的衰落视为社会商品化的"他杀"，还不如视为自我封闭的"自杀"。

"文革"中遭受迫害的老一代政治家的后代,在"文革"后所写的回忆性散文是新时期散文创作的最初成果,此类散文的代表作是陶斯亮的《一封终于发出的信》。抒情性散文在新时期是最不景气的,人们对于杨朔式的散文失去兴趣之后,未能有更为优秀的创作来代替,因此,散文的被冷落与小说和诗歌的境遇形成强烈的反差。然而,散文的另一部类——报告文学则一直处于比较兴盛的状态。除最早问世的徐迟的《哥德巴赫猜想》之外,80年代初还出现了一批有影响的,关于重大社会问题的"问题报告文学"作品。其中,刘宾雁的《人妖之间》等影响较大。90年代,以复兴周作人、林语堂等人的散文为起点,抒情言志散文热突然兴起。几乎所有作家、诗人乃至学者都开始写作散文,台港及海外作家的一些散文作品也被引入。其中,余秋雨的散文成为当代散文商业化成功的典范。这些散文与"文革"前的散文相比,最大的不同便是个人化写作,社会功能被淡化。

与散文创作一样,新时期的戏剧创作也明显逊于小说和诗歌。1978年,宗福先创作的话剧《于无声处》因其超前的政治内容而风行全国。此后的同类作品为数不少,但今天看来,都没有重要的艺术价值。而真正在艺术上进行探索的是高行健等人具有现代派色彩的《绝对信号》《车站》。戏剧的不景气主要是因为影视业的发达,如果把电影和电视剧创作也视为戏剧创作的话,那么新时期的舞台其实是格外繁荣的。

进入90年代之后,共和国文学表现为一种无序、无主潮的面貌。文学的个人化、多元化倾向明显,这也许是文学回归为文学的表现。虽说文学的整体水平高于"五四"时期,但是,对于人类的终极关怀的缺失、思想启蒙的退化乃至消失,都使得新时期文学在某些层面不及"五四"文学。这也是中国文学始终与世界文学存在距离的重要原因。当然,主要责任并不能由中国作家独自承担。

(6)"民国文学"与"共和国文学"的差异

用"中华民国文学"和"中华人民共和国文学"的概念对"中国现代文学"和"中国当代文学"进行重新命名,不只是概念的重新界定,还是对于两种不同文学时代的划分,这也是我们提出这一概念的最终目的。

当下关于"民国文学"的讨论,主要还是对于概念成立与否进行阐释和争论,较少涉及文学史属性的探讨。其实,概念界定本身具有两种意义:第一,使人们对于有悖逻辑的"中国现代文学"称谓进行反思和质疑,为历史书写提供一种新的视角和空间;第二,使人们对于"中国现当代文学"和"20世纪中国文学"的称谓有一种新的理解,发现时间性概念中的意义差异,区分两种不同的文学时代。因为确定了以"民国文学"为现代文学的概念之后,就可以把已经法规化并且近年来学者们努力将其一体化的"当代文学"剥离出去,而称之为"中华人民共和国文学"。实质上前些年谢冕、孟繁华等人已经提出了这一概念。

　　文学的性质和观念以及思想体制、作品的主题倾向、作家的组织机制、文艺运动的形式、出版机构和出版物的存在形态、作家作品的评价模式等等,在主流文学形态上都存在着根本的不同。而从政治所属来看,以1949年为界,作为一种表面上的复杂现象——台港澳文学也应该属于"中华人民共和国文学"这一大的范畴,两者之间本质上是主体与部分的关系,也是一体多元的文学关系。

　　在百年中国文学发展过程中,持续不断的文艺论争和政治运动本身就表明了文学发展与文学理想之间的矛盾冲突。历史事实总与历史逻辑有着不一致之处,是否合乎逻辑主要体现在历史文本的书写之中,因为所谓逻辑最后就是书写者的逻辑。文学史的因果逻辑大多集中表现在显示社会时代本质的典型或标准作品中,而对这些作品如何评价往往又与时代主流价值观直接关联。鲁迅风的杂文在两种不同政治时代的不同功能和命运就体现了这一点。前几年,人们曾经强烈关注过教育问题的"钱学森之问",而忽略和回避了对于文学思想问题的"罗稷南之问"。

　　面对纷纭变化的中国20世纪文学史,无论是个人逻辑还是艺术逻辑,最终都得服从于政治逻辑,抽象判断和艺术规律就像用一般经济技术指标来判断中国股市一样,都会出现指标的"钝化"——失效。再说一次,1949年的沧桑巨变,中国两种国家政体或政治时代的更迭,无论是对中国社会还是中国文学来说都是这样一个质变的点。我们讲了那么多年的唯物辩证法,任何事物都有一个由量变到质变的过程,当政治制度和政治权力变化带来了全社会的变化时,为什么就不能承认文学发展中的根本变化?以政治时代作为标准来对百年来的中国文学史进行区分,不仅具有时间的明晰性,而且适应中国现代历史的发展轨迹并且符合中国文学发展的本质规律。

　　文学史的分期,不只是为了区别历史,更是为了更好地把握文学史发展过程中的连续性和整体性,从而尽可能接近真实地还原历史。

　　由于研究对象存在的历史时限,中国现代文学研究的学术空间日渐狭小,困惑与困境的焦虑在学界日渐显现。2000年6月在西南师大召开的中国现代文学研究会理事会,表明了学界同仁探寻新的学术空间的努力,但同时也或多或少地流露出对于学术困境的焦虑。在此次会议之前,作为走出困境的一种形而上思考,张福贵提出以"中华民国文学"作为现代文学命名的主张①,认为学术空间的拓展必须从学科的命名开始,因为命名也包含某种性质判断。如何为"中国现代文学"命名实质上也涉及一种文学史观和评价立场的表述。

　　"中华民国文学"概念的提出,除了是为了更准确客观地使一段文学史获得长久的身份,为20世纪中国文学研究提供一个更大的空间之外,也是为了区分一直并称的现当代文学的界限,指明其存在的本质差异性。当"中国现当代文学"名称法规化和"20世纪中国文学"的概念被提出之后,两种文学时代的一体化认知得到了进一步的强化:"当代文学并未与现代文学有质的差别,只是文学在发展的不同时代背景下的不同表现而已。"②其实,任何形态都是本质的某种程度的反映,形式的差异来自于内容的差异。更何况,中国现当代文学绝不仅仅是时间上的差异。当我们一再强调二者的时间性差异的时候,除了规避学术研究的政治风险之外,更重要的是因为对于本质的忽略。

　　历史逻辑是不可能间断的,即使与历史事实大相径庭,也包含着既定的逻辑,只是这个逻辑不在当下过程中反映,而是在历史的终点处反映。发现二者之间的整体性和连续性元素并不等于二者在本质上是一体的、没有联系的历史过程。指明差异并不是割裂和失真,而是出于一种本质认知。有的学者富有创见地"提出将中国现代文学与中国当代文学合而为一,统称之为中国现代文学",其目的在于"打破长期以来形成的现代与当代的割裂状态、研究的分裂状态,以整体的发展的变化的视角观照研究自'五四'前后以来的中国文

---

　　① 实质上近年已有学者提出这一概念,如杨匡汉、孟繁华的著作《共和国文学五十年》(中国社会科学出版社1999年版)等。

　　② 林国红:《疏离与回归——也谈现代文学与当代文学的学科性差异》,《安徽文学》2009年第1期。

学"。① 但是,文学史研究是否割裂关系到学者的学术兴致和学术能力问题,与如何认识现当代文学关系的关联并不是很大。

文学史观的确立并不等于文学史教学方式的设置,更不等于教学科研组织的机构设置和划分。就像古代文学一样,从先秦到晚清,文学史差异巨大,但终究还是属于古代文学专业范围,在教育体制上还是属于一个教研室或组织机构。

洪子诚在《中国当代文学史》的前言中指出:"建国以来"的文学与以前文学在性质上的区别,以及"建国以来"文学是一个更高的文学阶段的判断,在50年代已成为不容置疑的观点。"当代文学"这一文学时间,是"五四"以后的新文学"一体化"趋向的全面实现,到这种"一体化"的解体的文学时期。② 这种观点长期以来在学界具有广泛的共识,也具有相当程度的历史真实性。因为"左翼文学"——"解放区文学"——"十七年文学"乃至"文革文学",是一个具有高度一致性的文学发展过程,这里不只是时间上的连续性,更是具有连续性的历史逻辑运作。然而应该看到的是,在共和国文学诞生之前,也就是在中国政治制度根本改变之前,这种高度政治化的文学只是思潮而非全部,甚至连主潮都不是。上个世纪四五十年代之交,中国社会格局发生了重大的"结构性变化",文学也不例外。作家、作家群的大规模更替和位置上的转移,是这个时期的一个重要事实。

以毛泽东《在延安文艺座谈会上的讲话》的影响力,作为中国现当代文学的一致性或一体性的主要依据,是学术界比较普遍的观点。但是,这是中国历史书写的惯性逻辑使然:"为圣人立言",对于被后世推崇与需要的人和事做历史的"追封"。《讲话》毫无疑问在当时解放区文艺对政治功能的理解和发挥上产生了巨大的影响,但是对于国统区文艺的影响并不如后来的文学史教科书所说的那样大。周扬在共和国第一次"文代会"上的报告中指出,"毛主席的《在延安文艺座谈会上的讲话》规定了新中国的文艺的方向,解放区文艺工作者自觉地坚决地实践了这个方向,并以自己的全部经验证明了这个方向的完全正确,深信除此之外再没有第二个方向了,如果有,那就是错误的方

---

① 杨剑龙:《为何要割裂中国现当代文学?》,《文汇报》2008年1月6日
② 洪子诚:《前言》,《中国当代文学史》,北京大学出版社2005年版,第4页。

向"。而当时会上来自国统区的作家包括郭沫若在内,都表达了对自己过去的文学活动的反思和检讨,这说明周扬的报告既是对于共和国文学发展的一种规定,也是对于过去国统区作家的一种警示和评定。新中国创建伊始所表现出来的这一征兆已经十分明确地划开了两个不同的文学时代。

第一,文学观念与功能的变化:由多元走向同一、由复杂走向简单。

新文学从最初就表现为"为人生"和"为艺术"两大对立的价值观,表面看来这是倡导者本身、特别是创造社同仁有意为之的结果,但实质上更是文学发展的历史惯性与自然逻辑作用的结果。其后出现了以各个社团流派为代表的唯美主义、现代主义、古典主义、民族主义、民间本位主义和"第三种道路"等各种思想与艺术主张。各种各样的文学观相克相生,生生不息,构成了20世纪上半期中国文学的繁兴。而50年代之后,"团结人民教育人民,打击敌人的有力武器"的战时文艺观进一步高度统一和强化为全面文艺观,政党文艺思想成为国家文艺政策。"批判敌人,歌唱人民",成为文学的一种普遍基调。应该说,这一观念在延安时期仅是作为局部的观念,而随着新的政治体制和思想体制的建立,"文艺为政治服务,文艺为工农兵服务"的基本原则决定了当代文学与现代文学的本质差异。政治的功利性和审美的大众化得到了空前强化,虽说这种观念在中国传统文学和"五四"新文学中已有思想流脉,但"五四"新文学之所以被确认为中国现代文学的真正起点,就是因为与传统文学"文以载道"的文学观有了根本的疏离。而当代文学又将这被淡化了的传统文学观加以接续和强化,从而大大加强了文学的社会性功能。

文学观的高度统一也促使文学流派的思想属性和存在状态发生了根本改变。真正的文学流派其实本质上都是思想的流派,往往都是依据某一时代的思想潮流而生成,其背后都有一定的哲学基础和理论背景。辛亥革命之后,特别是"五四"时期中国文学流派繁多便是基于这一因素。而从繁多到单一的变化又是在思想基础和文学观念改变的前提下发生的。当代文学流派在相当长的时间里,其个性特征已经由思想艺术的整体差异变为审美风格的差异。除了50年代遗存的"山药蛋派"和"荷花淀派"之外,80年代以前,甚至连纯粹艺术风格上的文学流派都不复存在。

第二,文学主题的变化:由批判转向歌唱。

作品构成因素是多样的,而最能体现时代特征的是文学主题。两种文学时代的本质差异就突出表现为作品主题倾向的转换——由批判走向歌颂,由自我回归群体,由现代回归传统。其中,批判的主题转向歌颂的主题是一个最大的全局性转换。其实我们稍加注意就会发现,这一转换在40年代解放区有关暴露与批判问题的讨论中就已经开始了,而且结论也已确定:以歌颂为主。总体上说来,晚清以及"五四"以来的文学多属于"批判的文学"。中国知识分子心忧天下的传统和国家内忧外患的现实,都促成了这一批判主题的形成。无论是文学研究会"为人生"的文学还是创造社"为艺术"的文学,都是从批判的主题中表现出来的。其后的"问题小说""乡土文学""革命小说""鲁迅文学""暴露文学"等都属于"批判的文学",并且逐渐从道德批判转向政治批判,由"个人"批判转向"阶级"批判。这一批判主题的连续与普遍表明了中国社会亟待变革的时代需求。

应该说,解放区和新中国的社会现实为中国民众与知识分子展示了一种前所未有的新生活,那是一个值得歌颂也产生了颂歌的时代,而作家的个人人生体验和感受使这种歌唱的主题成为一种由衷的心声。因此,1950年前后的中国绝大多数作家都不约而同地写出了许多歌唱新中国和共产党的诗作。这种歌唱是一种新时代到来之际的序曲,也成为其后文学创作主题的主旋律。到1956年贺敬之著名政治抒情诗《放声歌唱》和闻捷的组诗《天山牧歌》的发表,这种由衷的歌唱达到了一个艺术和思想的高峰。

事实上,在新的环境下许多社会人生问题都具有了解决的可能性,从而为这种淡化和模式化提供了生活基础。因此,这种歌唱也就具有了一定的真实性,至少是情感的真实。

夏衍在《懒寻旧梦录》中回忆道:"十月革命之后,俄国的大作家如蒲宁、小托尔斯泰,以及不少演员都跑到西欧和美国,连高尔基也在国外呆了十年。而中国呢,1949年新中国成立,不仅没有文艺工作者'外流',连当时正在美国讲学的老舍、曹禺,也很快回到了刚解放的祖国。当然,这不只限于文艺界,科学家也是如此。被美国人扣住了的大科学家钱学森,不是经过艰苦的斗争,而回到了祖国吗?在上海解放初期,我接触过许多国内外有声誉的专家、学者,如吴有训、周予同、徐森玉、傅雷、钱锺书、茅以升、冯德培,以及梅兰芳、周信芳、袁雪芬等等,不仅拒绝了国民党的拉拢,不去台湾,坚守岗位,而且真心实意地拥护共产党的领导。""1948年选出的八十一位中央研究院院士中,有二十四位选择了出走,占全部院士的近三成。"胡适称"在1949年来临前夕,国民党当局曾有过将北京大学、清华大学、北平艺专等高校南迁的打算,后来也有迁移浙大、复旦等大学的企图,不过都遭到了抵制"①。

应该说,这是一种个人人生的选择,也是一种历史的选择。作为个人人生选择的依据仍然是知识分子的政治理想主义和个人功名意识。

歌颂是共和国文艺的主要功能,这一功能来自于主流的文学价值观:文学要反映生活的本质,社会主义生活的本质是光明的,所以文学就要歌唱现实。后来的许多文艺批判和论争的起因和结论都是由此而发的。这种歌唱的主题有时是以对不歌唱或者不热烈歌唱的批判表现出来的,如共和国成立伊始,文艺界对萧也牧的小说《我们夫妇之间》的批判,就是不允许不歌唱或者不热烈歌唱的先例。其后,在否定和鼓励的双重作用下,歌唱的主题至今仍然是国家主导的文艺观。在这样一种国家文艺观的制约下,作品出现了悲剧意识淡化和大团圆结局的普遍模式,这与民国文学有着明显的不同。

直到世纪末,这种文学观依然具有批判的合法性和思想的杀伤力。80年代末,刘庆邦的小说《家属房》发表,有人发表文章批评小说没有反映社会的"本质":"真实",是指能反映生活主流与本质的、在实际生活中客观存在或可能存在的人和事,而不是实际生活中任意一件真实的事、任意一个真实的人。不是生活中每一个具体的真人真事都能反映生活的主流与本质,有的恰恰反映的是支流、浊流甚至逆流。"暴露是必要的,问题在于要在暴露的同时显示出正面的健康的力量,这不是强加于作家的清规戒律,而是由社会主义文学的本质特征所决定的,这一点也正是社会主义文学与封建主义文学及资本主义文学重要区别点之一。""社会主义社会中有大量光明美好的东西,它们是社会主义制度本质的体现。"②

文学的主要功能是反映生活的本质,"文学要以歌颂为主"始终占据着共和国文学理论的主导地位,这是政治逻辑所决定的。中国共产党十六届六中全会《关于构建社会主义和谐社会若干重大问题的决定》中指出,"社会和谐是社会主义的本质属性"。在"文艺为政治服务,文艺为工农兵服务"的文学

---

① 转引自傅国涌:《1949年:中国现代知识分子的私人记录》,长江文艺出版社2005年版,第103页。
② 沈成:《是生活事实,还不是本质真实——从中篇小说〈家属房〉谈起》,《北京文学》1989年第5期。

观和歌唱主题的统摄下,作品形象系列的置换和塑造也发生了根本变化,即知识分子英雄主体转变为工农兵英雄主体。五四新文化运动是一种思想革命,所以最初的主体必然是知识分子,而政治革命和经济变革的主体必然由工农民众来承担。知识分子地位的滑落与工农民众地位的上升,是历史的缺憾,但也是社会实践的必然,形象的落差和转换成为共和国文学世界中人物塑造的一个明显的艺术特征。

另外,跨代作家的思想以及作品版本的前后变化,也表明了两个文学时代的本质差异性。

第三,作家身份及组织机制的变化:由自由职业者转向"国家干部"。

具体的生存状态对一个社会人来说是最大的制约。作家作为社会人,从思想到生活都必然受制于社会体制。民国时期的作家身份大致可以分为三类:专业作家、教师、记者。无论是哪一种身份都是相对比较自由的职业,自由的思想最可能产生于自由的职业。

在全国第一次文代会上,周扬总结了解放区文艺工作经验,其中之一就是建立党领导的统一的文艺家组织:"除了思想领导之外,还必须加强对文艺工作的组织领导。"而郭沫若也将很快就要成立"专管文化艺术部门"的组织机构,称为这次大会取得的成功之一。第一次"文代会"后成立了全国性的文艺界组织——中华全国文学艺术界联合会,"全国文联下属的各协会,也都先后成立"。文联与作协"是国家和执政党对作家、艺术家进行控制和组织领导的机构"。"这些机构的性质、形式、功能,既承接了30年代'左联'的经验,也直接从苏联作家协会取得借鉴。在50至70年代的中国,作家的文学活动,包括作家自身,被高度组织化。"①

中国文联和作协的成立和运转具有两个重大的意义和影响:

首先,作为政府组织和党的部门,文联与作协为中国作家提供了制度性的生活保障。虽说文联与作协在章程和国家机关序列中被称为"群众团体",但是大家都知道其绝不是一般意义的民间组织,更不是民国时期的作家同仁团体,而是具有全部的统治权力和完整的制度功能的国家组织,不仅掌握着共和国文艺界的政治资源,也掌握着作家的生活资源。作家的思想和生活都被高

---

① 洪子诚:《中国当代文学史》,北京大学出版社2005年版,第23页。

度组织化,个人的荣辱毁誉乃至身家性命都受制于自身与组织之间关系调整的程度。人类的生存需要和文人的名利需求都决定了作家对于这一组织的顺从与依赖。如果一旦与组织要求出现背离或者被认定为背离,就要受到从政治到生活全方位的惩罚,特别是个人尊严和精神的伤害。而且社会本身又是一个严密的"大组织",这种惩罚立即就变成全社会的惩罚。"组织"成为了作家的生命线,作家群体也为获得组织内的地位而出现越来越激烈复杂的矛盾斗争。

其次,文艺运动、文艺论争的发生机制和结果形态发生了根本变化。民国时期的文艺运动和文艺论争虽说后来有组织性的参与,但其发生发展大多还是自在的而非自为的,多限于作家群体之间的文学观念和文学立场的冲突。而最后的结果也极少出现对作家在组织和生活上进行处理的现象,虽说"左联"和边区文艺界出现过罕见案例。但是,共和国成立后,"在中共中央、毛泽东的领导和直接介入下,发起、推进了一系列的文学运动和批判斗争,并在各个时期,对作家、批评家提出应予遵循的思想艺术路线。在五六十年代,中国文联、作协对作家作品和文学问题,常以'决议'的方式,做出政治裁决性质的结论"[①]。这种机制和结果对于文学的正常发展无疑具有巨大的消极影响。

我们看到,作家身份由个人自由职业转化为"在党"或者"在组织"的"国家干部",作家生活由稿费制转化为工资制,作家团体由民间同仁式的松散文学组织转化为官方系统的行政机构,这种变化给文学生产机制所带来的结果是十分复杂的,虽然作家的生活有了保障,"知遇之恩"的普遍心理使作家的积极性有了空前的提高,进而文学的歌颂性的社会功能得到空前强化,但是这种变化也使作家从身份的组织化发展到思想的组织化,形成了极强的组织意识和"单位"意识,这又制约了文学的批判性功能的发挥。苛刻一点说,担任了省作协主席以上领导职务的作家,大多不再有经典性的优秀作品问世。说到底,这是自古而然的中国知识分子政治归属意识的集中体现,也是作家切身感受新旧生活对比之后的自然选择。作家的组织化生存影响了其整个思想与生活,"首先是一个党员然后才是一个作家"或者"首先是一个战士然后才是一个诗人"之类的宣言,几乎是每一个"在党""在组织"的作家的表态。

---

① 洪子诚:《中国当代文学史》,北京大学出版社 2005 年版,第 25 页。

不只是党内作家如此,党外作家也是如此。国共两党政治斗争接近尾声之际,在中国思想界出现了一股强大的思想潮流,这就是"中间道路"或者"第三种力量"。严格说来,这不是一种真正的政治派别,而是一种政治思想路线,准确地说,是知识分子由于政治上的天生无知所产生的政治理想主义。当时《观察》《时与文》《周报》《时代批评》《大公报》《新路》等许多报刊上,都发表文章宣传这一思想主张,从而受到中共和左翼作家的猛烈批判。然而,主张这种思想的多数人都留在了大陆,他们真诚地否定自己过去的思想,真诚地参与新的共和国的建设。文学界"第三条道路"的主要倡导者之一朱光潜,在发表关于"第三条道路"的文章不久,就在1949年11月的《人民日报》上发表《自我检讨》一文,对自己的思想作了基本的否定。吴宓1952年7月8日也在重庆《新华日报》发表了题为《改造思想,站稳立场,勉为人民教师》的文章,检讨自己过去的思想。梁漱溟同年在《光明日报》发表文章,不无真诚地表示:"我过去虽对于共产党的朋友有好感,乃至在政治上行动有配合,但在思想见解上却一直有很大距离,就直到1949年全国解放前夕,我还是自信我的对。等待最近亲眼看到共产党在建国上种种成功,凤昔我的见解多已站不住,乃始生极大惭愧心,检讨自己错误所在,而后恍然于中共之所以对。"①这不是个别知识分子和作家的看法,而是绝大多数人的看法。这也是自由知识分子选择留在大陆认同中共政权的思想动力。

第四,作品审美风尚的变化:悲剧意识的淡化。

中国传统文学的悲剧性是十分明显的,即使往往是表面的和过程的悲剧。从屈原的《离骚》到关汉卿的戏剧,人物命运的坎坷和风格的悲怆都表现得十分典型。但中国传统文学是没有真正的悲剧的,所有的悲剧都不是彻底的悲剧,总要用"大团圆"的结局来作为"光明的尾巴"。《窦娥冤》的冤魂托梦和《牡丹亭》因爱而生的结局,都是这一大团圆审美原则的形象再现。其实,"大团圆"结局本质上不是审美风格的追求,而是中国人传统的道德理想的追求。

悲剧文学传统和悲剧意识的形成都与现实生活的不幸相关,悲剧永远存在,但是悲剧文学并不一定总是存在。真正的悲剧文学必须以悲剧意识为主旨,而悲剧意识来自于自我意识的觉醒。因此,悲剧文学最终必须包含对于环

---

① 梁漱溟:《两年来我有了哪些转变?》,《光明日报》1951年10月5日。

境的否定和批判。不带有批判性的悲剧不是真正的悲剧,只是悲哀而已。以个性自由和社会解放为主题的民国文学,是在西方近代文学思潮影响下发生和发展的,因此诞生伊始就通过个人的悲剧过程对传统文化和现实社会进行了激烈的批判。鲁迅的小说、乡土文学、曹禺的话剧等都是一种真正的悲剧文学,是建立在个性解放和社会批判基础之上的悲剧意识的表征。发生悲剧并不一定产生反抗,但是悲剧意识是反抗的思想前提。

现实环境的改善必然会减少悲剧,共和国文学悲剧意识的淡化有着真实的生活依据,这是共和国初生期文学的时代风尚。新生政权相对清明的作风和理想的政治承诺,都是形成这种文学风尚的思想基础。鲁迅的爱情小说《伤逝》为了深化个性解放的悲剧主题,凭空编造了一个爱情的悲剧;而赵树理的婚爱小说《小二黑结婚》为了强调解放区政治环境的完善,则把一个现实中的爱情悲剧美化为一个婚姻喜剧。因为在鲁迅那里的疑问到了赵树理这里已经找到了一个暂时的答案。但是,当环境变得不是那么美好时,如果继续淡化悲剧或者掩饰悲剧,那就会沦为对现实环境的一种美化和思想的麻木。

此外,在出版机构和出版物的存在形态、作家作品的评价机制上,民国文学和共和国文学之间也都有着明显的差异。

对于中国文学来说,政治时代也是文学时代,政治倾向决定了文学风貌。一种文学时代的划分或者差异的认定,最主要的是看其整体风貌和具体文本的内在差异。很明显,现代文学与当代文学的艺术生产机制和产品在主体形态上都存在着根本的不同。当文学的发展从宏观到微观、从整体到局部都发生了根本变化时,那就不是同一个文学时代而是两个文学时代了。此外,现当代文学的本质差异并不会因作家个人自然生命和艺术生涯的延续而消失或者淡化,在同一个作家身上,前后思想和创作的差异性甚至表现得更加突出,反而成为划分两个文学时代的依据之一。

主张现当代文学一体化的学者认为,至少从《讲话》开始,中国文学的面貌和性质发生了根本的改变,而且这一改变奠定了中国当代文学的基础,后来文学的发展基本上是《讲话》之后解放区文学的延续。还有人将此进一步向前推进,认为中国当代文学的属性和传统在30年代"革命文学"思潮中就被确立了。毫无疑问,这一见解在相当大的程度上是符合中国文学发展实际的。

周扬在共和国第一次"文代会"所做的报告《新的人民的文艺》中,总结了

1942年毛泽东《在延安文艺座谈会上的讲话》发表以来解放区的文艺发展过程及其成就和经验,认为这是新的人民文艺的"伟大的开始"。这是当代文学始于40年代的主要思想依据。《讲话》思想正式传达到国统区是在1943年之后。《新华日报》报道了文艺座谈会的情况,并随后摘要刊发了《讲话》的主要内容。"1944年5月,中共中央派何其芳、刘白羽到重庆介绍、贯彻文艺座谈会和《讲话》的精神。延安的文艺思想和方针,逐步为国统区的左翼作家所了解,并为其中的许多人所认同,并成为他们分析文学界情势,确立工作步骤和方法的基准。"[1]

以郭沫若、茅盾等为首的左翼作家也开始高度评介《讲话》影响下的解放区文艺创作。解放区文学的代表作品,如歌剧《白毛女》、赵树理的小说《李有才板话》《李家庄的变迁》等,受到郭沫若、茅盾、邵荃麟等的热烈赞扬。[2]

无论是从国共政治较量的大趋势来看,还是从中国作家固有的政治取向来看,这些事件都具有历史的真实性和历史的可能性。但是我们应该注意这样一个问题:具有当代文学属性的革命文学和延安解放区文学在当时中国文学的格局中,究竟占据着什么样的位置?毛泽东的《讲话》对于当时中国文学全局和作家创作究竟有多大影响?中国学术研究总有这样一种传统:用某一思想和观点后天的权威性来理解、阐释最初的思想状态,其中必然包含着夸大理解和主观选择。伟大和神圣是在后天的发展中实现的,真理和伟大来自于历史的选择和实践的检验,甚至来自于对于错误的自我纠正,绝不是生而伟大。按照这一思想逻辑,我们必须重新思考以上两个问题。

以政治时代作为标准来对现当代文学进行区分,不仅具有时间的明晰性,而且符合中国现代历史的发展轨迹和中国文学发展的本质规律。

以中华民国和中华人民共和国的时空存在作为两种文学史的命名,本身就不可回避地包含重要的政治因素。中国文学史的分期从来就具有自己一贯的政治化的价值取向,政治的影响比其他国家的文学都来得强烈。对于中国现当代文学的分期,过去一般也都是以政治时代的交替来划分的,即每一个文学分期都是以一个或两个重大的政治事件为起始的。1911年的辛亥革命、

---

[1] 见《新华日报》1943年3月24日的《中共中央召开文艺工作者会议》和1944年1月1日的《毛泽东同志对文艺问题的意见》。

[2] 洪子诚:《中国当代文学史》,北京大学出版社2005年版,第7页。

1917年的五四新文化运动、1927年的"四·一二"国共合作破裂、1937年的抗战全面爆发、1949年的新中国成立、1966年的"文化大革命"爆发、1979年的改革开放的实施等,这些不仅仅标示着中国政治时代的更迭,更是中国社会和文学一个个质变的关键点,20世纪中国文学由此划分出了一个个相对独异的文学时代。考察近代以来中国社会重大政治事件或者时代转折之际的文学状态,就会发现这样一个普遍的规律:文学随着社会政治的改变而立即出现一个新的思潮,同时往往也包含着文学样式的变化。政治小说、白话文学(反封建文学)、"革命文学""抗战文学",到了80年代,随着"重写文学史"的讨论,人们提出了以文学发展的自身规律为标准来划分文学史发展阶段的观点,而且这一观点在理论上被广泛接受。毫无疑问,这种划分方法是对过去单一的政治史标准的一种纠正或者补充,但是文学史的命名和分期除了依据一种普遍的理论原则之外,还应根据具体的文学发展过程和特征来做具体的分析。以政治时代为标准,对中国现当代文学发展历史分别进行命名,虽说可能淡化了文学史自身的特征和规律,但却把握住了中国文学发展历史的本质特征。中国文学先天地与政治密不可分、浑然一体,所以以政治时代为分期标准是一种既定的事实存在,是一种历史过程的总结。

  当我们提出用"中华人民共和国文学"来代替"中国当代文学"时,会遇到一个人人都可能想到的问题,那就是台港澳文学的归属和称谓的问题。如前所述,二者之间是一体多元的文学关系。因为即使是称之为"中国当代文学",谁又能在这一大框架下,把大陆文学和台湾文学写成"中华人民共和国文学"和"中华民国文学"? 相反,将二者统称为"中华人民共和国文学",更符合主流政治标准。

  我始终不理解,为什么可以有《民国经济史》《民国教育史》,却不能有"民国文学史"? 文学史的命名本来不是一个很复杂的问题,而且学术有时并不需要高深的理论和复杂的论证,少一些学理之外的忌讳和限制,回归简单和直接,可能会更接近于事实本身。以"民国文学"来命名现代文学,以"中华人民共和国"来命名当代文学,也许就是这样一种简单。因为这已经成为一种事实。

  有人认为,1979年之后的文学属于另外一个文学时代。毫无疑问,新时期文学与此前文学相比的确发生了很大变化,但是对于主流文学来说,这种变化不是本质性的,变化的只是作品主题的相对丰富和审美风格的相对多样。无论是主流的文艺思想体系和"主旋律"创作,还是文艺运动的发生机制和作家组织功能,都没有发生根本的变化。再说一次,对于文化和文学影响最大的是系统的政治机制,当基本机制没有发生改变时,试图证明文学时代的变化将是得不偿失的。因为历史事实就摆在那里。

四、"民国文学"研究的方法与路径

历史的改写与历史的创造完全是两种不同的人的活动和思想运动。相对于创造历史而言,改写历史有时候可能更加艰难。创造历史往往是在不经意之间,是一种机遇中的行动,创造者也不知不觉成为了历史中的人。而改写历史则是一种有目的的思想运动,其中所需要的不仅是还原历史的劳动,还需要判断历史的思想能力。而且,改写历史要承担的重负和风险绝不在创造历史之下。

2000年,张福贵在重庆的一次学术论坛上,对中国现代文学研究的文学史命名、文学史观、研究范式、阐释框架、逻辑结构和理论线索等在中国现代文学研究内部沉积已久但始终没有得到解决的一系列问题进行了反思和质疑,并极具前瞻性地提出了"中华民国文学"概念,主张以"中华民国文学"和"中华人民共和国文学"对"中国现代文学"和"中国当代文学"进行重新命名。此后,他在不同的课堂和会场上不断地重复着这个话题。

2003年,张福贵发表长文《从意义概念返回时间概念——关于中国现代文学史的命名问题》[①]正式提出"民国文学史"概念,并进一步详细阐释了"民国文学史"的内涵和外延、必要性和可能性、价值和意义、有效性和限度等核心问题,初步构建了"民国文学"研究的观念、框架、范式和路径。同时,张福贵持续发表了《革命史体系与现代文学史写作的逻辑缺失》[②]《从"现代文学"到"民国文学"——再谈中国现代文学的命名问题》[③]《两种文学史:中国现当

---

① 张福贵:《从意义概念返回时间概念——关于中国现代文学史的命名问题》,《文学世纪》2003年第4期。
② 张福贵:《革命史体系与现代文学史写作的逻辑缺失》,《吉林大学社会科学学报》2006年第5期。
③ 张福贵:《从"现代文学"到"民国文学"——再谈中国现代文学的命名问题》,《文艺争鸣》2011年第7期。

代文学的本质差异》①等文章,对"民国文学"研究体系进行了多维的探索、丰富和完善。虽然张福贵提出的"民国文学"概念在解决中国现代文学研究中存在的一系列难以解决和悬浮的问题上具有理论的前沿性和穿透性,但并没有立即引起学术界的呼应和对话。在新世纪第一个十年行将结束时,张福贵提出的"民国文学"概念开始持续发酵,丁帆、秦弓、李怡、陈国恩、李光荣、贾振勇、王学东、陈学祖、张桃洲、张堂锜、廖广莉等学者对"民国文学"命题展开了不同视角和层次的探讨,发出了"民国文学"的呐喊,并在"民国文学史"的外部宏观建构、"民国文学"的内部微观挖掘和"民国文学研究"的本体反思三个向度上对中国现代文学进行了新的祛魅,从而使"民国文学"成为中国现代文学研究新的公共诉求、公共空间和公共话题。

(1)"民国文学史"的时间和事件

"民国文学史"概念的提出缘起于中国现代文学研究中产生的始终缠绕在一起但又无法清晰剥离的一系列问题,例如,中国现代文学性质的政治性与现代性、研究视角的单一性与先验性、文学史边界的模糊性与不确定性、价值观的对立性与集体性等问题,这些始终是中国现代文学研究中的顽疾和症候。因此,重新修正和建构中国现代文学研究中的文学史观念、文学史阐释框架、文学史结构和文学史逻辑就成为亟待解决的问题,"对这一话题的热议,并非缘自于思想环境的变化所带来的学术观念的开放,而是人们在努力还原文学史的本来面目、还原历史的本质属性的过程中,所面对的诸多学术难题经过积累、沉淀之后自然形成的结果。这是一种建构更科学、更合学术逻辑、更容易指认的文学史体系的学术要求,也是学者们努力超越传统学术规范,实现学术自觉的体现"②。

毋庸置疑,最先对"中国现代文学"命名进行质疑、正式提出以"中华民国文学"取代"中国现代文学"的学者为张福贵。张福贵在《从意义概念返回时间概念——关于中国现代文学史的命名问题》和《从"现代文学"到"民国文学"——再谈中国现代文学的命名问题》中,对"中国现代文学"的称谓进行了

---

① 张福贵:《两种文学史:中国现当代文学的本质差异》,《中国现代文学研究会第十届年会论文摘要汇编》,2010年10月。
② 张福贵:《从"现代文学"到"民国文学"——再谈中国现代文学的命名问题》,《文艺争鸣》2011年第7期。

质疑和反思,认为"现代文学"体系涵纳了"时间"和"意义"两种运行规则和阐释框架:"现代文学"的"时间"框架被确定在1917—1949年;"现代文学"的"意义"范畴被指向与传统"旧"文学相对的"新"文学,并在思想启蒙和现代文艺形式两个层面上指认"现代文学"的"现代"属性,同时,在国家意识形态的诱导下逐渐滑向了"意义"概念而忽视和遮蔽了"时间"概念。但"意义"概念的凸显却呈现出文学史研究价值观的二元对立性和政治立场的先验性,"需要指出的是,这种被确定的标准基本上是非此即彼的二元对立的价值观:'现代文学'最初的命名是'新文学','新'是相对于'旧'而言的,二者是相克相生的关系,包含了典型的二元对立的文学史观和文学价值观"。① 而这种二元对立的思维价值观直接导致了"现代文学"的政治先验性,一切与中国新民主主义革命性质不相符的文学都无法进入到现代文学史范畴,这使得中国现代文学史演变为中国新民主主义革命的文学注脚和审美论证,从而使中国现代文学生态和文学真相被掩盖和隐藏,"使无比丰富的文学史单一化并由此导致文学史文本的片面性"②。因此,重新建构中国现代文学的必要前提是将现代文学归附到"时间"概念上来,并将中国现代文学的时间框架确认为1911—1949年,将"中国现代文学"更改为"中华民国文学"。因为,"时间"概念具有十分显著的多元性、包容性、中间性、连贯性、独立性和时代性特质。时间的多元性和包容性可以将发生在民国时期的一切文学事件囊括其中,以此还原文学的多样性和丰富性,一些被边缘化的民国时期的通俗文学、旧体诗词,被忽略和压抑的作家,被错误解读的文艺政策和文学思潮都可以重新得到修正和还原;时间的中间性可以排除政治意识形态的干扰,淡化文学史的政治倾向性、思想皈依性和评价的主观性,国民党所提倡的民族主义文学、三民主义文学就可以得到公正、客观的阐述;时间的连贯性使得"民国文学"可以延续中国文学以大的政治时代或者政权朝代更迭为顺序的划分方法,从而避免了"中国现代文学"和"中国当代文学"分期的模糊和混乱,更体现了二者之间的本质差异;时间的独立性可以使一些个性的思想得到凸显,真正做到"文学史"与"人学史"的对照和互通,为文学史写作的完整性和个性化提供一个更

---

① 张福贵:《从"现代文学"到"民国文学"——再谈中国现代文学的命名问题》,《文艺争鸣》2011年第7期。

② 同上。

加广阔的空间;时间的时代性彰显了"民国文学"的时代特性,辛亥革命对"民国文学"的意义,各种政治势力角逐对"民国文学"的影响,自由主义、民族主义、无政府主义等各种文化思潮对"民国文学"的渗透,都体现了"民国文学"的时代特性。因此,"'现代文学'的称谓必然被取消而最终被定名为'民国文学',这是一种不言自明的未来事实"①。

  张福贵提出的"民国文学史"观念对"民国文学"存在事实的认定、合理性和合法性的认同、价值和意义的提升、未来可能性的预设,都为"民国文学"研究确定了原初的理论视域、研究框架和主体内容,新世纪关于"民国文学史"的研究基本没有超出这一范畴。在此基础上,丁帆、王学东、李怡等学者对"民国文学史"研究做了进一步的延伸和拓展。丁帆相继发表了《中国现当代文学史断代谈片》②《新旧文学的分水岭——寻找被中国现代文学史遗忘和遮蔽了的七年(1912—1919)》③《给新文学史重新断代的理由——关于"民国文学"构想及其他的几点补充意见》④《"民国文学"风范的再度思考》⑤《关于建构民国文学史过程中难以回避的几个问题》⑥等文章。在上述文章中,丁帆主张以"民国文学"取代"中国现代文学",将"民国文学"的上限确定为"具有历史分水岭意义"⑦的1912年。这种划分方法符合中国文学以朝代更替和政治更迭为依据的逻辑惯性;突出民国时期"自由、平等、博爱"的核心价值观念和人文精神,为新文学寻找到新的精神根源和思想谱系;摆脱了新民主主义革命政体对中国现代文学的规训和钳制,将资产阶级民主共和政体的意义推向前台,为新文学重新确定了政治基础和法律保障;为通俗文学、旧体诗词、民族主义文学等"旧"文学重新安排了公正、客观的文学史位置。同时,丁帆将"民国

---

  ① 张福贵:《从意义概念返回时间概念——关于中国现代文学史的命名问题》,《文学世纪》2003年第4期。
  ② 丁帆:《中国现当代文学史断代谈片》,《当代作家评论》2010年第3期。
  ③ 丁帆:《新旧文学的分水岭——寻找被中国现代文学史遗忘和遮蔽了的七年(1912—1919)》,《江苏社会科学》2011年第1期。
  ④ 丁帆:《给新文学史重新断代的理由——关于"民国文学"构想及其他的几点补充意见》,《中国现代文学研究丛刊》2011年第3期。
  ⑤ 丁帆:《"民国文学"风范的再度思考》,《文艺争鸣》2011年第7期。
  ⑥ 丁帆:《关于建构民国文学史过程中难以回避的几个问题》,《当代作家评论》2012年第9期。
  ⑦ 丁帆:《新旧文学的分水岭——寻找被中国现代文学史遗忘和遮蔽了的七年(1912—1919)》,《江苏社会科学》2011年第1期。

文学"的下限延伸到1949年之后的台湾文学,民国时期高压化的文艺政策、文学与政治的纠葛、对"人的文学"的整体诉求,并没有随着政权的更迭而终止,而是从大陆移植到台湾,"1912年至1949年以前民国文学的许多文学运动、文学斗争和文学论争仍然在延续,只不过是换了一个空间,从大陆转移至台湾而已"①。尤为重要的是,丁帆提出"民国文学风范"这一富有创见性的概念,认为"五四"新文学传统中的启蒙精神、"人"的文学等核心精神价值的理论背景和思想根基来自民国时期,并作为一种文学观念和文学思维方式始终或显或隐地贯穿在1949年之后的台湾文学中,但在1949年之后的大陆文学中,"民国文学风范"却不断地被颠覆、取代和置换。同样,王学东在《"民国文学"的理论维度及其文学史编写》②中认为,"民国文学"是对这一时期文学生态的客观性还原,它可以将这一时期文学与政治、经济、文化、教育等相关因素的牵扯真实地呈现出来,只有在民国时间框架下,我们才能真切地触摸到文学的真实面相,"在文学研究中,民国作家个体的体验、文类的秩序、思潮集结流变、社团的成长、文本的语言策略、象征体系探寻等问题,只有在民国这一视野之下才能清晰地呈现"③,展现文学自身内部的多重"张力",并将"民国文学"嵌入到"中国文学"的整体链条中。苟强诗在《"民国文学"的多副面孔》④中对如何还原"民国文学"原貌进行了阐释,认为对上海租界的研究是进入"民国文学"的有效路径,并进一步强调了"民国文学"的本土经验。陈学祖、廖广莉、汤溢泽、郭彦妮等人的文章进一步阐释了"民国文学"概念的稳定性、规范性、自由性和可能性⑤。

张福贵、丁帆等学者对"民国文学"的概念阐释和理论建构在本质上是对文学史的时间和事件的思考。在某种意义上,文学史的时间可以分为两种:一种主要反映文学与其所在社会环境的关系,我们可以称之为"生态时间",政治、经济、教育、文化等所有社会生态环境中的因子和要素,都与文学发生时间

---

① 丁帆:《关于建构民国文学史过程中难以回避的几个问题》,《当代作家评论》2012年第9期。
② 王学东:《"民国文学"的理论维度及其文学史编写》,《中国现代文学研究丛刊》2011年第4期。
③ 同上。
④ 苟强诗:《"民国文学"的多副面孔》,《当代文坛》2012年第3期。
⑤ 陈学祖:《重建文学史的概念谱系——以"民国文学史"概念为例》,《学术界》2009年第2期;廖广莉:《中国文学史分期及命名问题——以1912年—1949年文学为例》,《求索》2011年第1期;汤溢泽、郭彦妮:《论开展"民国文学史"研究的必要性与可行性》,《当代教育理论与实践》2010年第6期。

上的关联,并且这种关联不受任何外力的阻挠和干预,一切都自然地发生、演进,又自然地转换、结束和消亡;另一种主要反映文学在社会结构中的位置和彼此之间的关系,我们可以称之为"结构时间",文学在一个时期的社会结构中如何被安放、处于何种位置、产生何种意义、按照何种方式运行、与社会结构中其他因素如何互动等问题都可以在"结构时间"中寻找到答案。"生态时间"和"结构时间"并不会相互对立和冲突,而是相互融合和支撑。但"中国现代文学"这一文学史命名却将这两种时间进行了意识形态性的割裂,单向度地将"结构时间"确定为唯一的文学史时间,将新文学强行并入新民主主义革命场域中,文学在这一时期的社会结构中演变为一种政治符号和工具,文学的"生态时间"被忽略、压抑和掩盖。这样就难免产生分歧和混乱,中国新文学的起点在哪里?是"1912年"还是"1915年"?是"1917年"还是"1919年"?这种时间划分的多义性,根本原因是文学的"生态时间"被"结构时间"所取代,文学本身自然发展、演变的过程被切断,一些重要的政治事件、经济因素和文化趋向被先验地删除。因此,我们在"中国现代文学"的框架内所看到的文学是一种片面、单一的结构性文学,不是全面、多样的时间性文学。而"民国文学"却能够将两种时间重新弥合在一起,在"民国文学"框架内,新文学与旧文学、现代性与反现代性、启蒙与救亡、白话文与文言文、高雅文学与通俗文学、现实主义与浪漫主义、新民主主义与民族主义等在"中国现代文学"框架内相互排斥的话语都能够在"民国文学"中并存。同时,作为中国文学链条的自然衍生,文学与这一时期社会生态环境构成因素之间的关系也可以得到还原。

文学史的事件可以分为三种:历史事件、本体事件和个体事件。历史事件在本质上属于国家宏大叙事范畴,它所关注的是文学对于国家政治所起到的推动和抑制作用,注重的是文学对历史的修补、更正、注释和引导,发生在文学本体之外,而且依赖同质性政治意识形态的持续介入和扶植;本体事件在本质上属于文学自然属性范畴,遵循文学自身发展规律,主要依赖线性时间推进所引起的社会变迁而导致的文学演化,并最终形成永恒性的文学社会实践机制和持久性的文学历史记忆,在本体事件中我们可以窥见和再现社会原貌;个体事件在本质上属于个体精神范畴,它从个体的生活史、生命史和记忆史中生发,将个体对世界、社会、生活的独特感受和特质性记忆灌注到文学中,从而形成一种只属于自我的文学。一部完整的文学史往往是这三种事件的集合体,三种事件相互融合在一起形成一个完整的文学场。在"民国文学"框架内,我们就可以摒除"现代文学"视域形成的单一的历史化叙事规则,历史事件、本体事件和个体事件都可以运用属于自身的规则进行交流、协调,甚至是交锋、对峙,还可以不断地制造新的文学话题,从而达到修正、更新文学史的目的。例如,左翼文学与右翼文学,解放区文学与沦陷区文学,鲁迅、郭沫若、矛盾与黄震暇、张资平、徐訏,新月诗派与七月诗派等相互对立的文学事件,我们完全可以从历史事件、本体事件和个体事件出发,进行综合性、多元化的考量,而不是以二元对立的思维方式进行解读。当然,以"民国文学"取代"现代文学"并不意味着对"现代文学"进行彻底的否定,而是在双向互动中保持合理的成分,修正偏颇的内容,补充被遗忘的事件,从而达到拓展新的研究空间、确立新的研究范式的目的。

(2)"民国文学机制"的情境和叙事

新世纪"民国文学"研究除了外在的宏观文学史建构,还拓展到"民国文学"的内在微观挖掘,在这一方面,李怡和秦弓取得了卓有成效的建树。李怡相继发表了《"民国文学史"框架与"大后方文学"》[1]《含混的"政策"与矛盾的"需要"——从张道藩〈我们所需要的文艺政策〉看文学的民国机制》[2]《民国机制:中国现代文学的一种阐释框架》[3]《中国文学的现代与当代:国家社会形态的全新认定——重审中国现当代文学的概念、性质与研究模式》[4]《从历史命名的辨正到文化机制的发掘——我们怎样讨论中国现代文学的"民国"意义》[5]《民国经济与文学》[6]《中国现代文学史的叙述范式》[7]《宪政理想与民国

---

[1] 李怡:《"民国文学史"框架与"大后方文学"》,《重庆师范大学学报》(哲学社会科学版)2009年第1期。
[2] 李怡:《含混的"政策"与矛盾的"需要"——从张道藩〈我们所需要的文艺政策〉看文学的民国机制》,《中山大学学报》(社会科学版)2010年第5期。
[3] 李怡:《民国机制:中国现代文学的一种阐释框架》,《广东社会科学》2010年第6期。
[4] 李怡:《中国文学的现代与当代:国家社会形态的全新认定——重审中国现当代文学的概念、性质与研究模式》,《中国现代文学研究会第十届年会论文摘要汇编》,2010年10月。
[5] 李怡:《从历史命名的辨正到文化机制的发掘——我们怎样讨论中国现代文学的"民国"意义》,《文艺争鸣》2011年第7期。
[6] 李怡:《民国经济与文学》,《文艺报》2012年1月30日。
[7] 李怡:《中国现代文学史的叙述范式》,《中国社会科学》2012年第2期。

文学空间》①等文章。在上述文章中,李怡对"新文学""现当代文学""二十世纪中国文学"的命名进行了质疑和反思,将"国家视角"引入到中国现代文学研究中,探讨以国家形态为基础的文学史叙事模式,在"民国文学"的框架内书写中国作家独特的人生际遇、生命体验和生命情境。"对于20世纪上半叶的中国文学而言,'民国文学'的阐释框架显示了更具体的时空内容,因此值得我们加以特别的重视。"②在此基础上,提出具有创见性的概念"民国机制":"民国机制就是从清王朝覆灭开始,在新的社会体制下,逐步形成的,推动社会文化与文学发展的诸种社会力量的综合,这里有社会政治的结构性因素,有民国经济方式的保证与限制,也有民国社会的文化环境的围合,甚至还包括与民国社会所形成的独特的精神导向,它们共同作用,彼此配合,决定了中国现代文学的特征,包括它的优长,也牵连着它的局限和问题。"③具体而言,以往被忽略和遗忘的国家社会形态的历史细节在"民国机制"的研究范式下将变得更为饱满、充实和细腻,民国时期的政治制度、文艺政策、教育体制、经济结构、文化趋向、宗教信仰等国家社会形态因素,都可以成为进入这一时期文学的入口,这些因素与文学相互影响和支撑,共同构成"民国文学"的原生态。尤为重要的是,在这种原生态的文学场域中,我们能够捕捉到现代知识分子的精神律动、传统文化的坚守、现代文明的诉求、启蒙精神的追寻、自由理想的皈依等精神状态和存在感悟都能够在"民国机制"中生发出来。同时,"民国机制"也可以使中国文学研究从中西文化冲突模式中挣脱出来,进一步明晰文学研究的一系列基本概念,重组文学与社会结构性因素之间的关系,为文学研究提供新的研究空间和增长点。④近几年,李怡始终致力于"民国文学"研究,组建了北京师范大学"民国文化与文学"研究中心,并主编了"民国文化与文学丛书"(第一辑),共10种18册。在某种意义上,李怡是新世纪"民国文学"研究的助推器。

李怡提出的"民国机制"与秦弓提出的"民国视角"具有思维逻辑的同一

---

① 李怡:《宪政理想与民国文学空间》,《郑州大学学报》(哲学社会科学版)2012年5期。
② 李怡:《"民国文学史"框架与"大后方文学"》,《重庆师范大学学报》(哲学社会科学版)2009年第1期。
③ 李怡:《民国机制:中国现代文学的一种阐释框架》,《广东社会科学》2010年第6期。
④ 李怡:《中国现代文学史的叙述范式》,《中国社会科学》2012年第2期。

性和研究模式的同质性。秦弓在《从民国史的视角看鲁迅》①《现代文学的历史还原与民国史视角》②《三论现代文学与民国史视角》③等文章中,主张对中国现代文学进行文学生态环境、生态结构和生态要素的还原,"所谓历史还原,一是追溯现代文学的传统根源;二是还原现代文学的历史面貌与发展脉络;三是探究现代文学的社会文化背景"④。尤其强调民主共和制度作为文学发展的基本政治保障所起的重要作用,民国时期的经济发展对文学的推动作用,民国时期的教育制度为文学提供的人才培养机制;力图恢复民国时期文学的多样性、多元性和多义性,将各种文学形态之间既相互冲突、对峙又相互交融、依赖的真实情景呈现出来;将文学作为一个开放性空间,将民国时期的政治生活、经济生活、风俗场景与精神风貌放置在文学叙述中。

在"民国机制"和"民国视角"的框架下,衍生出许多理念、思路和方法,可以用来阐释"民国文学",它们主要集中在民国政治制度与文学、民国经济与文学两个方面。

民国政治制度与文学关系研究主要探讨辛亥革命推翻封建政体,建立资本主义民主共和政体,在法律制度、出版机制、传播媒介、文艺政策等方面与文学之间的内在关联,进而总结出资本主义民主共和政体对文学发展所起到的积极作用,修正以往文学史对资本主义民主共和政体的压抑和贬低,从而达到还原"民国文学"真实性、完整性的目的。李怡认为辛亥革命建立的资本主义民主共和政体对公民的出版权益、言论自由、写作自由、经济效益进行了法律和政治层面上的保护,为作家创作提供了相对宽泛的环境,使知识分子能够相对真实地表达自己独特的人生体验和生命感知。⑤ 同时,民国时期的知识分子都怀有一种"宪政理想"⑥,凭借着"宪政理想",现代作家以文学为武器在思想和身体两个向度上发挥自己的历史功效,使中国文学发生了实质性的转型。但民国时期,国民党制定的文艺政策也具有两面性:一方面国家意识形态主动

---

① 秦弓:《从民国史的视角看鲁迅》,《广东社会科学》2006年第4期。
② 秦弓:《现代文学的历史还原与民国史视角》,《湖南社会科学》2010年第1期。
③ 秦弓:《三论现代文学与民国史视角》,《文艺争鸣》2012年第1期。
④ 秦弓:《现代文学的历史还原与民国史视角》,《湖南社会科学》2010年第1期。
⑤ 李怡:《辛亥革命与中国文学的"民国机制"》,《郑州大学学报》(哲学社会科学版)2011年第9期。
⑥ 李怡:《宪政理想与民国文学空间》,《郑州大学学报》(哲学社会科学版)2012年第5期。

渗透到文学生产过程中,对文学生产进行政治询唤和思想钳制;另一方面国家意识形态又极力隐藏自己的痕迹,利用文学生产机制进行自我调节,呈现出"榨取性体制"与"包容性体制"共存的局面。这种相互矛盾但又相互粘连在一起的文艺政策正是民国文学的独特性所在,也是民国文学能够蓬勃生长的原因所在。① 但民国政府文艺政策的两面性所产生的负面效应也无法规避,政策的摇摆性使作家无法找准创作的方向,影响了作品的质量。② 除了李怡和秦弓的论述,还有罗维斯、张武军等人对民国文化语境下文艺民族形式、左翼文学的阐述,他们重新确认了民国政府的文艺政策对通俗文艺形式的推广所起到的积极作用,并提出民国政府制定的宪法为左翼文学提供了制度保障。③

民国经济与文学关系研究的主要路径是将经济与政治之间的关系重新进行确认,将民国经济中的意识形态话语剥离出来,资本主义经济对文学生产的积极作用、对人的"物"欲的满足、对人性本身的证实和正视,各种经济形态对个体精神的重构等命题重新浮出历史地表。在这种研究路径的指引下,中国现代文学中作家创作的经济因素、作家的个体欲望、文学社团和文学流派的经济背景、文学经典形成的经济运作等一些未曾深入探讨的问题可以得到有效的解决,"我们从经济角度对之进行详细的梳理、辨析与论证,解释一些从以前的政治、文化角度切入时所无法解释或者无法有效地解释的问题"④。邬冬梅的《民国经济危机与 30 年代经济题材小说》⑤对民国经济危机的历史场景进行了还原,深入阐释了民国经济危机与 30 年代经济小说兴起之间的关系,并以茅盾的《子夜》为例分析了国家意识形态是如何指导、运作和生产经济题材小说,革命话语是如何进入和篡改经济题材小说主题的,认为这种写作确立了"经济破产——剥削及反抗"的叙事模式,最终遮蔽了经济题材小说的丰富

---

① 李怡:《含混的"政策"与矛盾的"需要"——从张道藩〈我们所需要的文艺政策〉看文学的民国机制》,《中山大学学报》(社会科学版)2010 年第 5 期。
② 秦弓:《抗战时期民国政府文艺政策的两面性》,《郑州大学学报》(哲学社会科学版) 2012 年第 5 期。
③ 罗维斯:《抗战期间关于文艺民族形式的讨论》,《郑州大学学报》(哲学社会科学版) 2012 年第 5 期;张武军:《民国语境下的左翼文学》,《郑州大学学报》(哲学社会科学版) 2012 年第 5 期。
④ 杨华丽:《现代文学研究的民国经济视野:有效性及其限度》,《社会科学研究》2012 年第 5 期。
⑤ 邬冬梅:《民国经济危机与 30 年代经济题材小说》,《文学评论》2012 年第 5 期。

性。李哲的《经济·文学·历史——〈春蚕〉文本的三个维度》①突破了"政治场域"和"乡土文学"视域,将《春蚕》放在民国经济范畴内进行分析,再现了民国经济运行机制中都市、城镇和乡村所构成的社会全景,并对经济如何在文本中呈现、二者之间有着怎样的复杂关系进行了辨析,同时,通过对文本中革命道德与传统宗法道德置换的情景再现,解答了经济与革命之间的内在关联。王永祥的《由文化商品到学术经典的转化——以〈中国新文学大系〉(1917—1927)为例》②以现代出版行业运作机制为切入点,探究了《大系》从文化商品转变为学术经典的过程,认为文化市场的自由开放、文化商品利益的角逐、文化消费的诉求、出版商的商业敏感、作家的经济追求、文化商品的传播途径等经济因素在《大系》经典化的过程中产生了核心作用。与此同时,布小继、任冬梅、颜同林、李直飞、张霞、李金凤、王学东③等人的文章在国民经济框架下从不同层面对左翼农村题材小说、《小说月报》作家创作中的经济因素进行了考察。

事实上,李怡提出的"民国机制"及其围绕着这一研究范式所产生的一系列文章所关涉的是文学的情境性和叙事性问题。情境性是指文学经验的本土化和历史化,也就是说文学是在某一时段的特定社会历史语境中产生的,虽然有着自身的发展机制,但文学问题永远不只是单纯的文学自身的问题,文学与政治、经济和文化共同构成一个全方位、整体性的社会历史,我们只有在"包容性"机制而非"榨取性"机制框架内来审视文学,才能够触摸到文学的本相和真相。毋庸置疑,中国新文学的产生与西方现代思想有着不可割裂的关系,"现代意义"也是一直横亘在新文学脉络中的不容忽视的主线之一。但这并

---

① 李哲:《经济·文学·历史——〈春蚕〉文本的三个维度》,《文学评论》2012年第5期。
② 王永祥:《由文化商品到学术经典的转化——以〈中国新文学大系〉(1917—1927)为例》,《社会科学研究》2012年第5期。
③ 布小继:《民国经济下的左翼农村题材小说》,《文艺报》2012年3月12日;任冬梅:《民国一二十年代的农村经济对文学创作的影响——从经济角度探讨骆驼祥子背弃乡村的原因》,《成都大学学报》(社科版)2012年第3期;颜同林:《经济叙事与现代左翼小说的偏至》,《社会科学研究》2012年第5期;李直飞:《早期〈小说月报〉影响力中的经济因素》,《海南师范大学学报》(社会科学版)2012年第4期;张霞:《政治权力场域与民国左翼"自由撰稿人"作家》,《海南师范大学学报》(社会科学版)2012年第6期;李金凤:《郭沫若的经济生活与他的文学创作——以早期创作(1918—1926年)为例》,《海南师范大学学报》(社会科学版)2012年第4期;王学东:《民国时期作家的"经济意识"——以鲁迅为例》,《中华读书报》2012年3月7日。

不意味着新文学就只是现代意识形态的统摄物,对新文学的研究就只能在"中国现代文学"的框架下展开,一切偏离"现代意义"的文学必须被排除文学史之外。如果按照这种"中国现代文学"的思维逻辑进行推演,我们就会发现实际上新文学的文学经验与"现代意义"在某种程度上是分裂和割裂的,一切复杂的文学现象、文学作品、文学思潮和作家创作都不应该被抽象化、简单化、切割化和模糊化,以致让"现代意义"成为衡量一切文学的根本和唯一标准。如果我们在"民国机制"的框架下来考察这一时期的文学,就会发现一个更具包容性和提升性的研究范式,"现代意义"不再展现出令人恐惧的控制力,一些非现代意义和反现代意义的文学得以开拓自己的存在空间,一些长期被压抑的作家开始进入人们的研究视野,一些根植在文学中的政治、经济、文化等非文学性因素开始展现出自己对文学的效力,同样,文学中存在的矛盾、对峙和冲突也可以真实地呈现出来。但这并不意味着"现代意义"将被废弃,相反,它可以作为一个层面和维度与"民国机制"整合在一起,相对于纯粹抽象性的概念推演,我们能够在具体的时空限制中对它做更为具象、实在和真实的理解与把握,其实这是对中国社会转型期文学复杂性加以可靠把握的一条有效路径。既然"民国机制"有效地恢复了"民国文学"的复杂性和多样性,那么,我们又如何来有效地阐释这种复杂性和多样性呢?如何在对文学的情景和过程的探讨中去实现文学经验与学理阐释之间的对接呢?"叙事"具有现实的可行性,也就是说,"民国机制"要具有叙事性,"叙事"可以成为表述"民国文学"复杂性的有效载体:一方面,通过对"民国文学"复杂性的深层描绘,呈现出"民国文学"存在的特定性、情境性和具体性,阐释"民国文学"中涵纳的社会知识和生命体验,并将"民国文学"与多种因素之间的复杂联系清晰地辨识出来,从历史的尘埃中寻找出来,并以解释性的话语叙述出来,从而使"民国文学"成为窥视民国社会历史的入口;另一方面,"叙事"本身就隐含了研究者对"民国文学"进行组织、分析和表达的诉求,以何种姿态对"民国文学"进行叙事,选取何种视角进入到"民国文学"的内部空间,运用何种理论对"民国文学"进行解读,都关涉到我们对"民国文学"的再造和对"民国文学"的认知立场和观点,而这些主体性因素最终决定了我们对"民国文学"历史情境还原的程度。因此,叙事性就有可能将个体独特的学术思想带入其中,并在具体的实施过程中产生更为个性化的思想,从而实现"民国文学研究"的建构、再造和提升。

(3)"民国文学研究"的论争与路径

新世纪"民国文学"研究逐渐成为新的学术热点和学术增长点,与此同时,对"民国文学研究"本体的反思和争论也开始呈现出众语喧哗的态势。张桃洲在《意义与限度——作为文学史视角的"民国文学"》①中,对"民国文学"概念拓展现代文学史研究空间、更新现代文学史研究视野进行了肯定,同时也指出引入"民国文学"概念的目的不仅仅是在时间上确立一个更为宽泛的框架,恢复一些被遮蔽的文学史现象,填充新的史料,重评作家作品,更为重要的是重新寻找新的理论支点、研究方法、研究范式,以此来突破"民国文学"研究的困境和瓶颈,"当'民国文学'成为论者所期待的某种'可以包罗万象的时间容器'时,这个概念面临的最大难题或许恰恰是,无法确定一个像'现代文学'的'现代'那样的理论支撑点"②,同时应该警惕和剔除"民国文学"研究主体以二元对立思维方式在整体上颠覆"中国现代文学史"的焦虑心态和功利性目的。台湾学者张堂锜在《从"民国文学的现代性"到"现代文学的民国性"》③中阐释了"民国文学"的丰富性与延伸性,他认同"民国文学"研究的跨学科和跨地域性,并进一步指出"民国文学"研究的关键点是如何在民国文学与民国历史之间寻找到恰切的结合点和平衡点。"民国文学"研究的触角不应该仅在大陆文学史游弋,更应该延伸到1949年之后的台湾文学史,"作为历史的概念,'民国'并未在'共和国'之后消失。因此,在讨论民国文学与文化之际,就会出现有异于台湾的不同史观"④。而且,"民国文学"与"现代文学"之间并不存在先验的冲突和对立,二者的关注点和诉求处于不同的层面,"民国文学"想表述的是文学中的"民国性","现代文学"注重的是民国文学的"现代性"。贾振勇的《追复历史与自然原生态的"民国机制"——"民国文学史观"的一种文学史哲学论证》⑤是至今为止反思"民国文学研究"最具有学

---

① 张桃洲:《意义与限度——作为文学史视角的"民国文学"》,《文艺争鸣》2012年第9期。
② 同上。
③ 张堂锜:《从"民国文学的现代性"到"现代文学的民国性"》,《文艺争鸣》2012年第9期。
④ 同上。
⑤ 贾振勇:《追复历史与自然原生态的"民国机制"——"民国文学史观"的一种文学史哲学论证》,《文艺争鸣》2012年第3期。

理深度和学术高度的一篇文章。贾振勇认为"民国文学研究"是在"中国现代文学研究"的内部产生的,是对"中国现代文学研究"原有的知识谱系、价值秩序和意义系统的突围和爆破,具有历史与现实的双重意义。"民国文学研究"已经初步形成了从学理提升到现实实践的研究态势,"民国文学史""民国机制""民国风范"等概念的提出,体现了学者们自由、独立的学术诉求,具有未来的可行性和操作性,"这是目前我们所能找到的最能逼真描述和解释民国时代的文学的历史属性和自然属性的述史概念,用这个概念及其衍生的各种理念、思路和方法阐释民国时代的文学,不但可以使我们摆脱既有文学研究知识谱系和价值秩序的某种'坐井观天'效应和'语言牢笼'效应,更有可能成为我们最接近历史事实真相和历史精神真相的一条佳径"①。但"民国文学研究"在文学史哲学及方法论层面的辩证与探究上仍旧存在某些薄弱的环节:如何在繁复纷杂的史料中还原出清晰、真实的民国文学史,如何将研究主体的个体体验、思想诉求和精神想象恰切地融合到文学史中,如何将文学史研究与政治史、社会史、思想史、文化史有效地对接等问题是"民国文学研究"亟待解决的问题,这就需要研究者"能够充分协调翔实可靠的史学品质、悟性充盈的诗性品质和想象力活跃的哲学品质这三者之间的辩证张力"②。这些薄弱环节的解决需要研究主体更新自己的知识谱系和价值坐标,直面文学本身的"自然性"和"自在性",避免主观性的想象、构建和过度阐释,维护文学的本真。因此,选择符合文学"自然性"和"自在性"的多元化的研究范式,就成为"民国文学研究"的必然选择。周维东的《中国现代文学研究中的"民国视野"述评》③对"民国文学""民国机制""民国视角"概念进行了学理认同和价值分析,同时探析了"民国文学研究"在政治历史还原、文学史"盲点"等方面存在的限度。吕黎的《文学、文学史、文学生产方式——从两本剑桥文学史谈文学的"民国机制"》④以《剑桥文学史》中的文学史观为参照,考察"民国机制"中

---

① 贾振勇:《追复历史与自然原生态的"民国机制"——"民国文学史观"的一种文学史哲学论证》,《文艺争鸣》2012年第3期。
② 同上。
③ 周维东:《中国现代文学研究中的"民国视野"述评》,《文艺争鸣》2012年第5期。
④ 吕黎:《文学、文学史、文学生产方式——从两本剑桥文学史谈文学的"民国机制"》,《文艺争鸣》2012年第5期。

的文学史观和文学生产方式,分析二者之间的相似性,并对"民国机制"概念的适用性和如何对文学进行命名提出了质疑。

上述对"民国文学研究"本体的论争和反思都是以公正、客观、辩证的理性认知为前提,在认同中包含质疑,在拥护中指向反思,但同时也出现了根本否定的声音。罗执廷在《"民国文学"及相关概念的学术论衡》[1]中对"民国文学"进行了彻底否定,认为"民国文学"及其相关概念对"现代文学"进行了人为攻击,对"现代文学"的价值和意义进行了打压,"民国文学史"缺乏一种大历史观和大文学史观,"民国文学"概念的提出是一种学术炒作,"他们的主张和说法也并没有多少陌生性与原创性,其价值和意义不应高估","这显然是在开历史的倒车,是学术史上的反动和逆流,应该坚决予以批判"。[2] 罗执廷的观点包含一定的合理因素,但他并没有真正理解"民国文学"观念的内涵和外延,仍然以二元对立的思维方式解读"民国文学"。"民国文学"概念并没有彻底否定"现代文学",而是对"现代文学"概念中不合理的因素进行重新辨识和考量;也没有将"现代"意义从这一时期的文学中剔除,而是将"现代"意义作为一个因素但不是唯一主导放置在文学史中,从而不断地延伸、拓展和丰富文学空间。"民国文学"概念的提出也不是一次学术炒作,如果将每一次具有变革意义的概念的提出都视为一次学术炒作,那么,"重写文学史"范畴内的概念莫不如此。我们应该以一种创造性和可能性的思维来看待"民国文学"概念,在某种程度上,"民国文学"概念的意义就是在学术论争中产生的。

"民国文学研究"要想从一个新的学术热点和增长点变得真正具有学术统治力和公信力,成为中国现代文学研究的核心价值观,在实质上突破中国现代文学研究的困境,需要解决三个问题:一、如何确立"民国文学"研究合理的理论支撑点和发展路径;二、如何弥补和修正"中国现代文学"研究中出现的问题;三、如何使"民国文学"个案研究呈现出宏观效果。在"民国文学"研究中,或许我们应该把握住"转型""差序""场域"这三种思维方式和研究范式。

"转型"是指"民国文学"发生的社会历史语境始终处于疾速转变的过程中,民国时期中国社会结构发生了巨大的转变,政治体制、经济结构、文化趋向

---

[1] 罗执廷:《"民国文学"及相关概念的学术论衡》,《兰州学刊》2012年第6期。
[2] 同上。

都发生了实质性的变革。虽然"民国文学"并没有因为社会历史的转变而放弃自身的发展规律,依然在中国文学整体链条上滑行,但难以避免地被卷入这场变革中,并愈加强势地参与其中;"民国文学"已经不是一个独立的文学空间,而是一个历史性的杂糅概念,既是外部力量的推动又是内部力量的重组。因此,"民国文学研究"的理论支撑点不能局限于类似"现代意义"这样单一的理论预设,而应该成为政治学、经济学、社会学、文化学等范畴内的多元化理论提取,从而使"民国文学研究"进入丰富多彩的意义系统,并注重突出转型的特质和意义。但这并不意味着使文学史研究成为其他社会研究的注脚,而是通过文学史研究探讨在社会转型期人与人、人与自然、人与政治、人与经济、人与社会之间的关系,围绕着"民国文学研究"产生的是一部"事件史"和"生命史","人"在文学研究中被重新定义和整合。

"差序"作为中国传统文化中关于等级观的一个概念,被引入到"民国文学"研究中,但并不是为了强调文学史中的等级尊卑和权力分配,而是为了突出文学在发展中形成的内在差异性。虽然"民国文学"处于公共的历史社会背景中,分享着共同文化资源,但不同的文学思潮、文学现象、作家作品在政治、经济、文化体系中所处的位置和产生的作用却不尽相同,呈现出冲突、对抗、依附、融合等不同的状态,并始终处于流动的态势。因此,我们要在研究中突出这种内在的差异性:"民国文学"由于时间的推演和空间的位移,在不同历史时段具有不同的文学面向;不同文学作品在主题话语、人物形象、语言修辞、叙事模式等方面具有差异性,但这种差异并不是单纯的审美差异,而是在独特的历史文化情境中呈现出来的不同审美选择;"民国文学"在作家主体意识的参与下,已经演变成为特定的精神现象,并呈现出鲜明的差异性叙述,这些差异性一方面体现着作家的某种选择,另一方面联系着20世纪中国知识分子的文化性格和精神特征,以及中国转型期社会思想的变迁和分化。在这种"差序"视域中,一些在"中国现代文学"框架中被压抑的作家可以重新得到评价,一些被边缘化的文学思潮可以重新得到安放,一些被淹没的文学作品可以重新被发现。

"场域"与李怡提出的"民国机制"具有同质性,但这里强调的是"民国文学"的公共性和介入性。民国时期的政治、经济和文化的共同构建使"民国文学"成为一个公共空间,我们在"民国文学"中可以还原民国社会历史风貌,但同时"民国文学"也介入到政治、经济和文化当中,形成相互交流、调节和协商的机制。因此,我们要通过"民国文学"个案研究产生一种宏观效果,使文学研究突破自身局限,突出文学研究的汲取能力和开放姿态。实际上,在社会整体结构中,文学研究本身就不是一个自给自足的单位,在功能意义上,文学研究有着更为广泛的意义,是在"自我"与"他者"的相互阐释中界定自己存在的意义:没有"他者"的参照,文学研究不能进行自我确认;同样,如果没有文学研究的介入,"他者"也不能产生自我叙述和阐释。文学研究包含了文学之外的世界、规则和人,文学之外的一切关系都可以化约为文学内容,生命意义、价值秩序、生存体验等文学以外的内容都可以在文学中找到。因此,"民国文学研究"本身就是一种敞开和介入,是主动打破文学研究的封闭空间,以积极的姿态加入到社会整体进程中来。虽然"民国文学研究"还处于起始阶段,但我们已经可以看见它丰满的未来。

五、"民国文学"研究的追问与反思

中国现代文学史独立的学科性和独特学术品格的建立是在 20 世纪初,在将近百年的现代文学史研究中,存在多种形态各异的文学史观,但以"现代文学"来命名、概括、阐释 1917—1949 年这段文学史的历史特性,似乎已成为现代文学研究者无法摆脱的"元话语"。历史总是具有"后设"性,当我们在当下的时代背景和历史语境中重新审视"现代文学"的命名时,不免产生"一种越来越实在的怀疑"[1]和"在历史与逻辑的关系辨析中,对现代文学的学科本体的重新确认和方法论的进一步总结"[2]。

张福贵在其文章《从意义概念返回到时间概念》中对"中国现代文学"的称谓进行了质疑,指出已经取得历史"合法性"的中国现代文学不仅仅是从中国现代化进程中派生出来的文学史概念,也不仅仅是中国现代独特的思想史、文化史和政治史的美学例证,更不应该是纯粹的审美范畴内的纯文学谱系,应该突破单一的历史局限,将"现代文学"的命名从"现代"的意义框架中还原到时间框架,以时间概念的无限包容性、丰富性和可能性为其重新命

---

[1] 张福贵:《从意义概念返回到时间概念》,《文学世纪》(香港)2003 年第 4 期。
[2] 张福贵:《革命史体系与现代文学史写作的逻辑缺失》,《吉林大学社会科学学报》2006 年第 5 期。

名,以社会意识形态的转型为背景对其命名重新进行梳理和辨析,把 1949 年前的文学称为"中华民国文学",把 1949 年以后的文学命名为"中华人民共和国文学"。

"中华民国文学"概念的提出在某种程度上既是对二三十年代"直线性"文学史观、40—70 年代"政治性"文学史观和 80 年代以来"现代性"文学史观的理论反思和修正,同时又是对上述文学史观理论的整合,更加具有独特性、丰富性和复杂性。

"直线性"的文学史观在"五四"时期占文学史研究的主流地位,以西方的进化论为其哲学理论基础和依据,以"归纳的理论、历史的眼光、进化的观念"①为文学史的具体研究方法,以胡适的《白话文学史》为成果代表。此种文学史观的形成,一方面是因为在大的五四新文化运动的历史语境中,不得不对传统文化采取激进式的断裂和批判的方式,以期待在解构传统的基础上重新建构中国"现代化"的新文化语境,而文学史书写作为五四新文化运动的一部分,必然会被裹挟其中,也必然会对中国的传统文学进行激烈的批判和打压,从而抛弃"传统性""贵族化""士大夫性"的文学,追求"现代性""平民化""平等化"的文学;另一方面是因为"五四"期间大量西方文学思潮的涌入,其中达尔文的进化论思想尤为盛行,而面对这些思潮,中国的大部分知识分子又未经过本土化的反思而是全盘接受,以致这种"直线性"的思维方式渗透到文学史的研究中来。此种文学史观念认为文学史的进程往往是直线前进的,所以对前代文学进行简单的、粗暴的、革命式的超越。虽然此种文学史观突显了文学发展的运动和变迁的特性,但对于"超越"意义的唯一性的强调,却人为性地阉割了文学本身之间的审美联系和文学史之间的参照、继承关系,文学史研究成了某种哲学理论的阐释和印证,从而失去了本身的意义。

但"文学史的时间界定,是为了更好地把握文学史发展过程中的连续性和整体性。一种时代实质上是相互联系的社会现象的一个独立的综合体,文学史划分的基本思想应该是寻找文学与时代关系的因果律"②。文学研究不应该人为地强调过去与当下的二元对立,而割裂传统与现代、历史与现实的统

---

① 胡适:《白话文学史·序》,《胡适文集》卷 8,北京大学出版社 1998 年版,第 167 页。
② 张福贵:《革命史体系与现代文学史写作的逻辑缺失》,《吉林大学社会科学学报》2006 年第 5 期。

一意义。我们有必要保持在事实基础上形成的文学史观的同一性和连续性,同时又要阐释当下的独特性与唯一性。而"民国文学"概念的提出修正了"直线性"文学史观对前代文学的简单否定和粗暴超越,在时间概念的框架和惯性下"以大的政治时代或者政权朝代的更迭为顺序"①,既在文学史观上接续了中国文学史历来以朝代和时代为界限的划分方式,同时也在文学审美上认同了"五四"以来新文学与传统文学的内在联系。这样"民国文学"就成了单纯的时间概念,成为可以包罗万象的时间容器,既可以接纳"五四"新文学,又可以包容以鸳鸯蝴蝶派为代表的旧派文学,同时也不忽视言情、侦探、武侠之类的旧通俗文学,旧派文学的诗词格律、日伪沦陷区的汉奸文学、日常生活文学都可以在其时间框架下找到存在的位置,而不致遭受被放逐的命运,同时又在本质上阐释了当下时代文学的特质性:具有不同于前代的文化规范,也即包括了一整套的现代政治、经济、道德、文化和文学的规划。

美国学者韦勒克、沃伦在《文学理论》中指出:"大多数文学史是依据政治变化进行分期的。这样文学就被认为是完全由一个国家的政治或社会革命所决定。如何分期的问题也就交给政治和社会史学家去做,他们的分期方法总是毫无疑问地被采用。"②而中国现当代文学史的书写在某种程度上是对此种评价的东方回应,尤其是在中国20世纪40—70年代文学—政治一体化时代语境中,"阶级性"文学史观以强制性的规训为表征:"以政治为本位的文学史观相对于中国文学特别是近代以来的中国文学的本质来说,具有独特而有效的解释权。"③

"政治性"的文学史观以历史唯物主义为哲学基础,以二元对立为其思维方式,注重以阶级分析的方法研究具体的文学现象和评价作家作品。由于注重政治意识形态对文学研究的决定性,文学背后的政治、经济因素走向文学研究的前台。这使文学史研究从一个相当重要的向度阐释了文学现象的发生本原和无可辩驳的决定性因素,使文学的流变、更迭得到了更加合理的解释,文学的社会功利性得到合理的阐释。但对历史唯物主义的浅薄理解和机械接受,对阶级性、人民性的扭曲强调,使文学史成为论证新的革命政权及其革命

---

① 张福贵:《从意义概念返回到时间概念》,《文学世纪》(香港)2003年第4期。
② 〔美〕雷·韦勒克、沃伦:《文学理论》,刘象愚等译,生活·读书·新知三联书店1984年版,第303页。
③ 张福贵:《革命史体系与现代文学史写作的逻辑缺失》,《吉林大学社会科学学报》2006年第5期。

意识形态历史合法性的美学阐释,功能被单一化为新政权的新文艺政策提供历史依据。许多背离主流意识形态而又具有艺术价值和精神的文学现象、文学作品、作家被遮蔽于历史地表之下,无法走进文学史研究的范畴,例如沈从文、曹禺、张爱玲等作家在现代文学史中长期缺失。

  文学史的分期无疑应该以文学自身的发展规律为依据,但文学的发展和转变也受到政治、经济、文化等其他外部因素的影响。文学史的分期当然不应该以政治因素为唯一标准,但"以政治时代作为标准来对现当代文学进行区分,不仅具有时间的明晰性,而且适应中国时代历史的发展轨迹并且符合中国文学发展的本质规律"①。"中华民国文学"概念的提出,一方面把政治制约看作中国现代文学史发展的基本力量,清晰地把握住了中国现代文学史的本质特征:中国现代文学的发生本身就来自政治的召唤,中国现代文学的发展、转折背后都有政治的幽灵;另一方面把文学史研究的起点和前提确定为文学的文学发展史,这样"中华民国文学"就处于整个中国文学发展史的链条之中,"中华民国文学"的分期只是文学发展中细分的一小段而已。"中华民国文学"的历史参照只能是不断变化和演变之中的中国文学的价值系统,而无法脱离这一大的文学背景。因此,"中华民国文学"在本源上杜绝了文学的彻底政治化。但这一价值系统必须从历史本身中抽象出来,因此"中华民国文学"只是一个时间的横截面,在此横截面上,这一时期文学的规范、标准、惯例,政治意识形态的规约,文化的道德指向都可以在文学中得到反映和折射。以"中华民国"历史本身作为中国现代文学的分期,绝不是企图以意识形态来规范文学自身,只是想使文学沿着历史的时间返还历史真相,这不仅不遮蔽文学自身,相反让文学自身的位置获得某种"张力",打开了文学的解释空间,从而有助于探索文学与中国历史的逢迎或距离、悖逆或契合,敞开文学的繁复意义。

  80年代中国现代文学研究在充满激情、自信、理想的"重写文学史"的"叛逆"中重新上路。"二十世纪中国文学""近百年中国文学""近代、现代、当代""现当代文学"等一系列极具颠覆性的词汇,生动地勾画了一代研究者集体为中国现代文学重新命名的冲动。这似乎表明,"'新文学''现代文学'

---

  ① 张福贵:《革命史体系与现代文学史写作的逻辑缺失》,《吉林大学社会科学学报》2006年第5期。

'当代文学'等概念,以及其标示的分期方法将会成为历史的陈迹"①,而所有的命名和写作都是从现代性理论的角度,对20世纪中国历史语境中的现代性与20世纪中国文学史写作之间的某些核心观念进行分析,把文学史研究放在现代性的概念和框架中进行意义判断和价值阐释,以此对以往的文学史观进行彻底的批判。

"现代性"文学史观的核心观念在于现代文学要有现代性,"现代文学的性质界定应该包括从内容的判断到形式的判断"②。"中华民国文学"概念的提出,恰恰是在内容与形式两方面揭示了80年代的"现代性"文学史观的伪"现代性"。从内容而言,一方面,"现代性"的文学史观试图以现代化的启蒙思想为核心,将文学从政治的附庸中解救出来,这"意味着文学从社会政治史的简单附庸中独立出来,意味着文学自身发生发展的阶段完整性作为研究的主要对象"③。但提出者并未对"现代性"概念本身作出辩证的反省,把产生于西方语境中的"现代性"直接移植到中国文学研究中,不免有失偏颇。因为中国现代性的最大特征或"中国特点"就是它先后产生了两个"国体"不同的民族国家:1911年的辛亥革命建立的"中华民国",1949年新民主主义革命建立的"中华人民共和国"。中国现代性本质上是一种政治、民族、国家现代性的建构,而现代文学作为中国历史进程的参与者,必然无法脱离社会政治史的总体进程,也就没有单纯文学意义上的现代性。另一方面,"现代性"的文学史观试图纵向地对接两千多年的中国古典文学传统,横向地对应20世纪世界文学的总体格局,对近代、现代、当代文学史进行整合。但阶段性的文学史分期结构并没有被打破,概念的提出完全是以"现代性"的文学实践取代"新民主主义""社会主义"文学实践的结果。换言之,概念的提出不是来自文学的自身逻辑,而是意识形态转变的结果,由此可见"现代性"文学史观本身的悖论性。从形式而言,"现代性"文学史观主张从文学语言、文学体裁、表现手法、文学观念等文学审美本体出发进行文学研究。但"形式的现代性与内容的现代性不可同日而语,形式具有超越性,可以承载不同的思想内容,而且形式具有脱

---

① 洪子诚:《"当代文学"的概念》,《文学评论》1998年第6期。
② 张福贵:《从意义概念返回到时间概念》,《文学世纪》(香港)2003年第4期。
③ 黄子平、陈平原、钱理群:《论二十世纪中国文学》,《文学评论》1985年第5期。

离思想内容的继承性。所以,文学形式的现代性不同于内容的现代性"①。如果单纯地从形式出发而忽略形式所承载的内容和思想,那么中国现代文学研究必然呈现"空洞化"的枯萎状态。以"民国文学"取代"现当代文学""二十世纪中国文学",既可以免除时间上限与下限的困扰,又可以把中国现代文学还原到历史语境之中,贴切地把握中国现代文学"现代性"的政治意旨。

文学史异于一般的历史,它与当下的社会生活、历史语境、时代的主流话语相互纠缠和印证,又与文学史写作者个体精神世界形成有效的"对话"。所以对"中国现代文学史"的命名应在对以往文学史观的缺失进行反思、质疑、修正的基础上,重新进行理论整合,以期准确地阐释中国现代文学的独特性、丰富性和复杂性。

---

① 张福贵:《从意义概念返回到时间概念》,《文学世纪》(香港)2003 年第 4 期。

第 二 章

文学史的命名与文学史观的文化趋向

第一节 关于"中国特色"的现代化理解

应该说,中国特色理论不只是一个限定性的政治概念,而且是一个整体性的文化概念,它包含有中国社会现代化转型的全部内容,表现出几代中国人对于现代化不懈实践之后的经验总结和成熟思考,是中国社会转型和文化建设的基本价值取向。而无论是从政治学意义上还是从文化学意义上说,都必须将其纳入改革开放的总体思想框架之中,进行开放性的深度理解。因此,坚持文化的开放性和同一性是对这一命题准确理解的重要前提。

一、关于"中国特色"的文化哲学前提:承认人类文化的同一性

毫无疑问,一种文化与另外一种文化相比,总有其特殊性存在,这种特殊性使不同文化之间的交流成为必需。同样,一种文化与另外一种文化相比,又总有其共同性存在,它构成了不同文化之间交流的可能。因此,对于文化特殊性的理解必须在承认和经受人类文化发展的同一性的前提下完成。否则,就会对各自文化的特殊性作出孤立性、封闭性和绝对性的理解,从而割断一种文化和他种文化之间的内在联系。

作为一种具有悠久历史并创造了辉煌成就的文化体系,中国文化与其他文化相比,有着更为突出的特殊性。从语言文学、生活习俗到民族心理,都形成了自己固有的传统特征。也正是由于此,才时不时地对西方一些人士产生

不小的吸引力，令其心驰神往。但是，尽管如此，如果过分强调一个民族一种文化的特殊性，将此作为落后、守旧和不合历史潮流的借口的话，那么对这一民族或文化的发展来说就不是有益的了。然而，在近代中国文化转型的漫长时期里，这种中国文化特殊性理论一直在人们的头脑中占有稳固的位置。而到了近年，更被置于一种不容怀疑、无可争议的主导地位。但这一理论不是基于中国现实，而是出于一种拒绝变革的文化心理，因此已经日益成为中国文化全面转型所应克服的主要思想障碍。并且由于忽视人类文化、世界文化的共同性，这一本来具有相对合理性的理论陷于褊狭，落后于现代人类文化的时代发展。因此，对"中国特色"的理论必须在坚持人类文化同一性和民族文化开放性的前提下，进行现代意义的解释。

首先，文化的特殊性本身便不是一个固定不变的概念，而是随着人类文化的共同进步而不断改变着自身的内容，其自身也必然具有时代性。因此，文化的特殊性并不能成为拒绝变革、反对开放的理论基础。

一个民族、一种文化从其产生之日起到今天，已经走过了漫长而多变的发展道路。如果从今天这一暂时的终点去反观最初的起点，人们就会发现任何文化几乎没有不发生变化的。就中国几千年来文化发展过程来说，从政治制度、经济形式到风俗习惯、伦理观念等各个方面，无不发生了触目惊心的变化。按理说，服饰文化最具民族性，但是，从西装、中山装到长袍马褂、方巾儒服，再到袒胸唐服、高冠楚服，究竟哪个才算是最具有民族"特殊性"的代表服饰，恐怕是难以说清的。

文化的民族性或特殊性，因不同的时代而具有不同的历史形态，没有恒定不变的内涵，没有任何时代都可以唱下去的"老调子"。"天不变道亦不变"的宇宙文化观，只能存在于人们渐渐消逝了的那个意义世界里。一个时代有一个时代的价值观，也就有了一个时代的文化特殊性。随着时代的变化，特殊性的内涵也在不断转化，而其转化也总是以特殊性的丧失、以进一步适应人类的共同需要为价值取向的。从这一意义来说，所谓文化的特殊性在文化哲学中是一个动态的命题。鲁迅称那些对文化的民族性或特殊性的过分强调和坚持是"老调子"："凡有老旧的调子，一到一个时候，是都应该唱完的。"[①] "老调

---

① 鲁迅：《集外集拾遗·老调子已经唱完》，《鲁迅全集》卷7，人民文学出版社2005年版，第323页。

子"中可能会传诵着一个民族古老的英雄故事,也可能禁锢了民族的精魂。文化的民族性或特殊性本身必须适应文化时代性的需要而发生变革。

其次,人类文化的发展历史和未来趋势是以人类文化的同一性日益取代个别文化的特殊性为特征的。因此,对于文化特殊性的认识必须在承认文化的同一性、人类的共同性的前提下完成。

如果说对文化特殊性的偏执论的批判表现了我们在文化选择中的价值判断的话,那么,对于文化同一性的承认则表现了我们在文化选择中的价值重构。

文化哲学的同一性概念,不是统计学上的概念,并不一定包含数量上的一致,它是指一种主体性的或阶段性的共同发展趋势和欲望。我们对于文化同一性的承认,主要表现为对文化发展的整体趋向的肯定,而不是对具体思想行为的强调。这一整体趋向,就是在世界现代文化的框架下,实现中国文化的现代化转型和中国民族人格的现代性重塑。作为当代人,我们所说的同一性就是要追寻人类共同的精神生命之路,要比近代中国文化哲人所论及的共同性,有一种更为普遍的文化哲学和生命哲学意味。谭嗣同主要从衣食住行等生理需求上来肯定中西民族的人类的共同性[①],胡适和冯友兰则都从人类生理构造的相同而谈及中西民族的人生方式、精神需求的"大同小异"。在近代以来西学东渐的整个过程中,无论是西化派、本土派还是折中派文化观的确立,往往都以对中西方文化的差异性的强调为依据。我们不仅要看到中西文化的差异性,而且要从文化哲学的高度看到二者的共同性,从而超越一般的人类文化异质观和人类生理同一观,而把它上升为一种人类文化的同一性命题。

人类文化的同一性命题,是建立在近代以来产业革命所带来的人类文明世界化的前提之下的。世界市场的开拓和经济秩序的建立,特别是近代科学的传播,使人类文明出现了有史以来未曾有过的同一性趋向。产业革命是以一种经济形式统一世界的,而科学传播则是以一种精神形态来使世界成为一个精神整体的。正如陈独秀所称"学术为人类之公有物","无国界之可言"[②]。

[①] 谭嗣同:《短书——报贝元征》,见张木丹、王忍之编:《辛亥革命前十年间时论选集》卷1,下册,生活·读书·新知三联书店1959年版。
[②] 陈独秀致钱玄同的信,见石峻:《中国近代思想史参考资料简编》,生活·读书·新知三联书店1957年版,第1034页。

科学精神以其科学成果为载体迅速传遍世界,成为人类文化现代化转化和同一性趋同的有力推进器。而在当今世界,人类的同一性更普遍地表现在物质文化、规范文化和观念文化之中。

在这样一种"天下大势,既已日趋混同"①的时代,人类文化精神的一致亦势在必然。20世纪初,鲁迅曾把"人类的道德"②(包括初民的和现代的)作为中国文化现代化转型的价值取向和自己的文化选择基准。"人类尚未长成,人道自然也尚未长成,但总在那里发荣滋长。……将来总要走同一的路。"③因为无论世界还是中国,都被纳入了现代化的轨道上,无论走还是推,都必须沿着同一方向。"以人类为着眼点"可以说是鲁迅也是我们文化选择的最终价值尺度。

再次,文化的同一性命题,为中国文化转型提供了一种文化的"人类观"——人类共同的文化资源认识论。

这种人类共同的文化资源认识论是要求我们以人类文化观来对现代文化和世界文化进行认同。从文化哲学的理论意义上讲,无论西方文化还是东方文化,无论传统文化还是现代文化,都是人类文化的构成部分。而这里所说的构成部分并非是空间意义的堆积,而是人类文化在时间意义上的共同整体存在。对于文化的接受者来说,任何文化部类都是人类文化。族群文化、地域文化在此意义上消去了原有的个性,而成为人类实存的共同文化。因此,对于现代文化的接受,已从原来的异文化意义转化为人类文化意义,接受不仅成为一种外在义务,而且成为一种内在权利。对于现在各民族、地域、国家的人来说,均有接受并享有现代文化的资格,其所接受的已不是单纯的西方文化,而是人类文化的共同成果。因此,中国文化接受外来文化、进行传统文化的现代化转型时,首先应该建立一种"人类文化"意识,把文化接受视为自己理所当然的文化权利,要淡化文化接受过程的异己感,强化文化转型的主动性。正像当年中国文化成为周边民族和地域的共同文化资源一样,今天,以西方文化为主要内容的现代文化,也同样可以成为包括中国在内的所有地域的共同文化资源。

---

① 严复:《救亡决论》,卢云昆编选:《社会剧变与规范重建——严复文选》,上海远东出版社1996年版,第35页。
② 鲁迅:《热风·随感录四十》,《鲁迅全集》卷1,第338页。
③ 鲁迅:《热风·不满》,《鲁迅全集》卷1,第375页。

从这个意义上说,现代文化不是西方的专利,而应成为现存人类的共同财富。每个人、每个民族都有权利获取它、享受它。这一理解既是在"人类文化"观之下的一种文化心态转化,也是现代化选择的具体内容。在"人类文化观"之下,没有异己文化,只有属于自己的文化。在此基础上,文化的时间性(传统与现代)、文化的地域性(民族与地域),都具有了新的意义。而就是在这一认识的前提下,东西方文化才具有了互补性、可融性的基础,才能尽快而充分地融汇成新的文化。例如,在西方现代文化影响下而生成的五四新文化经过接受、选择,已成为中国民族文化、传统文化的重要组成部分。这可能会使我们想到当下流行的那种"中国人要……中国人自己的……"的伦理逻辑的非理性缺陷。这一逻辑所包含的民族情感无可非议,但又实实在在是对人类文化同一性甚至是对人类共同本性的背反。按此逻辑,"美国人要……美国人自己的……""俄国人要……俄国人自己的……"连续推演下去,世界将会怎样？如果说,人类文化不具有同一性,一种文化仅属于一种民族,那么,文化的交流与传播也就不会发生。世界文化至今应仍处于氏族部落的时代。按此逻辑,古代周边民族和地域对于中国古代文化的接受也就无从谈起了。而且,既然各个民族都要固守自己的文化而拒绝外来文化,那么所谓的"21世纪是中国的世界"的畅想则更是文化自崇心理下的一厢情愿了。相反,如果我们能从人类文化同一性的角度,以古代周边民族和地域的文化心态来思考,那么,今天中国在接受西方文化时的不平衡心态,也就会趋于平和了。

  时代的演进表明了人类文明从物质生产到精神生产,不断向前发展并逐渐走向同一的复杂过程。从人类的自然属性和社会属性的欲望来看,也是以共同性或者共通性为基本特征的。在物质上追求富足、发达,在精神上追求自由、快乐,是人类的共同需要,人类文化的发展与传播正是以此为基础的。前面说过,任何一个国家、民族与另一个国家、民族相比较,总有其特殊性存在,但与此同时又总有其共通性存在。当代人类先进文化的迅速传播和融合本身便说明了这种共同性的存在,这也是迄今为止人类文化不断走向共同发达的原因之所在。拒绝改变自己,否认共同性,必然导致文化的落后。欲想避免这一结局,就首先得承认人类文化的共通性。相反,如果过分强调自身的特殊性,那么其变革自身的能力乃至诚意,就不能不令人怀疑了。人们过去执著于"越是民族的就越是世界的"判断,而如今应适应一个与此相反的命题:"越是世界的就越是民族的"。因为人类意识再也不是一种民族意识的东西了。在文化选择和建构中,我们必须坚持文化特殊性与文化的共同性的互不可分,这里面有着对照、互补和统一。

当下"中国特色"理论在概念上似乎与文化同一性命题形成了悖论,但单就中国社会与文化转型的现代化取向来说,则具有根本上的一致性。本质上看,"中国特色"即是人类文化同一性命题现代化转化的中国形态。而且,它亦把文化特殊性命题作了现代化的转化。文化同一性命题的本质,是人类文化现代化转化的共同价值取向,在现代化的意义上,必须把"中国特色"作积极性的解释。如果把文化特殊性作为唯一命题而不放入文化共同性命题的话,那么,所谓"21世纪是中国的世纪"的预言也不会成立。因为相对于世界其他文化系统来说,中国文化也是异文化,各自都有特殊性,中国文化也就不可能成为人类共同的文化主潮。一个时代的结束标志着一种价值体系的解体。对于人类文化共同性的认同,首先应该在对文化特殊性的褊狭一面的批判中完成。因为人类文化的每一步发展都是以原有个别文化的特殊性的丧失为代价的,尽管这种代价过于沉重,并且伴随着文化心理的极大失衡与痛苦。

二、关于"中国特色"的逻辑辨析:不能误读为"特殊国情"

文化和社会转型中最大的障碍便是思想的障碍。在整个20世纪中国的现代化转型过程中,有一种口号事实上已成为现代化进程的思想障碍。也许把"特殊国情论"视为这种思想障碍的普遍化表现形态过于简单,但是,我们不得不承认,至少在现代化的起点处,它消极的一面表现得更加明显。

"特殊国情"论首先在对中国现状和未来的认识上表现为一种对象本质判断的错位和思维逻辑的误差。社会的现代化转型是一个连续的过程,对于现实的认识必须包含对于未来的设计,否则思想就要落后于现实。而在"特殊国情"论的一般表述之中,割断了这种认识的连续性,以现实的认识代替了未来的设计,用思想束缚了现实,从而将"特殊国情"误读为"中国特色"。无论从任何一个社会还是一种文化来看,"特殊国情"都是一种既定的现实存在,是一种社会发展的自在的历史形态。而依据于此提出的"中国特色"理论则是对于中国社会发展的未来设计,即未达成形态的描绘,二者之间存在着一种巨大的时间差异和性质差异。"中国特色"是基于"特殊国情"而确定的,但却是后者的优化组合。"我国封建社会延续两千多年,且人口多,底子薄,经济基础、科技文化落后"[①],这是"特殊国情",但绝不是未来"中国特色"社会发达程度的预先限定。如果把"特殊国情"误读为"中国特色",就必然会忽略从前者到达后者的发展过程,而这一过程恰恰是逐渐克服"特殊国情"的历史形态而实现现代化的艰难过程。

"特殊国情论"的文化哲学依据是文化特殊性原理,偏执于这种文化特殊性原理,既会造成思维方式的静态化又会造成思想内容的保守性。在中国目前所进行的文化转型中,它可能带来两种消极性功能。

第一,在排斥外来文化的功能上表现为一种防御心理,进而演化为一种保护落后的口号。

中国传统文化具有一种由来已久的"天朝"文化心态,这一心态在古代以"华夷之辨"而形成了有相当真实感的中华文化的普遍价值观。到了近代,在人类文化现代化的价值尺度下,"天朝"文化心态已逐渐变为一种狭隘、落后的地域文化观。对这一文化的固定,必然成为现代化的心理障碍,并成为"特殊国情"论的构成依据。

在20世纪中国文化现代转型的整个过程中,国粹派和"特殊国情论"在不同阶段承担起排斥外来、保守传统的同一任务。在文化转型的起点处,国粹派最先亮相,他们凭借民族文化的亲和感和国民对世界文明大势的隔膜,而使人们一时沉迷于"中华文明世界第一"的文化白日梦里。然而,随着西学东渐的深入,国民对世界了解加深,固有的民族文化亲和感已难以挡住传统文化的颓势时,国粹派的文化白日梦便自然破灭,日渐失去保守传统文化的力量。于是,第二道防线——"特殊国情论"及时登场。倡导者们沿用了国粹派所凭借的民族文化亲和感,并在一定程度上承认了传统文化的颓势,然后以文化特殊性作为理论依据,提出"特殊国情"的理论。因为它具有理论上的合逻辑性和伦理上的亲和感,所以直到今天,它仍是中国现代化转型中的最大思想障碍。

严格说来,在文化的价值判断上,国粹派与特殊国情论并不一致。前者在排斥外来、保守传统上比后者走得更远,与时代之间存在着更大的错位。他们不仅坚持中国文化的独特性,而且经过对传统文化的过分美化,而由文化特殊

---

① 见《新华文摘》1994年第11期。

性的后门走向了文化同一性的前台:把中国文化特殊性扩大为人类文化的同一性,以传统文明为人类文明的普遍价值尺度,表现出一种文化自崇心理。这种文化心理到了90年代,表现得更为强烈。

"特殊国情论"虽然在排斥外来、维护传统上与国粹派并无二致,但其文化哲学依据则是以文化特殊性始,又以文化特殊性终的。他们并不为世界文明立法,而是仅仅守望着自己的麦田。与前者那种传统的"天朝"文化心态有所不同,他们已经没有那么强烈的文化自崇心理,只是表现为一种文化自卫心理,因为他们失去了将中国文明放之四海而皆准的自信。

"特殊国情论"表现为对固有文化的留恋和偏爱,所以它首先是作为一种中国文化现代化转型的心理障碍而存在的。留恋与偏爱来自于一种民族文化的亲和感。在这种情感因素的作用下,人们的文化价值判断会出现错觉,文化重构会出现幻觉。情感如冬雪,遮掩了一切污秽和丑陋,中华大地呈现出一片洁净。爱之所至,甚至以丑为美:"只要从来如此,便是宝贝。即使无名肿毒,倘若生在中国人身上,也便'红肿之处艳若桃花;溃烂之时,美如乳酪。'国粹所在,妙不可言。那些理想学理法理,既是洋货,自然完全不在话下了。"①面对强势的外来文化,特殊国情论者的心理失衡了,言语似乎失去了正常:"乐他们不过,同他们比苦! 美他们不过,同他们比丑!"②即使是出自于一种崇高的文化情结,这种焦躁也只能表明其所钟情、所保守的固有文明确实已到穷途末路了。

曾长期担任《东方杂志》主编的杜亚泉以"物质文明为末,精神文明为本"的普通思维方式抵御外来文化的进入,而最有力的论据是"一国有一国之特性,则一国亦自有一国之文明"③。在30年代中期开展的关于"本位文化建设"的大讨论中,"中国文化特殊性"成为本位文化派的主要依据。他们认为"中国虽是世界的一环,然而,中国始终是中国,中国自有其特殊性"④。其实,虽然"特殊国情论"的理论倡导还仅限于一种偏执的文化情绪,限于一种理论

---

① 鲁迅:《热风·随感录三十九》,《鲁迅全集》卷1,第334页。
② 林损:《苦乐美丑》,《新青年》第4卷第4号。
③ 杜亚泉(高劳):《现代文明之弱点》,《东方杂志》第9卷第11号。
④ 漆琪生:《中国本位文化运动的历史意义与实质》,见马若芳编:《中国文化建设讨论集》上编,上海国音书局1936年版,第54页。

主张,但是,在中国文化现代化转型的艰难时刻,如果不能加以正确的理解的话,最终必将成为一个拒绝变革、保护落后的口号。

在文化发展过程中,如果一种文化处于落后境地而一味去强调自身的特殊性(还不包括国粹派式的对固有文明的执迷、自崇),那么就会使一些文化上的保守派从中找寻到反对变革、保护落后乃至反动的理论依据,至少对于变革传统者不提供支援。鸦片战争之后,针对一些开明士大夫的维新变法主张,封建保守派便以"不符合中国国情"为依据,来反对政体的变革。在马克思、列宁思想最初传入中国时,反对者也是以"特殊国情"作为自己的理论依据的。第一次国共合作时期,国民党的理论家戴季陶以国家的名义,排斥共产党人,认为"中国国情"不宜进行无产阶级革命。"在文化人低微、经济落后至于如此的国家","想要以工业的无产阶级专政来达到革命建设的目的,哪里可以做得到?"①与此相一致,"特殊国情论"为固有文化的一切落后、丑恶和反动都提供了有力的辩护。1914—1915年间,袁世凯为恢复帝制而大造舆论,其顾问和筹安会便散布说,中国有"特殊国情",不适于共和,只宜实行帝制。这些政治上和文化上的倒行逆施,显然并不是真正地从中国国情出发,而是有着各自的目的和利益需要的。

以反对变革为目的的"特殊国情论"的倡导者们的思想本质,是拒绝接受外来文化,而且这外来文化中亦包含已经被他们承认的先进文化。事事以国情特殊为先,排斥外来,拒绝变革,只能表明文化发展的自甘落后。"若是决计革新,一切都应该采用西洋的新法子,不必拿什么国粹,什么国情的鬼话来捣乱!"②

第二,在接受外来文化的功能上,国情特殊论又具有变形机制,表现出固有文化的消极性同化功能。

20世纪中国文化现代化转型是一种不可抗拒的时代潮流,外来文化的强势使中国固有文明丧失了传统的优势。经历了西学东渐的三个过程,西方文化步步紧逼,层层深入,促使中国传统文化通过"托古改制"式的比附机制,而开始有限度地接受外来文化。然而,"特殊国情"论使这种有限的接受发生了

---

① 戴季陶:《国民革命与中国国民党》,转引自吕希晨:《中国现代文化哲学》,天津人民出版社1993年版,第338页。
② 陈独秀:《今日中国之政治问题》,《新青年》1918年第4卷第5号。

变形。

鲁迅把这种变形称为"染缸"效应:"可怜外国事物,一到中国,便如落在黑色染缸里似的,无不失了颜色。"①"谁说中国人不善于改变呢?每一新的事物进来,起初虽然排斥,但看到有些可靠,就自然会改变。不过并非将自己变得合于新事物,乃是将新事物变得合于自己而已。"②

和鲁迅一样,另一位新文化的先驱者李大钊亦有同感。他看到,西方文明进入中国之后,总是发生大大小小的变形:"大至政制,微至衣履,西人用之则精神焕发,利便甚溥,而一入于吾人之手,著于吾人之身,则怪象百出,局促弗安,总呈不相配称之观。"李大钊认为,发生此现象的根本原因不在西方文化,而在中国文化本身。因为"东洋文明主静,西洋文明主动",中国人"以静的精神享用动的物质制度器械等等,此种现象必不能免"。③

一种文化就是一种价值体系,不同的价值体系必然具有不同的功能。文化的变革如果不是体系性的变革,其原有功能也必然被保留。当外来文化进入后,便通过同化功能而致使异己者发生变形。20世纪中国文化的现代化转型有本质性的,有非本质性的,但还不能说是一种体系性的转化,受容的西方文化发生变形是必然的。

任何一种异己文明作为一个部分进入另一种文化价值体系之中,都要被改变,发生程度不同的变形。变形,也是一种适应和生效的过程。从最终结果来看,完全不发生变形的文化受容是不存在的。但是,文化变形的结果也具有两重意义,即积极意义和消极意义。

鲁迅曾用"腐败民族"和"腐败文化"④对中国民族与文化中腐朽、劣质的构成部分进行诗化概括。这一结构使中国部分接受的现代文化发生消极性变形成为必然,这样一种文化体系使鲁迅们坚信,"中国本不是发生新主义的地方,也没有容纳新主义的处所,即使偶然有些外来思想,也立刻变了颜色,而且许多论者反要以此自豪"⑤。

---

① 鲁迅:《热风·随感录四十三》,《鲁迅全集》卷1,第346页。
② 鲁迅:《华盖集·补白》,《鲁迅全集》卷3,人民出版社2005年版,第109页。
③ 李大钊:《东西文明根本之异点》,见《中国现代哲学原著选》,复旦大学出版社1989年版,第21页。
④ 鲁迅:《集外集拾遗·老调子已经唱完》,《鲁迅全集》卷7,第324页。
⑤ 鲁迅:《热风·"圣武"》,《鲁迅全集》卷1,第371页。

中国近代史成了一个必须面对世界亦必须容纳世界的文化变革过程。在西方文化的视野中,中国作为一种自然经济时代的文化系统,是一个被发现了的世界。而对于中国来说,西方文化的出现,却意味着世界的发现、"天下"的破灭,中国被迫进入了世界文化的洪流之中。这本来为中国进入世界而接纳现代文化提供了一个千载难逢的机遇,但这个机遇伴生的痛苦过于沉重。痛苦不仅来自于政治的强暴和经济的入侵,也来自于现代文明与传统文明之间巨大落差所造成的心理动荡。而后者的痛苦令寄生于传统意义世界中的特殊国情论者实在难以承受。于是,为了守旧而求新的努力必将把自强变成维持已经颓败了的意义世界的努力。由于"变器不变道"的悖文化逻辑的作用,即使对新事物有所接受,也"并非将自己变得合于新事物,乃是将新事物变得合于自己而已"①。

鲁迅以科学为例,指出了传统文化的这种变形功能以及现代文化进入中国文化体系之后的命运:"科学不但并不足以补中国文化之不足,却更加证明了中国文化之高深。风水,是合于地理学的;门阀,是合于优生学的;炼丹,是合于化学的;放风筝,是合于卫生学的。'灵乩'的合于'科学',亦不过其一而已。""而且科学不但更加证明了中国文化的高深,还帮助了中国文化的光大。麻将桌边,电灯替代了蜡烛,法会坛上,镁光照出了喇嘛,无线电播音所日日传播的,不往往是《狸猫换太子》《玉堂春》《谢谢毛毛雨》吗?""每一新制度,新学术,新名词,传入中国,便如落在黑色染缸,立刻乌黑一团,化为济私助焰之具,科学,亦不过其一而已。"鲁迅最后感叹:"此弊不去,中国是无药可救的。"②

前面说过,"染缸"机制是"特殊国情"论的最终效果。因为任何作为体系的文化,本身存在着对异己文化受容的缓冲和减损机能。文化传统愈悠久,文化积累愈丰富,这种功能就愈强,对外来文化的排斥同化力就愈大。中国传统文化具备丰富的同化弱势文化、排斥强势文化的功能和经验。当现代文化不是以体系整体性地被接受,而仅是部分被接受时,排斥力和同化力便同时发生作用,最终结果是使接受的现代文化发生功能的改变。在这样的状态下,被接

---

① 鲁迅:《华盖集·补白》,《鲁迅全集》卷3,第109页。
② 鲁迅:《花边文学·偶感》,《鲁迅全集》卷5,人民文学出版社2005年版,第506页。

受的现代文化部分,丧失了原文化体系的功能而获得了现文化体系功能,从而转而支持现文化体系的存在。在古代社会,中国文化面对弱势或落后文化,表现出了升华式的同化,曾创造出"大汉"文化、"大唐"文化的雄大气势。但在现代社会,沉迷于这种古老的故事,唱着"老旧的调子",是"特殊国情论"产生的思想原因。鲁迅指出:"有人说,我们中国有一种'特别'。——中国人是否真是这样'特别',我是不知道,不过我听得有人说,中国人是这样。……倘使这话是真的,那么,据我看来,这所以特别的原因,大概有两样。"鲁迅所指出的两点原因,一是"中国人没记性",二是"个人的老调子还未唱完,国家却已经亡了好几次了"。[①]"老调子"是对历史的赞美,当辉煌逝去,便成了追忆。其实,对于近代中国人来说,历史的辉煌除了一种历史知识的了解之外,已没有任何实质性意义,即使再辉煌也与当代人无干,仅属于祖先,它已经成了一个消逝了的意义世界。"老调子"的咏叹,只能让人沉迷于过去,感叹今不如昔,从而强化对外来文化的抵御心理。中国人有过国家的危机感,有过民族的危机感,但这种"老调子"却使中国人鲜有文化的危机感。没有危机感的本质和结果就是一不能正视现实,二不能渴望发展。所以,这种"老调子"可能造成一个民族文化心态的失常。当现实溃败和落后时,艺术世界里却往往讲叙着一个个打擂比武中洋拳师趴在中国武林高手的脚下,而如何大长中国人志气的幼稚故事。甚至有些人还将此作为民族强盛的最好证明来向自己和世界夸耀。强烈的民族自信心似乎已被极度的民族虚荣心所取代。普遍的心理失落造成了情绪的焦虑,膨胀的防御机制不仅使外来文化发生了变形,而且使传统与自身也发生了变形。正如鲁迅所言,"老调子","也就是一把软刀子"。

第二节 如何使传统中国人变成现代中国人

一、两种倾向:单纯政治意识与单纯传统道德

并不是谁都能承认这样一种表述:精神文明建设不只是一种社会风气的营造或思想教育运动,更是一项历史性、人类性的文化工程,本质上属于中国

[①] 鲁迅:《集外集拾遗·老调子已经唱完》,《鲁迅全集》卷7,第322页。

现代化转型中人的现代化问题。只有从这一角度来理解精神文明建设,我们才能体会到倡导者对人的全面发展的重视及这一文化论题在中国思想史上的重要意义。

鲁迅在20世纪初中国开始现代化之际,即以文化先觉者的超前意识提出了"根抵在人""立人而立国"①这一20世纪中国最根本的历史课题。然而,由于时代历史与社会环境的制约,人们对于人的现代化问题不断产生认识的误差和方法的失当。人的问题包含多个层面,政治、经济上的胜利绝不等于人的真正解放。进入当代社会,这一问题又先后被两种力量所绞杀:"文革"时代被政治之神的影子遮蔽,改革开放时代又被商品之手拉走。所以,重提以人的全面发展为核心的精神文明建设问题,实质上是对20世纪中国社会发展史留下的空白的填补,是现代思想的一次实践,也是历史发展到今天,中国再也不能回避和耽搁的重要课题。

历史确定了这样一个主题之后,接下来便是一个如何把握其实现方向的问题。从近几年来精神文明建设的实际情况来看,其价值取向存在着两点值得注意的倾向。

第一,单纯政治化倾向。这是在理解精神文明建设内容的横向构成时产生的偏颇。

精神文明建设的总体目标应是全民族、全社会的观念和文化素质的全面提高。文化素质当然不是纯知识性、技术性的,而应该是观念性的。但是,这种观念又不应该仅是政治意识形态,而更应该是人的价值、权利和义务的自觉和发展,即一种现代公民意识的确立。由于长期以来政治本位主义的惯性力量,使一些人太愿意将上面的工作作为单纯政治工作来对待,一旦涉及人的精神问题便轻车熟路,走上单纯政治化的老路。于是,在貌似庄严的政治高度下把一个完整的问题肢解了,也就把人的无比丰富的精神世界单一化了。要知道,政治的逻辑并不等同于文明的逻辑,阶级意识也不等同于人类意识。政治对于人来说,往往是片面的,而文化则是全面的。精神文明建设必须以人的全面发展为出发点和归结点。在当代社会,人,不能成为政治的动物。

第二,单纯传统道德倾向。这是在理解精神文明建设内容的纵向构成时

---

① 鲁迅:《坟·摩罗诗力说》,《鲁迅全集》卷1,第65页。

产生的偏颇,也是其实践过程中存在的最大倾向。

毋庸置疑,对精神文明建设的倡导最初在很大程度上包含克服当下社会商品化倾向的动机。因此,人们往往把二者视为相克相生的消长关系。有感于世风日下,人们总有一种道德上的复古情结,自然而然地把精神文明建设中的道德建设指向那逝去了的、淡化了的传统道德体系。在这种道德情结之下,借"弘扬传统文化"以加强精神文明建设的口号,文化复古、道德复古之风劲吹,连《二十四孝图》《女戒》等也作为"儿童启智丛书""女性丛书"在商业机制的参与下被隆重推出,大家齐声合唱的是道德回想曲。

二、两个命题:人类意识的同一性与人类文化的时代性

针对以上两种倾向,我们可以试着提出两个相关命题。一个是人类意识的同一性命题,一个是人类文化的时代性命题。

对于第一种倾向,必须介入人类意识的同一性命题,坚持精神文明建设的人类性取向。精神文明是一种当代的人类意识,具有民族、阶级的超越性,文化和美德并不特属于哪一阶级哪一民族。当我们把自由、平等、博爱和人权,甚至像70年代那样把人性、爱情都判给了资产阶级,那么无产阶级自己还剩下什么?正像美国西点军校用"伟大的共产主义战士雷锋"作为品德教育的楷模一样,我们也完全可以让自由女神站在中国的大海边微笑。当不时听到要把某某大学办成一流的社会主义大学的口号时,我总有一种疑惑:为何哈佛、牛津大学不提出要办成一流的资本主义大学?能解决这一疑惑的只有一种答案,那就是无论是雷锋还是自由女神,都不只属于哪一特定的阶级、哪一特定的民族,而是属于一种人类的共同意识和美德。

中国新一代的领导人以博大的胸襟提出,要吸收人类文明的一切优秀成果,这是对于人类文化和精神文明同一性的认同。文化的同一性是指一种主体性的或阶段性的文化共同发展趋势和欲望。这一整体趋向,就是在世界现代人类意识的框架下,实现中国的现代化转型和中国民族人格的现代性重塑。作为当代人,我们要追寻人类共同的精神生命之路。在近代以来西学东渐的整个过程中,文化观的冲突往往都来自于对东西方文化的差异性的强调。而其后在一种特殊的内外环境下,又进一步扩大了东西方政治意识上的差异。精神文明建设的阶级差异当然存在,但要从文化哲学的高度看到其中人类意识的共同性,从而超越一般的人类文化和政治异质观,则要把精神文明建设包含在人类意识的同一性命题之内。

人类意识的同一性命题,同样为中国的精神文明建设提供了一种"人类观"——人类共同的文化资源认识论。

而正如前文所述,这种认识论呼唤着一种"人类文化意识"的确立和在人类文化同一性的角度上接受心态的转变。

对于第二种倾向,必须接受人类文化的时代性命题,坚持精神文明建设的现代取向。文化价值判断具有时代性,时代差异必然带来本质差异。精神文明建设是一个完整的思考和实践过程,而这一过程的最终决定环节便是时代性—现实性。它要求我们基于世界的时代的高度,执著现在,永远实践。按照线性发展的时间逻辑,关注"现在"实质上是着眼于中国文化与世界现代文化的时差对比,完成现代化的时代要求。这也是精神文明建设的时代命题的核心。文化时代是一种思想意义,是一种价值观念,我们所关注的便是如何使传统中国人变成现代中国人,因为精神文明建设的本质是人的现代化。要完成这一转化,首先要克服的就是复古心态和未来空想。

复古的弊害不在于其是一种情感性的心态,而在于其是一种文化判断与非现代化的价值取向。在中国历史上,对于现在的否定,几乎毫无例外地都来自于复古价值取向,即使对未来的理想期待,亦不过是远古境界的复归。复古以过去为最高境界,必然拒绝变革,必然以否定现在为前提。它在一种文化系统发展的线路上,设置了终点,而这终点恰恰是一块历史的界碑。复古论或循环论于是便成为中国人历史观与文化观的"老调子",也是当代中国精神文明建设所必须面对的道德难题。而执著现在就是对动态的道德价值观念的肯定,它为精神文明建设增添了具体的、活的内容,来自于文化的时代差异与文化的价值差异关系的辨析。

执著现在,就是承认变革而又追求变革。我们不能用昨天的尺度判断今天而又为明天确立标准,任何文化在时代性这一价值尺度下都必须发生变化,必须适应当下规范,其文化原有价值都不具有无限的延长性。真正的"本位文化""永远的美德"在此意义上是不存在的,时代性才是文化的本位,才是道德的永久尺度。精神文明建设中应该包含反对复古执著现在,建构现代道德体系的整个思考。而单纯传统道德倾向却让我们看到了这样一幅不协调的图景:一轮明月挂在正午的天空。在现代化的尺度下,以儒教为主体的传统道德体系已不再具有时代性。

近年来,以海外新儒学为先声,一种声势浩大的儒家文化复兴论在某种意识形态的保护下乘兴而起。精神文明建设中的单纯传统道德倾向就是在这样一种文化氛围中产生的。儒家文化复兴运动的倡导者们对儒家文化作出了一种动人的解释,显示出其对传统文化生命价值的强烈自信,描绘了一幅儒家文化未来发展的浪漫景象。有人大胆预测,21世纪是中国的世纪,是儒家文化的时代;有人认为,前30年是西方文化独领风骚,后30年则是以儒家文化为主体的中国文化对西方文化中心地位的取代[①]。东风浩荡,浩荡东风,中华文明不仅是人类远古文明的源头,似乎也成了现代文明的终点。种种预言和推断都表明了同一种意义,那就是儒家文化是拯救人类未来社会的一剂灵丹妙药。文化之母征服了政治强人,政治意识形态的差异被儒家复兴的呼吁所遮蔽,一个统一而强大的复古文化阵营在世界现代化的洪流中形成。早在20世纪初,梁启超、梁漱溟等"东方文化派"就呼唤以东方文明来挽救西方文明。而据当时报载,欧美、日本亦颇有一些人声称"二十世纪将为支那人之世界"[②]。对此,早期共产党人邓中夏曾著文批评道,这种东方文化论实质上是"凭藉个人的主观,制造了一个'整齐好玩'的文化轮回说"[③]。一往情深必然带来一厢情愿。一个多世纪过去了,我们没有看到梁启超们所畅想的那个人类东方文明中心时代的到来,却看到了一幅相反的图景。一个新的世纪又即将开始,新的文化畅想也已经开始。我们有理由担心历史又将显示一幅一厢情愿的太虚幻境。

当下中国,问题如山。面对这如山的问题,或者是为了回避这如山的问题,人们开出这复兴儒家文化的药方。作为炎黄子孙,我从心底里希望有那么一个文化狂欢节:中华文明发扬光大,成为人类文明的万花之根。但是,文化的价值与生命不取决于人为的呼吁,而在于时代与社会的自然选择。在西方

[①] 季羡林:《从宏观上看中国文化》,《北京大学纪念五四运动七十周年论文集》,北京大学出版社1989年版,第4页。
[②] 《二十世纪之中国》,《国民报》1901年5月第1期。
[③] 邓中夏:《中国现在的思想界》,转引自曾乐山:《中西文化和哲学争论史》,华东师范大学出版社1987年版,第132页。

后现代社会,现代文化价值体系已经确立,不惧怕非现代文化的挑战和冲击。我们看到的只能是,由于现代文化的烂熟,以伦理为本位的儒家文化给"物化"社会中的人们以精神慰藉和心理调整,因此,具有非本质的适应性。西方社会虽然不断有人高崇中国传统文化,但并不是作为人类社会发展的根本价值取向来接受的,更多的是对一种"文化木乃伊"的欣赏,审美的欲望远大于功利的欲望。鲁迅当年就曾多次明断:"有些外人,很希望中国永远是一个大古董,以供他们赏鉴"①,这本身就包含一种文化权利的不平等,因为享受现代化是每个民族的平等权利。曾经为人类文明做过巨大贡献的中华民族,最有权利和资格享受现代文明的恩惠。在前现代社会,儒家文化维系社会伦理秩序,通过加强王权而强化人治国家的地位,具有本质的适应性。而在现代化转型社会,儒家文化则具有本质的不适应性。因为一个社会由传统走向现代,实质上就是一个破旧立新的过程。保护固有是一种文化本能,是历史的既定和承传,不用着意呼吁,便已经根深蒂固。所以说,在当下现代化转型过程中,加大反传统的力度,是加速和加深现代化的最佳方式。

中国在现代化过程中所面临的世纪性课题,也是今天精神文明建设再也不能回避的历史课题。"人类意识打底,传统道德镶边,时代性作尺度"也许是最佳选择。我们已经迟疑了一个世纪,历史和世界留给我们的机会不多了。

三、人类生存的悲剧历程——悲剧艺术形态的历史批评

人类生存的历史从来就是一个不断遭遇悲剧而又不断寻求解脱的过程。悲剧不仅来自于人类自身与外在环境的矛盾,也来自于人类自身内部的失衡。悲剧是人类存在的普遍命运,也是人类发展中的根本动力和沉重代价。悲剧艺术作为一种最古老的综合艺术,是外在于现实存在而又最切近于现实存在的完整的人生形式。在所有的戏剧形式中,悲剧最具有形成上的本质意义,它历史地、审美地体现了人的主体性的表现形态和发展过程。这在命运悲剧、道德悲剧和本体存在悲剧三种悲剧形态中得到最为集中的体现:在人与神的矛盾中寻求人类在自然中的独立位置,在人与人的冲突中确立个人在社会中的主体地位、在人与自身存在的矛盾中反思人的主体性价值。进而使人类在不

---

① 鲁迅:《华盖集·忽然想到(六)》,《鲁迅全集》卷3,第46页。

幸中成熟,在陈腐中创造,在绝望中思索。这几种悲剧形态虽有融合,但从世界戏剧发展史来看,仍具有比较清晰的阶段性,它们比较完整地构成了一部从人的发现到反思的形象历史。

(1) 命运悲剧:人对神的绝望挣扎

命运悲剧是世界戏剧尤其是早期西方戏剧发展过程中的普遍范式,这与人类童年的处境及精神面貌有直接的关系。在古代人眼中,大自然的威力和社会历史的必然性都作为一种无法摆脱的现实存在与人相对立,并在冥冥之中支配着人世的兴衰吉凶,使人对此感到无比的困惑和恐惧。于是对命运的相信便成了古代人的基本宇宙观和人生观,并且被抽象为一种普遍的哲学理解,认为"万物所由之而产生的东西,万物消灭后复归于它,这是命运规定了的"[①]。而所有命运悲剧的哲学起点便都是从这些生存环境与心理基础之上开始的,其艺术的最高范式便是古希腊的命运悲剧。

古希腊命运悲剧不仅仅是一种高超的古代艺术,而且是古代人类对宇宙人生的一种理解和证明,具有本质上的哲学意义。通过悲剧人物的人生历程,展示了在自然面前未获得独立地位的人类是怎样被宇宙的力量所毁灭的。在索福克勒斯的著名悲剧《俄底浦斯王》中,主人公愈是想逃避杀父娶母的可怕神谕,便愈是步步走向那神谕的终点。这种命运悲剧中的主人公并不是自在地存在着,而是在被理解为绝对合理并特具秩序的宇宙之内存在着。这些不以人的意志为转移的宇宙力量构筑着人的生存状态,使人感到它是一种决定劫数和命运的普遍力量。命运悲剧赋予宇宙存在以灵魂,把人的生命历程加以宇宙化和神灵化,从而使人物的努力程度与最后结果形成强烈的反差,把人类力图改变自己命运的行为变成了名副其实的绝望的反抗,于是人类存在的含义都只能从他所依赖的宇宙环境的意志来加以理解。

命运悲剧发生在人物行动乃至出世以前,其悲剧性不在于人在不知不觉中成了神的玩物,而在于人物"知之不可为而为之"的积极性的失败上,在这不断地反抗命运而又不断地失败中,把人类的自我意识上升到一个接近主体性的高度。悲剧命运激发了人的创造力和反抗力,俄底浦斯王的一系列行动就是在既定命运的刺激下发生的,它把人类的种种能力都推展到了极限,从而

[①] 转引自〔英〕罗素:《西方哲学史》上卷,何兆武译,商务印书馆2008年版,第154页。

表现出历史的必然要求和这个要求的实际上不可能实现之间的悲壮冲突。

在古希腊的命运悲剧中,人的行为表现出人类欲把握自己命运的强烈欲望,表明了古代人对事物发展的偶然性与必然性的一种朦胧理解。每一事物的发展中都存在某种偶然性为自己开辟道路的内在必然性,即规律性。无论自然界还是社会活动,"愈是越出人们的自觉的控制,愈是显得受纯粹的偶然性的摆布,它所固有的内在规律就愈是以自然的必然性在这种偶然性中为自己开辟道路"①。由此看来,对偶然性与必然性关系的非自觉把握、对命运的相信便成了超时代的、一种受难者所暂时可能有的共同心理模式,表现出对自我主体性的选择的怀疑。这种以超自然力量为本源的悲剧艺术在任何时代和民族的戏剧中都可以找到,虽然其中的宿命观念多是人物的自我解释,而不像古希腊悲剧那样来自于作者的自我意识。中国现代戏剧史上第一部真正的悲剧《雷雨》中,人物身上便留有这种浓重的宿命观念,从而使这部戏有了命运悲剧的色彩。侍萍生怕四凤陷入自己年轻时的悲剧,但命运却偏偏与她作对:南北五千里,今昔三十年,自己的女儿恰恰重蹈了自己的覆辙,而且还是在当年的周家!正如作者曹禺所说的那样:"宇宙正像一口残酷的井,落在后面,怎样呼号也难逃脱这黑暗的光。"②在这神秘的力量面前,人只能仰天长叹,承受这命运的捉弄。

古希腊悲剧作为宗教庆典在酒神节中上演,决定了其所具有的宗教意义。但是继之而起的中世纪宗教剧却不具有命运悲剧中所含有的悲剧意义和人类积极与命运抗争的精神。虽然宗教剧也构造了一个外在于人类世界的神的世界,但是反映在剧中,二者之间并不是对立的。贯穿于剧中的原罪观念与赎罪行为使人的悲剧境遇与生存价值赋予命运悲剧以不同的意义。人的一切行为并不是为了改变自己现世的命运,而是为了服从神的意志。苦难与不幸也正是自己得以获得来世幸福的天赐良机,并以此来维护那个人神不可颠倒的依存关系,于是,人类完全成了对神俯首听命的仆从,其人格理想的实现也意味着其自我意识的丧失。

---

① 〔德〕恩格斯:《家庭、私有制和国家的起源》,《马克思恩格斯选集》卷4,第175页。
② 曹禺:《序》,《雷雨》,文化生活出版社1936年版,第2页。

(2) 道德悲剧：人对社会的孤苦抗争

如果说命运悲剧所反映的是人与神的矛盾，其试图确立的是人类在自然界中的独立位置的话，那么道德悲剧则反映了人与社会的矛盾，意欲确立个人在社会中的主体地位。

道德作为一种文化因素，与文学的联系、对文学的影响都是由来已久的。道德悲剧是在人文主义思潮下成为一种普遍的戏剧形态的。在西方近代和中国现代戏剧史上，道德悲剧主要表现为个体和群体、本能与规范、情感与理性的矛盾冲突，并以前者的毁灭或丧失而告终。这种悲剧往往发生在社会文化变革的前夜。在任何时代和社会中，觉醒者最初都是少数，他们往往代表着一种未来的普遍道德规范，但就力量而言，多数的合力大于少数，群体大于个人，于是悲剧便在新旧交替的交叉地带发生了。少数人成为落在干旱沙地上的第一批雨滴，成了走在时代前面却又为时代所牺牲的先行者。

道德原则具有一般的社会意义，是人类社会在实践过程中被确定下来的精神关系的形式，其直接功能就是组织人与人之间的现实联系，其本质便是对社会成员的行为进行约束。基于这种理解，构成人的主体性的一切特征都集中在本能上。道德成了社会掌握个人的工具，而不是个人掌握世界的方式和自我探索的环节。莎士比亚的著名悲剧《罗密欧与朱丽叶》的基本冲突不是两个封建家族间的斗争，而是新旧两种道德的矛盾。按照既定的社会道德，罗密欧与朱丽叶必须斩断他们之间的个人情感，履行家庭成员的责任，维护各自家族的利益。但是人类本能的爱欲在觉醒了的自我意识的支配下，向这种社会规范进行挑战。"爱能做的，爱就敢做。"这活生生的人的声音使陈腐的道德箴言显得那么空洞无力和不近人情。应该看到，在《罗密欧与朱丽叶》中，悲剧的根源和表现形态还主要在于主人公与外在社会的冲突，主人公内在的道德情感上呈现为一种单向的和谐，并不具有明显的内部失衡。而在古典主义戏剧的代表作《熙德》中，男女主人公的内心则表现出复杂的道德情感，封建义务与个人情爱之间构成了不可调和的矛盾。唐罗狄克要服从既定的封建礼法，为受辱的父亲向唐高迈斯雪耻，而后者又是自己恋人施曼娜的父亲。于是，个人欲望的追求与社会规范的恪守在他内心发生了尖锐的冲突："我心里的斗争多么尖锐呀！要成全爱情就得牺牲我的荣誉，要替父亲报仇，就得放弃我的爱人；这一方鼓动我报仇，那一面牵住我的手臂。"作为社会的人他要履行"高贵而严厉的责任",而作为个体的人他又要追求那"可爱而专横的爱情"。社会规范与本能欲望从两方面绞杀他,使其丧失了保存完整人格的可能。与此相同,施曼娜也具有这种失衡的道德情感,她虽然热恋着唐罗狄克,但作为一个女儿,又必须恪守封建义务,要求国王惩罚情人,严酷的事实虽然把双方推到尖锐的对立之中,但两人都认为各自最终的选择是正确的,似乎只有如此才配得上对方,两人在恪守抽象的道德义务上保持了完全的一致。可见,作者高乃依在承认人的个体需求的基础之上最终又使其服从于群体规范,从而从人文主义悲剧的那种对个体人格的肯定上倒退了一步,造成人的主体地位的回落。西方古典主义悲剧中道德主题的终点处,与中国古代悲剧具有相近的价值取向。中国古代悲剧虽说多表现了道德冲突的主题,但并不是以肯定个人欲望为终点的,而且大团圆结局、善恶分明的力量对比和悲剧冲突的外在化使之失去了真正悲剧的意义。在西方人道主义、个性主义人生哲学影响下形成的中国现代戏剧,则具备了以人的问题为核心的道德悲剧的基本特征。

反映在人物内心世界中的道德与欲望的冲突,是人在社会中确立主体性地位必然要经历的痛苦过程,是对人之本质认识的切近。在深重痛苦的绞杀中,使人的精神产生分裂,从而对现存道德规范的合理性产生怀疑和反思,最终导致对这一规范的变革。道德的功能并非仅是对人的束缚,也是人在自身发展需要的推动下自己创造出来的。因此,道德体系本身在人的主体性活动中是不断变化的,从而适应人们不断变化的新的需要,一个时代的结束标志着一种价值体系的解体。道德的变革证明了人的主体性的活力。

(3) 本体存在悲剧:人对自我存在的反思

在命运悲剧中,人类实现了面对自然界时的独立存在价值。在道德悲剧中,又从一定程度上确立了人在社会中的主体性地位。但是,从20世纪初开始,人类对自己的认识又开始回转,重新走入困惑和绝望的迷津,反映在戏剧世界里的最突出现象,便是现代派戏剧的出现和风行。人类在与自然和社会的历史较量中,曾有过的自信与自强被物质和精神的失调与对立所轰毁,人们开始从人类自身和宇宙本体存在的根本意义上来反思人的主体性地位与价值。与命运悲剧和道德悲剧不同,在现代派戏剧中一般没有尖锐的矛盾冲突,也没有两种对立力量的具体较量,有的仅是平淡、无聊和荒诞的日常性事件,在这近乎于"无事的悲剧"中,人为自己所创造的文化所压迫、束缚,带着孤独、无聊、怀疑乃至绝望的情绪看着自己和周围的世界,从中我们看不到命运悲剧中那种绝望反抗的斗争意志,也看不到道德悲剧中那种孤独挑战的执著精神。

众所周知,现代派戏剧的哲学基础是西方现代非理性主义。因此,它在宇宙观、人生观上都与之有内在的一致性。叔本华认为,欲求与挣扎是人的全部本质,"人生是在痛苦和无聊之间像钟摆一样来回摆动着;事实上痛苦和无聊两者也就是人生的两种最后矛盾"[①]。现代派戏剧正是带着这种观念来探索人类自我存在的本体意义的。较早在戏剧中表明这种认识的是斯特林堡的后期作品,他在著名的《鬼魂奏鸣曲》中借人物之口痛苦地呼号:"苦命的孩子,你怎么生到这个迷茫、罪孽、苦难、死亡的世界上来,这个世界永远是变化莫测,永远是罪孽深重,痛苦无穷!"稍后的荒诞派戏剧从表面上消却了这种撕心裂肺的痛苦,表现出一种平淡与无聊。《等待戈多》便是这种"无事的悲剧"的集中代表。在英国戏剧家品特的剧作《升降机》中,表达的也是对自我存在意义与价值的探寻。两个待在地下室的刺客,只能通过升降机来接受上面给他们传递下来的食物和行动命令。这种传递经过长时间的中断之后,突然又收到一份命令其中一个人杀死另一个人的指示。从现代派戏剧中我们看到,悲剧主人公的存在又像命运悲剧中的人物一样,再一次丧失了把握自己命运的能力和主体性地位,但又缺少命运悲剧中人物那种"知其不可为而为之"的积极的绝望反抗;他们同道德悲剧中的人物相似,对现存的一切道德规范给予嘲讽和否定,但又失去了后来意欲创造新的道德规范的兴趣与能力。因此说,现代派戏剧是一种彻底的悲剧,不可解脱的悲剧。于是他们绝望了,荒诞派剧作家亚达摩夫在自杀前不久曾对人说:"一切人类的命运同样是徒劳无益。无论断然拒绝生活或是欣然接受生活,都是通过同一条路走向必然的失败、彻底的毁灭。"[②]这种从人类本体存在意义的视点形成的悲剧具有超越悲剧的哲学意义,带有生存本身及宇宙的全部概念,是现代人一种极其普遍的自我意识。无论艺术的,还是人生的,悲剧性都被视为宇宙构成的基本要素。在这种本体意义的悲剧中,人不过是悲剧本质的一种表现形式而已。所有人的创造、

[①] 〔德〕叔本华:《作为表象和意志的世界》,石冲白译,商务印书馆1982年版,第427页。
[②] 转引自陈瘦竹、沈蔚德:《论悲剧与喜剧》,上海文艺出版社1983年版,第36页。

荣辱、规范乃至生命都是虚幻的、短暂的,宇宙对生命存在的时间性限制便表明了人类存在的悲剧性。在现代派戏剧中,悲剧成了绝对与无限的存在,而人的主体性的唯一功能只是静态的思想即反思人的主体性存在价值,而且最终的结论都是怀疑和否定。这是现代西方社会泛悲剧主义思潮的形象解说,是现代人对人生、社会思索和体验的一种结果。现代派戏剧与命运悲剧、道德悲剧不同,它不追求人物悲剧历史的传奇和情感的惨痛,而是淡化生活表面的悲哀,尽力使之具有普遍的象征性。在这种戏剧里,没有了动人之处,没有了庄严与壮烈,没有了感动也没有了生命,当然更看不到人的主体力量的显示,有的仅是通过一些最无聊、最荒诞的人生场景表现出来的一种象征意义。这使得观众不能躲在人生的安全地带做旁观者式的欣赏和消遣,而是与悲剧人物一同感受和体验这"无事的悲剧"。

从命运悲剧到现代派戏剧,愈来愈表现出向内的悲剧渗透,这不仅使悲剧意识自然化、社会化,而且也使之本体化。人类通过与自然的抗争和道德的觉醒确立了自我,但又在现代悲剧的哲学层面上迷失了自我。最后人类悲剧史经过千百年之后又回到命运悲剧的起点,沿着绝望的梯子去接近上帝,把人的主体地位重新交还给神。人们也许可以从不同角度对这种本体存在悲剧进行否定,但无论如何,也该承认这是现代悲剧家对人类主体性和自我意识的沉重反思。亦此亦彼,只权作是人类对宇宙人生的千百种解释中的一种即可。

四、萧红文学的人类性价值

百年中国的历史境遇和民族命运,很容易使地域性和民族性叙事成为文学的主调。萧红出生于1911年,是辛亥革命的同龄人,寂寞地死于1942年太平洋战争爆发中的香港,成为国破家亡的孤魂。可以说,萧红一生的个人命运都与这30年来民族国家的命运紧紧纠缠着。时值萧红诞辰百年,重新思考萧红创作带给我们的启示,可能是对于逝者最好的纪念。

萧红最初是作为"东北作家群"的一员而被纳入文学史的,这使萧红的个体生命获得了"群体性"的依托,也标识出了萧红创作的地域性身份。于是,相当长的一段时期内,在这种革命叙事的烛照之下,萧红的创作被叙述成了以家国命运为线索的民族性、地域性写作。因为《生死场》的民族叙事和鲁迅对该书的评价,早期的萧红被作为"最早反映东北抗日生活的青年作家",获得了进入革命文学史话语体系的合法性。但是,也正是由于这一评价,萧红因其后期创作的《呼兰河传》《马伯乐》没有正面描写抗日斗争与阶级斗争,而被指为思想退步,远离当时民族解放斗争的时代需要。以这种思想主导的评价,长期规约着文学史中对于萧红的书写。

这种"群"的视角的关照,与当时的历史语境是分不开的,它有机地凝集了萧红的东北地域身份与其创作时期的民族主义因素。1935年《生死场》发表之后,萧红获得了上海文坛的关注。鲁迅先生在《生死场·序言》中称,作品"精神是健全的,就是深恶文艺和功利有关的人,如果看起来,他不幸得很,他也难免不能毫无所得"。由此可见,鲁迅先生当时是将其视为一部"文学与功利"相关的作品的,也就是与时代背景有着极为密切的关联。1936年在"两个口号的论争"中,《生死场》被当作双方论战的依据。就当时的文学批评来说,《生死场》所带来的轰动效应,与其时中国所处的紧张气氛是分不开的。东北流亡作家的身份,使得人们很容易从作品中所描写的农村大地联想到由外敌入侵而失去的那片广袤的东北大地,将作品中面目模糊的人物和被压迫被奴役的广大同胞联系起来,因此这本小说在历史语境中更多的是激发了当时广大国民的民族主义情绪。由此,《生死场》被作为左翼小说、抗战文学,萧红也被评价为反帝爱国的女作家,而进入了革命话语体系所主导的文学评价体系之中。这是从历史的语境来看萧红作品之于民族性的意义。

鲁迅曾说:"现在的文学也一样,有地方色彩的,倒容易成为世界的,即为别国所注意。"萧红作品中的地方色彩可以说是非常浓重的。萧红善于写北方大地上生活的农民,以至于葛浩文在《萧红评传》中,将萧红作为农民的代言人。可以说,在萧红的笔下,农民成为了绝对主角。因为中国现代文学本质上就是一种乡土的文学,古老大地上数千年的因袭滞重使得20世纪的中国文学依旧具有浓厚的乡土气息。对于萧红的小说创作来说,黑土地的印记大抵自萧红创作伊始就深深植根其中。东北地域特色和黑土地文化对于作家的创作来说是一种先验性的存在,无需作家的主观调动,自会或多或少有所流露。萧红生在呼兰这样的小城,小城相对于农村和都市而言,是沟通着二者的中间地带。所以,我们才能解释为什么萧红的创作一方面连接着不为现代文明所化的农村大地与农人们,一方面又连接着受封建文化毒害至深的麻木守旧的呼兰河城里的芸芸众生;我们也就明白了萧红何以能够成为苍茫大地上农民的代言人,又何以能够对传统文明戕害下的乡亲们进行如此深刻的描绘。

再回到鲁迅先生的那句话,后来有人将其总结为"越是民族的就越是世界的"。这一极具说服力的话语道出了民族性与世界性的某种内在关联,但本质上仍然是一个单一取向的命题。如果说历史语境下的萧红作品中,民族性体现的是一种民族主义的精神内核的话,那么在当下语境中,萧红作品中的民族性则有了双重的复杂体现,这种复杂性一方面表现为萧红对于国民性弱点进行的批判;一方面表现为萧红对于中国大地上顽强挣扎的农民的赞美。民族性应该既包括民族品格的优秀部分,也包括民族品格中的弱点和缺陷,也就是说,对于民族性的精神实质来说,既有生长性的因素也有萎缩性的因素,萧红的创作恰恰就是以此为旨归的。把握住这一点,我们就会发现萧红创作中一以贯之的特色。无论是《生死场》还是《呼兰河传》,萧红都对复杂的民族性予以了丰富的描画。一方面是人们死水般的生活:忙着生,忙着死,而灵魂麻木不自知;刽子手一样的看客却也毫不知晓并以此为乐。另一方面却是人们对于生的坚持和死的挣扎,即使受着自然和人类的暴君的残暴奴役而依旧顽强生存下去的生命力。如茅盾在《呼兰河传·序》中所说:"他们的本质是善良的,他们不欺诈,不虚伪,他们也不好吃懒做,他们极容易满足。有二伯,老厨子,老胡家一家子,漏粉的那一群,都是这样的人物。他们都像最低级的植物似的,只要极少的水分,土壤,阳光——甚至没有阳光,就能够生存了,磨官冯歪嘴子是他们中间生命力最强的一个——强得使人不禁想赞美他。然而在冯歪嘴子身上也找不到什么特别的东西。除了生命力特别顽强,而这是原始性的顽强。"①这种对于民族性的处理,显示出作家在民族性建构中冷静而客观的态度,不溢美,不隐恶,既不是狂热乐观的民族主义者,也不是妄自菲薄的自怜者。这种生长性的态度对于当下来说,仍然具有现实意义。总之,民族性在萧红的文学世界里是有一种完整意义的。

在当前世界文学的全球语境下,我们应该如何看待萧红作品中的民族性与世界性的关系呢?民族性与人类性本来就是特殊性与普遍性的辩证关系。人性的书写是萧红创作的一个核心思想。不论是萧红的散文集《商市街》中写到的那些饥饿、流浪的体验,还是小说《手》《小城三月》《后花园》中所表现

---

① 萧红:《萧红全集》,哈尔滨出版社1991年版,第705页。

的那种肃静的悲悯，以及诗作中所表现的萧红内心的焦灼、煎熬与挣扎，这些无一不是基于萧红切肤的生命体验。萧红不是鲁迅式的思想家，也没有真正意义上的生命哲学，正是凭着灵魂的独舞与躯体的受难，实现了思想上的形而上的超越。萧红的写作透露着一种生命的哲学，乃至一种佛学意义上的大彻悟与大悲悯。有了萧红的彻悟，才有了《后花园》中冯二成子的顿悟；有了萧红的彻悟，才有了《红玻璃的故事》中王大妈的顿悟；有了萧红的彻悟，才有了《生死场》中对于无可逃脱的生死轮回的发现，才有了《呼兰河传》中对于生老病死的平静如涓涓细流的几近无言的讲述。萧红作品中的人道主义与悲悯情怀是非常明显的，即使她对于人的劣根性也有着嘲讽的批判，如以讽刺的笔调描写那些麻木的看客们、对待抗战时期的逃难专家马伯乐。即使如《马伯乐》这样的作品，萧红虽然极尽讽刺之能事，对主人公进行了夸张的描写，我们却还是能从其中读出萧红那种淡淡的哀愁，萧红之意并不在丑化这样的人物，而是觉得即使可悲如此，仍然是一个"人"，作家并不能因对其持批判态度而泯灭其笔下人物"人"的尊严，使其成为读者嘲笑、厌弃乃至唾骂的对象。

萧红作品中所描写的北中国的农村和小城中人们的生活，正体现着人类"动物性"的生存状态、灵魂的缺失和精神生活的贫瘠，可以说，这是一种对于人类生存状态的深入刻画。而萧红在这刻画中所蕴含的人道主义与悲悯情怀，以及建构在作家个人生命体验层次上的形而上哲思，诸如对于生死轮回与生老病死的彻悟，则直指文学中人类精神的终极命题。生殖与死亡，人的愚昧与尊严，生存的挣扎与灵魂的缺失，生老病死与时空轮回，人生漂泊与故乡回归……这些萧红曾经表现过的主题无疑具备一种人类性的内质。在 1937 年《七月》杂志的一次讨论中，萧红说："作家不是属于某个阶级的，作家是属于人类的，现在或是过去，作家们的写作是对着人类的愚昧。"①事实上，萧红的这种认识正体现着"文学家应具有或隐或显的'为人类'的主体归属意识"，这种意识体现在其创作中，即表现为对于人类生存状态的一种博大情怀和悲悯意识。这种人类性的关照，不仅对当时的人们施以影响，更在一个永恒的层面启示未来的人们对生命过程进行终极的思索。也正是这种魅力，使得萧红的部分作品获得了经典性的品质。而萧红则以其对于人类命运和人性的思考而

---

① 程金城、冯欣：《人类性要素与 20 世纪中国文学的价值定位》，《南开大学学报》2003 年第 6 期。

获得永生,为一代代的读者所认同和喜爱。

我们说,在萧红的创作中,地域性对于作家的创作有一种先验性影响,它深深化入萧红由个人体验出发对于民族性的复杂思考之中。而萧红思想中所体现出的民族性的复杂使得其与世界性发生本质的内在关联,并且具有了一种当下的人类价值,这是萧红对于中国现代文学丰富性所作出的巨大贡献,这也使她融进了人类文学的历史之中,成为一种超越个人和民族的人类性叙述。

第三节 文化安全的悖论与软实力的正途

在历史的体验和未来想象中形成的"文化安全"命题,将是民族国家要长期应对的重大课题,要对"文化安全"战略进行积极性的理解。最强势的文化是最安全的文化,强势文化是通过文化自信、开放、创新、发展的实践逻辑获得的。文化安全不只是对本土文化现状和当下价值的保护,更是对于文化未来发展潜力的坚信和发展方向选择的认定。文化安全是在强势文化不断挑战和冲击的"不安全"境遇中,通过不断发展自身而实现的,维持现状的文化安全战略将走向文化保守主义策略。反思百年来文化冲突中的二元对立思维模式和文化建设困境,我们亟待建立一种人类文化多元一体的文化观。

文化软实力的本质是一种价值体系对世界的影响力以及世界性的认同程度。中国模式应该是一种整体全面的社会发展模式和思想文化模式,代表着人类生存发展的一种先进价值观。文化软实力的内涵不只是弘扬传统,更是传统文化、当代文化与人类先进文化的综合。文化强国战略要通过"文化立人"来实现,最终目的是提升民族的思想质量,扩大人类的思想容量。

对于一个人或者一个民族来说,政治的需要往往是单一的,而文化的需要则是整体的。中国社会在历史的进程中,作为一种文化的意味甚至比作为国家的意味还要强烈、悠久和广泛。在漫长的历史长河里,中华文化体系无论经过怎样的政治更迭、波动,都始终代代相承生生不息。也正因为如此,才更具有凝聚力、保守性和排他性。在这个意义上说,文化冲突和文化融合将是人类发展的一个永久主题。这种冲突和融合既发生在民族文化内部,也发生在不同民族文化之间。在这样一种历史体验和未来想象中形成的"文化安全"命题,也将是一个民族国家要长期应对的重大课题。

按照当代中国政治文化的一般逻辑和习惯,"六中全会""文化强国"等词语会在相当一段时间里,与此前流行的"文化安全""文化软实力"等一起成为中国社会流行的关键词。如何认识当下中国思想文化态势,如何理解文化安全和文化软实力,是整个中国社会所面临的一个重大课题。这不仅是一个重大的理论问题,更是一个严峻的现实问题,也是在一个更深层次上理解和落实六中全会精神的必要途径。

一、文化的安全与"不安全":当下思想文化状态的表里

从一种学理的角度来说,对于思想文化的评价与社会政治的评价是应该有不同的价值尺度的。思想文化作为一种精神活动或者作为精神活动的实践形式,是不能用"稳定"与"安全"与否等社会政治评价尺度来衡量的。社会政治的核心问题是如何建立完善的制度来维护合理的秩序,而思想文化的核心问题是如何保持文化承传与思想个性以实现国家民族精神的创新与活力。这种创新与活力是促进制度完善和秩序合理的精神资源。当人们忽视两个不同领域的价值取向,用一种评价尺度代替另一种评价尺度,或者用同一种价值尺度来评价两个不同领域状况,就势必造成社会的整体性失序或者民族思想能力的弱化。

当下无论是对于中国的思想文化状态还是社会政治现状的评价,人们普遍都充满了危机感。危机感无论是对于一个民族国家还是一个人来说,都是一件好事而非坏事。具有危机感至少表明了两点意义:第一是敢于正视现实,第二是渴望发展。不能正视现实和不求发展是不会产生危机感的。人们对于当下中国思想文化状况的危机评价,主要是一种消极性的负面评价,普遍认为当下中国思想文化处于一种"失序"状态:"商业化""低俗化""西方化""快餐化"等等。但是,应该从宽容和多元的文化观出发,整体地理性地评价当下中国思想文化态势的本质。当下中国思想文化状态的负面评价,主要依据的是一种单一的传统文化观乃至一种社会政治观:从传统的角度认为是变异,从本土的角度认为是"殖民",从一律的角度认为是多元,从秩序的角度认为是失序……拘泥于既定的角度和立场,最后必然得出消极性的结论。

社会变革的根本是人的变革和思想的变革。当一种价值观或者思想理论与所有实践行为都不相符的时候,应该改变的究竟是实践还是理论自身?其实,近些年来所谓的思想混乱和文化迷失,就是不变的价值观与变化了的文化实践的错位和冲突。当价值观发生改变之后,对于对象的本质评价也必然随之改变。"今天的中国社会,正处在一个思想和文化多元、多样、多变的时代,这无疑是一个历史性变化。从一种声音到百花齐放,从千人一面到丰富多元,反映出思想的极大解放,也体现着中国的前进方位。"①与改革开放之前思想文化的"有序"相比,今天的"失序"恰恰说明民众的文化选择空间不是小了而是大了;不是高雅文化和纯文学少了,而是大众文化和通俗文学多了;不是思想文化的整体性衰退,而是人们的文化需求更高了……说到底,表面的"失序"是一种文化宽容下的多元与丰富。最近主流意识形态所提倡的包容"异质性思维"的主张,就是对这一文化局面的肯定和对未来文化发展空间的拓展。面对这一思想文化状态,决策层和主流媒体要有理性而宽容的研判,当谁都可以批评政府时,政府的思想文化建设就算有了实际功绩了。文化的自信首先来自于政治的自信:"一个革命政党,就怕听不到人民的声音,最可怕的是鸦雀无声。"②所以,不同声音、不同意见的存在,应该是一种常态,表明社会思想文化的活跃。对于当下的思想文化状况,要有理性的整体性的评价,要充满信心,要认识本质。

当然我们并不是否认当下中国社会现实和文化思想状态中的重大问题与尖锐矛盾。正如六中全会公报所指出的,党中央"全面分析了当前形势和任务,强调必须增强忧患意识和风险意识,科学判断国际国内形势,全面把握改革发展稳定大局,保持经济平稳较快发展,加大保障和改善民生工作力度,加强和创新社会管理,维护社会和谐稳定,全面推进党的建设各项工作,着力解决经济社会发展中的突出矛盾和问题,有效防范各种潜在风险,努力实现经济社会发展预期目标"③。当下中国社会正处于多种文化冲突与融合的复杂态势之中,现代文化与传统文化、外来文化与本土文化、都市文化与乡村文化、精英文化与大众文化、官方文化与民间文化等多重文化思想错综复杂、相互对立。在这些冲突中,有历史、利益、观念、制度等多种因素的作用,而且这些因

---

① 《人民日报》评论部:《执政者当以包容心对待"异质思维"》,《人民日报》2011年4月28日。
② 邓小平:《解放思想 实事求是 团结一致向前看》,《邓小平文选》卷2,人民出版社1994版,第144—145页。
③ 《中共中央十七届六中全会公报》,《人民日报》2011年10月12日。

素经常是互为消长、彼此转换的,从而更加剧了冲突的复杂性和长期性。

文化安全的最终目的是文化建设,文化建设就是要在承认各种文化系统的差异性和特色的同时,努力淡化文化体系之间的对抗性。面对这一态势,首先要有宽容的文化心态和多元的文化价值观。要在各种文化层面、文化群体之间通过制度建设和思想变革,建立沟通和融合机制。在此之中,最重要的是要建立和加强社会各个群体之间的文化宽容、文化信任乃至政治信任。无论是对于国际政治还是对于国内政治,没有文化宽容和文化信任,都很难建立起真正而持久的政治信任。而缺少足够的政治信任,也会扩大文化差异,激化文化冲突。政治信仰和社会道德一样,是一种生存需求之上的精神诉求。个人建立一种政治信仰是发自于内在的精神感召和思想认同,我们不能用强制性的方法和普遍性的原则去约束每一个社会成员。但是任何一个时代都要确立和强化社会的政治信任,因为这是维护社会秩序必备的心理基础和文化环境。而在此之中,文化的认同和融合是最佳途径。在这样一个前提下,所谓的文化安全与提升文化软实力的问题便被许多国家和民族共同体特别强调,成为一种国家发展战略和民族文化理想。

二、文化的自信与创新:文化安全的核心力量

"当今世界正处在大发展大变革大调整时期,文化在综合国力竞争中的地位和作用更加凸显,维护国家文化安全任务更加艰巨,增强国家文化软实力、中华文化国际影响力要求更加紧迫。"[①]我们应该看到,文化安全问题不仅仅是向外的理解,也应该是向内的理解。狭义的向内的文化安全,是指对一个国家社会的思想文化秩序的维护,包括文化政策的制定、文化市场调控和网络管理等,特别是人们的文化情绪和文化价值观。在当下,要特别注意民众社会心理与主流媒体、官方话语之间的落差乃至反差。毋庸讳言,借助互联网,中国社会心理已经出现了明显的价值观的背反。这种背反是产生于社会的政治分化和经济分化的基础上的,它对于社会秩序的破坏和对于心理的影响不可小觑。一个社会出现阶级并不可怕,可怕的是出现阶级意识,特别是普遍的阶级意识的出现。在社会失序的状况下,强力的社会治理是最有效也可能是最

---

① 《中共中央十七届六中全会公报》,《人民日报》2011 年 10 月 12 日。

后的手段,要从社会的深层来实现长治久安、和谐发展,就必须加强社会的凝聚力。"文化建设是中国特色社会主义事业总体布局的重要组成部分。没有文化的积极引领,没有人民精神世界的极大丰富,没有全民族精神力量的充分发挥,一个国家、一个民族不可能屹立于世界民族之林。物质贫乏不是社会主义,精神空虚也不是社会主义。没有社会主义文化繁荣发展,就没有社会主义现代化。"①

文化安全主要不是对于文化现状的保护,而是对于民族文化特色和人类文化多样性的维护。而维护这种特色和成为人类先进文化的重要元素,则需要文化创新。文化发展要"以满足人民精神文化需求为出发点和落脚点,以改革创新为动力,发展面向现代化、面向世界、面向未来的,民族的科学的大众的社会主义文化,培养高度的文化自觉和文化自信"②。缺少高度文化自信的文化安全战略只是消极的文化保守主义策略,没有文化自信就不可能有文化开放。一味地强调文化保护而惧谈文化开放和变革,正是文化不自信的表现,文化安全最终保护的可能恰恰是落后。

毫无疑问,真正的文化自信不是一种文化的自我表述,而是建立在文化包容和文化认同的文化心理之上的。文化自信并不一定要与本土文化的地位和影响力画等号,它不只是对于本土文化当下价值的肯定,更来自于对于文化未来发展潜力的坚信和发展方向选择的认定。所以说,文化自信是一种文化发展战略成熟的表现,有着深刻而正确的思想内涵。没有这种理性的、前沿的思想意识的文化自信只是一种情感诉求和政治宣言,或者说思想口号。

一切文化发展战略的最终目的都是使文化变得强势,成为时代文化的价值取向。文化安全的学理含义是指保持和坚守民族文化传统的承传性和独立性,同时也是为了维护世界文化的多样性。但是,提出文化安全口号的往往是文化影响力处于弱势地位的民族国家,文化安全的背后其实是更为强烈的政治安全诉求。"冷战"的意识形态属性本身就是一种思想文化的战争;局部的"热战"是民族国家利益的冲突,但从近些年来中东地区的多次局部战争来看,其中也都包含激烈而直接的文化冲突。所以,文化安全和文化软实力提升

---

① 《中共中央十七届六中全会公报》,《人民日报》2011年10月12日。
② 同上。

不是个别国家和民族共同体的战略,而已成为一种世界性、时代性的主题和许多国家的具体行为。在这样一种境遇中,由于政治历史和文化地理的原因,中国的文化安全和文化软实力问题更是引人关注,不仅是紧迫的当下问题,也是严峻的历史问题。长期以来,周边国家在亚洲历史问题上争论的是历史中的国家主权,而近些年有关中华文化的文化源头、"四大发明"、民俗节日归属之争,却成为格外引人关注的问题。无论是从历史的事实还是当下的国际现状来看,文化冲突都可能是未来国家冲突的先兆,至少是冲突的原动力之一。如果就这一意义来看,文化安全和文化软实力问题的探讨是具有国家战略上的实质意义的。

"当今世界正处在大发展大变革大调整时期",大发展带来大竞争,大变革引起大波动,大调整需要大反思。世界政治风起云涌,形成了一种传染式的动荡,谁也说不定将会发生什么,谁也说不准下一个会是谁,这可能是当下最令各国领导层忧心忡忡的局势。"百丈风波起于青萍之末",因此,人们在谈到文化安全的概念时,总是将其置于国家主权的政治高度:"国家文化安全首先是就国家主权意义而言,主要是指一个国家的文化主权神圣不可侵犯,一个国家的文化传统和文化发展选择必须得到尊重,包括国家的文化立法权、文化管理权、文化制度和意识形态选择权、文化传播和文化交流的独立自主权等等,这是国家文化安全最核心的内容。维护国家文化安全,就是保障国家文化主权,捍卫国家文化主权的独立性和自主性。"① 从这样一个角度来理解文化安全,具有极其鲜明的政治立场,结论的预设也过于严峻和悲观,缺少一种文化自信。这是对于文化的一种纯政治化的理解,结局也是十分令人忧虑的。如果把文中的"文化"去掉或者替换为"政治"的话,其中心思想是不容置疑的。但是作为一种文化理解,意义就会发生改变。这种政治正确和民族大义口号下的文化理解,必然使"文化安全"最终成为单纯的"文化保护"。而保护恰恰是缺少文化自信。"文化安全"首先要考虑:何为不安全?进而思考:"安全的文化"为何种样态?毫无疑问,最强势的文化是最安全的文化。文化的开放和包容不是文化的不安全,文化要获得强势地位首先要发展,要发展必须要开放。

---

① 胡惠林:《再论国家文化安全》,《文艺报》2002年10月10日。

我们应该在文化创新的思路下,对"文化安全"口号进行积极性的理解。维护国家的文化安全,是要把防御性的文化建设变为主动性的建设,要在文化发展的前提下理解文化安全。因为这种理解本身就是一种文化创新。很明显,这是一种文化的保护性概念。文化安全的另一种扩展解读是文化创新问题,这是一种文化发展的积极性的概念,也是实现和保障文化安全的核心力量。

在当下人们的一般看法中,文化安全概念往往体现为一种量化指标。人们常常列举目前欧美文化产品所占世界文化市场的份额、日本和韩国在亚太国家所占份额,以及美日等国的文化产业已经超过军工、钢铁等重工业传统领域成为最大的出口产业等诸多数据,来说明文化安全乃至文化危机的严峻态势。更有一种形象的比喻:美国用"三大片"——薯片、芯片、影片就征服了世界。

文化强国不只是追求文化产业的产值增加,量化的指标不一定能表现文化安全的程度。文化安全首先要使本土文化发展为强势文化,而文化要发展首先要创新。文化创新首先也不是知识的创新和管理体制的创新,而是思想和思维方式的创新,这才是文化创新的根本。六中全会公报对文化创造、文化创新体现出前所未有的重视,"文化创造"和"文化创新"的相关表述在文中共出现了12次。而在我看来,文化创新主要体现为文化观的创新。

"文化引领时代风气之先,是最需要创新的领域。"[①]如何进行文化创新,最重要的是确定一种正确的整体思路。思路不正确,可能干劲越大离目的越远。文化创新首先体现为文化观的创新。正如公报所指出的,在当下文化发展中,要"以改革创新为动力,发展面向现代化、面向世界、面向未来的,民族的科学的大众的社会主义文化,培养高度的文化自觉和文化自信",从而"推动中华文化走向世界,积极吸收借鉴国外优秀文化成果"。[②]

半个多世纪以来,我们在文化观上存在着"三多三少"的现象:强调继承多,强调创造少;强调弘扬多,强调批判少;强调本土多,强调外来少。"中国本位"和"全盘西化"文化观都体现了本土文化的弱势心理和二元对立的思维

---

① 《中共中央十七届六中全会公报》,《人民日报》2011年10月12日。
② 同上。

模式。

　　思想创新首先来自于理论的突破,改革开放30多年来,中国的经济学、法学甚至政治学理论等都获得了巨大的突破,但是文化观还停留在100多年前"中体西用"的层次上。近代以来,面对西方文化的冲击,我们一直过多地纠结于东方文化和西方文化的二元对立文化观,却忽略了东方文化与西方文化、现代文化与传统文化都是人类共同的文化遗产,都是人类共有的精神财富的属性认识。从而在一个多世纪的历史发展过程中,伴随着政治上的强权和文化上的屈辱,民族文化心理承负了过多的困惑与痛苦。正如刘中树所指出的:"无论是传统文化本位论还是西方文化本位论,都陷入了那种'中西之争''古今之辨'的陈旧思维模式。中国文化要完成现代化转型必须把自己融入世界。"① 反思百年来文化冲突的诸种问题,要想摆脱文化建设困境,必须在文化观上建立一种人类文化多元一体论:任何优秀的文明都是人类共同的创造,都是人类的共同财富和资源。任何一个民族都有权利去享有,都有义务去传播。如果没有这种文化认识论,人类文化的传播与接受就不可能。这种人类文化多元一体论可以减少文化接受和文化冲突过程中的异己感,也可以为中华文化的世界性价值提供理论基础和历史经验。

　　全人类性的文化意识是一种民族文化大视野大气魄形成的前提。过去我们一直强调"越是民族的就越是世界的",它对民族自信心和民族文化特性的强化有巨大的现实效用和心理慰藉。但是,全球化时代需要在原有判断的基础上补充另一个反向的判断:越是世界的也就越是民族的。因为在今天的世界上,无论是国家内部的发展还是国际关系的协调,人类意识和世界意识都绝不再是民族意识之外的思想,而是民族意识构成的本质属性。近些年来,越来越多的事实充分证明了这一点。不能对文化安全进行单向的消极性理解,也不能用政治意识形态来代替文化本身。在文化冲突的境遇下,能否减少和淡化文化对抗心理,是文化发展战略的思想前提,也是文化发展实践的保障。"文化安全"不能是一个简单防御性的口号,更不能成为一个拒绝变革保护落后的口号。文化"不安全"很可能是文化交流和文化新生的必然过程。十几年前我曾经说过:"中国文化现代化转型的主要动力来自于外来文化冲击所

---

① 刘中树:《在世界文化中创造中国现代先进的民族文化》,《清华大学学报》2002年第4期。

构成的外在压力,而固有文化辉煌的历史及'天朝'文化心态造成了中国文化系统的封闭、保守性功能。它对于外来文化除了收缩性的防御之外,最好的表现是被动的变化或转化。文化的转型是任何一个有生命力的或者要获得生命的文化的必由之路。从发生到发展、老化直至转型,是文化有机体发展存在的完整过程,它构成了一个连续不断的链条。拒绝转化,无疑会使固有文化自取灭亡,成为当代人类文化链条之外的一个孤立的圆环。"①

在理解了"文化安全"口号的历史真实性和现实必要性之后,应该对于文化安全命题的内涵做出深层的、积极的理解。

三、文化安全的主动策略:文化软实力的本质理解

近些年来,"文化软实力"成了频率极高的流行关键词,人们对于提升中华文化软实力的呼吁和探讨十分热烈。六中全会公报指出:"我国文化改革发展,显著提高了全民族思想道德素质和科学文化素质,促进了人的全面发展,显著增强了国家文化软实力,为坚持和发展中国特色社会主义提供了强大精神力量。"②要提升文化软实力,首先要对其本质内涵做正确深入的理解。

第一,文化软实力的本质是思想和价值观的影响力。正像衡量文化安全与否的标准一样,现在人们往往通过数量和结构的对比来考量文化软实力的强弱,其实这只是一种量化的指标。在关注这些量化指标的同时,我们更应该注意到其思想和价值观的影响力,这是文化冲突的深层较量,也是理解文化软实力的本质。

"文化软实力"的本质不是文化产值总量,也不是文化产品贸易的世界份额,而是一种价值体系对他国的影响力亦即世界性的认同程度。这种认同不是一时的猎奇式的欣赏和功利性的利用,而是对于人类未来生活和文化未来发展方向的指导性价值。说到底,文化软实力的本质就是一种价值体系的影响力。没有思想和价值观影响力的文化输出只是一种产品贸易,并不具备真正的软实力。而且,没有经过文化选择的文化输出也不会有助于软实力的提升,甚至还会造成文化的误读和曲解,起到相反的功效。近些年来,中国的一

---

① 张福贵:《惯性的终结:鲁迅文化选择的历史价值》,吉林大学出版社1998年版,第114页。
② 《中共中央十七届六中全会公报》,《人民日报》2011年10月12日。

些电影在国际上获得了许多奖项,表明国际同行在艺术上对中国某些电影和电影人的认同,但是将有的作品作为中国文化走向世界的标志,却不能认为是最佳的选择。因为这些作品没有经过文化选择,在内容上既缺少对中国传统文化经典内容的展示,又缺少中国人的现代意识诉求,所以虽说形式上走出去了,但是并没有获得真正的文化上的认同,西方观众之所以被吸引主要是出于对中国陈旧文化的猎奇。在这样一种意义上看,可能其票房越高,负面影响就越大。说到底,文化软实力的最高标准就是思想和价值观的世界尺度,或者是为世界确立尺度。

这里,需要对"中国模式"这个流行关键词进行深层的反思,以此来调整中国的发展道路,加强中国文化的世界影响力。

"中国模式"加强了中国人的自豪感,也引起了世界性的热议。近代以来,中国在救亡图存的危急环境当中,形成了一种非常急迫的功利主义发展观,其本质上源于急于求变的人们对于国家富强的渴求,它试图在最短时间内体现最快的发展效果,这种发展观也确实带来了中国经济的飞跃发展和人民生活水平的迅速提高。特别是改革开放以来,领导者坚持以经济建设为中心的发展战略,为中国的思想变革和社会转型提供了坚实的物质基础和充分的物质证据。在人类历史上,极少有国家能够在这么短的时间里改善这么多人的物质生活状况。这的确是个"奇迹",也可以成为一种"模式"。但是,中国模式不能只是一种经济发展模式,而应该是一种整体全面的社会发展模式,特别是应该成为一种思想文化模式,成为一种代表人类生存发展的先进价值观。否则,就不可能被世界真正认同。

我们注意到,六中全会公报和《中共中央关于深化文化体制改革、推动社会主义文化大发展大繁荣若干重大问题的决定》中,并没有使用"中国模式"这个概念。全会所提出的建设文化强国与通过文化来强国的战略并不是同义的,但都可以看作对以 GDP 为核心的"中国模式"的反思。其实,仅从经济学的角度来看,如果当下人们理解的"中国模式"真的成为世界模式的话,那么最受伤害的将是中国经济本身。联合国开发计划署 2011 年 11 月 2 日公布了"2011 年人类发展报告及人类发展指数排名"。在进入统计数据的 178 个国家中,挪威排名第一,中国排名第 101 位,美国排名第 4。而不久前被我国在经济总量上超越的日本则排第 12 名,韩国排第 15 名。联合国开发计划署的人类发展指数涵盖了一个国家经济和社会生活的多个方面,因而排名可以比较完整地反映出各国综合国力和人民的生活现状。从报告附录中的整体生活满意度调查来看,中国为4.7分,低于世界平均水平的5.3分。这样的反差足以引起我们的深刻反思,我们不能沉浸于中国经济总量世界第二的成就之中,必须思考这种成就是"怎样实现的"和"实现之后又怎样"的深层问题。

长期以来,中国当代社会思想文化的核心问题始终没有得到很好的解决,中国人的核心价值观念尚未明晰。而不管怎样评判,西方模式在思想文化上推出的"民主、自由、平等、博爱"价值观,已对世界产生了长期的巨大影响。六中全会对国家思想文化建设给予了高度重视,再一次强调要建立社会主义核心价值体系:"要坚持马克思主义指导地位,坚定中国特色社会主义共同理想,弘扬以爱国主义为核心的民族精神和以改革创新为核心的时代精神,树立和践行社会主义荣辱观。"认为这一价值体系"是兴国之魂,是社会主义先进文化的精髓"。① 由此可见最高决策层对于建设中国模式的思想文化核心价值体系的强烈诉求。但是,这一价值体系的核心内容是什么?如何建立这一体系?还需要我们做进一步的深入思考。

第二,既然文化软实力的本质是一种价值观的影响力,那么关键就是如何确认和建立文化发展的价值观。当下人们关于文化软实力的内涵的理解,还多限于历史性的、传统性的文化关注,当然这是维护民族文化传统的承传性和民族特色的独立性的基本条件,但是仅限于此还远远不能适应当代世界的文化竞争和发展的需要。我们应该在对传统文化进行动态的整体的理解基础上,对中华文化软实力的提升做现代性的理解,从而使文化软实力真正具有"思想文化新觉醒、理论创造新成果、文化建设新成就"②的功能。

文化软实力中的文化内涵不应只是传统文化,更应该是民族优秀传统文化和当代文化与人类先进文化的综合。文化传统本身就是一个动态的概念,一成不变的文化只能是一种"博物馆文化"。当时代已经发生剧烈变化时,文化如果不能随之改变,坚守"天不变道亦不变"的话,最后消亡的只能是文化自身。任何作为体系的文化,本身就存在着对异质文化的缓冲和减损机能,习

---

① 《中共中央十七届六中全会公报》,《人民日报》2011年10月12日。
② 同上。

惯于把异质文化作为异己文化来看待。文化传统愈悠久，文化积累愈丰富，这种功能就愈强，对外来文化的排斥或者同化力就愈大。中国传统文化具备丰富的同化弱势文化、排斥强势文化的功能和经验。任何一种异质文化的局部或元素进入另一个文化价值体系之中，都要被接受主体改变，发生程度不同的变形。变形，也是一种适应和生效的过程，从最终结果来看，完全不发生变形的文化接受是不存在的。较少发生变形的文化接受是对于异质文化的整体性、系统性的接受。

面对强势的外来文化的冲击，作为具有悠久历史的中国传统文化的自我保护意识自然强烈，而这种强烈的保护意识在理论上往往导致两极对立的文化价值观和建设方法论：传统的、本土的就是好的，当下的、外来的就是不好的，进而做出文化安全就是要弘扬传统文化、抵御外来文化的理解。这种理解本无可厚非，但是不能成为单一的理解。而且在这种理解下实践的文化选择也往往是失效的，其结果甚至是适得其反的。这也是一百多年来中国文化建设迟滞和民族文化心理苦痛的重要原因。

文化传统应该是一个具有开放性动态系统，在当下的文化安全和文化软实力的讨论中，人们往往对于"五四"以来的新文化传统关注不够评价不足。五四新文化已经成为中国传统文化的一部分，没有"五四"新文化，中国一个世纪以来的变革与发展就无从谈起。所以，弘扬传统文化，提升文化软实力，加强中华文化的建设绝不能背离"五四"新文化精神。从政治层面上讲，否定"五四"新文化会带来人们对于执政党所赖以产生的思想基础的动摇；从文化层面来讲，否定"五四"新文化会带来对中国近现代文明进程的否定。当下中国社会在文化建设上存在着较浓的向后看的意味，各地都出现了盲目复古的热潮，各种"国粹"搭市场的车大行其道，文化复兴和文化守旧成为了同义语。所有这些现象都与单一、僵化地理解文化传统，质疑和否定"五四"新文化有着深层的思想关联。

90年代以来，受制于国内外的环境和人们思想观念的变化，中国社会思想潮流出现明显变化：意识形态向左转，文化意识向后看。在这种文化保守主义的思潮中，一些违背历史、违背学理、也不适用于现实的命题不断被提出，并获得了大众的强烈响应。例如，针对外来语和网络语言对于现代汉语的渗透，有人提出"汉语危机"，主张"净化母语"，就得到了社会各方面广泛而热烈的支持。殊不知，只要有文化交流存在，只要存在着民族、地方和个人的差异，只要正在被使用，语言就不会是"纯净"的，真正纯净的语言只能是死去的语言，活的语言必然是开放的语言。我们忽略了这样一个事实：大量的西域语汇特别是梵语佛教语汇极大地丰富了中国古代汉语，而现代汉语的形成也与近代以来大量吸收日本语词汇有着直接的关系，现代汉语中大约70％以上的词汇都来自日本语。由此可见，语言是不能净化的，最多只能尽量规范。

我们应该在不同文化的差异性中发现和强化相通性，使固有文化较自然地接受外来优秀文化，从而创造发展出属于新时代的中华文化。影响力最大的文化往往不是古典文化而是当代文化。我们要想对世界产生重要影响，就必须为世界当代文化提供一种价值导向。

毋庸置疑，在当下极其严峻的国内外政治、文化态势下，文化安全和提升软实力的口号多包含"五四"新文化文化竞争乃至文化对抗的意味。文化竞争不只是市场问题，可能更是战场问题，这是任何一个民族国家都可能具有的价值取向。"从中国问题出发看世界的立场，不是给定的一个预先的答案，而只是提出一个问题或一种思路。寻找中国立场，表明我们仍然在本土身份中求索对话。真正的立场是一种合法性的平视对话，是人类面对同一个终极问题获得的澄明解答。大国文化安全意味着必须提倡文化可持续输出。"[①]但是，文化输出与商品输出都有着共同的基本前提——可被接受和使用的价值功能。任何不具备人类共通性的文化输出，都不可能被人类所接受，更不能成为人类文化发展的共同目标。所以，无论一种文化的民族特性如何鲜明，都必须以人类意识为价值取向。因此，在强调文化安全和提升文化软实力的渴望当中，政治权威和文化权威在文化多元而同一的认识论的基础上，应该做出适当的选择。思路不对头，干劲越大效果越差，离目标就越远。要充分认识到，只有文化开放，只有对中国传统文化做出现代性的理解，认同世界优秀文化的全人类属性，才是继承和发展中华文化的最有效保证，才是提升中国文化软实力，创造中国文化时代的必由之路。

第三，提升文化软实力，实现文化强国的发展战略要通过"文化立人"来实现。文化立人就是以文化立人，以文化"化"人。人不能只是政治动物和经

[①] 王岳川：《大国文化创新与国家文化安全》，《社会科学战线》2008年第2期。

济动物,而要成为"文化人":美化情感,提升道德,培养个性。需要指出的是,增强文化安全和提升文化软实力,"以文化立人"是整个民族和社会的责任,更是知识分子的历史使命。这就迫切需要国家培养和利用一支敢讲真话、能出好主意、信得过的具有世界视野的专家队伍和理论队伍。面对当下思想文化态势,专家和文化人首先要有危机感和使命感。有的学者疾呼,当代中国知识分子要像当年王国维那样,所做的每一门学问都和国家的命运紧密相关:"早年研究叔本华、尼采、康德等西方哲学,是为了唤取民智,唤醒民众,以救国人精神疲弱;然后写《人间词话》是要唤醒自己;写《宋元戏曲考》——把唐诗宋词之后所谓难登大雅之堂的戏剧重新加以阐释并订其谱系;再往后研究甲骨文和上古史,是希望借发掘中华民族远古文化的雄强精神,唤起民众的忧患意识;后来他研究敦煌学,是因为伯希和、斯坦因等从敦煌抢走了很多珍贵文物资料,使得中华文化命脉有中断之险,如果中国学者不去研究敦煌,那么谁研究?后来,他又研究蒙古史,那是因为那时他已经意识到外蒙古将从中国母体上割裂出去,知识分子应承担责任。"①

　　经过百年的冲突和融合,中国文化的发展到了一个关键期:问题的积累和问题的解决都到了最后时刻,面对多种文化冲突,我们既要有危机感,也要有自信心,因为如果没有文化自信与文化创新,就没有真正的文化安全。

---

① 王岳川:《中国文化软实力与文化安全》,《光明日报》2010年7月29日。

第 三 章

文学史的命名和文学史观的思想构建

第一节 20世纪中国文学中的异端思想

现代化的渴望和实践是20世纪的世界性运动,是20世纪的人类文化精神。"五四"时代以鲁迅为代表的作家通过自己的文化选择确立了中国文学现代化的方向,也为20世纪中国确立了一种生生不已的现代化的尺度。

现代化是一个整体性的概念,它包含思想的意义和艺术的意义。对于中国文学来说,艺术上的现代性没有多少歧义,而思想上的现代性则存在着属性和价值的理解差异。这种理解的差异来自于现代化本身所存在的环境和发展程度的差异,现代化是一个线性的历史观念。也就是说,现代化因时代和国情而有不同形态。但说到底,现代化又是一个普遍性的概念,具有本质的规定性。而且在一个具体的时空环境中,是一种很明确很单纯的概念。在中国社会发展的现今阶段,不能对现代化的概念作过于宽泛的解释。现代化首先是一种精神状态,作为一种明确而单纯的概念,具有不可改变的基本价值取向和不可置换的内容。对于中国来说,这种界定具有更为重要的意义。

现代性毫无疑问已不是一个时间概念,而是一个意义概念。现代化既然是一种意义,那么,其思想内涵为何就变得尤为重要了。从思想意识来看,20世纪中国文学中存在着两种反现代意识。

一、自我意识的弱化与人类意识的匮乏

自我意识的觉醒与确立是传统中国人转化为现代中国人的根本标志,中

国现代文学从其刚刚诞生之际就确立了这一主题。无论是为人生派文学,还是为艺术派文学,都努力表现着这一主题。而30年代后期革命文学的兴起,从本质上改变了"五四"文学的主题模式。或者说,革命文学仍然继续着人的解放的主题,但是,它把中国近代以来开始的文化变革倒置,并且将物的变革、制度变革和思想变革置于一种近乎对立、替代的关系之中。而且,前两种的变革并不是以"五四"新文化运动确立的主题为尺度展开的。当新的政治权威把"五四"文学中提出的个性解放的口号确认为历史的局限,而在传统意识之下进行思想的群体性改造时,实质上已经使中国文学的主题回到了前"五四"时代的起点处。如果把现代化的本质确定为人的现代化的话,那么半个世纪以来中国社会与文学的发展,就是以现代化的渴望而进行的一种非现代化乃至反现代化的实践。

当时左翼人士和后来正统文学史对"革命小说"的所谓"革命加恋爱"模式的否定性评价,可以视为淡化自我意识的起点。

在"革命小说"中,知识分子主人公最初的革命动机是为了实现自己的个性解放理想。这种以婚爱自由为主要内容的浪漫追求面对传统道德的扼制,渐渐显示出它原有的脆弱性,因为传统道德有着坚固而强大的政治保护层。于是,道德必然与政治交锋,道德理想追求的挫折也必然转向现实的政治反抗。这里,作家把握住了个性解放向阶级解放转化的契机,显示出个人需求向群体需求过渡的内在逻辑。应该说,在这样一种深切的人生体验基础之上,知识分子政治思想的生成和强化实在是一种合情合理的转化,这是一种生活的逻辑和情感的逻辑。

"革命小说"是知识分子阶级意识、情感方式转化的表征。小说中普遍存在的"革命加恋爱"的模式,是个性解放主题与阶级解放主题转化时期的特定交汇形态,包含有知识分子对政治与性爱的特别的浪漫理解。而其后人们对这一情感方式的否定,从一定意义上说是对知识分子自我意识的剥夺。在"革命小说"中,主人公对于"革命"和"恋爱"的理解,如果不是从政治学的意义去判断的话,都表现出了一种知识分子特有的理解方式。很明显,当时被否定的主要不是"革命",而是在革命中表现出来的"恋爱"——一种最具个性特征的自我意识。

在以农民为主体的革命阵营中,残留着浓重的宗法意识。这种宗法意识从"五四"时期就与现代知识分子新生的自我意识相对立。丁玲《在医院中》中的陆萍的苦恼就来自于自己的个性意识为周围的环境所不容。而政治斗争、军事斗争的极端形势也必然对这种自我意识构成限制。政治是一架大机器,它要把一切都纳入自己的固有逻辑之中,要克服一切个别、独出的因素而强化整体功能以保持机器的运转。这是政治的逻辑,政治的逻辑就不能用伦理的和情感的逻辑去判断。当革命话语把是否与工农民众相结合作为衡量青年是不是革命者的唯一标准时,对于劳动民众特别是农民意识的认同,也就成了革命知识分子人生道路的唯一选择。沙汀的《闯关》中,那个工农干部不仅代表着环境,也代表着一种思想。而"文化人"左嘉对那个工农干部的服从,也是向那个阶级进行思想意识认同的必然归宿。这是一种宿命,小说的那个标题极具象征意味。从这里,我们看到了战争环境和宗法观念对现代知识分子自我意识的双重绞杀。

"前十七年文学"和"文革文学"进一步强化了这种政治化的群体意识。林道静形象是"前十七年文学"主题的一个总结。她的人生发展道路就是自我意识的弱化和浪漫情感的消失过程。而"文革文学"则最终表现为对人性本身的否定。在中国半个世纪以来的文学主题的文化走向就是一个反叛传统又回归传统的过程。

在中国20世纪文学的现代化过程中,还存在着一种虽说不是反现代化却也是现代化欠缺的思想意识,这便是文学作品中全人类意识的欠缺。

全人类意识的文化哲学基础是人类共同性概念。人类的共同性不是统计学上的概念,并不一定包含数量上的一致,而是指一种主体的或阶段的共同发展趋势和欲望。谭嗣同曾从衣食住行等生理需求上来肯定中西民族的人类的共同性[①],胡适和冯友兰则从人类生理构造的相同谈及中西民族的人生方式、精神需求的"大同小异"。而鲁迅所提出的人类共同的精神生命之路,要比其他近代中国文化哲人所论及的共同性,有一种更为普遍的文化哲学和生命哲学意味。人类的共同性的普遍化形态就是文化的共同性。

一个时代有一个时代的世界性文化趋向,即人类文化的共同价值取向。

---

① 谭嗣同:《思纬壹台短书——报贝元征》,《中国近代思想参考资料简编》,生活·读书·新知三联书店1957年版,第564页。

特别是进入近代以来,这种发展的趋同性就更加明显,社会与文化的现代化转型便是这一趋向的集中表现。现代化既是世界发展的当代性特征,也是人类文化共同性的需要。

在这样一种"天下大势,既已日趋混同"①的时代,人类文化精神的一致亦势在必然。鲁迅等第一代作家就把"人类的道德"②(包括初民的和现代的)作为中国文化现代化转型的价值取向和自己的文化选择基准。"人类尚未长成,人道自然也尚未长成,但总在那里发荣滋长。……将来总要走同一的路。"③因为无论世界还是中国,都被纳入了现代化的轨道上,无论走还是推,都必须沿着同一方向。也许正因为如此,他才对中国文化的命运生出一种超越民族意识的达观态度。当代人类文化的发展趋势,是各民族文化的共通性日益取代其各自的特殊性,或者说,人类文化的每一步发展都是以民族文化特殊性的丧失为代价的,并常常伴随着文化心理的失衡与困惑。

在近代以来西学东渐的整个过程中,无论是西化派、本土派还是折中派,往往都以对中西方文化差异性的强调为依据。但我们不仅要看到中西文化的差异性,而且要从文化哲学的高度看到二者的共同性,从而超越一般的人类文化异质观和人类生理的同一观,把它上升为一种人类文化的共同性命题。

现代文化不是西方的专利,而应成为现存人类的共同财富。每个人、民族都有权利获取它、享受它。这一理解既是在"人类文化观"之下的一种文化心态转化,也是现代化选择的具体内容。在"人类文化观"之下,没有异己文化,都是属于自己的文化。文化的时间性(传统与现代)、文化的空间性(民族与地域)都具有了新的意义。而就是在这一认识前提下,东西方文化才具有了互补性、可融性的基础。④

---

① 严复:《救亡决论》,见《中国近代思想史参考资料简编》,生活·读书·新知三联书店1957年版,第472页。
② 鲁迅:《热风·随感录四十》,《鲁迅全集》卷1,第338页。
③ 鲁迅:《热风·随感录六十一》,同上书,第375—376页。
④ 陈独秀通过对固守"华夷之辨"的国粹派的批判,表明了这种"人类文化"观:"如果有人把民族文化离开全世界文化孤独的来看待,把国粹离开全世界学术孤独的来看待,在抱残守缺的旗帜下,闭着眼睛自大排外,拒绝域外学术之输入,拒绝用外国科学方法来做整理本国学问的工具,一切学术失了比较研究的机会……这样的国粹家实在太糟了!"(陈独秀:《陈独秀文章选编[下]》,生活·读书·新知三联书店1984年版,第641页)

传统的"中国人"在文化观上表现为一种超常的自我封闭心态。只有"天下"的观念而没有"世界"的观念。长期的封闭心态来自于中国文化的重复性。中国文化数千年来基本上自成体系、自我生殖。过于漫长的春种秋收,周而复始的农业经济形态,"述而不作"的典籍精神,"分久必合,合久必分"的历史观念,复古倒退的社会理想等,都造成了中国文化不断重复自身的生长机制。而重复必然表现为封闭,封闭的最终结果便是孤立。辛亥革命前夕,革命派人士在分析中国"不能自立之原因"时说:"自立与孤立有别。持锁国主义,孤立无邻,谓之自弃可耳,决不能自立于今日国际团体之内也。"①

传统儒家文化道德体系的社会支点是家。鲁迅称,中国人"对于老家,却总是不肯放","家是我们的生处,也是我们的死所"。② 家不仅成为传统中国人的现实生存场所,更是精神和心理的归宿。孟子称"天下之本在国,国之本在家"。对于传统的中国人来说,家是一个伦理观念,也是一个政治概念甚至世界概念。"家"包含了中国人思想、道德和情感的全部视野。

在20世纪的中国文学主题史中,不缺乏民族意识,更不缺乏阶级意识,也曾有过不甚大胆的自我意识,但是却很少有全人类意识。在有关战争文学(我们文学史称之为"军事题材文学")的创作和批评中,非常完整非常典型地表现了这一认识过程。就战争文学的思想主题来说,世界文学史上大致存在着两种不同层次的视角:阶级和民族的视角、人类的视角。阶级和民族的视角是以一种英雄主义为基本尺度,思想倾向鲜明,对战争具有一种积极的热情;人类的视角包含两种意识:反战意识和恐怖意识。战争没有胜利者,对任何一方、任何人都是一种伤害,任何战争对于人类文明都是一种破坏。这两种视角的差异实质上是对于战争与人的关系的认识的差异,与现代意识的弱化和强化也有着某种关系。

20世纪的中国,战争多于和平,然而在战争文学中,战争与人的关系似乎一直是被确定了的。对于人的判断和战争的评价多处于第一视角阶段,勇敢和怯懦、正义与非正义的两极分化成为主要的模式,《保卫延安》就是一部典范之作。在80年代出现的《蒿笳原上草》等作品刚要做出突破中国战争文学

---

① 《驳革命可以招瓜分说》,《民报》1906年第6期。
② 鲁迅:《南腔北调集·家庭为中国之基本》,《鲁迅全集》卷4,人民文学出版社2005年版,第637页。

的一般思想局限,进入第二层次的努力时,立刻遭到了批判。所以,至今我们不仅没有《永别了武器》那样具有强烈的人类意识的战争文学名著,甚至也没有《这里的黎明静悄悄》《第四十一》那种介于第一层次与第二层次之间的佳作。

二、乡村文化尺度的确立与农民意识的强化

现代化最直接的目的就是以现代文明对古老的乡村中国进行改造。说到底,中国的一切落后、愚昧和惰性无不与乡村中国这一历史存在状态有关。由于中国的社会理想设计和社会实践都是以这一存在为价值取向的,所以,中国的现代文明追求来得既强烈又古旧。当这种乡村社会尚未改变,而人类社会的现代化发展已融入了回归自然的思考之际,乡村中国的价值取向搭乘人类文明发展的早班车获得了合乎当代性的理解。

乡村文化尺度是由多种因素决定的,首先是中国漫长的农业文明时代和以儒释道为主体的传统思想文化的影响;其次是大众化的文学价值观的长期制约;再次是以农民革命为主体的中国社会变革所构成的政治、文化和道德要求。中国革命的农民不仅是社会变革的力量,也是社会变革的尺度;不仅作为政治变革、经济变革的力量和尺度,也作为文化、思想、道德变革的力量和尺度。以此为价值尺度而形成的文学占据着中国 20 世纪文学的主导地位,我们泛称为乡村文化派文学。

在乡村文化价值尺度的制约下,乡村文化派文学的发展历史中有两种主要的非现代化或反现代化的文学潮流。第一,以京派文学、寻根文学为代表的道德流;第二,以解放区文学、"前十七年"文学为主潮的政治流。

从思想意识来说,京派文学是对 20 年代乡土文学主题的疏离和变异。它淡化和改变了乡土文学对中国古老乡村宗法社会的批判意识,具有强烈的向后看的情绪,反现代、反文化的意识明显。沈从文的一些小说虽颇具寓言色彩,却透露出京派作家真实的文化价值观。这已经不再是鲁迅等人在作品中对劳动民众道德人格的赞赏和认同,而是对其人生观、宇宙观的赞赏和认同。过去,人们多是从京派文学与时代政治的关系来否定其社会价值,而实质上,我们更应该从中国社会的现代化进程中,来认识其反现代、反文化的精神特质。京派文学的最重要价值在于其为中国文学所提供的一种审美境界,一种

抽象的道德理想。人们不能也不愿意将其作为个人生活环境和社会存在形态的真实追求。这从京派作家的生存环境与文化、文学价值观念的不一致中可以看出。他们在文学世界中从思想道德上疏离或者拒绝现代文明,却又通过对现代文化的接受而逃离乡村、流寓都市。

一般认为,社会文明发达的沉重代价便是古朴人性的丧失。人性本善,崇高的原点自然成为乡村文化派作家畅想的道德境界和人格重塑的价值取向。本质上看,这一畅想所带有的反现代、反文化情绪,不单纯属于某一个别文化体系。但是,它对近代文化(特别是物质化的近代文化)的批判最终必然带来道德回归的倾向。而当时一般思想启蒙者大都有着类似的思考倾向。"五四"时期,作为一个思想启蒙的时代,中国觉醒的知识分子面对自身和劳动民众,就曾表现出一种悖论性的思考。作为新文化的先驱者,知识分子看到了民众思想上的蒙昧、麻木,欲以现代思想昭示于彼;而作为传统社会的一个特殊阶层,知识分子面对劳动民众又总有一种自愧不如的道德卑下感。从而构成了思想启蒙与道德救赎两种不同思考路向。

政治约束思想,环境更腐蚀人性。现代作家们在担负起政治救亡、思想启蒙重任时,又担负起道德拯救的重任,他们要粉碎群山重新铸造。现存社会虽然给他们提供了思想意识改造的内容与框架,却没有为他们带来道德人格重塑的楷模,于是他们从当下的社会终点向后退去,去寻找几代道德家都曾畅想过的道德世界,那个世界是在初民时代。这样一个道德世界的存在,是不能用历史的还原来证明的,但作家们努力从自己所熟知的、相亲相爱的农民和其他劳动者身上寻找影子。这几乎是后来中国作家的共识。

"顾民生多艰,是性日薄,洎夫今,乃仅能见诸古人之记录,与气禀未失之农人;求之于士大夫,戛戛乎难得矣。"①实际上,从鲁迅开始,知识分子就已把中国人道德重塑的尺度划在了那些"气禀未失之农人"身上。从中我们可以看到中国知识分子固有的那种道德上的原罪意识,即视劳动者为"衣食父母"的愧疚心理。这种原罪意识虽说不同于基督教的原罪意识,不是人类本体的生命意识,而是一种后天的社会伦理,但那份沉重感都是共同的。也许,鲁迅的"人国"是一种人性完善的理想图式的显示,不是实存的,而是逻辑的,但鲁

---

① 鲁迅:《集外集拾遗补编·破恶声论》,《鲁迅全集》卷7,第30页。

迅仍对它坚信不疑。直到最后,他都在用实际行动去实践它。"纯白""平和"的道德人格的渴望,贯穿鲁迅文化选择的整个过程。应该看到,京派等乡村文化派作家与鲁迅等"五四"一代作家,对于中国乡村社会和中国农民的关注有着明显的不同。鲁迅等人完整地理解并努力实践着"人的解放"的全部内容——思想启蒙和道德救赎,而乡村文化派则淡化了思想启蒙这一中心主题,把思考的重点转移到了道德救赎的层面上。

与鲁迅不同,废名削弱了小说批判力度而增强了道德意识。社会思想批判不是废名的性情所在,人性的终极关怀才是他的长处。废名的个性意识强而社会意识弱。他的个性意识无限扩张、伸展,以至达到一种"怪"、不食人间烟火的程度。也正是因此,他注定要留在现代文学的边缘。废名心如磐石,铁板一块,沉入到乡村自然之中而没有丝毫裂痕。那本来就"有限的哀愁"日趋淡化,似乎就要无影无踪。剩下的只是一种炉火纯青的自然意味,一种几乎近于纯粹私人的永恒体悟。这纯粹是来自个人的精神欲求,而不是迫于外部世界的某种压力。这很奇怪,也很深刻。所以,在废名那里,没有社会与自然相互对立的结构形式,他构筑的是一个相对封闭的自然世界。"浣衣母"的不幸在这个世界中微不足道,而且很快就被乡民的天性的"善"所融化。在《竹林的故事》中,三姑娘不仅单纯,而且超越、征服了死亡。老程的死似乎不是一种生命的结束,而是生命与自然的融合,在融合中生命也就获得了永恒。所以母女俩的生活依然如故,就像那片青青的竹林一样。对于佛教的执迷,使废名的小说日益玄奥。在《桥》中,废名尽情地品味着自己的体悟,禅趣盎然,最终把乡村文化派文学引入了庄禅境界。毫无疑问,那是一个十分美丽的境界,但也是一个远离现代的世界。

沈从文一生痴迷自然,思索人与自然的关系。在沈从文这里,"回归自然"达到了现代文学所能达到的极致。他将废名所表现的社会与自然的对立、以自然审判社会的精神进一步扩大、丰富,并使之成为自己小说精神结构的核心。自然与社会、乡村与都市、乡民与市民的对比不再含蓄,不再借助隐喻,而是变得直接而明确,甚至偏激。他对前者的否定和对后者的肯定都表明同一思想方向,那就是对抗现实,拒绝现代化,回归自然。其中,既有平民意识,又有一种反文化意识。《边城》将沈从文的这种意识推到了极致。恋爱故事只是小说叙事的一个框架。如果说这种爱情还有一点悲剧色彩的话,那么,这种悲剧既非乡村环境所造成,亦非人性丑恶所致,其根源反倒是一个纯真少女值得赞美的本性,以及老船工对于孙女的那种真挚的爱,悲剧最终成为乡村人性的赞歌。沈从文把自然之美和人性之美集于翠翠一身,她简直是自然养育出来的一个精灵,是保存在山涧中的一块晶莹的冰,不能容于脏污的社会。她的存在只能说明这样一个道理:当与自然融为一体的时候,人性总是美好、自由的。而美好的只是"乡下人"。

汪曾祺师从沈从文,他的《受戒》《大淖记事》几乎可以说是《边城》情韵在新时期的回响。两篇小说都是以爱情故事为框架,而以对乡村人性的歌唱为主调的。小说展示了远离都市而近于自然的人性的美好。远离都市实质上是远离一种文化,而融入乡村则是融入另一种文化。汪曾祺用他的小说开宗明义地表现出对传统的"天人合一"思想的消化和解说,也像他的前人那样,最终走向了庄禅境界。而其后的"知青小说"大多也回荡着这种余响,向着乡村、自然投去脉脉深情。我们不能把《绿夜》(张承志)、《本次列车的终点》(王安忆)、《南方的岸》(孔捷生)、《遥远的清平湾》(史铁生)简单地看作对个人过去一种人生体验的怀念和珍惜,而应该视为人类对回归共同的精神家园,即回归自然、疏离都市的渴望。这在80年代寻根文学中得到了更加明显而广泛的表现。

当商品大潮汹涌而来时,一些作家们愤世嫉俗,苦苦坚守着精神的家园。将痛苦的灵魂放逐于辽远的乡村境界。远离现代文明的青山秀水,野性未驯的生灵男女,时间凝滞如蛮荒时代,此间的人们生息劳作,其乐融融。这一切都如同被作家施了魔法一般令人向往,使人情不自禁地产生对蛮荒时代的留恋和对当代生活的反感。我们从那哀婉而褒扬的话语中,品出了浓浓的反文化味道。作家这种描述的深层心理机制明显是来自于对被商品经济大潮席卷的现实人生的疏离和反叛。而返璞归真的愿望的实质是逃避现世,在已经成为历史并且虚幻的远古境界中寻找精神的家园。寻根文学中这种遁世的反文化反现代意识实在是固守田园的小农心理的自我沉迷,表现出与当代人生追求和社会发展的不协调,而且暗暗与社会中那种根深蒂固的落后、守旧和愚昧的传统思想合流,成为对抗人类现代文明和社会进步的反文化潮流。张炜在《九月寓言》里所凝注的那种寻找精神家园的情愫、那种往事不堪回首的慨叹,搅得人心神不安。小说中,那个封闭、自在的村落,由于矿区的进入,原有的宁静被打破,古朴的生活、和谐的人伦秩序也随即消失。那个青年男女月下嬉戏追逐的梦幻一般的田野因矿井的掘进而沉落了。现世令人迷惘,而逝去的一切则变成美和善的永恒记忆,作家流露出一种丧失精神乃至生命家园的悲凉与失望。

乡村文化派的回归自然是不可能实现的,它只是一种精神境界和价值追求。自然实质上已经不是实在自然,而是价值自然,即对实在自然的"善"的抽象和人为的认定。追求自然化,最终往往走向对传统的尊奉。因此,自然化不应是现代化转型的主要内容,而是反现代化的主要表现,自然化与传统化是同出一辙的。把回归传统、回归自然和回归民间视为现代性的内容,实质上是在现代化的理解中加入了反现代化的因素。回归自然至多是现代化过程中的一种个体心理因素,包含有较多的道德性思考,而不应成为一种社会发展的整体需要。毋庸置疑,回归自然作为一种当代意识,已成为现代化当下发展阶段的内容和形态之一。但它应该是现代化充分发展、烂熟之后的发展形态,有着具体的生成环境和生成基础。也就是说,回归自然是现代化充分发展之后的一种精神需求,这个前提不可忽视。在中国文学、中国社会、中国人没有充分现代化的情况下,把回归自然作为中国社会发展的主要内容,必然会成为中国现代化的一大障碍。

现代化是有着本质属性的。回归自然也许是一种人类意识,但是这种人类意识无论是对于当代中国还是当代世界来说,都是一种诗学的和审美的追求。我们不能把诗学的、审美的畅想作为本质性的、主流的实践。中国古代文人在诗文中所表现出来的对自然的向往,更多的不是出于对都市的拒绝,而是出于对政治的反感和失望。

新文学所关注的要点是如何使中国文化的古时代进化到人类的现代文化时代。要完成这一转化,首先要克服的就是复古心态和对未来的空想。复古的弊害不在于其是一种情感性的心态,而在于其是一种文化判断与建构的非现代化的价值取向。在中国历史上,对于"现在"的否定,几乎毫无例外地都来自复古价值取向,即使是对未来的理想期待,亦不过是远古境界的复归。复古以过去为最高境界,必然拒绝变革,必然以否定现在为前提。它在一种文化系统发展的线路上,设置了终点,而这终点恰恰是一块历史的界碑。复古论或循环论于是便成为中国人历史观与文化观的"老调子"。因此,克服复古价值取向已成为中国文化现代化转化的最大课题。

以回归自然、回归传统为标志的反现代化的现代性理解,与当代文化保守主义思潮的兴起是有直接关系的。

自"五四"新文学和新文化产生以来,一直存在着对其价值的否定性评价。我们一般认为"五四"文学割断传统,对传统采取了彻底否定的态度;但近年来,随着文化保守主义思潮的兴盛,强化"五四"文学传统文化性质的评价成为一种有影响的思想。持该论调者认为"五四"文学并没有割断传统,而是对传统进行了发展和继承。他们否认"五四"文学是中国文学发展的质变点,而将其作为传统文学自然发展的逻辑的一环。其实,这两种观点在价值取向上具有完全的一致性,即对传统文化价值的肯定。与前一种观点相比,后一种观点距事实更远,它以肯定判断的方式曲解了"五四"文学的属性。其实,在现代化转型的过程中,传统的危害是无穷无尽的,一切迷信、残酷和蒙昧都是以弘扬传统为名义的。中国文学和中国社会迫切需要的是思想的现代化,而非反现代化,或者是回归传统。

当社会变革的主题由思想解放走向阶级解放之际,变革社会的力量主体由知识分子转变为劳动民众,五四文学中原有的对以农民为主体的劳动民众道德人格的肯定扩大为对群体思想素质的推崇。在中国传统的"尚德"价值观下,知识分子在精神困惑中必然要寻找道德支持。而且值得注意的是,三四十年代之后,这种认同通过代表劳动民众的政治家们的阐释而得到了进一步强化。毛泽东关于农民与知识分子的"黑"与"白"、"脏"与"净"的辨析,绝非仅是个人的感受,而是当时革命话语中判断知识分子与农民道德人格和思想高下的一般法则。在这种思想源流之下,解放区文学作品中知识分子的道德卑下感日强,人格陪衬色彩日浓,越来越呈现出灰色化倾向。

延安文艺整风前后,出现在解放区的思想斗争和整个中国文坛关于文学的大众化与民族化关系的讨论,在很大程度上是将乡村文明与都市文明、传统文明与现代文明之间的差异加以政治化的结果。在解放区文学作品中,农民意识和传统文化意识成为普遍的尺度。赵树理的小说被视为对鲁迅小说主题的最直接的继承,并且被宣布为中国新文学的发展方向。但是,与鲁迅的小说相比,赵树理小说的反封建主题已不是两种文化体系的对比和对抗,而主要是传统文化发展过程中其自身在新的政治意识和威权作用下演化的结果。新生政权使传统的清官意识得到转化,因此,小说的悲剧意识淡化,思想主题也被具体化。在周立波的小说《暴风骤雨》中,当颇具书生气的工作队员在土改动员会上向农民讲解人类的起源之后,作者、人物和读者都对其表现出了毫无保留的嘲弄。

现代化的主题在五四时代被确立,此后被从不同的方面加以改变。革命文学把现代意识中的重要内容——自我意识转化为政治性的群体意识;乡村文化派抱着道德回归的目的确立了农民的价值尺度。而使人意想不到的是,现代主义和后现代意识又在中国社会现代化转型之际,对中国并不成熟的现代化环境进行了疏离和否定。因此,20世纪中国文学的发展中,反现代化的思潮一直占据着重要位置。

三、农民"国民性"的文学想象与塑造

"国民性"话语自晚清生成之日起就将自己的批判主体确认为占中国人口绝大部分的农民,"农民"这一词汇在"国民性"话语的范畴内具有一定的贬义色彩,它往往表征着愚钝、守旧、狭隘、自私、奴性、消极、冷漠、麻木、浅薄等一系列与现代性话语相背离和隔阂的语汇,并被赋予了强烈的文化批判色彩,或者说,农民就是"国民性"的另一种称谓或隐喻,"'国民性'基本上就是农民性"[1],并且内含着一种尖刻的否定性的话语指向,"我国的问题实质上就是农民问题……是要改造农民文化、农民心态与农民人格"。[2] 而且,这种关于农民"国民性"的话语形态一直延伸到具体的文学创作领域。如果我们想在现代文学史上寻找一位对农民"国民性"进行书写的标志性作家和一部具有典范意义的作品,以及一位具有原典地位的农民形象,我想鲁迅、《阿Q正传》和阿Q这三者是毋庸置疑的"纪念碑","在小说里,把农民当作主人公来描写,鲁迅是中国文学史上的第一个人"[3],并且鲁迅写作《阿Q正传》的目的是要"画出这样沉默的国民的灵魂来",在阿Q身上集成了中国现代知识分子所有对农民"国民性"的想象:愚昧麻木、主体空乏、眼光浅薄、苟且偷生、自私冷漠、行为卑琐、自轻自贱、自欺欺人、奴性十足等等,一切中国农民在日常行为、

---

[1] 秦晖、苏文:《田园诗与狂想曲》,中央编译出版社1996年版,第2页。
[2] 同上书,第238页。
[3] 王瑶:《鲁迅作品论集》,人民文学出版社1984年版,第99页。

人格特性、精神思维、心性结构方面的缺陷都整合在阿Q这一人物形象身上。以鲁迅的《阿Q正传》作为一个参照坐标,在文学创作中"国民性"成为中国农民生命中不可承受之重。

在新时期文学中,农民的"国民性"又被重新翻检出来,并被做了放大化的处理,其中高晓声的文学书写具有十分典型的意义,他在某种程度上重新接通了鲁迅所开创的"国民性"批判的话语空间,"在对整个民族性格的自我批判"方面"比赵树理更接近鲁迅"①,而且作家本人在创作思想和目的上也主动与鲁迅保持精神上的同一性,"一直到现在,当年鲁迅所反对的奴性和精神麻木,仍旧广泛存在,这无损鲁迅形象,当我们看到社会上存在着那种情况想要改变它时,我们便想起了鲁迅,我们是在继承他的事业"②。在他的"国民性"文学谱系中,《李顺大造物》是一部典型的文本,"'伤痕''反思'小说中的'国民性'话语,无疑要以高晓声的《李顺大造屋》物体现得最为集中与深刻"③,小说对李顺大的"国民性"批判主要集中在对他的主体意识的空乏、僵化的奴性意识、个体信仰的盲目跟从、强烈的个人崇拜等内容,"几千年来,农民一直在寻找自己的信仰,他们找到的并不多,无非是神仙和皇帝。结果都失望了。后来找到了共产党,他们很高兴,有许多事实证明他们是找对了,于是就把共产党作为偶像来崇拜。他们找到一个崇拜的对象实在不容易,一旦建立起来就很难动摇;所以,即使党执行了错误路线,他们照样崇拜","一旦拆烂屋的人向他们道歉,他们就会非常感动,流着眼泪继续付出代价,并且从心底里真诚地称赞共产党","他们的弱点确实是很可怕的,他们的弱点不改变,中国还会出皇帝的"。④

但我们真正要质疑和思考的,是李顺大的主体精神的奴性思想是如何形成的,是如高晓声所说的是根深蒂固的封建传统文化的延续,还是中国当代政治意识形态的强行塑造?李顺大形象是现实农民的真实存在状态,还是知识

---

① 季红真:《同一历史主题的两个时代乐章——赵树理与高晓声创作特征的比较》,《文明与愚昧的冲突》,浙江文艺出版社1986年版,第32页。
② 高晓声:《纪念鲁迅所想起的》,《文艺报》1996年12月20日。
③ 何言宏:《中国书写——当代知识分子写作与现代性研究》,中央编译出版社2002年版,第151页。
④ 高晓声:《〈李顺大造屋〉始末》,见彭华生、钱光培编:《新时期作家谈创作》,人民文学出版社1983年版,第42—45页。

分子的"集体想象"和"文学转述"?"新时期"国家意识形态在李顺大形象的生成上起到了怎样的"中介"作用?李顺大是否拥有自我表述的话语权?对于上述问题,我们可以通过李顺大在中国当代历史进程中的身份变迁来考察李顺大身上的"国民性",具体而言,李顺大强烈的"主奴意识"是如何形成的?政治权利机制如何将李顺大身上的"国民性"激活,并不断地培育和滋养,从而使其形成一种"自然的"或"正常的"存在状态?换而言之,就是李顺大的"国民性"是如何被意识形态化的?

在小说中,李顺大的身份经历了"游民——农民——臣民——弃民"的序列转换,在这种身份的变换中我们可以发现一位中国普通农民的日常生活是如何与宏大的国家历史发生内在关联的,在二者的有机联系中社会结构和政治权利又是如何成为"国民性"的深刻根源和一种压抑性的黑暗力量的,李顺大卑微苟且的生活经历、跌宕起伏的造房过程,以及对苦难的心理感知和情绪体验是如何参与了建构历史的过程的,"许多最触及个人私密的戏剧场面,隐藏着最深的不满,最独特的苦痛。男女众生但凡能体验到的,都能在各种客观的矛盾、约束和进退维谷的处境中找到其根源"①,从而在李顺大这一孤立的范本中整合出一幅完整的中国农民"国民性"变迁的图景和"国民性"形成的路线图。

"游民"。著名学者王学泰在《游民与中国社会》中对"游民"这一社会群体进行了详尽的研究,他认为"凡是脱离当时社会秩序的约束与庇护,游荡于城镇之间,没有固定的谋生手段,迫于生计,以出卖体力或脑力为主,也有以不正当手段取得生活资料的人们,都可视为游民"②。以王学泰对"游民"的概念界定作为参照,我们会发现在小说的叙述中,李顺大的初始身份是一位彻头彻尾的"游民":就他在社会中的结构位置而言,"李顺大是六亲无靠的异乡人",四处漂泊,甚至不知道自己的祖籍在那里,由此可见,他已经被国家放逐到主流社会的边缘,并时刻受到盗贼和兵痞的欺压,失去了社会对他的监督和庇护;就他的职业特征而言,李顺大最初是个船户,以打鱼为生,而后有过"拾荒""用糖换破烂""扒螺蛳""国民党的壮丁"等经历,这些职业的共同特征是

---

① 〔法〕布迪厄、〔美〕华康德:《实践与反思——反思社会学导引》,李猛、李康译,中央编译出版社1998年版,第263页。

② 王学泰:《绪论》,《游民与中国社会》,同心出版社2007年版,第2页。

都出处于生活的压力,以出卖自己的体力为主,只是一种谋生的方式,并时刻充满了变动,从本质上说,李顺大所从事的工作并不是职业,因为它缺乏一项职业所应具有的标准化、规范化和制度化,以及职业生产所必需的生产资料;就他的生活状态而言,他的父母和兄弟姐妹被贫穷夺去了生命,偶然的一次捡到一个拾破烂的女人做了自己的妻子,并且有了一个儿子,但生活并没有因此而得到改善,他仍然每日在贫穷、饥饿中挣扎;就他的主体情绪体认而言,他感受到了生活的无助、悲恸和绝望,但他并没有对为何会如此进行反思和追问,而是认为这是一种无法改变的宿命,也就是说,李顺大还处于不觉醒的、蒙昧的生存状态和混沌的精神状态之中。

李顺大这种"游民"的存在状态与阿Q在未庄的生活际遇十分相似,但在阿Q身上中国农民的"国民性"展现得淋漓尽致,而在李顺大"游民"身份中所展现出来的"国民性"则显得十分暧昧和模糊,或者说,李顺大身上潜隐的"国民性"被有意识地压制下来,但作者又在故事的开端对李顺大的"游民"身份及其所遭遇的苦难生活进行不断的指认和强调,在这一"显"和一"隐"之间,隐藏了大量的意识形态信息,这其中就涵盖了意识形态对农民"国民性"的压抑、彰显和挪用。就中国革命的具体历史进程而言,中国革命在本质上是一组相互存在巨大差异和悖逆的因素结合在一起的产物:一方面,是几乎没有任何现代教育背景和经历,拘囿和封闭在狭小生存空间内的农民大众;另一方面,则是由无产阶级革命精英知识分子组成的政党领导阶层,及其所设计的宏大的意识形态和以革命为名义所发动的社会革命运动。那么,这种充满了意识形态色彩和革命目的论的社会运动,与主体思想意识匮乏、几乎没有任何意识形态化思维的农民之间是如何建立沟通和链接的呢?这就涉及对农民身份的前身——"游民"身份的强调和认同,在中国共产党的意识形态框架内,"农民"之所以转变为"游民",是因为他们失去了赖以生存的土地,所以才饱尝生活的苦难,而这种情况是由于地主阶级、官僚资产阶级和帝国主义的剥削和压制,"帝国主义侵略下,农村原有的阶层矛盾已经发生裂变,地主变成封建余孽与资本主义混血结合的买办商人,农民成为失去土地的无业游民"[①]。正如李顺大的生命际遇一样,他没有土地,生活困顿,并承受着国民党发动的战乱

[①] 瞿秋白:《国民革命中之农民问题》,《瞿秋白论文集》,重庆出版社1995年版,第259页。

和灾难,所以,对于农民主体精神空间内的"国民性"进行改造和启蒙并不是无产阶级知识分子的主旨,他们的主要目标是激活农民对非无产阶级的阶级仇恨,并主动跟随他们进行暴力革命,因为"游民处在社会的最底层,他们意识到,只有在剧烈的社会冲突中才会改变现有的一切。他们不理会秩序,欢迎冲突,甚至欢迎剧烈的社会冲突和社会动乱"①。

由此可见,在李顺大的"游民"身份体系中,愚钝麻木、被动承受、信仰缺失等"国民性"因素已经显现出来,但意识形态对他的主体改造的重点不在于使其"运用自身的理性思维和理解力","摆脱自身的蒙昧状态",并"敢于运用自己的理解力"②,而是对李顺大所承受的苦难进行"重新表述"和"放大化"的技术处理,李顺大的"国民性"问题被悬置起来,取而代之的是在其思想中灌输阶级斗争的意识形态,以此来激发农民参加革命的迫切愿望,从而形成一种全新的农民文化观和全新的农民形象,"诉苦作为一种权力技术,是重构社会认同、划分阶级,进而实现对农村社会重新分化与整合的努力"③。这样,在意识形态的操控下,"国民性"话语被意识形态隐藏和掩埋在历史的深处。

如果说五四新文化运动对历史的贡献在于对被封建文化权力网络压抑了数千年的现代性的"人"的重现发现和确认的话,那么,中共所领导的新民主主义革命运动,则是在普泛意义上的"人"的范畴内进一步剥离出"农民",对中国农民重新发现和使用,使农民在中国革命历史进程中的地位和价值得到了空前提升,并将他们纳入国家现代化的战略构想之中,同时为农民建构了一种全新的文化形态和思维范式。"中国历来只是地主有文化,农民没有文化。可是地主的文化是由农民造成的,因为造成地主文化的东西,不是别的,正是从农民身上掠取的血汗。中国有百分之九十未受文化教育的人民,这个里面,最大多数是农民。农村里地主势力一倒,农民的文化运动便开始了。"④从毛泽东的论述中我们可以发现,中国共产党对农民文化和主体思维的塑造主要

---

① 王学泰:《绪论》,《游民与中国社会》,第 2 页。
② 康德:《何谓启蒙?》,见王岳川、尚水编:《后现代主义文化与美学》,北京大学出版社 1992 年版,第 42 页。
③ 方慧容:《"无事件境"与生活世界中的"真实"——西村农民土地改革时期社会生活的记忆》,见杨念群主编:《空间·记忆·社会转型——"新社会史"研究论文精选集》,上海人民出版社 2001 年版,第 467 页。
④ 毛泽东:《湖南农民运动考察报告》,《毛泽东选集》卷 1,第 79 页。

集中在两点:一、唤醒和激活农民的阶级意识,以暴力化的阶级斗争为主要形式,将农民整合进革命的队伍,组建一支以农民为主的军队,并把这种观念系统化和理论化;二、借鉴和转化中国历史上"农民造反"的模式,"打土豪,分田地""论功行赏""排座次、座江上",激起农民对于财富和土地的欲望,并将之转化为革命的动力。二者共同构成革命语境下农民的主体思维和精神话语,只不过前者是一种公开的革命表述,后者是一种隐蔽的心照不宣的内部"潜规则"。

正如《李顺大造屋》描述的那样:在"土改"之前,李顺大虽然一直想摆脱贫苦的生活境遇,但他始终保持着自己"游民"的自然和常规生活状态,以一种"游民"的生活方式维持或突破自己的生活境遇,以"游民"的方式进行财富的原始积累,以"游民"的方式解决生活中的困惑和矛盾,以"游民"的方式应对时代的动荡和变迁。但"土改"运动的发生,彻底改写了他的"游民"身份和"游民"生活常态,土地的重新再分配使他拥有了固定的土地,也就意味着他拥有了最基本的生产资料,同时他的生活境遇也有了极大改善,因此,他成功地从"游民"变成了"农民"。但我们关注的重点并不在于李顺大的生活质量有了怎样的提升,而是这种身份的转变和生活境遇的"翻身"和"解放",对他的主体精神起到了什么样的作用,主体精神世界的思维形式和逻辑方式呈现一种怎样的转变。"土改分到了田,却没有分到屋。陈家村上只有一户地主,房子造在城里,没法搬到乡下来分",显然,李顺大革命的目的在于瓜分土地和房屋,并不掺杂其他脱离现实生活的崇高的革命伦理意识,并且,因为没有分到房屋而显得耿耿于怀,更加印证了他响应革命的实用主义目的,这与太平天国运动在《天朝田亩制度》中所提倡的"有田同耕,有饭同食,有衣同穿,有钱同使,无处不均匀,无人不保暖",具有精神的同一性和同构性。同时,"李顺大认为,他是靠了共产党,靠了人民政府。才有这个雄心壮志,才有可能使雄心壮志变成现实。所以,他是真心诚意要跟着共产党走到底的。一直到现在,他的行动始终证明了这一点",由此可见,在李顺大的主体精神空间内,最大的感知来自于共产党在革命过程中所产生的强大革命力量,李顺大苦心经营多年也没有得到改变的贫苦生活状态,却在一场革命中被戏剧性地改变,而且完成得是如此短暂、急速和彻底,没有任何过渡和渐变。在这种戏剧性的场景中,李顺大形成了新的"信仰"和新的"人身依附",同时也依然延续了僵化的思维方式。

通过以上分析我们可以发现,实质上毛泽东所开创和倡导的"新的""农民文化"并没有改变农民的"国民性",它的革命目的论色彩过于浓厚,只注重用先验的阶级学说对农民的主体精神进行强行灌输,而放弃了以理性和科学的思维对农民的"国民性"进行批判和启蒙。李顺大身上所隐藏的功利化的实用主义、平允主义、等级观念、自私利己、守成保旧以及通过政治权利来维持自己稳定社会地位的企图、现有的社会秩序和常规的生活方式等等,依然顽强地支配着他的主体行为,并逐渐演化为一种普遍心理。所谓改变只不过是在革命话语的装扮下变换了一张"现代化"的脸谱而已,"就它的主体方面而言,仍是中国小农社会矛盾积累与积聚的产物,是中国多次发生过的旧式农民战争、农民运动的再版,尽管它是一种修正版"[①]。李顺大在土改中所表现出来的一切行为和思想完全是意识形态的产物,尽管这种意识形态给农民灌输的全是"震惊世界"的标语和口号,但实际上这是一种最大的保守主义,它以"翻身""解放"的革命方式延续和稳固了农民的"国民性"。

"臣民"。无论在李顺大看来"土改"所形成的客观结果和主观构想之间存在怎样的差距,但毕竟使自己在社会结构中的位置和现实生活质量有了明显改观,并实现了短期的拥有土地的生活目标。只是令他始料不及的是,1949年新的国家政体的形成虽然在政治形式上摧毁了以宗族组织为基础的传统封建统治,使他脱离了强大的封建"权利文化网络"的奴役和压迫,但并没有使他真正摆脱社会权力对自己的监控和规训,而是再一次地陷入了新的"权力文化网络",并在行为方式、思想归属、情感趋向、组织认同等方面受到了新的国家政权的新一轮"改造",被束缚在一种新的"总体性社会"[②]框架内。在这种国家意识形态的推演下,李顺大由一位"农民"变成了一位"臣民",与国家的关系达到了空前"密切"的程度,从而形成一种新的"人格依赖"和"人身依附",而且这种"依赖"和"依附"是以绝对的服从为前提和基础的。

那么,李顺大对国家权力的服从和依附具体体现在哪些方面?国家权力机制在这一过程中又起到了什么样的"中介"作用呢?

[①] 姜义华:《理性缺位的启蒙》,上海三联书店2000年版,第5页。
[②] 孙立平:《"自由流动资源"与"自由活动空间"》,《探索》1993年第1期。

首先,国家意识形态将传统儒家学说中"向内里用力"的观念堂而皇之地引入到自己的理论和实践中,大力培育忠于党、忠于国家、忠于人民的观念和人格理想,从而在农民的主体思想里形成一种"道德的形而上学"和"逐臣心态",彻底泯灭个体思想的理性反思和多元发展,并以此来巩固政治权力的群众基础。从小说的故事讲述来看,"土改"以后,李顺大在日常生活行为上已经成为一位"跟跟派":

> 听毛主席话,跟共产党走,能坚决做到,而且品全落实,随便哪个党员讲一句,对他都是命令。有一夜李顺大一觉醒来,忽然听说天下已经大同,再不分你的我的了。解放八年来,群众手里确实是有点东西了。例如李顺大不是就有三间屋的建筑材料吗?那么,何妨把大家的东西都归拢来加快我们的建设呢?我们的建设完全是为了大家,大家自必全力支援这个建设。任何个人的打算都没有必要,将来大家的生活都会一样美满。那点少得可怜的私有财产算得了什么,把它投入伟大的事业才是光荣的行为。不要有什么顾虑,统统归公使用,这是大家大事,谁也不欺。这种理论,毫无疑问出自公心。李顺大看看想想,顿觉七窍齐开,一身轻快。①

在李顺大的认知范畴内,自己的思想与党应该保持精神的同一性,不能发生任何形式的背离和抵牾,并主动接受意识形态话语机制的"召唤",从而使自己成为一个国家认同的标准的"道德化个体"和典范的"国家社会成员","个体面对被秩序化的群体应承担无限的道德责任。个体在完成这个无限的道德责任过程中,使自己完全和道德理想所企望的理想人格重合起来,个体达到这种境界就叫做仁"②。同时李顺大有了一种强烈的位置感和归属感,所以他毫不犹豫地交出了自己省吃俭用积攒下来的造房材料,并觉得"七窍齐开,一身轻快"。虽然"大跃进"社会实践以失败收场,李顺大造房的材料也化为乌有,但在区委书记刘清同志的帮助和教育下,"他的眼泪,早就扑落扑落流了出来,二话没说,呜咽着满口答应了"。

其次,国家在革命过程中所展现出来的暴力行为及其所具有的象征意义,成为李顺大"臣民"心态的另一个重要因素。"个人、群体和组织通过各种手

---

① 高晓声:《李顺大造屋》,《高晓声精选集》,北京燕山出版社2006年版,第12页。
② 刘再复、林岗:《传统与中国人》,安徽文艺出版社1991年版,第144页。

段以获取他人服从的能力。这些手段包括暴力、强制、说服及继承原有的权威和法统。"①。"土改"运动中,国家机器通过对农民最惧怕和敬畏的地主的血腥杀戮,已经使农民切身感受到了其威力。"大跃进"结束以后,李顺大改变了造房的方式,积攒盖房材料转变为积累金钱,而国家对李顺大主体思想改造的暴力化策略正是集中体现在"文革"中对李顺大积累的财富归属问题的态度,以及没收的方式上:

> 李顺大想得太落后了,在文明的时代里,文明的人是无需使用那野蛮手段的。有一个造反派的头头,在光天化日之下,腰里插着手枪,肩上挂着红宝书,由生产队长陪同,到李顺大家做客来了。原来他是公社砖瓦厂的"文革"主任,很讲义气,知道李顺大要造房子买不到砖,特地跑来帮助解决困难。他大骂了一通走资派刘清不替贫下中农谋利益,现在则轮到他来当救世主了,只要李顺大拿出二百一十七元钱来,他负责代买一万块砖头,下个月就可以提货。
>
> 况且又是生产队长同来的,还有枪有红宝书,真是讲交情有交情,讲信仰有信仰,讲威势有威势。李顺大虽然当过三次逃兵,还没有经过这种软硬兼施的场面,心一吓,面一软,双手颤颤数出了二百一十七。②

枪、红宝书,这一"文革"中肉体和精神双重暴力的象征符号所产生的令人恐惧的力量,加上走资派刘清反面形象的例证,以及以党的名义进行的威逼利诱、温情哄骗,终于再一次将李顺大造房的梦想彻底打碎,同时也使他的主体思想进一步与党保持了同一性。这种"建立在感激和敬畏双重基础上的国家认同",在"文革"时期又一次在农民的主体精神空间中与传统文化中的"皇权思想"相遇和复活。农民"国民性"中的奴性心理和主奴意识,随着国家意识形态对其"臣民"身份的塑造和高度认同,依旧盘踞在他们的精神深处。正如马克思所言:"恰好在这种革命危机时代,他们战战兢兢地请出亡灵来给他们以帮助,借用它们的名字、战斗口号和衣服,以便穿着这种久受崇敬的服装,用

---

① 〔美〕杜赞奇:《文化、权力与国家》,江苏人民出版社1996年版,第4页。
② 高晓声:《李顺大造屋》,《高晓声精选集》,第16页。

这种借来的语言,演出世界历史的新场面。"①

"**弃民**"。印度学者帕特·查特杰在《庶民研究》中指出:"在反殖民时期,民族国家往往能够调动农民成为抗争的主体,而民族国家独立之后,农民与国家之间的利益却越来越分离。"②如果把帕特·查特杰的论述移植和借用到中国当代的历史语境中,按照他的逻辑线索继续推演的话,我们可预知中国农民的命运,在颠覆原有的政治统治建立新的国家政权以后,农民的利益诉求与国家的利益分配之间的裂隙不断加深和扩大,尤其是国家政权确认了宏大的"现代化"社会实践方向和路径以后,农民作为一个缺乏"现代意识"的群体被逐渐放逐到社会主流叙事的边缘,或者作为一个反面的例证不断受到主流意识形态的质疑和批判,或者农民选择不断退却和妥协,以此来在社会结构中获取暂时的位置,"农民"的身份体系已经破裂,转变为时代的"弃民"。这种"弃民"身份的形成主要是由于国家政权作为大共同体时个体的压迫,以及革命领导者与农民主体思想之间的悖逆。

1949年以后,李顺大作为新民主主义革命时期国家政权整合的对象,在"土改"运动中参与了国家的利益分配,分得了一部分土地。但这并没有永久改变他贫苦的命运:1956年的"大跃进"使李顺大变得一贫如洗;1966年的"文革"又使李顺大在造反派的威逼利诱下交出了积攒多年的财富,稍微有些改善的生活又变得一无所有;1976年"文革"结束以后,李顺大虽然买齐了盖房子的材料,但却是利用行贿这种非正当手段获取的。对于李顺大而言,"1949年"仅仅是一个具有政治含义的时间划分。正如福柯所言:"必须得有一束光,至少曾有一刻,照亮了他们。这束光来自另外的地方。这些生命本来想要身处暗夜,而且本来也应该留在那里。将它们从暗夜中解脱出来的正是它们与权力的一次遭遇:毫无疑问,如果没有这次撞击,对他们匆匆逝去的短暂一生,不可能留下片纸只言。"基于此,我们才能真正理解李顺大的感叹:"唉,呃,我总该变得好些呀!"

除此之外,革命领导者与农民在主体精神之间的悖逆和思想的隔阂也是

---

① 〔德〕马克思:《路易·波拿巴的雾月十八日》,《马克思恩格斯选集》卷1,人民出版社1995年版,第600—601页。

② 陈光兴主编:《Partha Chatterjee讲座·发现政治社会:现代性、国家暴力与后殖民主义》,巨流图书公司2000年版,第37页。

"弃民"身份形成的另外一个重要因素。在本质上,李顺大的主体诉求和革命领导者的要求之间始终处于一种错位的状态,小说中李顺大在日常生活中唯一的诉求就是能够拥有自己的一座房屋,但革命领导者始终无法满足李顺大的要求,并一次一次地使李顺大快要实现的梦想破碎,三次失败的造房经历使李顺大陷入巨大的焦虑和恐慌之中,让他不知究竟如何来看待革命对于自己所产生的现实意义。因为房子的有无已经脱离了他掌控的范围,房子这一生活幸福的象征符号有无以后的"意义"也不是他所能预知和推断的,而是由他自身以外的国家强制性力量所施舍和给予的,但"国家"作为一个"他者"并没有切身感知李顺大的精神困境,虽然革命是以"人的解放",以打碎旧有的国家机器为最终目的。

"新时期"初期的知识分子们大部分都以民族的启蒙精英自我标榜,都自信中华民族的现代化复兴必将在他们建构的文化策略中重现,对中国农民的"国民性"批判成为他们实现自己文化策略的一条简单而又唾手可得的话语空间,但谁又能够站在农民的立场来表述这种国民性呢?农民已成现代化叙事的"弃民"的现实境遇又有谁批判和质疑过?知识分子迎合主流意识形态对"文革"历史"封建性社会"的指认,滥用"封建主义"的这种心态和话语方式又有谁反思过?也许葛红兵的话真的有些危险耸听,但却能够让我们惊醒和警惕:"阿Q是一个在启蒙偏见之下被塑造出来的人物,因而他作为一个农民身上的正面要素完全被低估了,更为重要的是,即使是这样一个身上的正面要素被低估了的农民形象,其被当作反面典型加以认定的东西,依然有许多是值得我们再探讨的。但是,直到如今,中国文学界对此并无真正的反思,因而它依然主宰着许多中国当代作家对中国农民的认识,有的时候这种主宰是有形的,有的时候这种主宰是无形的"①,那么,李顺大是否也是被塑造和想象的农民形象呢?

四、文学"暴力"的意识形态性

在全世界范围内流行的暴力概念是指:"故意使用武力,对自己、他人,或者对一个团体、社区进行威胁或采取实际行动,造成或有较高的可能造成身体

---

① 葛红兵:《直来直去》,当代世界出版社 2004 年版,第 35 页。

的、精神的伤害、死亡,发展为破坏或抢夺的行为。"①但"暴力"是一个具有极其繁复的结构体系、文化内涵和表现样态的词汇,不同的国家、民族、种族、阶级、集团对于暴力有着不同的理解和阐释,即使在一个社会内部,在不同的历史语境和文化背景中对于暴力也有着不同的理解,迄今为止仍然没有一个对暴力统一的认知和概念界定,"暴力产生的种种难题仍然很令人费解"②。著名的马克思主义文化批评家雷蒙·威廉斯在《关键词:文化与社会的词汇》一书中对暴力的词汇谱系进行了分析,他认为暴力的最早词源可以追溯到"古法文的 violence、拉丁文 violenti,一指热烈(vehemence)、狂热(impetuosity),一意指力、力量",暴力主要有五种词义:"一、攻击身体;二、使用武力(主要指军队,包括监禁、恢复秩序、警察暴力等行为);三、视为一种威胁(对肢体的伤害);四、难以驾控的行为(暴力的发展范围,人的暴力欲望的走向难以得到驾驭);五、遭受到暴力(杀戮、残害、肉体折磨)。"③但在中国现代历史语境中,人们对于暴力的接受、体察和认知在某种意义上与威廉斯所阐释的暴力内涵存在着一定程度上的偏差,在《现代汉语词典》中,暴力被阐释为:"政治学名词。不同政治利益的团体,如不能用和平方法协调彼此的利益时,常会用强制手段以达到自己的目的,称为暴力;泛指侵害他人人身、财产的强暴行为暴力";④在《辞海》中,暴力被解释为:"阶级斗争和政治活动中使用的强制力量;侵犯他人人身财产等权利的强暴行为。"⑤从《现代汉语词典》和《辞海》对暴力的界定中,我们可以发现在中国现代历史语境中暴力所具有的多向度的丰富复杂的意义内涵得到了"减化",暴力演化为一个具有鲜明的政治诉求和革命目的论色彩的语汇,或者说,暴力与中国的革命历史进程有着紧密而内在的联系,暴力成为革命的一种表征、隐喻和转述。

新时期以"讲述文革"为主要内容的小说中对"文革"中的暴力行为进行了详尽的描述,郑义的《枫》,肖平的《墓场与鲜花》,礼平的《晚霞消失的时

---

① 世界卫生组织编著:《世界暴力与卫生报告》,唐晓煌等译,人民卫生出版社 2002 年版,第 9 页。
② 〔法〕索列尔:《暴力论》,刘光炎译,中央文物供应出版社 2003 年版,第 8 页。
③ 〔英〕雷蒙·威廉斯:《关键词:文化与社会的词汇》,刘建基译,生活·读书·新知三联书店 2005 年版,第 511—513 页。
④ 《现代汉语词典》,商务印书馆 2005 年版,第 57 页。
⑤ 《辞海》,上海辞书出版社 1999 年版,第 3981 页。

候》,铁凝的《玫瑰门》,胡月伟的《疯狂的节日》《疯狂的上海》《疯狂的末日》,金河的《重逢》,莫应丰的《将军吟》,陈世旭的《小镇上的将军》,宗璞的《三生石》《我是谁》,林斤澜的《氤氲》,丛维熙的《大墙下的红玉兰》,冯骥才的《铺花的歧路》,叶蔚林的《在没有航标的河流上》,韦君宜的《洗礼》,张贤亮的《绿化树》,朱晓平的《桑树坪纪事》,古华的《芙蓉镇》,戴厚英的《人啊,人!》,梁晓声的《一个红卫兵的自白》,老鬼的《血色黄昏》……一系列小说都将讲述"文革"的暴力行为作为小说的核心事件。尤其是铁凝的《玫瑰门》,对"文革"的暴力行为进行了"原生态"的展示:

  二旗在母亲的默许下,决心要给姑爸些颜色。要给,他的行动也须尽量合法化,尽量合于造反的色彩。这就必须串连起战友一道行动,这行动就不再是报私仇,这是他们发现"新动向"之后的一种必要的反应。即使行为有过火的可能,大方向也始终正确。二旗将自己的那套最具时代特征的衣帽穿戴起来。把胳膊上那方又宽又大的袖章抚平,让三旗暗中监视西屋,然后一个人出了院门。

  没过多久,就有五六个手持棍棒的小将由二旗带领冲进院来。他们早已听取了二旗的报告,知道这院深更半夜发生的新动向,其性质当然属阶级报复一种。于是"要捍卫"的热血立刻在他们胸中沸腾起来。这热血与他们那青春期旺盛得无处发泄的心态立刻汇成了一股势不可挡的潮流,那潮流向这院子向姑爸汹涌澎湃了。

  他们冲进西屋,西屋顿时传出了一阵破旧造反的特有声响。姑爸不叫也不喊,只有那些犀利的、沉闷的、玲珑的、清脆的、喑哑的、破裂的声响在交错。这声响过后才是正式对付姑爸的时刻。

  姑爸被架出屋来,她裸露着上身赤着脚,被命令跪在青砖地上。……皮带和棍棒雨点般地落在姑爸身上,姑爸那光着的脊背立刻五颜六色了。之后他们对她便是信马由缰的抽打:有人抬起一只脚踩上她的背,那棍棒皮带落得慢悠悠。这是一种带着消遣的抽打,每抽打一下,姑爸那从未苏醒过的干瘪乳房和乳房前的青砖便有节奏的摇摆一下。

  他们耳语一阵又将她拖进屋去。在屋里他们经过研究,终于又拟出一个全新的方案:打、骂、罚跪、挂砖也许已是老套子,他们必须以新的方法来丰富自己的行动。因人制宜,因地制宜。人是姑爸这个半老女人,地是西屋这张床。他们把"人"搬上床,把人那条早不遮体的裤子扒下,让人仰面朝天,有人再将这仰面朝天的人骑住,人又挥起了一根早已在手的铁通条。他们先是冲她的下身乱击了一阵,然后就将那通条尖朝下高高扬起,那通条的指向便是姑爸的两腿之间……

姑爸发出一声凄厉的惨叫,那叫声和昨天相比,只多了绝望。①

正如《玫瑰门》所展示的那样,在这些小说中暴力的实施者绝大部分都是以群体的面目出现,或者说,"文革"的暴力在某种程度上是一种"群众暴力"②。这些"群众"主要包括:1."赤贫者",这些人整日在饥饿的边缘挣扎,他们生活目标简单而直接,对物质生活充满了无限的欲望。例如《芙蓉镇》中的流氓无产者王秋赦,对土地、房屋、财富、女人的占有欲成为他进行"革命"的起搏器。2."畸零者",这些人由于"阶级血缘"(他们的父辈往往是地、富、反、右、坏)与"革命"阶级处于对立的两极,不能整合进任何以公有利益为基础的政党和组织,被主流意识形态放逐在社会的边缘和底层。因此,他们必须将自我掩埋在群众性的集体造反运动中,放弃个体的意志和判断,在对同属阶级的暴力行为中实现自我救赎。例如《铺花的歧路》中的女中学生白慧,只有在对出身资产阶级的母亲的暴力拷打中才能得到红卫兵组织的接纳和认同。3."病态者",这些人在人性的内在结构上存在致命的缺陷,烦闷、嫉妒、怨恨、倾轧、占有是他们共有的外在表现,对自我实在利益的维护成为他们参加革命的唯一目的,由于这种自身精神的病态和个人主义思想的盛行,他们通常最容易转化为"暴民"和最残暴的造反运动的参与者。例如《玫瑰门》中的罗大妈暗中支持自己的儿子对姑爸进行丧失人性的肉体施暴,完全是出自对姑爸身上所显现出来的"贵族气息"的嫉妒和报复。4."投机者",这些人对政治权利和社会地位具有先天性的迷恋和崇拜,但现实中他们通常政治地位卑微,进入政治中心的机会微乎其微,所以,利用革命"造反"的机会对社会的政治结构进行划分和整合,就成为他们进入权力中心的唯一路径和通道。例如《将军

---

① 铁凝:《玫瑰门》,春风文艺出版社 2003 年版,第 143—144 页。
② "群众暴力"是指"由群众运动和群众组织发起和进行的、针对部分公民或社会阶层的非法的集体性暴力行为",主要是相对于"以国家机器为手段的国家暴力或以个人犯罪为特征的个人暴力而言"。龚小夏:《"文革"中群众暴力行为的起源与发展》,《香港社会科学学报》1996 年春季号。转引自何言宏:《中国书写:当代知识分子写作与现代性研究》,中央编译出版社 2002 年版,第 135 页。

吟》中范子愚就是一个时刻沉迷于政治权力的狂热分子。5."野心家",这类人与"投机者"有着相似的政治动机,不同的是他们具有极高的政治地位,不仅仅是"文革"的参与者,更是直接的发动者和策划者,"改朝换代"是他们的终极目标,但最终他们沦为政治的工具、囚徒和罪犯。例如《疯狂的上海》中的张春桥、姚文元、王洪文、江青。6."极权者",这类人通常都具有至高无上的权力,但他们在日常生活中时刻都保持着强烈的政治危机感,主观地在社会中虚构敌对阶级和敌对势力,以此来引起群众的恐慌和焦虑,并通过发动革命来铲除"异己者",来获取民众对自己的敬畏和崇拜。例如在《一个红卫兵的自白中》,一个口号、一个姿势、一枚徽章、一本语录、一次检阅就是对"极权者"的隐喻和表征。7."赎罪者",这一类人特指"文革"中的知识分子,他们自出生起就是有罪之身,摆脱"原罪"之身的一个便捷途径就是把自我形容为贫乏无助、罪孽深重,并抛弃个体的特殊性和独立性,成为"文革"运动的追随者和支持者,把自我融入到团体的神圣的革命一体性中。例如《啊!》中的知识分子吴仲义、张贤亮《绿化树》中的章永璘。

  这些"群众"暴力行为的实施对象主要集中在五类人身上:1.知识分子。尤其是掌控文化资源和话语权的"资产阶级的反动学术'权威'";2."党内走资本主义道路的当权派",包括中央和地方的各级党委;3.反党、反社会主义的"地、富、反、右、坏"等阶级敌人;4.与以上人群有着血缘关系的家庭成员;5.对"文革"运动持犹疑和反对态度的"中间派"和"保守派"。①

  对上述人群的暴力行为有着繁复多样的表现形态,归纳起来主要有以下几种:1."抄家",包括没收财产、查抄浮财、捣毁、砸烂代表封、资、修的一切物品。例如铁凝的《玫瑰门》、韦君宜的《洗礼》、礼平的《晚霞消失的时候》中对抄家细节的详尽描写。2."武斗",主要发生在"文革"初期政治立场不同的"红卫兵"派系之间,以大规模的武装冲突为主。例如郑义的《枫》、宫晓的《没有被面的被子》和金河的《重逢》中对红卫兵内部派系之间的"文功武斗"的叙述。3."批斗",这是"文革"期间群众集体参与的最为普遍的一种暴力形式,包括"批判大会""诉苦大会""游街"等,被批斗者往往被"剃阴阳头""戴高

---

① 参见1966年5月16日发布的《中国共产党中央委员会通知》,1966年8月8日发布的《中国共产党中央委员会关于发动无产阶级文化大革命的决定》。中国人民解放军国防大学党史党建政工教研室编著:《"文化大革命"研究资料》上册,国防大学出版社1988年版。

帽""坐喷气式飞机""涂鬼脸"。例如刘心武的《如意》中的主人公"贵族小姐"金绮纹、何立伟的《白色鸟》中属于"剥削阶级"的男孩的外婆、史铁生的《奶奶的星》中的"地主奶奶"、《流逝》中的"资产阶级小姐"、古华的《芙蓉镇》中的右派知识分子秦书田等人在"文革"中所经历的"批斗"。4."监禁",主要是对个体的人身自由进行监管,通过"写检查""写交代材料""向党交心"等形式来达到改造思想和规训精神的目的。例如韦君宜的《洗礼》中的王辉凡、陈国凯的《我该怎么办》中的李丽文在"文革"所遭遇的人身监禁。5."监改",主要指在监狱中进行劳动改造。例如丛维熙的以《大墙下的红玉兰》为代表的"大墙文学"中所讲述的知识分子在监狱中的劳动改造。6."流放",主要指放逐到生存环境极其恶劣的边缘山区和农村进行劳动改造。例如王蒙的《蝴蝶》、李国文的《月食》、阿城的《棋王》等小说中对知识分子流放生涯的讲述。7."酷刑",这是"文革暴力"最为残酷和非人性的一种方式,形式种类繁多,主要包括:鞭笞、挖眼、割耳、割舌、割阴、吊刑、过电、罚跪、腰斩、瞎马闯阵等。① 上述"新时期"初期的小说绝大部分的写作焦点聚集在对于"文革"中暴力的实施主体、实施对象、实施样态进行集中透析和细节的描绘,只有《晚霞消失的时候》《玫瑰门》《大浴女》等几部小说对"文革"暴力的起源和历史成因进行了解析和探寻,但也仅仅局限在人性本身的范畴和框架之内,对于"文革暴力"背后的意识形态因素的指认和批判仍然处于一种悬置的状态,仿佛"文革暴力"只与暴力实施主体的道德和人性相关,而与意识形态无关。但实质上,"文革暴力"的缘起、实施和演进与国家意识形态有着内在的不可割离的"血统"和"血缘",它是国家意识形态自1942年就逐渐实践和推广的以极"左"社会实践方案为表征的激进政治的一种表现样态,只不过是在六七十年代进行了一次全民族的集体演练。所以,对"文革暴力"的意识形态因素进行探析,寻找意识形态运作和生产暴力的痕迹,也就有了历史和现实的双重意义。

还原"文革暴力"的历史语境我们会发现,国家意识形态主要通过暴力的"合法化"来推动"文革暴力"的产生和发展,这种暴力的合法化主要体现为意识形态的"询唤",而社会身份体系的重构就成为这种"询唤"的主要表征。

---

① 参见刘兴华、华章:《疯狂的岁月——"文革"酷刑实录》,朝华出版社1993年版。

实质上，1949年中华人民共和国的建立和政治协商制度的形成，已经使中国拥有了相对完整的国体和完善的政体；1950年开展的波及全国的"土地改革运动"和"镇压反革命运动"也使地主阶级和反革命阶级基本消失；1953—1956年中国所推行的资本主义工商业改造的胜利完成，已经使国内的资本主义失去了存在的经济基础，资产阶级作为一个阶级也退出了历史的舞台；1964年"四个现代化"目标的确立表明社会主义经济建设已经成为国家的首要任务，大规模的阶级斗争任务已经完成。但国家意识形态对社会身份体系的认同和重构却没有符合新的历史语境，仍然停留在阶级斗争阶段，以单一的二元对立的思维方式对身份体系进行划分，强行地将个体身份归属为"革命阶级"和"反革命阶级"，"革命阶级"是国家和人民的"朋友"，而"反革命阶级"则是国家和人民的"敌人"，对"反革命阶级"的暴力化的阶级斗争将成为国家进行政治实践恒定的主题①，以"天下大乱，达到天下大治。过七八年又来一次。牛鬼蛇神自己跳出来"②。

所以，"革命阶级"身份的获取成为每一个中国人主体建构的必要条件，同时，也是参与社会政治实践的必要条件。尤其是在"文革"期间，要想参与"文革"政治实践就必须获取"革命阶级"身份的认同，正如刘小枫所指出的，"并不是任何一个'群众'成员都有资格去进行'文化大革命'的，只有'革命'群众才有资格去革命"③。因此，获取"革命"身份成为"文革"期间每个人的日常行为诉求和精神焦虑。而对"反革命阶级"实施暴力，就成为获取"革命"身份的策略和途径，通过这种革命暴力行为来证明自己的"革命身份"，成为个体的行为准则和历史的必然规律，施暴与受暴成为是否是"革命阶级"的分界线。在此历史背景下，我们再来看待小说中所展现的群众集体参与的狂热的、非理性的暴力行为就有了历史的合理性和必然性，"运动组织以表现为暴

---

① 毛泽东本人对发动阶级斗争似乎有着一种"力比多"式的本能欲望，"阶级斗争……是使共产党人免除官僚主义、避免修正主义和教条主义，永远立于不败之地的切实保证，不然的话让地、富、反、坏、牛鬼蛇神一齐跑了出来，而我们的干部则不闻不问，有许多人甚至敌我不分……少则几年、十几年，多则几十年，就不可避免地要出现全国性的反革命复辟"。毛泽东：《关于赫鲁晓夫的假共产主义及其在世界历史上的教训》，《人民日报》1964年7月14日。

② 《毛泽东给江青的一封信（1966）》，中国人民解放军国防大学党史党建政工教研室编著：《"文化大革命"研究资料》上册，国防大学出版社1988年版，第176页。

③ 刘小枫：《现代性社会理论绪论》，上海三联书店1998年版，第391页。

力的积极性和战斗性来作为接受其成员的标准,是大规模群众暴力产生的直接原因……用对'阶级敌人'的暴力行动来证明自己的'革命性',从而使自己得到某个团体的接纳或在团体内得到升迁,是当时普遍存在的行为"①。

郑义于1979年2月11日发表于《文化报》的小说《枫》是展示这种"文革"暴力起源的典范性作品。小说叙述了"文革"中"井冈山"和"造反兵团"两个群众组织因政治立场的差异而相互进行武斗杀戮的故事。小说的男女主人公李红刚和卢丹枫原本是一对恋人,但由于分属于不同的群众派系,为了证明自己的"革命阶级"身份和政治信仰,两个人都将对方作为"他者"的"反革命阶级",并通过暴力杀戮来为自己革命身份的纯洁性进行辩护,最终卢丹枫被李红刚逼迫跳楼自戕,李红刚也被判死刑。小说这样描写卢丹枫跳楼自戕:

> 泪水浮上了她的眸子:"要是我能亲眼看到文化大革命的最后胜利,那该多好啊!"她一把揪住李红钢的胸襟,热切地说:"黔刚,你快清醒吧,快回到毛主席革命路线上来吧!你快点调转枪口吧,黔刚!"
>
> 李红钢忍住泪水,背过了脸:"不!……你,你……投降吧!"
>
> 丹枫愤然一挣,一把推开李红钢。她后退了几步,整了整血迹斑斑的褪了色的旧军衣,轻蔑地冷笑道:"至死不做叛徒!——胆小鬼,开枪吧!"
>
> ……
>
> "没有一滴热血!"丹枫感叹一声,扭身向楼边走去……
>
> ……
>
> "井冈山人是杀不绝的!共产主义是不可抗御的!誓死保卫毛主席的革命路线!誓死保卫毛主席,誓死保卫林……"
>
> 在这最后的高呼中,丹枫跃出了最后的一步……
>
> 一片死寂。楼下传来一声沉闷的声响,象是一麻袋粮食摔到地上。②

显然,李红刚逼迫卢丹枫投降,以及卢丹枫用自戕来进行反抗,不仅仅是由于"造反兵团"和"井冈山"之间的派系纷争和政治对立,在某种程度上,李红刚和卢丹枫之间的施暴和受暴更像是一次在"阶级敌人"面前的暴力表演,

---

① 龚小夏:《"文革"中群众暴力行为的起源与发展》,《香港社会科学学报》1996年春季号。
② 郑义:《枫》,《文化报》1979年2月11日。

暴力行为成了他们共同证明自己革命身份和革命信仰的"公共仪式",但这一仪式并不仅仅像卢丹枫所说的那样用来捍卫"共产主义"和"毛主席的革命路线"这些神圣的政治目标,这一暴力行为中所掺杂的个体目的同样显露无疑:李红刚通过对自己恋人无情的暴力打击向周围的人群表明了自己坚定的革命意志,以此来得到革命身份的认同;同样,卢丹枫通过自戕这种决绝的方式也表明了自己忠贞的革命信仰,并因此获得了意识形态的认同。

"文革暴力"合法化的另一种体现是国家意识形态对群众暴力的"正当性"和"必要性"的不断强化,以及国家以强制性的政策、法规和命令对群众的暴力行为进行诱导和放任。

在"文革"时期的主流意识形态视域中,以人民群众为主体的对"敌对阶级"的暴力行为是一种革命的行为,具有天然的合法性和正当性。1964年4月,毛泽东对"文化大革命"的性质进行了概括:"无产阶级文化大革命,实质上是在社会主义条件下,无产阶级反对资产阶级和一切剥削阶级的政治大革命,是中国共产党及其领导下的广大革命人民群众和国民党反动派长期斗争的继续,是无产阶级和资产阶级阶级斗争的继续。"既然"文革"是一种革命行为和政治斗争,那么,由此而产生的暴力行为也就具有了革命的外衣和光环。这种对暴力的修辞策略清楚地表明了意识形态对暴力的认同,"革命无罪,造反有理"。1966年6月1日,《人民日报》发表社论指出:"无产阶级和一切剥削阶级的意识形态是根本对立的,是不能和平共处的。无产阶级革命,是要消灭一切剥削阶级、消灭一切剥削制度的革命,是要逐步消灭工农之间、城乡之间、脑力劳动和体力劳动之间的差别的最彻底的革命,这不能不遇到剥削阶级最顽强的反抗。"① 按照意识形态的逻辑推论,既然要遭到反抗,那么,对他们实施群众暴力就显得尤为重要、必要和紧迫,群众暴力的产生势在必行。在主流意识形态的引导和推演下,群众对于暴力行为也进行了无条件的接纳,例如,在1966年2月的一张大字报上,我们看到这样的言论:"资产阶级的老爷们,你们既然挑起了这一场斗争,那么,好吧!我们来者不拒,坚决奉陪到底,不拔掉黑旗,不打垮黑帮,不砸烂黑店,不取缔黑市,决不收兵!"②"革命者就

---

① 《横扫一切牛鬼蛇神》,《人民日报》1966年6月1日。
② 《誓死保卫无产阶级专政!誓死保卫毛泽东思想!》,中国人民解放军国防大学党史党建政工教研室编:《"文化大革命"研究资料》下册,国防大学出版社1988年版,第234页。

是孙猴子……我们要抡大棒,显神通,施法力,把旧世界打个天翻地覆,打个人仰马翻,打个落花流水,打得乱乱的,越乱越好!我们要搞一场无产阶级的大闹天宫,杀出一个无产阶级的新世界"①。

正是在意识形态的默许和纵容下,"文革"期间的暴力逐渐演化为一场全民族集体参与的"暴力嘉年华",并在人类的文明史上留下了黑暗的岁月。

第二节 "革命文学"的思想整理与精神挖掘

一、中国30年代"革命小说"价值的再认识

中国30年代"革命小说"的"革命加恋爱"模式,是"五四"小说个性解放的道德主题向阶级解放的政治主题转换和交汇时的必然形态。用"革命的浪漫蒂克"评价当时的"革命小说",这标志着人们对革命小说的深刻反思,说明人们的思想认识与审美观念进一步成熟。

中国现代小说30年的主题史演化大致经历了个性解放、阶级解放和民族解放三个历史阶段。30年代前后,革命小说的出现与风行,使"五四"小说个性解放的道德主题转化为阶级解放的政治主题。它既是"五四"小说演化的必然结果,又是后来小说的民族解放主题形成的基础。因此,革命小说在中国现代小说史上具有重要的历史价值,同时在审美价值的追求上也给后人留下了深刻的启示。

(1)"革命加恋爱":自我与群体的必然交融

革命小说的一个重要内容是从诞生之日起即被赋予否定意义的"革命加恋爱"。随着20年代后期中国社会阶级对峙的尖锐化,"五四"小说的道德主题开始扩张,逐渐形成了这种"革命加恋爱"的主题内容。它对"五四"小说主题既有继承又有发展,形象地体现了个体与群体、自我与社会的辩证关系,并把一种道德主题升华为政治主题。从"革命加恋爱"的模式中,我们可以看到人的个体需求对其确立群体阶级意识的促进作用,又可以看到群体的阶级意识是如何水到渠成地引导和消融人的个体意识的。当然,在这种确立与消融

---

① 《无产阶级革命造反精神万岁!》,《人民日报》1966年8月24日。

过程中也有矛盾与痛苦。革命小说以充分乃至过分的态度描写了青年知识分子最初投身于社会解放时所常有的这种矛盾与痛苦。但基本上它还是使人相信,个人生活和情感的需要是可以升华为社会和群体的需要的。

洪灵菲的《流亡》中的黄曼曼因热爱着从事革命活动的沈久菲,而使自己由远离革命转向投身革命,而黄曼曼的爱又更进一步坚定了沈久菲的革命信念。他在自己与黄曼曼的合影照片上写道:"在革命的战线上,我们都是头一列的好战士!在生命的途程中,我们都是不断的创造者!让我们永远地团结着吧!永远地前进着吧!牺牲着我们的生命!去为人类寻求着永远的光明!"作家在这里把人物对理想婚爱生活的追求与对革命人生道路的探索融为一体,这是对以往小说爱情主题的一大突破和拓展。古代小说的爱情主题多以封闭环境中的郎才女貌一见钟情为起点,而最终又必须依据传统的力量或形式(金榜题名或朝廷钦命)来获得性爱理想的实现。青年男女以自然生命的躁动冲击了封建礼教,最后又通过社会的认可维护了礼教,体现了他们在获得个性意识之前以传统来反传统的文化素质。"五四"小说通过青年男女对婚爱自由的欲求,表现出两种道德观的根本对立,其理想不再依靠传统力量来实现和确立,而是在西方人本主义思想影响下成为一种个性意识的表现形式。"我是我自己的",子君们的心声表现出现代人对自身价值的确认。这种性爱理想对于一个个体生命来说,是一种完满的追求。但对于一个社会成员来说,又具有一定的封闭性,表现出作家自身对人的解放主题的狭义理解。当中国进入阶级对立空前激烈的30年代,这种以个人自我需求为主要内容的性爱观就显得底气不足了。在一些作品中,不仅个性解放常被认为是争取爱情自由的同义语,而且所谓对爱情的追求在一些作家的笔下实质上也不过是一种对新的依附对象的寻求。

人的社会性规定了人应当以普遍的群体利益为个人活动的最终准则,个体通过对社会的贡献来证实自身的存在、本质及价值。革命小说恰恰是在这一点上做出了有益的探索,"革命加恋爱"的模式在古老的爱情主题中注入了社会解放的血液,为陷入困境的个性意识开辟了必要的途径。沈久菲经过一番波折终于认识到,"人之必需恋爱,正如必需吃饭一样。因为恋爱和吃饭这两件大事都被资本制度弄坏了,使得大家不能安心恋爱和安心吃饭。所以需要革命!"在这里,洪灵菲对个性解放与社会解放的因果关系终于有了一个正确的理解,把原来获取爱情自由的个人追求建立在志同道合的社会意识上。胡也频的《到莫斯科去》中的施洵白也是这样一个把坚定的革命意识与执著的爱情追求融为一体的新人。他告诉好友叶平说,他与素裳的"爱情是建筑在彼此的思想、工作以及人格上",认定素裳的爱是"只会使我更前进的。我正应该需要这样一个人"。结果他在素裳的生活中注入了新的理想,也在她的心里播种了爱情。爱情的萌生使素裳靠近了革命者,而爱情的被毁又激发她自己成为一个具有个性的人。

有一种相当流行的观点认为,革命小说太注重爱情在人物思想转变中的作用,往往把爱情悲剧作为人物参加革命的动机。我们知道,无论个性自由还是社会解放,都是以对环境的变革或反抗为前提的。个人因为个人理想的破灭而反抗那承担责任的环境时,自然就使自我与社会发生了联系。因此这种个人爱情的悲剧是促使人走向社会革命的一个动力。正像人们常常肯定窘迫的劳动者最初为个人仇怨或生计所迫而参加革命一样,革命小说也把握住了个性解放转化为阶级解放过程中的这一契机。异性的引力实则更增加了人物转化的现实依据,显示出个人需求向社会过渡的内在逻辑。这种内在逻辑的继续发展便构成了人的社会群体意识的最终确立。

当然,我们也必须承认革命小说在处理革命与恋爱的关系上,在相当一部分作品里表现出程度不同的偏颇。最突出的便是过分夸大革命与恋爱的冲突。如蒋光慈的《冲出云围的月亮》中的王曼英在革命的高潮中,把恋爱视为"反革命"行为。孟超的短篇小说《冲突》中的革命者于博与女同志缪英因工作需要而假扮夫妻,并逐渐真正产生了爱情,引起了诸多的情态纠葛。最后他发现自己"蓬勃的革命热情,好似被爱的问题排挤出一部分去了",便禁不住痛心疾首地自我谴责道:"革命党人!革命党人!这完全是反革命!"这些见解实质上是相当幼稚和浅层的。

(2)"革命的浪漫蒂克":思想与艺术的偏向

1932年,阳翰笙重印《地泉》三部曲,并请瞿秋白、郑伯奇、茅盾和钱杏邨各写了一篇序言,自己也写了自序。这些序言中最有影响的要数瞿秋白的《革命的浪漫蒂克》。他对《地泉》的评判极为严厉,认为其突出特点是表现了小资产阶级知识分子不切实际的浪漫幻想,只有"最浮面的描写","连庸俗的现实主义都没有能够做到"。其实,把"革命的浪漫蒂克"作为文学现象的评判用语并不是瞿秋白的创造,而是始于日本学者升曙梦。

1926年7月,升曙梦出版了《无产阶级文学的理论与实践》一书。在书中,他对俄国十月革命后的文学发展作了详尽的评价。他把俄国无产阶级文学划分为四个时代。其中,第一个时代(1918—1920)为"革命的浪漫蒂克时代","这个时期是所有的无产阶级诗人都陶醉于革命,热衷于抽象的抒情诗的时代"。升曙梦对这种"革命的浪漫蒂克"时代的文学风貌作了这样的概括:"有孩子般的直线式的自信",艺术表现上有"露骨的观念主义、标语口号化、概念化和抽象化"特征。这部书在1927年由冯雪峰以《新俄的无产阶级文学》(上海北新书局)为名翻译出版。瞿秋白对《地泉》的判断很明显是从这里得到启发的。

"革命的浪漫蒂克"主要是指作家思想上对革命本身抱有脱离实际的"浪漫蒂克"幻想,而在艺术表现上又流于一种概念化、公式化的模式。茅盾在序言中则进一步指出了《地泉》及其他革命小说在思想与艺术两方面表现出来的缺憾:"缺乏社会现象全部的非片面的认识,严重地扭曲现实","缺乏感情的影响读者的艺术手腕"。茅盾同瞿秋白一样,对革命小说的评价也极为严厉,认为这实质上是1928—1930年期间"大多数(或竟不妨说是全体)此类作品的一般倾向",进而得出结论说,此期间的作品"现在差不多公认是失败"。而其他一些人的评价也都与此相近。

这种评价标志着人们对革命小说的深刻反思,说明人们的思想认识与审美观念进一步成熟。当然这其中也有矫枉过正的倾向。

下面,我们对革命小说中的这种"革命的浪漫蒂克"倾向进行具体分析。

首先,革命小说在思想内容上表现了对革命本身的片面、肤浅的认识,形成了理论与现实的间隔。

这种思想倾向根源于当时革命队伍内部弥漫的"左"倾冒进情绪和作家对具体生活的隔膜。大革命的失败,在一般激进的青年知识分子眼中是资产阶级革命的完结,标志着资产阶级作为无产阶级的"同路人"身份的结束和新的阶级斗争的开始。面对国民党反动派残酷的"清党"行径,充满愤激情绪的革命者认为,资产阶级已具体化为屠杀工农大众的刽子手。因此,在这种心理基础上,党内的"左"倾情绪自中共"八七会议"以后迅速增长,认为中国革命的形势正处于"不断高涨"阶段,而革命的性质为社会主义革命。

这种认识和情绪很快被具体化为党的"左"倾盲动主义政治路线。从1927年11月党中央的扩大会议到1930年6月11日政治局的决议案《新的革命高潮与一省或数省的首先胜利》，都贯穿着这种认识与情绪。同时，这也与当时国际共产主义运动和无产阶级文学思潮的影响有直接的关系。20年代以来，随着苏联社会主义革命的成功，国际共产主义运动逐渐走向高潮。而作为政治斗争的一种伴生现象，在苏联文学的影响下，无产阶级文学运动在德国、美国、日本、朝鲜等国相继展开。因此这一时期被称为世界文学史上的"红色的30年代"。当时这种世界性运动对中国的革命文学的倡导者及实践者都有很大的影响。正如阳翰笙兴奋地描述的那样："反映这新时代的而产生的无产阶级的文艺运动，已经挟着排山倒海之势，在世界的文坛上汹涌起来了。"①

在这种政治和文艺潮流的冲击下，革命小说家对革命的幼稚认识很快作为一种政治结论被直接写入小说中。

阳翰笙在《地泉》之一的《复兴》中，便肯定地描写了城市斗争中的"左"倾盲动路线的具体体现。林怀秋兴奋地叙述着党的会议上的冒险决议，随后描写了小柳和阿林组织的工人同盟总罢工，出现了让群众去拦截车辆、示威游行、包围公司和游行集会等热烈场面。《地泉》中所表现的这种对革命形势的错误认识和偏激手段在其他小说中也是很普遍的。

然而必须指出的是，当时批评家们所说的"革命的浪漫蒂克"倾向在小说思想内容上的表现并不是主要指这一点。当时的批评家、作家们并不具备从总体上来对这种"左"倾盲动路线进行否定的认识能力。他们更多着眼的是对革命小说中那种把具体的革命斗争理想化、简单化的偏向的批评。例如《地泉》的《深入》中，写到农民久积心中的郁愤在革命者梁子琴的启发下终于迸发出来，显示了巨大的力量。他们施美人计轻而易举地打死了警察局局长，又很快地斗倒了地主，迅速地取得了胜利，占领了陈镇。作者把这种革命视为一种想当然的简单冒险，借暴动得胜后的农民之口欢呼这种革命"不难！不难！啊啊，不难！不难！"可见人物和作家对实际革命斗争缺少更深刻的切身感受。这种理想化、简单化的斗争描写，实质上是青年知识分子投身革命初期

---

① 《文艺思潮的社会背景》，《流河》第2期。

所特有的那种自我表现的英雄主义心理的外化。从这一点上看,革命小说又与创造社小说在气质上续上了血脉。在一些作家的心底里隐隐有一种自恋情绪,他们把英雄人物作为自我形象的寄托,表达一种既雄壮又感伤的情绪。特别是在写那种因失恋而成为革命英雄,最后又获得不止一个女性爱慕的故事时。因此,作品往往注重人物情感的主观宣泄而缺少对事件的客观描写。这便涉及革命小说在艺术上的一种缺憾。

由于以上内容情感的制约,革命小说在艺术上表现出相当程度的公式化、概念化倾向。

由于作家与实际斗争生活有相当大的隔膜,同时又受"文学是宣传"的文学观的片面影响,许多作品未能达到深刻的现实主义描写的水平。例如《地泉》三部曲便在很大程度上让作家的主观叙述代替情节的发展和人物性格的成长。实质上,小说艺术个性是极为观念化的。"转换""深入""复兴"不过是一种理论概念的演绎,而缺少更生动的艺术手段。钱杏邨的一些小说也是如此,没有生动的人物形象,缺少精细的构思,有许多空洞的理论说教。当年郁达夫在日记中曾认为蒋光慈的小说是政治的演绎,不是艺术的表现,他的艺术水平是在零点以下。虽然结论刻薄了一点儿,但有些话还是有一定道理的。但是,新生的事物总是幼稚的,正因为幼稚,所以才有广阔的发展前景。革命小说进化为社会剖析小说之后,终于日渐成熟起来了。

二、中国现代文学的偏瘫——困乏的工人小说

中国现代文学面对多彩而壮烈的中国现代史,是欠下了许多历史债务的,首先便表现为描写工人小说的困乏,与描写农民、知识分子乃至士兵的小说相比,它明显处于一种偏瘫的状态。从社会学的高度来看,这与中国工人阶级在现代中国社会发展中的巨大作用也是不相称的。

(1)工人题材小说偏瘫的表现症状

纵观30年来的中国现代小说的发展历史,在数以十万计的小说作品中,描写工人生活的小说却屈指可数。而在这为数不多的小说中,堪称佳作的创作就更微乎其微了。这与同时代外国小说中的同类创作形成了鲜明对比。数量上的缺乏并不是此时工人小说创作的主要不足,内在气质的缺乏才是其根本的表现症状。

1. 小说中的主体形象并非是产业工人,而多是具有封建行帮色彩和市民趣味的城市个体劳动者。

中国迄今仍是一个农业国,代表近代发展力水平的大机器生产比西方晚了一个世纪才出现在中国大地上。虽说中国的第一批产业工人在清末洋务运动中就已出现,但中国的工业尤其是重工业的发展却是在第一次世界大战期间。据统计,1919年全国有产业工人200万,较1913年增加了140多万。而中国现代文学也恰从1919年开始起步,中国第一代产业工人与中国现代作家几乎同时诞生。他们都要各自熟悉和适应、研究中国这个社会,寻找自己的道路,没有横向交流的机会。严格说来,当时的作家对中国产业工人的思想、感情和生活所知甚少。1918年7月蔡元培提出"劳工神圣"的响亮口号后,作家开始反映社会人生中的劳动者苦难问题,但只是从他们熟悉的城市个体劳动者生活中找到屈辱的血泪,表现一点神圣的光环。于是,人力车夫、店铺学徒、伙计纷纷走入艺术世界。描写人力车夫的诗歌且不说,仅这方面的小说就有多篇:鲁迅的《一件小事》、朱灵修的《一个可怜的人力车夫》、霞天的《一个年幼的人力车夫》、刘一梦的《沉醉的一夜》、郁达夫的《薄奠》、老舍的《骆驼祥子》等等。1920年创刊的《劳动界》中所发表的十几篇小说,全是描写城市劳动者的。其中大多又是写人力车夫的,像《一个东洋车夫的日记》《一个人力车夫的日记》《一个车夫的日记》等等。至于写店铺学徒的也颇有一些。从中国文学发展的历史来看,这无疑是一种进步。作家从这些个体劳动者身上挖掘了他们可能有的美好品质,对他们痛苦的生活给予了深切的同情,最充分地体现了"五四"时期人道主义思潮的广泛影响。但是这种情绪仅仅是出于劳动者供我衣食、我安他贫的自惭,而不是找到了什么劳动者的"神圣"品质。作家情感的隔膜?有。作家认识的肤浅?也有。然而,最重要的原因还在于艺术对象本身的思想局限,他们不能为作家提供更好的艺术选择。严格说来,人力车夫、学徒伙计都不属于真正的无产阶级,他们的思想品质带有都市社会的传统习性,实属市民阶层。旧中国的人力车夫从政治素质或人格品行来说,并不比中国农民更先进,他们有着市民阶层的人生准则、人生理想。老舍是对人力车夫有较深认识的都市作家,他写到祥子失去生活希望,开始和其他车夫一样喝、赖、嫖、赌、打之后,才在大家眼里"像个车夫了"。而学徒和店主虽属两个不同的阶级,但相比于工人与资本家、农民与地主,他们之间又有着更多的意识、情感联系。店主与伙计又往往是一种互变关系,伙计把变成店主作为人生理想。茅盾的《林家铺子》中,林老板与寿生便是这种关系的缩写。过去我们把这类小说的主人公一概归入工人形象系列中是不合适的,不能把它们作为困乏的工人题材小说的充数之作,而应该打入另册——市民小说世界中去。

2. 在为数不多的描写产业工人的小说中,主人公缺少产业工人的主体意识,具有传统农民、都市流浪汉、知识分子和革命党人的混合气质。

第一,传统的农民气质。像中国第一代资产阶级脱胎于地主阶级而带有封建守财奴气一样,脱胎于破产农民的第一代中国工人也同样继承了农民的秉性。在现代工人题材的小说中,这种农民气质的工人形象最为常见。

外国资本的流入,天灾人祸的打击,使大量的农民破产流入城市,到煤烟飞絮中寻找新的生路。正像他们在工厂里的空地上也要种上庄稼一样,他们把农民的品质带到了工人队伍之中,忠厚、勤恳、怯懦、求实。这类工人一般说来并没有把做工当作他们一生的愿望,仅看作是摆渡人生的一个码头。他们带着发财的梦想和置房买地的天真计划,带着自然经济留下的残梦走进工厂灰色的大门。巴金的《砂丁》中的升义做了矿工,是为了赎回卖到地主家的银姐,然后回乡过夫妻安贫的生活。路翎的《卸煤台下》中的许小东渴望多挣几个钱治好老婆的病,然后一同回乡。

可是,这些换了装的农民善良的梦很快就破灭了。《岔道夫李林》(罗烽)中的李林这个老实巴交的人失去了工作,失去了隐藏的爱。《饥饿的郭素娥》(路翎)中的魏海清的经历、结局、性情与李林也是惊人的相似。其实,他们越到绝境越盼望着回到乡下去,那里才是适合他们生存的最后归宿。在他们身上,明显留有老通宝和闰土的传统性格,甚至也有阿 Q 的影子。万迪鹤的《达生篇》中,主人公便带有浓厚的阿 Q 性:他以为自己的屁股本应该被人家踢,而自己的拳头本应该打自己的老婆。他又幻想着自己的儿子会成为上等人,而自己更该用脚踢另一种蠢人的屁股。即使在被称作开拓性的《原动力》(草明)中,那个勤恳、正直的孙怀德老头也全然是从农民脱胎而来的改装的工人形象,我们从他对刚刚解放了的生活的疑虑,看到了农民保守迟钝的天性。直到中国当代小说中这种状况仍没有根本的转变,50 年代的"车间文学"便带有浓重的农民气息。真正的工业小说应该是从蒋子龙的小说开始的。

第二,流浪汉的气质。在动荡的社会中,中国的第一代工人中许多都不是直接从田地走向工厂的,而是有着较复杂的人生经历。他们漂泊四方,闯荡江湖,染上了流浪汉的习性:粗暴、放荡、侠义。

路翎的中篇《饥饿的郭素娥》中的三主人公之一张振山就是这类流浪汉气质工人的形象代表。他是一个"以武汉的卖报童开始,从五岁起就在中国的剧变着的大城市里浪荡的人"。陈荒煤的《长江上》里那位多年漂泊、当兵流浪的独眼龙,也是自幼家破人亡,没有归宿,最后当了码头工人,成了一条"硬朗的汉子"。

这些工人带着满身的江湖气,本质不失正直,又有较重的堕落习性:谩骂、酗酒、赌博、斗殴、搞女人。似乎不给这些人加上与知识分子处处相悖的言行,就不能体现工人的特点。正如鲁迅所言:"往往并非必要而偏在对话里写上许多骂语去,好像以为非此便不是无产者的作品,骂詈愈多,就愈是无产者作品似的。"①表面看来,作者采取的是一种自然摹写的表现方式,但严格说来,又恰恰是作者对工人内心世界的肤浅理解所造成的。与其说这是产业工人的气质,倒不如说是旧小说中绿林好汉的性格。这类流浪汉气质的工人性格在那些具有反抗意识的人物中占有相当大的比重。

第三,知识分子与革命党人的混合气质。文学创作是作家的审美判断,作品之中体现着作家主体的情感和思想是必然的,但是这种主体意识并不是直接横移的,而是要通过对象主体自有的视角、情感、生活自然显示出来。中国现代工人题材小说中,许多正面的工人形象都具有知识分子的气质,作者完全按照自己的感受去理解、按照自己的生活逻辑去处理主人公的生活、工作和爱情。

蒋光慈是"普罗小说"的最早实践者,也是这种知识分子气和革命党气混合的工人小说创作的开拓者。他的《少年漂泊者》是代他人言,书中的汪中实质上是从一个青年学生的角度旁观自述;而《短裤党》中,又变成了夫子自道,旁观者成了化了装的主角——知识分子加革命党人的类型,小说中给人留下一些印象的纱厂党支部书记李金贵,其身份和性格几乎是作者"投递"过来的,他的身份像一个老练的职业革命家,爱情生活像一个缠绵的大学生。路翎

---

① 鲁迅:《南腔北调集·辱骂和恐吓绝不是战斗》,《鲁迅全集》卷4,第465页。

笔下的何绍德(《何绍德被捕了》)过去的经历可以说是张振山的再现,然而他和连金的恋爱却与张振山和郭素娥那充满原始欲望、变形的爱大相径庭,他满带诗意与哲理的表白是那么虚饰与做作,人物性情与背景是那么不和谐!

在有的小说中,觉醒的工人所采取的反抗方式却像近代革命党人一样,使用暗杀来显示革命的恐怖。这与大革命失败后风行的知识青年"幻灭小说"中表现出的狂暴情绪是相通的。

当然,在少数工人题材小说中,也出现了较能体现中国工人群体意识的形象,路翎《家》中的金仁高,蒋光慈《咆哮了的土地》中的张进德,便是其中少见的几个。

3. 作家生活贫乏导致了小说艺术的粗糙,使他们没能创造出一种与大工业生产相融合的美学风范。

描写农民和知识分子生活的小说代表着中国现代小说的最高成就,以致形成了各具特色的风格和某些艺术流派。如农民小说中的"乡土派""山药蛋派"和"荷花淀派",知识分子小说中的"问题小说""身边小说"和"幻灭小说"等。相比之下,描写工人生活的小说却显得相当尴尬,没有形成流派自不必说,就连一种艺术特质也不具备,往往成为现代小说诸多不足的佐证。最明显的弱点是普遍存在的概念化、公式化描写和艺术构思中的主观随意性。

早在1921年,茅盾在评述当时反映劳动者生活的小说时就说:"知识人不但没有自身经历劳动者的生活,连见闻也有限,接触也很少,不免'观念化的厉害'。"实际上,这也可以看作对中国工人题材小说偏瘫现象的一个准确判断。

若干年来,我们给工人题材小说为主体的"普罗文学"以过于崇高的地位,一旦不能从审美的角度论证其不朽时,便单从社会价值的角度去夸大它的优点。有些小说如果不是因为我们的教科书再三重复它们的名字,恐怕早就被人们忘记了。造成工人小说创作中公式化、概念化的病态根源之一,便是艺术表现上的主观随意性。"五四"时期,作者多借用自以为如此的工人生活来表现自己对劳动者苦难的同情和人道主义的感情理解。而到了30年代,作家又把自己单纯的政治热情外加于工人身上。小说中的人物没有个性,往往只是作者主观情绪的代言人,是一种观念的产物,而不是生活逻辑的必然结果。蒋光慈的小说就是这一病症的典型病例。他笔下的工人形象,情感与身份、性格与环境明显脱节。政治意识强化、审美意识淡化是 30 年代之后工人题材小说的一个通病,这使得那个时代没能产生一种与现代工业气势相和谐的审美风范。这在国际无产阶级文学史上也是一个常见现象。

(2)工人题材小说偏瘫的历史病因

第一,中国工业的晚熟,造成现代工人题材小说的先天不足。

和欧美及日本相比,中国的工业不仅晚熟,而且生长迟缓,发育不全。18 世纪 60 年代英国便发生了由手工劳动向机器大生产转化的产业革命,其他各国最迟也在 19 世纪内完成了这一革命。而中国工业从最早李鸿章创办的江南制造局(1865)和左宗棠的马尾造船厂(1866)算起,到"五四"时期也不过 50 年。而且它的发展是千曲百回,多灾多难,从未取得过主导的经济地位,一直是一个附属于封建自然经济母体的庶生子,不仅受外资的冲击,而且受中国政治的歧视。由于中国工业先天不足,继而又后天失调,使得中国工人阶级的素质带有封建经济的染色体。陈独秀曾从事过工会活动,演讲时虽然称"做工的是台柱子",可也承认当时"中国工人觉悟不高,不但不能要求管理政治,甚至也不敢希望马上就有外国的这样伟大的运动"。中国工人阶级的第一代乃至第二代与封建自然经济有着直接的血肉联系,这一方面使他们与农民易成一体,构成革命的主体力量,另一方面又使他们留有明显的传统情性。因此,这种历史状态对现代工人题材小说的发展、小说人物的性格素质都产生了决定性的影响。

第二,中国革命历史的必然要求是使工人题材小说退避三舍。中国人口中农民占绝大多数,最紧迫的问题是农民问题。这决定了中国革命必然要走一条与欧洲不同的道路,即农村包围城市。因此,无论在实际斗争中还是文化宣传上都更加强调农民的重要性。早期,中国所进行的主要是思想革命,知识分子是其中的主体力量。20 年代,中国革命由思想革命转入政治、经济革命之后,求温饱生存的劳苦农民自然成为主体力量。虽说工人阶级是中国革命的领导者,但这种领导不是通过工人群众具体的革命实践来进行的,而是通过它的政治代表——中国共产党来进行的。20 年代末以后,中国共产党从组织上、思想上取得了对文艺工作的领导权,文艺创作自然也要体现这种革命的要求,农民在小说中开始占据愈来愈重要、崇高的位置,知识分子由革命的倡导者降为参加者、受教育者乃至被改造、淘汰者。而工人一直没能成为小说中引人注目的主角。

第三,文学创作的继承性特点造成了工人题材小说开创期的限制。

文学的发展不是断裂的、跳跃式的,而是前后承继环环相扣的。前一种文学是后一种文学发展的土壤。在中国小说史上,反映农民、市民和文人的小说有着丰厚而久远的历史,这为现代作家继续此类题材的创作提供了条件。而中国的工业活动在中国社会中最晚出现,反映此生活领域的小说几乎是前所未有的。因此,现代工业题材小说是具有开创性的,而任何事物的起点都是粗糙的,这也是此类小说逊于其他类小说的历史原因之一。

第四,作家生活空间和情感个性与工人世界隔膜。

这是作家方面最重要的病因。日本 20 世纪初曾有过"工人文学"的热潮,原因之一便是工人出身的作家大量出现,像矿工出身的宫岛资夫、车夫出身的宫地嘉六、海员出身的叶山嘉树等。狄更斯之所以最擅长描写伦敦的工人生活,也是和他幼年因父亲欠债而做苦工的经历分不开的。而高尔基写出《母亲》这样一部无产阶级文学的奠基作,是因为他有过《自传三部曲》中所描写的生活。中国工人小说的作者却几乎都是知识分子,他们在反映工人的生活和斗争时,只能用空想代替体验,用议论代替描写,用激情代替性格,使工人题材的小说患有严重的贫血症。这种症状与无产阶级文学中的"革命浪漫蒂克"相重叠,形成可怕的并发症,从而使工人题材小说在现代文学史上起了双重的作用:既扩大了革命文学的影响,又败坏了文学的声誉。

三、"启蒙文学":"自由主义"与"革命主义"的对峙

法国哲学家福柯在《什么是启蒙》中指出:"我们始终必须牢记启蒙是一个,或一组事件和复杂的历史过程。……启蒙本身包括了社会转型的需要,政治制度的类型,知识的形式,知识与实践活动理性化过程的计划,技术的突变,而且都远不止一两种,根本没法用一两句话来概括。"①如果我们以福柯关于启蒙的理论建构作为参照系,以反思性的思维方式审视 20 世纪中国的启蒙运动,那么,据此可以认为,中国的现代启蒙运动自"五四"生成以来,就并非西

---

① 〔法〕福柯:《什么是启蒙》,见汪晖、陈燕谷编:《文化与公共性》,生活·读书·新知三联书店 1998 年版,第 435 页。

方资产阶级启蒙运动那种单纯的、单向度的发生在思想文化领域的内在精神事件,而是与中国现代化的历史进程、中国具体的历史语境和社会转型紧密关联的复杂多质的现代性事件。

1915年,"新文化运动"的主要发起者陈独秀在《青年杂志》创刊号上发表了《法兰西人与近世文明》一文说:"近世文明之特征,最足以变古之道,而使人心、社会划然一新者,厥有三事:一曰人权说,一曰生物进化论,一曰社会主义其也。"可见20世纪中国的启蒙运动主要在此三个维度上展开,遵循着由物质层面到制度层面再到思想文化层面的双向演进逻辑,启蒙思想将触角伸向了不同领域的内部。启蒙与政治、启蒙与文化、启蒙与阶级相互并存、纠缠,而绝非启蒙思想本身单向度地成为一个时代主题。诚如李泽厚所言:"尽管新文化运动的自我意识并非政治,而是文化。它的主要目的是国民性的改造,是对旧传统的摧毁。……但从一开始,其中便明确确定启蒙中潜埋着政治的因素和要素。"[①]

而中国启蒙运动的这种启蒙意识与政治意识相互并存、纠缠的特点在20世纪40年代的战争历史语境中,表征为"启蒙"与"救亡"的紧张对峙。同时,20世纪40年代中国启蒙运动的路向,也在实践上演绎了福柯的启蒙理论。

任何人和事都无法脱离历史的真相而存在,中国的启蒙运动同样也无法规避历史的桎梏。在截取40年代中国的启蒙运动图景进行抽样透析时,我们必须对40年代中国的政治文化语境进行历史还原,离开40年代具体的历史境遇,中国启蒙运动和启蒙文学的进程将无法得到合理、合法的阐释。

每个时代都在历史本质的规约下确立自己时代的中心和主流。20世纪40年代的中国,战争无疑成为时代的中心主题和主流事件,无论是抵抗外来侵略的抗日战争,还是争夺执政权的国内解放战争,抑或是地域性的军阀混战,都把中国的注意力和力量结集到了战火与硝烟的救亡实践活动中。民族主义及其民族"救亡"意识鲜明的政治指向在40年代的中国找到了与历史的契合点,并在主流意识形态的运作下迅速崛起,急切而直接地侵入文学领地,粗暴地引起文学审美领域内的一系列"蜕变","新的美学原则"迅速崛起,"暴力美学"引领了1937—1942年的美学潮流。这一时期几乎所有的文学行为,

---

① 李泽厚:《启蒙与救亡的双重变奏》,《中国现代思想史论》,安徽文艺出版社1999年版,第828页。

文学论争，文学社团与组织，文学题材、体裁、形式的转换与变迁，都与战争时代"暴力美学"的政治策略和政治行为密不可分。

此种文学审美领域内的蜕变在某种程度上隐喻着中国启蒙运动的深刻转向，而且这种"启蒙"是和"救亡"共同展开的。

文学观念的功利化。文学本身并非是一个自律性的概念，文学概念的界定与历史的发展、变迁互动，对文学的认识应该在历史时代的特殊语境中完成。"文学就是一个特定的社会认为是文学的作品，也就是由文化来裁决，认为算文学作品的任何文本。"①

"五四"启蒙一代知识分子在对传统文化激进的断裂和否定中，在对西方文化思潮的整体横移过程中，确立了具有现代意识的文学观念："人的文学""平民的文学"。"人的文学"观念的确立将文学从传统文化"载道"的工具性、政治性的从属地位中解放出来，将文学的触角伸向了个体生命的情感表达和独特的生命体验。无论是鲁迅式孤独的个体生命的体验，还是丁玲、庐隐式女性生命的哀怨表达，抑或是郭沫若、郁达夫式狂飙突进的个体生命的情感宣泄，都把文学的审美实践指向了人的内在的精神世界，指向了启蒙的终极意义。即使是以文学研究会作家为代表的"社会问题"小说也是从知识分子的个体视角看待社会人生问题，并没有鲜明的政治指向和明确的宣传目的。

而全面抗战的爆发使中国历史与文学出现了新的转折，文学发展与民族救亡和民族革命问题紧密连接起来。抗战初期民族主义、民族意识高涨，全民族的反日仇恨情绪和积极乐观的精神氛围成为抗战的精神动力，在这种战争的特殊历史语境中，作家的文学观念、文学书写的选择无法与战时文化环境相剥离，文学成为组织和动员群众参加抗战"救亡"的有效工具。所有的文学实践拘囿于对抗战英雄的浪漫想象、乐观主义情绪的营造和人生飞扬的一面的歌颂。文学成为某种政治意识形态所建构的"历史必然规律"的简单阐释，成为作家拥有话语权的生存策略，成为战争暴力冲突的精神慰藉和平衡，对一切与抗战无关的意识在根本上加以否定和抛弃。梁实秋的"与抗战无关论"被打压在时代的地表之下即是历史的表征；曾经宣扬"艺术至上主义者"的苏

---

① 〔美〕乔纳森：《文学理论》，李平译，辽宁教育出版社1998年版，第23页。

汶,此时发出"纯文艺暂时让位吧"①的声音;老舍以不容置疑的语调宣称:"文艺,在这个时候,必为抗战与胜利的呼声……抗战文艺的注重宣传与教育,是为尽职。"②文学丧失了独立存在的历史空间,文学被纳入"救亡"的历史轨道中,成为政治性的宣传工具,文学的"载道"传统幽灵般再现。文学从"人的文学"被强制性地规训在政治意识形态、阶级集团的民族救亡链条上来,不再听从生命的内在召唤,失去了对人的存在多种可能性的探寻和实践。"五四"文学所建立起来的文学观念遭到战时文化的全面解构,文学所承载的思想启蒙功能逐渐弱化、窄化、退化,"我们如今站在一个漩涡里,时代和政治不容我们具有艺术家的公平"③。

文学主题的战争化。40年代文学工具性、政治性、宣传性的历史定位,使作家的审美实践直接选择了对战争的书写,以此来鼓动民族的抗日救亡热情,服务于抗战的整体宣传,以文学参与"救亡"的时代主题,想象中国统一的现代民族国家的建立是现代文学无法逃避的历史责任。但在40年代前期的文学实践过程中,作家将"五四"启蒙一代知识分子确立的"人道主义"精神埋葬在对战争恢宏场面、复仇的残酷杀戮、英雄的崇高献身、胜利的激情呐喊的叙述之中,而失去了对战争本身的质疑、反省和审视,失去了启蒙知识分子所具有的独立批判精神。

斯宾格勒在《西方的没落》中指出:"战争的转折,却不是胜利,而是在于文化命运的展开。"如果以此观点来参照中国的启蒙运动在战时文化环境中的生存境遇,我们不免有些尴尬和惭愧。在中国的文学叙事中,关于战争主题的书写从未间断,但一直没有突破国家、民族、阶级的意识形态范畴和"暴力美学"的模式。在政治意识形态的视域内,对战争本身的认知和理解存在着有意规避的"盲点",以敌我的二元对立思维方式,在传统的"正义"与"非正义"伦理范畴内看待战争,以正义、革命、救亡姿态为战争寻找历史的合法性。

在这一思维逻辑的惯性下,抗战文学对于抗日战争的表现仍然无法摆脱历史的窠臼。巡视40年代前期的文学创作,我们无法在作品中探寻到类似于列夫·托尔斯泰《战争与和平》,海明威《永别了,武器》、雷马克《西线无战

---

① 杜衡:《纯文艺暂时让位》,《宇宙风》第68期。
② 老舍:《三年来的文艺运动》,《大公报》1940年7月7日。
③ 刘西渭:《咀华二集》,上海文艺出版社1942年版,第37页。

事》中对战争的残酷性,对人性在战争中的冷漠、残暴以及对战争的荒谬性的深刻体会。郁达夫在战时指出:"反侵略的战争小说所描写的,大抵是战争的恐怖,与人类理性的灭亡。欧战后各作家所做的小说,自然以属于这类的为最多。这种小说,当然不能说它们是不好,但我还觉得太消极一点。"①正是这种廉价的乐观主义、非理性的浪漫主义和膨胀的民族仇恨的情绪,以及对暴力痴迷的文化传统使"五四"时期肆意宣泄"人道主义"的郁达夫丧失了对战争的深刻反省和认知。而人在战争环境下的生存状态、人的内心世界的精神流动、人对战争的感知等细节正是窥探战争最好的切入点,但我们的作家却将"五四"所开创的人道主义精神、理性的批判力、理性的方法等启蒙精神在"救亡""民族主义"的旗帜下打入冷宫。

文学形象的英雄化。A. 麦金太尔在对英雄社会进行文化分析时指出:"无论我们是否认识到,我们是历史造就的……即使英雄社会也是我们整体不可分割的一部分,因而,当我们描述我们的道德文化的形成时,我们描述的恰恰就是我们自己的历史。"②因而,我们对40年代前期战时文化中英雄形象的塑造,以及英雄形象生成的历史本身进行有效的追问和质疑时,实际既是对文学英雄产生背后的道德、文化的省视,也是进入中国启蒙运动内部,探寻启蒙运动沉浮的有效路径。通过对文学英雄形象的嬗变轨迹、生成机制和审美特性的梳理,我们可以窥见中国启蒙运动在40年代前期的存在状态,以及"启蒙"与"救亡"之间内在的紧张对峙。

"五四新文学"的理论建构者周作人在《平民的文学》中超越了英雄的叙事传统:"平民文学应该以普通的文体,记普通的思想事实。我们不必记英雄豪杰的事业,才子佳人的幸福,只应记载世界普通男女的悲欢成败。"③同时,"五四"作家也以各自的文学实践建构文学的平民化和大众化,超越传统英雄叙事的伦理。中国封建传统文化通过英雄个体行为与道德规范之间的契合度、对历史责任的承担,以及对政治主权的依附关系来确定英雄的历史地位。

---

① 郁达夫:《战时的小说》,见钱理群编:《二十世纪中国小说理论资料》卷4,北京大学出版社1997年版,第22—23页。

② 〔美〕A. 麦金太尔:《德性之后》,龚群、戴扬等译,中国社会科学出版社1995年版,第163—164页。

③ 周作人:《平民的文学》,《每周评论》1915年第5期。

这种评判标准使英雄本真的个体生命体验变得模糊黯淡,英雄变成了空洞的意识形态"符号"的隐喻。"五四"启蒙运动对此种英雄观进行了全面的断裂和解构,具有"独异于庸众"的鲜明个性、张扬个体生命体验、充满破坏一切权威和经典的叛逆色彩、拥有对自我精神世界自省意识的"超人"式的英雄在中国历史转折处生成。"五四"一代知识分子呼吁"精神界之战士",对普通民众进行精神启蒙,对国民性进行深刻批判的倡导,使知识分子精英式的英雄形象呈现在"五四"的时空中。20年代末期,"革命文学""普罗文学"成为时代的文学主潮,"拜伦式"的英雄形象走向历史前台,但在政治伦理的叙事框架下,仍具有启蒙文学的人道主义成分。《丽莎的哀怨》中对革命暴力与人性之间关系的悖论反思、对个人在革命中生命体验的呈现,成为普罗文学内在的焦虑。30年代以阶级为核心理念的左翼文学中,革命英雄形象已逐步形成,"五四"文学中启蒙英雄形象所具有的启蒙内涵已经渐渐蜕变。40年代前期抗日文学中,农民抗日英雄形象完成了时代主体的塑造。我们无法否认40年代战争文化语境中农民英雄形象的历史合法性,这些英雄群像虽然生成于启蒙运动的历史断裂点,但他们为民族危机的巨变提供了形象认知和情感共鸣的基础。然而我们同时应该体察到,战争文化已经使英雄形象发生了"体位下移"的变迁:由知识分子启蒙精英英雄形象下移到农民抗日英雄形象,启蒙者与被启蒙者的位置被颠覆,英雄形象的内涵发生了本质的变化,启蒙的意义在英雄形象的本体裂变中开始涣散。

在民族危机的焦虑下,我们的作家在40年代前期的文学作品中,放弃了五四新文化运动所开创的国民性主题,对农民身上积淀千年的封建文化传统缺乏有效的审视和文化批判,对农民战争英雄缺乏深刻的理性分析。在民族危亡的时刻,主流意识形态与战争的主体——农民,产生了历史的契合:战争满足了农民"打土豪,分田地"的要求和目的,农民也在政治的唤醒下成为抗战的民族英雄,农民被合理、合法地整合在政治救亡之中,成为有效的宣传工具。对农民自身的落后性及其附带的封建文化传统的批判,在文艺作品中被悬置起来,只剩下农民反抗主体的空洞表演。在战场上的暴力搏斗、拼杀、牺牲成为某种"历史必然规律"的隐喻,农民英雄形象抽象地、脸谱化地存在于文学叙事之中,"大多数作品把抗战中的英勇壮烈的故事作为题材,而且企图从这些故事的本身说明时代的伟大——中国人民的决心与勇敢,认识与希望,对目前牺牲之忍受,对最后胜利之确信……就不自觉地弄成了注重写'事'而不注重写'人'的现象"①。抗日这一重大的历史事件,并没有为中国的启蒙运动提供有效的空间,没有对农民个体本身发生更为内在的精神唤醒,在"救亡"的历史声音中淹没了启蒙的呐喊。

  战时的文化环境不仅把文学规训到民族救亡的范畴中,而且在很大程度上解构了原有的文学秩序,文学规范化使启蒙文学的空间进一步窄化。中国大陆的文学空间以战争的地理区域为标准,划分为"国统区""解放区""沦陷区"三个不同的审美文化空间。面对文学内外的双重挤压,中国的知识分子进行了又一次的迁徙、分化、重组,面临着又一次艰难的选择,"在一场抗日战争那样巨大的变动里,知识分子将何以自处?这是提向每个人的问题,要求每个人都做出自己的回答"②。

  在作家的分化、重组、迁徙潮流中,有一大部分左翼作家和文学青年走向了"解放区",奔向了革命圣地延安,"每个人的走来的道路也许各不相同,但条条道路都通向革命的延安"③,构成了40年代特有的文化现象。知识分子向延安的迁徙标志着中国启蒙运动空间的位移和裂变。我们通过对此种现象的文化解读和对这部分作家的命运沉浮进行透析,也许能够触摸到40年代中国启蒙运动的文学脉象。

  延安的作家主要有三部分组成:一部分来由来自苏区的作家构成,一部分由本土民间作家构成,一部分由外部迁徙而来的左翼知识分子和文学青年构成。各个部分的作家走向延安的目的不尽相同,但对自由的文学空间的向往却是无法质疑的精神情结之一。延安在中共政治意识形态的装扮下已不再只是贫穷落后的西北荒漠,更有了深刻的"寓言"性质,它所描绘和设想的现代统一民族国家,充分民主和自由的话语表达,符合民众理想的政治体制的建构,对历经了五四新文化运动积淀的知识分子具有无限的感召力和诱惑力。丁玲、何其芳、周扬等作家带着创造新历史的崇高感和神圣感,在强烈的精神自由的驱动下奔向了延安,"一个真正的所应该有的,一个将来的合理的社

---

  ① 茅盾:《八月的感想——抗战文艺一年的回顾》,《茅盾全集》卷2,人民出版社1999年版,第466页。
  ② 王西彦:《关于〈古屋〉的写作》,《王西彦选集》卷3,四川文艺出版社1985年版,第665页。
  ③ 陈学昭:《为党工作》,《解放日报》1945年2月5日。

会……是我们知识分子走向革命的原因"①。

在1942年之前,延安在很大程度上满足了知识分子精神自由的渴望,实现了部分文化承诺。在文学组织、文艺方针政策和文艺生活上,知识分子充分体会到了思想和精神的自由,尤其是文学创作的自由,作家拥有充分的话语表达权和独立的评判精神。丁玲的《三八节有感》《在医院中》《我在霞村的时候》,王实味的《政治家·艺术家》《野百合花》,以及萧军、艾青等作家的文章都由表层进入深层,由外部进入内部,将文学的社会批判意识与对人性、灵魂的深入揭示结合起来。显然,这种自由意志与独立精神是五四新文化传统中的重要组成部分,中国的启蒙文学在40年代初的延安打开了进入历史的缺口。

但1942年成为中国启蒙运动和知识分子命运的转折点。在权力机制的运作下,延安开展了针对知识分子的整风运动。在整风运动中,通过对知识分子在革命历史中地位和作用的颠覆性重估,切断了知识分子与"五四"启蒙的精神对话途径;通过对知识分子"原罪"意识的确认,来清洗知识分子灵魂深处的"罪恶"。对知识分子所具有的主体独立精神、自由主义追求,以及启蒙的批判意识,进行了全面的解构和无情的批判——"革命队伍中的自由主义"是"十分有害的","自由主义是一种机会主义的表现,是和马克思主义相冲突的"②——并以此来重构知识分子对延安政治制度的高度认同和对"五四"启蒙传统的自律机制的重建。延安文艺初期所具有的自由话语空间和自由的文艺精神在1942年失去了启蒙思想的底色。

在1942年的整风运动中,政治意识形态强行介入文学批评,使文学批评脱离了文学自身的审美视域,转变成具有强烈政治倾向性的文学批判和个人的政治审判。一批具有启蒙思想的作家遭到了无情的打击和批判。王实味在1942年的整风运动中迅速边缘化,被冠以莫须有的罪名而遭到清算,最后以革命的名义结束了悲剧的一生。"五四"时期喊出女性个体生命体验的丁玲,写出直指延安黑暗现实和政治弊端作品的丁玲,在受到"毒草"的批判后,转变了知识分子的精神姿态,改变了文学书写的路向,对《三八节有感》作了深

---

① 何其芳:《文学之路》,《解放日报》1945年5月15日。
② 毛泽东:《反对自由主义》,《毛泽东选集》卷2,人民出版社1991年版,第360—361页。

刻的自我批评。于是，从 1942 年下半年起，我们看到了作家丁玲的另一张脸谱。她放弃了自己熟知的小说创作，转向与政治意识形态更加能够形成"情感共鸣"和"对话"的报告文学。

如果理性审视抗日救亡的历史语境，我们会发现中国知识分子的自由主义启蒙精神在延安很难找到历史的契合点。中国近代的革命战争，无论是太平天国运动，还是义和团运动，抑或是抗日民族解放战争，在本质上都是以农民为主体的战争。中国农民的生存境遇始终处在官僚体系的政治制度、儒家思想的文化制度以及以血缘为纽带的家族制度的压制中，这就决定了农民思想的迟钝和狭隘，小农的经济基础更决定了农民个体的散漫性、无纪律性、涣散性。而自由主义思想的传播和对农民封建传统文化的批判尤其能激起农民对革命的不满和对抗日信心的丧失，将不利于延安政治制度的构建和稳定局面的维持。知识分子因具有的启蒙精神不可避免地会对革命本身产生质疑：为了一个崇高的理想，是否可以不择手段？现代民族国家的建立是否必须以牺牲个体的精神自由为代价？民族的解放、社会的整合是否能与人的解放、国民性的改造统一起来？在这样的思路下，尖锐的对立产生了，所以，延安对启蒙的否定也就成为历史的必然。

为什么知识分子实践了近半个世纪的启蒙居然在战时文化语境中表现出这么多的无奈和尴尬？或许这是中国启蒙运动在 40 年代战争文化语境中的特殊命运吧。

第三节　中国知识分子的思想认同

自 1942 年延安整风运动起，国家意识形态就不断通过"原罪认知"和"灵魂救赎"的宗教仪式来培养、强化知识分子对无产阶级革命思想的信仰，"泛革命化"也成为"延安文学""十七年文学"和"文革文学"最明确的主题指向和最重要的修辞策略，它将知识分子作为国家、民族、人民、阶级、革命的"他者"和批判、改造的对象挤压到历史的边缘，知识分子在当代文学中始终处于一种"在场而缺席"的状态之中。这种通过文学的"泛革命化"的修辞策略对知识分子进行思想改造的手段，自新时期以来就一直不断被"解魅"。但是如果我们对新时期初期以讲述"革命"政治事件为核心内容的小说进行梳理，会发现一种十分吊诡的现象:"泛革命化"的幽灵不断地在"解魅"的过程中"归魅",革命话语成为知识分子重建主体空间的精神重心和思想根源,成为新时期文学的"元话语"之一。

如果我们把革命认同看作新时期文学的某种"元话语",那么,王蒙的《蝴蝶》在某种程度上可以视作这种"元话语"的教科书。这部小说提纯了中国知识分子自建国以来直至"文革"结束30年的人生际遇和生命体验,在展示"情爱""家庭""苦难""忏悔"这些知识分子个人话语的同时,更表达了劫难过后知识分子忠贞的革命信仰和革命激情——这种革命的信仰和激情已经内化为知识分子的内在生活方式、认知方式、情感方式以及实践准则。

王蒙在《蝴蝶》中所展现出来的这种革命话语体现在作家对主人公张思远的情爱结构、父子关系这两个隐性层面的叙述上。

一、革命的"三角恋"

在以往的文学史和文学批评中,对于《蝴蝶》的解读和阐释往往聚焦在知识分子在"文革"结束以后对自我人生"苦难"经历的反思和忏悔,以及小说"意识流"写作技巧的开创意义上,而忽略了小说的主人公知识分子张思远的情爱结构所隐喻的"革命话语"。张思远的情爱结构由第一任妻子海云、第二任妻子美兰和精神恋人秋文构成,这三者分别表征了情爱、物欲和信仰三种话语谱系,张思远与三者的关系,以及对三者所展现出来的情感态度,体现了知识分子对革命的认同和革命话语对知识分子所具有的无与伦比的"询唤机制"及召唤力。

首先,来看张思远的第一任妻子海云:

> 他(张思远)那时29岁,唇边有一圈黑黑的胡髭,穿一身灰干部服,胸前和左臂上佩戴着"中国人民解放军××市军事管制委员会"的标志。在他的目光里、举止里洋溢着一种给人间带来光明、自由和幸福的得胜了的普罗米修斯的神气……他就是共产党的化身,革命的化身,新潮流的化身,凯歌、胜利、突然拥有的巨大的——简直是无限的威信和权力的化身。有一天,他正在对市政工作人员讲述"我们要……"的时候,雪白的衬衫耀眼,进来了一位亭亭玉立的大姑娘。现在想起来,那只不过是一个小小的女孩子。就像小时候走也走不完的长街,长大了以后一看,原来是一条

小巷。

　　她(海云)那时是多少岁呢? 16岁,实足年龄只有16岁,比她小13岁。瘦瘦的,两只热情、轻信而又活泼的大眼睛。她进来了,她说话的时候两眼紧盯着你,她那么愿意看你,因为,你就是党……这个不大不小的姑娘闯进他的办公室使他觉得愉快,就像白鸽使蓝天变得亲切而鱼儿使海水变得活泼。他对这个姑娘的明亮的眸子产生了一种好感。"我自己更不用说了,我愿意天天听您讲话。"海云回答。她为什么这样回答呢? 这难道不是爱吗? 当然是爱,然而爱的是党。①

在《蝴蝶》中,浑身散发着青春激情和革命热情的女学生海云就在这样一个充满寓言性的场景中开始了她和张思远的情爱之旅。"雪白的衬衣、瘦弱的身体、轻信而活泼的大眼睛"说明我们的女主人公海云的主体思想此时仍然处于一种不能依靠自己的理性力量来引导自己行为的混沌、未开化状态,"海云还是一个未经事的,没有得到足够的改造和锻炼的小资产阶级知识分子。他们的思想往往是空虚的。他们的行动往往是动摇的。她既平庸而又琐碎",主体性的悬浮和搁置注定了海云的成长必定要经过漫长的思想蜕变和改造,而张思远对"这个姑娘的明亮的眸子产生了一种好感",预示了张思远在海云成长过程中的导师地位,海云在张思远所设定的革命话语和革命情景中"在劫难逃"。从此以后,海云不断经受着张思远的革命启蒙仪式:

　　他和海云在一起。然而主要的并不是公园、电影和冰棍,主要的是政治课,是海云提问和他进行解答、辅导。他像全能的上帝一样,可以准确无误地回答海云关于世界、关于中国、关于人生、关于党史、关于苏联、关于青年团支部工作的一切问题。海云用那样虔诚、热烈而庄严的目光看着他。他实在控制不住自己了,他突然把海云搂到自己的怀里,吻了她。她没有一点抵抗,没有一点儿对自己的保护,没有一点儿疑虑,甚至连羞怯也没有了。她只是爱慕他,崇拜他,服从他。②

从张思远的主观意愿而言,他从来没有将自己和海云的爱情单纯地看作

---

① 王蒙:《蝴蝶》,《十月》1980年第4期。
② 同上。

一个女人和男人只关涉个体情感而与其他无关的情爱诉求,而是拓展和延伸了情爱的内涵和外延,将情爱和革命相互指涉,或者说,小说中的情爱先验地笼罩在"革命话语"这一主题预设之中,"张思远看到了激情在怎样使她的年轻的身体颤抖。她就是刘胡兰,她就是卓娅,她就是革命的青春","情爱"与"革命"的并置使海云始终是一个被张思远帮助、改造和救赎的客体。但海云对自己道路的选择与张思远的主观意愿之间产生了背离,海云并没有在张思远的革命启蒙教化下,由小资产阶级转变为一个坚定的无产阶级革命战士,而是不断地脱离张思远的思想监控。海云在大学期间与班上一位男同学的婚外恋成为与张思远革命教化相抗衡的第一个转折点,作者对这段婚外恋显得讳莫如深,只用"风言风语。好心的,恶意的和居心叵测的"这句含混和模糊的语句来表明事件的发生。但小说的一个细节暴露了这段婚外恋的"精神内幕":海云在暑假回家后与张思远谈论莫泊桑的小说,而张思远却对莫泊桑一无所知,二人在文化立场和知识属性上产生了天然无法弥补的裂痕和无法逾越的鸿沟。由此,我们可以想象这位始终没有在小说中现身的"第三者"一定与张思远有着完全不同的知识谱系,他对海云进行情感征服的话语武器,正是张思远的精神空间所缺失的以莫泊桑为代表的西方人道主义话语,而这种人道主义话语又是知识分子追求个体独立和精神自由的思想根基与精神资源。海云与这位"第三者"最终的结合尖锐地挑战了张思远所建构的革命精神堡垒,无情地刺穿了张思远的"革命情爱"的乌托邦幻想。海云成长道路的第二个转折点是1957年的"反右"运动,她因为支持反党小说而遭到批判和揪斗。在强大的革命话语面前,海云追求个体独立、婚姻自由的人道主义话语和行为遭到了毁灭性打击,"小资产阶级""原罪"身份的重新确认使海云彻底失去了在时代面前发言的权利:

> "我实在没想到你会堕落到这一步,你怎么竟然去为那些反党的小说喝采?你是什么人?我是什么人?你忘记了吗?"他背着手,踱来踱去,立场坚定,铁面无私。"只有低头认罪,重新做人,革面洗心,脱胎换骨!"[①]

---

① 王蒙:《蝴蝶》,《十月》1980年第4期。

海云成长道路的第三个转折点是自缢身亡,这也许是小说中"最有意味"的情节设置。当张思远通过婚外恋——隐含着"堕落""色情""肉体""性欲"——这一道德上的非法事件来取消海云追求个体精神独立的合法性,重新收复自己的革命话语领土,以及通过国家意识形态的强势打压来重新建构海云对自己的人格依附和情感归属都宣告失败的时候,"他的每个字都使海云瑟缩,就像一根一根的针扎在她身上,然后她抬起头,张思远打了一个冷战,他看到她的冰一样的目光"。海云的死也就成为革命话语的"历史定律":海云的身上不仅有一种道德上的"肮脏",更有着一种"邪恶"的精神本质,"肮脏"的肉体消亡时,"邪恶"的精神也随之灰飞烟灭,"从她找到我的办公室的那一天起,便注定了她的灭亡",革命的信仰和激情又重新散发出耀眼的光芒。

再看张思远的第二任妻子美兰:

> 美兰是一条鱼。美兰是一只雪白的天鹅。美兰是一朵云。美兰是一把老虎钳子。

> 海云才走,美兰就来了……美兰浑身放着光泽和香气。美兰有一张大脸……她的到来使张思远的生活发生了极大的变化。衣、食、住、行,一切都出现了飞跃……旧沙发换了新沙发,金黄色的缎子面闪闪发光。他软瘫在上面,舒适而又疲乏。他恍惚有一个印象,美兰动不动就找行政处交涉什么。他抗议说:"不要随便提什么要求。生活上不要太讲究。原来的沙发就很好,换什么?"美兰嫣然一笑:"瞧你说的!你忙得忘记了一切,你忙得未老先衰了,你难得回家休息那么一小会儿,难道就不应该把条件搞好一点儿吗?"他没说什么。①

如果说海云在小说中所展现的是追求个体独立和精神自由的"情爱叙事",那么,美兰在小说中充当的则是被日常世俗生活不断物化的符号和隐喻。张思远与美兰之间的婚姻纠葛,在某种意义上表征了革命信仰对世俗物欲的克制和拒绝。美兰的到来实际上并没有弥补张思远因海云的离去而产生的精神裂痕,美兰给张思远带来的是"金黄色的缎子面的沙发","早晨喝茶而晚上喝酒,早上用较凉的水洗脸而晚上用温热的水洗浴,坐着伏尔加牌汽车,去看电

---

① 王蒙:《蝴蝶》,《十月》1980年第4期。

影的时候还要让司机在电影开演以后开上车去菜市场买鲜笋",这些都是世俗生活细节的改变。但问题的关键是并不在于美兰给张思远的生活带来了哪些物质上的质变,而在于张思远与美兰之间对于这些日常生活中的"物"所代表的价值体系的认知和感受所产生的差异:在美兰看来,张思远对于物质的享受有着政治上的合法性。因为,第一,繁忙的革命工作使张思远对物质的享受成为一种内在的生理需求;第二,张思远市委书记的政治地位使其有权利享受这样的物质生活;第三,张思远对这些"物"的消费引起了他的精神愉悦感,所以,她极力在日常生活中丰富着张思远的物质享受。但在张思远看来,对物质生活的不断追求和享受会逐渐产生一种"罪感"和"焦虑"。因为,第一,革命事业天然就与"艰苦奋斗""舍己为公""爱护国家利益"等概念相联系,而与个人的物质生活的享受无关;第二,"物"在中国当代政治价值体系中往往与思想改造相关联,"经济的迅速发展与日益激进的社会和思想改造相结合,对于彻底解放蕴藉在群众的生产力和防止一直存在的退回到资本主义的危险是必须的"[①];第三,对"物"的不断追求和享受有可能会使自己内在的"革命德性"和"革命实践"产生危机,从而威胁到自己的革命信仰,使自己的革命事业受到阻碍,并瓦解自己的"革命家"身份。因此,张思远在接受美兰的生活安排时,也感觉到了这些"物"给自己带来的精神焦虑,"他模糊地感觉到自己的生活要听从美兰的安排,有时简直是被美兰牵着鼻子走"。所以,张思远毫不犹豫地同意了美兰提出的离婚请求,后来也坚决拒绝了美兰的复婚要求。张思远正是通过自己与美兰所代表的"物"的价值体系的冲突较量,拒绝"物"进入自己的革命叙述之中,并对"物"表现出冷漠的姿态(在官复原职后拒绝了秘书为其提供的乘坐飞机和软卧的安排,主动要求乘坐硬卧),来放大和强化自己的革命信仰,并以此来指导自己的日常生活。

接着看张思远的精神恋爱对象秋文。如果说海云和美兰与张思远的婚姻中夹杂着张思远被动的接受与主动的拒绝的话,那么,张思远对乡村医生秋文的恋爱则完全出自主观意愿。但这次恋爱遭到了秋文坚决的拒绝,张思远在经历了两次失败的婚姻之后,又痛苦地经历了一次没有开始就已经结束的爱

[①] 〔美〕莫里斯·梅斯那:《毛泽东的中国及其发展——中华人民共和国史》,社会科学文献出版社1992年版,第233页。

情。如果仅仅把张思远的这段情爱看作一个男人对一个女人单相思的爱情叙事,那么,我们就误读了作者在小说中添加这段情爱故事的真实意图。作者的真实意图隐藏在张思远的"追求"和秋文的"拒绝"之间,我们通过对"追求"和"拒绝"这两种完全相反的主观态度进行透析,就能捕捉到作者的真实声音。

我们看张思远为什么会对秋文进行主动的"追求":

> 张思远到山村来没有几天就知道了秋文,上海医科大学毕业,四十多岁,高身量,大眼睛,长圆脸,头发黑亮如漆。她把头发盘在脑后,表面上像是学农村的老太太梳的纂儿,然而配在她的头上却显得分外潇洒。衣服总是一尘不染,走在山路上,健步如飞。这在"文化大革命"期间的农村,本来是一个很格涩的人物,但她偏偏非常随和,不但和农村的男女老少都说得来,而且接过农民让过来的烟袋就能吸两口,在红白喜事上,接过农民让过来的酒杯就喝。①

这就是张思远眼中的秋文,与洋溢着青春激情的海云、散发着世俗物欲的美兰完全不同,秋文的生命中充满了革命的英雄气概和乐观主义精神,也就是说,秋文身上独特的革命气节与张思远的革命信仰产生了情感的共鸣,使得张思远"主动"走向秋文的情感世界。秋文对张思远而言首先是"革命战友",他们有着共同的"苦难"的人生经历,都经受了"反右"(张思远的第一任妻子海云在"反右"运动中被批判,秋文的丈夫在"反右"运动中被下放劳改)"文革"(张思远在"文革"中被下放到农村,秋文也在"文革"中被下放在农村)运动的精神洗礼;其次是"革命同志",他们都对革命有着坚定的信念和忠诚的信仰,都坚信自己所经历的苦难是革命对自己的误解,同时也是一条走向胜利的精神炼狱之路;最后才是"恋人",对"战友""同志"的情感认同远远超过了对"恋人"的情感指向。作者在小说中对张思远和秋文之间的关系进行了一种"去爱情化"的处理,我们始终无法找到张思远和秋文之间凡俗爱情的细节描写——没有激情的拥抱、缠绵的亲吻、亲昵的窃窃私语——同时,张思远是在"官复原职"之后向秋文提出"生活在一起"的要求,这一文本时间的设置进一

---

① 王蒙:《蝴蝶》,《十月》1980 年第 4 期。

步彰显了"革命"与"恋爱"的关系。诗人闻捷在《种花姑娘》中对革命与恋爱的关系进行了阐释:"枣尔汗愿意满足你的愿望/感谢你火一样激情的歌唱/可是,要我嫁给你吗/你衣襟上还少着一枚勋章"①,正是表征着革命功勋的勋章成为得到爱情的唯一条件。这种政治化、革命化的爱情观念在 20 年后延伸和移植到了张思远的精神世界中,或者说,张思远一直固守着这样的爱情观念,而"官复原职"使自己的革命地位得到了恢复,也使自己拥有了表达爱情的话语权。由此可见,张思远对秋文的"主动"追求,实质上是在爱情话语的包裹下讲述自己的革命话语,爱情成为革命的包装和道具,游离于革命之外的爱情根本没有进入张思远的视域中。

那么,秋文为什么会拒绝张思远的"追求"?在小说中秋文的回答简单而明确,甚至可以说是不假思索:

> 您的工作本来就比我的重要一百倍,一千倍。不服是不行的。我拥护您和您的同僚们。您们是国家的精华和希望。您们失去了太多的时间,我相信您们会夺回来。我祝您们成功。我愿意和您们拉起手来。但是我不能去。②

秋文的回答与张思远对爱情的认知恰恰相反,一开始她就将爱情的位置限定在革命话语的框架之外,将爱情设置在与革命相冲突和对立的位置上,个人对情爱的过度追求和沉迷会阻碍革命工作的开展。同时,我们在秋文的回答中也可以发现秋文对爱情的一种恐慌,"我已经野惯了。部长夫人的生活会使我窒息。在那样的环境里,我找不到自己的位置"。那么,秋文为什么会产生这种情绪体验?秋文所表述的仍然是革命理性与个体情感、革命事业与爱情欲望之间的矛盾和冲突,所以,秋文拒绝了张思远的追求,从而避免将来陷入选择的困境。这段"无始无终"的感情在客观效果上清除了对革命话语造成威胁的因素,张思远最终带着一身的轻松重新走上了革命的工作岗位,至于秋文将来能否和张思远生活在一起,那就是另外一个故事了。

---

① 闻捷:《种花姑娘》,《天山牧歌》,作家出版社 1956 年版,第 43 页。
② 王蒙:《蝴蝶》,《十月》1980 年第 4 期。

二、革命的"父权"

读王蒙的《蝴蝶》,可能会勾连起我们对鲁迅《我们现在怎样做父亲》的遐想和记忆。在这篇文章中鲁迅有一段内心自白:

> 没办法,便只能从先觉醒的人开手,各自解放了自己的孩子。自己背着因袭的重担,肩住了黑暗的闸门,放他们到宽阔光明的地方去;此后幸福的度日,合理的做人。①

虽然我们不能将两篇处于不同历史语境中的文章进行简单的比附,但两篇文章在主题的设置上却有着惊人的相似,即"我们应该如何做父亲",如何使自己的孩子"幸福的度日,合理的做人",二者的回答也有着极为相似的面向,即对自己的孩子进行思想的启蒙,以此彰显出现代启蒙思想对于青年成长的价值和积极意义。但鲁迅与王蒙对启蒙的精神走向和实施路径却呈现出了两种完全不同的样态:鲁迅启蒙思想的精神基点和思想资源始发于西方资产阶级的启蒙思想,具体来说,是"天性的爱""个体的独立与自由"等人道主义话语;而王蒙的启蒙思想却来源于中国共产党人所建构的社会主义革命理论及其不断衍化出来的革命伦理和革命道德。

从《蝴蝶》整部小说的情节层次来看,其中一个重要叙事向度是父亲张思远与儿子冬冬的"父—子"冲突。小说中这一核心事件在叙述的表层上围绕着三件事情展开:第一,张思远与海云的婚姻悲剧造成了冬冬童年时期父爱的缺席,从而使冬冬对张思远产生了怨恨情绪;第二,冬冬在"文革"期间对张思远进行了肉体上的"报复"和精神上的"打击",在张思远的情感世界里留下了难以愈合的精神伤痕;第三,冬冬因张思远的政治错误被流放到农村,对张思远始终表现出冷漠的拒绝姿态。但在这三件事情表层背后,却有着一个恒定的叙事主题贯穿其中,张思远和冬冬之间的矛盾和冲突都在这一主题所设定的框架内显现,并产生了多重的意义缠绕,即一个革命阶级中的"革命家"如何做父亲,如何教育自己的儿子"幸福的度日,合理的做人",或者说张思远"如何做父亲",如何使冬冬"幸福的度日,合理的做人"。作者在小说中围绕

---

① 鲁迅:《坟·我们现在怎样做父亲》,《鲁迅全集》卷1,第145页。

着这三个事件,依次给出了三个答案:一、要有纯正的"革命血统";二、要有忠诚的"革命信仰";三、要有真正的"革命实践"。而这三个答案有着逻辑上的连续性,共同统摄在年轻一代如何生产和延续革命话语这一框架之内。

张思远和海云婚姻的破裂以及海云与"第三者"的结合,客观上造成了冬冬拥有两个"父亲"的局面,但问题的关键是这两个"父亲"所表征的价值观念和思想体系处于相互对立的两极:张思远具有纯正的"革命血统",经历了"战争的严酷,行军的艰苦,转移、撤退、暂时的失利,牺牲,流血,负伤,饥馑,化装进城,宪兵的钢盔和闪亮的刺刀尖,碉堡的阴森森的眼睛"①等血与火的革命考验,是一位年轻的"老革命家";而冬冬的另一位"父亲"却与自己的母亲有着同样的身份,是一个没有改造彻底的"小资产阶级","反党反社会主义的右派分子,企图从内部攻破堡垒的帝国主义的代理人,披着羊皮的豺狼,化装成美女(我的天!)的毒蛇,睡在身边(!)的敌人"②,他所代表的是西方资产阶级的观念形态和伦理道德。在张思远的精神视域中,他和冬冬之间不应该有实质性的"父—子"冲突,冬冬也不应具有"弑父"的欲望,而应该是他的"革命血统"的自然延续,是"父"的坚定继承者和支持者,甚至就是"父"的复制品。因此,他不能接纳任何一种背离自己"革命血统"的行为,但冬冬逐渐对张思远表现出来的疏远、拒绝、冷漠,表明冬冬已经具有了脱离"革命血统"的精神欲望和冲动。面对冬冬的"背叛"行为,"张思远很生气",所以,张思远要对"冬冬"进行革命的救赎。在此,张思远和冬冬由"父与子"的关系逐渐蜕变为"救赎与被救赎"的关系,冬冬也逐渐成为一种象征性的符号。作品在此显示的,是张思远所代表的革命话语体系和"革命血统"对于年轻一代"幸福的度日,合理的做人"的重要性,并以此将冬冬重新组织到革命的政治生活和历史进程中,从而使冬冬脱离"资产阶级思想观念"的控制。而在张思远的话语里,我们同样可以看到"革命血统"所具有的重要社会功能:"将来等他大了,他会明白这一切的,他会自己来找我的,他会懂得,有一个老革命的爸爸,有一个市委书记的爸爸是多么荣耀和福气!"③

张思远与冬冬的父子关系的进一步确认,在"血统"上为冬冬进行了正

---

① 王蒙:《蝴蝶》,《十月》1980年第4期。
② 同上。
③ 同上。

名,使冬冬具有了明确的革命阶级归属感,但仅仅依靠"政治血缘"的历史延续并不足以确保冬冬能够"幸福的度日,合理的做人",还必须延续父亲所具有的忠诚的"革命信仰"。但正是在关于如何建立"革命信仰"上,张思远和冬冬之间爆发了第二次"父子冲突"。张思远在"文革"中遭到批斗:

> 就在这时候忽然冲上来一个少年,他正好瞭起眼皮偷看了一眼,天呀,冬冬! 飕地抡起了巴掌,第一下打在他的左耳朵上,这真是咬牙切齿的狠狠的一击,只有想杀人、想见血的人才会这样打人,只一下就打得张思远从两个扭住他的胳臂的小将手里跳了起来,连脑袋都嗡地一响,像通了电,耳膜里的刺心的疼痛使他半身麻木,恶心得想要呕吐。抡起的手臂,又用手掌背反打了他的右耳,这一下比较轻,感到的疼痛却更加分明,等挨了第三个巴掌以后,他已经不省人事了。①

如果说张思远拒绝冬冬脱离"革命血统"的行为是"各自解放了自己的孩子","放他们到宽阔光明的地方去",那么冬冬给张思远的三个耳光,虽然使张思远感觉到了一种无法承受的尖锐的精神刺痛,但也反向叙述了张思远"自己背着因袭的重担,肩住了黑暗的闸门"的革命行为。而支撑着张思远背负着人类苦难十字架的革命行为在遭受到无情的打击时仍然得以延续的精神支点,正是他所具有的忠诚的"革命信仰"。这在张思远对冬冬行为的解释和情感态度中暴露无遗:

> 阶级报复! 只有用阶级斗争的观点才能说明这一切……冬冬顽固地站在他的妈妈的反动立场上,也许是接受他妈妈的指使,对张思远实行阶级报复……冬冬的行为就是右派翻天,就是牛鬼蛇神跳了出来。②

在张思远看来,残酷的暴力行为对于冬冬这样的年轻人总是显得过于陌生和疏离,但60年代的"无产阶级文化大革命"打破了冬冬对于暴力行为的疏离感,暴力第一次在张思远和冬冬之间被联合书写。虽然"文革"过去了将近半个世纪,冬冬对张思远的暴力行为早已被历史所尘封、定格和解构,被书写成为历史的文本,但张思远在回顾这一历史事件时,在他的精神世界里仍能感受

---

① 王蒙:《蝴蝶》,《十月》1980 年第 4 期。
② 同上。

到一种依旧锋利的品质和仍在进行中的时间感受——那种对冬冬缘何如此的反思始终没有间断。但给出的答案却显得有些暧昧和模糊，或者是他在有意回避真实的答案，张思远在小说中认为冬冬对自己暴力行为的罪源在于海云所代表的右派反动思想，冬冬只是反动阶级实施反革命暴力行为的工具。张思远的这种逻辑显得相当吊诡：一方面，他对冬冬所具有的纯正"革命血统"进行了修复，冬冬的暴力行为在本质上与宏大的革命话语和历史规律没有必然的联系，作为父亲的"我"必须"抹除"反动思想对冬冬的异化，重新收复失去的精神领地；另一方面，冬冬的行为进一步验证了"革命信仰"对于青年一代的重要性，"我"作为中国革命的亲历者，在复杂的革命情景中所展现出来的精神气质和价值理想，必须要成为建构青年一代"革命信仰"的锋利武器和思想遗产。

冬冬也许在本意上并没有想对张思远实施暴力，只是想在"文革"的历史语境中证明青春生命的真诚、乌托邦的激情和对自由的渴望，但冬冬没有预料到的是，他给父亲的三个耳光会经历历史和自己父亲的肆意编排和篡改。

第 四 章

文学史的命名与文学史观的文学回叙

第一节 20世纪90年代中国文学重评

90年代文学不可能完全与80年代文学划开界限,但是,90年代的确出现了不同于80年代的文学风景。虽然这种风景没有80年代文学那种叱咤风云、波澜壮阔的宏大气势,却也呈现出更为丰富、复杂的精神气质。这里,我们聚焦于几种文学风景,试图从这种繁复中理出一点头绪,以期达到对90年代文学的深刻理解。

一、终极关怀与终极审判:物化时代的灵魂拯救与现实批判

90年代社会最突出的现象是商品经济及其价值观念的充分合理化。如果说80年代的文化重心是政治、思想文化,那么,90年代的文化重心则是物质、金钱。对物质的追求也是一种人的解放和进步,尤其对于我们这个长期奉行封建禁欲主义的民族来说,更是具有不可低估的意义。但是,当经济/物质取代了一切,一切成为经济/物质的时候,经济/物质也就走向了它的反面。我们刚刚从专制、禁欲的枷锁中挣脱出来,却又钻进了物质的罗网。80年代人们所热烈企盼的现代化期待落实在90年代的时候,呈现出的却是红尘滚滚、物欲横流的残酷图景。

面对"人为物役"、精神萎缩的物化时代,90年代文学首先树起了精神、道德和信仰的旗帜。"终极关怀""终极价值"一度成为文坛最为响亮的口号。

根源于知青文学的那种理想主义精神迅速转换为对抗经济/物质的思想资源。作为纯粹文学群落的知青文学,在80年代中后期业已散落,但是,其内在的精神价值却在物欲横流的物质主义浪潮中重新聚集。张承志、梁晓声、史铁生是早期知青文学的重要作家。张炜没有知青经历,却有着与知青作家相同的精神渴求。他早在那些叙述故乡芦青河的作品中就已经播下了"田园"激情,后来的"野地"正来源于这种"田园"。这个创作群体的叙述风格也存在着巨大的差异,但是他们却共同演奏了一曲激昂的"精神"交响乐,其主旋律是信仰和道德。

用历史主义/工具理性的尺度去阐释、消解这些精神主义/价值理性的执著追求是不恰当的。价值理性就是善良意志与自由意志。意志之所以为意志,就在于根本不受外部必然性的约束,它们根本就不是来自外部的事实,所谓从"是"推导不出"应当"。它们相当于康德的"绝对命令",是无条件的"善",本身就是目的。"在世界之中,一般地甚至在世界之外,除了善良意志不可能设想一个无条件善的东西。""善良意志,不是因为它所促成的万物而善,不是因为它向往的事物而善,也不是因为它善于达到预期的目标而善,而仅是由于意愿而善,它是自在的善。"[①]什么是自由?萨特说得好:"自由只不过是我的意志或激情。"[②]这种价值理性不仅拒绝"必然性"的约束,而且还对"必然性"构成猛烈的反叛和冲击,并在此过程中展现人性的完美和自由的本质。张承志不会不知道自己借助于历史生活所构筑的宗教体验连接着物质的贫困与精神的愚昧,也不会意识不到宗教时代已经被抛在了历史的深处,他根本就无意构建历史的殿堂,更不指望这种宗教信念会直接促成经济腾飞,只是执著于人的精神生活,突现人生的意义。而张炜的"融入野地"也具有同样的价值指向。批评张炜用农业文明抗拒工商文明显然过于肤浅,张炜的"野地"包括葡萄园、田园等意象,它根本就不是一种具体的历史形态或生活形态,而是一种价值形态。人们之所以在《九月寓言》中感受到苦难,是因为把那个海滨小村当作了一种具体的历史生活形态。而实际上,它不过是价值理性的一个象征性符号,所呈现的那种生存状态指向无拘无束的/本真的自由自在。

[①] 〔德〕康德:《道德形而上学基础》,见〔美〕弗吉利亚斯·弗姆主编:《道德百科全书》,何怀宏译,湖南人民出版社1988年版,第225—226页。

[②] 〔法〕萨特:《存在与虚无》,生活·读书·新知三联书店1987年版,第609页。

"我想寻找一个原来,一个真实。""辽阔的大地,大地边缘是海洋。无数的生命在腾越、繁衍生长,升起的太阳一次次把它们照亮,当我在某一瞬间睁大了双目时,突然看到了眼前的一切都变得簇新。它令人惊悸,感动,诧异,好像生来第一遭发现了我们的四周遍布奇迹。"①这正是张炜对其所发现、体验到的那种"本真"自由的述说。有人指出张炜的"融入野地"与海德格尔的"诗意的栖居"有内在联系,其实,凡是伸张价值理性的精神,都可以纳入"诗意的栖居"的范畴之中,"诗意的栖居"就是一种人生的审美风度。所以,无论是张承志的宗教信仰还是道德理想,乃至王安忆的"乌托邦诗篇"、史铁生面对地坛时的生命领悟,都是倡导那种审美人生。它的价值不在于现实的功效,而在于它本身,它本身就是目的。它在历史之外构建了一个绝对的制高点,横空出世,既向内充实人的灵魂,又向外清除历史的丑恶,既是终极关怀的家园,又是终极审判的武器,这正是对物质主义的功利人生的反叛和批判。

　　终极价值不承载历史目的,但又合于历史目的。人类的价值系统总是这样像迷宫似的错综复杂。终极价值作为价值理性并不会带来直接、具体的历史功能,它总是间接地发挥其功能。历史是人的历史,人既是历史的目的,也是历史的主体和动力。人在作用于历史的时候,精神价值不仅不会被搁弃在历史之外,反而会渗透到历史运行之中。所谓"历史进步不以道德为准绳"不过是向丑恶低头的遮羞布,那些论证"恶"是历史发展动力的人忘了"恶"仍然属于道德范畴。马克斯·韦伯不就发现了宗教与资本主义之间的深刻联系吗?在韦伯那里,"令人惊异的是神学逻辑和加尔文逻辑的某些要求与资本主义逻辑的某些要求竟然如此吻合。耶稣教伦理嘱咐自己的信徒不要太看中这个世界上的财富,要求他们采用苦行主义的举止行为。然而,为了利润而合理地劳动,不耗用利润,是一种值得称道的行为,这种行为对资本主义的发展是必不可少的,因为它意味着把未曾耗用的利润用于再投资。这清楚地显示了耶稣教态度与资本主义态度的相似性。资本主义是以合理的劳动组织为前提的,它要求大部分利润不要被耗用掉,而是要储存起来,用以增加生产资料"。"支配我们对利益的认识的是思想,甚至是超验的或宗教的思想。"②在

---

① 张炜:《融入野地(代后记)》,《九月寓言》,上海文艺出版社1993年版,第340页。
② 〔法〕雷蒙·阿隆:《社会学主要思潮》,葛智强、胡秉诚等译,上海译文出版社1988年版,第570—571页。

20世纪的西方思想文化中,人本主义思潮与科学主义思潮分庭抗礼,很难想象人本主义不会经由"人"对历史构成深刻的影响。历史的进步既是物质的积累,也是精神价值的飞跃。在历史进程中,工具理性与价值理性从来都是同步迈进的。因为"历史"无法脱离"精神",正如"精神"最终必然转化为"历史"一样。其实,人类的一切活动最后都是对"历史"的承诺,即使是那些最激烈的反抗"历史"/文明的知识谱系也不例外。价值理性以高蹈缥缈的姿态最终为历史提供着巨大的热能。

二、世俗人生:经济神话中的欲望表演

与上述精英立场对人的精神生活的呼吁和对物化时代的批判相反,那种拥抱市场、追求物质的世俗人生欲望书写也成为90年代相当引人注目的一种文学潮流。

对于世俗欲望的渴望在80年代末期就已悄然登场。新写实小说的崛起既终结了80年代启蒙主义民族现代化的神圣梦想,也驱散了追求自我生命自由的精神舞蹈。在新写实小说那里,世俗欲望是一种生存欲望,在所谓"原生形态"的叙述中,人生的动力不是那些主流意识形态或者主流启蒙文化,而是最基本的生存需求。"烦恼人生"就是因这些基本的生存需求无法满足而产生的痛苦、纷扰。与此同时,王朔以俗人自居,"躲避崇高",大肆张扬世俗欲望。在他那近乎疯狂的调侃中,主流叙述变成了一种令人怀疑的伪善,它既不发自叙述者的内心,也无关于聆听者的真实生存状态。但是,无论是新写实小说,还是王朔小说,对世俗人生都不同程度地呈现出一种矛盾情结:既热切地投入又感到无奈、悲哀。刘震云把世俗的日常生活看成是对人的异化,其关心人的自由的启蒙主义精神仍然存在。王朔有一种"意识形态情结",他的调侃、亵渎不勾连到意识形态绝不罢休。

但是,到了90年代那些更年轻的作家那里,世俗欲望就变成了一种主流的文学叙述。在他们那里,投入世俗变成了一种快乐的人生体验。新市民小说的登场把世俗欲望变得理直气壮。何顿的《生活无罪》应该看作90年代世俗欲望的宣言。从慷慨激昂的标题上,我们可以明显地感受到那种激烈的辩护色彩。在这里,生活意味着金钱,生活无罪亦即金钱无罪。"名誉是一堆废纸,只有老鼠才去啃它。"这是父亲对儿子的教育。那个教师走出校园投入到

"个体户"的行列之中,似乎获得了自我价值的实现。作品的结尾,叙述者即那个教师从骨子里对昔日关系最为密切的同学发出了令人战栗的蔑视,就像贾府中那群贵族小姐嘲弄刘姥姥一样。这个同学显然是作为精神价值的象征出场的,他被看作迂腐过时、可怜可笑、令人厌烦的存在,他在整个作品叙述中的价值就在于他的无价值。

就像1989年的"新写实小说大联展"一样,1995年《上海文学》推出了"新市民小说大联展"。《编者前言》里讲道:"我们看到人类居住的这个星球,全心全意只在为'经济'而转动了……'经济'对社会的笼罩,'经济'对人性的遮蔽所滋生的新问题已经产生。"不能说新市民小说绝对没有思考"新问题",但是,他们对"经济"的认同显然更具激情。作为"联展"的首篇作品,《手上的星光》奏响了经济浪漫主义的高亢音符。主人公面对繁华的大都市北京,就像当年拉斯蒂涅面对巴黎一样雄心勃勃。他们闯入这座大都市,在名利、地位的角逐中,"惊奇地发现这个世界人的关系几乎是由相互伤害的链条构成的,一个伤害另一个,他又被下一个伤害,这样一直伤害下去,组成了一个环,一个由无数个自寻烦恼的男人和女人所组成的巨环"。与何顿的赤裸裸为经济辩护相比,邱华栋的这种经济浪漫主义更具普遍性。他们并不是没有意识到物质、金钱对人性的戕害,但是,并不去批判、抵抗,反而去拥抱、认同这种现实,并由此产生一种人生拼搏、自我实现的浪漫体验。

在90年代的欲望叙述中,女性新人类的创作显得格外醒目、耀眼。与其他作家相比,她们的欲望写作显出直逼欲望感官的特征。她们没有一些男性作家的经济神话,却有女性的身体欲望。她们根本就不屑于那种在金钱、物质里打滚的所谓拼搏,而是喜欢在感官的放肆中疯狂沉醉。棉棉也许是最早把吸毒浪漫化的作家。她在那种肉体与灵魂都极端尖锐的另类生活中,在那种令人骨软筋麻的颓废主义迷雾之中,使大众获得了感官宣泄的满足。但是,卫慧却似乎有意向"高雅"提升,尽管她也同样将吸毒与身体置于自己的叙述中,但女性主义的华丽包装却使她冠冕堂皇、勇气倍增。她的那些女主人公往往在"一间自己的小屋"里写作,她们自恋、弑父以对抗男权文化,在拥有多个男人的游戏中显示女性的傲然不屈。在她们的肉体的诱惑下,那些男人往往是自动走上门来。她们以肉体的狂欢来感受自我的存在,并在狂欢中让那个躺在病床上的"父亲"死去。"我们的生活哲学由此得以体现,那就是简简单单的物质消费,无拘无束的精神游戏,任何时候都相信内心冲动、服从灵魂深处的燃烧,对即兴的疯狂不做抵抗,对各种欲望顶礼膜拜,尽情地交流各种生命狂喜包括性高潮的奥妙。"(《像卫慧那样疯狂》)这是以身体表达思想的自信。卫慧并没有女性主义写作的严肃性,女性主义只不过是她在世俗海洋中遨游时的一个救生圈,在所谓不屈服于男性的对抗中,这些主人公并没有来自生命深处的激情投入,于是,剩下的就是那些肉体的游戏。

在意义缺失的时代,一切都迅速向欲望转化。"金瓶梅"时代的世俗社会画卷似乎正在徐徐展开。这种历史回归的理解也许过于悲观,但是,后现代文化的密集涌入却为世俗欲望提供了更为时髦的理论基础。令人奇怪和震惊的不是后现代文化本身,而是后现代文化在中国化过程中的那种世俗化蜕变。后现代文化本身仍然是多元化的文化系统,但是,激进而锐利的批判精神无疑是后现代文化的重要属性。在中国,反逻各斯不仅没有真正解构逻各斯,反而建构了一个无所不在的欲望逻各斯。福柯的"人死了"被曲解为"人"不应该存在。实际上,他所说的死了的"人",是西方现代化以来已经逐渐僵化了的那个"人",已经变成了人的反面的人,而不是"人"本身。对于福柯那样的思想者来说,他所追求的就是永远活着的人,所以,他才能从精神病患者那里看到被压抑的人。只有这样的思想者才敢于把精神病说成是正常的人,而那些所谓正常人反倒非常可疑。但这种以少抗多的悲壮反叛在中国许多作家那里却变成了以多凌少的媚俗性狂欢。

在欲望狂欢中,我们似乎感受到那种似曾相识的文学历史主义立场在悄然回归。几乎所有的欲望书写都在现实之中获得了强有力的支持。现实/历史的必然性成为无可匹敌的武器。所谓"历史的颓败"在90年代仍然是一个神话,在政治历史主义颓然倒地的同时,经济历史主义却在它的一片废墟中昂然站起,并以丝毫不弱于前者的势头笼罩在90年代文学的上空。"欲望的旗帜"高高飘扬,就像当年政治统帅无所不在一样,使文学作为价值、作为审美的理想化为惨淡的泡影。20世纪中国作家那种拥抱现实/历史而缺乏超越性的顽症在90年代依然存在。世纪末中国文学仍然习惯于依附在历史的大树下,仍然不能够迈开自己的步伐。

三、现实主义冲击波：现实感与虚幻性

1996年，文坛掀起了一场"现实主义冲击波"。自80年代以来，现实主义不断遭到来自现代主义的冲击、挑战。现实主义在失去意识形态的支持以后逐渐丧失了那种威风凛凛的霸权地位，它不能不重新进行调整。与80年代现实主义的尴尬相比，90年代的现实主义多少显出一种活跃的迹象。80年代与90年代之交，新写实主义赫然树起了自己的旗帜，这是现实主义重整旗鼓的一个重要标志。虽然用"写实"替换了"现实"显示了提倡者与实践者的"新"的追求，而且，这"新"也的确具有不可忽视的文学价值，但是，如果抛开意识形态而从一般的创作方法来考察的话，新写实主义也的确属于现实主义范畴。在先锋文学显出疲惫神态的时候，现实主义在积蓄能量，终于在90年代中期发出了一股"冲击波"。

现实主义冲击波把"乡村"与"底层"作为逼视社会的窗口或通道，以时代笼罩乡村，在乡村中映射时代，这无疑是90年代文学最集中、最具规模的一次"宏大叙事"。就其叙述模式而言，大体上承继了80年代的改革文学余脉，而就其观念、情感的处理而言，却要比前者复杂得多。在现实主义冲击波中，80年代的那种社会现代化的乐观、理想、浪漫的想象已经消退，作家所理解的社会转型已经无法简单地用"阵痛"进行描述。在这些作家的意识之中，尽管前途是光明的，可脚下毕竟山重水复、艰难曲折。体制的弊端，农民的贫困愚昧，进入市场经济后的农村社会所经历的巨大震荡以及由此所带来的道德危机……一起聚集到这些作家的笔下。刘醒龙的《分享艰难》在一个小镇里汇聚了中国90年代农村社会的众多矛盾。镇长与书记之间为了"权"与"利"明争暗斗；由于经济困窘而长期拖欠教师工资，愤怒的教师要罢课索薪，书记不得不用派出所从赌徒那里罚来的钱给教师开支，为此，书记又与派出所发生矛盾；乡镇企业主洪塔山道德败坏、横行乡里，却神通广大，主宰着小镇的经济命脉，为了经济上的原因，书记也不得不在他的丑行面前退让三分；自然灾害又使这个镇雪上加霜……审视现实，可谓矛盾重重，危机四伏。小小的乡镇折射出了90年代中国农村社会所面临着的艰难、困窘。刘醒龙的《挑担茶叶上北京》则鞭挞了农村干部的腐败。镇长用封建时代的进贡方式来讨好上级，把采冬茶作为"政治任务"强行摊派给农民。在他那里，农民不是国家的公民，

而是他个人的属民。王祥夫的《早春》写到了种子站的腐败。种子站吃回扣，把发霉的种子推销给农民，使许多农民颗粒无收，农民忍无可忍，围攻种子站，打死工作人员，致使农民与政府之间关系紧张。张继的《杀羊》触及的是体制的弊端。既然"检查光看人数"，那么，村干部就以"喝羊肉汤"为诱饵把农民聚集起来以应付检查。农民对"羊肉汤"的兴趣与对开会学习计划生育文件的冷漠，构成了对开会这一形式主义的讽刺。谭文峰的《走过乡村》展示了商品经济冲击下农村社会的道德危机。少女被企业主强暴，村人、上级以及少女的家人联合起来反对、阻挠少女上告，甚至迫害少女。在此，一个少女的青春、尊严变得一文不值，物质金钱高于一切，少女变成了金钱的牺牲品。农村经济露出了它狰狞的一面，市场经济与人的关系在农村社会也变得非常尖锐。

现实主义冲击波无疑给我们提供了一幅当时农村社会的真实画面，它使文学弥漫着一种强烈的现实存在感。这里有思考，有批判，也有热切的呼唤与渴望，凝聚着20世纪中国文学社会关怀的精神底蕴。特别是它所揭示的那些尖锐的社会问题，不能不说是对我们所处的时代生活焦点的敏锐触及，而它所包孕着的那种平民感情却接通了文学深层的人性良知。现实主义冲击波提醒我们，现实感以及由此而爆发的那种强烈的社会关怀仍然具有文学本身所无法抗拒的魅力。但是，由于现实意识形态的压制，也使现实主义冲击波在逼近现实的时候带着令人遗憾的虚幻性，在一定程度上，"现实"是带着斑驳的油彩的现实，而不是"现实"本身的现实。在油彩的涂改下，那些本来感性魅力十足的生活细节与画面变成了隔靴搔痒的装饰。它发现了矛盾，但同时又淡化、缓和了矛盾，特别是对矛盾的解决，明显地带有非常脆弱的一厢情愿的虚拟色彩。我们姑且不说"底层"早已在事实上"分享艰难"了，问题是他们"分享艰难"以后，是否可以使自己获救？是否可以解决所面临的尖锐问题？现实主义没有必要过分追求社会问题的解决，它唯一的原则是勇敢地进入现实。

西方经典现实主义与科学理性有着密切联系，"19世纪小说家的现实主义，在某种程度上说，是科学的现实主义，这不只是因为它常常从自然科学那里借鉴了各种术语和公式，而且还因为面对客观现实，它摆出了一副学习、研究和考察的架势"①。尽管这种倾向为现代主义所不耻,但是,所谓"无边的现实主义"创作实践似乎暗示了人无所不在的求知本性,现实主义在最终极的意义上应该是人的求知本性的审美化。求知,首先是一种智力探险,在对"真相"进行的无止境的探究中才有价值的升腾、移入,才能爆发出锐利的批判神采。而在现实主义冲击波那里,求知本性却被实用欲望所覆盖。为实用而求知与为求知而求知是完全不同的,前者作为"实用理性"往往要落入现实的圈套,后者却由于无拘无束的自由感而抵达了"真实"的彼岸。科学理性的缺席正是现实主义冲击波制造虚幻的根源。

四、"性文学热"的反思与回顾

谁也说不清楚,当代中国的性文学热是什么时候、从哪一篇作品开始的。但是,作为一股席卷文坛的文学思潮,性文学早在 1986 年初便开始引起人们的关注。这一文学热潮在 1987 年达到了高潮,有人因此称这一年为"性文学年"。

(1)"性文学"界说

何谓性文学?可以说至今仍没有明确的界说。致使上面的扫黄令一下,下面便无所适从,一股脑儿地把所有涉及两性情爱描写的纯文学、俗文学都列为嫌疑对象,甚至把一些外国文学名著也视为"淫书",大加禁止,引起国际笑话。性文学不同于爱情文学,甚至也不等于性描写。它是以性爱为主题,并有具体性行为或性心理描写的文学作品。爱情文学和性文学相比,前者以情为主,较少涉及性,而后者则以欲为主或情与欲相结合,前者是后者的提纯。一篇作品中可以有性描写,但局部性的、非主题性的性描写不能归为性文学范畴。比如茅盾的《子夜》中不乏赤裸的性描写,但谁也不认为它是一部性文学作品,因它的主题与性无关。我们所说的中国当代性文学,显然不属于这类作品。它们是以两性关系为作品的构架,表现人在社会中的性心理与性需求。这股文学热潮的出现,是中国当代文学史上从未有过的现象,它使一些人惊愕、一些人愤怒、一些人欣喜,犹如人类初尝禁果时的复杂反应。

---

① 〔意〕阿·莫拉维亚:《关于长篇小说的评论》,见〔英〕艾略特等:《小说的艺术》,张玲等译,社会科学文献出版社 1999 年版,第 199 页。

(2)"热"的起因

性文学热的出现,对当代中国人来说是陌生的。但是如果我们把目光投向中国文学的历史长卷,就会发现这又实在是一种似曾相识的重复现象。从明代白话小说始,性爱小说始终屡禁不绝。《金瓶梅》《肉蒲团》《海上花列传》等都曾风靡中华。而在诗词、杂剧发展史中,性爱也是其最重要的内容。到了中国现代文学阶段,更出现了以郁达夫为代表的"身边小说"与"鸳鸯蝴蝶派"的市民小说,在这些小说中,有相当一部分是以性爱为主题的。

如果一种文学现象能成为一种有影响的文学思潮,那一定有其特定的时代条件与文化氛围。中国当代性文学热潮的出现,便是由以下几种因素促成的。

首先,人的意识的觉醒,对人性的肯定,是性文学热的主要思想动源。

进入本世纪以来,人本主义哲学思潮重新抬头,在高度发达的工业文明中,人渴求回归自然,认识自我。这必然会带来文学创作中的自然情态,其突出表现便是对人本性的充分肯定。二三十年代欧美"心理分析小说"的出现,五六十年代日本"肉体文学"的兴盛,都反映了这一时代思潮。中国打开通向世界的大门后,多年的政治专制与人性禁锢被打破,西方人道主义也重新在当代中国获得了新的价值。对人的肯定,也就是对人之本性的肯定,而肯定人的本性,也就自然肯定人的性欲。中国文学于是在这个认识的链条上呼唤着人性。

其次,对现实社会的不满与回避,是性文学另一剂重要的加热剂。

当代中国的政治文化是最为扑朔迷离的了。从噩梦中醒来的中国作家带着积怨和恐惧看着风云变幻的政坛、文坛。作家的良知使他们不再肤浅地去附和某项政治任务,而出于安全的需要,又不能涉足重大社会课题。在政治化与商品化之外的界域里,他们选择了性——人生的最后一道防线,在充满野性的世界里,向当代社会作一种最原始的抗争。由此看来,性文学萌起于那个寒意袭人的1986年与1987年之交,绝非偶然。人们想用性的力量来证明人的存在。从这个角度上讲,当代中国性文学热的产生,实在是时代的悲哀。

第三,对过去无性文学、非人文学的反动。

新中国成立后,高度统一的政治体制要求人们统一思想,而这种思想是被政治净化或阉割了的。作为这种畸形思想的反映,30年的中国当代文学多处于一种非人化状态。以人们最为熟悉的"样板戏"为例,无论方海珍、江水英、柯湘还是阿庆嫂,都是以单身女人或寡妇身份出现在舞台上的。其他人物也似乎都是《未来世界》中那种没有安装性程序的机器人。即使有的作品有性行为或性心理的闪现,也是作为反面人物的一种佐证。似乎只有这些人才有性的要求,而作为对正面人物的一个验证,便是不为美色所动。这种性即恶的认识模式大概从 30 年代的《子夜》里便开始形成了。今天,中国当代作家的泛性选择,实在是对那种传统的非人文学的一个反拨。

第四,作家自恋和自我净化的结果。

文学创作是一种心愿的达成。在中国这个性关系并不活跃的国度里,性的实现多通过文学创作来完成。也就是说,作者受自恋情结的驱使,把自身体验与幻想赋予自己笔下的人物,于是我们在所谓的"改革文学"中都能发现改革者大走"桃花运",忙里偷闲,大搞多角恋爱。作家笔下人物惬意的性活动,恰恰是作家在现实中的性活动不惬意的结果。于是,作家只好从另一个世界里寻找寄托与安慰。而有些作家则试图从肉的冲动中求得一种灵魂的净化,劝诱人们从肉欲中摆脱出来。这似乎又反映了中国古代性爱小说古老的深层意义,即淫欲者必自戕。

那么,应该如何评价当代中国的性文学热呢?似乎很难得出一个人人满意的定论。其实,关于这一点我们在前面已有所接触。下面我们结合具体作品作一次并不稳妥的分析。

(3) 生命力的显示与求索

首先,我们要说,当代中国性文学热的出现是中国人生命力的显现,是人的意识觉醒的标志。

就当代人类来说,人的生命力体现在两大层次上,即文明的创造力与原始的性能力。表现这两大层次的文学是伟大的、永恒的。对当代中国人而言,文明的创造力实在没有可以大加炫耀的市场,而且早已被各种新闻媒介夸大了若干倍而向天下播发着。而人类久经压抑的另一种生命力也就自然成了作家关注的焦点。在当代性文学作品中,这种原始的生命力充满了喜悦与野性,冲撞着人的心灵。

在有些作品中,性的冲动显示了生命的喜悦。叶蔚林的短篇小说《五个女子与一根绳子》记叙了一个由性别造成的悲剧。人类对女性的歧视也许从采取男上女下的性交姿势时便开始了。在中国,更进一步被儒家伦理观念加以解释而定型化。而且受传统的风格禁忌的影响,把女性推入了更黑暗的深渊。小说为了强化人本能的生命力与传统的性别歧视之间的反差,十分形象地描绘出这五个女子对生命的愉悦感:

> 无论如何,在娘屋作女毕竟是美妙的。愉悦常常出自内心,出自种种发现和莫名的冲动。冬日衣裳穿得厚,又不常洗澡,长了身子也不晓得讯。热天脱下衣裳,胸前一摸,我的妈,几时鼓起这两碗赘肉!象出土蘑菇、象发面包子。姐妹们嚷嚷:哎呀呀,这样长法不得了,快扯布条勒紧。哪个月经初潮,更是兴奋、热闹:"来了?!""来了!!"你捅我肚子,我卡你腰眼,哧哧笑。于是不由两腿夹紧,提气细碎走路,好似花旦溜台步,水漂萍似的。心中藏着机密,眼睛汪水、贼亮。整个世界顿时变得那么新鲜,那么陌生,那么不可思议。

在这些山里女子的心中,她们的性意识觉醒萌动了!无论有形的厚服紧衣,还是无形的性恶观念,都难以遏止她们身上这种生命力的自然增长。然而现实世界的蒙昧与残酷又使她们觉醒了的性意识无法得到正常的实现,因为无论是她们的同性前辈的命运,还是她们自身涉世尚浅的经历,都使她们预感到现实与未来是不幸与痛苦的。因此她们受惑于古老的乡间迷信,想到天上的"花园"里去寻求起码的性的尊严与可怜的自由。请听听她们同十八仙姑所装扮的死去的淑云姐的对话:

> "淑云姐,我还想问问……"荷香涨红着脸。"只管问。"淑云姐亲切地转向她。"花园里有男人不?""男人?哦,当然有,也有嫁娶的。""男人也打女人?""不打不打,女人是宝贝,宠都宠不赢。""万一女人又跟别的男人相好,怎么办?""怎么办?这个……随女人自由去,男人管不到的!""几多好!"荷香叹口气。

为了追索一种不太非人化的生活,为了实现这一点可怜的性自由意识,于是,这五个如花似玉的山里妹子带着美丽的幻想,集体用一根绳子吊死在古老的榨油房里。在这里,作家写出了以性为标志的人的意识的觉醒,展示了生命力的喜悦与悲哀。生命是创造世界的源泉,它不仅包含着人类的繁殖能力,更包含着人类的性爱追求。在中国,这种生殖力与性爱的相离与相合,构成了一个独特而复杂的生命世界。因此,在表现远离现代文明的中国农民的生命力时,往往弥漫着一种野性的冲动,生命躁动完全通过性欲表现出来。莫言的小说《红高粱》里,有一段描写"我爷爷"余占鳌与"我奶奶"九儿在高粱地里野合的场面:

> 余占鳌把大蓑衣脱下来,用脚踩断了数十棵高粱,在高粱的尸体上铺上了蓑衣。他把我奶奶抱到蓑衣上,奶奶神魂出舍,望着他脱裸的胸膛,仿佛看到强劲慓悍的血液在他黝黑的皮肤下川流不息。高粱梢头,薄气袅袅,四面八方响着高粱生长的声音。风平,浪静,一道道炽目的潮湿阳光,在高粱缝隙中交叉扫射。奶奶心头撞鹿,潜藏了十六年的情欲,迸然炸裂。奶奶在蓑衣上扭动着。余占鳌一截截地矮,双膝啪哒落下,他跪在奶奶身边,奶奶浑身发抖,一团黄色的、浓香的火苗,在她面上哔哔剥剥地燃烧。余占鳌粗鲁地撕开我奶奶的胸衣。让直泻下来的光束照耀着奶奶寒冷紧张、密密麻麻起了一层小白疙瘩的双乳上。在他的刚劲的动作下,尖刻锐利的痛楚和幸福磨砺着奶奶的神经,奶奶低沉喑哑地叫了一声:"天哪……"就晕了过去。

在这片深深的红高粱地里,自然生命的欲望、本能的冲动把人类那最动人心魄的时刻记录下来,这种性场面的描写带有原始的迷狂色彩。但也并不全是赤裸裸的本能冲动,其中还包含着一种文化意义乃至情感的交流。余占鳌眼见这样一个妙龄女子落入一个麻风病老汉的怀里,心中充满了不平与嫉恨。奶奶也从爷爷的精神与力量中受到鼓舞,宁死不让麻风病人来占有自己。终于,他们面对古老的礼法,勇敢地发出了挑战,走入了深深的高粱地里。"奶奶和爷爷在生机勃勃的高粱地里相亲相爱,两颗蔑视人间法规的不羁心灵,比他们彼此愉悦的肉体贴得还要紧。"因此,这里通过性所表现出来的已非纯然的原始生命力。在古华的小说《贞女》中,也表现了这种背道的生命意识。从未尝到性爱快乐的少年女子青玉从19岁开始便为死去的小丈夫守节。在白昼里她通过苦读《女论语》《烈女传》等古旧书籍和做针线来抚慰自己空寂的心灵。然而到了夜里,月光如水,山歌萦绕,又使她常常难以安睡,只能望着自己发育丰满的身体潜然泪下。自从后院里来了教书的吴先生,她内心朦胧的性爱意识便鼓胀起来,常常偷视从窗下经过的吴先生。以后,她茶饭无心,满园子转,满园子看,好像要把什么失落了的东西找回来。其实,她寻找的正是失落的人性,即性爱的需求。最后她终于与吴先生结合了,于是获得了生命的力量。然而吴先生在一次幽会中被狗咬死后,她又失去了生命的本源——性爱,结果形同槁木,憔悴而死。我们看到,在女主人公的世界里,性爱是她作为一个人存在的证明,也是她生命的本源所在。这种执著的生命渴求是向既定社会的伦理体系的挑战,同《红高粱》一样,也是人性向非人性的挑战。在当代性文学中,也闪现出纯然性欲的火焰。在叶楠的小说《漫长的春夜》里,便燃烧着这种生命的欲火。在那个偏僻的山村里,住着一位年轻的寡妇。由于她尝到过性爱的快感,由于她远离人间,自然有一种性的渴求与躁动。可以说,这是一种纯然的本能要求。为了强化自然界这种本能欲求的存在,作者又写到了寡妇家所养的一头母猪。在漫长的春夜来临时,这位寡妇躺在床上辗转反侧,心中火烧火燎,难以入睡。而她看到那头母猪与雄野猪交配亲热时,便进入一种晕眩状态。从人与猪的对比中,展示出这样一种明确的意识:性欲是人类与动物界共有的生命现象,是大自然赋予的绝对权利。小说发表后,许多人大加非议,认为这是把人性降低为动物性,是对人的社会性的完全否定。这种意见也许不无道理,从小说主题的具体意义来看,确实如此。但是如果把作品与社会联系起来看,如果从作品具体主题中伸展出去,与作家的创作心态相联系,就会发现这篇作品具有一种别样的含义,即对传统性观念与传统文学性描写的一种反动。在性观念上,中国传统伦理体系中总有一块稳固不变的结构:性即罪恶的认识模式。无论是儒家早期的"万恶淫为首"的判断,还是宋明理学"顺天理,灭人欲"的主张,都反映了这种性观念。因此,当代作家中很大一部分人出于向传统性观念的挑战和对现实社会中禁锢多数国民性欲的反感,把过去那种充满形而上道德说教的性观念还原为最简单不过的生命现象。人,活着是美好的,这美好便是人之天性的自由满足。活着不仅仅是印有人格面具的精神存在,更重要的是一种肉体的存在。在人的意识觉醒之后,人们学会了把自己的生命放在现世的存在状态中进行考察,而不再仅仅把它作为一种丧失自我与本我的抽象的精神范畴,来做歪曲的价值判断。这是对往昔那种过于苛求于某种精神思考的倾向的一种矫枉过正,他们用艺术再现告诉人们一个曾被忽略了的简单道理:人就是人,生命只能属于个体。同时,这种简单的生命现象描写的背后,也充满了对传统文学性描写的反叛情绪。在中国古代正统文学作品中,一般的性爱场面描写都采用了一种诗化或象征化手法,总带有一种隐瞒事实的回避心理。《西厢记》作为一部描写敢于冲破封建礼法束缚的爱情故事的作品,在性场面的描写上仍采用了传统的比喻方式:

> 我这里软玉温香抱满怀。呀,阮肇到天台,春至人间花弄色。将柳腰款摆,花心轻拆,露滴牡丹开。

> 但蘸着些儿麻上来,鱼水得和谐,嫩蕊娇香蝶恣采。半推半就,又惊又爱,檀口揾香腮。

这里是写张生与崔莺莺的第一次幽会,所写场面、动作都是极其优美的,但实质上破译出来则有些不堪,实在过于具体化了。在这种唯美的传统审美心理促使下(更受制于对"诲淫"的忌讳),赤裸的性交场面成为一首优美的写景诗。在这里,人们感受到了美感,但也感受到活生生的人被掩盖、被物化了。在《漫长的春夜》里,女主人公的性饥渴心理与崔莺莺的忸怩作态相比,显然更近于真的人。而她的性欲渴求是在一个脱离了社会的具体环境中形成的,是一种本能的饥饿。这一点本来也与动物的本能相似。在见不到异性的情况下,何谈爱的选择? 有的便只能是性的饥渴了。这篇小说通过原始的冲动表现了人类生命中最根本的价值所在。这并非是丑化人类,而是对人生哲学的最直接探讨。

如果说《五个女子与一根绳》《贞女》等小说是把性行为、性关系作为反传统伦理道德的象征的话,那么《漫长的春夜》的小说主题则是通过性意识的描写来展现人类旺盛的生命力所在。类似的小说还有《挑战》等。

(4) 政治象征与性爱重心

也许是中国作家传统心态的作用,当代中国作家也都自觉与不自觉、主动或被动地与政治发生着关系,这是几代人始终纠缠不清的魔幻主题。在性文学作品中,有相当一部分是把古老的性问题作为一种政治问题的象征来表现的。张贤亮的《男人的一半是女人》便是通过章永璘性能力的丧失来告诉人们:在长期的政治迫害中,知识分子不仅丧失了作为一个具有自主意识的社会人应有的地位,而且也丧失了作为一个自然人的能力。这种长年的政治迫害不仅造成了精神创伤,而且沉重的阴影也压抑了其生理机能。人的身心都如同被阉割了一般。

爱情是文学的永恒主题,当代中国性文学中的性描写更多是作为人的爱情关系中不可缺少的主要构成来表现的。在这些作品中,爱情与性交融并合,联为一体。性产生爱,而爱最后又必然归结为性。因此,严格说来,爱情即是性爱。它既有生理机能的一面,又有情感因素在内。这是自然的产物,也是文化的产物。然而,在中国传统文学中,性与爱的主题总是分离的。《红楼梦》是我国封建社会中最具平民意识的文学作品,但曹雪芹仍不能摆脱民族文化的局限,在性爱分离、情欲割裂的民族传统性观念的观照下,他歌颂了纯然的爱而否定了本然的性,甚至到了有爱必无性、有性则无爱的程度。贾宝玉与林黛玉完全是一种感情上的默契与沟通,纯洁无瑕一尘不染。晴雯与宝玉之间也有一脉真情,但作者通过晴雯之口,痛恨王夫人把这种纯情与性无中生有地连在一起。相反,宝玉与袭人之间没有情爱的沟通,所以才有了性的联系。曹雪芹的局限是历史的局限。因为性爱是纯粹个人的行为,只有在充分肯定个性的社会里,才能得到完美的体现和发展。在中国传统性观念里,性只包含正反两个方面的含义:淫荡与生殖。所以与西方人称性交为"做爱"不同,中国人冷冰冰地称之为"房事"或"睡觉"。性只是出于一种种族延续的社会需要,而排除了爱的位置。

乔雪竹的小说《荨麻崖》沉痛地剖析与谴责了性与爱的离异。故事发生在"文革"期间某生产建设兵团。畸变的政治氛围使人的性爱观也发生了严重的变形。真诚的爱情难以实现,而依靠权力却可以满足疯狂的性欲。副连长与连长的性关系便是双方的一种权力交换。副连长为了捞取政治资本、离开草原而献出了自己的身体,连长为了满足自己的性欲而为副连长铺平政治道路。两人经常在沙滩上进行这种原始的肉的结合,副连长连自己流产的次数都记不清了。这完全是一种兽的迷狂,而没有人的情的交流。副连长要去上大学了,在最后一次幽会时,连长的双眼里充满的不再是以往的情欲,而是真诚的仇恨。他对躺在沙滩上的副连长说,"给我来一次真的。老子要一次真的!"看来连长也清楚地知道,自己以往与副连长的结合仅仅是性的冲撞,而没有情感上的交流。他充满痛苦与愤恨地对副连长说:"……你也没有属于过我,一次也没有过,你只不过是让我压在身子底下,你那份心一直高高在上,你连眼皮都没有睁开过。……你那颗心,我拿什么都换不来。"兽性十足的连长也希望得到属于人的真正的性爱。他声称要来一次真的,也就是要获得性与爱的完美结合。然而这种性与爱的完美结合只有在息息相通的自由的心灵世界才能获得,凭借权力去强取只能促使爱与性离得更远。

贾平凹的《黑氏》与《荨麻崖》主题相同,但人物的追求却不相同。与副连长相反,黑氏虽然没有文化,但却从现实生活的感受中得到启示,努力追求性爱结合的真正的人的生活。她先后遇到三个男人。第一个男人把她视为泄欲工具与劳动工具。白天让她承担一切劳作,晚间变着方式折磨她,认为"你是我的地",愿意怎么犁都可以。黑氏在这里,仅是作为一种工具和一个雌性动物,丧失了一个人的尊严。这样,她离开了第一个男人而找到了第二个男人。第二个男人尊重她,但仍不过把她由物提升为一个传统的女人与妻子,并不懂得情感的相通,认为夫妻之间就是干那种事而已,"一月半月的那么一次就罢了!"而第三个男人闯入了她的生活,他关心体贴她,两人在一起总有一种心身的双重交融,她体会到了作为一个真正意义上的人的价值,于是两人私奔了。黑氏的追求,正是人的意识的一种觉悟,那便是性要伴随着爱。

在中国这个国度里,要对性文学做出实事求是的评价实在是一件费力不讨好的事情。因为这个民族有着太多的禁忌与虚伪的说教,不希望把人们做出的事也写出来。在某些掌握权力的人们那里,更是只许他们自己为所欲为地做,而不允许别人规规矩矩地做,也不允许别人去说。

英国著名小说家劳伦斯说过:"你仇恨性爱必然会仇恨美。如果你爱活生的美,那你就会对性爱持尊重态度。"文学本来就是社会生活的再现,性爱既然是人类生活的主要内容,那么文学作品中出现性关系的描写也自然是正常的,一个民族、一个时代的文学中如果缺少性文学这一组成部分,则是不健全的、被阉割了的文学。在严肃文学作品中,两性关系的描写,作为一种社会现象,往往反映了社会诸方面的现状与复杂关系。接触人的最好方式是通过性爱,因为从性爱关系中比其他任何关系都能更充分地认识人的本性。

无论过去还是现在,中国的伦理观对性爱都具有一种本能的仇恨。从本质上说来,这是出于对人生命力的恐惧。性本能是欲之火,它会使人们躁动不安,会对社会秩序构成威胁。性是唯一完全属于自己的人的权利,如果失控便会爆发出强大的力量。出于这种认识,中国传统伦理观与西方中世纪教会一样,对性怀有病态的认识,视之如同魔鬼。殊不知禁欲的结果反而会导致更强烈的纵欲,会对社会秩序构成更大的威胁。

人类对性的认识程度,标志着人类的文明程度。如果我们不把现代化狭隘地理解为某一政治制度或某一经济模式的话,那么现代化还应当是一种更宽泛的健朗的民族人格和开放的社会心态。如果说在经济上我们比西方工业国家落后50年,那么在道德思想上则落后得更多。当人们在英国威斯敏斯特大教堂著名的"诗人之角"为劳伦斯竖起纪念碑时,我们这个古老的文明国度却正在把他的代表作列为"淫书"而销毁。从历史上看,西方许多表现性爱的优秀作品也曾受到统治者的压制与打击。像惠特曼的《草叶集》、德莱塞的《嘉丽妹妹》、劳伦斯的《查泰莱夫人的情人》等,都曾被加上"伤风败俗"的罪名而遭查禁。美国最早的女权主义作家凯特·肖班的名为《觉醒》的小说,因为描写了女主人公性意识的觉醒,便被攻击为"不道德",受到社会的排斥,而这也使她从此搁笔,最后郁郁而亡。但人的力量毕竟是强大的,这些作品经过一番磨难,最终又都重见天日,受到人们的重视与欢迎。从本世纪开始,随着弗洛伊德学说的传播,特别是60年代的"性解放"浪潮,性的问题更为公开化、自然化。所以在西方当代文学中,性文学的比例日益增大,成为纯文学和俗文学的共同潮流。中国当代文学似乎也走了这样一条弯路,但这路远比西方文学要长,要弯得多,并且至今仍没有走上一条较为平坦的路。

100年以前,恩格斯就曾热烈地赞扬德国第一个无产阶级诗人维尔特相比于海涅的优长之处,就在于"表现自然的、健康的肉欲与肉感"。他抨击和嘲讽读另一位诗人的作品时觉得作者似乎没有生殖器官。他预言"德国社会主义者也应当有一天公开地扔掉德国市侩的这种偏见,小市民的羞怯心……最终有一天,至少德国工人们会习惯于从容地谈论他们自己白天或夜间所做的事情,谈论那些自然的、必需的和非常惬意的事情"。如果我们承认恩格斯这一命题的正确性,那么也就会承认当代中国性文学题旨的严肃性与意义所在。它们展示了我们民族在伦理观上的进化与心理成熟的一点风貌。

那种把爱情排除在人性之外的时代早已结束了,而那种把性欲排除在爱情之外的时代也应该结束了。我们最后的祝辞是:"让世界充满爱。"

五、文学的处境与作家的选择

在当代文学的发展历程中,20世纪80年代应该是文学理想最为膨胀的时期,无论是文学"寻根"的努力,还是先锋小说的种种形式主义实验,抑或是新写实小说对传统现实主义的反拨,都表现出强烈的振兴欲望和再造中国文学辉煌的企图。然而,市场经济的确立,异常迅猛的市场化浪潮,使文学迅速结束了幻想时代,由"启蒙""救世"的中心位置向边缘滑落。而文学寻根的受挫和先锋小说对纯美的形式追求的撤退,似乎标示着一个文学时代的终结。中国当代文学从此进入了一个前所未有的无序、无奈、没有主潮的状态。进入21世纪,这种多元杂陈的状态并没有得到根本改变。而这一无序和无奈的主要表现形态便是文学的俗化——市场化和非主流意识形态化,而在其深层意义上,则是文学价值观念和作家思想观念的多元化。

就雅文学与俗文学的关系来说,当代文坛呈现为这样一种运行轨迹:建国之初到70年代,红色文学在高度集权的政治话语的遮蔽下,表现为雅俗观念的自动消解状态。严格说来,此时既没有真正的俗文学,也没有真正的雅文学。而进入新时期尤其是80年代后,在改革开放的大背景中,在不同的社会主题下,雅文学与俗文学逐渐分离,形成双峰对峙、二水分流的局面。雅文学由"伤痕""反思""现代派"到"寻根""先锋"等,在中国文坛波峰浪涌,形成了一股股浩大的文学主潮。而俗文学虽说远离此内容,却为雅文学承担了平衡社会心理的作用,由"伤痕""反思"等所带来的精神沉重负担和情绪的郁结在"侠"与"情"中得到释放和平复。金庸、琼瑶的小说受到追捧就是最好的说明。但是,俗文学的这种深层价值和意义并未被学界所认识。80年代以后,雅文学与俗文学又一次开始模糊彼此之间的界限,但与70年代不同,这既是在平民意识和民间文化的共识之下所形成的接近,也是在商品经济诱惑下雅与俗的一种主动结盟。

进入21世纪以后,通俗的"闲适"文学占据了较大的市场份额。充斥影视剧场的是古装戏、警匪片、喜剧片和反映家庭生活的肥皂剧,文学的内容更加世俗化、日常化和个人化,作家们纷纷放弃了精英立场而主动向民间向大众靠拢,文学的媚俗和商业化已成趋势。随着新闻出版及文学期刊管理体制的改革,纯文学、精英文学的命运将会受到更加严峻的挑战。而且出版发行渠道也完全向商业化、产业化过渡,在这种过渡中,主动趋从者仍然是雅文学。

在新世纪里,中国文学另一引人注意的现象就是非主流意识形态化。当然,这一倾向在上个世纪末就已经出现了。应该说,非主流意识形态化是中国当代文学乃至当代社会的一种普遍心态,它概括地表现为两种既有联系又有区别的思想倾向。

第一，消解革命历史的经典神话，表达个性化的历史理解。这些文学作品努力摆脱既定的历史观念，对历史教科书特别是党史教科书体系投以质疑的目光，欲重新思索历史，不动声色地"重铸"历史，以图证明历史是有多种存在的，也是有多种解释的。似乎在说明，历史从来就不是关于什么的历史，而是为什么的历史；在一般的情况下，历史都是某种意识形态的产物，是权力话语体系。固有的而且曾经是神圣的"阶级论"的历史决定论模式在这些作品中被解构，作家的立足点从阶级的向人类的、民族的、个人的转变，把思考的内容放回到原有的时空中重新观察、演绎，从而使上个世纪五六十年代的"革命历史题材"的文本失去了原有的光环。莫言的《丰乳肥臀》中那种天马行空的叙事，从某种程度上揭穿了历史更真实的一面，同时也表现了历史的荒诞。苏童、叶兆言等小说对历史的书写也已经抛弃了传统的史书模式，而选取了自己独特的视角。

第二，渗透后现代情绪，人文精神淡化。虽说迄今为止大陆文坛并不存在真正意义的后现代主义文艺，但是后现代主义所表现出来的对真理和价值的否定、对存在意义的怀疑以及"一切都无所谓""怎么都行"的消极颓废情绪，确实渗透于上个世纪90年代之后文学的思想内容中。比如英雄主义的退场，理想主义的消失，文学作品中表现出的拒绝崇高、淡化意义的倾向等等。王朔小说中表现出的那种玩世的、虚无的取向一时间成为时尚。如《冷也好，热也好，活着就好》（池莉）、《玩的就是心跳》（王朔）、《过把瘾就死》（王朔）等。这既是对大陆社会某一时期主流意识形态的虚伪、僵化和假正经的反拨，又是上个世纪90年代人文理想破灭，知识分子的精英意识和启蒙精神受到市场与政治双重挤压的必然结果，反映了整个社会尤其是年轻一代普遍的社会心理。

进入新世纪之后，所谓"晚生代作家""70年代作家""80后作家"的写作，则更加专注于个人化的心理、欲望的描述，体现出更多的后现代特征。这种后现代情绪可能是当下社会某种本质的真实写照。然而，无论对于哪一种社会时代来说，后现代主义终究是一柄双刃剑：它摒弃了神话，也放弃了责任，最终拒绝了基本的人文精神，失去了精神家园。

自古以来，中国作家文人都是一群寻找精神家园的行者。当代文学从"造神运动"（神化领袖、革命、现实）中脱落出来以后，似乎就失去了自己的精神家园。从此,作家们便不断地寻找痛苦灵魂的安息之地。"寻根文学"本质上是向后寻找推动民族向前发展的动力,或昭示束缚民族前行阻力的文学潮流。《棋王》(阿城)表现了老庄哲学思想的博大精深;《爸爸爸》(韩少功)、《小鲍庄》(王安忆)、《老井》(郑义)、《商州纪实》(贾平凹)等小说世界中,人们既看到了古朴淳厚的民风在时代大潮和历史变迁中的失落,又看到了古老民族的劣根性在社会发展进程中的迟滞。然而,"寻根文学"的后来发展却渐渐使人感受到一种越来越强烈的疏离当代的意味。小说中,作家热衷于描绘一种初民社会的原始境界。人们看到的是远离现代文明的偏远山村,亘古不变的青山绿水,充满野性的性情男女,周而复始的春种秋收。这一切都如同被作家施了魔力一般令人向往,情不自禁地使人产生对蛮荒时代的留恋和对当代生活的反感。我们从那哀婉而深沉的话语中品出了几缕反现代、反文化的意味。这种返璞归真的愿望本质上是对现世的逃避,在既成历史并且是虚幻的远古境界中寻找精神家园。这不禁使人想到欧洲大工业革命过程中,那些失去精神家园的诗人对田园牧笛、湖畔杨柳的留恋和咏叹。

尽管我对"寻根文学"的思想艺术成就十分看重,但是也必须承认,这种遁世的返古文化意识实在是固守田园的小农心理的自我沉迷,表现出与当代人生追求和社会发展的极不协调,而且暗暗与社会中那种根深蒂固的落后、守旧和蒙昧的传统思想合流,客观上成为对抗人类现代文明和社会进步的反文化潮流。作家在此中远离现世社会而沉于远古境界,回首后顾而不事前争,无论是出于对现实的厌恶也好,还是洁身自爱也好,都不能说是一种积极的人生态度,明显表现出一种向后看的情绪。文学寻根本来是一次有明确目的性和理论旨归的创作思潮,作家们试图找寻民族文化之根,以弥合"五四"以来文化传统上的断裂,然而,除阿城的《棋王》等少数作品较完美地体现了其创作宗旨之外,更多的作品都背离了初衷,成为对传统的批判。这种结果的出现一方面反映了知青一代作家们在文化功底上的欠缺,另一方面也不排除作家们为满足读者的审丑心态或猎奇心理而做出的不自觉的调整和选择。

在主题的文化价值取向上与寻根文学殊途同归的是其后的新市井小说。如果说寻根文学是以对远古的神往来反观和疏远现世的话,新市井小说则是在现世中表现厌世,由厌世而玩世的文学现象。他们放弃了对精神家园的找寻,更明确地表现出对消极的生命价值的认同,进一步把疏离发展为颓废,从厌世返古走向及时行乐。而且作品中暗蕴着一种嘲弄正统、嘲弄知识、嘲弄知识分子的阴损意味,成为一种流行的"痞子腔"。王朔的小说是这类小说的集大成者。王朔的机智和成功,在于他契合了现代人摆脱生存压力的渴望和对虚幻理想、崇高使命一类宏大叙事的厌倦心态,这也使他成为了社会转型期最敏感于时代的变化而适时调整创作理念的范例。而这种调整也表现在后来他参与策划的《编辑部的故事》《渴望》等影视剧上。

随着现代主义在中国的重新被引入,先锋小说作家们带着一种叛逆的、探索的冲动和与传统现实主义截然不同的姿态走向文坛。以马原、洪峰、余华、苏童、残雪、格非等为代表的先锋小说创作,是中国文学在新时期为维护文学的纯美性原则发起的最后一次大规模冲刺。先锋作家们不再在意作品的内容、意义和承载的责任,而把小说形式的创新作为唯一的审美追求,以其前卫性、探索性、实验性引领时尚。先锋写作将西方现代最流行、最前卫的创作风格和方法与本土文化相融合,进行大胆的尝试,为中国文坛奉献出了一大批优秀的作品。可以说,当时活跃于文坛的大部分作家都不同程度地参与了这种形式主义的试验,他们的创作在新时期文学史上写下了较为辉煌的一页,同时也为后来的创作提供了可资借鉴的形式。

然而,所谓"先锋"注定是孤独的、短命的。"真正的先锋,它的每一次创作冲动都是否定的冲动,都是一次不可重复的书写,先锋从来不存在两个作家的重复。"[①]因为这种先锋性如果得不到广泛的认同,就会自动消亡;而一旦被普及、被更多的人所接受,也就失去了其"先锋"的特质和意义。发生在中国20世纪80年代的先锋小说显然难以改变这样的宿命。在社会转型期,在市场化的大潮以不可阻挡的汹涌之势扑面而来的时候,它的出现诚可谓生不逢时。因为这种精英、前卫性质的文学只能为少数学院派精英或学界的同行们所欣赏,普通读者很难品出个中滋味。失去了广大的读者也就失去了市场,在这个日趋商业化的社会中,失去市场就失去了生命力,孤芳自赏已经不可能。无论学界和报纸杂志怎样推波助澜,给予极高的评价,先锋小说仍然还是走不出它的宿命。所以80年代末,先锋作家们纷纷放弃形式主义的实验,完成了创作风格上的转向——主体风格上向现实主义的回归。当然,先锋小说对文

[①] 乔治纲:《守望先锋》,广西师范大学出版社2005年版,第14页。

坛的贡献是巨大的,它所提供的元小说的创作理论和方法、与传统现实主义截然不同的虚构方式、迷宫叙事等等至今仍为晚生代作家及各种姿态的写作所沿用。与先锋小说相比,新写实小说与大众的阅读期待找到了比较理想的契合点,它以积极主动的姿态切近百姓的日常生活,关注普通人的命运和生存困境,对读者产生了普遍的亲和力,因此在当下的时代氛围中显得得心应手,多了一份从容。

进入 21 世纪,文学仍然延续了多元化的格局,这种多元化是世界性的,也是时代发展所使然。这种多元化一方面表现为个性化的写作姿态,另一方面表现为文学的俗化和非主流意识形态化。近年来,中国当代文学中的反主流意识形态和后现代情绪的潜涌实质上是对旧有的破坏,体现着发展变革与世界同步的愿望。但是,作为文明社会的当代人类总要有点精神,不应该丧失对精神家园的寻找和对人类生存、社会发展的终极关怀。如果拒绝了这一切,也就拒绝了人类自己。因此我们对此必须做出认真的分析。

首先,我们不要对文学的俗化、商品化持畏惧态度,认为它会导致文学的堕落。其实,文学的俗化、商品化是人类文化发展史上共有的现象。中国明清时期的初步商品化培育了小说艺术,当代欧美国家中俗文学的比例远远高于雅文学,其商品化程度远比中国发达,而文化、文学的发达却不在中国之后。从 20 世纪 40 年代起,香港就被人称为"文化沙漠",而至今其文化并未消亡。中国目前的文化现状也正是文化一元化长期发展的历史积累所致,其实质与其说是雅文化的衰落,不如说是俗文化的崛起。大众文化、消费文化的勃兴最先是来自于人们对多年的文化禁锢的反拨,而后又是对文学发展的先锋化、贵族化的文化专权的报复。因此,多年的积累在短时间内释放,便有着弥补文化空白、讨还历史欠债的逼人气势。然而,人类的文化意识由压抑走向自由、社会的文化结构由单一走向多样正是符合现代人、现代文化发展的需要的,何况大众文化、消费文化本身也有一个被选择被淘汰的自然过程。

其次,人文精神的萎缩不仅是中国当代文学,也是中国现实社会的普遍心态,原有价值体系的崩溃造成人们一定程度上疏离于主流意识形态,对社会政治失去最后的关怀。而实用主义、功利主义的追求则由个人行为转化为社会行为,使得文学过早地结束了浪漫的理想时代。那种把文学的无序归罪于作家个体人格的"无操守"判断不仅是不切实际的,而且其思维方式也走入了传统社会发展观中"尚德"即道德决定论的固定模式,并没有真正认识作家在商品大潮中的境遇、心态和价值。实质上,在社会转型中,中国作家经历了三种失落和困境。在这样的情况下,让其来承担重建整个民族的价值体系这一世纪性的历史责任是勉为其难的。

第一,由于经济生活的失落而造成的生存困境。这在今天可能已经不是突出的问题了,但却曾经是困扰和诱惑着作家的根本问题。在由观念社会向利益社会的转型中,作为人文知识分子的作家最初由于不能创造直接价值而造成了知识的贬值,急欲摆脱这种困境的正当心理往往成为"无操守"的内在动因。市场经济的力量是难以抵抗的,流行文学与市场结缘的成功更是巨大的诱惑。随着体制的改革,端国家铁饭碗的专业作家越来越少,而文学期刊的自负盈亏也已成定势,这些都成为制约文学发展与作家创作走向的深层原因。与此同时,随着高校教师待遇的提高,吸引了许多作家进入高校,成为另一种评价体系中的教研人员,中国高校的量化机制也将会对其创作产生重大的影响。

第二,由于社会地位的失落而造成的文化困境。长期以来,中国作家"以天下为己任",视文章为"经国之大业,不朽之盛事",假权威文化而占据社会的中心位置,成为时代的代言人。然而,在文化转型过程中,文学逐渐从权威文化中脱离,接着又被大众文化冲击,这使得一直以文化精英自居的作家们面临被边缘化的危机,造成了其对自身价值的怀疑和身份的焦虑。

第三,由于社会人文理想的失落而造成的思想困境。在当今实用理性和欲望非理性成为社会主潮的时代里,人的理想甚至思想都变得没有太多的价值和意义可言了。作家们不得不从"人类灵魂的工程师"的岗位上退下来,带着一种无所适从的茫然,或者随波逐流,或者独善其身,或者愤世嫉俗。写作不再是一种趣味、一种责任,而是一种职业,一种生存的手段。商业化写作实质上是作家在利益驱动下的自我放逐。他们越来越回避宏大叙事甚至价值判断,以个人化写作和商业化写作来适应或重建一种新的价值体系。

新世纪是一个多元化的时代,在这样一种新的环境下,应该冷静地认识文学与作家的价值。社会向作家们要求什么,作家们能够做些什么,是批评家和作家们都要认真思考的问题。我们一方面承认思想文化多元化时代个人自由选择的权利,允许作家将单一化的时代的社会性要求转化为个人的利益追求;

但是另一方面,作家们也不应该放弃社会责任,我们不妨把作家的创作看作一种生产劳动,其产品要尽可能地满足大众的精神需求,让更多的人接受它。另外,产品应该是高质量的。那么,这种"质"的标准是什么?多年以来,似乎我们早已摒弃了"政治标准与艺术标准的完美统一"这样一种评价体系,而陷入一种理论上的"失语"状态。更多的批评家愿意把西方的时髦理论奉为圭臬,这是不正常的。其实,市场经济时代的价值原则更要求作家承担起引领文明、丰富生活、服务社会的责任来。作家应该为消费者提供优质的作品,而读者亦有选择作家和作品的权利。

第二节 20世纪中国女性文学主题批评

女性文学是指女性作家以妇女问题和女性命运为内容所创作的文学。从社会批评的角度对"五四"以来中国女性文学的历史与今天进行描述,便是本文的目的。从"五四"新文学诞生以来,中国女性文学的发展可区分为三种时代:"五四"时期(最初的爆发期,提出母爱与自立的道德主题);30—70年代(长期的消融期,融入普通的政治主题);"文革"后时期(二次爆发与升华期,在女性意识的复归与超越的基础上开始提出"无性化"的哲学主题)。

一、"五四"时期:女性意识在道德层次的最初觉悟

作为一种有影响的文学现象,中国现代女性文学形成于"五四"时期。而且,这一现象成为中国文学现代化的重要标志。

辛亥革命推翻了帝制,使封建伦理道德失去了政治上的保护。在西方近现代文化价值观念的启迪下,人们终于得以对传统的封建道德体系进行大胆的批判。而在封建道德体系之中,对中国的女性做了最为严酷和全面的规定。男尊女卑、三从四德,使得中国女性始终处于一种非人的地位。在"五四"新文化大潮中,妇女解放是最为引人注目的一个口号。当时爱情题材的作品风靡文坛便与这一口号有着直接的关系。当时初登文坛的戏剧家和小说家白筱女士有感于封建道德对女性精神与肉体的双重扼杀,声称"我要宣传的武器,我要学习文学,掌握文学这个武器"。这是当时觉醒了的知识女性的共同心声。

在这种时代思想的刺激下,出现了一批颇有成就的女作家:陈衡哲、冰心、庐隐、冯沅君、白薇、凌叔华。稍后又有了丁玲、石评梅、苏雪林、罗淑、陈学昭、林徽因、谢冰莹、方令儒等。这是中国文学有史以来从未出现过的辉煌时代,是中国女性文学的最初爆发。严格说来,过去中国只有女作家(千百年来屈指可数),而没有女性文学,是这些新一代女性真正建构了它。

女性文学的形成与爆发不仅表现在作家群体的构成上,更重要的是在文学主题的表现上。与"五四"新文学总主题相一致,博爱(母爱)与自立是女性文学最为突出的两大主题。这虽说是"五四"文学人道主义与个性主义主题在女性文学中的具体体现,却带有独特的现代女性意识。

先说那个温暖而博大的母爱主题。

这种爱的主题的文化背景是多元的:西方人本主义文艺,基督教教义,还有女人的天然本性——母性心理。

白薇在《苏斐》中写道,"真理就是一个字:'爱'",从而把人生的终极目的断定为一种爱。冯沅君的《母亲》、石评梅的《母亲》、陈学昭的《我的母亲》和苏雪林的《我们的秋》《棘心》中,传达的都是这种母性爱。当然,最能体现这种爱之主题的还是冰心。她的期待是极大的,"万全的爱""宇宙的爱""自然的爱"都在她的向往之中。这种爱之主题的生成前提乃是对现实社会的残暴、阴暗的不满,包含有一定的政治意识。这也许是当时人们的共识。但是,女性文学的爱之主题与同期男性作家有所不同:男性作家笔下的爱往往是抽象意义的,具有形而上的思辨色彩,如王统照、叶圣陶的早期作品中所宣扬的爱乃是一种关于人生社会的理性思考;而女作家的表现则是对一种具体母性之爱的张扬,情愫之中带有一种女儿的娇态,表现出女性的情感投入。

就道德层次讲,"五四"女性文学中的母爱主题所体现出来的女性意识,并不具备更多的反传统意味,因为母爱毕竟是一种超文化现象。而同时所表现出来的以女性自立意识为核心的个性主义主题则是导致中国女性文学最终形成的主要因素,这使之具备了反传统道德的时代特质。它标志着中国女性主体意识的最初觉悟,在中国社会文化和文学历史中别具意义。

男女不平等似乎是人类社会长期以来一个相当普遍的事实。在人类历史上,女性地位失落的根本原因是男女在经济活动中的二次分工:女性退出社会生产领域而转入家庭劳动,从而导致了母系社会制度的崩溃。虽然女性地位的失落有其世界性的意义,但在中国却表现得更为严重而长久。中国封建社会之初便确立了儒家轻视妇女的正统观念。此后,男尊女卑的思想逐步系统化、合法化,形成一整套束缚妇女和压迫妇女的观念法规及习俗。在以男性为中心的社会结构中,女性成了男性的附庸。"男主外,女主内",在社会的大网络里,每个人的位置都是被预先给定的。女性的价值与地位必须通过贤妻、良母、孝媳、烈妇来实现。而为了得到社会的认可,女性便要以丧失自我价值和真正欲望为代价,成为一个生育和劳动的简单工具以及观念法规的牺牲品。而且无论从事业还是生理上来说,女人是祸水的观念都是相当普通和久远的。对女性来说,社会始终是一个异化的世界。她们创造了世界的大部分,却又被这个世界所抛弃。

因此,中国妇女解放首先便是要争得一个做人的权利。为实现这一目的,必然要以反传统、反社会(某种程度上讲也是反男性)为前提。于是这种前所未有的女性自立意识在个性解放的文化大潮推动下成为初生的女性文学的热门主题。在女作家的笔下,觉悟了的女性在价值观上发生了巨大变革。她们要求男女平等,争取做人的自由与尊严,为祖国和民族的强盛尽一份力量。白薇1926年由日本回到祖国,写下了一首气势宏伟的诗篇《祖国,我回来了》。在诗中,她这样唱道:"祖国,/为要求更多的胜利,/我回来了。/但我是一个女流:/背后没有靠山撑着身价;/又不愿做/花瓶里/装饰的花!/你的社会,/还是男子的社会,/不给女子平分共享吗?/你的眼里,/还是看不见女子吗?/如果是,/啊,祖国里/那你是——/漠视,毁灭/你一半的细胞,/自己甘居衰败,/你该警醒/你全部的细胞,/男的女的,/都去推动/时代的车轮,/向光明前进,/向着太阳跳舞"。诗把男女平等与国家的兴亡连为一体。

这种女性自立意识集中体现在女作家所擅长的婚爱故事里。她们强调女性的婚爱自主权,抨击男性社会强加于女性的道德规范,从而表现出极大的叛逆精神。庐隐的《海滨故人》、白薇的《打出幽灵塔》、冰心的《我的房东》等,都表现了这种女性自立意识。而最为震撼人心的还是丁玲发表的《莎菲女士的日记》。莎菲不仅是一个冲出封建家庭的叛逆女性,而且在恋爱观上也显示出了不同以往、也不同于当时的崭新追求。她追求灵肉一体的爱,欲调整当时性解放与精神恋爱的两种偏至。作家不忌世诟,大胆描写新女性那种生理上的性饥渴与精神追求的尖锐冲突,展示了一个躁动不安的灵魂,这是十分令人惊叹的。

无论母爱主题还是自立意识,"五四"时期的女性文学所表现的多是一种变革道德观念的追求,这种伦理性质与"五四"新文化的进程是一致的。

二、30—40年代:女性意识在政治层次的消除

必须承认,妇女解放与阶级、民族解放并不完全一致,它们有着不同的内涵和要求。而从"五四"时期女性文学的自身形态来看,母爱主题的虚幻化、自立意识的情绪化与单一性,必然与中国社会现实的总体态势不太和谐,显示出某种超前性。加之中国妇女群体意识的落后、经济地位的低下和男性社会势力的强大,使得女性文学失去了超速发展的前提,从丁玲的《我在霞村的时候》的遭遇中便可窥探到这一点。这篇小说在抗战的政治大背景下,提出了一个女性贞操观的道德主题。贞贞身陷魔窟,遭受日军的蹂躏。但她为了帮助自己的军队获取情报而忍辱负重。她的灵魂是高洁的,她的行为即使不被人们所赞赏,也应该受到同情。然而,当她回到亲人身边,所遭遇到的却是普遍的鄙弃。贞操不是一种生理结构,而应是一种人格精神。作者对这位不幸而高洁的女性给予了同情和肯定,从一种新道德观念出发,显示出女性的性别意识。然而这篇小说在妇女已获得翻身的土地上却受到了责难,不能不令人深思。

三四十年代是女性文学的沉寂期。老一代作家隐去,新一代作家寥寥无几。无论男作家还是少有的女作家,其笔下的女性多为劳动妇女。在民族解放的大背景下,她们在整体上放弃了单纯的妇女解放的追求,而作为战斗的一员投身于全民的政治斗争。这里颇具代表性的是新作家郁茹的小说《遥远的爱》。女主人公罗维娜最初追求自由理想的爱情,后来几经磨难最终从民族解放的斗争中寻找到了真正的出路。女诗人郑敏、陈敬容也莫不如此,这种把妇女的性爱理想归结于政治层次的惯性在五六十年代依然制约着人们。在杨沫的《青春之歌》和宗璞的《红豆》中,我们可以看到政治意识的分歧怎样最终导致了两性离异。用政治意识来规范女性的情感选择,最终所表达的还是一个普遍的政治主题。而束缚妇女最为沉重的道德问题则被淡化了,模糊了女性文学的特色。这也许是时代的必然选择。

新中国成立后,中国妇女的命运发生了很大的变化。但是,人们一方面在

经济、政治上提高妇女的地位,另一方面又在道德层次上强化着传统的女性意识,从而形成了"事业妇女+贤妻良母"的普遍模式。至于女作家的创作更是无从谈起。茹志鹃、刘真的小说引起人们注意的只不过是那种女性特有的审美风格而已。而作为一名家庭妇女,陈桂珍的《钟声》所表现的贤妻良母的道德观念则更为浓重。由此可见,观念与环境的变化还都只是初步的。

值得一提的是40年代生活在大都市上海的张爱玲所创作的几部小说,其中最令人惨然的是《金锁记》。她的艺术世界虽说远离时代大潮,但也为时代增添了独特的色彩。她从物欲、性欲和封建婚姻三个层面揭示了女主人公曹七巧可怜又可恨的性格行为。从这里我们可以吃惊地看到,中国女性的不幸命运是怎样代代相袭、日月相继的——张爱玲所讲述的还是一个道德主题。

从30年代到70年代这"中间40年",中国女性文学失去了自己的色彩。

三、"文革"后时期:女性意识的复归、强化与超越

就20世纪中国女性文学的主题历程来说,这一阶段首先是一个浓缩式地重复过去的时代。

"文革"结束后,中国进入一个新的历史时期。面对一个废墟的文化,按照人类历史发展的共同习惯,首先的工作是拨乱反正,复归过去,从历史中寻找支点。这是新旧交替时的现实需要,也是发展和突破之前的心理缓冲。

像政治、经济和文化一样,中国女性文学也以复归过去为起点,开始缓慢地复苏。这种复归采取了由近及远的时间顺序。

首先,女作家与男作家一样,所表现的是回归五六十年代的政治主题。出于一个传统革命者的政治觉悟,茹志鹃、刘真以《剪辑错了的故事》和《黑旗》为起点,开了反思文学的先河,但其中并没有表现出特别的女性意识。

"文革"后最早触及女性命运的是谌容及其成名作《人到中年》。陆文婷的出现,标志着"事业女性+贤妻良母"形象的再生。主人公的价值观和性格特征都是五六十年代的。在外,她用默默的奉献来承受事业的重负,以委曲的方式实现着崇高的人生价值;在内,一种极力想做贤妻良母的愿望始终冲击着她的心扉。当她的生命将要终结时,这种愿望便更加强烈。这是一位被事业心和传统道德支撑着的女人。但作者的主要意图不是探讨中国女性的命运,而是展示中国知识分子的艰难处境。在《人到中年》之后,真正致力于妇女问

题、探讨女性道德观的是航鹰的《东方女性》。女医生林清芬用一种东方女性的忍耐委曲容忍了丈夫的背叛,并接受了他们偷情的苦果——一个无罪的孩子。作者选取了一个富有深义的题目。作品中的赞颂与同情多于不平和否定。

在表现普遍的男女爱情内容时,这种主题的复归体现为女性对男性的依附与牺牲。这里虽说包含有爱的奉献,但也说明女性总想从对方那里得到力量和希望乃至保护。把自己的价值完全归结于男性所爱,恰恰显示了女性在两性关系中的非主体地位,实质上是在向传统的女性意识靠拢。在男权中心的社会里,男子的价值在于其社会地位,而女子的价值则在于所嫁之人。男子是社会的附属物,女子则是男子的附属物。

青年诗人孙玉洁在《少女的心》中便把女性放在这样一个位置:"我愿意听到你的声音,它像沙漠里的流泉淙淙地响,而只要你对我说一句话,我心中的荒原就会百花芬芳。我愿意看到你的眼睛,它使天空的星月也减却辉煌;而只要你投我以轻轻的一瞥,我心中的乌云就会让路给霞光。多愿你的心是一个海呵,我宁做一枚珠贝,只要被海珍藏……"写得很真诚很美丽,表现出劫后余生的人们对爱情的深刻理解和真诚盼望。

中年诗人林子一组《给他》曾震撼了诗坛。那也是一种通过奉献来实现的道德完善与自我牺牲,白朗宁夫人式的爱情诗却透出一些传统的女性道德观,表现出一种古典的依附意识。这也许是一种普遍的人类现象,是情感高潮时的迷狂欲望。但从人的两性发展来看,女性把爱对方作为自己人生的终极目的乃至最高理想,无疑是不完整的,其中缺少应有的独立意识。把自我价值置于对男性的奉献中,也无疑会给自己未来的命运带来失望甚至不幸。古往今来的许多爱情悲剧都可以从这里得到解释。

当可以清算的历史旧账结清之后,社会便必然开始思考如何再向前迈出一步。于是,改革开放便成了中国以后的主旋律。

随着全社会物质和精神上的变革,中国女性的价值观也发生了新的变化。西方女权主义的介入,使中国女性获得了认识世界、认识自我的参照系。她们不再把妇女对男性的奉献作为自己的价值,也不再把走出家庭、服务于社会作为妇女解放的唯一标志。她们在自身价值问题上,不仅追求外部的社会评价,而且也追求自身体验的自觉意识。如果说,五六十年代的中国女性囿于客观条件,未能通过社会需要与女性自身需要的结合来判断自己的价值的话,那么在改革开放的环境中,她们开始从更高、更完整的层次把事业追求、家庭责任和自我需要的追求统一,来实现自己的价值。其中,对自我需要的追求越来越突出。然而,从中国女性自身素质和社会现实环境两方面来看,她们要实现自己的价值追求将是十分艰难的。

从外在环境上看,现实社会并未给女性的充分发展提供理想的条件。从理论和政策法令上讲,男女是完全平等的。但理论与法令毕竟是抽象的,要付诸实践还是很复杂的,缺少具体措施的保障。而相比之下,那些歧视女性的传统观念却渗透于社会的各个层次和各个角落。根据某国际团体1989年统计,据六项指标测定,中国妇女地位在世界排名第123位。

而从内在因素上看,更为严重的障碍来自于妇女自身。张抗抗沉重地分析道:"在一个愚昧落后的社会里,妇女的解放总是最先遭到妇女的反对。因为传统意识往往在妇女头脑中沉淀得更加深厚。"[①]

在这种社会中,观念与环境、自身与他人、新我与旧我之间的矛盾交错,使女性在追求理想价值的实践过程中经受着生理与心理上的痛苦磨难。刘晓庆一句"做人难,做女人更难……"的箴言便曾引起无数女性的共鸣。

因此,中国女性文学在这新旧交替的时代里通过描绘这种沉重和痛苦的灵魂,迎来了它的第二次爆发期:渴望自立,又摆脱不了环境与旧我的束缚。

张洁的《爱,是不能忘记的》中,那位女主人公内心有海一般的深情,有终生不渝的渴望,但却被另一个自我(也是社会)所严密控制。外在的束缚与内心的欲望一直绞杀着她,使她在企盼与坚忍中走完人生的旅程。这种主题实质上表现的是"发乎情而止乎礼"的传统道德规范,从人物自身和作家意识中,我们看到了新与旧的过渡。由写散文而转向小说创作的青年作家李天芳的一些小说也表现了这个沉重的主题。实质上这也是20世纪中国文学一个最为长久而普通的主题。人物在这矛盾交错中苦苦挣扎,或是毁灭,或是回归,显示出传统道德与现代意识的尖锐冲突。

然而这又是中国女性文学最为动人的一段,情感哀切而复杂。在这一时期,出现了以吟唱"美丽的忧伤"为主调的著名女诗人舒婷,还有王小妮、李小

---

① 张抗抗:《我们需要两个世界》,《文艺评论》1986年第2期。

雨、刘杨园等。

从文明的进程来看,这种女性文学的思想意识似乎像一条美丽而苦恼的人鱼,尚未完全进化到现代阶段。然而时代还是为女性提供了冲击男性中心社会的足够心理能力和一定的现实条件。随着对外窗口的扩大,女性作为一个大写的人终于站立在文学世界里。

女人首先是一个人,然后才是一个女人,这是许多女作家的共识。这种认识改变了传统女性观的价值次序。女剧作家白峰溪在《明月初照人》中的声明富有新意更富有诗意:"女人,不是月亮,不借别人的光炫耀自己。"这种自立意识在女诗人孙桂贞笔下是借咏《瀑布》来表达的:"赤裸着洁白的肌肤,我从山崖上飞泻,我宁愿摔个玉碎,照出这大千世界!我若闺守在山崖,就永远是冰是雪,我今要一泻而下,去寻找我所爱的一切!"即使是写炽烈的两性之爱,舒婷的《致橡树》也显得十分冷静,表现出清醒的自立意识:"我必须是你近旁的一株木棉/作为树的形象和你站在一起。"她们再也不做缠树的藤和海中的贝了。男人和女人都站《在同一地平线上》,女人不再是弱者,而是要像孟加拉虎一样去搏杀,即使婚姻破裂也在所不惜,这是张辛欣在小说中对男性提出的一种警告。张洁的小说《方舟》中的三位离了婚的女人,虽说一再慨叹"因为你是女人,你将格外地不幸",但最终还是不肯放弃自身的追求返回传统窠臼中。

从表面上看,这些女性是在向"五四"时代的莎菲看齐,但不是简单地重复那种情感性的反叛,而是一种女性主体意识觉醒后的理性行动。

"文革"后的女性文学并没有局限于表达一个女性为人的道德主题,而是在提高女性自立意识的同时强化着自己的性别意识,以此来高扬女性的力量和人格,带有很浓的女权主义色彩。这里,一方面是通过对女性传统性爱观的否定来表达一种新的道德主题;另一方面是通过母性的高扬来表现一种自然人生的哲学主题。

强化女性性别意识的最有力方式是突出描写女性的性观念、性行为和性心理。就这一点来说,可以算得上是对"五四"女性文学主题的最初超越。

严格说来,在当代中国并未出现过真正意义的性文学,而这更是一片女作家望而却步的禁地。近几年,经过改革开放洗礼的一些女作家终于被社会进程推入其中了,并且很快表现出令人咋舌的大胆与深刻。

王安忆认为,"如果写人不写其性,是不能全面表现人的,也不能写到人的核心。如果你真是一个严肃的、有深度的作家,性这个问题是无法逃避的"①。既然写到性,就必然承认性的差异。瓦西列夫在《情爱论》中说过:"性的差别深刻地影响着人性,几乎是影响到人性的各个方面。"人的自然本性使女人在性爱行为中承担了特别的角色和后果。男子在两性结合之后,除道德伦理和法律之外,并不发生其他的生理变化,而这也使得男性在性观念和性行为中变得不十分负责,相比之下,女人则不仅要承受道德伦理和法律的束缚,还要承担终生难变的生理后果。此前,她是一个处女,而后,她便永远是一位母亲。由于造物主的这种自然分工,使得女性承担着比男性多一倍的负担。如果正视这一点,人间也许会是一个和谐的世界,因为男人与女人不过是生物和社会共同体中两个互为补充的变体。但是人类社会的文化禁忌——贞操观念在性问题上把女性推到了一个极不公平的境地:要么做合法的妻子,要么被社会唾弃。贞操观念只给女人一次选择的机会,只能"嫁鸡随鸡,嫁狗随狗",酿成一生的悲剧。女性从小便被男性社会告知,贞操是自己的第二生命。在中国古代文学中,那少数几个先爱后娶或未婚先孕的女子最终还是要通过合乎礼法的婚姻来实现"从一而终"的规定,这种性观念曾被"五四"女性文学否定,而在当代一些女性作家的笔下又受到了进一步的冲击。

陆星儿的小说《一个和一个》中的独身女子华芬便代表着一种正在悄悄蔓延的性爱观:在保持他人正常的家庭生活秩序的情况下,安然地做着第三者,享受着人生乐趣并执著于事业的追求。而报告文学《中国女性条列》中的《性开放女子》的性欲放纵更令人吃惊。这究竟是观念的超前还是文明的退化,确实值得反思。

同样是描写两性之间的性行为,王安忆创作《岗上的世纪》则不仅是为了显示现代女性的开放,更是为了表现一种女权主义的性观念。

女知青李小琴出于社会目的和自然欲望的需要,与农民小队长在路边的干沟里野合。在王安忆的笔下,女子的性行为是十分大胆、放肆的,她的热情和渴望赤裸裸地展示在男性面前,以一种无穷的生命力向男性世界证明着女性的巨大魅力。面对这新鲜大胆的女性,小队长陷入了一种被阉割了的恐惧

---

① 王安忆:《两个69届初中生的对话》,《上海文学》1988年第3期。

和自卑之中。在这里,"传统的男女秩序被颠覆了,传统的男人粗暴地蹂躏女性的场面没有了。在这里,女性完全变成了动因,女人不再以一种被缺乏的人格被动地去接受,女人的性欲反客为主地将男性塑造了。女人比男人强,男人在这里变成了无能的,缺乏的,不能满足女人的废物"[①]。这里使人们想到张贤亮的小说《男人的一半是女人》中黄香久与章永璘的两性关系。章永璘的无能来自于政治压迫在心理、生理上所带来的恐惧和自卑。黄香久以女性和母性塑造了他,使他成为男人。但身为男性的张贤亮毕竟不甘心让自己的同性处于异性的巢翼之下,所以章永璘以一种堂皇而虚伪的理由躲开了黄香久。在所谓大丈夫以天下为己任岂可沉溺于男欢女爱之中的表白中,潜隐着陈腐的女人为祸水的传统观念。王安忆虽然最终还是被迫使李小琴屈从于小队长的权力统治和现实安排,但她是通过这样一种结局批判和否定了支配女性的男性文化和父权社会:因为小队长的胜利正是依赖人自身之外的一种现实力量(以男性中心社会为基础的政治权力)而获得的。

然而从人的心理机制上看,当代女性文学中的这种雄化倾向,既是出于女性显层的反男性主义的心理需要,又是其潜层的性差自卑心理的逆向流露。在男性中心社会的现实处境中,正是由于女性作家们意识到了自己这种被动的、低下的性角色而有意采取了一种反拨。而这种反拨的过程又恰恰是以男性特征为价值取向的。她们在性观念、性行为和性心理表现中参照了男性的标准,并且不知不觉地向男性看齐。《岗上的世纪》中,男女如果调换一下位置的话,就可以真实地反映现实社会中的事实存在。母性文学雄化倾向的这种心理机制说明了女性作家在意图改变女性角色处境时的信心还不充足。千百年来重男轻女的观念习俗和政令法规已经作为一种社会存在而影响制约着每一个社会成员,女性自身也毫不例外,她们的价值观念已被男性社会所异化了。这些作品中,男性的具体位置虽然被她们颠覆,但是关于男性特征的价值尺度却被她们不知不觉地接受了,这说明她们仍企图从男性那里得到规范与力量。这在女性文学的审美风格上也有所体现,有些女作家在刻意追求一种男性气质、阳刚之美:马丽华、孙桂珍、梅绍静等人的一些诗作便比较突出地显示了这种追求。

[①] 刘敏:《天使与妖女》,《文学自由谈》1989年第4期。

应该承认,男女平等使得女性在性爱角色、心理性格和情感特征上都变得和男人一样。而自然的性差异是会永远存在的,它使这个世界变得多彩而和谐。与以上作品从某种程度上依靠淡化两性间的差异来强化这种平等意识有所不同,更多作品是通过对女性固有的性角色的强化来论证女性并非弱者、男性并非强者的判断的,从而表达出一种高扬母性之伟力的哲学主题。

翟永明的组诗《女人》从宇宙天地的产生来揭示母性的"贵重而可怕的光芒"。土地与天空交合,世界便闯入了女人的身体。诗人把自然的起源与人类的繁衍相对应,突出了女性在生命创造中的伟大作用。人类的梦想靠女人的血液来滋养,她像人类之母一样俯视这个世界,并"造黑夜使人类幸免于难"。女性的生殖意识被赋予了极强的创造力量。

王安忆在1987年写的"三恋"即《小城之恋》《荒山之恋》和《锦绣谷之恋》引起了人们的争议。然而人们所关注的多是对其中性描写的道德评价,而未能从哲学角度去体味作家对于两性关系和母性伟力的思索。①

"三恋"是一组从人类本体意义上来张扬女性意义的小说,这是在当代文坛"生命流"小说的大潮中推出的。

从小说的表层意识上看,《小城之恋》是从两位少男少女的性的贪欲与道德负罪感的交错来向人们展示人的自然生命力与文化习俗之间的冲突的。然而作品的立意并不仅限于这种道德层次的展示,更重要的是要通过男女两性在这一冲突中的不同自然角色和社会属性,从人类本体意义上来高扬女性(母性)。那两位少男少女在灵与肉的搏斗中,终于播下了生命的种子(罪恶的)。随着这一变化,男女两性在性爱中的不同角色和性爱后的不同人格(是自然的,也是社会的)便显示出来了。男性长期从事户外活动的历史和身体构造的生理特点,使其在性行为中常常带有主动性与破坏力。而女性与此相反,往往具有被动性和容忍力,并且承担起养育后代的责任。像许多女人一样,女主人公的母性被这小小的生命唤起。她不仅极爱这腹中的生命,而且这种神圣的母性平复了早时的、不洁的性冲动。她"非常的平静,心里清静如水。那一团火焰似乎被这小生命吸收了,扑灭了"。这不是道德的自我完善,

---

① 王绯在《当代作家评论》(1998年第1期)发表的《王安忆:理性与情悟》对此曾做过极为深刻的分析。

而是母性的一种生命本能。这本能赋予她以高尚的人格：她怕他会终止这小生命，处处躲避、防范着他。在领导面前否认和他的关系，拒绝人工流产。她似乎忘记了这小生命一旦问世自己所面临的将是一种什么样的局面。社会的禁忌被女性的自然本能、被母性的爱所淹没了。而她自己也被这母性超度了，灵魂获得了升华。面对这无比高洁的圣母，那位男性则显得是那样猥琐与怯懦。他无法从体外去体验生命所给予人的爱与责任，只能从"越长越与他相似"的血缘锁链中逃遁。

如果单纯地去从道德的角度去评价女主人公的崇高人格，似乎会得出"东方女性"的结论。但是这种人格具有一种超文化的意义，作者是从人类本体意义的高度来肯定和张扬女性价值的，这是一种哲学主题。当然，从社会学的角度看，作者有意把男性的渺小与女性的伟大相对，也表现出很浓的女权意识。在这一方面，《荒山之恋》与《锦绣之恋》亦概莫能外。

王安忆等人的作品通过对两性关系的描写来表现自己对宇宙自然、人生社会的形而上的思考，把"五四"以来女性文学的道德主题、政治主题第一次上升为哲学主题。这是当代女性文学的历史性超越。而且，有的女作家的哲学思考并未到此为止，她们的艺术视野进一步开阔，突破了过去专注于家庭伦理和两性关系的局限，与众多男性作家一起，把笔伸入到非现实境界，进行历史的、文化的批判，从而既丰富了女性文学的主题，也使得文学"无性化"，融于文坛总主题之中。

王安忆的《小鲍庄》被视为"文化寻根文学"。她以"现代人的眼光"，冷静地俯视着在一个封闭愚昧的环境里生息繁衍着的芸芸众生，默默地审视着我们这个古老的民族和它的沉重历史。先锋作家刘索拉和残雪则从荒诞变形的世界中通过人的下意识来表现自己对人生的理解。在她们那里，人与人之间是隔绝的，被环境所异化了的。个体成了一个个徒然挣扎的困兽，这种理解基本上是现代主义的。

残雪的《山上的小屋》中的父亲夜晚变为狼绕着屋子狂嚎，母亲则在隔壁时刻监视我的动静。在这些作品中，人与人之间是隔绝的、半兽的。人物的性别差异和社会属性都变得无足轻重，通过不同的个体，残雪把人类对生命意义的共同求索表达了出来。

当代女作家的这种哲学思考不仅表现了对以往女性文学的题材领域、审美风格的突破,也标志着现代女性思维方式的变革。她们的思维不再是封闭的、向内的,而是向外拓展,开始用一种形而上的整体思维方式来思索人生和文化。然而这种突破在相当程度上又是以女性文学色彩的淡化为代价的,这不能不令人有些遗憾,不过我们必须承认,未来的文学不可能是中间性的。

从以上描述中人们可以看到,正像妇女解放的程度与社会进步的步伐相一致一样,20世纪中国女性文学也随着中国社会文明的发展而不断变化。

第三节 当代都市小说的都市情结与反都市情结

商品意识传达出的都市精神照耀着原本生活在这个都市中和正在涌入都市、努力融入都市的芸芸众生,引导着怀揣对美好生活向往的人们不断接近心目中异彩纷呈的都市天堂。但是在这个步履匆匆的都市化过程中,也有一些原有的宝贵传统被都市的物质审美观遗忘了,被钢筋水泥挤压得渐渐没有了容身之地。因此都市人在享受着日益充沛的物质文明的同时,也逐步感受到了都市发展过程中精神家园的缺失。

在这个生活和审美都越来越认同都市的时代,中国文学的面貌发生了巨大的变化,出现了大量描写都市生存状态的文本——都市小说。都市小说精神的生成首先在于作家将视点聚焦在都市上,而且更本质的是都市意识在小说中起了绝对的主导作用。由于当今作家几乎都生活在城市里,城市的景观和生活方式自然成为写作题材的来源,以现代都市意识为前提的都市小说成为作家观察人生、思考人性的新的途径。在人们渴望都市生活,不断强化以商品意识为核心的"都市情结"的同时,对都市在发展过程中呈现的"都市之恶"——物质对人的异化、欲望的过度膨胀、精神上的虚无、心理上的焦虑与漂泊感——的发现与反思,也以一种反都市的形式适时地出现,为人类敲击了警钟,叩问着人类的灵魂,并时刻与都市情结相互参照,共同支撑了都市叙事。

一、都市渴望:源于一种都市情结

都市从景观上给人的第一印象是"繁华"的、"五光十色"的,从体验上给人的感觉是"刺激性"的,人对物质的想象与渴望只有在都市中才能得到实际满足,同时,商品意识下的消费行为满足了人们对物质的要求,并在消费文化的引导下激发出新的欲望。都市就像披着华丽盛装的姑娘,吸引人们的目光,人们对都市展开了无限的想象与神往。都市的魅力正在于此——相对于乡村和小镇来说,都市给处于其中的人们提供了更多的机遇和可能。日出而作、日落而息不再是人们唯一的生活方式,都市所能提供给人们的丰富程度、便捷程度、满足程度都是乡村和小镇无法比拟的。都市存在着巨大的吸引力,它不仅使得都市原来的居民投身其中,而且对农民、中小城市的人也产生了巨大的吸引力,都市的规模不断壮大、人口不断增多即是证明。毕竟都市作为区域的经济、政治、文化中心,其机会、资源要多得多,因此人们纷纷涌向都市,到那里去寻找机会,去实现自己的梦想。这就是人们在商品意识照耀下,无限渴望与依赖的都市情结。

都市意识派生了都市情结,而商品意识则是都市意识的核心,商品意识首先是一种物质期待。

当今都市的物质生活比起过往的岁月有了翻天覆地的变化:交通通讯、大众传媒、娱乐休闲、文化设施,细致到吃穿住用的点点滴滴,都渗透着都市的意味,这一切都让身处都市的人们充分感受到物质的丰富所带来的方便、快捷、舒适与满足。这是一种"经济上的自由——从经济力量和经济关系的控制中摆脱出来;从日常生存斗争中,从谋生糊口中摆脱出来"[①]。现代的都市人比以往任何时候都深切地感受到"生存"是人生的第一要义,而获得维系生存之用的金钱自然成为生活的首要之事。"物质第一性"的哲学命题在当代获得了它最为直接功利的阐释。强烈的占有财富的愿望本身便隐含着都市人期望自主独立的追求。

上世纪90年代,物质以前所未有的力度侵入小说叙事的话语之中。都市感觉首先从最直观的都市景观上表现出来,都市小说的主要书写者——新生代作家——对都市景观进行了富有冲击力的集中渲染,他们把都市置于人物面前,以自己对都市生活的独特认识捕捉都市生活的脉搏。这种捕捉在一定程度上展示了现代化进程中的都市风貌:玻璃山一样的高楼大厦,金碧辉煌的香格里拉饭店、凯宾斯基饭店,富丽堂皇的贵友商厦、国际俱乐部,发达畅通的高速公路、立交桥,异国风情的使馆区,象征财富的凯迪拉克、宝马、奔驰,夜晚

---

① 〔美〕赫伯特·马尔库塞:《单面人》,湖南人民出版社1988年版,第3页。

霓虹闪烁的繁华街道,五光十色的歌舞厅,疯狂的假面舞会,暧昧迷幻的酒吧,摩登时尚的女郎……这些都市景观和都市形象成为小说中随处可见的场景和意象,这种物质对于叙事话语的侵入在当代文学中几乎从未出现过,这种物质性的话语是独属于当下的。文本中的都市物质空间,是都市人赖以活动的场所,新生代作家让笔下的人物在物质感极其强烈的现代化都市风景里穿梭行进。

在邱华栋的小说《所有的骏马》中,一个叫林格的喜欢夸夸其谈的青年对自己的朋友说出了一段相当精彩的话:"巴尔扎克时代与现代的中国有某种相似性,其中有一个叫拉斯蒂涅的人物,他原来什么也不是,后来他出入于巴黎上流社会,周旋于贵妇人的石榴裙下,终于爬到了银行家兼政客的地位,乔可,咱们要向他学习,在北京那样该死的可怕的地方站住脚。"这段现实的话语可以看作是邱华栋小说中闯入都市寻求机会的外省青年的行动宣言,这宣言源于一种都市情结。

同样,在《手上的星光》中,也明确表达了这种青年人渴望拥抱都市、实现梦想的情结。"我和杨哭从东部一座小城市来到北京,打算在这里碰碰运气。我们都很年轻,因此自认为赌得起……我们都是属于通常所说'怀揣着梦想'的那类人。我和杨哭除了梦想,便口袋空空,一文不名。但我们至少都对自己充满了信心。我们俩离开青春时代还不太久,因此保留了足够的热情,打算把剩下的青春年景在这座城市中消耗掉,借以换取我们想得到的东西。"

在商品意识下,对物质的热情激活了新的欲望。欲望,是都市人生的驱动器,人生因为欲望而生动。欲望不仅在器物层面上改变着生存的物质空间,而且也在制度层面和心理层面潜移默化地改变着人的思维方式、价值观念和行为取向。上世纪90年代整个中国开始了真正的蜕变,"以经济建设为中心"在现实层面上成为中国大众的具体生活信念和价值坐标。脱贫的愿望相当急迫,追逐实利成为人们生活的第一要义,人们开始关注当下,认同世俗,追求现世的"此岸享乐",无心关心虚幻的"彼岸世界"和遥远的"终极关怀"。

邱华栋在《城市的面具·自序》中对此作了很恰当的解释:"对于我,以及像我一样出生于文化大革命开始以后的一代人来说,我们没有太多的历史记忆。我们受教育于八十年代,这时候中国开放的程度日趋广大,社会处于相对快速的整体转型。进入九十年代以后,我们的社会迅速地进入到一个商业化的社会,经济已成为社会发展的目标和动力,一切都围绕着以经济建设为中心进行着,而我们和我的同代人也就生活在这样一个经济化的社会中。没有多少文革记忆的我们,当然也就迅速沉入到当下的生活状态中了。"

新生代小说家通过对欲望的张扬,来实现其对现代社会都市人的生活形态与人生观念的叙述,作家对都市欲望的书写达到了前所未有的程度,他们总在试图找寻欲望在文学里最合理的表达,充分表现出对人的自然天性和基本欲望的肯定。

"不管哪个国家、民族、社会、宗教,人们都希望乘坐飞机、汽车来代替古老的交通工具,都希望冷天有暖气,夏天有空调,都希望能通过电视、电影,看到听到世界上更多的东西,都希望能吃得好一点,居住得宽敞一些,人毕竟不是神,他(她)是感性物质的现实存在物。他(她)要生活着,就必然有上述欲求和意向。"[①]这既可以看成是人对生存的自然欲望的延伸,也可以视为对人生世俗需求合理性的认定。

二、精神的拯救与灵魂的拷问:必要的反都市情结观照

随着工业化的飞速发展,都市化进程的加速,人的物质欲求在满足的过程中不停地滋长着,当物质给予超越需求期待时,都市意识就表现出它的负面影响:人在物质压迫下异化,精神在强大的物质面前失落。作家对此所作的反思表现为小说中以反都市情结对都市人生境况的描摹与关怀:物质挤压下的人生虚无感、生存的焦虑感和精神的漂泊感。

在物质文明和机械文明的渗透下,出现了物对人的异化,人的价值受到扭曲,沦为物质奴役的对象。这种人对物的复杂情感体验,在都市小说中以一种情绪——反都市情结——得到清晰的表达。都市人被物质、欲望驱使着,异化为没有深度的单面人、平面人和符号人。邱华栋的《公关人》《时装人》《直销人》《持证人》《化学人》等"城市空心人系列",将都市人单面化、平面化、符号化的趋势表现得特别突出。对都市充满反思情绪的文本还有很多,它们塑造了一类典型的欲望人群,比如《驶出欲望街》中的韦昌、志菲,《生活无罪》中的狗子、曲刚、何夫,《弟弟你好》中的邓和平,《太阳很好》中的龙小奔,《东扑西

[①] 李泽厚:《中国现代思想史论》,安徽文艺出版社1994年版,第304页。

扑》中的欧小姐,《星期六扑克》中的石岚、余一,《此人彼人》中的乔兵,《障碍》中的朱浩、东海、"我",以及《我爱美元》中"我"及"父亲"……他们在物质的压迫与驱使下几乎成了各种欲望的化身。

当都市人虔诚地把物奉为神明而顶礼膜拜时,人却被物异化,都市变得冷酷而无情。因此都市小说对缺乏必要节制的物质占有欲的反省与批判是十分必要的。物质生活并不是人的生活的全部,人的物质欲望满足之后,并没有得到彻底的拯救,有时甚至恰恰相反,在满足了物质欲望的同时,却失去了更为重要的东西,这种矛盾屡屡被生活无情地证实。"我的许多朋友在外企、电台、电视台、大型国有企业里奋斗有成,月收入可观,有房有车,在北京的所有场所都能呆,在这样高的消费水平下他们不仅承受得起,而且过得挺好,他们似乎再也没有什么烦恼。但是,有一天,我的一个年收入百万元的朋友突然对我说:'活着挺没劲的,华栋,真虚无呀!''虚无'这个词很厉害,很可怕,从他的口里出来更是如此:他什么都有,他仍然感到虚无。人好像总是在得失之间,表面的得失下是否掩盖了什么更为真实的东西?"①

这里揭示的是一种物的获得与精神的失落。那些在物质层面上已经生活得够好的人,一旦进入生活的价值与意义层面上,就投射出"美好"生活背后的缺失:没有为自己找到精神的家园,仍然处在流浪的途中。精神缺失造成的痛苦一点也不亚于物质生活的困苦。

物质对于精神的全面挤压,感性欲求的恶性膨胀,使得中国当代城市人的心灵普遍陷入一种焦虑、漂泊的状态,这是现代社会中人们的普遍心态,是都市化所带来的严重后果的直接体现。在某种程度上,焦虑、漂泊作为一种精神感受,乃是一种都市性的人生体验,一种典型的都市情绪。

"都市焦虑"是一种非实在性的精神焦虑,都市生活畸形的繁华、过快的节奏给人们造成了强大的心理压力,处在这种状态之下,人会深切感受到外部世界的异己与荒诞。无根的"漂泊感"也是都市在人心中引起的"都市病"之一。现代都市中的人很多都是来自乡村和小镇,他们离乡背井,将根从土地上拔起。在现代都市中,物欲横流,人们找不到确定的生活准则和人生目标,生活失去了固定的方向和支点,无所归属,这便带来了一种精神上

---

① 林舟:《穿越都市:邱华栋访谈录》,《花城》1997年第5期。

的无根感和漂泊感。这种无家可归的漂泊感,一方面表现为生活上一种居无定所、四海为家的生存状态;另一方面表现为一种失去人生方向、四处漂流的精神状态。

都市小说对都市生活的反思是不容回避的,现代工业文明对人的异化、消费文化与商业刺激下的都市人生的虚无感、精神的焦虑和漂泊感都应是小说要深度挖掘的内容。当然,基于对都市发展过程中出现的"都市之恶"的清醒认识,升发出反都市的情结,与渴望接近都市融入都市的都市情结,同样都是属于都市意识的。这一正一反、看似矛盾的两极共同诠释了都市本真的生存状态。

三、双生性:都市情结与反都市情结如影随形

都市丰富的物质生活不断强化着人们心中挥之不去的都市情结,但是都市的发展是以对自然环境的进攻和蚕食为依托的。以商品意识为核心的都市精神有别于乡村文化的价值体系。都市的发展过程中,以物质为要素的商品理念在带来繁荣景观的同时,也必然会带来一些负面的因子。而都市意识本身就是表现出都市情结和反都市情结这种相反相成的两面性,反都市情结并非是对都市的否定,从本质上说,它是对都市生活方式的深入反省,人只有站在都市情结的心理基础上,对都市性有切身的体验与深入的思考,才会对都市化进程中消极的一面产生清醒的认识而诞生出反都市情结。因此,都市情结与反都市情结仿佛是都市这枚硬币的两面,共同指向都市意识。

都市人尤其是年轻的一代,内心既在都市情结的指引下对都市生活兴致盎然,又因为都市商品意识下物质对人的压迫而忧心忡忡。他们对充满物欲的都市,既想占有自己的份额,又想保持自己曾经有过的那份向往;既希望享受都市的物质化,又畏惧物质主义对人的价值观的异化;既有以"青春赌明天"的自信,又有一试身手后的失望与感伤。这种矛盾冲突使都市人陷入了迷惘和困惑中,也构成了都市小说的内在张力,从而生动地传达出这个大变动时代里,都市个体以物质欲望为表征的都市情结和面对物欲挤压时的反都市性抗争精神。都市小说常常以一些意象性词语表达这种都市意识与情绪,"轮盘"就是新生代作家对都市的形象化定义。"我确信我这一刻听到了这座

轮盘一样的城市吱吱转动的声音,这种声音在呼唤着人们下注。城市在大地之上旋转着,把机会和成功顺便抛给一些幸运的人。城市同时也是一个磨盘,把那些失败的人的梦想一点点碾得粉碎。"(邱华栋《手上的星光》)作为赌注的"轮盘",既让人一夜暴富,也让人血本无归。因此,"轮盘"这一意象所传达的,是人对都市既认同又否定的极其矛盾的情感,满怀希望又充满着恐惧。"玻璃山"既是对都市璀璨的人造景观的实际摹写,也是都市生存的又一意象化概括。"在这座充满了像玻璃山一样的楼厦的城市中,每一个来到这里的人,必须得尝试去爬爬那些玻璃山。肯定有人在这里摔得粉身碎骨,也肯定有人爬上了那些玻璃山,从而从高处进入到玻璃山的内部,接受了城市的认同,心安理得地站在玻璃窗内欣赏在外面攀援的其他人,欣赏他们摔下去时的美丽弧线。"

基于对都市生活的复杂性体验,都市小说一方面表现了都市生活的无限富足和消费狂热,另一方面也传达出现代都市人在物质享受背后的精神焦虑和绝望心理。对都市生存两难状态的揭示,切中了当下中国都市的生活内蕴。正如本雅明指出的,都市社会和都市人生本身就具有"矛盾结构"。这种矛盾性,恰恰是都市意识本质上的两面性、双生性,都市情结与反都市情结相伴相生,形影相随。

作家由都市生活出发,从物态景观的描摹、物质生活的表现和都市人的精神揭示等方面展现都市的复杂性,由此表现出他们都市感觉的丰富性和心理的矛盾性。作家关于都市的文化想象,一方面本源于人类无法摆脱的感官物质享乐以及追逐世俗欲望的都市情结,另一方面又本源于对都市的物化现象所持有的拒斥和批判态度以及人的精神上不甘沉沦的反都市情结。因此,从视觉的奇观到生存的空间,作家在他们的都市文化想象中将都市生活的张弛两端和人性中的正反两极客观而不乏真切地表现了出来,进一步丰富了他们对都市的认识和理解。

现代化是一种都市化的过程,而现代人格精神的建设则有赖于都市意识的获得:"当代的都市意识自然不是对都市的沉迷,更不是对都市的拒绝,它必须从人类历史进程无法阻挡的角度首先投入对都市和工业化社会的都市化进程的热爱而非厌恶,对都市生活方式(如繁忙、喧嚣、复杂、流动等)的理解而非抗拒,然后才能在此基础上显示作家应有的价值选择。……而从恪守传统的农业社会和非都市社会的价值立场去评价当代的都市生活,则不是隔靴搔痒,就是盲人摸象。"①

---

① 杨苗燕:《摇动的风景——都市文学与都市意识随想》,《特区文学》1996年第2期。

第 五 章

文学史的命名与文学观的诗学世界

第一节 民族解放战争的大众诗歌

1937年7月,卢沟桥的炮火有力地改变了中国社会的历史进程,现代中国的政治格局、文化品格和人的精神风貌都在民族的危难与救亡中发生着巨大的变化。作为社会中时代神经最为敏感的一群,中国的诗人们在这场民族战争中表现出了极大的热情,"五四"以来的中国新诗发展史由此进入了一个昂扬激动的新阶段。当抗日战争的炮火刚刚熄灭,法西斯的阴霾犹未扫清,日本帝国主义的暗影还笼罩在头顶时,人民解放战争的硝烟又开始弥漫于中国的大地。经受了民族战争洗礼的诗人们又以自己的理解与感受,迅速对这一时代作出了反应。《八路军进行曲》只稍稍改动了几个字,便作为《人民解放军进行曲》继续歌唱起来。诗神在人民的血液中跳动、升腾,为这个时代谱写了一曲有声有色的战歌。

一、民族激情的迸发

抗日战争的全面爆发,使中华民族一百年来的民族郁愤一时间奔涌而出。黄河在咆哮,大海在怒吼,四万万人民的民族情绪被点燃了。而这种昂扬热烈情绪的最合适表达便是诗。因此,抗战伊始,诗歌便显示出了极大的活力。在此时的中国文坛上,使人欢笑的是诗,使人落泪的也是诗,可以说,是民族的血和泪滋润了国土培育了诗。

民族的激情焕发了前一代诗人的艺术青春,使他们的诗歌生命进入了一个新的爆发期。而更为可贵的是,民族战争的烈火还迅速锻造了一大批新诗人。纵观"五四"以来的新诗发展史,没有任何一个时期能与这一时代相比,在并不很长的时间里一下子涌现出如此众多的诗人。建国后,新中国诗坛上的知名诗人,几乎都是从这个民族解放的战场上走过来的。曾经有人叹息这一时期诗人的激烈和单纯,惋惜新诗多彩的光泽变成了单一的颜色。然而,如果我们能够深入认识和理解这段诗史,就会发现这其实是一个既体现了强烈的共同精神,又显示出较为鲜明的艺术个性的时代。

在"大我"中显示"小我",随着诗人们对诗歌个性日益强烈的自觉追求,中国诗坛逐渐出现了新的诗群和流派,从而为这火红的时代增添了绚丽的色彩。

出现最早、影响最大的是七月诗派。七月诗派是以田间和艾青为先驱,以理论家和诗人胡风为中心而形成的青年诗群。七月诗派把诗的时代性、民族性和诗人个性紧密统一起来,使诗歌在现实与历史、思想与艺术上达到完美的结合,从而把30年代的革命现实主义诗歌推向成熟的阶段。

在解放区,新的天地、新的生活为诗提供了新的内容,诗与诗人一同获得了新生。这是新诗发展史上未曾有过的新气象。无论是在黄土高原,还是在白洋淀边,诗都在随着火热的斗争一同生长,诗人都是斗争中最活跃的战士。很快,在广大解放了的土地上,形成了几个颇有影响的诗人群体。在晋察冀,出现了以邵子南、田间、方冰、曼晴、蔡其矫、丹辉、红杨树(魏巍)等人为骨干,以《诗建设》等诗刊为阵地的"晋察冀诗群";在陕甘宁,出现了以柯仲平、萧三、公木、严辰、何其芳等人为中心的"延安诗群"。难能可贵的是,在解放区这块土地上还出现了生于斯而成于斯的新一代诗人。李季、阮章竞、张志民、陈辉、毕革飞、侯唯动等都是其中格外引人注目的名字。遍及于整个解放区的群众性诗歌运动则更是热火朝天,令人耳目一新。

中国社会进入抗战后期后,光明与黑暗、方生与未死开始进行最后的较量。反映着这一特定时代的社会心理、民族情绪,嘲笑最后一个黑暗王国的讽刺诗成为诗歌创作的主潮,其中影响最大者首推袁水拍的《马凡陀山歌》。几乎与此同时,中国现代诗史上富有活力的一个诗派在国统区出现了。这便是被后人称为"九叶诗人"的青年诗人群体。辛笛、穆旦、陈敬容、杜运燮、杭约赫、郑敏、唐湜、唐祈、袁可嘉,这九位诗人既忠诚于自己对时代的观察与感受,也忠诚于各自心目中的诗艺,注意蕴藉含蓄,重视内心的发掘。比起新月派、现代派来,他们的视野更开阔,与现实生活更接近。在诗艺上,他们受到了古典诗词和新诗的优秀传统的熏陶,又吸收了西方后期象征派和现代派诗人的某些表现手法,丰富了新诗的表现力。在此意义上来讲,"九叶诗人"在中国30年新诗史上具有总结性的意义,从而为中国新诗的前一阶段画上了一个比较完满的句号。

二、民族危亡的呐喊

这一时期的诗坛固然是一块多彩的园地。然而在战火的染映下,诗歌多带有一种共同的时代色彩。

强烈的现实性是此时诗歌一个最突出的共同特色。这种现实性以政治意识的强化为主要特征,表现出特定时代对诗歌功利价值的刻意追求。

民族的危亡、人民的苦难整合着中国新文学多元的价值观与作家的思想倾向,使诗美价值趋向于统一的政治功利性追求。作为主流的革命现实主义和革命浪漫主义诗歌,自然更加意气风发,壮怀激烈。就是象征派、新月派、现代派以及躲在象牙塔中的"汉园诗人",也在这民族危亡的关键时刻惊醒,投奔到现实中来了。枪炮的轰鸣压倒了情爱的呢喃,诗人们认识到,尸体血泊里的风景不可能明丽。卞之琳不再"站在桥上看风景",而是到了西北战区,写出了他的《慰问信集》;何其芳更是从《画梦录》里跃起,投向战斗的队列,开始了一个崭新而质朴的人生,歌唱《生活是多么广阔》;戴望舒收起了彷徨《雨巷》中的"油纸伞",而在《狱中题壁》,并且"用残损的手掌,摸索这广大的土地",放声歌唱"永恒的中国";更不用说田间擂着更响亮的鼓点从华东奔赴华北战场;艾青高擎着《火把》,穿过《复活的土地》,走向宝塔高矗的延安,伴同他的还有诗人严辰。而延安早已有一群新老诗人在意气风发中迎候。

面对时代的选择,诗人人格与人类良知经受着严峻的考验。作为中华民族的优秀儿女,民族的正义感已成为诗人的最高人格。在诗人的艺术世界里,政治意识的强化并不意味着是审美价值的淡化,而是被认定为一种深化和更高的审美追求。诗人必须在一定的社会环境中生存,其精神活动与艺术创造不可能脱离社会的实践变革。当诗人的审美活动成为人的社会实践活动的内在因素时,它才能真正实现。民族的搏杀、阶级的较量,深刻地改变了全民族的文化与政治格局,改变了人们的生活形态,而诗也自然不得不改变其审美价值取向:"诗人是歌手,/把管笔当笛子吹,/奏起复仇的进行曲。/把管笔当匕首掷,/穿进/仇敌的心中!"(鲁夫:《给民族的诗人们》)诗情在时代生活中升起,谁先感应了时代,走入了生活,谁就先得到诗。在那严峻的时代里,无视民族的灾难而沉迷于个人生活的小宇宙,必然导致诗人人格的丧失和良知的泯灭,而诗的价值也自然变得狭小、微弱。于是,"七月,/我们/起来了。/呼啸的河流呵,/叛变的土地呵,/爆烈的火焰呵,/和应该激动在这凄迷的殖民地上的/复活的/歌呵!//因为/我们,/是生长在中国"①。真诚、热烈、自觉显示出了中国诗人明确而一致的主体意识。

三、民族形式的探索

中国新文学从诞生那天起,便把文艺的大众化作为自己矢志追求的目标。到了抗战的全面爆发,历史终于为文学大众化的实现提供了一个时代的契机。

诗歌的大众化是诗美观念的一种追求,也是实现诗歌功利价值的具体方式。革命战争为诗作好了选择,赋予诗以动员民众支援战争的历史任务。在这一时代规定下,诗的接受对象必然要发生根本的转换。战争使诗人们走出城市,来到乡村;走出校园,来到战场;走出知识分子的狭小圈子,来到工农兵的广大天地。从上海亭子间,投向延安土窑洞,一步跨越了一个时代,战争促进了诗人与民众的结合,密切了诗歌与现实的联系。在这样的土壤上,几开几落的大众化之花终于结出了成熟的果实。诗歌大众化的追求,是诗美价值的转化乃至升华。

诗歌大众化的一个主要特征是抒情主人公的视角转换,即以"大我"取代"小我",做"时代的候鸟,大众的喇叭",表现出一种普遍化的群体情绪。由于民众的巨大力量和热情在战争中的显示,民众的民族、民主意识的日渐觉醒,使诗人苦闷彷徨的自我在战斗与民众中找到了依托,成为其精神支柱与艺术的立脚点。诗人以前所未有的热情和兴奋,真诚地转换视角来仰视民众,诗成为"大众精神的内在产物"。

---

① 田间:《给战斗者》,《七月》1938年第6期。

诗不应该仅仅是属于诗人自己的,作为二度审美活动中的客体,其内在情感、意识必将要求被别人所感知、理解和接受。尤其在战时诗歌功利价值观的制约下,要想达到"动员民众""服务战争"的目的,就必须使诗人的情绪与大众情绪相沟通,从而产生心灵上的共鸣。在民众的洪流中,诗人带着决绝的神情与"小我"告别:"不用太息,/我将远去:/我随历史的战斗行进;/我,从单个人/走向人群。/我,/于我何所有。"①激烈的话语表现出了诗人在抛却"小我"、走向"大我"时的果断和兴奋。

诗歌抒情主人公视角的转换,是一个如何把自我感受转化为群体情绪的认识过程,是诗人人格的升华。而为了达到从政治意识上"化大众"的时代需要,必须采用大众化的诗歌形式与手段以传达这种时代精神。这突出表现为诗的通俗化与口语化倾向,而在创作实绩上则表现为诗朗诵和街头诗运动的广为流行。

朗诵诗和街头诗实现了诗歌欣赏与传播形式上的大众化,它改变了以往诗歌的感受方式,从而使之更容易被大众所接受。

朗诵诗与街头诗具有极强的社会鼓动性,在诗美创造上也具有不容忽视的价值。朗诵诗重新引起人们对诗歌音乐性的重视,通过音响、节奏等具体方式,把诗中的思想感情传达给了听者,使作者与听者随着诗歌的旋律而激动,从而使诗的功利价值得以实现。著名的朗诵诗人高兰认为,诗歌失去其音乐性而日趋文字化,是诗歌本身的一个极大损失,甚至断定:"不能朗诵的诗不是好诗。"街头诗是诗歌形式的又一次革新。从形式上看,它类似于"五四"时期的小诗。但其主题意蕴和情调节奏都与小诗有着根本不同。街头诗被称为"通俗政治诗",节奏急促、有力,富有一种昂扬激越的情调。诗人曼晴曾以街头诗的形式写了一首题为《匕首》的小诗:"你的诗,/像匕首,/闪闪发亮。/写吧,/让所有的墙壁,/都披上武装。"②这种富有战斗性的号召力在史轮的一首街头诗中也有过充分的显示:"在抗战中,/我们将损失什么?/那就是——武器上的锈,/民族的灾难,/和懒骨头!"(史轮:《佚名》)而田间的街头诗影响更大,他的《假使我们不去打仗》《义勇军》等都是脍炙人口、传诵一时的佳作。

---

① 天蓝:《无题》,《七月》1939年第4期。
② 曼晴:《匕首》,《曼晴诗选》,河北人民出版社1981年版,第23页。

诗歌的大众化追求也促进了散文化诗美观念的流行,自由诗再度成为诗创作的主要形式。严酷的现实和尖锐的斗争,要求诗人们迅速灵活地做出反应,并以强有力的节奏进行讴歌和鞭挞。这就必然会助长诗人对自由化以至散文美的追求。本以散文美著称的艾青就不必说了,就是闻一多,也不再强调"绘画美""建筑美",而为田间的"鼓点"大声呼唤了。散文化是中国诗歌发展的主要趋向,这几乎已成为多数新诗人的共识,甚至有人将其看作中国新诗的第二次革命。

四、民族意识的强化

战争不仅改变了中国社会的政治结构,而且也改变了中国人的文化心理结构。与大众化倾向相一致,诗歌的民族化也成为此时期诗人的重要追求,其实质便是传统文化在艺术世界里的复兴与张扬。

抗战一开始,人们便提出诗歌要具有"抗日的内容民族的形式",这一原则也一直是一中国40年代诗人的不懈追求。诗歌的民族化倾向不仅表现为一种形式上的追求,更具重要意义的是诗歌内容上对民族意识的弘扬。

民族意识是一个民族在历史进程中所体现出来的特定心理素质与精神风貌。在民族尖锐对立的时代,必然会给这种意识赋予更强烈的色彩。因此,在抗战中,诗人的民族意识得到了超常的强化。而作为一种文化心理的表征,诗与人民的愿望共生,与民族精神同在。无数的壮烈诗篇都夸张地表现着我们这个古老民族的不朽灵魂。时代使诗人自觉地从中华民族的辉煌历史中去汲取振奋民族精神的力量,悠久的民族历史和文化成了抗击敌人、求得民族解放的心理支撑。胡风以"眉间尺"的"古老的传说",鼓励同样是"来自一个历史摇篮的/活在一个地母胸膛的/我的兄弟/祖国的儿女",勇敢地以自己的头颅去搏击那"屠杀了/千头颅/万头颅/仇敌的头颅!"①破烂的家园、贫瘠的土地,在诗人的笔下都浸透着深沉的民族感情。七月诗派的阿垅在著名长诗《纤夫》中以一种沉重、古老的色调描绘着民族的历史与现实的图景:

中国的船啊!/古老而又破漏的船啊!/而船舱里有/五百担米和谷/五百担粮食和种子/五百担,人民生活的资料/和大地的这长长的纤绳/和

---

① 胡风:《给怯懦者们》,《七月》1937年第2期。

那更长更长的/道路,不过为的这个!①

这深沉而强烈的民族意识、情感正是我们这个民族的生命所在。由于这种源远流长的民族精神和辉煌灿烂的民族历史的存在,才使亿万遭受异族强暴的炎黄子孙有了超乎寻常的民族凝聚力。

民族意识的强化是诗歌道德价值观的普遍追求,是诗人对时代的共同感受的自然表现,是对诗歌内容的情感把握。与此相比,诗歌形式的民族化则更有具体可感性,是一种十分具体的形式变革。这主要表现在解放区的"民歌体"新诗的创作和国统区以袁水拍为代表的"民谣体"讽刺诗创作上。

民歌体诗潮出现于一场较大规模的"采风"运动之后。特别是在《讲话》以后,它与伴歌伴舞的剧诗一起迅速地兴盛起来。甚至出现了如李季的《王贵与李香香》、阮章竞的《漳河水》、公木的《十里盐湾》、张志民的《王九诉苦》等以民歌体创作的叙事长诗。民歌体的出现并不仅仅意味着一种古老诗体的复生,更是对"五四"以来新诗历史的一种丰富,同时对中国当代诗歌的发展也具有巨大的影响。

歌谣体讽刺诗是40年代后期国统区一种流行的诗歌形式,它以口语、俗语为基本语言,嬉笑怒骂、朗朗上口,很好地借鉴了中国古代民谣乃至童谣的特点,使诗歌具有很强的战斗力和传播力。

当然,我们也必须看到,诗歌的民族化形式虽然是新时代生活斗争需要和民族心理表达的一种物化形态,但它应该成为被生活所融化了的、富有诗人独创性的审美创造,而不只是一种传统形式的简单沿用。"旧瓶装新酒"的最终结果应是一种活的变革而不是死的承袭,否则,便会成为一种反刍式的形式复古主义。自然,这取决于创作实践,不是纯凭概念进行议论的课题。

战争武装了诗人,也武装了诗,这个时代的生命和精神便是同仇敌忾、救国兴邦的战斗情绪。十几年来,诗歌充溢着这种战斗情绪,昂扬向上、壮怀激烈,形成了与现实人生同调的主体风格。对阳刚之美、粗犷豪放风格的追求是此时诗歌审美观的主要特征。在全民抗战和阶级搏杀的大潮中,诗总处于一种兴奋状态。对诗的战斗性功利价值的重视,使诗常常具有一种男子汉般的阳刚之美。在这种昂扬的旋律里,离群索居、无病呻吟、顾影自怜、软弱多情成

---

① 阿垅:《纤夫》,《无弦琴》,桂林希望出版社1942年版,第3页。

为极不和谐的声音。

这种慷慨放歌的阳刚之美是自古以来华夏美学传统中最为显著的特色，更是"五四"之后中国诗歌审美的主调。从初期白话诗开始，新诗的情感属性迅速完成了个人、阶级、民族的升值过程。在抗日战争和解放战争中，诗人的视野日渐开阔，情绪幅度愈见宽广。诗人以向上进取的战斗豪情呼唤胜利，号召人们在屈辱和灾难中奋起，在血与火的搏斗中迎得祖国的新生。这种由强烈的忧患意识所导致的壮烈情绪进入诗美领域之后，便成为一种伟力和崇高感。抗战之初的诗中往往表现出一种对英雄的崇拜和渴望，英雄的壮举和受难者的悲苦构成了诗的昂扬沉郁的时代风格。曾以愁苦凄寂的抒情见长的"雨巷诗人"戴望舒，在敌人的牢狱和酷刑中磨砺了自己的意志和情感，他告诉后来者："如果我死在这里，／朋友呵，不要悲伤，""他怀着的深深仇恨，／你们应该永远地记忆。""当你们回来，从泥土／掘起他伤损的肢体，／用你们胜利的欢呼，／把他的灵魂高高扬起，／然后把他的白骨放在山峰，／曝着太阳，沐着飘风：／在那暗黑潮湿的土牢，／这曾是他唯一的美梦。"①诗里消散了往日的哀愁，情绪线条变得粗犷豪放起来。在田间的笔下，我们又看到了"在长白山一带的地方，／中国的高粱／正在血里成长。／大风沙里／一个义勇军／骑马走过他的家乡，／他回来：／敌人的头，／挂在铁枪上！"②英武的形象，倔强的灵魂，铿锵的节奏，粗犷的画面，成为一个伟大民族的象征。

七月诗派是一个男子汉诗群。在他们的诗中，常常出现的意象是北方、寒冷、原野、长夜、庄稼汉、太阳与血。在这种粗犷、浑厚、沉重的构图中，站立起一个古老民族痛苦挣扎、抗争不息、倔强而固执的灵魂。这种阳刚之美实质上是当时普遍社会心理的反映，或者说是时代对诗歌审美风格的自然选择。

当然，在力的呐喊之中仍能听到轻柔婉约的抒情小唱。曾在国统区大学生中风行一时的张秀亚的诗便是其中的一支小曲：

> 这个村野的姑娘／走过那微斜的山坡／在那水银似的月下／她似一朵白色的山茶／她擎把着汲水的瓶子／她向了夜空低唱／莺鸟都收拾起了笙簧／静听这清涧般的声响／松树停驻凝思／苇底漏下了微笑的星光／周遭那

---

① 戴望舒：《狱中题壁》，《灾难岁月》，群星出版社1948年版，第7页。
② 田间：《义勇军》，《给战斗者》，桂林希望出版社1942年版，第25页。

些起伏的幽幽山影/使她忆起了小牧人的群羊/她有一点疲倦了/这自山中汲水归来的姑娘①

低吟浅唱之中描绘了一幅梦幻般的境界,成为时代大波中人们久违的美好记忆。我们不能认为战争烽火已完全烧毁了诗艺的讲究,事实上恰恰相反,战争更加锻炼了诗艺。就如30年代初期形成的十四行诗创作的风气,抗战爆发后这种风气一时消退;而后来在某些诗人手中,十四行却化作了战斗的武器。卞之琳到了延安,就曾试着运用商籁体,写下了歌咏八路军和革命领袖的诗篇,诸如《一位政治部主任》《"论持久战"的著者》《一位"集团军"的总司令》《空军战士》等。至于老诗人冯至,更是把十四行诗推向成熟,并掀起了一阵热潮,他在西南联大讲授里尔克,还出版了《十四行集》,诗是1941—1942年间写的,李广田称之为"沉思的诗"。诗人的精神触角伸入天地间遨游,领悟宇宙万物的本质和变化,探求人生奥秘的哲理性,将思考的结晶融入诗内,驰骋想象,开拓意境。这种达到炉火纯青的诗艺,使包括"九叶诗人"在内的广大青年诗群深受影响。这就不限于商籁体,40年代后期包括三年解放战争,整个诗风都开始更多地具有"现代化"的气息了。如果说这限于国统区,特别是西南与上海等地方,那也不尽然;与之遥相对立的解放区,也决然不仅仅是民歌,虽然相对说来解放区诗歌更多注意了传统和民间,但并没有忽视横向借鉴:天蓝之与惠特曼,贺敬之之与马雅可夫斯基,鲁黎之与泰戈尔,李又然之与罗曼·罗兰,以至聂鲁达、希克梅特、阿拉贡……在解放区诗人中岂不都有人模仿且得到发扬吗?就说民歌体长诗,在清醒的现实主义精神统摄下,魏巍的《黎明风景》,描述了一场紧张的战斗过程,联翩浮想的意象组合,充溢着光明信念的象征;艾青的《吴满有》,用明快简洁的句子,以直接具体的白描,写了一位有幸接触到民主的阳光和革命的雨水的农民,塑造了典型环境中的典型性格,实实在在又富有激情与想象。这些诗篇,无论就诗人自己说来,还是放在中国新诗历史上衡量,无疑都具有突破的意义。总而言之,现代化、民族化、大众化、多样化,是"五四"新诗起步以来的发展趋势;在它前进行程中的第三个十年、第三个阶段,在民族解放战争的大众诗歌中,显然是继承和发扬了这一

---

① 张秀亚:《题画》,公木主编:《中国新文艺大系:1937—1949:诗集》,中国文联出版公司1996年版,第312页。

传统,使之更加繁荣。

第二节 新中国诗歌的政治与抒情

五星红旗高高升起,染红了中国,也染红了新诗。新中国的领导者富有诗意地宣布:中国人民从几千年的封建统治之下,从百余年的帝国主义奴役之下,第一次真正站起来,自由地劳动,自由地呼吸,自由地歌唱。

50年代是值得歌颂和应当歌颂的年代。一大批新老诗人,抱着一束束诗花,献给祖国,献给人民,也献给党和领袖毛泽东。老中青三代诗人,纷纷唱出真诚的颂歌。他们书写了新诗史上特殊的一页。

那是一个歌颂风行的时代。随着政治、经济上的一系列"左"倾,如"大跃进""抓阶级斗争",诗歌的颂扬格调越唱越高,三四十年代形成的现实主义诗风日益被淡化,而被更"高昂"的颂歌——战歌所取代,而颂歌——战歌,继承的是中国式的"浪漫主义"。"这个时期的浪漫主义,随着我们国家政治生活的畸形发展,当代诗歌的优良的歌颂传统在60年代后期发生了病变:真实的人在充满迷信色彩的颂歌中失去了独立和尊严的自我。这就是受到扭曲的颂歌传统。"[①]

颂歌传统的主要表现形式是政治抒情诗,而这一传统的畸变其实就在五六十年代的政治抒情诗中发生,回顾这一历史教训对今天仍然是有益的。因此我们不妨略过五六十年代新诗的成就,专论政治抒情诗的病变。

五六十年代被公认为中国政治抒情诗的爆发期。其实,政治抒情诗在中国并不是从这一时期开始的。至少在30年代前后,政治抒情诗已在中国诗坛取得了应有的地位,而且取得了令人瞩目的成就。政治抒情诗作为一种强烈的政治表态,在30年代中国政治对立激化、阶级矛盾突出的现实环境里,显示出特别的力量和作用。蒋光慈、殷夫以及"中国诗歌会"的诗人们出于一种强烈的阶级意识,把诗作为阶级斗争的武器,对政治抒情诗的建设投入了极大的热情,也写出了一些较成功的诗作。到了40年代前后,在民族独立和民族解放的战争中,政治抒情诗又一次受到诗人们的关注。艾青、田间等为代表的七

---

① 谢冕:《近年诗歌:一个简单的轮廓》,《谢冕文学评论选》,湖南文艺出版社1986年版,第75页。

月派诗人和解放区的一些诗人,为这时代书写了许多回肠荡气的政治抒情诗,引起了人们的强烈共鸣。新中国成立后,"政治挂帅"的价值导向和频繁的政治运动、政治事件,进一步促进了政治抒情诗的发达,无论是主题选择还是风格基调,都成了当代诗歌的一种范式。

对政治抒情诗的评价,从来就不单纯是一种诗歌史的评价,而是一种社会政治史的评价,诗人们有着一种强烈的参与意识,把诗作为实现社会政治价值的有效方式,它涉及文学与社会之间诸多理论的根本问题。

政治抒情诗,无论是当时引以为豪的还是后来曾被隐隐非议的,都表现出强烈的当代性亦即时代性。除了结论的差异,人民对政治抒情诗这一时代性的关注本身就说明,当代性是其公认的事实存在和最突出的本质特征。

受注重表现当代社会的重大主题和重大题材这一时代潮流的制约,政治抒情诗成了中国五六十年代社会政治的袖珍版历史。仅从一些著名诗篇的题目上便可看到这一时代政治事件的缩影:《新华颂》(郭沫若)、《我们最伟大的节日》(何其芳)、《中华人民共和国颂歌》(公木)、《歌唱祖国》(王莘)、《祖国,我回来了》(未央)、《三户贫农的决心》(郭小川)、《到远方去》(邵燕祥)、《保卫我们的党》(郭小川)、《大跃进交响乐》(李欣)、《平叛诗抄》(饶阶巴桑)、《雷锋之歌》(贺敬之)、《焦裕禄之歌》(陈清波、赵焕章)、《回答今日的世界》(郭小川)等。这些诗篇都是当时产生较大影响的名作,至于那些难以数计的应时、应景之作就更不待言了。

一、诗美原则的误区:为政治服务

这种对时代性的刻意追求,首先受制于当时中国主流的文学观念和诗美原则。这种抒情诗首先是在强调文艺的意识形态本性和从属于政治的既定认识的前提下发生、发展的。政治抒情诗作为"阶级的神经""时代的号角",具有对现实社会风云变化迅速做出反应的内部机制,因此,诗的时代性问题一直是诗美评价的先决要素:"首先是从艺术必须为政治——革命斗争服务这个基本立场出发的。"①而所谓的时代性,即是诗要"从属于政治",要"为政治服务"。这是三四十年代所形成的普遍的诗歌观念,也是那个特定时代的历史

---

① 贺敬之:《谈提高作品的思想性》,《人民戏剧》1950年第2卷第1期。

选择。作为后人,我们不应苛求历史。然而这种诗观在五六十年代一直作为一种基本的文学价值观而被不断强化,并且遭到了愈来愈狭窄的理解:把时代性理解为对"重大题材"和"重大事件"的表现,要求文艺和诗尤其是抒情诗要"配合中心",追求"直接的政治效果",最好能在当代政治抒情诗人那里形成这样一种认识上的等式:时代性＝重大题材、重大主题＝现时政策、事件＝政治概念。这个认识的逻辑演化并没有到此结束,而是从既定的"生活本质"论的轨道,滑向了政治抒情诗要"歌颂"的功能认识。

五六十年代的政治抒情诗从本质意义上讲都属于"颂歌",即使那些批判性的"战歌"也在其政治倾向上与"颂歌"具有同一性,发源于同样的社会价值导向。批判是为了捍卫所要歌颂的,因此"战歌"也是纯正的"颂歌"。从理论源流来看,毛泽东40年代的《在延安文艺座谈会上的讲话》中所主张的"一切危害人民群众的黑暗势力必须暴露之,一切人民群众的革命斗争必须歌颂之"的观点,不能不说是最基本的理论原点。

这种以"颂歌"为本色的政治抒情诗的兴盛,并不完全出自于一种诗学理论的内在制约,同时也是具有一定的现实真实和社会心理基础的。由于与那个刚刚逝去的、令人诅咒的黑暗时代形成了鲜明对比,50年代便成为一个"颂歌的时代",新生的共和国充满了朝气、希望和欢乐。革命斗争的胜利、社会主义建设的蓬勃展开、现行政治的相对开明和廉洁、互助互爱的道德风尚等,无不使民众和诗人产生了一种前所未有的幸福感和自信心。老作家巴金用充满诗意的话语表达了这种普遍的社会心态:

> 一个光明灿烂的新时代开始了。东方的太阳带着无限的热力和夺目的光芒升上天空。占人类总数四分之一的中国人怀着无比信心和无穷的力量建设自己的国家,每个人都感觉到自己在从事前人所梦想不到的光荣事业,每颗心都愿意变作一瓦一砖来建设社会主义的大厦……这个伟大的开端已经给我们保障了今后光芒万丈的锦绣前程。生活在这个伟大的时代,我们的作家应当感到莫大的幸福,严肃的文学工作者都有责任反映作者丰富多彩、绚烂无比的现实生活,描写我们人民的吞日月贯长虹的英雄气概。[①]

[①] 巴金:《上海十年文学选集(1949—1959)·总序》,上海文艺出版社1960年版。

贺敬之在《放声歌唱》中唱道:

　　　　在每一平方公尺的／土壤里,／都写着:／我们的／劳动／和创造;／在每一平方公分的／空气里,／都装满／我们的／欢乐／和爱情。／社会主义的／美酒呵,／浸透／我们的每一个／细胞,／和每一根／神经。／把一连串的美梦／都变成／现实,／而梦想的翅膀／又驾着我们／更快地／飞腾……／呵,多么好!／我们的生活,／我们的祖国!／呵,多么好,／我们的时代,／我们的人生!／让我们／放声／歌唱吧!／大声些,／大声,／大声!①

在1958年的热潮中,诗人又激动地呼告:"我们这个伟大的时代,它本身就是最伟大的诗篇","这是不必细说的"。② 的确,在那个年代里,经济建设和社会生活中每一个正常的举动和变化,都会在人们极度亢奋的心灵里荡起巨大的冲动和喜悦,即使是领导人的一番演说也会使人激动不已。因为人们的头脑中还留着对那个黑暗时代的清楚记忆,因此两相对比,反差强烈,自然有一种苦尽甘来的无限幸福感:"祖国的阳光是这样温暖……／祖国人民今天／这样地尽情欢笑。"(石方禹:《和平的最强音》)在这种现实生活和社会心理的基础上,社会的本质是光明的,文艺要反映"本质","诗要歌颂现实"的诗歌观念被诗人和读者普遍接受。在这样的条件下,"时代的颂歌"的产生就成为必然的了。

　　就诗和诗人来说,政治抒情诗之所以在中国兴盛的内部机制,是诗人固有的社会责任感和历史使命感。中国传统的功利性的诗歌价值观和官文一体的历史习惯,使中国诗人把诗作为实现现实社会政治目的和个人功名的手段,他们急于对现实政治进行表态,以此来实现诗和自身的价值。这种社会责任感和历史使命感在当代诗歌创作中得到进一步的强化,形成了"首先是一个战士""党员","然后才是一个诗人"的普遍信念。这种价值观使诗的社会功利价值进一步增强,而对诗人的审美个性和诗歌艺术价值的要求则相对忽略,从而使诗人做一个"战士"和"党员"即政治宣传家的欲望远比做一个诗人要来得重要和强烈。1950年阿垅发表文章,以拥护和服从政治权威为前提,谨慎地提出尊重文艺的审美特性和情感因素,才能使作品获得"一定的政治效果

---

　　① 贺敬之:《放声歌唱》,《北京日报》1956年7月1日。
　　② 贺敬之:《关于民族的"开一代诗风"》,《处女地》1958年第7期。

和政治力量"的见解。但最后也不被允许存在,《人民日报》《文艺报》等报刊对此进行了批判。陈涌认为阿垅的文章"是以反对艺术而艺术始,反对艺术为政治服务终",认为"目前许多未经改造或未经根本改造的文艺工作者,他们的问题恰好不是政治太多,而是政治太少"。①

二、诗人不同形态的时代性表现

就中国五六十年代的政治抒情诗而言,时代性本身对于诗歌社会价值的实现无疑是一个积极而重要的因素,时代性或政治性进入政治抒情诗世界几乎是不必讨论的。然而,由于诗歌流行观念的制约和诗人理解的差异,政治抒情诗的时代性也就有了不同层次的形态,在诗人与对象的认知关系中,表现出诗人不同的反应方式和生活、审美范畴上的不同层次。

第一,诗人对审美对象(亦即时代生活)的被动性反应。被动性反应是指思想认识和情感倾向的造作,这些诗歌的主题选择虽然表现出前卫性,但在频繁的政治运动的促使下,却使得有些诗人缺少诗人情感的真诚,从而使其诗形成普遍的"假、大、空"模式。

被动性反应的形成机制,来自于社会惯性的认识逻辑体系和诗人个体的保护性心理。社会的惯性认识逻辑体系实质上是一种先验的政治理性结构。在这个理性结构里,一切价值观都是既定的、单一的,不容许有任何怀疑和动摇,这些价值判断都根植于一些具有绝对真理意义的"思想""规律"和"本质"的先验结论中。从艺术思维方法到内容价值判断都是预先给定的、模式化的,诗人对某一时事的认识都只是做出习惯性的反应而已。因此,这导致了五六十年代中国政治抒情诗主题的单一化、公式化。

在这个先验的社会政治理性结构中,诗人极力表现出自己的适应性和一体感,而诗人的反应又受到这个理性结构的认可和鼓励;这些诗人以此来获得政治上的保护,而诗人的颂歌又强化了这一结构的真理性和权威性。相反,如果有悖于这一理性结构,显示出一点儿诗人的独立认识,便马上会被这一结构所抛弃、否定。被动性反应的典型产品是某些形成于频繁的政治运动中的"批判诗"即"战歌",批判本身往往是为了积极表态以保护自己。在对这类诗

---

① 陈涌:《论文艺与政治的关系》,《人民日报·人民文艺副刊》第49期。

的评价中,不仅要对其背后的政治理性结构作社会批判,而且还应对诗人的个体人格作出应有的道德评价。

第二,诗人对审美对象的主动迎合。某一政治事件在诗人的思想、情感世界里得到了真诚的反应,诗人以一种积极参与的心态,从思想上与社会的政治理性结构主动认同,在情感上亦形成共鸣,自我与社会、个人与群体达到高度的一致。在这里,诗人的精神世界是完整的、和谐的。对审美对象的反应既是一种思想认同,又是一种实际体验,中国五六十年代的许多"颂歌"都属于这一层次。

如同前面所说的那样,这些诗作都表现出诗人们强烈的幸福感和自豪感,在自我感觉上是真诚的、由衷的,无论歌颂与批判都是一种全身心的投入。这种反应带有伦理学意义上的善良,带有庶民(主要是工农兵)的质朴和单纯:"从今天,到永远,/苦日子永不再会还!/从今天,到永远,/幸福日子无边缘沿!"(苗得雨:《拖拉机下地》)尽管时过境迁,这些诗作仍能使人有所激动,虽说这种激动多限于审美对象与读者的审美体验之间。然而我们必须看到,由于当时社会的政治理性结构中的价值导向出现了偏颇,而诗人自身又未能作出清醒的判断,所以,诗人的价值观实质上是社会政治理性结构的内化,只不过其中融入了一种个体化的真诚情感而已。因此,这类诗作大多仅有审美价值而少有历史价值,造成"合情而不合理"的尴尬处境。当然,其中诗人的个体道德人格是不容怀疑的。

第三,诗人能动性的创造。能动性创造是人类主体最富有生命力的活动。就政治抒情诗的创作而言,诗人不仅要立足于时代,而且要超越时代,对政治事件作出可能不符合社会政治理性结构的独立判断,在诗歌主题上表现出一种符合历史真实的思想深度。

主动迎合是诗人对审美对象的一种积极接受、认可,虽说其中可能经过诗人的自我体验过程,最后变得与社会政治理性结构相一致,但诗人自我本身却是不健全、不清醒的,所以尽管具有个体化的理解,仍然未能超出既定的理性结构,仍未能增加时代的思想容量和质量。与此不同的是,能动性创造不仅要解释(判断之意)时代,而且要批判时代;不仅要增加时代的思想容量,而且要增添质量——新的素质,使诗具有较大的历史认识价值。在中国五六十年代的政治抒情诗创作中,这类诗作最为稀少,只有1956—1957年间产生的一些诗作某种程度上具有这种素质,这与 80 年代的政治抒情诗形成了鲜明的对比。

三、反差悬殊的艺术真实

政治抒情诗是一种政治表态,是诗人对社会时代的反应,其不同的反应机制表现出诗人对生活的认识结果,而从历史的认识价值来看,则是形成了不同的层次。不同的反应机制与不同的认识价值层次是相联系的,但又不是同一的。总的说来,中国政治抒情诗的认识价值的真实程度有如下层次。

第一,现象的真。对时代的被动性反应,对审美对象作简单的再现,诗人的认识框架中只有目前而无背景,只有当下而无历史,未能触及社会历史文化的深层和潜在形态,在预先给定的、单向的社会政治理性结构中把先验的、教条的概念作为生活的本质理解,顺应某种必然的假定性判断。这种现象的真的艺术结果,与当时的直观反映论文学观有直接的关系。

文学是社会生活的反映,这一马克思文艺思想的基本原理是把握了文学的本质的。但是,从马克思、列宁到毛泽东,在阐述这一基本原理时都有一个反对唯心主义主观论的历史背景和理论前提,因此都着重强调唯物主义的基本原则,强调唯物主义与唯心主义的哲学、政治的差异和对立,强调生活决定艺术的基本关系,而没有对文学的特殊性和作家主体的能动性问题做进一步的理论展开。加上在长期的实践过程中又进一步把这种认识论加以简单化、单一化,对作家主体能动性的理解也一般局限于作家对现实政治的积极配合上。在这种既定的理论前提下,加之对诗歌迅速反映生活的特性的认识,人们便把诗人与生活、诗与时代的关系仅仅视为反应速度的关系,要求诗人与时代政治迅速配合,而时代政治又常常被理解成时事政策。既然现实生活的"本质"已经被永远的确定,那么作家诗人的主观能动性也就自然丧失了原有的意义。这种以"紧密配合""迅速反应"的机制写出来的诗,往往不可避免地流于表面现象的真。

法国批评家、作家贝尔纳·庞戈曾指出:"如果我们怀着'服务'的目的,为了一定的政治的或者道德的前途,决心为一定的公众写作一定的作品,那么我们就会大有错失目标的危险,而留下一些会跟我们一起消逝的著作。""很难设想这些作品怎么能够越过自己的时代而长存。"①庞戈的判断虽然带有西方学者的价值观,但也提示我们,一个诗人如果缺少自我判断能力,缺少独立思考,而只表现表面的、一时的现象,按照社会政治理性结构的价值观确定社会和生活的本质,而不去揭示潜隐的历史过程,那么其诗便会随着所讴歌的现象或时代的逝去而消亡。

第二,历史的真。从哲学意义上讲,历史的真是人通过认识主体的积极活动而对时代的连续性把握,也就是对现象的真作反省式的能动认识,把目前置于过去或未来的历史长河中加以判断,形成超越某一时代的评价。诗不是哲学,不能把文艺完全视为认识宇宙人生的手段,但是文艺作为一种社会意识形态,确实可以帮助我们认识社会人生乃至历史。诗通过情感评价和情感本身反映生活,这无疑是出于一种对生活的感性认识,它注重心灵倾向的表达而非求真的逻辑判断。但情感非无水之源,它本身即产生于价值判断之上,在再现现实时寄寓一定的价值判断,在表现情感倾向时不脱离现实环境,正视现实而又以积极的价值观念批判现实。诗作为最强烈的主观精神活动的产物,它所富有的想象和敏感的审美特性不是限制了诗人对客体的认识、对世界的把握,而是为这种可能提供了更为广阔的天地。审美活动的最终目的是为了达到人类对世界的整体把握,因此,政治抒情诗集合了诗学、哲学和政治学的全部优势,诗人应该使自己的诗作具有一种达到历史真实、沟通未来的思想力量。在中国五六十年代的政治抒情诗中,真正达到这一高度的诗作并不多。历史的真需要时间和空间的距离,情感和思想的沉淀,而当时中国诗学却是强调"紧跟"和"及时"评价的。

第三,心里的真。即诗人对审美对象心理感受的真诚和读者审美体验的真实。这种真是审美追求的一般原则,既可以形成于"现象的真",使政治抒情诗中的"颂歌"成为真诚的谎言,使"战歌"成为无意的"谋杀";也可以伴随着"历史的真",增加理性思考的感染力量,使政治抒情诗成为社会的历史和心灵的历史的集合。

应该说明的是,心理的真不能成为我们对一首政治抒情诗的价值的全部

---

① 转引自〔苏〕米·赫拉普钦科:《作家的创作个性的文学发展》,上海译文出版社1982年版,第79页。

评价。对于政治抒情诗的评价,绝不能忽略其社会性本质。因为既然诗人把诗作为自己的政治表态,那么就必须从历史价值和审美价值的双重意义上来作出全面评价。70年代末期以后,当人们对五六十年代政治抒情诗的历史价值表示怀疑和非议时,有人便以"真情实感"即心理的真实来为这些政治抒情诗辩解,认为如果"诗人动了真情,但因对生活体察不深而仍然或多或少地违背了事物的真相",即使"对于这类作品,理应指出其不足之处,但还不能轻易否定"。① 如果把政治抒情诗的真实等同于诗人心理感受的真诚,实质上是仅把政治抒情诗视为一种寄托情感的工具。这对于其他范畴的诗来说还不为失当,但对于政治抒情诗而言则过于片面了。

政治抒情诗作为时代思想的象征,其评价标准不能仅从作品符号与读者的审美体验的关系中确立,而应把现实——作者——作品——读者作为相互联系的系统进行全面的、整体的考察,把历史的真实与审美的真诚统一起来。诗真与否,不仅要看诗人或读者的心理状态,还要看诗人对现实的认识是否正确,审美的真应该首先建立在这种历史的真的基础之上,因为只有是真与善的,才能是美的。心理的真在许多时候也许只是诗人对审美对象的一种感觉甚至误解,当诗人丧失主体意识、缺少史识判断能力,而执迷于某种不正常的社会政治理性结构或某种社会心态时,这种真也许会成为一种盲目的热情、一种蒙昧和迷失。如在"反右"斗争和"大跃进"运动中产生的一些政治抒情诗,从诗人理解对象时的心理感受过程来看并不虚假,但从对象的历史评价中却显示出一种历史的虚假,因此这种真显得十分可悲,甚至可以说这种诗对后来的读者构成了一种"真诚的欺骗"。所以,对政治抒情诗的真情也必须超越对当时诗人心理感受的判断而上升为一种历史判断。只有确定了诗歌对象的历史价值,谈论诗人个体情感的真伪才有意义。当时的政治抒情诗创作能经受住这双重检验的并不多,或许贺敬之的《放声歌唱》和石方禹的《和平的最强音》略可充数。

四、历史价值与个体情感双重真实之诗

长篇政治抒情诗《放声歌唱》写于1965年8月,即中共"八大"前夕。长

---

① 孙光萱:《谈谈政治抒情诗》,《文艺研究》1982年第6期。

诗首先在一定程度上表达了历史的真:无论从当时的事实来看,还是从今天的反思来说,长诗中所反映的思想内容都具有历史的深刻性,政治倾向基本上是可信的。

诗作写于新中国第一个五年计划即将完成的岁月里,各方面的事业都处于一种欣欣向荣的健康发展时期。《放声歌唱》正是产生于这个健康发展的社会基础之上,因而无论其思想倾向还是情感素质都是真实诚挚的:

在我们/万花起舞的/花园里,/我看见/花瓣/在飘洒着/露水;/在我们/万人狂欢的/人海里,/我看见/那些睫毛的下面/流下了/眼泪……/呵,我知道——/最久的/最深的/痛苦,/常常是/无声的饮泣,/而最初的/最大的/欢乐,/一定有/甜蜜的泪水/伴随!/……是什么样的神明/施展了/这样的魔力!/生活呵/怎么会来得/这样神奇?——①

诗人经过由衷的情绪抒发之后,又禁不住以激动的心情描绘新中国的山川大地和社会人间的巨大变化:

长安街的/夜景呵/怎么这样迷人?/大兴安岭的/林场呵/怎么竟如此美丽?/一片汪洋的/淮河两岸/怎么会/万顷麦浪?/万里无人的/不毛之地/怎么会/烟囱林立?/为什么/沙漠/大敞胸怀/喷出/黑色的琼浆?/为什么/荒山/高举手臂/奉献出/万颗宝石?/呵,我的曾是贫困而孤独的/乡村,/今夜/为什么/笑语喧哗?/我的曾是满含忧愁的/城镇,/为什么/灯火辉煌/彻夜不息?②

随后诗人又列举了据说只有在新中国才能出现的奇迹:放牛娃成了科学家,童养媳成了拖拉机手,流浪少年成了诗人与市委书记一起讨论,老年的庄稼汉成了劳动模范与政治局委员们一起开会……这一切足以使诗人,使每一个从黑暗和贫穷、屈辱的痛苦中走过来的劳动者心潮澎湃、激动不已,诗人禁不住发出由衷的歌唱:"甘薯呵,/为什么这样大?/苹果呵/为什么这样甜?/爱人呵,为什么这样温柔?/孩子呵,/为什么这样美丽?……"③那是一个值得歌

---

① 贺敬之:《放声歌唱》,《北京日报》1956 年 7 月 1 日。
② 同上。
③ 同上。

颂也需要歌颂的时代。革命的胜利,建设的展开,成为一切理论的最佳证据。诗人最后把这一切都归功于伟大的党,而党的形象在诗人的笔下却又是如此平凡、朴素:"我们的党/没有/ 在酒杯和鲜花的包围中,/醉意沉沉,/党,/正挥汗如雨!/工作着——/在共和国大厦的/建筑架上!"[①]诗人以自己的感觉描绘了党在他心中的形象,这是一个可敬可亲的形象:他是一个伟大的巨人,立在祖国的地平线上,高瞻远瞩,功勋卓著;他又是一个普普通通的劳动者,站在脚手架上勤勤恳恳地劳作着。形象是概括的,又是具体的,既有思想深度,又有情感的浓度,从而使历史的真和心理的真达到了某种统一。诗人的主体意识和正直情感并不一定要表现在对现实的批判上,通过诗人的自我感受和判断对一个相对健康、正常社会的表示肯定或歌颂之中也可以表现出来。青年诗人石方禹的政治抒情长诗《和平的最强音》也是五六十年代中国政治抒情诗中少有的真诚之作,公木先生甚至称这首诗"标志着中国新诗的水平"[②]。

然而,正像我们一开始便指出的那样,五六十年代政治抒情诗中的多数作品,受制于那个很不正常的社会政治理性结构,诗人又大多缺少历史的洞察力,因此,在这一基础上越强调诗与现实的配合、与时代的关系,诗就越会失去历史的真,其生命力也就越短。因为它只想迎合那个时代,也就只能属于那个时代。如果诗人仅按照既定的价值观简单地表现表面的生活现象,就会把自己和诗封闭在他那个时代里。要知道,每一个时代对于一个思想者来说都是一种局限,而诗所揭示的往往不是历史思想的积累,而多是一种情绪的及时反应,因此诗人要具备思想的穿透力,要有超越时代的理解能力。作为政治抒情诗诗人来说,这尤为重要,否则,就会留下历史的笑柄。

中国五六十年代的政治生活是风云多变的,缺少相对的稳定性,而诗人们又亦步亦趋,紧跟形势,于是历史便不断地与中国的政治抒情诗人们开玩笑,使他们当年满怀真情书写的诗成了真诚的谎言,而他们只好随着政治形势的变化而不断地修改、再版自己的诗作。当代著名的政治抒情诗人贺敬之曾在新中国成立10周年之际写了一首题为《十年颂歌》的长诗。诗人开篇便这样歌唱着"大好形势":"东风!/红旗!/朝霞似锦……/大道!/青天!/鲜花如

---

① 贺敬之:《放声歌唱》,《北京日报》1956年7月1日。
② 公木:《谈〈和平的最强音〉》,转引自林曼叔等:《中国当代文学史稿》,法国巴黎第七大学东亚出版中心1978年版,第241页。

云……"要知道这时国家已处于严重困难时期,不再是"放声歌唱"的年代。彭德怀,一个情感并不细腻的老军人,奋笔疾书,"为人民鼓与呼",我们的诗人却不仅对野有饿殍的严峻现实熟视无睹,甚至还在诗中加入了一大段对彭德怀加以声讨的内容。然而随着那个时代的消逝,那个社会的政治理性结构逐渐失去了绝对的崇高,而在此机制下产生的诗的谬误也就在历史的镜片下日渐清晰。

作为表明诗人政治倾向的政治抒情诗来说,其自身内部存在着群体的、阶级的思想要求。人的政治倾向不同于其他精神范畴,例如人的道德观既可以是个体的,又可以是集体的,甚至超越政治分歧而成为共存的精神现象。相比之下,人的政治意识则是片面的,必须隶属于某一社会阶层、政治集团即某一阶级。而这种群体化要求与中国政治、经济生活和道德规范的价值导向相一致。因此,政治抒情诗对于抒情主人公思想境界的群体化要求也就势在必然了。

新中国成立伊始,周扬便在中国作协第二次理事会扩大会议上明确规定:抒情是抒人民之情,叙事是叙人民之事。这就是我们抒情诗的基本特征。基本原则确立以后,几乎所有诗人都统一了口径。贺敬之认为"风格即人"中的人,"首先不能只是一个人,只是'自己'","他首先是属于时代的,属于集体的,属于阶级的"。[①] 郭小川认为"这个'我'必须是无产阶级或英雄人民中的一个,最好是他们的代表,是他们的代言人"[②]。青年诗人邵燕祥面对人民的英雄壮举,赞叹站立起来了的中国人民的群体力量:"我们!/我们!/是我们!/伟大的同代的代号,/伟大的后人的先人。"(《我们架起了第一条超高压送电线》)这些"大我"的强调与张扬,显示了政治上获得解放、经济上获得翻身的中国人民的力量与自信,也是人的自由追求所达到的较高境界。

从人类的伦理思想史来看,人类的自由追求大致包括以下三个互有重叠的阶段:第一阶段,群体对超个人的服从,即封建臣民对君主的服从;第二阶段,个性解放亦即独立、觉醒的自我对群体的反叛;第三阶段,平等群体的互爱阶段,其中包括"有我"群体的互爱与"无我"群体的互爱两个层次。无疑,整

---

① 贺敬之:《谈歌剧的革命浪漫主义》,《剧本》1958 年第 7 期。
② 郭小川:《谈诗》,上海文艺出版社 1984 年版,第 21 页。

个第三阶段特别是其中的第二层次尚处于人类自由追求的一种理想境界。从崇尚自我到"有我"的群体之爱是明显符合人类伦理发展的大趋势的,因为完全的"小我"绝不是人类追求的最终目的。个人作为个体的自然存在物,个性意识作为一种特殊的精神现象,只有在作为人的社会本质、作为群体意识的一部分时才能实现。个体与整体、存在与本质、自然与社会的统一,是不断发展着的人类历史需要。如果把自我从人类社会群体中抽离出来,便会使人成为一个只有生物学意义的个体。

从中国五六十年代政治抒情诗对"大我"的推崇中,可以看到当时诗人们对人类自由追求和对理想境界的向往,并且自信已充分达到了这一境界。然而稍加深入考察,就会发现这种自信具有明显的偏颇。当代诗人在"小我""大我"的辨析中强烈地表明这样一种社会意识:这种群体的推崇超越了个性独立阶段,并且是以个性独立为对立面的。"小我"的克服和消解是达到和实现群体意识的前提,从而在相当程度上把"小我"与"大我"置于对立之中。在当时的社会政治理性结构中,自我意识从思想、伦理境界被推向了个人主义。自我意识似乎像政治瘟疫一样被人们或小心翼翼地回避着,或义愤填膺地批判着。在1958年大跃进时期的民歌运动高潮中,诗人们的情感迅速膨胀,对自我的否定由思想延及艺术,那种自戕式的反省使人惊心动魄。诗人贺敬之一边批评自己"对斗争的神速前进的步伐发出'这是可能的吗?'的疑问,一边痛斥'小我'",认为诗中之"我"有"个人主义的'我'"和"集体主义的'我'、社会主义的'我'、忘我的'我'"之分,选择是对立的:"或者是个人主义的小丑,或者是集体主义的、革命浪漫主义的英雄。"诗人的价值取向是明确的,即否定"小我":"因为它不仅是革命者思想上最可恨的敌人,同时也是诗的可恨的敌人。不可能想象,在个人主义的黑暗牢狱中会栽培出革命浪漫主义的鲜花。如果说资产阶级个人主义的骑士们在一定的时代唱过浪漫主义的动听的歌的话,那么,到了我们的时代,个人主义者的歌声就只能是鬼哭狼嚎了。"① 按照那个时代的社会政治理性结构的价值观来看,对个人主义的否定是正常的、必然的。但是问题的关键是,何谓个人主义?是否应该把表现个人生活或精神世界视为个人主义?许多诗人对于"小我"的否定并没有局限于一种政

---

① 贺敬之:《漫谈诗的革命浪漫主义》,《文艺报》1958年第9期。

治化的理解,而是扩大为一种道德上、心理上乃至艺术个性上的解释。

贺敬之便曾把这"忘我的我"的高扬上升到对诗人艺术风格的形成及价值判断上①。具有讽刺意味的是,即使贺敬之一再宣布对"小我"的拒斥,即使他在诗中小心翼翼地像马雅可夫斯基一样称自己是"一望无际的海洋,海洋里的一个小小的水滴,一望无际的田野,田野里一颗小小的谷粒"(贺敬之:《放声歌唱》),但还是受到谢冕的严厉批评:"诗中的'我'字多,不但太多,而且有时用到不尽恰当的程度。"谢冕认为:"如果把自己的'我'架得过高,反使思想格调降低。这不能不是诗人知识分子思想感情的某种表现。"②最后的结论令人愕然。另一位优秀政治抒情诗人郭小川的组诗《致青年公民》所表达的是纯正的"大我"感情,然而由于诗中使用了第一人称"我"而受到批评:为什么要有那么多的"我"?郭小川赶紧进行说明和检讨,承认"我号召你们""我指望你们""实在是口气过大",并表示以后加以改正。随后他很是小心谨慎地对诗中的"我"作了自己的解释:"我"只不过是"一个代名词,类如小说中的第一人称,实在不是真的我,诗中所表述的,关于'我'的经历、'我'的思想和情绪,也绝不完全是我自己的,我现在还不敢肯定,这样的看法是否恰当,我的用意确乎在此。请求读者予以谅解"③。人们的批判和诗人的自责都不是偶然的,都是受当时社会政治理性结构制约而发生的。这从其后郭小川对别人诗作的批评中也可以得到证明。

诗人穆旦进入新中国之后,急欲改变自己,努力配合时代的主旋律,他在《葬歌》中与过去的自我告别:"你可是永别了,我的朋友?/我的阴影,我过去的自己?/天空这样蓝,日光这样温暖,/安息吧,让我以欢乐为祭!"④诗人要用并不高昂的声音表示自己对新的人生境界的渴望,心声是带泪的,但却是坚实有力的:"哦,埋葬,埋葬,埋葬!/我不禁对自己呼喊;/我这死亡的一角,/我过久地漂泊、茫然;/让我以眼泪洗身,/先感到忏悔的喜欢。"⑤

然而,面对诗人的真诚变化,曾经不断受到别人非难的郭小川却认为,这

---

① 贺敬之:《漫谈诗的革命浪漫主义》,《文艺报》1958 年第 9 期。
② 谢冕:《论贺敬之的政治抒情诗》,《诗刊》1960 年第 11、12 合期。
③ 郭小川:《关于〈致青年公民〉的几点说明》,《谈诗》,上海文艺出版社 1978 年版,第 77 页。
④ 穆旦:《葬歌》,《诗刊》1957 年第 3 期。
⑤ 同上。

种"个人主义者跟自己的过去告别","是多么地依恋呵!"并且责怪诗人"何必拿出来感染别人?"最后认定这诗是"某些知识分子的有气无力的叹息和幻梦"。① 别人对贺敬之的指责和郭小川对别人的批评最终都可以归结为对知识分子思想感情的否定,这无意中点破了当时社会政治理性结构制约下的一种普遍的思想认识。否定"小我"的深层文化机制,便是对知识分子及其精神世界的排斥和否定。个人主义与集体主义的同义语、潜台词便是知识分子(当然都是"资产阶级的")和工农兵的思想差异、对立。这种同义解释其实早在本世纪初苏俄"无产阶级文化派"的理论家波格丹诺夫那里便已完成了。

五、无产阶级阴影下个体自我的在劫难逃

波格丹诺夫认为,社会分工和工作性质的不同,是形成不同的社会集团意识和个人意识的基础,因为一种专门化生产部门便构成一种利益、价值观相同的阶层。他在另一篇文章《无产阶级的艺术批评》中,更为明确地指出了知识分子的意识特质及产生根源。受苏俄理论的影响,日本无产阶级主要文艺理论家藏原惟人在《走上无产阶级现实主义的道路》中也作出明确判断:"个人主义就是资产阶级的贯彻物质的、精神的、生活的决定性原则。""所以否定资产阶级文学,必然也否定个人(或正是由于否定个人,才否定资产阶级文学)",因为"他们对于生活——现实的认识态度,归根结底是非社会的、个人的"。②

苏俄、日本的这一理论很快通过创造社和太阳社介绍到中国,并极大地影响了中国 30 年代的无产阶级文学运动。而且这种观念一直制约着中国当代文学,尤其是政治抒情诗的诗学理论和创作实践。60 年代或明或暗的对"无产阶级文化派"和"拉普"的重新肯定也表明了这种思想联系。同时,对"小我"的政治化理解与对当时知识分子评价的变化也有直接的关系。

1956 年党的会议上确定了知识分子为工人阶级的一部分,但到了 1958 年 4 月,中央成都会议上却改变了这种正确的评价。毛泽东在会上的讲话中指出,我国目前还存在着两个剥削阶级(一个是帝国主义、封建主义、官僚资

---

① 郭小川:《我们需要最强音》,《文艺报》1958 年第 9 期。
② 〔日〕藏原惟人:《走上无产阶级现实主义的道路》,林伯修译,《太阳》月刊 1928 年 7 月号。

本主义的残余和资产阶级右派；另一个是民族资产阶级及其知识分子）、两个劳动阶级（工人、农民），认为当前我国社会的主要矛盾是无产阶级和资产阶级的矛盾，社会主义道路和资本主义道路的矛盾。在这一精神指导下，以阶级斗争为纲和对知识分子的否定倾向日渐严重，至"文革"的爆发而达到顶点。

　　作为一种意识形态，政治抒情诗的诗学理论必然要适应和反映当时社会的这种政治理性结构，所以对"小我"的否定与当时对知识分子的否定一体化也就十分自然了。

　　对"小我"的拒斥实质上是对马克思主义历史观的片面理解，它忽视了个体发展在马克思主义历史观中所占有的重要地位。马克思主义不仅仅把历史归结为生产方式发展的历史及由此引起的阶级斗争的历史，不仅仅极其重视劳动者群体的根本作用，也从人类主体性的追求视角，高度肯定了个体的自我甚至私欲在人类文明发展过程中的积极历史作用。而且更进一步来说，马克思主义并未把整个人类的发展与个人的自由发展对立起来，将其表述为一种不可兼顾的取舍关系，而是认为个人自由的充分发展与群体的利益实现是统一的，个人自我的泯灭对于群体发展来说绝不是有益的。特别是对于长期受封建礼教束缚的中国国民性的全面构成来说，对自我的肯定比否定来得更为重要。

　　以儒家道德为核心的传统人学体系是以群体来扼制个体为特征的。自我的确立在"五四"以前的中国伦理史上从未真正实现。"五四"时期，个性解放的口号作为人的自我价值实现的表征，在知识分子的精神世界里激起了广泛共鸣。但是由于这一精神追求自身的抽象性和局限性，也由于后来中国民众阶级解放、民族解放的迫切性，使得中国的人的解放过程超越全社会范围内的自我发展阶段，而直接进入群体的政治、经济的利益需求阶段。这固然是历史的必然选择，但是当阶级的纷争逐渐平息之后，历史发展的重心转移之后，并不健全的个体自我应有一个充分发展的机会。然而经过一段较短的健康发展之后，以阶级斗争为纲的战争思维惯性使得各种政治运动频繁发生，自我的发展不仅没有得到应有的空间，反而进一步受到限制和排斥。作为政治动态的直接显示，政治抒情诗在此方面走在了其他艺术部类的前面。而且作为阶级、群体的代言人，诗人及抒情主人公都被严肃地告知：要具有"完人"或"英雄"的思想境界，不能有任何矛盾、犹豫和缺陷。"首先是一个战士，然后才是一个诗人"的口号不仅被当作诗人的政治责任,而且或为诗人思想境界的一般要求。

中国政治抒情诗人的这种认识逻辑同样与苏俄"拉普"派和30年代中国"左联"文学观有着深层的历史联系。波格丹诺夫在《无产阶级的艺术批评》一文中便认为,劳动阶级艺术的思想意识应当是纯洁的、明确的、脱离一切利己因素的。"拉普"的著名理论家列列维奇在《什么是岗位派运动》中认为,强调诗歌作为阶级斗争和文化革命的工具的社会作用,就必须承认我首先是一个党员,然后才是一个诗人的原则。当时与"拉普"处于对立面的苏俄文化界领导人瓦浪斯基也认为,作家要成为具有共产主义思想的作家。这种思想认识经过日本左翼文艺界而影响到中国的"左联"文艺理论家。李初梨便提出这样的要求:"假若他真是'为革命而文学的'一个,他就应该干干净净地把从来他所有的一切资产阶级意识形态完全地克服,牢牢地把握着无产阶级的世界观。""一个文艺家,应该同时是一个革命家——无产阶级的前卫。"①

30年代,"左联"领导人周扬在批判苏汶等人的观点时,也把这种理论推向了极致:"你假使真是一个前进的战士,你就一定要站在无产阶级的立场,百分之百地发挥阶级性、党派性,这样,你不但会接近真理,而且只有你才是真理的唯一的具现者。"②这种观点在当时便受到了鲁迅的批评。如果前后对比,我们会发现其后几十年来,虽说从历史角度我们遵循当年苏共中央对"无产阶级文化"派和"拉普"派的政治否定,但在思想内容和思维模式上又对其作了自觉的承继。

六、病态的英雄崇拜

由于对"大我"的推崇,抒情主人公被规定为绝对正确的集体主义英雄或正确路线的代表,所以使五六十年代的政治抒情诗具有一种强烈的英雄表现或英雄崇拜气质。这种英雄表现或英雄崇拜具有一种普遍的时代性。不可否认,那个时代尤其50年代是充满了英雄气的,事实上的壮举和精神上的自信乃至自崇,为政治抒情诗涂上了一层英雄的底色,即"抒豪情,鼓壮志"。郭小

---

① 李初梨:《自然生长性与目的意识性》,《思想》1929年第2期。
② 周起应:《到底是谁不要真理,不要文艺?》,《现代》1942年第1卷第6期。

川就曾这样认为:"要用最好的语言为抒发革命豪情和表达革命思想服务。"这种气质充溢于几乎所有的政治抒情诗作中。贺敬之在诗中便充分表达了这种英雄表现:"盘古生我新一代!/举红旗,天地开,/史书万卷脚下踩。"(《三门峡——梳妆台》)而在另外一些歌颂英雄人物的诗作中则又表现了一种英雄崇拜。产生于60年代学习雷锋热潮中的著名长诗《雷锋之歌》,就是此类诗作中的著名篇章。诗人把主人公描写得十分高大:

  你白天的每一个思念,/你夜晚的每一个梦境,/都是——人民……人民……人民……/你的每一声脚步,/你的每一次呼吸,/都是——革命……革命……革命……/……/你全身的血液,/你每一根神经,/都沸腾着/对祖国的热爱,/而你同时/在每一天,/每一分钟,/念念不忘——/世界上还有/三分之二/受难的弟兄!①

英雄的形象是高大的,而诗人的崇拜之情也是强烈的:"我不能/远远地/望着你的背影/把你赞颂/——我必须 赶上前来!/和你/一起呵/奔向这/伟大的斗争!"(贺敬之:《雷锋之歌》)我们看到,政治抒情诗中的英雄表现或英雄崇拜的情愫都是十分纯粹的,甚至有一种神圣色彩,因为诗人不被允许有矛盾、缺陷存在。这既是掩饰诗人自己,更是掩饰现实社会。无论人或社会都是充满矛盾、缺陷的。也就是说,不完善才是任何事物都普遍存在的一个事实,承认缺陷与不完善不仅符合事物发展规律,而且能使人的思维逻辑趋于辩证,增强对事物再认识的能力。事物与人的最佳态势不在于其无矛盾和大完善,而在其所寓含的再发展的能力。正是由于存在着缺陷和矛盾,事物内部才充满了活力。对于这种"尽善尽美"的判断原则,鲁迅曾明确指出:"普遍、永久、完全,这三件宝贝,自然是了不得的,不过也是作家的棺材钉,会将他钉死。"②甚至可以说,一个时代、一个人只有存在不完善或矛盾态方是完备的。事实证明,那个被视为尽善尽美的60年代并没有走向更加完美,而是走向了黑暗与动荡。

  一个真正敏感地把握时代进程的政治抒情诗人,他的心灵世界必然会容纳和显示社会的重大矛盾、缺陷。只有这样,他才具备做一位优秀政治抒情诗

---

① 贺敬之:《雷锋之歌》,《人民日报》1963年3月31日。
② 鲁迅:《且介亭杂文·答〈戏〉周刊编者信》,《鲁迅全集》卷6,人民文学出版社2005年版,第151页。

人的素质。如果诗人按照一种并不正常的社会政治理性结构来掩饰社会和自身的内部矛盾,诗就会成为生活和艺术的赝品,失去诗的生命力。因此,诗人或抒情主人公的非神化是实现诗人主体地位和价值的重要途径。这种人格和艺术的个性化对于政治抒情诗的创作来说是不可缺少的。别林斯基曾说过,诗人的个性越是深刻和有力,他就越是一个诗人。面对触及全社会所有人的政治运动、事件,如果诗人缺少一种独创的思想认识能力和艺术感受能力,从一般化的视角去做传声筒式的表态,就枉费了诗的特质,丧失了诗人的价值。如此这般,一个时代只有一个诗人也就足够了。

诗不同于小说和戏剧,后者可以客观地展示生活,诗所表现的却是一种心理真实,因此必须注重自我表现,注重独特的个性特质,虽然表现自我并不等于把握了生活本质,因为无论自我情绪还是群体情绪都未必走向生活的本质,本质是历史的积累与发现。诗人只有在主体意识达到自觉的高度时,才可能把握这本质,即历史的真。如果社会政治理性结构要求对一种现象、生活只能有一种解释,那么艺术的多样性、丰富性就荡然无存了。

艺术的多样性、丰富性首先是由现实的多样性、丰富性所产生的。而诗人进行艺术创作的独特过程,正是为了达到对丰富多彩的现实的掌握和认识。诗之个性不仅不是单纯的表现技巧,而且不是对现实事实的一点儿补充,而是诗人从审美视角独特地把握生活的过程。这种个性本身又是对现实世界的丰富。把每一个诗人的自我联结起来便是一个顽强的渴望,就是力求理解、感受和关注国家命运、民族未来的社会意识的表现,其中也便具有了社会的共同性。超越纯粹自我的表现而达到小我与大我的高度统一,便是诗人与诗的社会价值的实现。

艺术上的小我或个性化要求本是艺术审美活动自身固有的要求,也是诗歌审美风格的内在构成要素。对于一个成熟的诗人来说,这更是一个常识,本可不必举一反三地论证和强调。但是在五六十年代政治抒情诗那里,这确实是一种历史缺憾,因此对其进行评价时必须特别指出。而且通过考察和评价政治抒情诗的历史,我们还必须对诗人个性作更深一层的理解,即个性不仅仅表现为一种审美体验、艺术风格,也表现为诗人的历史见解、政治评价的个性化。对于政治抒情诗人来说,这一层意义更为重要。契诃夫曾说过:"作者的独创性不仅在于风格,而且也在于思维方法、信念及其他。"①要达到这样一种史识高度,首先需要有一种诗人个体人格的保证,而那种以诗为名,通过自己的政治表态而求得某种政治保护乃至升迁的诗人,必然不能做出发自内心并代表民众真正愿望的历史评价。

中国社会心理几十年来对政治的格外关注,造就了大量的政治抒情诗和诗人,而且由于不正常的社会政治理性结构的制约和诗人自我的丧失,加之中国当代政治的多变,使得政治抒情诗人和诗歌变得命运多舛。今天无论我们从哪个层面对中国五六十年代政治抒情诗人进行认真考察,都能得到不小的教益。

第三节　九叶诗人的诗学价值与意义

无论从哪一个角度来讲,九叶诗派在中国新诗发展史上都具有一种总结性的意义。他们以一种对人生追求和艺术追求的平衡把握,为中国现代新诗30年的历史作了一个美好的终结。

应该说,对于中国现代文学史的评价绝不是一个单纯的学术史评价,它实质上也是对现代政治史、思想史的艺术性转化过程和完成形态的评价。因为从历史传统和现实形态来说,中国文学总是和政治或思想近缘乃至一体的。因此,单纯的学术史评价对于中国现代文学来说委实是一种非本质的或片面性的把握。九叶诗派产生在一个新旧交替的转折时代,这种艺术与政治的近缘性比他们的上代诗人来得更加深刻而浑然。他们努力在社会与自我、传统与现代、情感与理智的交错中寻求某种平衡,形成了一个思想与艺术上都极具张力的诗群。

一、诗歌功能:时代与自我的平衡感受

九叶诗人在历史与现实的交汇中确立了社会价值与自我价值相统一的诗歌观念,提出"得用复杂错综情绪,多方面(而也就更有力地)发挥诗的功

---

① 转引自〔苏〕米·赫拉普钦科:《作家的创作个性和文学的发展》,上海译文出版社1982年版,第71页。

能"①,他们既关注社会实现反映,又执著于诗人自我的表现,立体、全面地感受现代人的生活和思想。九叶诗人这种人生追求是在对中国新诗发展历史的深刻体验基础上形成的,具有整合新诗思想内容的自觉目的。他们反对以往许多新诗或"走出人生"或"走出艺术"的偏颇,认为"在个人与群众、沉思与生活之间有着一种辩证的关连"②。更为重要的是,九叶诗人有意识地接受西方现代主义诗歌观念的影响,使30年代戴望舒等人为代表的现代派诗歌的血脉在某种程度上得以延续。他们认为"新诗现代化的需求完全植根于现代人最大量意识状态的心理认识,接受以艾略特为核心的现代西洋诗的影响"③。人生是痛苦的,隔绝的社会中充满了自我的孤独感。在九叶诗人忧郁的眼里映出了现代荒原的寂寞,而这寂寞又与西方现代诗人形而上的绝望有所不同,它表现出九叶诗人对中国社会现实的忧虑和不满。女诗人郑敏在《残废者》一诗中表现的便是人在现实社会中的这种欠缺感:"我缺少着手,/缺少着脚,/象深冬的树木/却又缺少了一个可希望的春天……"王辛笛的许多诗作也感染了艾略特式的情绪,孤独、失望和迷惘成为诗的主调。他的《寂寞所自来》一诗通过一系列意象的杂陈表述着诗人失落焦虑的情感:"呼喊落在虚空的沙漠里,/你象是打了自己一记空拳。"穆旦是九叶诗人中现代派色彩较浓的一位,特别注重表现现代人的自我孤独感和变异感,诗中充满了一种深重的苦涩味,而又像其他几位诗友一样把回归自然作为自我和人类的解脱,表达出追求自然生命和真正自我的渴望。他在《森林之魅》中,像艾略特一样暗示了人类文明与大自然的循环相通,想用自然精神来统一历史,把人类历史里的死亡视为自然历史中的更生。这既是辛笛的自我沉思,又是所有九叶诗人的共同思想脉络:努力把自然的自我与社会的自我统一起来,构成一个理想的自我境界,而渴求自我价值实现的孤寂痛苦最终通过思想和情感的蜕变与民众的群体意识合流,达到自我的更新。由此可见,尽管九叶诗人接受了西方现代主义诗歌的哺养,但中国传统的人生哲学、审美规范尤其是当时的社会现实,都不允许有一个本原意义的现代主义诗歌流派存在。于是,九叶诗人在思想意识上与西方现代诗拉开了不小的距离,因而具有了鲜明的本土特色。唐湜作为

---

① 陈敬容:《真实的声音》,《诗创造》1984年第1卷第12辑,第29页。
② 唐湜:《新意度集》,生活·读书·新知三联书店1989年版,第86页。
③ 袁可嘉:《新诗现代化的再分析》,天津《大公报·星期文艺》1947年3月30日。

九叶诗派的理论家,在《诗》中表达出了诗人们的共同追求:"苦难里我祈求一片雷火,/烧焦这一个我,/又烧焦那一个我",诗人实质上是想在自我之外寻找一个精神支点,他们要求着"个人情感和人民情感的沟通"[①],闻一多之死使几位西南联大出身的九叶诗人在思想上产生了强烈的震动,辛笛、唐祈、陈敬容等人都写诗悼念自己的老师,决心进一步扩大自己,去感受"全国人愤怒的呼吸"。女诗人陈敬容的名篇《群象》中,对原有的封闭自我进行了反思:"没有一棵草,/敢自夸孤独;/没有一人单音,/成一句语言。"诗人终于在自我与社会的煎熬中寻找到了某种平衡,展示出欲由个人内心走向广阔社会的心理趋向。杭约赫的诗作《启示》中也同样表现了这一趋向。蜕变是痛苦的,有时也难免带有些许惆怅,但却是真诚的。这种蜕变的主要动力是时代需要与诗人身上所固有的使命感相合而成的。需要说明的是,九叶诗人这种自我蜕变、呼应时代并不是以完全抛弃、消解自我来完成的,而是通过扩张自我融入时代即自我与社会的结合来完成的,没有走一般的"自我歌唱——自我消融——群体同一"的思想道路。这也是九叶诗人之所以成为一个平衡选择的诗派的根本原因,其特殊的价值与贡献也即在于此。他们渴盼的是要从极端走向平衡,忠实于真诚的个人生活感觉与群体的献身情感,表现出一种精神的张力。

二、艺术原则:情感的理性化过程

九叶诗人是一群艺术的思想者。与稍前的七月诗人相比,他们显示出一种与年龄不相称的深沉和冷静,而且在诗美价值取向上与前者有着明显不同的追求。

九叶诗人不是生活在一个激情迸发的抒情时代,而是生活在一个冷静分析的思想时代。因此,他们受西方现代诗人艾略特、里尔克等人以及冯至等前辈中国诗人的影响,反对"诗专职在抒情"的传统诗美价值观,而强调情感的理性转化。曾发表《冬夜》等数十首诗作的袁可嘉在《诗的戏剧化》一文中,强调诗应"设法使意志与情感都得着戏剧的表现,而回避说教或感伤的恶劣倾向"。他认为诗的实现是"思想的感觉化",要达到"灵肉一致的境界",从而建

---

① 袁可嘉:《九叶集·序》,《读书》1980年第7期。

构诗的"感性哲学"。① 唐祈在创作中总有一种历史的凝思与疑问,喜欢从情感的山峰而进入思想的深谷,在《十四行诗》中既有沉痛的抒情,又有深刻的思索:"为什么时间,/这茫茫的海水,/不在眼前的都流得渐渐遗忘,/直流到再相见的眼泪里……"诗中的思想不是赤裸的,而是伴随着生动的感觉的。九叶诗人在诗作中往往以生命闯入思想,为思想赋形,而思想同时又使感性的生命升华,给生命以灵魂的引导。终于,强盛的生命力从沉思中找到了方向,形成了灵与肉的结合。辛笛亦追求情与理的平衡,浸透着一种在生活经验中沉思的哲理,其后期名篇《风景》中便呈现出这种粗粝的思想线条:"列车轧在中国的肋骨上/一节接着一节社会问题。"这是对病态社会的批判,茅屋与坟墓、贫穷与死亡邋然相接,显示出诗人的思想力度和情感深度相汇合的完整形态。九叶诗派的两位女诗人都过早地失去了女性的浪漫与天真,思想早熟,惯于在情感的波涌中进行沉静的理性思考。西南联大哲学系毕业的郑敏常在诗中把思想的脉络与感情的血肉相互胶结,多情而又富于理性,因此同仁们早年曾称她为"在静夜祈祷的少女"。她对大智与深情都有着虔诚的向往:"理想仰望着美丽女神——情感……/情感信赖的注视着她的勇士——理性,/持着他强壮的手臂。/自人性的深谷步入真实的世界。"这诗句便是一篇情与理平衡统一的哲学解说,给人性结构也给诗美价值描画了一幅理想图式。九叶诗人并不是致力于创作一些一般散见的"警句",而是注重从生活经验中触发情感,从情感升华和提炼中去凝结思想,或者客观描述一种生活经验,让理趣从意象中自然涌出,达到彻悟的哲理境界。

三、审美风格:朦胧与静穆之美

按照九叶诗人的解释,诗歌戏剧化有两个原则,一个是前面所论及的情感的理性转化,再一个便是审美体验的间接性效果,即创造一种朦胧静穆之美。这一审美效果首先表现在意象空间结构的空白和意义表现的跳脱上。

现代派诗歌的意象创造往往具有如下两个特征:第一,从强烈的主观投入对实存的生活形态作具体描述;第二,通过诗人的感官转化把抽象的事物变形为具体可感的形象。可见,无论哪种方法所形成的意象,都必须具有创造性物

---

① 袁可嘉:《九叶集·序》,《读书》1980年第7期。

质,而对意象的审美把握也必然要通过心理的想象才能实现。九叶诗人对意象的理解与创造,吸收了中国古代诗人和西方现代诗人的经验,并且有所融合、创造。他们强调创造一种以强大的生命力为支撑的直觉意象,用间接的抒情、沉潜的深入、客观的暗示来达到跳动而凝重的审美效果。同时,九叶诗人受西方现代派诗人的影响,认为意象不是一种表象的堆砌和模糊的联想媒介,而是一种从潜意识里生成的生命直觉和自然释放的人生经验的融合。诗中的意象与意象之间不做意义的直接联系或转折,而是客观地呈几组间隔乃至间断的意象,让接受者跨越意象之间的空白地带,产生一种跃动的联想,从而引起诗意的质变,达到对诗歌题旨的深层把握。唐湜在悼念朱自清先生的诗作《手》中组合了众多的意象,而其间并未做意义的表面连贯,留下了模糊的空白:

> 六朝的烟雨化入了下沉的土地,一片难忍的泥泞/星辰悬挂在罗网里/你爬着,遥想巴那斯山上的/群神——当你的声音走入/幼小的心,时间的呼吸/如此熠耀,青春的足底/粘着历史的泥土,我等待着/那暗淡的深渊的沸腾/一个痛苦的焦虑挺立。①

诗的意蕴缺少明显的连续性,但读者可以按照诗中所留下的思想路标,去寻找和填写深远的含义,从而完整地把握朱自清先生的崇高人格和人生经历。

其次,九叶诗歌的间接性审美效果还表现为审美主体与审美客体的情感间隔,这造成了审美体验的凝重、静穆之美。艾略特认为,一个诗人不可能也没必要经验过一切他所写的东西,而生活经验的直接揭示在艺术上也没有多大意义。没有相当的审美心理距离,逼真的现实往往不能使诗人写成很好的作品,这是九叶诗人一种相当有代表性的审美价值论。当然,在九叶诗人的多数诗作中所表现出来的这种审美距离感,并非是一种纯审美的超凡脱尘的人生表态,而是深刻思想在艺术表现上的风格特征:审美主体与审美客体之间在情感传达上保持一定的距离,进行貌似客观的观照而不直接流露出诗人的道德判断或情感倾向,从而构成艺术表现和艺术欣赏上的朦胧、静穆之美。从这一点上我们又可看出,九叶诗人对西方现代主义诗歌的接受并不是整体性的,

---

① 唐湜:《手》,《中国新诗》1948 年第 9 期。

它不包含更多的本体论素质,他们接受的主要是一种艺术方法论,这与此前戴望舒等人的诗作有很大的相似之处,也与中国古代诗论中"隔"与"不隔"的理论相沟通。

郑敏的名篇《金黄的稻穗》勾勒的图景是自然的静默,在自然之中又有成熟了的人生思考。人们对土地的热爱永远是深沉而热烈的,郭沫若为此而发痴般地呼叫:"地球,我的母亲!"闻一多也曾"迸着血泪","搧着大地的赤胸""呕出一颗心来"……这种情感的抒发如瀑如潮,灼热逼人。而作为情感丰富的女性,郑敏却在主观世界与客观对象之间设置了一层情感隔障,把那份爱包容在大地的深处,让它成为岩浆,只在深深的地下奔突,地面则呈现出一片静默、几分凝重。诗人"出乎其外",立于成熟的田野里"低头沉思",她指给人看的只是远天的一点帆影,在那移动的一线白色之后,却是整个大海的力量。袁可嘉的《空》一诗恰如其名,用一片朦胧表现了诗人朦胧的感受:"小贝壳取形于波纹,/铸空灵为透明,/我乃自溺在无色的深沉,/夜惊于尘世自己的足音。"诗的情绪曲线是平缓的,没有大波大澜,但那曲线的每条波纹都在时时震颤,承受着内在热力的膨胀和理智的挤压;没有呐喊,却留最后的巨响而成弦外之音。杜运燮的诗写得活泼晓畅,在审美效果上与其他人有着不小的差异,但《无题》一诗仍留有许多空白,表现得较为朦胧:

> 让我们象那细白的两朵云,更远更轻,终于消失/在平静的蓝色里/人们再不能/批评他们的罗曼史;泛滥而无法疏导,/我们就紧靠,回忆幸福,美丽的梦,/在无言的相接里交流,/看黄昏的朦胧悄悄被带走。①

不尽的情感流动,略带感伤的色调,道出一个不言自明的故事,凝重而冷静。

九叶诗人以他们共同的思想艺术追求组成了一个诗派的基本色调,但并不妨碍他们各自个人风格的形成。"穆旦的凝重和自我搏斗,杜运燮的机智和活泼想象,郑敏塑像式的沉思默想,辛笛的印象主义风格,杭约赫包罗万象的气势,陈敬容有时明快有时深沉的抒情,唐祈的清新婉丽的牧歌情调,唐湜的一泻千里的宏大气派与热情奔放"②,以及袁可嘉的锐利深刻,都是清晰可辨的。在 40 年代,他们用并不很高亢的歌喉咏叹着属于民族、时代更属于自

---

① 杜运燮:《无题》,《文艺复兴》1947 年第 9 期。
② 袁可嘉:《九叶集·序》,《读书》1980 年第 7 期。

己的诗章,与七月诗派一起成为现代诗史上的最后光辉。

第四节　从中西诗歌比较看穆木天早期诗歌世界

多少年了,在中西方文化冲突中诞生的中国新诗始终都在努力寻找着一条融汇中西、发展自己的最佳途径,然而,以诗为尚的传统观念使新诗的发展道路比起其他新文学门类要艰辛得多。而且并不是所有诗人的努力都能得到公允的评价。20年代初穆木天及其他象征派诗人的尝试便曾受到过不应有的冷遇。

中国初期白话诗由于过分放纵而导致的过度疲劳,严重地威胁着新诗的生存命运,为新诗增加生命活力的是新月派诗和象征派诗,虽然常有人否定其政治立场,但对于前者的贡献后人始终都给予比较慷慨的肯定,而对于后者则表现出少有的苛刻。

二者获得不同待遇的根本原因在于与传统诗歌的疏密关系。处于文化裂变中的中国文人总想获得一种暂时的心理平衡,新月派诗强调格律,唤起了人们对古典诗歌的美好回忆,因此被冠以"民族形式"而获得人们的首肯;相反,象征派诗则被视为舶来品而遭到严厉指责。可是,如果排除文化心理的偏激,平心静气地考察象征派诗的美学特征,就不难发现它不仅是西方现代艺术在中国文学世界中的最新反应,而且与传统诗歌也有着比较亲近的血缘关系,显示出自觉的回归,成为中国诗歌历史长链中必然而重要的一环。

象征派诗人企图寻找一条融汇中西、贯通古今的诗歌道路。李金发走上诗歌道路时便不满于"五四"新文学忽视中国古代诗歌,认为"东西作家随处有同一的思想、气息、眼光和取材",自己对于二者之"根本处,都不敢有所轻重,惟每欲把两家所有,试为沟通"。[①] 穆木天早期诗论中就主张既要"民族彩色",又要深汲"异国熏香"。[②] 在这一点上,他的成功和失败都是值得后人珍视的。

[①] 李金发:《食客与凶年·自跋》,北新书局1927年版。
[②] 穆木天:《谭诗——寄沫若的一封信》,《穆木天诗文集》,时代文艺出版社1985年版,第258页。

一、诗之本体：彼岸世界与现实世界

诗歌观念也是对世界本体的一种认识。穆木天早期纯诗理论中关于诗歌本体的认识最直接地接受了西方象征主义诗歌观的影响，是其诗歌理论体系中的"异国熏香"之最浓处。

穆木天纯诗理论的核心是关于诗歌本质的认识，他宣称"诗的世界"是"诗的内生命的反射，一般人找不着不可知的远的世界，深的大的最高生命"。而且这个世界具有"无限的形而上学的感"[1]，"象征是对另一个永远的世界的暗示"[2]。很明显，穆木天的诗歌本体论具有很浓的神秘色彩和思辨色彩，人们从中可嗅到象征主义的"异国熏香"。

西方象征主义以18世纪神秘主义哲学为宇宙观，对诗与世界的关系作了形而上的解释。象征主义诗人普遍认为"在自身是没有意义的现实的世界之背后，有一种更重要的，非现实的，理想的世界"[3]。在这种宇宙观支配下，他们认为诗歌意象不是作为诗人内心情感的单纯表现，而是一个无限和模糊的彼岸世界的象征符号。进而言之，现实世界也是对于彼岸世界的一种不完美的再现。

不难看出，象征主义诗歌观念实质上具有哲学本体论意义，充满了形而上的思辨色彩甚至宗教境界的神秘。诗歌所要表现的是一个不可知的彼岸世界，而现实世界不过是彼岸世界的虚假表象。因此，象征主义诗人普遍主张诗歌远离现实，否认诗的社会功利性。波德莱尔称"诗除了自身之外没有目的"[4]，莫雷亚斯则把道德的教诲视为象征主义的敌人。必须承认，穆木天的纯诗理论在一定程度上接受了这种观念。这甚至涉及他对中国古典诗人的评价，他称"李白是大的诗人，杜甫差多了"，因为"李白飞翔在天堂，杜甫则涉足人海。读李白的诗，即总觉到处是诗，是诗的世界，有一种纯粹诗歌的感；而读杜诗，则总离不开散文，人的世界"[5]。看来，穆木天也有把诗引入到"最高的

---

[1] 穆木天：《谭诗——寄沫若的一封信》，《穆木天诗文集》，时代文艺出版社1985年版，第263页。
[2] 穆木天：《什么是象征主义》，同上书，第321页。
[3] 同上书，第320页。
[4] 黄晋凯等编译：《象征主义·意象派》，中国人民大学出版社1989年版，第4页。
[5] 穆木天：《谭诗——寄沫若的一封信》，《穆木天诗文集》，第264页。

领域"——纯诗的世界中去的热切愿望。

如果不从哲学本体论角度作世界观的当然否定,不从社会时代关系而仅从诗歌美学理想来判断的话,那么穆木天从西方象征主义那里汲取的诗学理论对中国诗歌的建设,无疑是一种有益的丰富。就中国传统诗教的实用性来说,这种形而上的认识应该被看作对现代诗歌本体的一种界定,体现的是诗歌意识的自觉。虽说时间顺序的先后并不能决定艺术思潮流派的先进与落后,但作为一种后起的艺术思潮,中国象征主义诗歌是为了弥补和纠正早期白话诗中写实主义的呆滞和浪漫主义的浮夸(甚至它对稍前的新月派诗的形式化也作了克服)。因此,穆木天纯诗理论不仅是中国象征主义诗歌的宣言,而且显示出中国现代人通过艺术手段对自我世界认识的一种深化。朱自清在《中国新文学大系诗歌卷·导言》中把第一个十年的新诗划为自由诗派、格律诗派和象征诗派。后来有人称这三派按时间的推移,一派比一派进步。其后,朱自清在《新诗杂话》中称此判断是"不错的","新诗是在进步着的"。从这一角度而言,穆木天的诗歌理论的价值可能要高于他的诗歌实践,可视为是对中国传统诗歌观念的一大突破。

穆木天的纯诗理论对诗之世界的认识,是中国传统诗歌中所少有的。实用理性的思维模式使传统诗歌强调诗的教化作用,强调实用价值,因而中国传统诗歌极为关注现象世界,对人生变故、万物生灭不作更深的形而上思索,缺少更大的思辨哲理。在中国文化中,本体与现象是浑然一体的,不具有西方文化中那种上帝与人世的关系,所以没有也不需要超越的本体。因为执著于现世,以现象世界和人际社会为关注对象,中国诗人或诗派的思想体系无外乎儒道互补,或入世或出世,十分强调诗歌的道德判断,缺少一个诗派所应具有的独立的思想体系。而西方一种文学思潮的出现,多是以某一哲学思想体系为理论支柱,常常伴随着一种较大的社会思潮。因此,诗的背后常有"大的哲学"。瓦雷里的《海滨墓园》和波德莱尔的《腐尸》便对时间、永恒、暂存和生死作了思辨的玄想,通过两种世界的对比,论证宇宙动静、人生变易的对立统一,具有"悟道"的性质。

受象征派诗人的启示,穆木天在《苍白的钟声》一诗中也试着作了同样的思考。诗中以"苍白的""荒唐的""渺渺的""软软的"古钟声响对人的"内生命的深秘"和外宇宙的茫茫无限作了暗示性的抒写。时光流逝,天地沧桑,

"暝暝的先年／永远的欢乐／辛酸"。人类就在这永远的欢乐和永远的辛酸的交替、转换中走完生命的旅途。迷惘之中,诗人仍憧憬着一种空灵、永恒的境界,朦胧神秘的意象里又透出诗人对人生、宇宙、历史、自然的一种抽象思辨。他的另一首《薄光》也是对神秘宇宙与自然人生的一种玄想。诗中描写的那夕暮的黄光已不是纯粹的自然之光,而成为彼岸世界的一种象征。黄光消解了时间与空间、现实与历史、社会与自然的界限,成为诗人心中带有迷幻色彩的理想所在。《苍白的钟声》与《薄光》是穆木天早期创作中最具象征主义色彩的两首诗作,这是他用自己的艺术实践表达对西方现代文学的深切感悟,但类似这样较纯粹的象征主义诗歌在穆木天的诗作中是并不多见的。可以说,穆木天的诗歌创作并没有完全实践他的纯诗主张,他似乎是有意地与西方象征主义保持了一段距离。也正是在这一点上,使他与传统诗歌续上了血脉。

诗是有感而发的,而现实世界的感受是最为强烈、切近的。彼岸世界与神的世界一样是虚幻的,这对于一个现实世界中的诗人来说毕竟是难以捉摸又难以表现的。穆木天是一个充满忧患意识的诗人,理性地提出一种抽象的诗歌观念是容易的,但要从现实世界具体的制约中解脱出来,用自己的艺术实践落实抽象的理论则是很难的。就穆木天而言,他纯诗理论中的艺术观色彩要浓于人生观。或者说,他主要是从审美理想的角度接受西方象征主义诗歌本体论的。穆木天的早期诗作中相当多的内容是关注现实世界,而不是不可知的彼岸世界。"诗歌不是在九霄天外,诗歌就在人间的国里;北风刮来的黄土,春暖化出的淤泥,农夫闲谈时的心肝,内战时军人的哀泣……找出来,用最单纯的语言,缀成最新的诗。"[①]《我愿……》中对憧憬的家乡的思念,《心响》中炽烈的爱国情肠便有很强的现实性。

至此,我们可以说在穆木天的诗中,彼岸世界与现实世界是并存的。与他的诗歌理论相比,他的诗歌创作中象征主义色彩要淡一些。

二、诗之对象:主体自然与客体自然

无论是现代艺术还是古代艺术,都把人类原始的生存环境——自然作为主要的抒写对象。尤其值得注意的是,在象征主义诗歌与中国传统诗歌中,对

---

① 穆木天:《告青年》,《洪水》1925年第1卷第1期。

自然的理解与表现是有着相通之处的。

象征诗歌与中国传统诗歌都以暗示为艺术手段,往往借助自然景物,通过主观情感的对象化来完成自己的诗歌世界构建。二者都很强调心与物的交合、主体与客体的同构。就此而言,象征主义诗歌实质上体现为向中国古典诗歌审美境界靠拢的"东化"趋向。而穆木天等人的艺术追求实质上也是不自觉地迎合了这一趋势。但是也必须看到,二者毕竟是属于不同树体上的两朵花,在宇宙论中对自然的理解和在艺术论中对自然的表现是有着微妙差异的。

中国文化具有实用理性思维的特征,使自然被视为现实社会的映象,自然规律与社会秩序异质同构,自然景色也被赋予了人的政治伦理特性。这种"天人合一"的认识论法则一方面为中国诗歌美学中"情景交融"境界的形成提供了认识论基础,另一方面也使诗人的审美心理机制具有了"托物言志"的意味,从而造成了主体与客体的间隔。

因此,传统诗歌中的自然多是主体情感的背景或媒介,诗人对自然物多注重从人格化——道德化的角度去认识和表现,或直接咏物抒怀,表达自己仕途失意的心理,或作隔岸观火式的抒写,造成一个与现实相通的现象世界。总之,主客体之间能清晰地保持着间隔,即"移情"的路向清楚,景物的客体性明显。像李白的《望庐山瀑布》中的自然即属于客体自然,"看"与"疑"表明了主客体间的对应关系,使二者之间保持了距离。

象征主义从神秘主义宇宙观出发,把客观景物视为另一个世界的表象、外化,他们认为人类社会与自然景物并非真实的存在,并不显示其自身。由于它们同为另一个更高的、不可知的彼岸世界之表象,并受其主宰,所以一方面诗中自然有时便被作为神秘彼岸世界的朦胧显现,另一方面也使得自然与人在本源上得以相通,处于平等的、契合的关系,因此自然万物都有着各自的生命。

在这种宇宙认识论的基础上,西方浪漫主义、象征主义诗歌中的自然,往往不仅仅是作为诗人道德情感的附属物和衍生物,不仅仅是作为一种背景或媒介而存在,而是作为自我生命的显示,具有主体地位的特征。而从诗歌世界的主客体关系来看,诗人对自然景物的抒写中往往把物之自然与人之自然交融成趣,表现对自由或爱情这种人的自然天性的歌颂,或因这天性被扼止而发出的哀叹。同时,由于自然本性与人格本性都浑然天成,不加修饰,诗中主客体间的移情路向也就变得十分隐秘了。因此,自然景物中所被赋予的伦理色彩就比较淡,自然在诗的世界中获得了相对的独立性,成为一种主体的自然。波德莱尔的《人与大海》中的自由人与大海便有着同样的生命,也有着相通的精神与灵魂:渴望理解,渴望挣脱苦恼,而二者在宇宙间虽是平等相处的兄弟,却又在为征服对方而较量。这种题旨在魏尔哈伦的《风》和克洛代尔的《兰花》等诗中也都有所表现。

在中西诗歌交汇的中间地带,面对自然对象,穆木天的诗作表现出一定的双向选择。现世的苦恼和象征主义的影响,使他寻求与自然的一体化,向往着理想的彼岸世界:"在我的长长的人生旅途中,我曾渴望着远远的天边,人烟尽处。"①也是在这样的宇宙观下,他写下了《薄光》和《苍白的钟声》那两首神秘的诗篇。其中,黄光与钟声已不再是一种自然声光的摹写,而是具有"形而上的感"。通过这光与声,诗人的内心世界越过无限时空而与那个彼岸世界交融了。自然已脱掉了伦理的外衣,成为未知世界的朦胧表象,而主客体的界限几近消失。我们必须看到,穆木天早期诗歌中的自然更多的还是与现实人生相对应的自然,并没有走入象征主义的极端,同时还带有传统诗歌自然观的色彩。

自然作为一种喻体现象,在中国的诗歌世界里,经历了原始宗教符号、人格"比德"和心境表现大致三个阶段。这三个阶段都是以比兴的艺术手段来完成的。自然景物最初是作为氏族社会的图腾崇拜而进入原始艺术(宗教)的。而后经屈原发展为一种道德人格的象征物,他采用自然现象与人格特征的对比,通过道德判断而创造出二者的对应关系。后来才逐渐发展为个体化的心境表现,但其中仍具有很浓重的伦理化色彩。道德化是中国诗歌自然观的重要特征,在中国诗歌中,自然美往往是道德美的象征,他不像西方诗歌中那样作为神的象征或人的天性的象征。中国诗歌的这种审美体验便使自然抒写指向了现实人际社会,而很少延伸到那超自然、超社会的彼岸世界。

穆木天虽说自称有"传统主义的情绪",但他的《薄光》和《苍白的钟声》还是走入象征主义的彼岸世界,回复到类似原始宗教时代的神秘气氛里去了。可是,我们必须看到,穆木天在诗之自然的抒写中所散发出来的"异国熏香"主要并不在此,而是在于对自然道德化思维模式的摆脱。从他的早期诗歌世

---

① 穆木天:《什么是象征主义》,《穆木天诗文集》,第322页。

界中,我们看到他彻底摒弃了"香草美人"的比德模式,而把中国传统诗歌自然观中的心境表现(这也是西方近代以降诗歌的运动趋向)与西方浪漫主义、象征主义诗歌中的自然天性说融会贯通,创造了一个调和的自然世界。

我们看在《雨后》的世界里,自然与人性交汇,人向往自由幸福爱情的天性与自然清新富有生命的天性融为一体。人的心境与自然的特性息息相通,主客体间既有少许间融,又在急切地走向融合,因为一种共同的自然生命在激荡着彼此双方。穆木天的其他诗作如《水声》《落花》《雨丝》等,也都给人留下了这样的印象。这种自然观实质上是"五四"之后中国青年一代的人性觉醒在诗歌世界中的反映。

三、诗之手段:通感与比兴

如果不作严格的限定的话,可以说象征是一种超时空和民族的人类共同的艺术手段。

在西方象征主义艺术出现以前的世界诗歌史中,中国古代诗歌最富象征性。以直觉和悟性为认识世界方式的中国诗学,强调诗贵含蓄,点到为止。这与西方象征主义诗歌强调暗示、追求朦胧的审美原则十分接近。正是在这样相近的审美原则的基础之上,穆木天在中西诗歌的表现手段之间作出了自己的选择。

首先我们必须看到,象征主义诗歌与中国传统诗歌由于宇宙观之不同而在实现相近的审美原则的艺术手段和审美体验上有所不同。

中国诗歌的含蓄是由理性原则指导下的一种表现方式所构成的,是在对审美对象有了明确的认识之后而在表现时故意采取的一种隐喻和暗示方法。因此,"象征只是好些的表现的手法之一,是借用某种生活的现象去表现其他的生活的现象"[①]。诗的含义明确而不直说,借助比兴,造成了意义的省略和表达的曲折,马致远的《天净沙·秋思》便是使用了"兴"的方式,通过对凄冷景物的描绘委婉地暗示出旅人的孤苦心境。诗的主题虽未直说,但含义明确,不具有多义性。因此说,中国传统诗歌的象征多是一种单义的、直接的象征。

然而,在象征主义那里,诗歌艺术表现手段的暗示和审美体验的朦胧常常

---

① 穆木天:《什么是象征主义》,《穆木天诗文集》,第321页。

是由其诗歌本体论所带来的必然结果，不仅仅是故意采取的一种表现方式。

象征主义认为诗的世界是神的世界，不可知的世界。因此，"象征便是对于另一个'永远的'世界的暗示"①。对表现对象认识上的模糊则往往导致表现方法上的模糊。马拉美在批评巴那斯派诗歌时认为，他们"直接表现事物"，"缺少神秘感"，从而"剥夺了人类智慧自信正在从事创造的精微的快乐。直陈其事，这就等于取消了诗歌四分之三的趣味，这种趣味原是要一点一点儿去领会它的"。"在诗歌中只有隐语的存在"。② 另一位象征派诗人瓦雷里声称，他所热爱的时代艺术便是"费解的、造作的"，而且应该"更加神秘、狭窄，更难以为大众接受"。③ 为了实现他们神秘的宇宙认识论，表现朦胧乃至晦涩的审美体验，就必须使用暗示的方法。

受这种象征主义哲学和美学的影响，穆木天认为由于诗的世界是"潜意识的世界""无限的世界"，因此诗歌必须"要有大的暗示能"，"诗是要暗示的，诗最忌说明的"，乃至提出了被人们非议的判断："诗越不明白越好"。④ 由此可见，包括穆木天这最后一点判断在内，象征主义是十分强调诗的多义性的。对于诗的理解不能仅限于词义，而且要结合诗人的情境和读者的情境作个体化的把握。诗义大于词义，诗的意蕴越丰富（也可以说成"越不明白"），诗的适应面就越大。当然，意蕴越深刻，共鸣者也越少。如果全部说出诗的含义，那你所表达的便是一个有限的、具体的世界。

通感是建立在以象征主义诗人对世界万物之关系的认识基础上的。从波德莱尔的《感应》一诗中我们可以看到，象征主义诗人认为人与自然，人的各种感觉之间都是相通的，宇宙万物中间都存在着契合与感应的关系。因此，在审美对象的表现过程中，便可任意使用观念的非逻辑的联络和感觉的错接变位，来造成一种奇特而形象的审美效果。但是，象征主义诗歌中的通感使用有时太缺少过渡，意与象的错接过于生硬突兀，这往往超过了常人的接受能力，更增加了诗的神秘性，使诗歌变得不可解。象征派诗人三巨头之一的兰波便执意坚持强化这种神秘性。他认为要加强感官的错乱，通过所有形式的爱、痛

---

① 穆木天：《什么是象征主义》，《穆木天诗文集》，第321页。
② 黄晋凯等编译：《象征主义·意象派》，第42页。
③ 同上书，第79页。
④ 穆木天：《什么是象征主义》，《穆木天诗文集》，第320—321页。

苦与疯狂,而获得一种过敏性,达到超乎常人的感知能力。在这种意识支配下,象征派的有些诗作便走入形式化和晦涩的极端,把非理性主义引入到诗歌世界。其中,马拉美著名的长诗《骰子一掷绝对不能战胜偶然》便是最突出的一例。这首诗从形式的排列到意象的组合都具有浓重的神秘感,因晦涩与玩弄文字而破坏了朦胧美。

在穆木天的诗歌理论中,通感或暗示作为象征派诗歌的主要表现手法而倍受重视。即使后来他激烈地否定了象征主义文学观念以及自己最初的选择,但对象征手法却仍明确地给予肯定,认定是"可以相当地应用的"。而就穆木天的诗歌实践来看,除了个别诗篇过分神秘外,他的大部分诗作在接受象征派的通感和总体暗示的过程中,还是在朦胧与晦涩之间作出了比较适宜的选择的。他诗中的意象大多既不过于明白,也不过于神秘。这也明显得益于中国的传统诗歌。

可以肯定地说,穆木天对象征主义诗歌的理解要比李金发深刻得多,他能入能出,避免了在艺术实践中走入李金发整体模仿的偏差。这主要在于穆木天较强的艺术创造能力和对中国传统诗歌的理解能力。从表面上看,李金发的诗似乎比穆木天的诗更有民族色彩,但这种多不过是限于表面字词的加入,相比之下,穆木天却有着对传统诗歌美学精神的感悟。

穆木天诗作中使用通感而造成意象错接的句子并不少见。像"苍白钟声""软软的钟声",把听觉转化为视觉、触觉;"白色的幽梦"把抽象付之以具体;"我们要听茅屋顶上吐着一缕一缕的烟丝",利用听觉与视觉的错接,表现人要与自然交融的心境。而作为一种总体象征,《落花》一诗更具有一种独特的朦胧美:

> 我愿透着寂静的朦胧 薄淡的浮纱/细听着渐渐的细雨寂寂在檐上激打/遥对着远远吹来的空虚中的嘘叹的声音/意识着一片一片的坠下的轻轻的白色的落花/落花掩住了藓苔 幽径 石块 沉沙/落花吹送来的白色的幽梦到寂静的人家/落花倚着细雨的纤纤的柔腕虚虚的落下/落下印在我们唇上接吻的余香 /啊 不要惊醒了她/啊 不要惊醒了她 不要惊醒了落花/任她孤独的飘荡 飘荡 飘荡在/我们的心头 眼里 歌唱着 到处是人生的故家/啊 到底哪里是人生的故家 啊 寂寂的听着落花/妹妹 你愿意罢 我们永久的透着朦胧的浮纱/细细的深尝着白色的落花深深的坠下/你弱

弱的倾依着我的胳膊/细细地听歌唱着她/不要忘了山巅 水涯 到处是你们的故家/到处你们是落花。①

这首诗中既有具体的比兴,又使用了总体的象征,形成诗歌主题的多义性,产生了多层次的含义。第一层:通过场景描绘所表现出的词面意义:细雨蒙蒙,落花飘飘,有一对惆怅的情人。这是通过分解词义构成的直观场面,几乎是任何一位识字的人都能叙述的。第二层:爱情是温暖而欢乐的,而落花则使人感到凄凉,凄凉的人生渴望得到爱的慰藉。这里显示的是比喻义,可以是鉴赏者的普遍体验。第三层:人生是不完满的,也是不可捉摸的,欢乐与忧伤,希望与失望同在。这是诗的最深层含义——象征义,是具有想象力和相近人生体验的鉴赏者的个别感受,可以具有不定性。这种定向分析也许过于人工化,但这首诗确实体现了穆木天在中西诗歌艺术选择中的融汇与创造能力。

四、诗之情调:世纪末情绪与忧国思乡之心

前面说过,象征主义不仅是一种美学体系,更是对世界的一种认识,具有本体论意义。可以说,象征主义是时代的一种精神现象。

19世纪末的法国处于一种新旧交替的巨变时期,社会秩序崩溃,出现了信仰的真空。对现实的不满与对未来的迷惘,使敏感的一代青年失去了心理平衡,叛逆与颓废交杂,构成了西方世纪末文学的心理基础。

这种世纪末文学表现在象征主义诗歌中,便体现为伤感、迷惘、孤独、叛逆的颓唐情绪。由此使得象征主义成为颓废主义的重要组成部分。马拉美很形象地说:"在这个不与人以生存条件的社会里,诗人的处境,实际是一个幽居独处、为自己雕刻墓碑的人的处境。"②基于共同的认识,波特莱尔便为"美"作了这样的定义:"欢悦是美的装饰品中最庸俗的一种,而忧郁却似乎是美的灿烂出现的伴侣。"③

于是,在象征派诗人的作品中,忧郁、孤寂和失望成了主要的情感基调。波德莱尔的《忧郁》中,把大地视为一座潮湿的牢房,而希望就像是一只蝙蝠,

---

① 穆木天:《落花》,《旅心》,创造出版社1923年版,第29页。
② 黄晋凯等编译:《象征主义·意象派》,第43页。
③ 同上书,第6页。

用怯懦的翅膀在牢房中挣扎。最后,希望因失败而哭泣,苦痛占据了诗人的灵魂。在诗中,诗人完全沉溺于绝望与死亡的情绪当中而不能解脱。尽管象征派诗歌以反传统、反秩序、反现实为思想前提,尽管诗里包含着强烈的反叛精神和执著的艺术追求,但其忧郁颓唐的情感基调确实不能给人以向上的力量,人生是没有希望的。穆木天后来曾对象征主义诗歌的情感世界作了十分深刻的剖析:"这种回避现实的无政府状态,这种到处找不着安慰的绝望的状态,自然要使那些零畸落侣的人们到咖啡店酒场中去求生活,到神秘渺茫的世界中去求归宿了。"①而与此构成鲜明对比的是,穆木天早期诗歌中却明显具有这种象征主义的世纪末情绪。

家道的破落,爱情的失意与游子的孤寂,使他"向来所抱的理想幻灭了,感到了人生之无出路"。他说那时"甚至想以自杀来解脱自己"②。这种心境自然使他极易靠近西方世纪末文学,尤其是象征主义。很长一段时间,苦闷、孤寂、失望和惆怅成了他诗歌的主要情调。《朝之埠头》中那个清晨码头一片灰暗朦胧的色调,如烟如梦,深蕴着一种说不出的忧伤,成为诗人迷惘彷徨的精神世界的象征。另外一首《弦上》更是走入颓唐绝望的境地:"忘记了罢/青春的徘徊/忘记了罢/腥红的悲哀/啊/无限的追忆呀/那都是梦里的尘埃。"往事如烟,人生如梦,理智上的忘却并不能消解心头的悲哀。只好与世隔绝,借酒浇愁:"唯有那瞬间的酒杯呀/能浸注我们心里的灰黄。"诗人的失望是这样的深,甚至与象征主义诗人一样,对欢乐与悲哀、憧憬与失望也作了思辨的理解:"憧憬中的欢乐"只不过是"悲哀的萌芽"。欢乐的背后预示着悲哀,憧憬的结果会带来失望。到这里,可以看到穆木天早期诗歌中的世纪末情绪已经很浓了。

但是应该看到,穆木天的感伤很大程度上是来自一个漂泊在外的弱国子民的忧国思乡心理。也就是说,在穆木天的感伤情绪中潜藏着一种深沉的忧患意识。着眼于现实的悲剧主义者往往是最高的理想主义者。与"憧憬中的欢乐"是"悲哀的萌芽"相对,穆木天也看到了事物的另一面:"我的灰色世界破坏后的心情,亦是我的新的世界的萌芽。"③虽说穆木天此时的理想是恢复

---

① 穆木天:《什么是象征主义》,《穆木天诗文集》,第 319 页。
② 穆木天:《我的诗歌创作之回顾》,《穆木天诗文集》,第 217 页。
③ 穆木天:《旅心·附记》,《创造月刊》1926 年第 1 卷第 1 期。

祖国辉煌的过去,体现的是一种"传统主义的情绪",但与象征主义的唯美颓伤的陶醉相比,仍是使人向上的。作为"传统主义的情绪",穆木天早期诗歌中表达忧国思乡之心的主题占有相当大的比重。与西方象征主义诗歌不同,这是中国诗歌的传统主题。在深层的文化意识上,这种情绪一方面体现了重安轻迁的民族心理,另一方面也体现了中国知识分子以国、家为重的入世心理。《鸡鸣声》中,诗人虽说一再慨叹"我不知/哪里是家/哪里是国哪/里是爱人/应向哪里归",但这正表明诗人并没有在"残灯败颓"中消沉,而是执著地寻找答案、寻找国、家、爱的出路。他清楚地意识到,"在人生坊中,谁有权利旁观,望洋浩叹!"要"永远修桥,永远造船",最终"活化自己的故乡!"①而情感最深最烈的还得称《心响》一诗。从诗中那种深切企盼的热情和一唱三叹的抒怀,我们可以看到诗人那种爱国情怀的动人风采。

穆木天早期诗歌中的伤感情绪来自西方象征诗与中国游历诗的艺术感染,更来自于现实人生的深切感受。正是由于后一点,使得他的诗歌在世纪末的颓伤中透射出缕缕希望的憧憬,表达出深沉的爱国之情。

穆木天的那个时代离我们已经很久远了,但从中国新诗的发展趋向来看,象征主义的艺术生命力却没有消失。而且在近年来的诗歌大潮中,象征主义似乎又获得了新的活力。一个时代的结束,标志着一种价值体系的解体,我们不能因对穆木天后期思想和艺术转变的匆匆肯定,而轻视他早期诗歌理论和创作实践的历史价值,因为艺术的多元化总比一律化要好。

第五节 公木诗歌世界的心路历程与人文精神

公木是一位融入历史并且评价历史的诗人。他总是说,他和他的诗是属于时代和人民的。也许这是一句人们熟知的政治化的言语,但是当我们知其人而读其诗之后,当诗人离我们而去,成为20世纪中国诗史的一个闪光的星座之后,作为后人,我们或许才能真正体会到这话语之中的那份沉甸甸的份量,感受到公木其人作为真正的战士诗人所具有的崇高人格气质,其诗由激情走向理性、又由理性走向智慧的全部精神历程的坎坷与丰富。公木执著追求

---

① 穆木天:《告青年》,《洪水》1925年第1卷第1期。

的一生本身便是一首昂扬而深沉的诗。在他的诗歌世界里,高扬着激越的人文精神。

一、起点:时代的激情与战士的情怀

公木的诗首先有一种沉重而激越的历史感。这份沉重来自于形成诗人最初人生追求和艺术追求的那个沉重而激越的时代。公木的诗歌道路像同时代的许多诗人一样,是从个人情感的世界而走入社会的广阔天地中的。他的处女作是1928年发表于天津《大公报.小公园》上的模仿古代诗词的《脸儿红》,而真正具有新诗气质的还是发表于1929年北平师范大学《师大生活报》上的《爱的三部曲》,诗中明显可以看出"五四"白话诗的影响。公木早期诗歌创作的价值也许并不体现在诗作本身,而是证明了他作为一个优秀诗人所具有的天生的素质。他的诗歌无论思想上的成熟还是艺术上的成熟,都是在中华民族那个最为艰难也最为亢奋的时代。在"被肥胖的债主挤倒的古屋",公木看到的是"交出押死的地契时父亲颤抖的手"和"染湿我的鬓角的涩咸的母亲的泪珠"(《自己的歌》)。当公木从苦涩的童年走向青春的热情的时候,中国的"土地已被强盗的足迹玷污,/河川里流淌着羞辱的泪",就在这样一个死亡与新生同在、与抗争共存的时代里,诗人的精神与艺术成熟了,时代锤炼了诗人的品格,也熔铸了诗的风格,于是,人格的崇高与审美的崇高都在那一刻完成了。从那以后,公木便与民族同在,与时代同歌,认定了便始终不渝,无怨无悔。

公木的诗是充溢着青春的热情的,因为他首先是一个战士。直到晚年,他还一直坚守着"首先是个战士,然后才是诗人"的原则。这并不仅是诗人的思想原则,也是诗人真实的人生历程。

1929年春天,还在师大就读的公木与几位同学自发地组成"农村经济问题研究社",探讨中国社会的未来。1930年公木加入共青团,同时加入北平"左联"。在这段时间里,公木两次被捕,两次逃亡。这些经历成为诗人的一种精神资源,锻造着诗人,也锻造着诗,为公木诗歌的艺术涂上了鲜明的底色,从而使他的诗成为战士之歌,成为时代的强音。因为它们总是感应着时代的脉搏,人的追求和诗的追求都生动显示了社会人生的主潮流向,就像烈火一定伴着炽热一样,这样的时代里造就的诗与人就一定要伴着时代的激情,与多灾多难的民族一起,经历着国土的沦丧、家园的破败和亲人的生死离散。而在延安,那个中国最明亮的西北角,诗人又把爱与希望都写在了那明亮的天际。"黑暗完全消逝了,／天边奏起了云雀的歌声。"(《崩溃》)当公木以诗人的身份走入真正的战斗行列,他的歌唱便增添了军旅的雄壮。1940年他与郑律成合作,创作了《八路军军歌》《八路军进行曲》,由此而被誉为"八路歌手"。"向前!向前!向前!我们的队伍向太阳。"这是诗人一生中最为值得骄傲的一段经历、一组歌曲。1997年的盛夏,公木夫妇赴延边珲春参加学术会之际,不顾年迈多病,到中俄边境的边防部队去看望哨所官兵。在联欢晚会上,当人们唱起《中国人民解放军军歌》时,老诗人激动万分,情不自禁地为大家指挥,一同高歌。此情此景,令人至今难以忘怀。一路征尘,一路浩歌,公木就这样与人民、与人民军队走过了近一个世纪的历史征程。

公木一生经历过社会的动荡与巨变,也经历过个人生活的波折与坎坷。但是,诗人信仰不变,激情不减,"起来,投向阳光里!／起来,投向音响里!／起来,投向前进着的行列里!"(《自己的歌》)公木的心性和气质天生是一个诗人,激情不仅是一种诗情,更是一种人格。因为发自内心的激情是真诚坦荡人格的流露,在这种人格的支配下,公木一生爱也真,恨也真,诗之本也是人之本。

公木的人与诗都已融入了历史之中,他贡献于时代的是一个战士的心声。时代给他的诗染上了悲壮而又激越的基调,诗人所唱的是民族的时代之歌,这支歌所表达的是一个时代的知识分子的心灵之歌。公木的诗是属于时代的,然而他的诗又委实是属于诗人自己的,因为正如诗人所说,"我"没有被"我们"淹没,"谐和,而不雷同。永远是这一个;／和则无限丰富,同便几等于零。"(《读鲁藜〈鹅毛集〉》)终于,"我把自己投进你的光圈里,／我看见每个人头上,／都照着同样的光圈。"(《我爱》)这种自我与群体的关系判定,已经不再仅仅是针对社会意识或者政治学意义上的个人与集体、阶级关系的辨析,而是上升到了一种对于宇宙本体的认识。这一点可以从诗人后期诗作的题旨中更加明确地把握到。

二、转折:历史的理性与诗人的反思

毫无疑问,公木诗中饱含着一种始终不断的激情。那份奋激与热情发源

于中国知识分子"以天下为己任"的传统情愫,也来自于诗人个体人格的崇高和理性意识的清醒。

作为"五四"人文精神的第一代传人,公木以民主政治和自由个性为社会与人生的理想境界而孜孜求索,从而以一个"现代人"的精神特征列于众多的诗人之中。这构成了诗人在清流和浊水中都能独立不倚的精神支点、在春花或冬雪中始终冷暖自知的高风亮节。因此说,公木的诗是时代精神的激情显现,也是其具有现代理性精神的独立人格的再现,他以生命为诗,热情地为时代歌赞或歌哭,也以一种现代人的精神审视社会人生,富有深刻的批判意识和睿智的思想哲理。诗人喜欢用赤诚来赞美生活,也不忘记用赤诚来领悟人生、观照社会。

50年代中期,他一改原有的诗风,由雄壮的歌唱转为深刻的批判。像《爬也是黑豆》《据说,开会就是工作,工作就是开会》等诗作,针对现实社会的阴暗和丑陋,进行了政治性和道德性的批判。应该说,公木诗作的批判基本上是从一般的既定政治原则和道德原则的角度进行的,是那种在维护和坚信社会主体或本质的光明、美好的认识前提下进行的有限批判。但是,即使如此,其人其作也受到了批判。时任中央文学讲习所所长的公木被下放到吉林省图书馆劳动,继而下放到五七干校做积肥组长。在经历了民族和个人的不幸之后,诗人的思想锋芒没有萎缩,而是更增加了一种深刻:"躲开太阳刺目的针芒,/俯首注视大地,/眼睛才看得真切清亮。/头脑也才保持冷静。"(《葵之歌》)诗人以战士的性格与诗人的头脑来思索人生社会的多种命题,用诗句来表明自己无愧无悔的热烈而清醒的追求。"缺陷永在,运动不止。/地心的火种也许有一天终将熄灭,/然而它却毁灭不了宇宙的谐和。"(《致一位不相识的诗人》)

激情是一个诗人的生命特质,但是,一个真正的诗人除了具有激情之外,还应具有自己的思想。单纯的激情不过是一种人生感受的宣泄,而思想则是一种人生价值的判断。公木是一个有着深刻而独立思想的诗人,这种思想既来自于他的人生体验,也来自于他丰富而深刻的学识。他是一位战士诗人,也是一位学者诗人,他的一生都在不断地学习与思考,直到生命的最后一刻。思想是人类的基本权利,独立的思想是当代人的个性价值的体现。思想需要有思想的能力,作为一个学者,他比一般人都更加具备这种能力。

人都在性情之中,更何况诗人。公木是一个性情中人,甚或是一个激情的人,但却不是一个激进的人。在思想上,他易于激动而不偏激,稳健而不保守,始终保持着一种清醒。正是由于这份清醒,才使诗人的追求变得既执著又富于理性,无论经受怎样的苦难和挫折,也不改其志。我们知道,诗人的人生历程中几多风雨:在童年,他尝尽人间的辛酸;在敌人的监狱里,领略了那皮鞭和镣铐交响的音乐,还有来自于个人生活中的那"冒着毒烟的嫉妒""绝望的遗弃与被踬的痛苦"(《自己的歌》);而在充满阳光的日子里,也曾有过被监禁和被放逐的不幸。人们都说,人生的每一次不幸都使人对人生加深一层认识。当正直和奉献不被社会所理解和接受时,人们往往会对社会失去信任和关注,从而改变自己的人生态度和行为。曾有许多人因此而看破人生,最后要颠覆一切人生信仰的价值体系,面对着人生和社会喊出"我不相信"的愤激之辞。而公木在经历了比前者多得多的人生坎坷之后,虽说也慨叹"炎炎盛夏之梦已破",但却"终于找到真实的自我;/独立根须深深扎进泥土里"(《葵之歌》)。苦难成了诗人的精神炼狱和思想的烘炉,"我从昨天来,/我到明天去。/背离长庚,/面向启明长庚沉落天外,/启明闪现心中"(《夜行吟》)。

与年轻的一代不同,经过人生与社会的波风浪谷,诗人原有的热情不减,又添了几分理性。诗人歌赞灯标船的性格:"夜愈浓黑,/你便光照得愈远愈明,/遇到狂风以骤雨,/你便愈有精神"。诗人告诉世人:"莫吧匆匆,莫吧风狂雨恶。只有林花谢了春红,枝头才会结满累累秋果"。诗人警示后来者,不要习惯于"从猎枪与独物之间,/步量自由的短长,/以为凌暴与吞啮就是万有引力",不要习惯于"从拖着长长的尾巴的彗星的闪烁,/来观察宇宙的广阔,/以为它出现于黑暗又投入到黑暗"。诗人相信即使把诗人"倒挂在一棵墩布似的老树上",他也可以选定方向,"自由地眺望"。从这里,我们可以看到远古诗人屈原精神的复活,这大概是诗人早年撰著《屈原研究》时便已有的情结。尽管这种追求的执著之中也含有追求的辛酸。

有人说,苦难也是一种财富,只是对于人生来说太过残酷。但是,它确实又是对人的一种锤炼和考验,是对人生的一种丰富的体验。而对于一个诗人来说,这种考验和体验实在是太沉重也太珍贵了,它使诗人的思想得到深化,使诗人的人格得到升华,既而外化为诗,人格的诗和思想的诗。读公木早期的诗和后期的诗,激情不变,真诚不变;但是,与前期的诗相比,后期的诗又明显多了一种深刻,这种深刻是通过对于社会历史和个人经历的反思完成的。在1973年那个寒冷的冬季,诗人在静夜里歌唱:"西风裸露了我的躯体,/而夺不走我累累的果实。/这日月与风雷结晶的珍珠啊,/像一簇簇火星儿点燃在天宇。"(《棘之歌》)公木的诗,从对外宇宙的记叙逐渐转化为关于内宇宙的探询。从激情走向理性,这不是来自于他对当代政治的单纯反思,而是来自他对人生的整体感受。

反思的结果不是失望,不是愤激,而是深刻。公木的人生追求不改,这不仅是一位战士对政治信仰的坚守,也是一个诗人对真挚人格的坚守。

三、超越:人类的智慧与哲人的境界

在诗人的人生历程中,从热情走向理性不仅是一种与年龄增长必然相伴的现象,而且是一种生命与思想交汇递进的过程。诗人从不断的欢乐与痛苦的交替中似乎看到了生活的本质与生命的意义,这种认识都足以表明诗人的人生追求与艺术追求已进入了第三境界——智慧。

从一般层次上讲,智慧是对人生经验的一种认识和总结,但是,如果这种总结不局限于具体的经验感受,而是上升为一种形而上的普遍人生哲理,便会成为一种智慧,丰富的知识结构和深刻的思想能力是达到这一境界的重要途径。因此说,智慧又是一种哲学思想。公木是诗人又是战士,是战士又是哲人。几十年来的教师和学者生涯,使他对于世界和诗的理解多了一层沉思。特别是他近年关于老子的研究成就卓著,已引起了海内外的瞩目,这可能是公木晚期诗歌精神世界构成的重要思想来源。其实,由理性走向智慧的深层驱动并不完全像公木所说的那样,是解读老子的直接结果。我倒以为更主要是他以诗人之心、哲人之性对自己和民族波动不已、悲喜交加的一系列过程理解认识的结果。在他的晚年名篇《人类万岁》中可以看出,诗人是通过对历史、人生和宇宙的反思而获得了与老子哲学的接近、沟通。因此说,公木晚年诗作所表现出来的睿智实质上是他自己思想道路发展的一个必然归宿,他通过自己对自然与社会的认识而走向了老子的境界。这是一种经过自身实践之后的思想认同,而不单纯是一种预先的理论启示。

即使是思想认同,公木晚年对老子的解读与接受的思想路向也是向上的、进取的,是切近中国现实人生的,虽说他的思考是具有人类普遍价值的。经过

风吹雨打、日出日落,走入公木的诗歌世界,你感到成熟的不只是思想内容,也是思维方式:

> 我要从此岸过渡到彼岸;/彼岸变此岸,还有彼岸;/我要以有限追踪无限,无限成有限,还有无限。/有无相生啊彼此迭代,其小无内啊其大无外/。而大家无形,大音无声,大悲无痛,大乐无情/……/万事万物本来都是大成于大毁,大毁于大成。①

这不是道家佛理的玄言箴语的重复,诗人立足于现实人生,出神入化,总揽万物:

> 现实是历史的浓缩和结晶,/理想是将未来把定加裁缝。/而必然要通过偶然来实现,/挥动实践的镰刀斩棘披荆。不丧失一瞬间便可得恒久,/身死而道不朽才算是长寿。/漫说草野的声音单调而微弱,/正是耳语的飓风鼓浪遏飞舟。②

这表述的是一个现实的世界,也是一个思辨的世界。在这里,诗人所探讨的不再仅仅是关于现实社会的个人体验,而是关于宇宙人生的本体意义。

老实说,老庄的真如和自我是一个极易被接受又极难达到的境界。可是,面对这一玄妙的世界,公木既真诚投入而又有自己的独特理解。诗人入乎其内而又出乎其外,在其中而又不在其中。面对历史和现实,他的功力是足够的,学屈原的执著而不执迷于蒙昧,有老子的睿智而不超脱于世。诗人的深邃令人惊叹,他用诗表述的是一个关于宇宙的解说,他把屈原式的"天问"还原为当代哲人的"天论"。很明显,这不是针对个人生活的体验,而是一种形而上的人类意识,是一种终极关怀。思索的结果不是虚无,而是自信;不是历经磨难人近暮年的彻悟,而是经验之后理性思考的升华,因为其中有着明确的自我意识和积极向上的进取精神。然而,我又感到诗人的近作中往往是质胜于文,思想的引入往往是直接以哲学概念为构件的,似乎缺少一个艺术转化亦即诗化的过程,概念没有被诗化,甚至没有艺术的外衣,使得其中的内容与艺术之间并不很和谐。深邃但又赤裸的思想在诗人的精神世界中运行,诗的哲理

---

① 公木:《人类万岁》,《公木诗选》,吉林人民出版社1981年版,第29页。
② 公木:《申请以及关于申请的申请》,《公木诗选》,第43页。

性成为哲学的格式化表述。这也许是由于诗人的思考过于深刻和执著并急于表述所致。

公木其诗其人从热情走向理性又走向智慧,从亢奋走向清醒又走向通达,而紧紧伴随这一人生与艺术全过程的是那不变的执著与真诚。诗人的真诚和坦荡是人尽皆知的,无论是面对领导、老友还是学生,他都以同样的赤诚与其相处。特别是他与学生之间那种亲密与直率的交往令后人永世难忘,他是青年人的引路人,又是青年人的保护者。"诗人老矣童心在",诗一直被公木视为"心与心"之间最好的联结与沟通。面对公木的诗歌世界,你会感觉对面站着的是一位历史老人。公木晚年总爱和青年人说一句话:"历史是河,人生是路。"他认为人往往不能左右历史,只能在历史长河中随波逐流,但是人生却是一条路,需要人自己去走,去开拓,特别是要在没有路的地方开拓出路来,脚比路长,人比山高。他的诗的品格和人的品格都是我们宝贵的精神遗产。正如诗人在自己最钟爱的早年诗作《我爱》中所写的那样:"你把一代的精神,赋以活的呼吸,吹向来世。"

第 六 章

文学史的命名与文学史观的文本阐释

第一节 革命"圣经"中的叙事成规:重读《保卫延安》

如果我们重新翻检中国当代文学史就会发现,在中国当代60年的文学谱系中,没有任何一段文学史像"十七年文学"那样,对中国当代革命历史进程的讲述和精神诉求显得如此的密集和壮烈,在特定的历史语境和时代氛围中,如此有效地支配和构建了一个民族—国—家—社会—个体的道德内质、精神趋向、情感归属和灵魂皈依,甚至成为中国民众认知中国当代革命史的唯一方式,并在国家意识形态的诱导和知识分子的跟随下不断地丰富和完善自己的文学视域。同时,也没有任何一段文学史像"十七年文学"这样在文学的表象下进行着非文学性的书写,或者说,是以文学的名义从事反文学的创作,在文本内部残留了如此多的革命意识形态话语成规的痕迹,并呈现出一种断裂和悖论的状态。

而在"十七年文学"所含纳的"革命历史小说"中,杜鹏程于1954年发表的长篇小说《保卫延安》具有双重的"典范性"意义:一方面,小说将自己的叙事核心指向了中国当代革命历史进程中的关键事件——"延安保卫战",对这场战役进行了宏观的史诗性描述,歌颂了人民战争的伟大,塑造了一批革命英雄的群像,从而成为"十七年文学"的经典文本和社会主义现实主义崇高美学的典范代表,并得到了主流意识形态的高度认同,"这是一部英雄战争的史诗,这是第一部描绘人民解放战争的辉煌业绩的长篇小说,具有开创意义"[①];另一方面,小说的叙述话语又具有明显的政治意识形态性,作家在故事的行进中植入了显著的革命意识形态话语,主动接纳了革命意识形态的规训,从而成为我们探寻中国当代革命意识形态话语成规的入口和勘察"十七年"历史时空中中国民众精神状态的"窄门"。

所以,本文对《保卫延安》重读的焦点主要集中在小说所彰显和透露出来的革命意识形态话语成规,穿越小说叙事话语的文体风格和故事层面,从延安的内部图景、革命教义的召唤、历史的文化资本三个向度,打捞出小说叙事中所蕴藏的革命意识形态话语和政治权力话语,提纯出革命意识形态话语成规的内部样态和对文学本身的异化,呈现出"讲述话语的年代"的历史真相。正如罗兰·巴特所言:"革命在它想要摧毁的东西内获得它想具有的东西的形象。……文学的写作既具有历史的异化又具有历史的梦想。"[②]

一、"延安"的内部图景

美国学者本尼迪克特·安德森在论述第三世界国家的革命时指出:"第二次世界大战后发生的每一次成功的革命,如中华人民共和国、越南社会主义共和国等,都是用民族来自我界定的,通过这样的做法,这些革命扎实地植根于一个从革命前的过去继承来的领土与社会空间之中。"[③]如果按照本尼迪克特·安德森的思维方式和理论逻辑来推演,我们就会发现在小说《保卫延安》中同样存在一个关涉到革命的"领土"和"社会空间"——"延安"。但在小说中,"延安"不仅仅是一个地理学意义上的区域性空间,作者对"延安"的讲述核心也不是聚焦在风俗、方言、习性、社群等地域性生态学意义上,而是把"延安"作为一个社会学、政治学的隐喻性"领土"和"社会空间"来讲述和展示"延安"的存在意义,也就是说,"延安"是一个相对于国民党政权而言充满中共革命意识形态的空间概念,是中共革命的发源地和革命的"圣地"[④]。所以,

---

[①] 冯雪峰:《〈保卫延安〉的地位和重要性》,《文艺报》1954年第14期。
[②] 〔法〕罗兰·巴特:《零度写作》,李幼蒸译,中国人民大学出版社2008年版,第55页。
[③] 〔美〕本尼迪克特·安德森:《想象的共同体——民族主义的起源与散布》,吴叡人译,上海人民出版社2003版,第2—3页。
[④] 黄子平:《"灰阑"中的叙述》,上海文艺出版社2001年版,第95页。

我们只有把"延安"的空间性存在转化为一种政治意识形态和权力结构的表征,继而形成一种革命话语的成规和经验,才能真正把握"延安"在小说中的结构性意义。

但我们对"延安"的解读和探寻仍然要深入到这一空间的内部,在"延安"内部的图景,如"延安"的日常生活景象、社群的存在状态、地域性的风景、人的精神状态等诸多内部元素和因子中,才能触摸到革命意识形态的脉搏和革命话语成规的具体样态。因为,"延安"并不是一个完全开放性的空间,革命意识形态利用自己在政治权力上的优势,对"延安"空间的内部图景进行了有效的改写,将自己的革命意愿、政治意图、权利祈求和知识形态,通过强制性的灌输方式牢固地根植在"延安"空间的内部,从而将其改造成一种自律性和排他性的"革命圣地"。正是由于"延安"内部图景的这种丰富性和复杂性,以及与革命意识形态的双向互动关系,小说中的"延安"及其内部图景具有了革命的历史功效:它表征了民族国家内部两种政治权力的优劣和替代、更迭,使其成为革命历史合法性论述的根基,从而塑造出一个全民族想象的"政治共同体"、"同时也享有主权的共同体"。[①]也就是说,在革命话语的想象中,生活在"延安"中的个体被排除了身份、地位、血缘、职业等外在因素的限制,挣脱了国民党的阶级压迫和残暴统治的牢笼,成为"延安"这一政治共同体中享有平等政治权利的现代性的"公民"和"新民"[②],并共同承担起重建现代民族国家的重任,继而具有了绝对的主体性和主体精神。例如,小说在第一章对"延安"内部的自然风景和社群的存在状态进行了细致的描摹:

> 夏秋交接的季节,是陕北最好的时日。早晨大雾罩着延安,罩着延安城周围的山川和流水,几十步远,就什么也看不清。雾气里,牲口的铃铛声怪中听地响着,报告一天劳动的开始。远处,雾气罩着的山头上,有人唱起了"信天游"。这朴实优美的歌声,是在歌唱共产党和毛主席的功劳,歌唱劳动的愉快,歌唱美好的生活,歌唱幸福的爱情。红艳艳的太阳光照射在宝塔山尖上的时光,雾气像幕布一样拉开了,延安城渐渐地显在太阳光里。

---

① 〔美〕本尼迪克特·安德森:《想象的共同体——民族主义的起源与散布》,吴叡人译,第5页。
② 蔡翔:《国家/地方:革命想象中的冲突、调和与妥协》,《当代作家评论》2008年第2期。

肥实的山羊绵羊,在山坡上追逐跳蹦。放羊娃,坐在长着野花的山头上,吹起了梅笛儿。满山的谷子、高粱,随风摇摆。川道里的果树林边,坐着的老年人,边捻毛线边哼小曲。有时候,谁家的姑娘,牵着一头牛或是一对对的绵羊在河边饮水。她一边摩着自己的家畜,一边呆呆地看宝塔倒在河里的影子;那塔影随着水的波纹在抖动哩。

　　太阳落山时光,延安是一片欢乐的歌声。

　　……

　　夜里,延安城四面的山上,一层层窑洞的窗子上,一排排的灯光闪亮。你站在延安城向四面山上望去,直觉得四面都是万丈高楼。在那万千个闪光发亮的窗子里,人们正用全部精力工作学习,思索真理。最重要的是,在这万千闪亮的窗子里,有毛主席和他的战友的一些窗子在这样的夜晚,兴许,毛主席和他的战友正在那灯光下,思考全中国,思考全世界哩。天上有晶亮的星星,地下有朗朗的流水声。民主圣地——延安的夜晚,该多美啊![1]

小说将"延安"描述成为民主的圣地,生活在其中的人们充分享受着行为和思想的自由,仿佛马克思所预设的共产主义社会图景已经在"延安"实现,同时也暗合了中国传统文化中对世外桃源的期盼和向往。但小说对"延安"图景的描摹并非是一种单向度的纯然的对延安自然景象的简单复制和粘贴,而是对经过了革命意识形态和革命话语的改造和规训。换而言之,一方面,这种乌托邦式的生存状态只是作家在先验的革命话语诱导下虚构的图景,它只存在文本的叙述和想象之中,"产生于我们围绕这些'物'编织叙述、故事(及幻想)之时"[2],而且对"延安"内部图景的编织承载了意识形态的功能,生成了革命的意义。具体而言,作家对"延安"图景的重新编码和话语想象,与中共革命的历史性质和使命有着某种极其隐秘的关联。毛泽东所领导的中共革命缘始于乡村,并时刻依托乡村而展开,无论是他的政治诉求,还是他的军事谋略,抑或是他的道德心性,都与中国传统的乡土文化有着内在的渊源。所以,作家对"延安"图景的编码是在对毛泽东主体思想的询唤和中介下,对"延安"自然景

---

[1] 杜鹏程:《保卫延安》,人民文学出版社2005年版,第18—19页。
[2] 〔英〕斯图亚特·霍尔:《表征》,徐亮、陆兴华译,商务印书馆2005年版,第3页。

象的先验介入,采取的是一种完全服从和接纳的姿态。所以,小说中这种充满乡村乌托邦色彩的图景,是毛泽东革命思想的文学隐喻和转述,人们无时不在学习、歌颂和期盼这种革命的思想,致使贫瘠的延安不再是荒原,而是革命的圣地和精神的伊甸园;另一方面,在中共的革命历史进程中,国共内战的爆发已经使革命的性质发生了裂变,由抵抗外来侵略的民族革命转向了国家内部的阶级革命和民主革命。但这一革命性质的改变并没有削弱中共对绝对政治权力的诉求,所以,敌对阶级的意识形态观念只能作为"他者"被反向地认知,或被完全清除出民众的精神视域,以此来确立自己绝对的正统地位,从而使得这一"单质性"的革命意识形态在转变为文学话语时形成毋庸置疑的"文化霸权"状态。所以,在"延安革命圣地"的表象图景下,始终存在一种否定性和革命性的话语,即"延安人民"的主体性生活是建立在中共革命战争打破国民党的封建统治基础之上的,从而在奴役与自由、专制与民主、否定和肯定的对比中为革命的合法性命名,并获得民众的一致认同和自我的主体感,"在形成新的认同并与以前的认同相结合的能力方面获得自我证实,这样便将他自己和他的相互作用塑造成一部独一无二的生活史"①。只有这样,民众才会以宗教般的情怀对"延安"产生依恋、崇拜和景仰,形成共同的情感体验和认知方式。

作家在描摹"延安"美丽的图景的同时,也描述了延安"颓败"的景象:

> 空旷旷的延安城躺在寒森森的黑暗里。城南、城北,被敌人飞机轰炸倒的房子,已经烧了好几天,房屋的木料早烧光了,晚上只有点点火星在天空飘飞。
>
> ……
>
> 没有歌声没有笑语,往日四面山上的万盏灯光也不见了,只有延河的水还照常不息地向东流去。②

"延安"呈现出这种"颓败"景象的缘由在于国民党军队的闯入和破坏,因此,这种"颓败"的景象反向承担了革命话语的叙事功能:国民党作为革命的"异

---

① 杜鹏程在谈到《保卫延安》的创作过程时指出,小说的创作所依赖的是毛泽东的《中国革命的战略问题》和部队报纸、历次战役和战斗的总结,以及新华社对战争形势的各种评述和社论。而作家所接触和学习的上述材料无一不是毛泽东主体思想的表征和转述。参见杜鹏程:《重印后记》,《保卫延安》。

② 〔德〕尤尔根·哈贝马斯:《重建历史唯物主义》,郭官义译,社会科学文献出版社2000年版,第94页。

己"被放置在革命的反面,丧失了革命道德的优越性,从而成为否定和超越的对象。在国共战争期间,在中共革命意识形态的引导下,批判"国民党"成为社会"公共领域"中的一种"公共事件"。革命意识形态将批判"国民党"上升为全民族集体参与的"公共事件",这显然是一种政治性的话语策略和路径:批判"国民党"是中共确立政权的一种内在需要,只有依赖这一"公共事件"才能重新建构国家的主体性。但在告别民族革命的新的历史语境中,这一"政治构想"却面临着两方面的挑战和威胁:一是如何对"国共内战"历史进行清理,如果对这段历史处理不当,将威胁到重建国家主体的合法性;二是如何抚慰群众内心的创伤,并激起人们参与这种实践的愿望和精神关切,因为群体的想象力和精神意愿在一定的历史时刻,尤其是在历史转型期,对国家政权的重构起着至关重要的作用,"掌握了影响群众想象力的艺术,也就掌握了统治他们的艺术"①。而将"国民党"推上历史的审判席,使这两种威胁和挑战都得到了成功的消解。

二、"革命教义"的召唤

在中共革命意识形态的构想中,国共内战所带来的不仅是朝代的替换和政权的更迭,更是对原有政治文化符号的修改,重建新的意识形态空间和文化运行机制,从而构建出符合新的意识形态标准的"文学叙述","生产一种社会共同从属的和结盟的阶级与团体都接受的世界观、哲学和道德的看法"②,以此来强化民众对新的国家主体的强烈认同。因为一个新兴国家政权的地位主要体现在两个方面,"即'统治'和'智识与道德的领导权'"③。"统治"就是利用革命暴力和完善的官僚制度等政治手段对社会进行直接的监管,"智识与道德的领导权"是指对社会的思想文化发展和个体的精神走向进行修改、引导和规训,而国家政权的"智识与道德"的文化领导权是通过"文学叙述"的"中介"实现对人们的价值、理想、信念塑造,"文学叙述"不断强化人们对革命意识形态自觉认同和赞许,对传统意识形态进行拒斥和批判,从而建构起意识形态新的话语激励和话语规约,也就是我们通常而言的"革命教义"。而中共

---

① 杜鹏程:《保卫延安》,第19页。
② 〔英〕波寇克:《文化霸权》,田心喻译,远流出版社1991年版,第121页。
③ 〔意〕安东尼奥·葛兰西:《狱中札记》,曹雷雨等译,中国社会科学出版社2000年版,第38页。

的充满意识形态性的"革命教义"为这种"文学叙述"提供了一种有效的理论支持和思想资源,使民众和革命之间具有了一种精神同构性和实践同一性的可能。对于普通民众而言,"革命教义"使自我个体和中共共同处在一个文化共同体内,从而使自我能够积极参与到新的国家主体重建的历史进程中来。

"革命教义"的审美意识形态在《保卫延安》的文学叙述中,延续、扩展和强化了以改造个体的主体精神为核心的内容和功能,以暴力为手段的革命战争讲述逐渐转化为以重塑个体的心性结构为主的战争叙事,对个体的"灵魂塑造"工程在小说中全面开启。我们可以通过小说塑造的主要英雄人物周大勇的身份转换来窥见"革命教义"对个体的改造、规训和召唤。在小说中,周大勇的身份经历了"游民——臣民"的序列转换,在这种身份的变换中我们可以发现一位中国普通的个体是如何与宏大的革命历史发生内在关联的;在二者的有机联系中,"革命教义"和政治权力又是如何成为塑造个体精神的内力的;周大勇卑微苟且的生活经历,跌宕起伏的战斗过程,以及对苦难的心理感知和情绪体验是如何参与了建构革命的过程的,"许多最触及个人私密的戏剧场面,隐藏着最深的不满,最独特的苦痛。男女众生但凡能体验到的,都能在各种客观的矛盾、约束和进退维谷的处境中找到其根源"①。从而在周大勇这一孤立的范本中,整合出一幅完整的中国民众主体精神变迁的图景和"革命教义"改造个体精神的路线图。

著名学者王学泰在《游民与中国社会》中对"游民"这一社会群体进行了详尽的研究,他认为"凡是脱离当时社会秩序的约束与庇护,游荡于城镇之间,没有固定的谋生手段,迫于生计,以出卖体力或脑力为主,也有以不正当手段取得生活资料的人们,都可视为游民"②。以王学泰对"游民"的概念界定作为参照,我们会发现在小说中的叙述中周大勇的初始身份是一位彻头彻尾的"游民":

> 他叫小八哥(到部队以后,起了官名周大勇)。先前他有父亲、妈妈、哥哥。父亲、哥哥给人家揽工受苦。……一九三四年十月。中央红军长征以后,周大勇的家乡又变成地狱。土豪劣绅组织的清乡团,在农村里,

---

① 〔法〕布迪厄、〔美〕华康德:《实践与反思——反思社会学导引》,李猛、李康译,第263页。
② 王学泰:《绪论》,《游民与中国社会》,第13页。

> 清乡、捉人、吊打、砍头、烧房子……有一天,敌人把周大勇的妈妈捉住,要她交出丈夫和儿子。敌人用火烧她的头发,她可半个字不吐……她的尸体在村边大树上整整吊了天!……一位无依无靠的老人,收留下周大勇这个没家没舍的孤苦孩子!这当儿,周大勇刚到十一岁。人生中为什么发生了这么可怕的事?他为什么这么悲惨?他的房子为什么一把火就化成灰烬?妈妈那样的善心人为什么叫人家吊死在大树上?父亲、哥哥成年成月累断腰筋受苦,为什么这世界偏不容他们?这些血海冤仇的根源,他还不十分清楚。①

从周大勇在社会中的结构位置而言,母亲被残害,父亲和哥哥失踪,他成为无家可归、四处漂泊的孤儿,已经被放逐到主流社会的边缘,并时刻受到土豪、乡绅欺压,失去了社会对他的监督和庇护;从他的职业特征而言,他失去了土地,没有固定的职业,以乞讨为生,并时刻充满了变动;从他的生活状态而言,虽然被人收留,但生活并没有因此而得到改善,仍然每日在贫穷、饥饿中挣扎;从他的主体情绪体认而言,他和前文中提到的李顺大一样,还处于一种不觉醒的、蒙昧的生存状态和混沌的精神状态之中。

周大勇这种"游民"身份之所以被强调,也是与中国革命内部因素的悖逆分不开的,而对其主体改造的重点,也依然是一种阶级斗争意识形态的灌输:

> 周大勇望望战士们,心一酸泪花子就滚下来。他简单地讲了一番自己的身世,又说:"同志们,我是没家没舍讨米的孤儿,共产党和毛主席把我抚养成人。同志们,共产党和毛主席让我懂得了许多事情,但是有一条最重要:我们不拿起枪,就要永远让人家踩在脚下。
>
> 同志们,我们手里拿着枪,还要知道枪是为了干什么用。能这样,没用的人也会变成有用的人,胆怯的也会变成勇敢的,愚笨的也会变成聪明的,落后的也会变成进步的。一句话,只要知道自己为什么活着,我们这让人祖祖辈辈踏在脚下的人,就会变成翻天覆地的人!"他转过身子长久地望望毛主席像。战士们也跟着他的眼光望去。

无论在周大勇看来"革命"所形成的客观结果和主观构想之间存在怎样

---

① 杜鹏程:《保卫延安》,第121页。

的差距,毕竟使自己在社会结构中的位置和现实生活质量有了明显的改观,他能够吃饱穿暖,并成为革命的战斗英雄,脱离了强大的国民党的"权力文化网络"①的奴役和压迫。但本质而言他并没有使自己真正摆脱社会权力对自己的监控和规训,而是在行为方式、思想归属、情感趋向、组织认同等方面受到了新的国家政权的新一轮"改造",在一种"总体性社会"框架内,在革命意识形态的推演下,与革命的关系达到了空前"密切"的程度,从而形成一种新的"人格依赖"和"人身依附",而且这种"依赖"和"依附"是以绝对的服从为前提和基础的。革命意识形态将传统儒家学说中"向内里用力"的观念堂而皇之地引入到自己的理论和实践中,大力培育忠于党、忠于国家、忠于人民的观念和人格理想,从而在其主体思想里形成了一种"道德的形而上学"和"逐臣心态",彻底地泯灭了个体思想的理性反思和多元发展。在周大勇的认知范畴内,自己的思想与党应该保持精神的同一性,不能发生任何形式的背离和抵牾,他主动接受意识形态话语机制的"召唤",成为一个革命所认同的标准的"道德化个体"和典范的"国家社会成员",同时有了一种强烈的位置感和归属感。

三、历史的文化资本

"凡是悲剧性的事件只能发生在过去的已经被证明是错误的年代里,这个年代必须与今天之间存在着一个分界。"②如果我们想要为"新中国"寻找一个分界线和标志性的事件,那么,1949 年中华人民共和国的成立显然是中国历史上的一个"界碑"。1949 年共产党所建构的"新"政权成立,不仅仅是一种思想观念的转换,更是一种意识形态和政治话语的更迭,这就亟需重新建构新的命名规则、话语方式与文化资本。当新中国的执政者以革命胜利者的身份和姿态重新回顾和翻检已经无法更改的历史时,对于这段革命历史的重新讲述不仅仅验证和强化了自己的革命激情和崇高体验,更为重要的是,对革命历史的叙事隐含了历史/现实无法断裂的内在关联。革命历史在文学想象中成功地转化为一种文化资本:一方面,大众通过对革命历史的讲述认同了共产

---

① 〔美〕杜赞奇:《文化、权力与国家》,江苏人民出版社 1996 年版。
② 陈思和:《中国新文学整体观》,上海文艺出版社 2001 年版,第 110 页。

党所领导的革命,并把这种革命解读为历史/现实之间的必然联系;另一方面,共产党通过对革命历史的讲述确立了自己重建现代民族国家和执掌政权的历史"合法性"。正如王宁所言:"任何社会的有效性都必须以依赖一套能够提供其正当性基础的语言,藉着这套修辞国家的一切行动策略方能产生神圣化的效果。"[①]因此,革命历史小说就产生了一种神圣化的历史功效,并成为一种极其强大的修辞性力量,历史讲述与文化资本正是这种力量的核心。

所以,在现代民族国家建构或兴起之初,小说《保卫延安》的存在意义不仅仅局限在文学审美层面,它的真正价值在于为新中国的历史/现实的合法性提供了一种无法替代的文化资本,成为民众/国家之间精神沟通的"中介":

> 我们要知道,保卫延安战争的胜利不是平凡的胜利;这是克服了多少难于克服的困难的胜利,同时是推动了历史前进的胜利。抓住了这次战争的艰巨性和它的困难环境以及胜利的辉煌巨大,就最能够唤起人们对于这历史事件的亲切的感觉和强烈的感情,以推动他们去认识历史怎样在革命的推动之下发展过来,去认识党和毛主席的领导以及人民的英勇坚苦的斗争怎样带来了革命的胜利,从而得到鼓舞和教育。[②]

通过这种"中介"来对"革命"的历史、结构、文化特征进行重新清理,并按照国家意识形态所设计的精神图式进行重构,以此来加深民众对于"新中国"的历史性和现实性、"新中国"的主体精神以及"新中国"具体生成过程的理解,从而唤起民众对于"新"的国家伦理话语的认同。"在一个'现在'的时间里,一群人可以通过阅读小说建立交往实践与生活历史的'共同感',产生拥有共同日常生活的时间感,民族国家及新公共领域产生的基础就可以建构起来。"[③]也就是说,《保卫延安》是在先验的革命意识形态及其话语成规内的既定讲述,并以此来达到意识形态的诉求:它承担了将"革命历史"典范化的功能,叙述革命的缘起、革命的传奇经历和终极寓言;验证新中国的历史合法性和现实合理性;通过对民众的讲述和精神灌输,构建民众对革命所建构的新政权的无限认同。

---

① 王宇:《性别表述与现代认同》,上海三联书店2006年版,第16页。
② 冯雪峰:《〈保卫延安〉的地位和重要性》,《文艺报》1954年第14期。
③ 樊国宾:《主体的生成:50年代成长小说研究》,中央戏剧出版社2003年版,第80页。

但令人质疑的是,《保卫延安》所隐喻的"新中国"的国家意识形态对于"革命历史"的精神诉求,并不是建立在对新的文化机制整体上的现代化转变上,而是将陈旧的革命意识形态作为最直接的工具。小说仍然没有脱离"毛话语"所设定的框架,从而遮蔽了政治、文化、精神层面上"新"的话语体系的建构,只是对"毛话语"的重述和皮相的修复。在道德价值和理性启蒙之间,国家意识形态在"毛话语"思维逻辑的支配之下,毫不犹豫地选择了前者,"新"的政治、文化、精神话语体系建构的缺失,造成了小说的某种"症候",同时也造成了当代文学现代性进程"跛脚式"的发展症结,并在 90 年代集体爆发。① 但是如果我们还原"新中国"初期的历史语境,这种"革命历史"叙述本质上是对"新中国"初期国家意识形态话语"焦虑"的策略性转移。国共内战的结束和"新中国"的建立宣告了以阶级斗争思想为核心的暴力革命实践方案的终结,国家意识形态必须为"新中国"现代民族国家的建构重新设计现代化方案。重新构建的现代性方案在叙述中将历史/现实在时间链条上进行弥合,"革命"在时间上归属于"过去",但本质上是历史的前进,是"新"的,这种叙述以此来突显"新中国"的"新"的特质和"一切向前看"的"未来"的时间属性。这种意识形态的话语逻辑成为确证"新中国"现代性历史合法地位的技术手段。国家意识形态在"拨乱反正"的历史主线中对"革命"历史的既定讲述,和在"现代性"话语统摄下单向度地重建民族国家主体的文学想象,构成了《保卫延安》的话语"成规"和"症候"。

这一"症候"在某种简约化的意义上主要表现在两个方面:一是国家意识形态如何"指导"作家对"革命历史"进行"有限度"的文学"分配";二是国家意识形态如何"引导"读者对"讲述革命历史"的文学进行"消费"。在"国家——作家——读者"之间生成了"同构议题",从而对共产党的革命历史和新中国产生了广泛而高度的认同,为文学的发展走向树立了"典范"和参照坐标,使符合意识形态标准的文学作品"合法化",在不断的肯定性阐释中授予其"正典"的社会地位,并具有明显的"典范"意义和教育下一代的作用,"也为处于社会转折期中的民众,提供生活准则和思想依据"②。从小说作者杜鹏程

---

① 1993—1996 年陈晓明等人发起的"人文精神大讨论"就是这种"跛脚式"发展的表征。
② 洪子诚:《中国当代文学史》,北京大学出版社 1999 年版,第 107 页。

的创作谈和冯雪峰的评论中,我们可以明晰地触摸到小说内部隐含的"成规"和"症候"。作者在谈到创作这部作品的动机和目的时指出:

> 要在其中记载:战士们在旧世界的苦难和创立新时代的英雄气概,以及他们动天地而泣鬼神的丰功伟绩。……使同时代人和后来者永远怀念他们,把他们当作自己作人的楷模。
>
> ……
>
> 毛主席、周副主席、朱总司令,以及包括彭总在内的为人民所敬佩、所爱戴的老帅们……为中国人民解放事业,无私无畏、舍身奋斗,同人民息息相关,和群众生死与共。这种崇高品格,整个中华民族都引以为荣地传诵着。①

冯雪峰对小说进行了高度评价:

> 作者集中精神而全力以赴地来体现和描写的,也就是这次战争所以达到如此辉煌胜利的那种精神和力量。于是,作者不能不让全部篇幅都去描写党中央和毛主席的英明领导和指挥以及人民解放军和革命人民群众的坚苦卓绝的革命英雄主义精神。这种在作品中所表现的作者的创作精神,我们也不得不承认,对于他的作品是最根本的,这是这部作品成功的关键。②

从上述论述中我们可以发现,无论是作者本人,还是代表国家意识形态发言的批评家,都不约而同地将对"国共内战"这段革命史资源的"分配"指向了战争英雄和革命领袖,将小说的叙述功能和"消费"定位为对民众的主体精神进行改造和重塑,将革命的激情、正义和崇高灌注到民众的精神空间,从而在作家/作品/意识形态之间达成共识。这种先验既定的革命讲述最终成就了《保卫延安》的正典地位和普泛性意义。

---

① 杜鹏程:《重印后记》,《保卫延安》。
② 冯雪峰:《〈保卫延安〉的地位和重要性》,《文艺报》1954年第14期。

第二节 从模式化到经典化——《青春之歌》的文学史意义

经历了中国文学发展的波峰浪谷,1958年由作家出版社出版的杨沫的《青春之歌》,仍然可以称得上是中国当代"十七年文学"中最重要的经典之一。

《青春之歌》是中国当代文学史上第一部知识分子题材的小说,它以"九·一八"到"一二·九"期间的学生运动为背景,表现了林道静"从一个小资产阶级知识分子到坚定的无产阶级革命战士的成长历程"。在这部40万字的作品中,作家采用了将传统的叙事模式与时代精神和主流话语完美嫁接的叙事策略,把知识分子个人成长、群体成长的历史与中国共产党的革命斗争史同步演绎,在"革命+爱情"模式、"男性对女性拯救、指引"模式及"寻父"模式中成功地进行了"男性恋人"与"党"的身份的置换,从而把林道静对男性的选择、依恋提升为一个小资产阶级知识分子对中国共产党的皈依,凸显出当时的历史条件下中国共产党对知识分子吸引和改造的时代主题。作者通过对旧的写作模式的合理运用和改造,从思想和艺术上赋予人物和作品以恒久的人类精神,完成了小说由模式化向经典化的华丽变身。

《青春之歌》出版后深受广大读者喜爱,多次再版,总发行量逾500万册,并被译成近20种文字介绍到国外。1959年由杨沫改编,崔嵬、陈怀皑执导的电影《青春之歌》被搬上银幕,与小说一道在全国刮起"青春"旋风,林道静的扮演者谢芳初登影坛便成为观众喜爱的偶像派明星。无论是小说还是电影,《青春之歌》都洋溢着对理想的执著追求、为民族解放的献身精神。这种精神具有崇高感,指引着几代人的人生之路和精神历程。时过境迁,很多曾红极一时的应景之作经过时间的淘洗,渐渐淡出了人们的视线。然而《青春之歌》却像一块璞玉,愈发显示出其耀眼的艺术光泽,成为中国文学史和电影史上名副其实的"红色经典"。

一、《青春之歌》的经典化构成与"模式化"的重新理解

"模式"通常是指事物的标准样式,是规模化生产的母本。"模式化"就是按照固定的母本去制作或者复制同类产品。文艺创作中的模式是人们在长

期的创作实践中形成的、在文学作品中被广泛应用并且得到普遍认同的一些固定程式。而我们通常意义上所说的模式化，则是指在创作中对固有模式的使用和依赖，当然也有应用上的泛化之意。它本身所具有的功能常常被文学创新的口号所遮蔽，甚至被当作老旧的、僵化的、没有生命力的形式而被人诟病。尤其是新时期以来，人们在对"文革"中制造的"样板"进行清算的同时，更为"模式化"增加了一层贬损之义，使之成为"多样化"的反语。

其实，当我们重新审视人类文化和文学发展的历史时，不能不承认我们对"模式化"的一贯批评有失偏颇。"模式化"来自于生活的普遍化，人类生活和情感高度类型化后才有了文学作品创作的模式化。文学作品模式化的形成不仅仅来自于创作者本身的意图和理解，更来自于广大接受者的心理期待和审美惯性。因此，一些传统创作模式的形成有着深厚的社会和历史原因。经典的创作有时亦难走出这种既成的模式，但只要运用得当，它就会与观众产生一种默契，一种认同感和亲和力，收到事半功倍的效果。也就是说，许多经典往往来自于模式化。比如30年代的"革命+恋爱"模式之所以流行，既是时代精神与文学相结合的结果，也是大多数激进青年的生活道路与读者潜在心理期待共鸣的结果。当然，当一种模式被过度使用而导致泛化时，也必然会造成接受者的厌倦和排斥，这是"革命+恋爱"模式短命的重要原因。90年代末风靡的《还珠格格》之所以取得那样高的收视率，其重要原因之一就是采用了传统的"灰姑娘"模式。它与人类"原欲"中那种渴望在偶然的奇遇中飞黄腾达的心理相契合，从而产生了审美愉悦。

可见，有些传统模式在文学创作和消费中屡试不爽，是有其受众心理学方面的重要原因的。我们的文学作品不只是面向精英和批评家，更面向大众。忽视这种具有悠久历史和广泛基础的传统审美心理与消费习惯，而单纯从个性和创新的学术角度来否定模式化创作，是对大众文化权利的轻视和剥夺。当一部作品与读者心理建立起一种持久的沟通和互融关系，并不断地被欣赏和传播时，就可能成为一个时代的艺术经典，具有了超越性和普适性价值。《青春之歌》就是这样一部具有时代精神、主流意识形态色彩和大众文化基础的艺术经典。

《青春之歌》是杨沫在身体极其虚弱的情况下写作的。虽然身体每况愈下，但她不甘心"时光在恹恹病中默然失去"，决心与病痛抗争，完成自己的

"自叙传"小说。虽说杨沫一再受到出版界和批评界的影响，不断修改作品的内容，但是她的写作基本上还是体验性的。应该说，外在的修改要求主要不是对于写作技术上的精益求精，而是为了适应一种时代的思想潮流和政治要求。作品的修改加上一代人的人生体验，使作品越来越符合并强化了一种"婚姻抗争——离家出走——自由恋爱——投身革命"的艺术模式。而这种精神，并非作者自己的发现，而是"五四""人的解放"主题的延续和发展，是50年代国家意识形态所体现出的知识分子思想改造政策、知识分子的内省和民间工农大众的主人翁意识三种力量所共同构筑的一种新的时代精神。作品赋予传统模式以一种永恒的人类精神，诸如信仰的力量、崇高感、英雄主义、献身精神等，从而实现了人类精神与传统模式的完美嫁接，产生震撼人心的力量。因为信仰、崇高、英雄主义和献身精神与不同时代人的需要达成一致后，就会形成一种精神共享。这种共享的程度越高，作品的经典化程度也就越高。

《青春之歌》成为经典的另一个重要原因是，它提供了几代青年知识分子成长的基本路径，表现了他们在民族解放的神圣事业中不断克服自身的软弱性，在与工农大众相结合的过程中思想和情感转变的心路历程。在今天看来，这种精神离当代青年人似乎越来越远了，但是其历史的真实性和情感的真诚性是不能否认的。不能因为理想远大而否定理想，杨沫创作《青春之歌》的那个时代，最流行的书籍是苏联的一些红色经典，《钢铁是怎样炼成的》是杨沫病中的精神支撑，保尔·柯察金的精神代表着一种时代精神。她在日记中写道：

> 保尔鼓舞着我，我真的开始准备写这部自传式的小说了。今天，我坐在桌前忍住浑身的疼痛，写了一天的提纲。不，主要是在思索故事的发展，写的并不多，往事带着感人的色彩，一阵阵激动着我……①

她在《青春是美好的》中回忆北平失陷后，自己和朋友们一起到华北平原参加抗日工作的情景，这段经历使她的思想情感发生了质的变化。当时不时有战友牺牲的消息，生活异常艰难，随时处在被敌人包围的危险之中。每当

---

① 杨沫、徐然：《爱也温柔爱也冷酷——〈青春之歌〉背后的杨沫》，辽宁人民出版社2000年版，第17页。

遇到危险的时候，那些素不相识的老百姓就会站出来掩护、拯救自己："群众救了我的生命，也不断改造着我的灵魂，我从过去瞧不起群众的自命不凡，渐渐变得热爱群众、尊重群众。"①只有在这种民族危亡、生与死的选择中才能考验人性中最本质的东西，也正是在这种考验中，作家的情感才真正地和工农大众联结在一起。看得出，杨沫作品中弥散着的那种崇高的人类情感，是时代精神与那一代进步知识分子心路历程的共同印证，既表露出作家主动向新生政权致敬的姿态，同时也是那一代知识分子在大时代炼狱般的淘洗中精神皈依的真实写照。

《青春之歌》就是在个人情感、时代精神和人类精神三者重合的那个点上建构自己的经典化坐标体系的。而连接林道静生命曲线的正是人们所熟悉的那一个个模式。

二、《青春之歌》对"模式"的运用与文学史意义

《青春之歌》中运用了许多传统的故事模式，正是这种模式的运用使作品获得了历史的资源和大众的阅读支持。

在作品中，杨沫使用的第一个模式是"出走"模式。"出走"模式的历史来源可以追溯到传统文学中的"私奔"。但是除了在司马相如和卓文君的故事中流传之外，"私奔"的故事在中国传统文学经典中极少出现，更没有形成所谓的"模式"，往往到"私订终身后花园"就止步了。1918年，胡适将易卜生的《玩偶之家》介绍到中国后，在知识青年中引起了很大的震动，"易卜生主义"成为"五四"时期中国青年个性解放、婚姻自由的先声。在这样一种时代的风潮中，青年人观念的觉醒不能立即突破传统的制约和现实的障碍，于是"出走"便成为他们反抗封建礼教的一条基本路径，也迅速成为文学作品中的一种普遍模式。现代文学中最早"出走"的女性是胡适的独幕剧《终身大事》中的田女士。《终身大事》基本上是对易卜生《玩偶之家》故事的复制，只不过娜拉是离开"小家"出走，田女士是离开"大家"出走。中国现代文学中女性的出走，多是这种为反抗封建包办婚姻而离开父母大家庭的出走。1923年12月26日鲁迅在北京女子高等师范学校发表题为《娜拉走后怎样》的演

---

① 《青春是美好的》，《新文学史料》1978年第1期。

讲,对这种反抗模式做了进一步超越性的思考。他为出走后的女性预设了两种结局:"不是堕落,便是回来。"①1925年,鲁迅又通过小说《伤逝》中子君的"出走",对新女性的当下命运进行了形象描绘。此后的文艺作品中出现了一批通过"出走"途径而离家"在路上"的女性。如丁玲的《莎菲女士的日记》中的莎菲、茅盾的《蚀》中的静女士、郁达夫的《她是一个弱女子》中的主人公等,她们除了"堕落""回来""死亡"外,一直在寻觅、挣扎,试图找到一条个人自由和妇女解放的正途。20年代末到30年代初的"普罗文学"中,"革命+恋爱"小说的流行以及作品中一系列出走女性形象的大量出现,正是这种文学新传统的影响和当时社会现实的真实写照。可以看到,在鲁迅所指出的末路之外,出走有了新的出路,那就是革命。而杨沫的《青春之歌》再一次运用"出走"模式,为鲁迅的"走后怎样"给出了比较圆满的答案。

林道静进入"出走"模式,并非杨沫对既成模式的套用,用程光炜的说法,是因为她有一个个体的"史前史"②。她16岁时为了逃避父母包办的婚姻离家出走,到北戴河投奔教书的兄嫂,但受到冷遇,险些投海自尽。后历经磨难,到了华北敌后根据地,并加入了中国共产党,找到了自己人生的归宿。所以她在自己的小说中很自然地把"出走"和投身革命联系起来。

在"五四"时代思潮的影响下,个性自由和思想解放成为普遍的社会追求。这在当时不是一种文化时尚,而是对生命价值实现的渴望。一种适应社会发展需要的思想必然成为时代的思想。也正是因此,《青春之歌》才会有如此大的影响,林道静的道路才会引起那么多青年人的共鸣。

《青春之歌》运用的另一种模式是"绝处逢生,英雄救美"。林道静来到北戴河,投亲无着,却巧遇了杨庄小学的校长,收留她住在学校的教员宿舍里,等候工作安排。半个月的等待让她从兴奋到焦躁,最后却发现这是一个圈套,校长给她承诺的工作就是给鲍市长做小,她彻底绝望了。"她竭尽了全部勇气刚刚逃出了那个要扼杀她的黑暗腐朽的家庭牢笼,想不到接着又走进了一个更黑暗、更腐朽、张大血口要吞食她的社会。"于是她跑到海边,决定结束自己的人生。然而,就在她纵身一跃的瞬间,一双温暖的臂膀抱住了她。

---

① 鲁迅:《坟·娜拉走后怎样》,《鲁迅全集》卷1,第166页。
② 程光炜:《〈青春之歌〉文本的复杂性》,《中国比较文学》2004年第1期。

这个人就是这些天在海边一直关心着她生死的青年余永泽。他高挑的身材、小而亮的眼睛，加上他的柔声细语、渊博的学识和北大高材生的身份，让林道静一下子产生"诗人兼骑士"般的好感。"她冻僵了的心遇到了这温热的抚慰，死的意念突然像春天的冰山一样坍倒下来了。"接下来的情节完全按照传统的"英雄救美"模式发展下去，两个人产生爱情最后同居。可以说，到此为止，这段故事基本没有走出近代鸳鸯蝴蝶派小说和"五四"初期爱情小说的模式。

但卢嘉川的出现改变了故事的走向，使小说情节进入了普罗小说"革命+恋爱"和"三角恋"的模式。按照余永泽的安排，林道静留在杨庄小学教书，在这里她与回家探亲的北大学生卢嘉川相遇。卢嘉川潇洒英俊的外貌、不凡的举止和谈吐，给林道静留下了挥之不去的印象。"这青年身上带着一股魅力，他可以毫不费力地把人吸在他身边。"最重要的是，他对国家命运的关注与林道静内心深处的"五四"情结一拍即合。

与余永泽同居后，经过一段近距离的接触，余永泽那"骑士兼诗人"的光环和超人的风度渐渐消失，林道静开始感受到他"自私的、平庸的、只注重琐碎生活"的一面，她再一次地感到绝望。到这里，余永泽与林道静的精神连接已经断裂，"拯救"的使命也已告结束，而未来的"启蒙""指引"将会由卢嘉川来完成。小说也就随之进入了一般小说的"三角恋"模式。

一个偶然的机会，林道静被拉去参加了一次进步青年的聚会，这唤起了她压抑已久的激情。她发现在这个污浊的社会中还有一股清清的溪流在流淌、蔓延。她还见到了这个青年团体的核心人物卢嘉川。卢嘉川让她懂得了个人的出路在于把"个人的命运和国家、人民的命运结合在一起"，"首先要求得中华民族的解放，然后才有我们个人的出路和解放"的道理。这和余永泽那种狭隘的"你是我的！你的生命和我的生命早已凝结在一起"的男权主义人生观形成了鲜明的对照。在这次聚会上，她重新审视了卢嘉川那"高高挺秀的身材、聪明英俊的大眼睛、浓密的黑发、和善端正的面孔"，这和他那坚定的信仰融合在一起，完全就是她心中的"白马王子"。她在心底产生了一种模糊的但又十分强烈的暧昧感情。在精神吸引和生命原欲的双重催动下，卢开始了对林的精神指引，教她读一些马克思主义理论的书籍，也让她做一点力所能及的"工作"。此后，两个人就在"革命"和"爱情"的双重吸引中保持着一种纯净美好的精神爱恋,直到卢被捕、牺牲,林道静终于选择离开余永泽。

《青春之歌》所描写的这段情节的时代背景,正是 30 年代中国普罗文学兴盛之际,也是世界范围的"红色 30 年代"。马克思主义哲学理论尤其是辩证唯物主义理论被大量介绍到中国。"介绍唯物辩证法的著作、译著大量出版,马克思主义哲学甚至在大学讲坛都占据了一定的地盘,以至于嘴里不讲几句辩证法或唯物论都不一定受学生欢迎。"[①]可以说,革命和革命理论在知识青年群体中也是一种思想时尚,只不过这种时尚既需要激情和信仰,也需要做好流血和牺牲的准备。《青春之歌》中卢嘉川对于林道静的精神指引,是符合这种社会实际和个人生活体验的,并非仅是为了强加给作品某种意识形态色彩而对"革命 + 恋爱"模式的简单套用。

小说的另一个模式是"寻父模式"。它与"男性对女性的拯救、指引"模式平行发展。林道静年轻、漂亮,接受过新式教育,在当时完全符合上流社会的择偶标准,但这不是她追求的生活目标。她从离家出走开始,一直不断寻觅的是能够指引自己、容纳自己的精神之父,他以男性身份为表征,以人的道德理想的自我完善为最终归宿。林道静生命中的三个男人——余永泽、卢嘉川、江华代表着她寻找的不同阶段。林道静的爱情观是逐渐革命化和阶级化的:余永泽是"诗人加骑士",卢嘉川是"恋人加导师",江华是"同志加大哥","这是一个非常明显的浪漫情感的消失过程","丰富变成简单,细腻变成粗犷,多样变成单一"。[②]余永泽是她生命的拯救者,也是她告别过去、追求个性解放和美好人生的奠基人。余永泽带她走出了杨庄,来到五四运动的发源地北大,接触到中国最优秀的一批知识分子;卢嘉川是她参加革命的启蒙者和精神导师,让她读了许多进步书籍,教导她走出了个人沉沦的小圈子,将个人解放融入到民族解放的洪流之中。林对卢嘉川的眷恋与对革命、对党的向往是合而为一、难以厘清的。从卢嘉川牺牲前与林道静的最后一次谈话中,就可以看出这种端倪。卢嘉川在询问林道静最近的生活情况时,作者有这样一段描述:

[①] 郭湛波:《近五十年中国思想史》,山东人民出版社 1997 年版,第 281 页。
[②] 张福贵:《灰色化:新文学中知识分子向民众认同的三个过程》,《中国现代文学研究丛刊》1998 年第 2 期。

> 林道静低下头，用手指轻轻抹去眼角的一滴泪水，说："生活像死水一样。除了吵嘴，就是把书读了一本又一本……卢兄，你说我该怎么办好呢？"她抬起头来，严肃地看着卢嘉川，嘴唇颤抖着，"我总盼望你——盼望党来救我这快要沉溺的人……"

在这里，杨沫有意把"你"和"党"并列放置，第一次完成了"精神恋人"与"党"的置换。这种置换在作品对江华这个人物的塑造、他与林道静关系的处理上更加明显。江华是林的生活中的第三个男人，无论年龄、相貌，都很难引起林道静像对卢嘉川那种异性的心动。在某种程度上他更像是她的父亲。有时她会感到有点奇怪，"为什么一见这个高大的沉稳而敦厚的同志她就要变成一个热情洋溢的小孩子呢？为什么对他说话总和对别人说话不一样呢？"从称呼上看，他把卢嘉川叫做"卢兄"，而她叫江华为"老江"，都体现出一种辈分上的差异。当江华提出"咱们的关系能否进一步"的时候，她想到的是"这个坚强的、自己久已敬仰的同志，就将要变成她的爱人吗？而她所深深爱着的、几年来时常萦绕梦怀的人可又并不是他呀……"她走到外面，想到卢嘉川，泪水盈满眼眶。但她不再犹豫，"像他这样的布尔塞维克同志是值得她深深热爱的"。所以，她接受了他的爱。从这里可以看出，她是把江华当作精神之父来爱的。而且在这个爱情中，她完全是被动的，是把他当作领导、上级、精神偶像和党的化身来接受的，这种接受更多的是"服从"和感激。正如她自己所说："我常常在想，我能够有今天，我能够实现我的理想——做一个共产主义的光荣战士，这都是谁给我的呢？是你——是党。"

在这个模式中，杨沫在作品中又一次完成了从"男性恋人"到"精神之父"再到"党"的身份置换，同时也完成了革命与爱情的完美嫁接，使林对男性恋人的依恋、接受，置换为对党对革命事业的皈依。作为林道静的入党介绍人，江华是使林道静抛弃一切"小资产阶级情调"，成为一个勇于献身的真正革命者的接纳人。入党作为一个仪式，标志着林道静由一个自然人成为一个政治人，由一个单纯的青年成长为一个比较成熟的革命者，也象征着她道德理想的自我完善达到了一个更高的境界。此后，她开始以"党"的身份成为北大学生运动的直接领导者。

《青春之歌》通过对既成模式的巧妙运用，历史地再现了经过"五四"洗礼的一代知识分子在民族解放斗争中的巨大作用及其自身的生命历程，在新中国文学史上第一次对他们的成长历程、献身精神给予了高度的肯定。林道静个人成长的历史与整个知识分子群体成长的历史相呼应，她所提供的小资产阶级个人主义——革命的集体主义——英雄主义的成长模式，标示着"五四"以来知识分子思想转变的基本历程。这种转变不能简单地全部说成是一种外力改造，它既是时代政治为知识分子确立的基本的模式，同时又反过来为这种国家意识形态做了最好的诠释，提供了最经典的范型。而更重要的是，这种变革也是中国几代知识分子自我追求和道德完善的一个过程。

选择伟大和崇高是人类的一种本能追求。《青春之歌》产生的年代是一个理想主义和英雄主义高扬的时代，从普通走向伟大、从平凡走向崇高，是一代人的普遍追求。林道静的道路非常及时地适应了广大青年人的这种精神需求，而且自传性的写实也使这种精神诉求增加了一种真实感和可模仿性。在那样一种时代精神的感召下，林道静不再是一个艺术形象而是成为一种生活的典范，她满足了青年读者渴望崇高的心理欲求。因此说，《青春之歌》是一部经过历史化和经典化的作品，为中国当代文学史提供了一种可深入探讨的价值与意义。

第三节　港台女作家疏远的语言世界

林斤澜曾说过，写小说便是写一种文字。而我们在阅读时，常沉溺于细细体味词、句、话之间的起伏跌落，寻章摘句，自甘坠入"形式主义的迷网"。形式学派认为，疏远是文学的本质。特里·伊格尔顿在他的著作《文学理论》中讲道，"文学语言不同于其他表达形式的地方就在于，它以各种方式使普通语言'变形'……使语言变得疏远"，"语言所表述的这个世界因此而焕然一新"。使语言变得疏远的途径是强化诗化的语言和浓缩普通语言，使读者对文字产生疏远感、陌生感，从而萌生新意，更好地理解和描述客体，更全面、深刻地把握作家和人物的心理体验。

活跃在港台的一些语言独具风格的女作家，尽管是文风各不相同，如张爱玲苍凉魅艳，钟晓阳古意泗然，黄碧云凄迷旷静，施叔青诡魔沉厚，亦舒泼辣怅惘，苏伟贞明净超拔，朱天文温厚宽怡，但她们的笔下都有一个疏远的语言世界，一种"寂寞、无奈、绝望的情绪"，隔开读者，抚去红尘，用独特的叙述语言与这个世界交流。

一般说来，小说语言分为人物语言和叙述语言，两者分立与依存的关系构成了小说语言的总体风貌。港台女作家在创作过程中形成了以叙述语言为主、人物语言为辅的语言情势，她们大多以"局外人"的身份喃喃轻诉，依仗着纯文学的文字功底和俗文学的流丽构架，刻意强化叙述语言的质地，使语言更趋书面化、诗化，同时也不断拓展着叙述语言的功能，用一种真正女性化的感觉和情绪，形成了一个别有洞天的语言世界。

一、叙述语言的质感

首先从强化叙述语言的质地来谈。她们主要通过对修辞手段的运用、拓展和创新，宛如使用一种化妆术，使普通语言变形，形成诗化的语言风格，产生主客体间疏远隔膜的感觉，从而令旧貌换新颜。

有"小张爱玲"之称的香港文坛才女钟晓阳，文笔老道，才华纵姿，她的文字凄清绚烂，沉端蕴藉，细细润润着古意，有很显见的质感和节奏感，就像一种精致的复古加上了一层现代的包装。《停车暂相问》是她语言艺术的杰出体现。其中很突出的一点，便是她选用大量的叠音词，造成音节上的连续，形成一种"音感"，用以拟声描物，加强人物动态和渲染气氛。如"歌声是从左厢房里袅袅传出，十分闺阁秀气，委委弱弱的一丝"，几个词的连叠，将音色、音量、音质活化出来。钟晓阳还善于运用叠音词描摹人和物的动态。如"目光流流离离""一盏红灯笼晦晦晃晃""秋风在人堆中挤挤迫迫的窜""（月亮）圆圆皓皓的正营营追着他们"，几个简单的叠词活灵活现地描绘出情态、神态和动态，收到了呼之欲出的艺术效果。在渲染气氛方面，如"东北的秋风总是漠漠尘意，从大漠上吹来，带来大漠的砂石飞扬，黄土甘甘"，"一地月光灯光朦朦梦梦的像溪溪涧涧"，词的连叠又造成一种气氛，颇具乐感。此外，钟晓阳还时时用拆词镶嵌的修辞方法，雕琢着词的质地，使音节舒缓、语意郑重，增强了词句的韵律感和表现力。如这样一句："放眼望去腾红酣绿……"在单纯的颜色名词中加上动词，使园中静态的植物顿具生命之感。又如："强风一扯，树上老叶嫁风娶尘各自随缘去了……"风尘本是漂泊之物，嫁娶乃是人间的礼仪，一拆一合，将生命的无奈、聚散的无定透露出来。另外还有"触眉融目皆是金风金闹"等，更显得郑重端丽，爽然上口。由此可以看出钟晓阳受《红楼梦》熏染很深,并能将古意翻新。

用词的讲究与精当是港台女作家诗化语言形成的一个重要因素,也是她们雕琢叙述语言的主要手段。上面提到的钟晓阳便是一例。从动词选择的独到新颖,到形容词采用的出新与转品,再到词的色调、质地的润泽,都增强了语言的感染力,突出了其质地,形成一份凝练、流畅的美,使人读之忘俗。

海明威曾提过忠告:"要用动词。写行动。"可见动词是一句话的"眼",它能创造动感,使平面变立体,使一句平淡的话熠熠生辉。张爱玲便是一位极善于选用动词的作家。她凄艳苍凉、深具魔力的文字,连以《油麻菜籽》《红尘劫》声动文坛的廖辉英都感叹"学不来她的笔调"。她是一位楷模,影响历久弥深。这与她天才的写作历程、独特的文化根基和敏锐的感受世界的方式有关。"她的小说给人的是悲剧美感……是阴柔美……更多地呈现为一种病态美。"无论她怎样用词、择句,都脱不了苍凉魅艳的氛围,然而在诗意之上又平添了几分魔力。她的用词尤其独特,如"眼角弯弯地,撇出两道鱼尾纹""雪白的灰里窝着红炭""撮尖了嘴唇咈嗵咈嗵吹着""(叶子)顺地溜着""她逼尖了嗓子,发出一连串火炽的聒噪""眼角向上剔着"等等,这样的单音节动词如散金洒在她作品的字里行间,如琉璃子般脆亮,掷地有声,入木三分地刻画出事物的形态、动作,使得平板的句子充满动势。

女作家们往往按写新诗的笔调来选用形容词,与中心词的搭配关系往往令人读之耳目一新。如朱天文的短篇《外婆家的暑假》中有几个形容声音的词,很是新颖、独到:"很厚轻的声音,像妈妈那件紫黑色缎子的露背裙子""尖拔的笛声,一声亮一声""喧热的声音""天冷,阳光冻得清清利利铿锵有声"……这些词的运用都超出了普通语言的使用习惯,但是声音的质地、声源的环境却很形象地被描绘出来,有"一石二鸟"的艺术效果,破除了读者陌生隔阂的阅读心理障碍。而有的时候,将形容词转为动词,不仅描出了物状,而且产生了动感,文句显得更加俏丽活泼了。如张爱玲的《多少恨》中的一句话:"滟滟的笑不停的从眼睛里满出来,必须狭窄了眼睛去含住它。"

对于颜色的敏感,使女作家的文字呈现出不同的色泽和质地,从而进一步加强了叙述语言的质地和氛围,强化了普通语言的变形。张爱玲的文字用色浓郁沉厚,并在后面配有叠词,制造出"一种魅艳的荒凉"(白语)。有人评价她文章鬼气缭绕。这样的例子很多,在《沉香屑——第一炉香》中就有"在山路尽头,烟树迷离,青溶溶地,早有一撇月影""绿玻璃窗里晃动着灯光,绿幽幽地""黑郁郁的山坡子上,乌沉沉的风卷着白辣辣的雨"等等,浓重的冷色调自然传递着凄冷、凝持的气息。施叔青或许由于长期钻研戏剧的缘故,用色浓丽,舞台效果强一些。在《驱魔》一文中,字里行间都可见出她精细的营造,如"落日斜坠着,在转为墨黑的佛塔上,衬起一片暗红的辉煌,许久以来,我有了写诗的想望""秋日的天空很高,苇花怒放,一片白"。这些都如画在舞台幕布上的衬景,立在人物身后,静观着人生的热闹。曾经以小说《玫瑰的故事》《喜宝》被改编成电影而闻名的亦舒,风格独具,简括伶俐的一行一行文字犹如一格一格底片,简练精彩,而她对于色调的配置,往往自觉地带有镜头意识,很有画面感。如她在《两个女人》中的一段描绘:"这时候窗外的天空是一种深紫色,天还没有完全变黑,室内的灯光黄玄地打在她头顶。"几种浓重的颜色比较对照,"一个妙龄女子的寂寞"悄悄化出,淡淡的没有声息,成为定格。

未来主义画派的主要画家卡拉曾提倡"有乐音、嘈杂声和嗅觉的绘画"。而在一片苦心经营下,几位女作家已形成一种有乐音、嘈杂声、嗅觉和色彩的文字,叙述语言的质地得到很好的刻画、凸现。

二、叙述语言的诗意

从修辞手段来看,善于运用比喻是她们语言诗意化的一个显著特点。亚里士多德曾说过:"比喻是天才的标识。"在她们手中,比喻犹如一枚枚灵活的棋子,跟随泉涌才思变换出别致、出人意料的套路,为文章增添了许多形象性和美感。

她们使用比喻的第一个特点便是创新意,做到"无比喻不创新,无新意不比喻"。用史湘云评点诗词的话讲,"新鲜,不落窠臼"。所谓比喻的新鲜性,"就是指本体、喻体关系的新鲜",选择打破惯性思维的喻体,不落俗套地处理好本喻体关系,从而获得一个鲜灵生动的语言世界。

张爱玲很会用比,五步一楼十步一阁地设置,为她黯淡阴晦的文字底色涂上一块块亮色。她的比喻信手拈来,推陈出新,很耐回味。"那车子像一只很好的灰色皮鞋""天还没有黑,霓虹灯都已经亮了,在天光里看着非常假,像戏子戴的珠宝""玉清的脸光整个坦荡,像一张刚铺好的床。加上忧愁的重压,就像有人一屁股在床上坐下了"等等,这样的例子数不胜数。亦舒很善于把抽象的心情用具体、简洁的比喻形容出来,如《两个女人》中:"脸色变得又快又精彩,像霓虹招牌""我像发疟疾一般的心情,一下冷一下热""我的心已经碎成一片,像玻璃杯子在手中捏碎"……如此短言短语,利落干脆,愈发衬出亦舒的锦心绣口。钟晓阳善于暗喻,落笔沉静,古色古香,颇有一份年轻的恣意与自信。如"眼睛是两口深井,有点儿水,但多年不用,浮着苔绿,并逐渐干涸。"用枯井写人的心灵之窗,练达中有一份锐利。"树隙间宁静垂垂的小脸,垂垂的发,整个的是一垂流水。"三处"垂垂"的重复,悬流一线,水的作比使得文字深具动感与节奏。"她罩一袭宝蓝绣字福绸旗袍,一个个寿字困在一框框圆圈里,整个的也是一轴裱得直挺的仿古百寿图……"用封建、僵板的百寿图比人,褒贬自见吧。

比喻的新鲜性的又一特征是采用诗、书、画、戏甚至数字作喻体,突出所比之物的性质和特征,增添词句的色彩和形象性,使语言的文学性更加浓厚,同时表现出作家深厚的艺术修养。

钟晓阳才气过人,古典文学根基很深,她的比喻句中往往化入诗、书、画的意境,读起来含韵深长、精致凝练、古意泅然。在她的力作《停车暂相问》中,有一段描写主人公赵宁静外貌的文字,很是精彩,可截其一段看:

> 一字眉是楷书一捺,颜真卿体,两颗单眼皮,清水杏仁眼,剪开是秋波,缝上是重之帘幕……素净似一幅水墨画,眼是水,眉是山……这里有颜体书法,有唐诗的清远,也有淡浓相映的山水画,人的气质便异常可感了。

苏伟贞的《世间女子》这样描写神情:"空茫茫望她一眼。像莫蒂阿尼画中没有眼珠的女人。"这样一种慵懒、单纯、女性化的味道,比画中人更具佳态,让人怜惜。张爱玲极善于用美雅比丑俗,唯有她能做到不动声色。看这样一个句子:"胸前自小而大一片深暗的油渍,像关公额下盛胡须的锦囊。"

随着句中信息含量的增大,比喻变得更加新颖、形象,叙述语言较之读者更远一些,较之疏远的文学本质更近了一些。

运用比喻的第二个特点是春秋笔法,褒贬得当,爱憎分明。《红楼梦》中宝钗曾说黛玉善于用春秋笔法(第四十二回),也就是说,她"寓褒贬,别善恶,用笔慎重,爱憎分明"。往往好恶泾渭分明,读起来怡然爽快,妙趣横生。如

《停车暂相问》中钟晓阳的作比:"一家子都是方正脸,像进来了几张麻将牌。"将宁静婆家的世故、古板和鄙俗的市井气,跃然纸上。再看《封锁》中张爱玲的用比:"整个的头像一个核桃,他的脑子就像核桃仁,甜的、滋润的,可没多大意思。"把一个平庸、市侩的小市民的形象连同其灵魂兜端了出来,淡色的笔调后是辛辣的讽刺。这样的例子还有好多,这些贬义的比喻,笔法犀利,直指人的灵魂,令人无处遁形。褒义的用比则赋物以古调、赋景以温雅、赋人以灵韵,都少不了一抹书卷气,非常诗化。

然而女作家最擅长运用的艺术技巧,还是"联觉"。联觉又称"通感",即把两种或两种以上的感官感觉和知觉联结在一起,通过这种"隐喻性的转化形式"使普通语言变形,拉开小说语言与普通语言的距离,强化了小说语言的文学性,从而更好地表达出创作主体与描写对象的心理体验。

钱锺书先生曾经对"联觉"做过很形象的描述:"颜色似乎会有温度,声音似乎会有形象,冷暖似乎会有重量,气味似乎会有锋艺。"也就是说,参与审美心理活动的各种感觉如视、听、嗅、味和触觉,都被激活起来,得到综合的美感,使审美感受的内容丰富异常,生动强烈。

下面我们来看一下联觉的例子。首先是视觉与听觉的联觉。"风吹着两片落叶踏啦踏啦仿佛没人穿的破鞋,自己走上一程"(张爱玲:《红玫瑰与白玫瑰》)。"脆落落的声音像琉璃子撒了满在地上"(朱天文:《外婆家的暑假》)。如闻其音、如见其物。再如:"过了时的硬皮书,熏出那种陈旧的气息。"(黄碧云:《盛世恋》)"她整个人看上去有一种过时、不健康、阳光下灰尘里的美,带点霉气的"(亦舒:《莫失莫忘》)。前者用视觉形容词"陈旧"形容嗅觉感受,后者用嗅觉感受"霉气",形容人的外貌,这是视觉与嗅觉的联觉。此外还有视觉与触觉的联觉,如:"地上有微微的阴影,却没有阴影的感觉。仿佛只是一种植物的微凉"(钟晓阳:《哀歌》)。还有听觉与触觉的联觉,如:"那笑声稍微有点硬硬的质地,给人一种有边缘的感觉"(钟晓阳:《唤真真》)。此外,还有味觉与嗅觉的联觉,如:"秋天的郊野溢满了清清烈烈的味儿,是没有水的酒"(钟晓阳:《停车暂相问》)。这样的描画,拓展了读者的想象领域和感觉触角,更增添了语言的文学性和诗化韵味。

三、叙述语言的拓展

浅述了女作家们种种强化叙述语言质地的方法手段之后,再来看看她们对叙述语言功能的拓展。首先是对叙述语言的浓缩,这使得文字简括精炼,且语义集中、鲜明,让人了然于心,同时加强了语言的陈述功能。亦舒是这方面的高手。她学自古龙创造的三段式文体,一字、一词、一句都可以切分为一行,用字尽力浓缩到最简,形成一种伶俐、快捷、富有节奏感的文学风格,是新闻记者的笔加上电报员的发递格式的出色统一。下面是她在《两个女人》中的一段文字:

> 我坐下来。
> 她坐在我对面。
> 我打量她的白色客厅。
> 惆怅旧欢如梦。
> 谁是她的旧欢?数得清?无数个?
> 生命是幻觉。
> 任思龙,告诉我你心里想什么。

从目光的游移到心思的跳跃,简单、明快,略有一丝霸道;萧飒的文字同样是清简、干爽、伶俐,但不逼人,一派大家风范。

而苏伟贞、黄碧云的凝练处在于文字简括笃定,不含累赘,一笔写尽人生,像句句白话诗,是较高层次的语言浓缩范例。如"窗外有一份心情""我宁愿做花,朝生暮死""他怀念她身体的冰凉冷静,如水"等,有一份很浓的清明冷然的女性气质。

其次,通过一种意境上的"仿古",使得叙述语言的功能进一步展阔,深具韵味。即将旧词的幽雅、旧诗的旷远、小令的清新、新诗的放达以及传奇的婉怨、聊斋的神秘等等,化为文章的一种古色古香的情境。

写过《世间女子》《长亭》的苏伟贞,文字总有一些淡淡的古诗词的余韵,穿透十里红尘,流露出圣歌唱吟的超然淡静。如:"五官冷香,十分细致,长手长脚地总穿着一身素","夏天,她扎起两根大粗辫子,一脸仍是茉莉花瓣不明不白地放着香"。那是古笔的白描手法,勾勒间让人想起一句旧词,"冰肌玉骨,自清凉无汗"。

18岁便以一部长篇《停车暂相问》轰动文坛的钟晓阳,文字中那份泅然的古意成熟得让人吃惊,这是天生舞文弄墨的人,用文字精心营造了一种意境。有这样一句话:"干重撑着把绣红油纸伞站在一行烟柳下,她死命冒雨奔去,奔去时是两个梦,一头钻进那无雨的世界,立刻成了梦中梦。"是一行小令,又是一首新诗,词句平凡,韵味深远。

通俗小说高手亦舒的作品曾被黄佳梁评为"比一般流行作品有书卷气",主要就是在于亦舒对语言的使用不落痕迹,高人一筹,使她原本简单的叙述语言充满文学色彩。看下面这些文字:

> 她没有开口邀我上车,但是打开的车门,眼睛中的色彩,我觉得这是许仙与伞的故事。
> 断桥下一个下雨的日子,一个穿白衣的女子,书生找到了他的怨孽。
> 屋角放着一缸银色的鲤鱼,屋外刚有只白色的鸽子飞过,LAPALOMA BLAHCA,是中国的聊斋与毕加索的西班牙。

将旧时的传奇用作现代都市故事的背景,那份带着尘埃的灰靡的飘逸,很合现代人的心绪。

另外,情景相悖的语言内部结构的建立也使叙述语言的功能进一步拓展,将人流离的心态外化,增加了文章的分量和含义,为文章涂抹上了一份悲哀的色调。像张爱玲在《留情》中这样描写一位新娘:"像复活的清晨还没有醒过来的尸首,有一种收敛的光。"同样的,黄碧云在《盛世恋》中也曾对一位新娘的心境做过这样的描绘:"她突然觉得做丧与做喜原来差不多,都是一门绝望的热闹。"在本应喜气的场合配上这样尖锐绝望的笔调,可以想见两位女作家空茫的心绪,前者面临旧时代的崩溃、新社会的到来,产生了一种无法解脱的苍凉心绪;后者在世纪末前的香港,经过短暂的绚烂之后,产生了一味苟活的绝望心绪。这两种心绪都表现在这情景相悖的语言叙述过程中,可见她们驾驭叙述语言的能力。

第四节 苏童小说的"空间诗学"

在小说创作中,空间与背景是创作主体界定小说历史属性、时代特征、风俗人情所借用的必要手段,物象的安排、色彩的点染、边界的设定是小说中必不可少的修辞手段和艺术手法。也就是在这个维度上,文学获得了与绘画艺术和雕塑艺术的某种相通性,小说也因此成为一种综合性的混合艺术。环境修辞虽然在叙事性文学中广泛存在,但它大多是作品中情节发展和塑造人物的布景,作为叙事的副产品和边角余料而存在,除了地域风格与地方特色之外没有更为深广的意义与价值,一般无法成为裁决作品品质、价值、地位的参考,因此也较少能引发研究者的关注和兴趣。在当代作家中,一些具有想象特质的作家,诸如余华、莫言、刘恒、张承志等人,给予文学作品中静态的空间环境以相当的关注,而苏童则是最为突出的一个,他作品中的环境空间从记忆与经验中生成,以想象与虚构为途径介入文本的表意实践,表现出独特的艺术特色和美学价值。

  按照创作心理学的解释,作家的创作动机是复杂的,或源于艺术经典的启发,或根植于现实人生的感悟,或来源于社会科学的先验结论,苏童小说创作的发生当然也是多元的,但是有一点却非常独特,他的很多创作直接源于视觉图像与感官意象的启示。他曾坦言:"意象的大量使用是我写作的一个习惯!也许来自于诗歌,在写作中塑造人物形象也好!推进情节也好!都注重渲染意象的效果。"[①]《我的帝王生涯》创作过程中,苏童甚至不时地意识到"有无数的文学意象在打架,甚至有一些诗句"[②]。现实中的美术作品更是激发他创作灵感的一个重要内容。根据苏童访谈录的记录,《1934年的逃亡》的人物线索和情节内容就直接源于南京画家的美术作品的提示,《吹手向西》也是从一个"图像"中得来的。苏童在写作中十分重视文字艺术、视觉艺术和听觉艺术的互哺,苏童曾说:"电影也好、音乐也好,它确实和文学有着兄弟般融洽的关系,这样的影响关系对我也很大。很多人说我的小说容易出画面。我自己确实迷恋图像。"[③]可以说,苏童在创作过程中对空间环境描摹的关注与倾心,与其对视觉图像的关注,以及视觉艺术对他的激发与反哺有着直接的关系。

---

① 周新民、苏童:《打开人性的褶皱——苏童访谈录》,《小说评论》2004年第2期。
② 同上。
③ 苏童、张学昕:《回忆·想象·叙述·写作的发生》,《当代作家评论》2005年第6期。

一、老街的记忆与虚构

作为先锋流派的代表作家,苏童作品以形式的实验性著称,但其作品中的空间描摹却不是随意点染的形式游戏,而是大多发源自苏童魂牵梦萦、终生不忘的那条故乡的老街:

> 我难以忘记这二十里路,大约十里苏州城内的那种石子路、青石板……
> 我们家以前住在一座化工厂的对面,化工厂的大门与我家的门几乎可以说是面面相觑的。(《河流的秘密》)

这幅浸渍了苏童童年原初记忆的地理画面,一直是他"保持对逝去生活的鲜活感、现场感"[①],"借用小说语言温习童年生活"[②]的空间取景器。基于这个原型,苏童小说中的空间环境表现出风格鲜明的整体性特征——肮脏腐朽、贫病交加的灰色氛围里,一条蜿蜒不舍昼夜的漂浮着垃圾和尸体的小河穿过古味浓重的南方小城,城中到处是雨痕苔迹、残花飘落的景致,充斥着挥之不去的潮湿之感和阴毒之气。

苏童是以"想象力"著称的作家,我们阐释苏童作品时,如果将文本内容当作哪段真实历史和社会真相的倒影,那无疑是对其作品的误读与隔膜。其作品中源于记忆的空间世界经过想象力的编织和虚构的升华,超越了地域景观的日常经验和直观感受,不拘常例、超验性的想象性修辞使空间获得了解放。苏童的文本空间不仅是抽象的修辞符号的聚合,而且连接着他心灵中无法割舍的隐秘源头,因而在创作中迸发出强大的情感力量。

异质性和差异性空间的二元并置是苏童小说空间安排的基本逻辑。《米》中的小镇/枫树杨乡、《我的帝王生涯》中的宫内/宫外、《河岸》中的的河/岸的设置无不遵循着这样一种秩序。此外,苏童的很多作品都可以看作是二元并置空间的变形形式。像《红粉》和《罂粟之家》,将叙事置于新旧历史时期的分割点上,历史的更迭客观上也完成了民国/新中国两级历史空间形态的划分。《妻妾成群》中的陈家大院也可以抽象为女学生颂莲所代表的现代文

---

① 苏童、张学昕:《回忆·想象·叙述·写作的发生》,《当代作家评论》2005年第6期。
② 苏童:《〈米〉自序》,《苏童文集》,江苏文艺出版社1994年版,第2页。

化空间和陈佐千所代表的传统文化空间并列交叉的压缩形式。苏童小说中的二元空间有着分立和冲突的象征意义与价值结构,并构成一种对照关系和反讽语式,常常一侧代表着禁锢与毁灭,一侧隐喻着生存与自由。它们的互相牵扯与对话构成了主人公留恋/逃离、怀念/背叛的生存体验和心灵素质的主要部分,也构成了文本主体性的生产机制和意义建构。

二、细节的"怪异"与"反常"

苏童作品的空间结构不仅在宏观上构思独特,而且在微观形态上也充满细节和深意。作为一个笔耕不辍且勇于创新的作家,苏童始终认为:"一个好的作家对于小说处理应有强烈的自主意识,他希望在小说的每一处打上他的某种特殊的烙印,用自己摸索的方法和方式组织每一个细节每一句对话。"① 他小说中的空间环境时刻处于一种醒目跃动的状态,常会以意想不到的物象组合方式引发读者震惊性的阅读体验。说到这种艺术效果,不能不提及张爱玲,苏童小说受张爱玲的影响学界早有共识,张新颖曾用"日常生活的不对"来解释其作品的"传奇性",认为张爱玲在"入情入理、绵密细致的叙述当中,常常会突如其来地出现另外一种令人不安的因素,具体表现为一些怪异的意象、一些感受性非常强烈的警句、一些使人醒悟然而又同时陷入更大困惑的段落"②。苏童对"怪异"和"反常"的艺术效果同样有着极大的兴趣:"越是怪异的越是不寻常的我越有兴趣","我喜欢培根这样暴躁吼叫的画家"。③ 在小说环境描摹的细节上,苏童对视觉、触觉、味觉等感官物象给予了特别的关注与突出,以一种入室操戈的突然方式令主体物象扭曲、变形,丧失秩序感,使原来井然有序和平衡完整的事物意外地露出"反骨",意义的破碎和经验的对视产生了陌生感与生涩的语义张力,在新鲜、活跃的形式调动下,自然景观和城市景观被神秘的力量搅动起来,呈现出令人惊诧的视觉效果。

在"世界两侧"系列作品中,城市的分裂互补、多层共存的现象表现最为典型:

---

① 苏童:《河流的秘密》,作家出版社2009年版,第187页。
② 张新颖:《20世纪上半期中国文学的现代意识》,复旦大学出版社2001年版,第156页。
③ 苏童、张学昕:《回忆·想象·叙述·写作的发生》,《当代作家评论》2005年第6期。

> 西窗里映现的城市边缘特有的风景,浑浊而宽阔的护城河水,对岸的绵延数里的土壤其实是古代城墙的遗址,一些柳树,一座红砖水塔,还有烟囱和某种庞大的工业建筑从水泥厂的工地上耸入天空。(《西窗》)
>
> 香椿树街远在三十里外的地方,站在小镇的木塔上眺望北部的城市,看见的只是横亘天地的水稻田和银色的水光粼粼的河汊沟渠,城市只是意味着视线尽头的天空颜色发生了变化,那里的天空沉淀了一片烟雾的灰黑色。(《城北地带》)

这是一副新旧夹缠、混乱逼仄的画面,它的存在与中国现当代文学主流城乡叙事模式中支配/抵抗、刺探/侵蚀的意义图谱没有明显的关联性,只是两种不和谐景观——没落的古旧空间和毫无亲和力的工业文明秩序以一种怪异的方式组合在一起,它们被掏空了各自先验自主的范畴,没有优劣与发展,显得同样的腐朽、空洞。

苏童这种生涩化、逆转式的修辞方式,不仅显现在文化景观的组合上,还体现在细微景致的描摹上:

> 四周的竹林变成一座座洁白的雪垛,风吹过也不落。绿竹枝全在雪垛下发黄发干,雪地上好久没有人迹,那些黑卵石般的踪迹全是狗踩出来的。(《外乡人父子》)
>
> 外面的雨已经变得很细很疏了,太阳在肥皂厂的烟囱后面泛出一圈淡淡的橙红色,凤鸣路一带的空气里飘浮着一种腐烂的蔬果气味。(《园艺》)

两段景象的前半部分是"雪垛""竹林""淡淡的橘红色"等和谐、自然和圣洁的景致,而后半部分则是与前面氛围和风格迥然相反的"发黄""发干""腐烂的蔬果气味"的景致。本应精致有序、健康、优美、适度的意象之流和环境最终被阻滞和摧毁,呈现出一种病相的空间秩序。

这种二元分割和彼此对视的编码方式是苏童小说环境修辞的主要手法,这种手法与苏童突破写作陈规的冲动有关,苏童始终坚信:"好的作家往往怀有对传统和规范的逆反心理,在作品中采取一种强制性的破坏手段,通过文字的暴力夺取自身价值。"① 同时,无论一个作家对传统和规范的反叛有多大的能力,产生多大的效果,他的艺术都不可能完全超越时代与历史的限制,苏童小说环境戏谑化、晦涩化的修辞方式也深深地根植于其小说产生的宏观性历史土壤和文化处境中。上个世纪80年代后,一体化的政治文化体系虽然逐渐解体、失效,但由于历史文化发展的惯性,其文化逻辑和价值理性仍然依托于强大的制度,并以多种形式顽固地残存着,与日益变化和表露真相的世俗世界构成了富有意味的"后现代"语境。"一边是强大而严格的制度体系;另一边却是随机应变的日常生活。在一系列冠冕堂皇的符号秩序掩饰下的是截然相反的现实行径,人们游刃于隐含'合法化'违纪的社会秩序的各道裂痕之间而自行其是,错位的文明情境洋溢着无边的荒诞与诗意。"② 苏童小说的艺术方式恰恰来源于这样一种社会心理结构。

苏童笔下奇兀的环境符号和陌生化色彩产生了令人费解的文字障碍,使空间形式的理解变得"不可思议",出现了被波兰现象学家罗曼·英伽登称为"间隙"的段落。英伽登认为阅读应该是一个完整的过程,"但如果下句偶尔与我们刚考虑过的句子无任何明确的关系,那么,思维过程就会出现障碍"③,这种写作的误置和阅读的短路,他称之为"间隙"。间隙在文本写作中是广泛存在的,但大多数情况是无意识的。苏童环境修辞中的"间隙"增加了阅读者感觉和理解的长度,使环境描写从老生常谈的俗套中解脱出来,暗示了一种特殊的精神症候和观念意识。丰富的语义联系从形式的断层中不断流涌而出。

三、历史的抗争与顺从

"历史"是苏童小说的一个关键词,虽然他的一些历史性小说例如《红粉》《罂粟之家》《米》等,都有明确的时间标识,但他并不热衷于把握历史的真相,也对大多"新历史主义小说"以"逆向书写"为手段去完成对历史失忆症与失语症的报复不感兴趣,而是兴之所至地"随意搭建宫廷"和"按照自己的配方勾兑历史"。④ 这种虚构的历史看似虚妄和个人化,深层却蕴含着对抽象的历

---

① 苏童:《河流的秘密》,第187页。
② 陈晓明:《无边的挑战——中国先锋文学的后现代性》,广西师范大学出版社2004年版,第32页。
③ 王先霈、王又平:《文学理论批评术语》,高等教育出版社2006年版,第507页。
④ 苏童:《〈后宫〉自序》,《苏童文集》,江苏文艺出版社1994年版,第1页。

史范畴严肃认真的理解和体会。在苏童作品中,历史褪去了美德与真理的光亮外衣,与生命处于一种紧张对立之中。在苏童看来,人无法预知和驾驭历史,只能成为玩偶,被动承受罪孽深重的历史的摆布和安排,成为历史巨轮的承受者和奴隶。《红粉》中"小萼"和"秋仪"的沉浮成为历史浪潮中个体悲剧性命运最好的注解。苏童这种对历史的一贯理解和由之而来的抗议精神,在《罂粟之家》开篇不久的环境描写中得到了透彻的图解:

> 收割后的罂粟地里枯枝横陈,沟壑涧辙仿佛斑马纹路刻在那里了。原野在风中无比枯寂,风像千人之手从四面出击摇撼我的枫树杨乡村。

"旧社会"才有的独特农耕景观——茂盛丰收的"罂粟地"早已"枯枝横陈""沟壑涧辙",暗示它们已经成为旧日遗迹,没有再次更生和勃发的迹象,成为颓败历史与时代中风化的木乃伊。"千人之手""四面出击"的"撼动"形象地烘托出波涛汹涌的历史潮流滚滚而来时生命个体的被动处境,历史的暴力蠢蠢欲动,陷入必然性陷阱的老旧乡村的主人陈草孤立无援、四面楚歌,沦为政权更迭和价值更替牺牲品的命运已无可挽回。

历史车轮的前行非但席卷一切、不可抗拒,而且简洁而冷漠:

> 红旗和标语在几天之内覆盖了所有街道以及墙上的美人广告,从妓女们衣裙上散发的脂粉香在卡车的油烟中很快地稀释。(《红粉》)

这个空间景物的设置是两种不同历史文化符号的对峙,"红旗""标语""油烟"是新兴工农文化和政党文化的象征,而"美人广告"和"脂粉香"则是旧历史的遗物,迅速地"覆盖"和"很快稀释",则表明巨大滚动的历史机器将不合时宜者抹去时的毫不含糊,这段空间描摹刻画了历史转型期,前历史的遗物被挤压、淘汰的真实情状。

欲望是苏童小说表现的一个重要对象,在苏童那里,欲望是人和历史的本源性存在和非理性源头。《米》凝聚的是人的"食欲"与"性欲"互为因果的辩证思考;《妻妾成群》则表现了两性欲望给人的命运所带来的莫名转折;《河岸》更是一部父子两代人欲望痼疾和理性焦虑之间旷日持久、代价惨重的战斗史;而《罂粟之家》则是个人欲望和历史欲望不断扩张的悲剧寓言。苏童不仅通过人物行为和心理来刻画欲望的诸多形态,而且在不断生长的热带植物中找到了演绎兴奋欲望的同构模型:

香椿树街头的所有植物花卉在雨季里遍尝甘霖,那些凤仙、鸡冠、太阳花以及刚刚爆出花芽的夜饭花,它们在雨水和阳光的混合作用下生机勃勃,假如养花的人在那些花草旁侧耳倾听,他们甚至可以听见枝叶生长和花朵开怀大笑的声音。(《城北地带》)

　　春天的时候,河两岸的原野被猩红色大肆入侵,层层叠叠,气韵非凡,如一片莽莽苍苍的红波浪鼓荡着偏僻的乡村。(《飞越我的枫树杨故乡》)

生机勃勃、充满诱惑和刺激性的热带植物受气候的怂恿无节制地疯长,充满着蛊惑的激情和诡谲的气息,它们不过是改头换面的欲望的精灵而已。

　　桥、河流、小巷都是苏童空间构建的典型元素,而"雨"更是苏童的偏爱,他笔下有大量的雨的意象,如《米》中反复出现的雨中的风铃和残花,《我的帝王生涯》中雨中的芭蕉和飞鸟,《城北地带》中雨中的废墟和街巷。在苏童看来,雨不仅是自然界的梅雨和细雨,而且是"一种敏感、恐怖的力量"①,是心灵凄冷的"苦雨",它成为到处游走的精神化游民主观世界痛苦、惊愕、麻木,精神创痛和不完整性的象征以及心灵残废者压迫力量的化身。

　　《已婚男人》是苏童"婚姻即景"系列作品中的代表作,从作品发表的时间和艺术特征看来,它仿佛是受"新写实小说"创作潮流裹挟的一个文本,主人公杨泊与刘震云《一地鸡毛》中的小林、池莉《不谈爱情》中的庄建非有着相似的价值处境和人生体验——已婚男人在琐碎、无聊、沉闷的家庭生活中的无奈与挣扎。不过"新写作小说"虽然表达了对生活世俗化的无奈,可最终写作主体和主人公还是认同了世俗甚至是礼赞世俗,而苏童《已婚男人》中的杨泊则是对生活和世界毫不含糊地诀别,作品深层次上其实浸渍着90年代初精英主义溃败和道德理想衰败后颓废绝望的主体体验,在精神立场上与"新写实小说"世俗意义上的抗争和妥协已相距甚远。这样一种扎根于历史与知识分子群体体验的沦落感与幻灭感通过小说开篇后不久的一个环境细节得到了直观的揭示:

　　凛冽的夜风灌进室内,秋天遗弃在窗台上的那盆菊花在风中发出飒

---

① 苏童:《河流的秘密》,第187页。

飒响声……菊花早已枯死,但有一朵硕大的形同破布的花仍然停在枯枝败叶之间。(《已婚男人》)

环境中的菊花"枯死""形同破布""枯枝败叶"的表现形态与传统文化中"高洁"和"生命力"的惯用象征形成反差对比,枯死的菊花成为经历了价值理想失落后精神主体痛苦和创伤的象征,其中隐含着生命的耗损和经验的虚空,整个画面悲壮而崇高。

《妻妾成群》表现的是文化新旧交替期,女大学生颂莲迫于生计沦为大家族姨太太,在传统的一夫多妻的婚恋秩序中逐渐迷失自我而沦落的典型事件。这个故事的全貌在作品起初不久的环境描写中得到了形象的转喻:

甬道上长满了杂草。蝴蝶飞过去,蝉也在紫藤枝叶上唱……那些石桌石凳上积了一层灰尘。走到井边,井台石壁上长满了青苔……井水是蓝黑色的,水面上也浮着陈年的落叶。(《妻妾成群》)

"蝴蝶飞过"和"蚕的歌唱"象征着颂莲婚前学生生活的自由与恬静,"布满灰尘"的"石凳"和"浮满落叶"的"老井"则是陈家祖辈女眷的故事和结局,"长满了杂草"的"甬道"将现实的生命与因袭的家族女性命运神秘地钩扯在一起,"甬道"是连接两种生活和命运的闸门与通道,颂莲走在"井边"的"甬路"成为命运过渡状态的隐喻。

《贤的生活》讲述了"汇隆照相馆"中一家三代女人的情感婚姻经历,她们虽内心高贵,追求做派与精致,但是一生所托非人,经历磨难,并彼此憎恨。作品有着与王安忆《长恨歌》和陈坤《女娲》一样的对百年中国女性命运的思考和理解。文本开篇就是一段环境描写:

橱窗里陈列的是几个二流电影明星的照片和精心摆设的纸花……从远一点的高处看汇隆照相馆,它就像一只打开的火柴盒子,被周围密集的高大房屋挤压得近乎开裂。有时候可以看见一只燕子从那里飞起来,照相馆的屋檐下曾有过燕巢。(《贤的生活》)

这是一个由近及远的视角聚焦,"美好的照片"和"精心摆设的纸花"是女性对自己与生活的美好心愿,充满民国气息的"照相馆"如今犹如"打开的火柴盒子"受"密集高大的房子"的挤压,既暗示了时代的变迁和历史的沧桑,同时也形象地呈现出脆弱的女性个体在伦俗的情感生活、在男权话语占主导的社会历史维度中的微不足道。"曾有过燕巢"的地方现在只有燕子偶然从那里飞过,暗示了这里曾经有过无数逝去的故事和被时间汰洗过的往事,这段环境描写烘托了整个故事的氛围,拉开了叙事的帷幔。

苏童作品中的世界虽然整体上是灰色和颓废的,但也不乏明朗澄净的亦真亦幻的描摹,因为在他看来,艺术的"世界处于营造和模拟之间,亦真亦幻,人类的家园和归宿在曙色熹微之间,同样亦真亦幻"①。

> 下了头一场大雪,萧瑟荒凉的冬日花园被覆盖了兔绒般的积雪,树枝和屋檐都变得玲珑剔透、晶莹透明起来。(《妻妾成群》)
>
> 一片河水干涸后形成的洼地,夏天的时候长满了金黄色花盘的向日葵……还有水潭,深藏在绿杆子黄花盘下,闪着玻璃的光芒。(《徽州女人》)

这种绚烂澄净的童话般的意象透明而简单,在苏童小说的环境谱系中十分罕见,但是它们会出其不意地闪现于暗黑世界和个体不可逆转的悲剧情境中,给人一种闪烁不定和惊鸿一瞥的视觉冲击或莫名启示,迸发出诗意的火花,充满着温情,犹如被点着的"灯绳"照亮了黑暗之地。但无论这抹亮光如何令人惊奇和使人着迷,它都不足以抵御黑暗,而是转瞬即逝,灰暗的世界所滴进的亮色成为对黑暗永远的纪念。

苏童小说中的空间话语是灿烂而机智的,它源于记忆,却与现实保持着适当的距离,为想象留下了充分的余地。苏童在《河流的秘密》中曾说:"小说是一座巨大的迷宫,我和所有同时代的作家一样小心翼翼地摸索,所有的努力似乎就是在黑暗中寻找一根灯绳,企图有灿烂的光明在刹那间照亮你的小说以及整个生命。"②苏童小说的空间诗学未尝不是那根他梦寐以求的"灯绳",它创造了当代小说中罕有的诡奇格调,使叙事性文学跨入了诗歌之境、绘画之境和电影之境,成为其标志性的美学图戳和精神地盘。苏童的写作被誉为开拓了中国当代文学想象视野的"唯美写作",这与其艺术世界中这种刺激、沉醉和怡乐的审美素质是直接相关的。当然,一直寻求艺术突破的苏童并不满足

---

① 苏童:《河流的秘密》,第187页。
② 同上。

于此,他将自己强烈的"枫树杨"情结视为审美惰性和艺术消耗力,以至于在写作《红粉》时有意克制自己耽溺的风格;但是一直到《河岸》,苏童虽尽量节制环境的笔墨,但为数不多的环境描摹仍难脱一贯的想象框架和构造模式,空间化的审美习惯和审美情感及其蕴涵的神志气韵,已经成为他创作中无法克制也无法隐匿的艺术冲动,这也恰是他的灵感和神迹所在。

索 引

90年代文学　228,233,234
悲剧历程　143
大众诗歌　272,280
丁帆　106,108,109
都市小说　264,265,267—270
杜鹏程　86,325,328—330,332,335,336
反都市情结　264,267,269,270
反现代意识　167,175
港台女作家　345—347
高晓声　88,179,185,186
革命认同　217
革命小说　40,77—79,97,168,197—202
个性化　6,16,18,20,27,40,90,107,116,247,250,299
工人小说　202,205,206,208
公木　85,273,278,280,282,291,317—324
共和国文学　62,73,85—96,98,99,102,104,105,122
郭小川　86,87,282,292,294,295,297
国民性　79,151,178—182,184,186,188,209,213,216,241,296
贺敬之　85—87,97,280,282,284,289—295,298
洪子诚　95,99,100,103,124,335
胡风　29,84,86,273,277
贾振勇　106,117,118

讲述文革　50,52,56,57,189
阶级斗争　15,20,30—33,45,47—52,55—57,86,150,182,183,189,194,196,200,226,281,296,297,332,335
街头诗　276
九叶诗人　84,273,274,280,300—305
空间诗学　352,361
李怡　106,108,111—115,120
历史心理学　20,21
连续性　18,19,21,63,94,95,122,123,132,225,288,304
鲁迅　22,26,27,29,30,32,34,35,38—45,63,68,69,71,74—77,79,93,97,102,111,112,115,128,130,134,136—139,143,149—152,167,169—174,177—179,203,205,210,223,224,297,298,340,341
民国机制　63,64,111—116,118—120
民国视角　112,113,118
民国文学　59,62,63,73,74,77,80—82,86,92—94,98,102,104—114,116—126
民国文学风范　109
民国文学史　63,64,75,78,80,104—106,108,109,111,112,118,119
民国文学研究　106,116—121
民元　63—68,71,72
民族形式　114,275,306

莫言 240,247,353

穆木天 79,306—317

女性文学 252—256,258—261,263,264

七月诗派 111,273,277,279,306

启蒙文学 208,209,213—215

秦弓 106,111—114

清宫戏 9—13

邱华栋 232,266—268,270

软实力 153,154,156—158,161—166

世俗人生 231

苏童 90,247,249,352—359,361,362

唐弢 21—30

田间 23,84,273—277,279,281

王安忆 90,230,248,260—263,360

王蒙 53,193,217—220,222—226

王朔 90,91,231,247,249

王学泰 180,182,331

文革暴力 193,196

文革小说 56,58

文化安全 153,154,156—161,164—166

文化同一性 128,129,131,132,134,141

文学"暴力" 188

文学史 1,13—28,30,41,59,61—64,67,68,73,75—77,89,93—95,103—113,116—127,149,150,167,168,171,178,201,207,208,217,228,236,249,272,291,300,325,336,337,340,345 文学史差异 95

文学史分期 109,125

文学史观 1,13,14,18—22,24,61,73,94,95,105—107,118,119,121—123,125—127,167,228

文学史写作 14—16,18—21,25,107,125,126

无产阶级文学观 35

现代文学 1,16—22,24—26,37,38,41,42,59—64,73,74,77,84,92—94,96,102,104—114,116—121,124—126,150,153,167,174,202,203,211,237,300,309,340,343

现代中国人 138,141,167

现实主义冲击波 233—236

萧红 78,83,149—153

写作制约 13

性文学热 236—238

叙述语言 345—352

研究范式 105,111,112,115—119

杨沫 86,255,336—341,344

异端思想 167

庸俗化 9,11,13

袁可嘉 84,274,301,302,305

张爱玲 84,124,256,345—350,352,355

张承志 175,229,230,353

张福贵 37,39,72,73,94,105—109,121—125,161,343

真实性 17,18,21,42,95,97,103,113,161,339

政治抒情诗 86,97,281—289,291—300

症候 1,106,335,336,357

中国特色 26,127,128,132,133,157,161,163

终极关怀 92,174,228,230,250,266,323

后　记

　　2001年我在一次全国性的学术会议上首次提出"民国文学"的概念，与会者认为我提出的"民国文学"概念有些"出轨"和"越界"，只是在小范围内进行了探讨和论争。我的一篇关于"民国文学史"的文章也只能辗转在香港的学术刊物上发表。但让我始料不及的是，在新世纪第一个十年将要结束的时候，"民国文学"研究已经成为中国现代文学研究新的学术增长点和学术热点，十年前我谨慎、孤单而微弱的声音在十年后变得如此喧嚣和繁杂。因此，我重新打捞出十年前提出的"民国文学"概念，将这十年间关于文学史命名和文学史观的一些新的思考添加进去，以使"民国文学研究"更加丰满和充盈，也是对我十年前声音的一次接续和延伸。让我感到欣慰的是，这部并不成熟的书稿入选了国家哲学社会科学优秀成果文库，让我倍感压力和责任。

　　在此书的写作过程中，收集了吉林大学文学院教授王俊秋、副教授张丛皞和吉林省社会科学院文学研究所副研究员杨丹丹关于文学史和作品研究的文章，作为对本书主体内容的补充和论证。同时，丁帆、李怡、秦弓、陈国恩、贾振勇等学者关于"民国文学"的研究成果成为本书的理论基础和研究背景。国家哲学社会科学优秀成果文库的各位评审专家对本书的支持和信任使此书得到了宝贵的出版资助。我的学生杨丹丹是全书最后的润色统筹者，从硕士到博士他一直跟着我读书，思维敏捷、知识广博，所做论文曾获全国百篇优秀论文提名奖。北京大学出版社的延城城编辑在审阅书稿过程中的认真、严谨和专业令人钦佩。

　　在此对他们的努力表示感谢！

图书在版编目（CIP）数据

文学史的命名与文学史观的反思/张福贵等著. —北京：北京大学出版社，2014.3

（国家哲学社会科学成果文库）

ISBN 978-7-301-23948-3

Ⅰ.①文… Ⅱ.①张… Ⅲ.①中国文学-现代文学-文学史研究②中国文学-当代文学-文学史研究 Ⅳ.①I209.6

中国版本图书馆 CIP 数据核字（2014）第 029713 号

书　　　名：	文学史的命名与文学史观的反思
著作责任者：	张福贵　王俊秋　杨丹丹　张丛皞　著
责 任 编 辑：	延城城
标 准 书 号：	ISBN 978-7-301-23948-3/I·2726
出 版 发 行：	北京大学出版社
地　　　址：	北京市海淀区成府路 205 号　100871
网　　　址：	http://www.pup.cn　新浪官方微博:@北京大学出版社
电 子 信 箱：	pkuwsz@126.com
电　　　话：	邮购部 62752015　发行部 62750672　出版部 62754962
	编辑部 62767315
印 　刷 　者：	北京中科印刷有限公司
经 　销 　者：	新华书店
	650mm×980mm　16 开本　23.75 印张　377 千字
	2014 年 3 月第 1 版　2014 年 3 月第 1 次印刷
定　　　价：	75.00 元

未经许可，不得以任何方式复制或抄袭本书之部分或全部内容。

版权所有，侵权必究

举报电话：010-62752024　电子信箱：fd@pup.pku.edu.cn